白鲸迪克

第一章隐约可见。

叫我以实玛利。几年前-没关系要花多长时间-我的钱包里几乎没有钱,没有什么特别让我感兴趣的在岸上,我想我会稍微航行一下,看看世界的水域。这是我摆脱脾脏和调节血液循环的一种方式。每当我发现自己的嘴巴越来越冷酷时,每当我心中潮湿,细雨的十一月;每当我发现自己在棺材仓库前不由自主地停下脚步,抬起遇到的每场葬礼的后方时,尤其是每当我的假说使我占上风时,就需要一个强有力的道德原则来防止我故意走上街头,有条不紊地把人们的帽子弄掉—然后,我认为现在是时候下海了如我所能。这是我的手枪和球的替代品。哲学蓬勃的卡托将自己投掷在剑上;我悄悄地坐船。这并不奇怪。如果他们知道这一点,那么几乎所有同等程度的人,无论是在某个时间还是在其他时间,都对我怀有几乎相同的感受。

现在是您的岛屿城市,周围是码头,就像是印度小岛,周围是珊瑚礁,周围是商船,周围环绕着她的海浪。左右,街道将您带向水边。它最极端的市中心是炮台,那里贵重的痣被海浪冲刷,并被微风冷却,而几个小时前这些风就不在土地上了。看看那里的注水人群。

在一个梦幻般的安息日下午给这座城市做转机。从衣帽钩滑到滑,然后从白厅向北滑。您看到了什么?—像镇上无声的哨兵一样张贴着,站在成千上万固定在海洋中的凡人。一些靠在堆上;一些坐在墩头上;一些人看着中国船只的堡垒;索具中有一些高空作业,好像是在努力向海底窥视。但这些都是地主;一周的时间都用板条和灰泥迷住了–绑在柜台上,钉在长凳上,紧紧地绑在桌子上。那怎么了 绿色的田野消失了吗?他们在这里什么?

但看！这里有更多的人群，径直奔向水面，似乎注定要潜水。奇怪！除了土地的极限，没有什么能满足他们的了。游荡在大仓库的阴凉处是不够的。没有。他们必须尽可能地在不跌倒的情况下得到尽可能近的水。他们在那里站着—里数英里—同盟。所有人都是内陆人，他们来自北，东，南和西的小巷和小巷，街道和大街。但他们都在这里团结起来。告诉我，所有这些船的罗盘针的磁性美德会吸引它们吗？

再一次。说你在乡下 在一些湖泊高地上 沿着您喜欢的几乎任何一条路走，一条十比一的路线将您带到山谷中，并在溪流旁的游泳池旁将您带到那里。里面有魔术。让那些心不在的人陷入他最深的遐想中—站着那个人在他的腿上，站稳脚步，如果那整个地区都有水，他会无误地带你去喝水。如果您曾经在美国大沙漠感到迷恋，请尝试此实验，如果您的商队碰巧是由形而上学教授提供的。是的，众所周知，冥想和水永远地结合在一起。

但是这里有一位艺术家。他希望在整个萨科山谷中为您绘制最梦幻，最暗淡，最安静，最迷人的浪漫风景。他雇用的主要要素是什么？那里站着他的树木，每棵树木都有空心的树干，就好像隐士和耶稣受难像在里面。这里睡着他的草地，那里睡着他的牛。从永德山庄上流下来，昏昏欲睡。到遥远的林地深处，蜿蜒曲折的道路蜿蜒曲折，伸向沐浴在山坡上的蓝色山脉重叠的马刺。尽管那幅画如此平静，尽管这棵松树像这片牧羊人的头上的叶子一样摇曳着叹息，但除非牧者的目光注视着眼前的魔法溪流，否则一切都是徒劳的。去参观6月的大草原吧，当你在老虎百合中跪在深处跋涉数十英里时-什么是想要的魅力？-水-那里没有一滴水！只是尼亚加拉，只是白内障，你会去千里走看吗？为什么田纳西州的可怜的诗人突然收到两手银子，却故意决定要给他买一件他可悲地需要的外套，还是把钱花在去岩石海滩的人行道上？为什么几乎每个健壮而健康的灵魂男孩都会在某个时候或其他疯狂的时候出海？为什么当您第一次乘船旅行时，第一次被告知您和您的船只现在不在陆地上时，您自己才感到如此神秘的振动？为何老波斯人将海神圣化？为什么希腊人给它一个单独的神，还有自己的兄弟乔夫？当然，这并非没有意义。还有那更深的水仙故事的意义，由于他无法掌握他在喷泉中看到的那种折磨而温和的形象，因此陷入了水仙淹死了。但是同样的形象，我们自己在所有的河流和海洋中都能看到。它是无法形容的生活幻象的形象；这就是一切的关键。

现在，当我说我习惯于每当我开始对眼睛变得朦胧并开始对肺部过度意识时就出海的习惯时，我并不是要推断我曾经出海过一位乘客。要成为一名乘客，您必须需要一个钱包，一个钱包不过是一块破布，除非您里面有东西。此外，旅客会晕船，吵架，不夜不眠，一般都不会过得很开心；不，我从不旅客。即使我有点盐，我也不会以准将，船长或厨师的身份出海。我放弃了这种办公室给那些喜欢它们的人的荣耀和区别。就我而言，我废除了所有光荣的，辛勤的劳动，各种考验和磨难。我可以做很多事情来照顾好自己，而不用照顾轮船，巴洛克，桥，大篷车等等。至于做饭的人，尽管我承认这是有很大荣耀的，但是做饭的人是厨师，是船上的一种军官。但是，无论如何，我从不幻想烤鸟；尽管曾经煮过，明智地涂上黄油并经过判断加盐和胡椒粉，没有人会比我更尊敬地，而不是虔诚地谈论烤鸡。正是由于古老的埃及人对陶醉的宜必思和烤河马的偶像崇拜，您看到了这些生物的巨大木乃伊在它们巨大的面包房中的木乃伊。

不，当我出海时，我是一名简单的水手，就在桅杆前，垂入前桅，高高地到达皇家桅杆头。是的，他们宁愿命令我一些，让我从晶石跳到晶石，就像五月草地上的蚱一样。首先，这种事情令人不快。它感动了您的荣誉感，特别是如果您来自土地上一个古老的家族，范伦斯勒（　）或兰道夫（　）或。而且最重要的是，如果只是在把手伸进油壶之前，您就已经成为乡村学校的校长，让高个子男孩敬畏您。我向您保证，这是一个从学校管理员到水手的敏锐过渡，需要塞内卡和平底鞋的强力汤力才能使您咧嘴笑着承受。但即使这样，时间也会逐渐消失。

如果某些老船长命令我拿一把扫帚并扫下甲板，该怎么办？我的意思是，这种侮辱在新约圣经的范围内意味着什么？您是否认为大天使加百列对我的想法比我少，因为我在特定情况下及时并恭敬地服从了旧帅哥？谁不是奴隶？告诉我。好吧，那么，尽管这些老船长可能会命令我-无论他们如何重击我，我都很满意，因为我知道这一切都很好。从物理或形而上学的角度来看，其他人都是以一种或另一种方式以几乎相同的方式服务的；即这样，万能的重击声就传了过来，所有人的手都应该揉搓对方的肩膀，并感到满足。

再说一次，我总是以水手的身份出海，因为他们为我的麻烦付钱给我，而他们却从来没有付过我听说过的一分钱。相反，乘客自己必须付费。付款与付款之间存在着世界上的所有差异。付款行为可能是两个果园小偷对我们造成的最不舒服的行为。但是得到报酬，与之相比会有什么？考虑到我们如此认真地相信金钱是所有世俗疾病的根源，而且一个受奴役的男人绝不能进入天堂，一个人收钱的城市活动确实非常奇妙。啊！我们多么乐于让自己灭亡！

最后，由于前甲板的有益健康的运动和纯净的空气，我总是以水手的身份出海。因为在这个世界上，逆风要比后风更为普遍（也就是说，如果您从未违反毕达哥拉斯的格言），因此，四分之一甲板上的通勤者在很大程度上从水手那里获得了他的气氛。在前楼。他认为自己先呼吸。但事实并非如此。共同性在许多其他事情上领导着领导者，而领导者对此却毫不怀疑。但因此，在我以商船水手的身份多次将大海融化之后，我现在应该把它带入我的头去进行一次捕鲸之旅。这就是命运的无形警官，他不断监视着我，并暗中跟踪我，并以某种无法解释的方式影响着我-他比其他任何人都能更好地回答。毫无疑问，我的这次捕鲸之旅是很久以前制定的天意大计划的一部分。它是更广泛的演出之间的短暂插曲和独奏。我认为该法案的这一部分必须运行如下内容：

"竞选美国总统大选。"一位以实玛利以鲸鱼航行。"阿富汗的血腥战斗。"

尽管我不能说清楚为什么这些舞台经理，命运注定让我为捕鲸航程的这个破旧部分感到沮丧，而其他人则被安排为悲剧中的宏伟部分，绅士喜剧中短而容易的部分，以及闹剧中有欢乐的部分-尽管我不能说出为什么是这样；然而，既然我回想起了所有情况，我想我可以从各种伪装中巧妙地展现给我的动力和动机，促使我着手履行自己的职责，除了让我陷入幻想之外这是我无偏见的自由意志和歧视性判断所导致的选择。

在这些动机中，首要的是大鲸鱼本人的压倒性想法。这样一个诱人而神秘的怪物激起了我的全部好奇心。然后是旷野和遥远的海洋，他在那儿翻了个岛。鲸的无法交付的，无名的危险；这些，以及所有出席的一千个巴塔哥尼亚风光和奇观，使我动摇了我的愿望。与其他人一起，也许这些事情不会成为诱因。但对我而言，我为遥远的事物而永远感到渴望。我喜欢在禁海航行，并在野蛮的海岸降落。不忽略什么是好东西，我很快就感觉到一种恐怖，并且仍然可以与之交往-他们会允许我吗-因为与一个人住的地方的所有囚犯保持友好的态度是很好的。

由于这些原因，欢迎捕鲸航行。奇幻世界的巨大闸门打开了，在狂野的自负使我实现了自己的目的，其中有两个和两个漂浮在我内心深处，无尽的鲸鱼游行，其中大部分漂浮在其中宏伟的连帽幻影，像空中的雪山。

第二章地毯袋。

我把一两件衬衫塞进我的旧地毯袋中，塞进我的手臂下，开始探望海角和太平洋。我退出了旧曼哈顿的好城市，我按时到达了新贝德福德。那是十二月的一个星期六晚上。得知楠塔基特的那小包已经航行了，直到下周一，到达那地方的任何方式，我都感到非常失望。

由于大多数捕鲸的痛苦和惩罚的年轻候选人都在同一座新贝德福德停下来，从此开始航程，所以我可能一无所知。因为我的决心是要动用楠塔基特船航行的，因为与那座著名的老岛有关的所有事物都有精致而令人生畏的东西，这使我感到非常惊奇。尽管新贝德福德最近已逐渐垄断捕鲸业务，尽管在这件事上可怜的老楠塔基特人已经远远落后于她，但楠塔基特人还是她伟大的原作-这辆迦太基人的轮胎；-那里是第一个死去的美国人鲸被困。除了楠塔基特以外，那些原住民的捕鲸人，即红人，首先乘独木舟突袭，追逐了利维坦岛吗？也是从楠塔基特出发的，那是第一个冒险的小单桅帆船，在那里装满了进口的鹅卵石（故事也是这样），扔到了鲸鱼上，以便发现它们何时才足够接近弓箭的鱼叉。 ？

现在我在新贝德福德（ ）待了一晚，一天，还有一个晚上，我是否可以出发前往预定的港口，而与此同时，我在哪里吃饭和睡觉也成为一个令人担忧的问题。那是一个非常可疑的样子，不，是一个非常黑暗而凄凉的夜晚，刺骨的寒冷和冷清。我不认识那个地方。带着焦虑的刺耳，我已经掏出了口袋，只带了几块银，-所以，无论你走到哪里，伊斯梅尔对自己说：我站在一条沉闷的街道中间，背着我的书包，比较阴暗的天空朝北，黑暗的天空朝南，亲爱的以实玛利，无论您以什么智慧得出结论，都可以过夜，一定要询问价格，不要太专一。

我停下了脚步，在大街上走来走去，穿过了"交叉鱼叉"的标志，但那儿看起来太贵了，太快了。进一步，从"剑鱼旅馆"的鲜红色窗户上，传出了强烈的射线，似乎融化了屋前的雪和冰，因为其他地方凝结的霜冻都厚达十英寸。坚硬的沥青路面，当我将脚踩在细腻的凸起上时，我感到非常疲倦，因为经过艰苦，无情的服务，靴子的鞋底处在最痛苦的境地。太贵了，太快乐了，我又想了一下，停了一会儿，看着街上灿烂的眩光，听到里面叮叮当当的眼镜的声音。依斯玛尔，继续说，我最后说。你没听到吗从门前走开；您打过的靴子挡住了路。所以我去了。我本能地跟随着带我走水的街道，因为毫无疑问，那里是最便宜的旅馆，即使不是最廉价的旅馆。

如此沉闷的街道！一块黑块，而不是房子，到处都是蜡烛，就像蜡烛在坟墓中移动一样。在一周的最后一天的夜晚的这个小时，小镇的那四分之一处几乎无人居住。但是目前，我从一幢低矮而宽阔的建筑开始，烟熏烟熏，那栋建筑的门令人愉悦地敞开着。它看起来很粗心，好像是为公众使用的。因此，进入时，我要做的第一件事就是偶然发现走廊上的一个烟灰缸。哈！我以为我，哈哈，由于飞扬的粒子几乎使我窒息，难道是那座被摧毁的城市戈莫拉的骨灰？但是"交叉鱼叉"和"剑鱼？"-这必然是"陷阱"的标志。但是，我振作起来，听到里面很大的声音，推开了第二扇室内门。

似乎伟大的黑人议会坐在前卫。一百个黑脸在他们的行中转过身来凝视；甚至还有一个厄运的黑人天使正在讲坛上殴打一本书。那是一个黑人教堂；传教士的经文是关于黑暗的黑暗，在那里哭泣，哭泣，咬牙切齿。哈哈，以实玛利，喃喃地说我，退缩，在"陷阱！

继续前进，我终于在离码头不远的昏暗的灯光下，听到一阵孤寂的吱吱声。抬头抬头，看见门上有个挥舞着的牌子，上面涂着白色的油漆，隐约地代表着雾气直射的高高直射，下面是"喷壶旅馆："棺材。

棺材？-喷口？-在那个特定的连接中，是不祥的，我想。他们说，但这是楠塔基特岛的一个普通名字，我想这里的彼得是那里的一个移民。当光线看起来如此昏暗，那个地方，当时，看起来足够安静，破旧的小木屋本身看起来好像是从某个烧毁的地区的废墟中把它运到这里的，而且那摇摆的招牌上有一个穷困倒的吱吱作响，我认为这里是廉价住宿和最好的豌豆咖啡的聚集地。

那是一个奇怪的地方-一间山墙式的老房子，一侧照旧了，可悲地俯身。它站在一个陡峭的阴暗角落，狂风的欧陆风在那儿吹起了糟糕的保罗被抛弃的手艺，比以往任何时候都更加刺耳。尽管如此，对任何一个室内人来说都是一种令人愉悦的西风，他的脚踩在炉架上，静静地在床上睡觉。一位老作家说："判断那被称为欧罗登的狂风，我的作品只有我现存的副本。"无论您是否从玻璃窗上注视着霜冻，这都产生了惊人的变化。在外面，还是从那无窗的窗户观察，窗子的两边都是霜冻，只有死者才是死者。"当我想到这段话的时候，我想的确如此。老黑字，你说得很好。是的，这些眼睛是窗户，这是我的房子。可惜的是他们没有堵住小辫子和缝隙，到处乱扔一点皮棉。但现在进行任何改进为时已晚。宇宙完成了；铲刀已经打开，一百万年前就把芯片运了出去。那里那可怜的拉撒路人，牙齿在路边石的枕头上，颤抖着颤抖，他可能用破布塞住了两只耳朵，把玉米棒子塞进了他的嘴里，但这并不能阻止暴风雨的欧洲冰川。！老潜水说，穿着红色的丝绸包裹物（后来他又变红了），维尼，维尼！多么寒冷的夜晚 猎户座是如何闪闪发光的 什么北极光！让他们说说永恒的温室在东方的夏季气候；给我特权，用自己的煤度过自己的夏天。

但是呢？他可以举起蓝色的双手，将它们举起北极光，以温暖自己的双手吗？拉扎鲁斯会不会在苏门答腊而不是这里？难道他不愿意沿着赤道线纵长地躺下吗？是的，众神！进入火坑本身，以防霜冻？

现在，拉扎鲁斯人应该在潜水门前滞留在路缘石上，这比将冰山停泊在其中的一块冰镇上要好得多。但他还是潜入水中，他也像沙皇一样生活在由冰凉的叹息制成的冰宫中，并且作为节制社会的主席，他只喝着孤儿的温热眼泪。

但是现在这种累赘已不复存在，我们将继续捕鲸，而且还有很多事情要做。让我们从结霜的脚上刮去冰，看看这种"喷水器"可能在什么样的地方。

第3章。

进入山墙端的-，您会发现自己身处宽大，矮小的，散乱的入口中，上面挂着老式壁板，使人想起了一些受谴责的旧手艺的堡垒。一方面，它悬挂着一幅巨大的油画，其被彻底地熏掉，并且以各种方式被污损，以至于在您观看它时，在不平等的交叉灯下，它只是经过勤奋的研究和对它的一系列系统性访问，并仔细询问了邻居，您可以通过任何方式了解其目的。如此难以估量的阴影和阴影，一开始您几乎以为是一位野心勃勃的年轻艺术家，在新英格兰陷入困境之时，就试图勾勒出混乱的局面。但是，由于有了很多认真的考虑，并且经常反复思考，特别是通过向入口后面打开小窗，您最终得出的结论是，这样一个想法，无论多么野蛮，都不会完全没有根据。

但是最令您困惑和困惑的是，长长的，弯曲的，诱人的黑色块状物体在图片的中心徘徊在漂浮于无名酵母中的三条蓝色，暗淡，垂直的线条上。真实的沼泽，潮湿，高跷的画面，足以使一个紧张的人分心。然而，它存在着一种不确定的，半途而废的，难以想象的崇高感，使您不知所措，直到您不由自主地发誓宣誓自己发现那幅奇妙的画作的含义。曾经，一个聪明但愚蠢的欺骗性想法会使您失望。——这是午夜大风中的黑海。——这是对四个主要元素的不自然的战斗。——这是荒芜的荒野。。—这是冰封的时间流的分裂。但最终，所有这些幻想都在图片的中间让那个可预见的东西产生了。这一次发现，和所有其余的都是平原。但是停下来 它不像巨型鱼吗？甚至是伟大的巨兽本人？

实际上，艺术家的设计似乎是这样：我自己的最终理论，部分基于我与之交谈过的许多老年人的综合观点。图为飓风中的角角。这艘半起伏的船摇摇欲坠，只有三个被拆除的桅杆可见。愤怒的鲸鱼企图将飞艇清理干净，这是将自己刺入三个桅杆头的巨大举动。

入口的对面是一排排怪异的球杆和长矛。有些镶有像象牙锯一样闪闪发光的牙齿；其他的则簇拥着人类的头发。一个是镰刀形的，像一把长臂割草机在新割的草上切开的那段一样，宽阔的手柄扫过一圈。当您凝视时，您颤抖着，想知道用这种骇人听闻的骇人工具，有什么可怕的食人族和野蛮人会死活。混杂着生锈的旧捕鲸枪和鱼叉，它们都破碎并变形了。一些是传说中的武器。五十年前，弥敦道·斯旺（ ）用这把曾经长过一头的长矛，现在已经弯腰了，在日出和日落之间杀死了15条鲸鱼。那把鱼叉像现在的开瓶器一样，被扔在爪哇海，几年后被一条鲸鱼赶走，几年后从布兰科的海角处杀死。原始的铁杆靠近尾巴，像一根不停地扎着针的针刺入一个人的身体，走了整整40英尺，最后发现它被埋在驼峰中。

穿过这个昏暗的入口，然后穿过低矮的拱形路，进入古老的中央烟囱，四周都是带壁炉的壁炉，然后进入公共房间。这里仍然是黄昏的地方，上面低矮的横梁，下面是旧的起皱的木板，您几乎会幻想您踩踏了一些旧船的驾驶舱，尤其是在如此的夜晚，这时锚定的旧方舟摇晃得很厉害。。一侧放着一张长长的，矮小的，类似于架子的桌子，上面覆盖着破裂的玻璃盒子，里面装满了从这个世界最遥远的角落收集的尘土稀有的稀有物品。从房间的另一个角度伸出来的是一个看起来暗淡的书房-吧台-对露脊鲸头部的粗鲁尝试。不管怎样，鲸鱼的下巴上立着一块巨大的弓形骨头，如此之宽，教练可能几乎要开车驶过它。里面是破旧的架子，周围摆满了旧的水器，瓶子，烧瓶。像另一个被诅咒的约拿人（他们的名字叫他叫他）一样，在那些迅速毁灭的颚骨中，狂奔着一个枯萎的老人，他用自己的钱卖掉了水手们的妄和死亡。

他倒毒药的杯子倒是可恶的。尽管是真正的圆筒，但里面没有，但绿色的护目镜玻璃欺骗性地向下倾斜到欺骗的底部。平行的子午线粗暴地啄入玻璃杯中，围住这些脚垫的酒杯。填写到此标记，您的费用只是一分钱；到这一个便士以上; 依此类推，直到满满的玻璃杯（ ），您可能会大吃一惊。

进入这个地方后，我发现许多年轻的海员聚集在一张桌子周围，由一名昏暗的潜水员检查了的标本。我寻找房东，并告诉他我想住一个房间，得到答复说他的房子已经满了-不是空着床。"但是很惊讶，"他轻拍着额头，"你不反对分享鱼叉的毯子，对吗？我是说你要去'一个鲸鱼'，所以你最好习惯那种事情。"

我告诉他，我从不喜欢在床上睡两个人。如果我应该这样做的话，那将取决于谁是待命者，并且如果他（房东）对我来说真的没有其他地方，而待命者也不是绝对令人讨厌的，那为什么不走到另一个奇怪的地方在一个如此痛苦的夜晚，我会忍受任何体面男人的毯子的一半。

"我是这样认为的。好吧；请坐。吃晚饭？-你要吃晚饭吗？晚饭将直接准备好。"

我坐在一个古老的木制定居点上，像电池上的长椅一样刻在上面。一端，一块反光的焦油仍用杰克刀进一步装饰着，弯腰努力地在他两腿之间的空间里工作。他想在全速航行中的一艘船上尝试他的手，但是我想他并没有取得多少进展。

最后，我们中的大约四五个在隔壁房间被召唤进餐。就像冰岛一样寒冷-根本没有火-房东说他负担不起。除了两张令人沮丧的牛脂蜡烛外，别无其他，每张都缠绕在一块。我们不愿为我们的猴子外套系上纽扣，然后用半冻的手指将我们杯中的烫茶握在嘴唇上。但是票价是最丰盛的-不仅是肉和土豆，而且是饺子。我的妈呀！晚饭的饺子！一位身穿绿色外套的年轻人以一种最可怕的方式向这些饺子致意。

房东说："我的孩子，你将面临噩梦般的疯狂。"

我小声说："房东，这不是鱼叉手吗？"

"哦，不，"他说，看起来像个恶魔般的滑稽，"前锋是个肤色黝黑的家伙。他从不吃饺子，他不吃-除了牛排，他什么都不吃，而且他很喜欢。"

我说："他做的魔鬼。""那个鱼叉手在哪里？他在这里吗？"

答案是："他很快就会到这里来。"

我忍不住了，但是我开始对这个"肤色黝黑的"鱼叉手感到怀疑。无论如何，我下定决心，如果事实证明我们应该在一起睡觉，他必须脱下衣服上床睡觉。

晚饭结束后，公司回到酒吧室，那时我不知道自己该怎么办，于是我决定度过余下的晚上作为探望者。

目前没有听到骚动的声音。起初，房东哭了，"那是格鲁普斯的船员。我今天早上在海上报导了她的种子；三年的航程，和一艘满载的船。哈拉，男孩；现在，我们将从脚踝处得到最新消息。"

入口处听到海靴踩踏的声音；门被甩开了，卷起了一套狂野的水手。他们裹着蓬松的表层外套，头在羊毛被子里闷闷不乐，全是被修饰的衣衫，胡须结实的冰柱，似乎是拉布拉多熊的喷发。他们刚从船上降落，这是他们进入的第一所房子。难怪，当鲸鱼的嘴巴直直地朝着鲸鱼的嘴巴叫了起来时，那只皱着皱纹的小老乔纳在那儿担任主礼，很快就把它们全部倒在了薄脆的锅里。一个人抱怨头上得了重感冒，乔纳在他头上混合了像沥青一样的杜松子酒和糖蜜，他发誓是治所有感冒和卡塔尔病的主要方法，不用担心站立多久或是否发疯拉布拉多的海岸，或在冰岛的天气一侧。

这种酒很快就进入了人们的头脑，就像从海上新登陆的最尖锐的头一般一样，他们开始在最脚的地方徘徊。

但是我发现其中一个人显得有些冷漠，尽管他似乎不希望自己清醒的面孔破坏船友的欢笑，但总的来说，他没有像其他人那样大声喧。这个人立刻使我感兴趣。既然海神命定了他不久就应该成为我的船友（就这个叙述而言，尽管是一个沉睡的伙伴），所以我在这里冒险介绍一下他。他身高六英尺，肩膀高贵，胸部像保险箱一样。我很少见过这样一个男人。他的脸深褐色且烧焦，对比之下他的洁白的牙齿使人眼花;乱。在他深深的阴影中漂浮着一些让人似乎并不给他带来欢乐的回忆。他的声音立刻宣布他是南方人，从他的身材，我认为他一定是弗吉尼亚州阿勒格尼山脉中那些高大的登山者之一。当他的同伴的狂欢高涨时，这个人悄悄溜走了，直到他成为我的同志，我再也看不到他了。然而，在几分钟之内，他的船友就想念他了，由于某种原因，他们似乎是他们的最爱，他们大声喊道："散货！散货！散货在哪里？" 冲出屋子追赶他。

现在大约是九点钟，这些狂欢结束后，房间似乎变得异常安静，我开始祝贺自己在海员进入之前发生了一个小计划。

没有人喜欢在床上睡两个人。实际上，您宁愿不与自己的兄弟同睡。我不知道这是怎么回事，但是人们喜欢在睡觉时保持私密。当要与一个陌生的陌生人，一个陌生的旅馆，一个陌生的城镇和那个陌生的人成为鱼叉的人睡觉时，您的反对会无限期地增加。我也没有任何世俗的理由使我作为水手比别人睡更多的床；因为水手们再也不能像单身汉国王那样在海边的床上睡两张床了。确保他们都在一起睡在一间公寓里，但是您有自己的吊床，用毯子盖好自己，然后在自己的皮肤上睡觉。

我越想这个鱼叉，我就越不会和他一起睡觉。可以公平地假设，视情况而定，作为鱼叉手，他的亚麻布或羊毛呢不是最整齐的，当然也不是最好的。我开始抽搐。此外，天色已经晚了，我体面的鱼叉手应该回到家睡觉了。现在假设，他应该在午夜跌倒在我身上-我怎么能从他来的那个卑鄙的洞中分辨出来？

"房东！我改变了对那个鱼叉的想法。——我不和他睡觉。我会在这里坐板凳。"

"随您便，对不起，您不能在桌布上放床垫，而这在这里是一块肮脏的粗糙板" —— 和刻痕的感觉。"但是，稍等一下，；我在酒吧里有一个木匠的飞机，我说，等一下，我会让你很舒服。" 这样说，他购买了飞机；然后用他的旧丝绸手帕先在长凳上打扫灰尘，然后大力地准备在我的床上溜走，一会儿像猿猴一样咧着嘴笑。刨花左右飞舞；直到最后，刨铁撞到了坚不可摧的结上。房东快要扭伤他的手腕了，为了天上的缘故，我告诉他-床足够柔软以适合我，而且我不知道世界上所有的刨花怎么能使绒毛落在一块松木板上。因此，他又笑了起来，把刨花收集起来，扔到房间中间的大炉子里，他开始做生意，把我留在一个棕色的书房里。

我现在测量了长凳，发现脚太短了。但这可以用椅子修理。但是那只脚太窄了。屋子里的另一条长凳比计划中的那条凳高约四英寸，所以没有多余的轭。然后，我沿着靠墙的唯一净空纵向放置了第一个长凳，在它们之间留了一点间隔，以便让我的后背得以安顿下来。但是我很快发现，从窗台下面有这么冷的空气吹过我在窗户上，这个计划根本做不到，尤其是当摇摇晃晃的门传来的另一股电流从窗户碰到时，两者一起在我以为要度过的那一刻附近形成了一系列小的旋风。晚。

魔鬼拿到了那个鱼叉侠，以为我，但是停下来，我不能偷偷向他进军吗？把他的门打开里面，跳进他的床上，不要被最猛烈的敲门声吵醒？似乎没有坏主意；但经过深思熟虑，我将其驳回了。因为谁能说出第二天的早晨，那么当我突然跳出房间时，前锋可能会站在入口处，所有人都准备把我撞倒！

仍然，再次环顾四周，除非有其他人的床，否则我再也没有机会度过一个痛苦的夜晚，我开始认为，毕竟我可能会对这种未知的鱼叉手怀有不必要的偏见。以为我，我会等一会儿；他一定很快就会来的。那我好好看看他，也许我们毕竟可能会成为快乐的好床友-没什么可说的。

但是，尽管其他寄宿生不断地进来，三三两两地上床睡觉，但我的前锋没有任何迹象。

"房东！" 我说："他是一个什么样的家伙，他总是这么晚吗？" 现在已经十二点了。

房东又瘦又笑了起来，似乎对我所不理解的东西发了痒。"不，" 他回答，"一般来说，他是早起的鸟儿-上床睡觉的艾里犬，然后上扬的飞机上的艾利鸟-是的，他是捕捉蠕虫的那只鸟。但是今晚他出去兜售，你知道了，我不知道看看有什么事情让他这么晚，除非，也许不是，他不能卖掉头。"

"不能卖掉他的头吗？-你在告诉我这是一个怎样的故事？" 进入高耸的愤怒。"房东，你假装说这个鱼叉手实际上是在这个幸运的星期六晚上，或者更确切地说是星期日早晨，在这个小镇上兜售他的头？"

房东说："就是这样，我告诉他，由于市场积压，他不能在这里卖掉它。"

"什么？" 大喊我

"要确保有头脑；世界上没有太多的头脑吗？"

"我告诉你这是什么，房东，"我很镇定地说，"你最好别再向我纺那根纱了-我不是绿色的。"

"也许不是，"拿出一根棍子并抽着一根牙签，"但我雷瑟猜想，如果那个鱼叉听到你的诽谤他的头，那你会变成褐色的。"

我说："我会为他解决的。"现在，我对房东的这种不负责任的放纵又一次充满了激情。

他说："已经准备就绪了。"

"断，"我说-"断了，你是说吗？"

"保持，这就是他卖不出去的原因，"我猜。

"房东。"我说，像山一样酷。赫克拉在一场暴风雪中-"房东，别再发牢骚了。你和我必须互相理解，我也必须毫不拖延地来。我来到你家要一张床；你告诉我你只能给我半张床；那另一半属于某个鱼叉手。关于这只鱼叉手，我还没见过，你坚持告诉我最神秘，最令人生气的故事，这些故事往往使我对你为我的床友设计的那个人感到不自在-一种房东，是最高程度的私密和保密人，我现在要求您说出来，告诉我这个鱼叉手是谁和什么，以及我是否在各方面都可以安全过夜首先，您会很好以至于不敢说出有关卖掉他的头的故事，如果是的话，我想作为一个很好的证据证明这个鱼叉手非常生气，而且我不愿意和他一起睡。疯子；而你，先生，你我的意思是，楼主，你，先生，试图通过诱导我 故意这样做会因此受到刑事起诉。"

房东长叹了一口气，说："墙，这是一条短时长的撕碎的鲑鱼肉，有时会撕裂一点。但是要容易，要容易，我在这里告诉你这个鱼叉手刚刚来了他从南洋上买了很多新西兰的秃头（好玩的小玩意儿，你知道），他把它们全部卖掉了，只剩下一只，而他想今晚卖掉的那只，导致明天周日，当人们上教堂去的时候，不要在街上卖人头。他想，上周日，但我停住了他，就像他要走出屋子，四头扎在门上一样。一根绳子，就像洋葱串一样。"

这个说法打消了原本无法解释的谜团，并表明房东毕竟不知道要骗我-但与此同时，我能想到一个在星期六晚上呆在圣安息日之外的鱼叉人，从事诸如卖掉死了的偶像崇拜者的头等食人的生意？

"依靠它，房东，那个前锋是个危险的人。"

反对者说："他付钱给'。" "但是，来晚了，这太可怕了，你最好转个子-这是一张漂亮的床；萨尔和我在我们被剪接的那个晚上睡在那张床上。那边有足够的空间供两个人踢着床；一个全能的大床，为什么，在我们放弃之前，萨尔曾经把我们的山姆和小约翰尼放在它的脚下，但是我做了一个梦，漫长的一个晚上，不知何故，山姆被扔在地板上了，差点摔了一下胳膊。萨尔说那是行不通的。走到这儿，我给你一阵傻笑。如此说来，他点燃了一支蜡烛，将蜡烛朝我扑去，主动带路。但是我站不定。在时钟在角落里看时，他大声说："我它的星期天，你不会看到到晚上，他来到锚沿着某处，然后来；你来了；不咋来了？"

我考虑了一会儿，然后走上楼梯，我被带进一个小房间，像蛤一样冷，摆放着足够大的床，摆放得足够肯定，几乎可以容纳任何四个鱼叉手并排睡觉。。

"在那里，"房东说，将蜡烛放在疯狂的旧海柜上，该柜子充当洗手台和中央桌子有双重作用；"在那里，现在让自己舒服一些，祝您晚安。"我转眼从床上转过身，但他不见了。

折回柜台玻璃，我弯下腰在床上。尽管没有一个最优雅，但经过严格的审查仍然可以忍受。然后我环顾了房间；除了床架和中央桌之外，看不见该地方的其他家具，而是一个粗鲁的架子，四面墙和一个纸制的火炉，代表一个人在打鲸鱼。在一些不属于房间的物品中，有一个吊床被绑起来，扔在一个角落的地板上；也是一个大的海员包，里面装有前锋的衣柜，无疑可以代替陆上行李箱。同样，壁炉上方的架子上还有一堆古怪的骨头鱼钩，高高的鱼叉站在床头。

但是这是什么东西？我拿起它，把它放在靠近光线的地方，感觉到它，然后将它闻起来，然后尽一切可能得出一些令人满意的结论。我只能将它比作一个大的门垫，在门垫的边缘装饰一点点叮叮当当的东西，例如印在印度鹿皮鞋上的沾染豪猪羽毛的东西。正如您在南美雨披中看到的那样，该垫子的中间有一个洞或缝。但是有没有可能一个清醒的鱼叉手会进入门垫，以这种幌子游行任何一个基督教小镇的街道？我戴上它，尝试一下，它像篮筐一样使我沉重，不寻常地蓬松而浓密，我觉得有点潮湿，好像这个神秘的鱼叉手在下雨天一样。我进去的时候，把一小块玻璃贴在墙上，我一生中从未见过这样的景象。我急匆匆地从中撕裂了一下，以至于我自己扭了一下脖子。

我坐在床边，开始思考这个头扑的鱼叉和他的门垫。在床边思考了一段时间后，我起身脱下了我的猴子外套，然后站在房间中间思考。然后我脱下外套，在衬衫袖子上再想了一点。但是现在开始感觉很冷，像我一样半脱衣服，还记得房东说的那位前锋那天晚上根本没有回家的事，那太晚了，我不再费力气，而是跳出了我的连裤长裤，靴子，然后吹熄的光线滚落到床上，并称赞自己对天堂的照顾。

那个床垫是装满玉米棒子还是破损的陶器，没有任何消息可言，但是我翻了很多，不能睡很久。终于，我溜进了一个轻打睡的地方，当我听到通道中沉重的脚步声，看到一丝微光从门下面进入房间时，我几乎可以向点头之地好了。

主救了我，我想，那一定是鱼叉手，地狱的小贩。但我完全静止着，决心不说话只说一句话。陌生人一只手握住一只灯，另一只手握着相同的新西兰头，走进房间，不看床，将蜡烛远离我的地方放在一个角落的地板上，然后开始工作离开房间时，先离开大袋子的打结的绳索。我非常渴望看到他的脸，但是他在解开包口的时候却保持了一段时间。然而，这成就了，他转过身-天哪！好景致！这样的脸！它是深色，紫色，黄色，到处都是黑色的大方块。是的，就像我想的那样，他是一个可怕的同胞。他一直在战斗，被可怕地割伤了，而他就在这里，只是外科医生的。但是在那一刻，他有机会将他的脸转向光明，以至于我清楚地看到它们根本不能粘膏，脸颊上那些黑色的正方形。他们是某种形式的污渍。起初我不知道该怎么做。但是不久我就对真理有了一点怀疑。我想起了一个白人的故事-一个鲸鱼人-属于食人族，被他们刺穿了纹身。我得出的结论是，这位鱼叉长者在他的远航中一定也遇到了类似的冒险。到底是什么，我想！只是他的外表 一个人在任何一种皮肤上都可以诚实。但是，那是由他那出乎意料的肤色构成的，我的意思是，那部分环绕着，完全独立于纹身的方格。可以肯定的是，它可能不过是一件很好的热带晒黑外套。但是我从来没有听说过烈日把一个白人晒成紫色的黄色。但是，我从来没有去过南洋。也许那里的阳光对皮肤产生了这些非凡的影响。现在，尽管所有这些想法都像闪电一样在我心中传递，但是这位前锋根本没有注意到我。但是，在打开袋子后遇到了一些困难之后，他开始摸索着，现在掏出一种战斧和一个留着头发的海豹皮钱包。将它们放在房间中间的旧箱子上，然后他拿起新西兰头（够可怕的了），塞到袋子里。现在，当我近距离唱歌时，他脱下了帽子-新的海狸帽子。他的头上没有头发-至少无话可说-额头上只有一个小的头皮结。现在，他的光头紫色头看上去像一个发霉的头骨。如果没有陌生人站在我和门之间，我会比以往任何时候都更快地从门上狂奔。

即使是这样，我也想从窗户上滑下来，但这是二楼的后背。我不是胆小鬼，但是对这个头顶兜售的紫色捣蛋鬼的理解完全让我理解。无知是恐惧的源头，对陌生人完全无精打采和困惑，我承认我现在对他同样感到恐惧，就好像是魔鬼本人在深夜闯入我的房间一样。实际上，我非常害怕他，以至于我当时还不够游戏来对付他，并要求就他看来莫名其妙的事情给出满意的答复。

同时，他继续进行脱衣服的工作，最后露出胸膛和手臂。在我住的时候，他这些被遮盖的部分都被打成方格，与他的脸相同。他的背部也遍布相同的黑色方块。他似乎已经参加了三十年的战争，只是穿着一件抹灰上衣逃脱了。还有，他的腿很明显，好像一团深绿色的青蛙在年轻的棕榈树的树干上奔跑。现在很明显，他必须是一些可恶的野蛮人或其他运往南海的鲸鱼船的人，并因此降落在这个基督教国家。我想起来了。也是个小贩-也许是他自己兄弟的小贩。他可能喜欢上我的天堂！看那个战斧！

但是没有时间发抖了，因为现在野蛮的事情完全使我着迷，并说服了他一定是一个异教徒。去他以前挂在椅子上的沉重的，或，他摸索着口袋，长出一个奇怪的，有点变形的图像，背面有驼背，正好是三个天大的刚果宝贝。回忆起防腐剂的头部，起初我几乎以为这个黑色人体模型是一个真正的以类似方式保存下来的婴儿。但是看到它根本不是弯曲的，并且像抛光的乌木一样闪闪发光，我得出结论，它一定不过是木制偶像，事实证明确实如此。现在，野蛮人上升到了空荡荡的火场，然后取下了纸制的火炉板，在铁杆之间架起了这种像驼背一样的驼背的小图像。烟囱的门框和里面的所有砖块都很乌黑，所以我认为这个壁炉为他的刚果偶像做了一个非常合适的小神或小教堂。

现在，我将目光转向半隐藏的图像，同时感到但不舒服-看看接下来会发生什么。首先，他从格雷戈（）口袋里掏出几双刨花，然后将它们小心地放在偶像前面。然后在顶部放一些船用饼干，并用灯上的火焰，他将刨花点燃成牺牲性的火焰。目前，在许多草率的抢夺行动中，并且手指仍草草地抽了一下（因此，他似乎被焦灼得很厉害），他终于成功地拿出了饼干。然后吹去一点点热量和灰烬，他有礼貌地向小黑人提出了要约。但是这个小魔鬼似乎根本不喜欢这种干货。他从未动过嘴唇。所有这些奇怪的滑稽动作都伴随着奉献者的奇怪的喉咙声，似乎在唱歌中祈祷，或者在唱一些异教徒的诗篇或其他，在此期间他的脸以最不自然的方式抽搐。最后扑灭了大火，他毫不客气地把偶像拿了起来，然后又不小心把袋子再次装在了格雷戈的口袋里，就好像他是一个运动员，正在把一只死的子装在袋子里一样。

所有这些古怪的举动增加了我的不适感，看到他现在表现出结束其业务运作的强烈症状，并和我一起上床睡觉，我认为现在是时候了，现在还是永远也没有，在熄灭灯火之前，打破魔咒我早已被束缚在其中。

但是我花了很多时间来思考，这是致命的。他从桌子上拿起战斧，片刻地检查了一下它的头部，然后把手放在嘴上，将它放在光下，扑出了浓烟。下一刻，灯被熄灭了，这颗食人的野战战斧在他的牙齿间与我同床。我唱歌，我现在忍不住了。他突然惊讶地开始感到我。

结结巴巴地结结巴巴，我不知道是什么，我从墙壁上滚了下来，离开他，然后变幻成他，无论他是谁，无论他是谁，都要保持安静，让我起床并再次点亮灯。但是他的言辞举止立刻使我感到满意，但他不理解我的意思。

"谁骗了你？"他最后说，"你不说话，我，我杀了。" 因此，在黑暗中，点燃的战斧开始在我周围蓬勃发展。

"房东，看在上帝的份上，彼得棺材！" 大喊我 "房东！看！棺材！天使！救救我！"

"说吧！告诉我，我是谁，还是该死，我杀了！" 食人族再次咆哮，而他那可怕的战斧式的繁荣散布了我周围的热烟灰，直到我以为我的亚麻布会着火。但是谢天谢地，那一刻，房东手握光射入房间，从床上跳下，向他跑去。

"现在不要害怕，" 他再次笑着说，"不会伤害到您的头发。"

我喊道，"停止咧开嘴笑，你为什么不告诉我那个地狱鱼叉手是一个食人族？"

"我以为你知道吗？-我不是告诉你，他是镇上的小伙子吗？-但是又把子转入睡梦中。，看看这里-你在教我，我在教，你这男人睡你了-你受礼了吗？

"我满嘴大汗" —— 咕一声，喘着粗气坐在床上。

"你进去，"他补充说，用战斧向我示意，将衣服扔到一边。他的确做到了这不仅是民间的，而且是一种非常友善和慈善的方式。我站着看着他。尽管他有所有纹身，但总体来说他是一个干净，漂亮的食人族。我一直在做些什么大惊小怪，以为我想我自己-这个人和我一样是一个人：他有很多理由惧怕我，就像我必须惧怕他一样。与清醒的食人徒相比，清醒的食人族更好的睡眠。

我说："房东告诉他把战斧，烟斗或任何你称呼的东西藏在那里；总之告诉他戒烟，我会和他一起去。但我不喜欢有一个和我一起在床上抽烟的人。这很危险。此外，我没有保险。"

被告知时，他立刻顺从了，然后再次礼貌地示意我上床-滑到一边说得最多-"我不会碰到你们。"

我说："晚安，房东，你可以去。"

我上交了，从来没有睡过更好的生活。

第4章。

第二天早上在白天醒来时，我发现的手臂以最爱和最亲切的方式摔在我身上。你几乎以为我是他的妻子。柜台玻璃是拼凑而成的，到处都是奇特的小方格色的正方形和三角形。他的那只纹身的手臂上遍历着无休止的克里特人像，其中的两个部分都没有一个精确的阴影-因为我想他在阳光和阴影下不停地将他的手臂放在海上，他的衬衫袖子不规则地卷起来在不同的时间-我说，他的同一只手臂环视着整个世界，就像一条相同的拼布被子一样。的确，就像我第一次醒来的时候一样，部分地躺在手臂上，我几乎无法从被子上分辨出来，他们将它们的色调融合在一起。只有凭着压力和压力，我才能知道正在拥抱我。

我的感觉很奇怪。让我尝试解释一下。当我还是个孩子的时候，我很清楚地记得过一次类似的情况。无论是现实还是梦想，我都无法完全解决。情况就是这样。我一直在削减一些刺山柑或其他产品，我想这是在试图爬上烟囱，因为几天前我看到有一点扫荡。还有我的继母，无论如何还是一直在鞭打我，或者让我彻夜难眠地睡觉，-母亲把我的腿从烟囱里拖出来，把我收拾好了，尽管只有两点钟6月21日下午，这是我们半球一年中最长的一天。我感到恐惧。但是没有任何帮助，所以我上楼去了我三楼的小房间，尽可能地脱下衣服以消磨时间，在床单间苦了一下。

我沮丧地躺在那儿，计算必须经过整整十六个小时，我才希望复活。卧床十六个小时！我的小后背想起来了。而且也很轻 阳光照在窗户上，大街上的教练大叫不停，满屋子都是同性恋的声音。我感到越来越糟了-最后，我站起来，穿好衣服，脚下的袜子轻轻地走下来，寻找继母，然后突然把自己扔到她的脚下，恳求她作为一个特别的恩惠给我一个很好的拖鞋不良行为；除了谴责我躺在如此难以忍受的时间之外，任何事情的确存在。但是她是继母中最优秀，最尽责的，后来我不得不去我的房间。我躺在那里醒了几个小时，甚至感觉到了以后最大的不幸，这让我比自从那时以来做过的事情更加糟糕。最后，我一定陷入了打睡的噩梦中；慢慢地从中醒来-半梦半沉-我睁开了眼睛，以前阳光普照的房间现在被外面的黑暗包裹着。刹那间，我感到震惊不已。什么也看不见，什么也听不见。但是似乎有一只超自然的手放在了我的手中。我的手臂悬在台板上，那只手所属的无名，难以想象的，沉默的形式或幻影似乎紧贴在我的床边。我似乎躺在那儿，因为岁月累累，我躺在那里，被最可怕的恐惧冻住了，不敢拉开我的手。但是我曾经想过，如果我只能搅拌一英寸，那可怕的咒语就会被打破。我不知道这种意识最终是如何离开我的。但是在早晨醒来时，我颤抖地记住了这一切，在数天，数周和数月之后，我迷失了自己，难以解释这个谜。不，直到这一个小时，我经常对此感到困惑。

现在，消除了可怕的恐惧，我对自己的超自然感觉感到非常奇怪，与我醒来并看到异教徒的手臂缠在我身上时的感觉非常相似。但是，在固定的现实中，一整夜都反复发生了昨晚的所有事件，然后我只活在可笑的困境中。因为尽管我试图移动他的手臂（解开新郎的扣环），但仍在睡觉，他仍然紧紧地拥抱着我，似乎无济于事，但死亡应该使我们陷入困境。我现在竭力叫醒他-"！"-但他唯一的回答是打。然后我翻了个身，脖子好像是在马领上一样。突然感到轻微的刮擦。抛开工作台，躺在那把战斧在野蛮人的身边睡觉，好像是一个面对斧头的婴儿。确实，一个漂亮的泡菜以为我；在宽阔的一天里，在一个陌生的房子里躺在这里，那里有食人族和战斧！"！！以善良的名义，，醒醒！" 总的来说，由于一点点的挣扎，以及由于他以那种婚姻式的方式拥抱同一个男人的不幸而不断的大声骂，我成功地发出了咕声。现在，他向后退了一步，就像一条纽芬兰狗一样从水里摇了摇，然后坐在床上，像派克员工一样僵硬，看着我，揉着眼睛，好像他完全不记得了我是如何来到那里的，尽管对我的一些了解的朦胧意识似乎在他身上渐渐消失。同时，我静静地注视着他，现在没有任何严重的疑虑，然后弯腰仔细观察一个如此好奇的生物。终于，当他的思想似乎打动了他的同胞的性格时，他变得与事实相适应了；他跳到地板上，通过某些迹象和声音让我明白，如果让我满意，他会先穿衣服，然后再让我穿衣服，然后把整个公寓留给我自己。认为魁北克在这种情况下，这是一个非常文明的提议；但是，事实是，这些野蛮人天生就有一种精致的感觉，说出你的意愿。他们多么有礼貌，真是太棒了。我特别感谢魁奎克，因为他对我如此谦逊和体贴，而我却犯了很粗鲁的罪行。从床上凝视着他，看着他所有的化妆动作；暂时我的好奇心使我的繁殖变得更好。但是，像这样的人每天都不见，他和他的方式值得我们与众不同。

他从旁边穿上了一个很高的海狸帽子，开始穿上最上面的衣服，然后-仍然减去拖网渔船-继续寻找靴子。我不能说他是在天堂下干什么的，但是他的下一个动作是在床底下压伤自己-手握靴子，戴上帽子。我从各种各样的暴力喘息和紧张中推断出他努力工作要自我引导。尽管据我所知，没有任何礼节性的法律规定，任何人穿靴子时都必须保持私密。但您会发现是处于过渡阶段的生物，既不是毛毛虫也不是蝴蝶。他足够文明，以最奇怪的方式炫耀自己的怪异。他的教育尚未完成。他是一个大学。如果他不是一个小程度的文明人，他很可能根本不会为靴子感到烦恼。但是，如果他还不是野蛮人，他绝对不会梦到躺在床下穿上它们。终于，他戴着帽子出现了很多凹痕，压在眼睛上，开始在房间里吱吱作响，着腿，好像不是很习惯穿靴子，而是一双潮湿的，起皱的牛皮，可能不是要么命令-而是在一个寒冷的寒冷早晨的第一个离开时，将他捏和折磨了。

现在，看到窗户上没有窗帘，而且街道很狭窄，对面的房子可以看到房间的全景，并且越来越多地观察到制作的拙劣人物，几乎没有其他东西他的帽子和靴子穿上；我尽力向他求助，以加快他的厕所速度，特别是尽快进入他的马裤。他顺从了，然后开始洗自己。到那时，任何基督徒都会洗脸。但是令奎奎格感到惊讶的是，他满意地将洗发水限制在胸部，手臂和手部。然后，他穿上背心，在洗手台中央桌子上拿起一块硬肥皂，将其浸入水中，开始在脸上起泡沫。我在看他把剃刀放在哪里，当你瞧瞧的时候，他从床角拿起鱼叉，滑出长长的木砧，解开头，在靴子上磨一点，然后大步向上一面镜子靠在墙上，开始大力刮擦，或什至刺痛他的脸颊。我认为，，这是使用罗杰斯最好的餐具进行复仇。之后，当我知道鱼叉的头部是用什么优质钢制成的，以及长直边总是保持得多么锋利时，我想知道在此操作中少了些什么。

厕所的其余部分很快就建成了，他自豪地走出了房间，裹着他伟大的飞行员猴子夹克，像警长的警棍一样弹着鱼叉。

第五章，早餐。

我很快就跟着走，走进酒吧室时，笑嘻嘻的房东非常愉快。我对他不怀有恶意，尽管就我的床铺而言，他一直在和我一起飞快地飞奔。

但是，开怀大笑是一件大事，而太稀缺了。更可惜。因此，如果有人以自己的本性为某人提供好玩笑的东西，不要让他落后，而要让他高兴地以这种方式消费和消费。还有一个对他满腹可笑的男人，请确保那个男人比你想的要多。

酒吧间里到处都是寄宿生，这些寄宿生是前一天晚上掉下来的，而我还没有看过这些寄宿生。他们几乎都是鲸鱼。大副，二副，三副，木匠，木桶匠，铁匠，鱼叉和造船者；棕褐色的壮公司，留着浓密的胡须；松软，蓬松的套装，都穿着猴褂作为晨衣。

您可以清楚地说出每个人上岸多久了。这个年轻人健康的脸颊，像是晒黑的梨，略带麝香。他不可能从印度航行中降落三天。在他旁边的那个男人看上去要淡一些。您可能会说他身上有些绸缎。三分之一的肤色仍然散发着热带的曙光，但略带漂白的色调；他无疑已经在岸上呆了整整几周。但是谁能像一样露出脸颊？它被各种色彩所禁止，就像是安第斯山脉的西坡，一排排地展现，形成了鲜明对比的气候。

"·！" 现在哭了房东，猛地打开一扇门，我们去吃早餐。

他们说，看到世界的人在态度上变得相当轻松自在，非常乐于助人。但并非总是如此：莱德亚德（ ）是伟大的新英格兰旅行者，而蒙戈公园（ ）是苏格兰威士忌。在所有男人中，他们在客厅里拥有的保证最少。但也许像狗一样，只不过是像拉德加德一样在狗拉过的雪橇上横穿西伯利亚，或者在非洲黑人的心脏地空荡荡的肚子上独自走了很长一段路，这就是蒙戈表现不佳的总和-这种旅行，我说，这可能不是获得高度社会抛光的最佳方式。在大多数情况下，这种事情仍然存在于任何地方。

在我们所有人坐在桌旁之后，我正准备听听一些有关捕鲸的好故事，这是在这里的种种反思。令我惊讶的是，几乎每个人都保持着深刻的沉默。不仅如此，而且他们看上去很尴尬。是的，这里有一组海狗，其中许多人没有一点丝毫的胆怯，就在公海上登上了大鲸鱼（对他们来说是完全陌生的），并决斗了它们而没有眨眼。然而，他们在这里坐在社交早餐桌旁-都是相同的呼唤，所有的口味都一样-彼此看上去像是在令人毛骨悚然，好像从未见过绿色山脉中的一些羊圈。好奇的景象 这些害羞的熊，这些胆小的勇士鲸鱼！

但是对于，为什么坐在他们中间，也位于桌子的头上呢？像冰柱一样酷确保我不能对他的繁殖说太多。他最伟大的仰慕者无法诚恳地证明他将鱼叉与他一起吃早餐，并在没有仪式的情况下使用它。伸手伸到桌子上，许多人将要面临危险，并将牛排对准他。但是这肯定是由他非常冷静地完成，每个人都知道，在大多数人的估计，做任何事情冷静是做到这一点。

我们在这里不会谈论所有的特性；他如何避开咖啡和热面包，如何全神贯注地放在牛排上，这很少见。足够的是，早餐结束后，他像其他人一样撤回了公共房间，点燃了战斧的烟斗，坐在那里静静地消化和抽烟，戴着我密不可分的帽子，当我出去散步时。

第6章街道。

如果我一开始就惊讶地发现一个如此怪异的人，就像在一个文明小镇的礼貌社会中流连忘返的魁北克人，那惊奇很快就消失了，因为我第一次白天走在新贝德福德的街道上。

在码头附近的通道中，任何相当大的海港都会经常提供从异物处查看最奇特的非描述文字的信息。即使在百老汇和栗色的街道上，地中海水手有时也会争吵这些受尊敬的女士。摄政街对拉斯卡斯人和马来人并不陌生；在孟买，在阿波罗绿色的孟买，活的洋基经常吓到了当地人。但是新贝德福德击败了所有水上街道和人群。在这些最后提到的困扰中，您只会看到水手；但是在新贝德福德，真正的食人族站在街角聊天；野蛮的 许多人还背负着邪恶的肉。它使一个陌生人凝视。

但是，除了软弱的人，钳齿龙，埃罗芒贡人，潘南人和布里格人之外，除了捕鲸船的野生标本没有在街上闲逛，您还会看到其他景点更加好奇，当然更可笑。那里每周都有大量的绿色佛蒙特人和新罕布什尔州的人到达该镇，他们全力以赴谋求增收和渔业荣耀。他们大多是年轻的，有健壮的身材；砍伐森林的家伙，现在寻求掉落斧头并抢走鲸鱼长矛。许多人像他们来到的绿色山脉一样绿。在某些情况下，您会认为它们只是几个小时而已。看这里！那家伙在拐角处。他戴着海狸帽和燕尾大衣，周围系着水手带和鞘刀。这是另一款带有西部和披风的斗篷。

没有一个城镇繁茂的花花公子会比一个乡村繁育的花花公子（我的意思是一个彻头彻尾的伯克金花花公子）要大得多。这个家伙，在狗的日子里，会因为怕晒黑而割掉他两英亩的鹿皮手套。现在，当像这样的国家花花公子在他的脑海中赢得卓越声誉并加入伟大的鲸鱼捕捞业时，您应该会看到他到达海港后所做的可笑的事情。在谈到自己的海上服装时，他命令背心上的铃铛按钮；绑在他的帆布拖网渔船上。啊，可怜的干草种子！当您被驱动时，皮带，纽扣以及所有部件在暴风雨的喉咙里滑下时，第一道啸叫声中的这些皮带将多么痛苦地破裂。

但不要以为这个著名的小镇只有鱼叉人，食人族和小家伙来向游客展示。一点也不。仍然是新贝德福德是一个奇怪的地方。如果不是我们捕鲸者，那一天的土地可能会像拉布拉多海岸一样处于叫状态。实际上，她偏远地区的部分地区足以吓一跳，它们看上去是如此骨气。在整个新英格兰，城镇本身可能是最难居住的地方。这是一块石油之乡，确实如此；但不像迦南；也是玉米和葡萄酒的土地。街上没有牛奶。春天也不会用新鲜的鸡蛋铺它们。然而，尽管如此，在美国所有地方都找不到更多类似贵族的房屋。公园和花园比新贝德福德更富裕。他们从哪里来的？如何在这个曾经崎不堪的国家中种植？

去凝视着那座高楼大厦周围的铁制象征性鱼叉，您的问题就会得到解答。是；所有这些勇敢的房屋和繁花似锦的花园都来自大西洋，太平洋和印度洋。一劳永逸，它们被鱼叉刺中并拖到海底。亚历山大先生可以做这样的壮举吗？

他们说，在新贝德福德，父亲给女儿送下嫁的鲸鱼，并用几只海豚分开了侄女。您必须去新贝德福德看一场精彩的婚礼；他们说，因为他们每个房子里都有油库，每天晚上都用精子蜡烛不计后果地燃烧它们的油。

夏天的时候，小镇很美。满是精美的枫树-长长的绿色和金色大道。八月，高高的空中，美丽而富饶的七叶树烛台向烛台致敬，使它们的圆锥形圆锥形花簇呈锥状。万能的是艺术；在新贝德福德（　）的许多地区中，在创作的最后一天，荒芜的垃圾岩石被抛弃，在这些荒芜的垃圾岩石上产生了超级诱人的鲜艳花朵。

和新贝德福德的女人一样，它们像自己的红玫瑰一样绽放。但是玫瑰只在夏天开花。而他们的脸颊上的康乃馨则常年如第七天堂的阳光一般。在塞勒姆，除了别的地方，它们匹配它们绽放的花朵，在那里，他们告诉我，年轻的姑娘们呼吸着这种麝香，水手的甜心闻到它们离岸很远，仿佛他们在吸引着臭味莫卢卡斯而不是纯净的沙子。

第七章小教堂。

在同一个新贝德福德，有一个鲸鱼礼拜堂，很少有人是喜怒无常的渔民，他们不久就去了印度洋或太平洋，他们没有去该地点进行周日的访问。我确定我没有。

从我第一天的散步回来后，我再次对这个特殊的事情表示敬意。天空已经从晴朗，晴朗的寒冷变成了雨夹雪和薄雾。用裹着毛茸茸的称为熊皮的外套包裹着自己，我抗击了顽强的风暴。进入时，我发现了一群零散的水手，以及水手的妻子和寡妇。闷闷不乐的沉默笼罩着，直到有时被暴风雨的尖叫声打破。每个沉默的崇拜者似乎都是有意地坐在彼此面前，好像每个沉默的悲伤都是孤立无礼的。牧师尚未到达；在那片无声的男人和女人的孤岛上，坚定不移地注视着几块黑色边框的大理石碑，这些碑被压在讲坛两侧的墙壁上。其中三个运行如下内容，但我不假装引用：

纪念约翰·塔尔伯特（　），约翰·塔尔伯特（　）于1836年11月1日在巴塔哥尼亚附近的荒凉小岛附近，不幸丧生于船外。此碑由他的姐姐竖起以纪念他。

纪念罗伯特·朗（　），威廉·埃勒里（　），内森·科尔曼（　），沃尔特·坎尼（　），塞思·梅西（　）和塞缪尔·格莱格（　）于1839年12月31日在太平洋上磨碎。这种大理石由幸存的船员在这里放置。

纪念已故船长埃兹凯尔·哈迪（　），他的船头在1833年8月3日于日本海岸被抹香鲸杀害。此碑由他的遗竖起，以纪念他。

我从冰釉的帽子和外套上脱下了雨夹雪，我坐在门口附近，侧身转身惊讶地发现在我附近。受现场庄严的影响，他的脸上充满了一种令人好奇的好奇心。这个野蛮人是唯一一个似乎注意到我进入的人。因为他是唯一无法阅读的人，因此也无法阅读墙上那些冷酷的铭文。我现在不知道会众中是否有那些名字出现过的海员亲戚。但是有很多是渔业中未记录的事故，所以很明显地，有几位在场的妇女戴着面容，即使不是不断的悲伤的陷阱，我敢肯定，在我面前是那些聚集在一起的人，在那些不治之症的心中看到了那些令人沮丧的药片令人同情地使旧的伤口再次流血。

哦！你们的死者埋在绿草下；站在花丛中的人可以说-我心爱的人在这里；你们不知道像这样的怀抱中的沉思是多么的荒凉。那些没有灰烬的黑色边界大理石中有什么苦涩的坏料！那些不动产的铭文有多么绝望！在似乎住所有信仰的行列中出现了致命的虚空和不可抗拒的不忠行为，并拒绝了对那些没有坟墓而无处可亡的人的复活。这些平板电脑也可能像这里一样站在象山洞中。

在哪些活物普查中，包括了人类的死亡；为什么有一个普遍的谚语说他们，他们不讲任何故事，尽管比起古德温沙来说，它们包含的秘密更多；昨天离开他去另一个世界的他的名字是怎么给我们加上如此重要的字眼，使他无话可说，但如果他选择了这个现存地球上最遥远的印度人，那他就没有资格。人寿保险公司为何要偿还不朽的死刑；在那永恒的，无情的瘫痪，致命的，绝望的中，却躺着六十多年前死去的古董亚当。我们仍然拒绝为那些仍然维持在无法言说的幸福中的人们感到安慰；为什么所有的人都如此努力使所有死者安静下来；因此，但是有传言称要敲墓葬会吓坏整个城市。所有这些事情并非没有其含义。

但是信仰像狼一样，在坟墓间觅食，甚至从这些死去的疑惑中，她也收获了最重要的希望。

在楠塔基特航行的前夕，我几乎不需要以什么感受告诉我那些大理石碑，而在那黑暗而乏味的一天的黑暗光线下，我读到了在我之前的鲸鱼的命运。是的，伊斯梅尔，同样的命运也许也是你的。但是我又以某种方式变得快乐起来。登船的诱人诱因，晋升的好机会，似乎——是的，火炉船使布雷维特成为我不朽的人。是的，在捕鲸业中存在着死亡，即无言的快速混乱地将一个男人捆绑成永恒。但是那又怎样呢？，我们极大地误解了这一生死攸关的问题。，他们所谓的我在地球上的影子是我真正的本性。认为，从精神的角度来看，我们就像牡蛎一样，通过水观察阳光，并认为浓水是空气中最稀薄的。我的身体不过是我美好生活中的祸害。实际上，要接受我的身体，我要说的是，不是我。因此，为楠塔基特三声欢呼；当他们愿意的时候，要来一个火炉船和一个火炉炉体，因为它们使我的灵魂无法自拔。

第八章讲台。

我没坐太久，一个健壮有力的人进入了。暴风雨袭击的大门一经招收就飞回了他，所有会众迅速凝视着他，充分证明了这位好老人是牧师。是的，这是著名的鲸鱼之父马普尔，他是鲸鱼中的最爱。他年轻时曾是一名水手和一名鱼叉手，但多年以来一直致力于服役。在我现在写的时候，马普尔父亲正处于一个健康老年的艰苦冬天。那种似乎已经融合到第二个开花的年轻人的老年，因为在他所有的皱纹裂缝中，都闪耀着某种新近出现的绽放的微微光芒-春天的青翠甚至在二月的雪底下也露出来。以前没有人听说过他的历史，没有人第一次对马普尔父亲没有最大的兴趣，因为关于他的某些文书上的特殊性，可归因于他过着冒险的海上生活。当他进入时，我发现他没有带雨伞，而且肯定没有带上雨伞，因为他的篷布帽子滑下了雨夹雪，他那伟大的飞行员外套似乎几乎被水压着拖到了地板上。它吸收了。然而，帽子，大衣和套鞋被一个接一个地移开，并挂在相邻角落的一小块地方。当他身穿正装时，悄悄地走到讲台上。

像大多数老式讲台一样，这是一个非常崇高的讲台，由于常规楼梯到如此高的高度，与地板的长角度会严重收缩教堂本来就很小的区域，因此建筑师似乎在行动在父亲马普勒的暗示下，完成了没有台阶的讲坛，换上了一个垂直的侧梯，就像在海上用船从船上安装时那样。捕鲸船长的妻子为这架梯子给教堂提供了一对漂亮的红色精纺人绳，梯子本身的头很好，并被染上了红木色，这是整个礼节，考虑到教堂的方式，看起来一点也不难吃。停止在梯子脚下的瞬间，用两只手抓住绳索的装饰性旋钮，马普尔父子抬起头，然后带着真正的水手般但仍然崇高的灵巧，手挽手，固定就像登上船顶一样。

侧梯的垂直部分（通常是摆动的）是用布包裹的绳子制成的，只有轮子是用木头制成的，因此每一步都有一个接头。乍一看讲台，尽管对一艘船来说多么方便，但并没有使我逃脱，在目前情况下，这些接缝似乎是不必要的。因为我不准备去爬上身高后看到父亲马普尔，慢慢转过身，弯下腰在讲台上，故意一步一步地把梯子往上拉，直到整个都堆积在里面，让他在他的小魁北克中坚不可摧。

我花了一些时间没有完全理解其原因。马普尔神父以诚恳和圣洁而享有盛誉，以至于我不能怀疑他仅仅通过舞台上的俩来讨好臭名昭著。不，我想，这件事一定有清醒的理由；此外，它必须象征一些看不见的东西。那么，通过身体上的孤立行为，他是否可以表明他当时从所有外在的世俗联系和联系中退出了精神生活？是的，为了补充忠实的上帝之人的肉和酒，我看到这个讲台是一个自给自足的据点-高耸的艾伦布赖特施泰因，墙壁上常年浇水。

但是，从牧师以前的海上航行中借来的，侧梯并不是这个地方唯一的奇怪特征。在讲坛两手的大理石墓穴之间，形成其后墙的墙壁上装饰着一幅大画，代表一艘勇敢的船在黑色岩石和白雪皑皑的破碎者的海岸上抗击可怕的风暴。但是，在飞来飞去的飞毛腿和乌云笼罩的高空之上，漂浮着一小片阳光，从中发出天使的脸。那张明亮的脸在被扔到船上的甲板上散发出独特的光彩，就像现在被纳尔逊倒下的胜利的木板上插入的那块银板一样。天使似乎在说："啊，高贵的船，快打，快打，你高贵的船，要有坚韧的头盔；因为，太阳快要冲破了；乌云正在滚滚-最蔚蓝的天就在眼前。"

讲台本身也没有像梯子和图画一样的海味。它的镶板正面像一艘船的虚张声势的弓箭，而圣经则搁在一块凸出的涡卷上，仿照一艘船头呆呆的喙。

有什么会更有意义？因为讲台是地球上最重要的部分。其余的全部放在后面。讲坛引领世界。从那里开始，首先描述了神的怒之风，弓首当其冲。从那里开始，它是微风之神。是的，世界是一艘正在航行的船，而不是完整的航程；讲台就是它的船首。

第九章讲道。

父亲马普普站起来，用温和的低调声调命令分散的人们凝结。"右舷舷梯，在那里！靠近舷梯-舷梯舷梯到右舷！中船！中船！"

长凳上低沉的海靴隆隆作响，女鞋的摆放仍略有改变，所有人都安静了下来，众目之下。

他停了一下。然后跪在讲台上的蝴蝶结上，将棕色的大手交叉在胸前，举起他闭上的眼睛，祈祷如此虔诚，以至于他似乎跪在海底祈祷。

这以长时间的庄严的语调结束了，例如在雾中海上沉没的轮船上的钟声不断鸣叫，他开始读以下赞美诗。但是改变自己的态度走向最后的节，突然传来一阵刺耳的欢欣和喜悦，

　"鲸鱼的肋骨和恐怖，

　忧郁的我笼罩着我，

　当所有神的阳光照进来时，

　让我加深对厄运的了解

　"我看到了地狱的开始，

　在那里充满无尽的痛苦和悲伤；

除了那种感觉，他们还能说出什么？

哦，我快要绝望了。

"在黑人苦难中，我称呼我的上帝，

当我无法相信他的时候，

他听了我的抱怨，

我不再限制鲸鱼了。

"他飞速地飞了我一下，

如在辐射的海豚上；

可怕而明亮，如闪电般照耀

我的拯救神的脸。

"我的歌永远要录制

那可怕，那欢乐的时光；

我将荣耀归给我的上帝，

他所有的怜悯和力量。"

几乎所有人都参加了这首赞美诗的演唱，赞美诗高过风暴的叫声。随后短暂的停顿；传教士慢慢地翻了一下圣经的叶子，最后，将手弯腰放在适当的页面上，说道："亲爱的船友们，拿了约拿书第一章的最后一句-"神准备了一条大鱼来吞下乔纳。"

"船员，这本书仅包含四章（四根纱），是经文中浩如烟海的绳索中最小的一股。然而，约拿的深沉的海岸线深深地影响着灵魂！这位先知对我们来说是一个可喜的教训！鱼腹中的烛台真是高贵的东西！滚滚巨浪般轰隆似的！我们感觉到洪水泛滥；我们与他共鸣，听见水边的海藻;海草和所有海泥是关于我们，但是！什么是这个教训约拿书教同船水手，这是两股教训;？我们的一个教训全部为有罪的人，也是一个教训。我作为活着的上帝的飞行员是有罪男人，这对我们所有人来说都是一个教训，因为这是关于罪恶，强，突然唤醒的恐惧，迅速的惩罚，悔改，祈祷，最后是约拿的拯救和欢乐的故事。，阿米泰儿子（）的儿子所犯的罪是他故意不服从上帝的命令-现在不要紧 帽子的命令是或如何传达的-他发现这是一个艰难的命令。但是上帝要我们做的所有事情对我们来说都是很难做到的-要记住-因此，他经常命令我们而不是努力说服。如果我们服从上帝，就必须违抗自己。正是在这种不服从自己的过程中，其中包括了顺服上帝的艰辛。

"约纳有这种不服从的罪过，乔纳仍然试图逃离上帝，对上帝进一步之以鼻。他认为，一艘由人类制造的船将把他带入上帝不会统治的国家，而只会统治这个地球的船长。他轻描淡写地绕着乔帕的码头，然后寻找一艘驶入柏油路的船，也许潜伏着这里迄今未曾注意的意思，从所有人的角度来看，柏油路可能不是现代加的斯（）以外的城市，这是博学的人的看法。卡迪士在哪里，而船东在哪里呢？卡迪士在西班牙；在远古的时候，约拿可能会航行到约帕河以远的水域，当时大西洋几乎是一片未知的海面。在地中海最东端的叙利亚海岸，以及从那里向西超过2000英里的柏油或加的斯海岸，就在海峡的外面。天哪？悲惨的人！哦！最可鄙 值得所有人鄙视；戴着懒的帽子和罪恶的眼睛，从他的神下。在船间四处徘徊，就像一个邪恶的防盗赶忙越过大海。他的表情是如此无序，自责，那是当时的警察，乔纳仅仅因为怀疑有什么问题，就在他碰到甲板时被捕。他是多么逃亡的人！没有行李，没有帽子箱，手提箱或地毯袋，也没有朋友陪他陪同他们到处走走。最后，经过一番躲闪的搜寻，他发现那只笨拙的船正在接收她最后一批货物。当他上船去看船长在船舱里时，所有水手暂时都停止吊起货物，以标记陌生人的邪恶之眼。乔纳看到了；但是他徒劳地试图看起来一切轻松和自信。琐的笑容徒劳无功。这个人的强烈直觉向水手保证他不会是无辜的。他们用一种玩弄却又严肃的方式，对另一个人说："杰克，他抢了一个寡妇。" 或者，"乔，你打他吗？他是个重婚主义者；" 或者，"哈里·拉德，我想他是通奸者，在老戈莫拉破狱了，或者，像是从所多玛失踪的凶手之一。" 另一人跑去看那张账单，该账单贴在船停泊的码头上，靠码头上的垃圾堆放，提供了五百枚金币来逮捕一名杀人犯，并载有对他本人的描述。他读着书，从约拿书看向帐单；当他所有的同情船友现在围着约拿时，准备将手放在他身上。受惊的乔纳战栗，召唤出他所有的胆量，显得更胆小了。他不会承认自己的怀疑；但这本身是令人怀疑的。所以他尽力了 当水手发现他不是被标榜的人时，他们就让他过去，然后他走进船舱。

"'谁在那里？' 船长在他忙碌的办公桌前叫喊着，急忙为海关出示证件-"谁在那儿？" 哦，这个无害的问题怎么使乔纳斯！了一下，他几乎马上又逃跑了，但他集会起来："我在这艘船上寻找一条路以躲避；先生，你要等多久才能航行？" 到目前为止，尽管那名男子正站在他面前，但忙碌的船长并没有抬头望望乔纳；但他再也听不到那空洞的声音了，他毫不犹豫地瞥了一眼，"我们将迎接下一个潮流"。慢慢地回答，仍然专心地注视着他，"先生，现在就快了吗？" 哈！乔纳，那是另外一次刺伤，但是他迅速从那种气味中叫了船长，"我会和你们一起航行，" 他说，

"那笔钱多少钱？-我现在要付钱。" 因为这是船长特别写的，就好像在这个历史上不可忽视的一件事，就是"他付了船票的价钱"，就算是在航行的时候航行了，并结合上下文，这充满了意义。

"现在乔纳的船长是船长，他的洞察力在任何情况下都能发现犯罪，但其虚伪性只能使一无所有的人暴露出来。在这个世界上，船东，付钱的罪恶可以自由行进，无需护照；反之，如果乔纳的船长准备公开测试乔纳的钱包的长度，他公开地对他进行了审判，他按通常的三倍向他收费，这是被批准的，然后上尉知道乔纳是逃犯。但与此同时，他决心帮助飞行后方铺上金色的飞机，但当乔纳（）公平地拿出钱包时，审慎的猜疑仍然困扰着队长，他挥舞着每枚硬币去寻找假币，不是伪造者，无论如何，他乔纳说：："请指出我的公务室，先生，"我厌倦了旅行；我需要睡觉。船长说，"你看起来最喜欢。" 乔纳进入并锁上了门，但是锁没有钥匙，听到他呆呆地摸索着，船长低声笑了笑，喃喃地说过囚犯牢房的门永远都不能锁在里面。乔纳虽然尘土飞扬，却沉迷于自己的卧铺，发现几乎在他前额上挂着的矮小的会议室天花板，空气很密，乔纳倒抽了一口气，然后，在那个狭窄的洞里，船的水也沉没了线，乔纳感到那令人窒息的时刻的预兆，那时鲸鱼将把他抱在他最小的肠道里。

"在轴的侧面拧紧，摆动的灯在约拿的房间里轻微地摆动；而船在接收到最后一捆重物的情况下朝码头驶去，灯，火焰和所有东西（尽管略有运动）仍然保持着相对于房间的永久倾斜；尽管实际上，它本身是无误的笔直，但它却清楚地显示出悬挂在其中的虚假，水平的位置；灯惊动并惊吓了乔纳；当躺在他的卧铺中时，他饱受折磨的双眼绕着房间滚动。到现在为止，这个成功的逃犯并没有为他不安的目光寻求庇护，但是灯中的矛盾越来越使他高兴，地板，天花板和侧面都变得糟糕了。我！'他吟道："直接向上燃烧，它燃烧了；但是我的灵魂的房间全都是弯曲的！"

"就像一个醉酒狂欢一夜之后躺在床上的人，仍然不休，但出于良知却刺痛了他，就像罗马赛马的暴跌一样，但更多的是，他的钢铁标签刺入了他；那悲惨的困境仍在转转，使头晕的痛苦，向上帝祈求灭亡，直到通过。直到最后，在痛苦的旋风中，他感到一种深昏昏沉的昏昏欲睡，就像那个为良心流血而死的人是伤口，没有任何办法可以固执；因此，在他的卧榻中发生严重的摔跤之后，乔纳（）的悲惨痛苦使他淹死了入睡。

"现在是潮汐的时候了；船抛弃了她的电缆；从荒凉的码头上驶过的那艘毫无生气的船因为油污，所有人都在抚摸着滑向大海。我的朋友们，那艘船是有记录的第一批走私者！是乔纳（），但是海上叛军；他将不会担负邪恶的重担；一场可怕的暴风雨将来临，这艘船就像在折断；但是现在当船长召集所有人的手来减轻她的重量时；当箱子，草捆和罐子在嗡嗡作响时舷外；风吹着风，男人在吼叫，踩着乔纳的头踩着脚踩着木板的雷声；在这汹涌的喧嚣中，乔纳睡着了他那丑陋的睡眠，他没有看到黑色的天空和汹涌的大海，感觉不到绕着木头，几乎听不到他或没有注意到他的那头猛烈的鲸鱼，即使现在张开嘴也正在跟着他劈开大海。是的，船友们，乔纳（）下沉到了船的侧面-泊位在船上。我已经坐好了，很快就睡着了。对他说，然后朝他死去的耳朵尖叫，"这是什么意思，卧铺！出现！'约拿惊呆了，从那昏昏欲睡的哭泣中惊醒，乔纳步履蹒跚地站了起来，绊倒在甲板上，抓紧了裹尸布，望向大海。但就在那一刻，他被一头豹翻滚的突如其来的突如其来的狂跳。一波又一波地跳入船内，没有快速的通风口在船上前后咆哮，直到水手在漂浮时几乎淹没。一直以来，当白色的月亮从黑色的头顶上陡峭的沟壑中露出她惊恐的表情时，吓呆了的乔纳斯看到饲养的弓箭指向高处，但很快又再次向下弯向被折磨的深处。

"恐怖不断地在他的灵魂中大喊大叫。以他所有的畏缩态度，逃亡者现在已经太清楚了。水手们对他进行了标记；越来越多的人怀疑他，最后完全检验了真相。通过将整个事物引向高高的天堂，他们落入了很多地块，看看这场巨大的暴风雨袭击了他们的原因。地盘是约拿的；发现的是，然后他们以多大的热情向他讨价还价。你的国家是什么职业，你的国家是什么，什么人，但是现在标记一下，我的船友们，可怜的乔纳斯的举动，急切的水手们却问他是谁，来自哪里；而他们不仅得到了这些问题的答案。

，但同样是对他们没有提出的问题的另一种回答，但主动的回答是约拿在上帝身上的坚硬之手从约拿那里逼来的。

"'我是希伯来人，'他哭了-然后-'我怕天主上帝造出了大海和干旱的土地！"乔纳阿，怕他吗？是的，那么你很可能会惧怕主神！他马上继续作出充分的认罪；于是水手们变得越来越震惊，但仍然可怜。求主怜悯上帝，因为他非常了解沙漠的黑暗，可怜的约拿向他们喊叫要把他带到海里，把他扔到海里，因为他知道，为他的缘故，这暴风雨降在他们身上；他们恳切地转离他，并寻求其他方法来救助这艘船，但徒劳无功；狂怒的大风呼啸着；然后，一只手恳切地举向上帝，另一只手毫不情愿地握着约拿。

"现在，约拿人被当作锚，掉入海中；当瞬间油性的平静从东方漂浮出来，而约拿人随风将大风带走，大海仍然静止，他留下了光滑的水。在如此无精打采的打动的旋转的心中，当他在沸腾的下颚等着他的鼻子上滴下沸腾的烟丝时，他几乎不在意；鲸鱼射向他所有象牙的牙齿，就像那么多白色的螺栓，射向他的监狱。从鱼的腹中向主伸手，但要观察他的祷告，学一个沉重的教训，因为约拿是有罪的，约拿并没有哭泣，也不愿为自己的救赎而哭泣，他感到自己可怕的惩罚是公正的，他离开了所有的救赎。上帝尽管满足了他的所有痛苦和痛苦，但仍然会朝着圣殿前进，在这里，船友们是真实而忠实的;悔；不是为赦免而热衷，而是为惩罚而感激。这是上帝的行为 最终将他从海上和鲸鱼中救出显示了。船员们，我不会将约拿放在你面前，以抄袭他的罪过，但我确实将他放在你面前，作为悔改的榜样。不犯罪 但是如果愿意，请留意像约拿那样悔改。"

当他讲这些话时，呼啸而倾斜的风暴的啸叫似乎并没有给传教士增添新的力量，而传教士在描述约拿海的风暴时，似乎被风暴自己抛弃了。他深沉的胸膛像地面一样隆起。他起的手臂似乎在起作用。雷声从他那黝黑的额头上滚落而来，雷光从他的眼睛里跳出来，使他所有的简单听众都对他感到恐惧，他们很快就感到恐惧。

现在，他的表情平静了下来，他再次默默地翻了翻书的叶子。最后，此刻，他闭着眼睛一动不动地站着，似乎在与神和他自己交往。

但是他再次俯身向人们倾斜，低下头，带着最深沉却最谦卑的谦卑，他不屑一顾：

"军人，上帝只将一只手放在你身上；他的两只手按在我身上。我已经从乔纳教给所有罪人的教训中得到了暗淡的光芒，读给你们听；因此，对你们，甚至对我来说，因为我是比你们更大的罪人。现在我多么高兴地从桅杆上下来，坐在那里的舱口盖上，边听边听，而你们中的一些人却读到我说其他的和更糟糕的约拿作为永生神的飞行员向我传授的教训：如何成为受膏的先知或真实的演讲者，并被主人吩咐在邪恶的尼维拉·约拿的耳朵中听起来那些不受欢迎的真理在敌对状态下，他应该扬起，从任务中逃离，并试图通过在乔帕河上乘船来逃避他的职责和他的神，但是神无处不在；他从未到达过的沼泽地。并吞噬了他，使之陷入了毁灭性的厄运，并迅速倾斜将他"拖入了深渊之中"。在海洋中，漩涡深处将他吸了一万英磅，然后，杂草缠在他的头上。然而，即使鲸鱼落在海洋最大的骨头上，也没有任何暴跌的影响-"地狱之腹"，即使到那时，上帝也哭泣了，他听到了那位悔的先知。然后神对鱼说话。鲸鱼从海的寒意和黑夜中起，朝着温暖宜人的阳光，以及空气和大地的一切愉悦奔放。并在干旱的土地上吐出约拿；耶和华的话再来一次；约拿被打伤了，被打伤了-他的耳朵像两个贝壳一样，仍在泛泛地抱怨着海洋-约拿人向全能者求婚。那是什么，船东？讲真话面对虚假！就是这样！

"这，船员，这是另一堂课；向那位活泼的神的飞行员放纵它。这给这个世界因福音使命而吸引的人！这对当神酿造后试图向水上倒油的人来说，是祸了！他们变成狂风！求讨喜悦而不是讨好他的祸患！祸害他的好名声对他而言，胜于善良！祸害他，在这个世界上，朝拜不耻辱！祸害他不会是的，救赎是假的，是真的！是的，这对他来说是个灾难，就像伟大的飞行员保罗所拥有的那样，在向别人传教的同时，他本人也被抛弃了！"

他掉了下来，跌落了一下。然后，他再次向他的脸抬起头，当他带着天上的热情大喊时，在他的眼中展现出一种深深的喜悦- "但是，哦！船友！在每一个不幸的右舷，都有一定的喜悦；并且更高的顶部那种喜悦，不是祸根的深处，不是主卡车高过凯尔森（ ）的低谷吗？喜悦是他-与之抗争的骄傲神灵和同代同伴大地，永远站出来自己的坚不可摧的自我；当这个基本的诡世界的船落在他下面时，喜悦是给他坚强的手臂却仍在支撑他的人；喜悦是给他，他不肯讲究真相，并杀死他喜悦，烧毁并毁灭了所有罪孽，尽管他从参议员和法官的袍子下拔出了喜悦。——对他而言，高尚的喜悦是他，他不承认任何法令或君主，但他的上帝是他的上帝，并且只是爱国者对天堂而言，喜悦是他，狂暴的暴民海浪中的所有浪潮永远不会使他动摇 肯定是龙骨时代。永恒的喜悦和美味将是他，来放下他，可以用他的最后一口气说-父亲！-我以你的杖为我所知-凡人或不朽，在这里我死了。我努力成为自己的，而不是成为这个世界的，或者属于我自己的。但这无济于事：我将永恒留给你；人为要活出神的一生是什么？"

他没有再说了，但是慢慢地挥舞着祝福，用双手遮住了脸，因此跪着，直到所有的人都离开了，他被独自留在了那个地方。

第10章怀抱的朋友。

从教堂回到斯普特尼客栈，我发现那里只有。他在祝福之前离开了教堂一段时间。他在大火前坐在长凳上，脚踩在炉子上，一只手紧贴着他那只黑人黑人偶像。努力地凝视着它的脸，并用一把小刀轻轻地扑向它的鼻子，与此同时，他以怪异的方式哼着自己。

但是现在他被打断了，他把照片放好了。很快，就到桌子旁，在那儿拿起一本大书，将它放在他的腿上，开始有规律地数页。在我幻想的每五十页中，停下来一会儿，呆呆地四处张望，并发出长长的叫声。然后他将在下一个五十岁重新开始；似乎每次都从第一名开始，好像他数不超过五十，而且只有在一起发现了这么多五十年代，他在众多书页上的惊讶就令人兴奋。

我满怀兴趣地坐着看着他。尽管他很野蛮，至少在我看来，他的脸都丑陋地了一下，但他的容颜却有一点点，这绝不是令人讨厌的。你无法隐藏灵魂。通过他所有不寻常的纹身，我想我看到了一颗朴实诚实的心的痕迹。在他那双大而深的眼睛中，炽热的黑色和大胆的表情，似乎带有一种敢于千恶魔的精神。除了这一切，异教徒还有某种崇高的气息，即使他的卑鄙也无法完全消除。他看起来像一个从来没有畏缩也没有债权人的男人。是否也剃了他的头，额头被拉得更自由，更明亮，看起来比以前更宽阔，所以我不敢决定。但是从颅骨学上讲，可以肯定的是他的头很出色。这看似荒谬，但让我想起了华盛顿将军的头，从他的半身像中可以看出。它从眉毛上方有同样长的规则坡度的后退坡度，它们同样非常突出，就像两个长长的海角，上面长满了树木。是乔治华盛顿自相残杀地发展的。

在我如此仔细地扫视他的同时，假装正要从窗望向风暴，他却从不理会我的存在，从不给自己一眼的麻烦。但似乎全神贯注于计算这本奇妙的书的页数。考虑到我们前一天晚上在一起睡得很熟，尤其是考虑到我早晨醒来时发现我扔给我的那只深情的胳膊，我以为他很陌生。但是野蛮人是奇怪的生物。有时您并不确切地知道如何服用它们。一开始他们很生气；他们从容的朴素自我收藏似乎是一种苏格拉底式的智慧。我还注意到，从未与客栈中的其他船员共存过，甚至很少。他什么也没取得进展；似乎没有扩大他的熟人圈子的愿望。所有这些使我震惊，无比奇异。然而，经过深思熟虑，其中几乎有些崇高的东西。这是一个离家大约两万英里的人，这是他唯一能到达那里的方式，这是他可能到达那里的方式，这在他看来是奇怪的，就像他在木星中一样。然而他似乎完全放松了。保持最大的宁静；

满足于自己的陪伴；永远等于自己。当然，这是一种很好的哲学。尽管毫无疑问，他从未听说过这样的事情。但是，也许，要成为真正的哲学家，我们凡人不应该意识到如此活着或如此努力。我一听到这样一个男人向哲学家献身，我就得出结论，就像消化不良的老女人一样，他一定是"弄坏了消化器"。

当我坐在那间现在寂寞的房间里时；火焰燃烧得很低，在这个温和的阶段，当它的第一强度变暖之后，它只散发出光来被观察；傍晚的阴影和幻影聚集在窗台周围，凝视着我们寂静而孤独的吐温。风暴隆隆而没有隆隆我开始对陌生的感觉变得明智。我感到自己融化了。再也没有我破碎的心和发疯的手转向狼的世界。这个舒缓的野蛮人赎回了它。他坐在那里，他的冷漠无情地讲出一种没有潜伏的文明伪善和温柔欺骗手段的性质。他很狂野；看得见的风景；但是我开始感到自己被他迷住了。那些同样会吸引大多数人的东西，正是它们吸引了我。我想，我会尝试一个异教朋友，因为事实证明基督徒的好意却是空洞的礼貌。我在他旁边的板凳上拉了一下，做了一些友好的手势和暗示，同时尽力与他交谈。起初，他很少注意到这些进展。但是目前，在我提到他昨晚的款待时，他决定问我是否再次成为床童。我告诉他是的。我以为他看上去很高兴，也许有点称赞。

然后，我们一起把书翻了过来，我努力向他解释印刷的目的，以及其中几张照片的含义。因此，我很快就引起了他的兴趣；从那以后，我们尽力去刺杀这座著名小镇上的各种外景。不久我提出了一种社交烟。然后，他制作了他的小袋和战斧，悄悄地给了我一个粉扑。然后我们坐在他那根野性的烟斗上交换粉扑，并让它们定期在我们之间通过。

如果在异教徒的胸口里潜伏着对我无动于衷的冰，我们所拥有的这种宜人而温和的烟雾，很快就将其解冻，并留下了我们的亲戚。他似乎和我一样自然而无拘无束地接受了我。当我们抽完烟之后，他把额头压在我的身上，紧紧地抱住我，说我们从此结了婚。用他的国家的话来说，意思是我们是怀抱的朋友；如果需要的话，他会很乐意为我而死。在一个乡下人中，这种突然的友谊之火似乎还为时过早，这实在令人不信任。但在这种简单的野蛮行为中，这些旧规则将不适用。

晚饭后，又有社交聊天和抽烟，我们一起去了房间。他给我送去了防腐剂的礼物；掏出他巨大的烟草钱包，摸索着烟草，掏出了三十美元的银子。然后将它们摊开在桌子上，然后将它们机械地分成两等份，将其中一个推向我，并说这是我的。我打算示威；但是他把它们倒在我拖网渔民的口袋里使我沉默了。我让他们留下。然后，他进行了夜间祈祷，取出了偶像，并取下了纸火炉。从某些体征和症状来看，我认为他似乎很想让我加入他。但是我知道接下来会发生什么，所以我考虑了一下，如果他邀请我，我是否会遵守。

我是一个好基督徒；在无懈可击的长老会教堂的怀抱中出生和繁殖。那我该如何与这位狂野的偶像崇拜者一起崇拜他的木头呢？但是什么是崇拜？以为我。以实玛利，你现在是否认为，天地的宽广之神-异教徒以及所有这些人-可能会嫉妒少量的黑木？不可能！但是敬拜是什么？-遵行上帝的旨意-那就是敬拜。神的旨意是什么？-对我的同胞做我将要我的同胞对我做的事-那就是神的旨意。现在，是我的同伴。我希望这个对我有什么作用？为什么，请以我特定的长老会崇拜形式与我联合。因此，我必须在他的身上与他团结；因此，我必须转向偶像崇拜者。所以我点燃了刨花；帮助扶养了无辜的小偶像；给他烧焦糖饼干。在他面前两次礼拜三次。吻他的鼻子；完成后，我们便以自己的良心和全世界和平地脱下衣服上床睡觉。但是我们没有一点聊天就没有睡觉。

我怎么不知道 但是没有地方像一张床，可以在朋友之间进行机密披露。他们说，男人和妻子彼此之间的灵魂深处敞开。一些老夫妻常常在过去撒谎和聊天，直到凌晨。因此，在我们心中的蜜月中，躺着我和魁凯克-一对舒适而充满爱心的一对。

第11章睡衣。

我们躺在床上，短时间聊天和打，然后盖奎格，然后深情地将他的棕色纹身的腿扔在我的身上，然后拉回去。我们是如此的友善，自由和轻松；最后，由于我们的安排，我们身上剩下的几乎没有什么尿布，而我们感觉又想起床，尽管破晓还远未到。

是的，我们变得非常清醒；如此之多，以至于我们的卧姿开始变得令人厌烦，我们渐渐地发现自己坐起来。衣服很好地塞在我们周围，靠在床头板上，四个膝盖并拢，两个鼻子弯腰，好像我们的膝盖在变暖。我们感觉很好很贴心，因为外面很冷，所以感觉更好。确实也没穿床单，看到房间里没有火。我说，更是如此，因为要真正享受身体的温暖，你们中的一小部分一定是寒冷的，因为在这个世界上没有什么品质可以与之形成对比。本身不存在。如果您自吹自，觉得自己很舒服，而且已经很长一段时间了，那么就不能再说您再舒服了。但是，如果像和我在床上一样，鼻子或头顶有些发凉，那为什么在一般意识中，确实让您感到最愉悦而无误的温暖。因此，永远不要为睡眠中的公寓配备壁炉，这是富人的豪华不适之一。因为这种美味的高度只不过是在您和您的舒适之间的毯子以及外面的寒冷。然后你就躺在那里，就像北极水晶心脏中的一颗温暖的火花。

我们以这种蹲伏的姿势坐了一段时间，一次我以为我会睁开眼睛。对于床单之间的间隔时间，无论是白天还是晚上，无论是睡着还是醒着，我都可以一直闭上眼睛，以便更多地集中躺在床上的舒适感。因为除非闭上眼睛，否则任何人都无法感觉到自己的身份；似乎黑暗确实是我们本质的适当元素，尽管光更适合我们黏土的部分。然后，我睁开眼睛，从我自己的愉悦和自我创造的黑暗中走出来，进入了夜晚未照明的十二点钟所强加的粗糙外阴，我感到不愉快。我也完全不反对的暗示，也许最好是开灯，因为我们是如此清醒。此外，他还强烈希望从战斧上吹一些安静的烟。可以这么说，尽管我前一天晚上对他在床上抽烟感到非常反感，但看看当爱一度使他们弯曲时，我们僵硬的偏见变得多么有弹性。现在，我什至不喜欢让抽烟，甚至在床上，因为他那时似乎充满了这种宁静的家庭欢乐。我不再对房东的保险政策感到过分担心。我只是活着与一个真正的朋友共享一根烟斗和一条毯子的那种机密的舒适感。现在，我们披着蓬松的夹克，从肩膀到另一端，穿过战斧，直到慢慢地，在我们身旁长出一盏蓝色悬挂式烟雾测试仪，并由新点亮的灯的火焰照亮。

我是否不知道这起伏的测试员是否将野蛮人带到了遥远的地方，但他现在谈到了他的故乡；而且，渴望听到他的历史，我求他继续讲下去。他很高兴地遵守了。尽管当时我却听不懂他的几句话，但后来的披露（当我更加熟悉他破碎的用语时）现在使我能够陈述整个故事，就像我仅凭骨骼就能证明的那样。

第十二章。

是的本地人，是一个远离西部和南部的岛屿。它在任何地图上都没有下降；真正的地方永远不会。

当一条新孵化的野蛮人在草丛中在他的家乡林地里狂奔，接着是的山羊，仿佛他是绿色的树苗；即便如此，在的野心勃勃的灵魂中，人们仍然强烈希望看到一些比一两个标本捕鲸者更多的洗礼。他的父亲是高级首领，国王。他叔叔是大祭司；在产妇方面，他吹嘘那些无坚不摧的战士的妻子的姨妈。他的血管里有鲜血-皇家的东西；我担心，尽管悲伤地激怒了他在未受教育的青年时期养育的食堂倾向。

一艘下垂的港口船拜访了他父亲的海湾，奎奎格寻求通向基督教土地的通道。但是船上满是船员，拒绝了他的衣服。并非所有他父亲的国王都可以占上风。但是发誓。他独自一人在独木舟中划船前往一个遥远的海峡，他知道当她离开该岛时船必须经过。一侧是珊瑚礁。另一方面是一片低矮的土地，上面长满了红树林，长到水中。将他的独木舟，仍然漂浮在这些灌木丛中，随着它的船头向海，他坐到船尾，低着桨。当船滑过时，他像闪电一样飞了出去。站了起来；他的脚向后一点倾覆，使独木舟沉没；爬上铁链；然后将自己全神贯注地放在甲板上，在那儿抓住一个圆环螺栓，发誓不让它走，尽管被砍成碎片。

队长扬言要把他扔到船上，但徒劳无功；一把弯刀悬在他赤裸的手腕上；是国王的儿子，而则拒绝。由于他绝望的无畏精神和对探望基督教的狂热渴望，这位船长终于屈服了，并告诉他可能让自己在家。但是，这位出色的年轻野蛮人-这位威尔士的海上王子，从未见过船长的小屋。他们把他放到水手中间，使他成为鲸鱼捕手。但是，就像沙皇彼得·内特在外国城市的船厂里劳作一样，奎奎格不屑一顾，尽管如此，他可能会高兴地获得启发他未受教养的同胞的能力。因为，他告诉我，从根本上来说，他被渴望在基督徒之间学习的强烈动机所吸引，这是一种使他的人民比以前更加幸福的艺术。不仅如此，还比他们更好。可惜！捕鲸者的行为很快使他相信，甚至基督徒也可能既悲惨又邪恶。比他父亲的所有异教徒更加无限。最后到达老凹陷港；看看水手在那里做了什么；然后去到楠塔基特，看到他们是如何度过他们的工资是地方也不佳放弃了失去的。以为他，这是所有子午线中邪恶的世界；我会死一个异教徒。

因此，他是一个内心很老的偶像崇拜者，他仍然住在这些基督徒中间，穿着他们的衣服，并试图谈论他们的胡言乱语。因此，尽管现在离家有些时间，但有关他的古怪方式。

通过暗示，我问他是否不打算回国加冕？由于他现在可能认为父亲已去世，他在年老时非常老弱。他回答不，还没有；并补充说，他是一个惧怕基督教的人，或者更确切地说是基督徒，使他不适合升任三十位异教国王在他面前纯洁而纯洁的宝座。但他说，渐渐地，他会回来，一旦他感到自己再次受洗。但是，他提议扬帆扬帆，在四大洋中播种野燕麦。他们使他成为了先驱，现在铁丝网代替了权杖。

我问他，他的近期目标是什么，触及他的未来运动。他回答说，以他的旧职业再次出海。在此之后，我告诉他捕鲸是我自己的设计，并告诉他我打算退出楠塔基特岛，这是冒险的鲸鱼最有前途的港口。他立刻下定决心陪我到那个岛上，乘同一艘船，坐上同一只手表，同一艘船，对我一团糟，总之分享我的一切。用我的双手在他的手中，大胆地浸入了两个世界的困境。我高兴地同意了这一切；因为除了我现在对的感情外，他还是一位经验丰富的鱼叉手，因此，对于像我一样完全不了解捕鲸之谜的人，尽管他非常熟悉捕鲸的奥秘，他也不能不大有用。商船员所熟知的海上。

他的故事以他的烟斗最后垂死的粉扑而告终，拥抱了我，将额头靠在我的身上，然后熄灭了灯光，我们以这种方式彼此翻滚，很快就睡觉了。

第十三章独轮车。

第二天早上，星期一，在把涂了防腐剂的头交给理发师之后，我又将自己和同志的账单清了清。但是用我同志的钱。咧着嘴笑的房东，以及寄宿生，对我和魁北克之间突然出现的友谊似乎都感到雀跃，尤其是彼得·棺材的公鸡和公牛有关他的故事以前曾令我非常震惊，因为我现在陪伴着这个人用。

我们借了一辆独轮车，装上了我们自己的东西，包括我自己的可怜的地毯袋，的帆布袋和吊床，然后走到了"青苔"，那是一个停泊在码头的小楠塔基特帆船。当我们前进时，人们凝视着；与其在待的时间不那么多（因为他们习惯于在街上见到像他这样的食人族），而是在如此机密的条件下见到他和我。但是我们没有注意他们，轮流转动手推车，然后盖，然后停下来调整他的鱼叉倒钩上的护套。我问他为什么他带着这样麻烦的东西上岸，以及所有捕鲸船是否都没有找到自己的鱼叉。对此，他基本上回答说，尽管我所暗示的是足够真实的，但是他对自己的鱼叉却有着特殊的感情，因为它是可靠的东西，在许多致命的战斗中经过了充分的尝试，并且与人心深处亲密无间。鲸。简而言之，就像许多内陆收割者和割草机一样，他们手持镰刀进入农民的草地，尽管没有明智的义务为他们提供镰刀—即使如此，还是出于自己的私人原因而偏爱自己的鱼叉。

他将手推车从我的手移到他的手，给我讲了一个有趣的故事，关于他见过的第一辆独轮车。那是在萨格港。看来，他的船的主人借给了他一个，将沉重的箱子搬到他的寄宿房。似乎对事情一无所知-尽管事实上他完全如此，对管理借用手推车的精确方法很满意-还是挺胸。迅速抨击；然后担负着手推车，向码头前进。我说："为什么，，你可能知道得比这更好，一个人会想到。人们没有笑吗？"

为此，他告诉了我另一个故事。他的罗科沃科岛上的人们，在他们的婚宴上，似乎将年轻的可可椰子的芬芳的水表达成像拳击碗一样的大瓢虫。而且，此酒杯始终是盛宴的编织垫上的中央装饰品。现在，一艘大型商船曾经碰过罗科科科，其司令官-从所有方面来说，都是一位庄严点点的绅士，至少是为了一位海军上尉-这位司令员被邀请参加奎奎格姐姐的婚礼盛宴，一位年轻漂亮的公主刚刚转身十个。好; 当所有婚礼的客人都聚集在新娘的竹屋时，这位上尉进军并被任命为仪仗队，将自己置于拳台之上，在大祭司和国王下之间，即的父亲。有人说恩典，因为那些人也有我们的恩惠，尽管奎奎格告诉我，与我们不同的是，他们在这个时候向下看我们的盘子，相反，他们抄写鸭子，向上抬头看向伟大的给予者在所有的盛宴中-我要说的是，大祭司是在岛上举行的远古庆典上开宴会的；也就是说，在福气饮料流通之前，将他奉献和奉献的手指浸入碗中。看到自己被放置在牧师的旁边，注意到仪式，并认为自己（作为轮船的船长）比单纯的岛国国王（尤其是在国王自己的房子里）拥有明显的优先地位，船长冷酷地继续在拳碗中洗手；-我想拿一个大的手指杯。说："现在，你现在想做什么？-我们的人民难道没有笑吗？"

最后，我们支付了通行费，并放了行李，我们站在了大篷车上。扬起的帆，滑落到阿修涅特河上。一方面，新的贝德福德（ ）在街道的露台上升起，它们被冰雪覆盖的树木都在晴朗，寒冷的空气中闪闪发光。她的码头上堆满了堆积如山的木桶，上面放着巨大的木桶，最后，世界各地流浪的鲸鱼船并排安静而安全地停泊了下来。从其他人那里传来木匠和铜匠的声音，火和锻造的混合声音融化了球场，所有人都以为新的巡游即将开始。最危险，最漫长的航程结束了，只开始了一秒钟；第二个结束，只有第三个开始，依此类推，直到永远。这就是所有世俗努力的无穷无尽，是的。

获得更开放的水，支撑风轻拂新鲜。小青苔把年轻的马驹吸了口，把弓上的泡沫迅速扔了。我是如何扑灭那块牙垢的空气的！我是如何甩掉那只收费公路的！我那条遍布普通公路的地方都布满了奴役和蹄子的痕迹；让我敬佩大海的宽阔，这将不会有任何记录。

在同一个泡沫喷泉上，似乎和我一起喝酒和娱乐。他昏昏欲睡的鼻孔隆起。他露出了坚硬的牙齿。继续飞行 我们的努力得到了回报，青苔向爆炸致敬。躲在苏丹面前作为奴隶躲开弓箭。侧身倾斜，我们侧身飞镖；每个钢丝绳都像丝一样刺痛；两个高大的桅杆像龙卷风中的印度手杖一样弯曲。当我们站在暴跌的船首斜桅的旁边时，我们到处都是如此令人目结舌的场面，以至于有一段时间我们没有注意到乘客的嘲笑，这是一个类似胖子的集会，他们惊叹于两个同胞应该如此相处。好像白人比粉刷过的黑人更有尊严。但是那里有一些笨蛋和杂种，因为它们的强烈绿色，肯定来自所有青翠的内心和中心。抓住了其中一个年轻的树苗，将他模仿在背后。我以为邦金的厄运时刻已经到来。放下鱼叉，那强壮的野蛮人将他抱在怀里，并以近乎奇迹般的敏捷和力量将他高高地抬到空中。然后在上世纪中叶稍稍用力敲打他的船尾，那家伙的肺部爆裂，落在他的脚上，而向后仰，点燃了战斧的烟斗，然后将它传给我。

"加盖！加盖！" 大吼大叫，冲向那名军官；"加盖，加盖，这是魔鬼。"

"你好，先生，" 船长喊道，盯着魁北克，"你是什么意思？你不知道你可能杀死了那个家伙吗？"

"他怎么说？" 说，他温和地转向我。

我说："他说，你快杀了那个人。" 指着仍在发抖的新角。

喊道："-，把纹身着的脸扭曲成一种不屑一顾的表情，"啊！他嫉妒--；不杀人，---；-大鲸！"

船长咆哮道："看你，如果你在这里尝试更多的把戏，我会杀了你的，你是食人的；所以要注意你的眼睛。"

但是就在这时发生了，是时候让船长考虑一下自己的眼睛了。主帆上巨大的拉力已经拉开了天气表，巨大的吊臂现在从一侧飞到另一侧，完全席卷了整个甲板的整个后部。如此粗暴地对待的那个可怜的家伙被清扫了。所有人都慌了 试图抢夺繁荣以保持繁荣，这似乎是疯狂的。它从右向左飞来飞去，然后又飞回去，几乎只差一刻钟就出现了，每个瞬间似乎都变成了碎片。什么也没做，似乎什么也做不了。甲板上的那些人冲向船头，站在那里注视着吊臂，好像那是一个激怒的鲸鱼的下颚一样。在这种惊之中，敏捷地跌落到膝盖上，在吊杆的路径下爬行，鞭打一根绳子，将一端固定在舷墙上，然后像套索一样猛拉另一端，将其抓住吊杆当它掠过他的头时，在下一个猛击中，晶石被困住了，一切都安全了。纵帆船驶向风中，而双手正驶离船尾时，剥去了腰部，从侧面飞奔而下，长着一生的跳跃。在三分钟或更长时间里，他被看见像狗一样游泳，将长臂伸直伸向他，然后通过冰冻的泡沫轮流露出壮汉的肩膀。我看着那个伟大而光荣的家伙，但是却没人救。新角已经倒下了。从水里垂直射击，现在环顾四周，似乎看到了事情的真相，跌落并消失了。再过几分钟，他又站起来了，一只手仍然伸出来，另一只手拖着一具无生命的形态。船很快就把他们捡了起来。那个可怜的笨蛋恢复了。所有人都投票给高贵的王冠；船长请求原谅。从那一刻起，我像藤壶一样丁香到；是的，直到可怜的奎奎格参加了他的最后一次长途潜水。

曾经有过这种无意识吗？他似乎根本不认为他应该得到人道和宽宏的社会的勋章。他只是要水-淡水-用来擦去盐水。完成后，他穿上干衣服，点燃烟斗，靠着舷墙，然后温和地注视着周围的人，似乎对自己说："在所有经络中，这是一个共同的股份制世界，我们食人族必须帮助这些基督徒。"

第十四章。楠塔基特。

值得一提的是，这段话没有其他发生。因此，经过一番努力，我们安全地抵达了楠塔基特。

楠塔基特！拿出您的地图并查看。看看它占据了世界的真实角落；它的位置如何，远离海岸，比涡流石灯塔更寂寞。看着它-仅仅是一个小山丘，而且是沙肘。所有的海滩，没有背景。那里的沙子比二十年来用来吸水纸的替代品要多。有些野兽会告诉你他们必须在那儿种植杂草，它们不能自然生长。他们进口加拿大的蓟；他们必须派出海洋进行堆放以阻止油桶中的泄漏；楠塔基特岛上的木头像罗马的真正十字架一样被运送；那里的人在房屋前种毒菌，以避开夏天的阴影；一个草叶成为一片绿洲，一天走三片草成为草原；他们穿流沙鞋，像拉普兰雪鞋；以至于它们如此封闭，四处张紧，四处封闭，环绕，并在海洋上形成了一个孤岛，以致有时会在它们的椅子和桌子上发现小蛤，就像海龟的背一样。但是这些盛宴只表明楠塔基特不是伊利诺伊州人。

现在看一看这个奇妙的传统故事，这个岛上的红人如何定居。传说就这样了。在远古时代，一只鹰猛扑到新英格兰海岸，并带走了一个印度印第安人的爪子。父母大声哀叹，看到他们的孩子在广阔的水域中看不见了。他们决心朝着同一方向前进。他们经过独木舟，经过危险的通道后发现了这个小岛，然后在那儿找到了一个空的象牙棺材，那是可怜的小印度人的骨骼。

那么，这些在海滩上出生的楠塔基特人应该出海谋生呢，真是令人惊讶！他们首先在沙子里捉住了螃蟹和美洲豹。变得更加胆大，他们涉足了鲭鱼网。他们经验更丰富，他们下船并捕获了鳕鱼。最后，在海上发射了许多大型舰船，探索了这个水世界。围绕它不断地绕行。窥视贝林的海峡；在所有的季节和海洋中，他们都与洪水中幸存的最强大的动画人物展开了持久的战争；最可怕，最山区！盐海乳齿象的喜玛拉罕穿着如此无意识的力量，这比他最无所畏惧和恶意的袭击更令人恐惧！

因此，这些隐居的楠塔基特犬，这些海隐士从它们在海中的蚁丘中发出，像许多亚历山大一样，淹没并征服了水世界。正如三大海盗强国波兰一样，将大西洋，太平洋和印度洋一分为二。让美国在得克萨斯州加入墨西哥，并在加拿大堆放古巴；让英国人使整个印度泛滥，并在阳光下悬挂他们炽烈的旗帜。这个地球仪地球仪的三分之二是南特克特的。因为大海是他的；他拥有它，就像皇帝拥有自己的帝国一样；其他海员只有通过的权利。商船不过是延伸桥梁；武装部队但有浮堡；即使是海盗和私人，尽管他们沿着海路走，都是高速公路，但他们却掠夺了其他船只，土地的其他部分，就像他们自己一样，而不是试图从无底深渊中谋生。，他一个人居住并在海上骚乱。他一个人用圣经的语言讲到船上去。作为自己的特殊种植园来回耕作。有他的家；这是他的事业，诺亚的洪水不会中断，尽管它淹没了中国数以百万计的所有人。他住在草原上，就像在草原上的公鸡一样生活在海上。他躲在海浪中，随着羚羊猎人攀登阿尔卑斯山，他在攀登。多年来他不知道这片土地。这样，当他最后来到它的时候，它闻起来像另一个世界，比月亮对客更奇怪。带着那只没有土地的海鸥，在日落时折起翅膀，摇晃着睡在海浪之间。因此，在夜幕降临时，在土地的视线范围之外，收起帆，让他休息，而在枕下却涌入了一群海象和鲸鱼。

第十五章杂烩。

到了傍晚，小苔藓紧紧地停住了，和我上岸了。所以那天我们不能做任何事，至少要吃晚饭和床。-的房东向我们推荐了他的表哥堂兄小试锅，他声称自己是所有楠塔基特最好的旅馆之一的所有人，而且他向我们保证堂兄长兄妹也是如此，叫他，以他的杂烩而闻名。简而言之，他明确地暗示我们不可能比在试锅中尝试运气好。但是他给我们的指示是，在我们的右舷上保持一个黄色的仓库，直到我们向打开一个白色教堂，然后将其保持在上，直到我们向右舷弯了三个角，然后完成了，问我们遇到的第一个男人的地方：他的这些弯曲的方向一开始让我们感到困惑，尤其是当奎奎格刚开始时坚持要求黄色的仓库（我们的第一个出发点）必须放在手上，而我听过彼得棺材说是在右舷。然而，由于在黑暗中略微跳动，然后不时地敲打一个和平的居民来询问路，我们终于找到了没有误会的地方。

两个巨大的木制锅漆成黑色，并悬挂在驴子的耳朵上，从旧的桅杆的横树上摆下，摆在旧门口前。另一侧锯掉了交叉树的角，所以这顶古老的桅杆看上去有点像绞架。也许我当时对这样的印象太敏感了，但是我不由得带着疑惑的目光盯着这架绞刑架。我凝视着剩下的两个角时，脖子上有些刺痛。是的，他们两个，一个给，一个给我。我觉得不祥。在我的第一个捕鲸港着陆时，我的客栈老板把棺材关了起来；鲸鱼教堂里的墓碑盯着我；还有绞刑架！还有一对出色的黑锅！这些最后抛出的倾斜提示是否触及了先知？

在这些反射中，我看见一个雀斑的女人，头顶黄色的头发，穿着黄色的礼服，站在旅馆的门廊里，在摇曳的暗红色灯光下，看上去很像受伤的眼睛，轻快地走着。和一个男人穿着一件紫色的羊毛衬衫责骂。

她对那个男人说："与你们相处吧，否则我会给你们梳的！"

我问："来吧，。"我说，"好。有休西太太。"

原来，先生。乔巴·休西（在家），但离开了太太。休西完全有能力处理他的所有事务。在得知我们对晚餐和床的渴望后，太太 休赛推迟了对现在的指责，将我们引到一个小房间里，把我们坐在一张桌子旁，摆着一张刚刚结束的晚餐的遗物，转过身对我们说："蛤还是鳕鱼？"

"关于鳕鱼，那是什么，夫人？" 我很礼貌地说。

"蛤还是鳕鱼？" 她重复。

"吃晚饭的蛤？冷蛤；这是你的意思，休西太太？" 我说："但是在冬天，这是一个相当冷淡而冷酷的接待，不是吗，休西太太？"

但是，太太急着要继续责骂那个穿着紫色衬衫的男人，那个男人在入口处等待着它，似乎只听见"蛤"这个词，太太。休西急忙朝通向厨房的敞开的门走去，叫着"两人蛤"，消失了。

我说："'，你认为我们可以在一只蛤上为我们俩做晚饭吗？"

然而，从厨房里出来的一股温暖的咸味蒸汽掩盖了摆在我们面前的那冷酷无情的前景。但是当那个浓烟杂烩进来时，这个谜就被欣喜地解释了。哦，亲爱的朋友们！听我说。它是由多汁的小蛤制成的，几乎不比榛子大，与捣碎的饼干混合在一起，然后将咸猪肉切成小薄片。整体富含黄油，并以胡椒粉和盐调味。寒冷的航海使我们的胃口锐化，尤其是在他面前见到他最喜欢的捕鱼食品，而杂烩则非常出色，我们进行了远征探险：当退后一会并认为我是太太。休西的蛤和鳕鱼的公告，我想我会尝试一些实验。踩到厨房的门时，我特别强调说了"鳕鱼"一词，然后恢复了座位。过了一会儿，又发出了咸味的蒸汽，但是味道却有所不同，并且及时地在我们面前摆放了一个很好的鳕鱼杂烩。

我们恢复营业；当我把汤匙放进碗里时，我想我自己，我现在想知道这是否对头部有影响吗？那杂乱无章的人在说什么呢？"但是，'，那不是你碗里的活鳗吗？你的鱼叉在哪里？"

在所有鱼腥场所中，最腥的是尝试盆，它应有其名；锅里总是有沸腾的杂烩。早餐时用杂烩，晚餐时用杂烩，晚餐时用杂烩，直到您开始寻找穿衣服的鱼骨。房屋前用蛤壳铺成的区域。太太。休西戴着一条银鳕鱼椎骨的抛光项链；胡阿·休西（ ）用高级鲨鱼皮装订了账簿。牛奶也有鱼腥味，我完全无法解释，直到一个早晨恰巧在一些渔民的船上沿着海滩漫步时，我看到了长棍的牛以鱼残余为食，然后沿着我向你保证，每只脚都放在鳕鱼断头的头上，看上去很滑。

晚饭总结说，我们收到了一盏灯，还有太太的指示。关于最近的上床方式的骚扰；但是，当快要把我带上楼梯时，那位女士伸出手臂，要求他拿鱼叉。她的房间里没有鱼叉。"为什么不？"我说"每一个真正的鲸鱼都和他的鱼叉一起睡觉，但是为什么不呢？"她说："因为这样做很危险。""自从他那不幸的经历引起年轻的刺痛之后，当他走了四年半，只带了三桶伊利时，被发现死在我的一楼，他的鱼叉在一面；从那以后，从那时起，我不允许任何寄宿生在晚上在他们的房间里拿些危险的武器。所以，奎奎格先生（因为她已经学会了他的名字），"我将把这铁放在这里，并留给你直到早上。但是杂烩；明天要吃蛤或鳕鱼，伙计？"

我说："都是"。"并且让我们以各种各样的方式烟熏鲱鱼。"

第十六章船。

在床上，我们制定了明天的计划。但是令我惊讶的是，让奎奎格让我明白的是，他一直在努力地咨询他的黑人小神的名字，而告诉了他两到三遍，并始终坚持要这样做，那不是我们一起在港口的捕鲸船队中相处，而是在音乐会上选择我们的手艺；我要说的是，除此以外，恳切要求选择船只由我自己决定，因为打算与我们成为朋友。为了做到这一点，他已经将一艘船抛了船上，如果我留给我，伊斯梅尔，应该不间断地照亮整个世界，好像它是偶然发现的一样；不论是否有，我都必须立即在该船上运送自己。

我忘了提到，在许多方面，对出色的判断力和令人惊讶的事物预测充满信心；并以崇高的敬畏之心来珍惜悠乔，他是一位相当善良的上帝，他的整体意思也许足够好，但在所有情况下都未能成功实现他的仁慈设计。

现在，或的计划触及了我们工艺的选择；我根本不喜欢那个计划。我一点也不依靠奎的聪明才智指出最适合安全地运送我们和我们的命运的捕鲸者。但是由于我的所有抗议都对没有任何影响，所以我不得不默认。并因此准备以坚定的奔忙精神和活力着手开展这项业务，这应该很快解决那件微不足道的小事。第二天一大早，让在我们的小卧室里闭上，因为那天似乎是某种借出或斋月，或者那天与和一起禁食，屈辱和祈祷。我从来都不知道怎么做，因为尽管我多次努力，但我却永远无法掌握他的礼仪和二十三章文章，然后离开，禁食他的战斧烟斗，为他的祭祀之火取暖。刨花，我在船运中脱颖而出。经过长时间的闲逛和许多随机询问，我了解到有三艘船准备进行为期三年的航行，它们是魔鬼坝、山雀钻头和脚架。魔鬼坝，我不知道它的起源；山雀位很明显；毫无疑问，是马萨诸塞州印第安人一个著名部落的名字；现已灭绝，成为古老的法师。我凝视着魔鬼大坝；从她身上跳到山雀位；最后，登上，环顾了她一会儿，然后决定这是我们的船。

据我所知，您一天可能见过许多古朴的手工艺品；多山的日本垃圾；黄油盒飞轮，还有什么呢？但请相信我，您从未见过像这种罕见的旧装备一样稀有的古老工艺。她是那所旧学校的船，相当小。带着古板的爪足表情看着她。她在四大洋的台风和平静中历经风雨，饱经风霜，她的旧船身肤色像法国手榴弹兵一样漆黑，曾在埃及和西伯利亚作战过。她那尊敬的弓看起来像胡须。她的桅杆被割断在日本海岸的某个地方，原来的桅杆在大风中掉落在船上，她的桅杆像三位古隆国王的脊椎一样坚硬地站起来。她古老的甲板已经磨损和起皱，就像坎特伯雷大教堂里朝圣者崇拜的石碑一样，贝克特流血了。但在所有这些古老的古物中，又增添了新奇的功能，与她半个多世纪以来一直从事的野外生意有关。佩莱格上尉是多年的船长，在他指挥自己的另一艘船（现在是退休的水手，也是这艘马的主要所有者之一）之前，她是该船长，而佩莱格则是他的上任期间，以她原始的怪诞风格为基础，并以一种古朴的材料和装置镶嵌整个装饰，除了-的雕花衣钩或床架外，其他任何东西都无法比拟。她像任何野蛮的埃塞俄比亚皇帝一样被吓坏了，他的脖子沉重，上面挂着抛光的象牙。她是个奖杯。食人族的食人族，在敌人追逐的骨头中欺骗自己。整整齐齐地，她的未镶板，开放的舷壁装饰得像一个连续的下颚，上面抹着抹香鲸的长而锋利的牙齿，在那儿插入别针，以将她的老麻绳和肌腱固定在上面。那些子没有穿过基木的基块，而是巧妙地穿过了象牙捆。她向尊敬的舵手着旋转的转轮，在那儿操纵了耕作机。那个分团簇成一团，奇特地从她的世袭敌人的细长下颌上雕刻下来。当舵手狂暴地操纵着那个舵柄的舵手时，他紧紧抓住下颚的火热的骏马，感觉就像牙垢。一件高尚的手艺，但某种程度上却最忧郁！所有高贵的事物都被感动了。

现在，当我环顾四分之一甲板时，某人拥有权威，以提议自己成为航行的候选人，起初我什么也没看见。但是我不能完全忽略一个奇怪的帐篷，或者说是棚屋，在主桅杆后方稍微倾斜一点。似乎只是港口临时搭建的。它呈圆锥形，高约十英尺。由从鲸鱼右颚的中部和最高部位截取的细长的黑色长骨大板组成。宽阔的端部种植在甲板上，将这些板的一圈绑在一起，相互倾斜，并在一个簇状点的顶点结合在一起，在那儿，松散的毛状纤维像一些旧的结一样来回摆动 的头。面向船首的三角形开口，使内部人员可以一览无余。

在这个奇怪的地方，有一半人被隐藏了，我终于找到了一个从他的方面看来似乎有权威的人。现在正值正午，船的工作暂停了，现在谁在命令的负担下得到了喘息。他坐在老式的橡木椅子上，到处都是好奇的雕刻。底部由坚固的交错结构构成，其弹性结构与棚屋结构相同。

我看到的那个老人的外表也许没有什么特别的。与大多数老船员一样，他是棕色且有勇气，并且用蓝色飞行员布卷成卷状，剪裁成风格。只有细微的，几乎是微观的细微的皱纹缠绕在他的眼睛周围，这一定是由于他在许多坚硬的大风中不断航行所致，并且总是向迎风；这使眼睛周围的肌肉变得一起缩。这样的皱纹在皱眉时非常有效。

"这是该装备的队长吗？" 我说，前进到帐篷的门。

"假设它是该装扮的队长，你想要他什么？" 他要求。

"我当时在考虑运输。"

"你是不是，是吗？我看不出你是哪位烟农？

"不，先生，我从来没有。"

"我敢说，对鲸鱼一无所知，是吗？

"什么都没有，先生；但是我毫不怀疑，我很快就会学到的。我在商船服务中有几次航行，我认为-"

"该死的商人服务。不要对我说话那么行话。看到那条腿了吗？- 如果您再一次向我提起行军服务，我会把那条腿从您的船尾上移开。行军服务的确！我现在想你们曾经在那些大军中服役感到很自豪，但是福克斯！男人，是什么让你想要去捕鲸，是吗？-看起来有点可疑，是吗？-不是海盗，你呢？？-没有抢劫你的最后一个上尉，对吗？-当你出海时，没有想到要谋杀军官吗？"

我抗议这些事情的天真。我看到，在这些半幽默的影射的掩饰下，这位古老的海员，作为一个绝望的夸张的，充满了他与世隔绝的偏见，并且对所有外星人都不信任，除非他们从鳕鱼角或葡萄园里拉了过来。

"但是什么让你大吃一惊？我想在考虑运送你们之前就知道这一点。"

"好吧，先生，我想看看捕鲸是什么。我想看看世界。"

"想看看鲸鱼是什么，是吗？你们对阿哈卜船长鼓掌了吗？"

"先生，阿哈卜上尉是谁？"

"是的，是的，我想是的。阿哈卜船长是这艘船的船长。"

"那我错了。我以为我正在和船长讲话。"

"您是与佩莱格船长讲话的，是年轻人，您正在和谁说话。它属于我和比尔达德船长，是为航行准备好装备的，并满足了她的所有需求，包括船员。我们是船东，但是正如我要说的，如果您想告诉您捕鲸是什么，就像您告诉您所做的那样，我可以让您找到一种发现方式，然后再将其束缚住，然后退出。阿哈卜船长，年轻人，您将发现他只有一条腿。"

"您是什么意思，先生？另一只鲸被鲸鱼丢了吗？"

"被鲸鱼弄丢了！年轻人，离我更近了：它被吞噬，咀嚼，被有史以来最大的砸破小船的残酷吞噬所刺痛了！-啊，啊！"

我对他的精力感到有些震惊，也许对他在最后的惊叹中的悲痛也有些感动，但我尽可能地冷静地说："先生，你所说的毫无疑问是真的，但我怎么知道在那条特定的鲸鱼中发生的任何异常凶猛，尽管实际上我可能从事故的简单事实中推断出了很多。"

"现在看，年轻人，您的肺部有点柔软，您知道吗？您一点也不谈论鲨鱼。确定，您以前去过海；确定吗？"

"先生，" 我说， "我以为我告诉过你我去过那次商人了四次-"

"努力做到这一点！记住我说的关于行军服务的内容-不要使我加重-我不会拥有它。但是让我们彼此了解。我已向您暗示了捕鲸的内容；是吗？对此有兴趣吗？"

"我知道，先生。"

"很好。现在，你是那个男人将鱼叉顺着一条活的鲸鱼的喉咙投下，然后跳下去吗？回答，快点！"

"我是，先生，如果这样做绝对是必不可少的；那就不应该摆脱它；我不认为这是事实。"

"再次好。现在，您不仅要去捕鲸，要从经验中找出什么是捕鲸，还希望去看世界吗？那不是您所说的吗？我是这么想的。那么，就向前走去，窥视一下天气，然后回到我身边，告诉我你在那里看到了什么。"

有一会儿，我对这个好奇的请求感到有些困惑，不管是幽默还是认真地，都不知道该如何接受。但佩雷格船长全神贯注地皱起了眉头，使我开始了差事。

向前走过去，瞥了一眼天气弓，我感觉到那艘船随着洪水的潮汐向她的锚点摆动，现在正倾斜地指向大海。前景是无限的，但极其单调和令人生畏；不是我能看到的丝毫变化。

"那么，报告是什么？" 佩莱格说，当我回来时；"你看到了什么？"

我回答说："不多，不过是水；虽然地平线相当大，但我想有一场狂风。"

"好吧，那么您对世界的看法如何？您是否希望绕着海角角看到更多，是吗？您看不到您站着的世界吗？"

我有点，但是我必须去捕鲸，我会的；这款装置就像一艘好船一样，我认为是最好的，现在我重复着这一切。看到我如此坚定，他表示愿意运送我。

他补充说："你也最好马上签署文件。" 如此说来，他带领着甲板下面进入了机舱。

对我来说，坐在横梁上的是一个最不常见，最令人惊讶的人物。原来是比尔达德船长，他与佩莱格船长是该船的最大所有者之一；其他股份，有时在这些港口中，是由一群年老的年金人士持有的；寡妇，无父之女和大臣病房；每个人都拥有船上一个木头头，一块木板的脚，或者一两个钉子的价值。楠塔基特岛上的人们将钱投资在捕鲸船上，就像您在批准的国有股票中投资一样，带来了良好的利益。

现在，比尔达（）和佩莱格（）以及其他许多楠塔基特人（）一样，都是地震，该岛最初是该教派定居的。直到今天，它的居民一般都以一种罕见的方式保留了地震的特殊性，只是被异物和异质的事物以各种方式和异常方式进行了修改。因为在所有这些水手和捕鲸者中，这些相同的地震者最血腥。他们在与地震进行战斗；他们是一个复仇的地震分子。

因此，其中有一些人的实例，这些人以经文的名字命名（在岛上是一种独特的方式），并在童年时期自然吸收了庄严的戏剧风格和震撼人心的成语。仍然，从其后世的大胆，大胆而又无穷无尽的冒险中，奇怪地融合了这些不为人所知的特殊性，上千个大胆的性格，而不是不值得斯堪的纳维亚海王或诗般的异教罗马人。当这些东西联合起来，成为一个自然力超群的人，大脑球状，心胸沉重。在最偏远的水域，以及在北方从未见过的星座下方，许多长时间的守夜人的寂静与隐居使他不得不进行非传统而独立的思考；从她自己处女的自愿和自信的乳房中获得大自然的甜蜜或野蛮的印象，因此，首先，但在偶然优势的帮助下，学习一种大胆而紧张的高贵语言，使人在整个国家的人口普查中成为一个强大的语言。为崇高的悲剧而形成的选美生物。不论是由于出生还是其他情况，这都不会完全削弱他的利益，因为无论是出生还是其他情况，他的天性底下似乎都有一半故意的压倒性病态。对于所有悲怆地伟大的人来说，都是通过某种疾病来实现的。确保这一点，年轻的野心，凡人的伟大不过是疾病。但是，到目前为止，我们与这样一个还没有关系；仍然是一个男人，即使确实很奇特，也只能根据地震的另一阶段再次出现，并根据个人情况进行修改。

像佩莱格船长一样，比尔达德船长也是一位富裕的退休鲸鱼。但是与佩莱格船长不同（比勒船长不急于所谓的严肃的事情，并且确实认为那些自以为是的严肃事情是所有琐事中最真实的），比尔达德船长不仅最初是根据最严格的楠塔基特地震学原理接受教育的，而且他随后的所有海洋生活，以及绕着号角的许多未穿衣服，可爱的岛屿生物的视线-都没有使这个本土出生的地震者一次动摇，也没有改变他的背心的角度。尽管如此，尽管如此，但值得一提的佩莱格船长仍缺乏共同的一致性。尽管出于认真考虑而拒绝武装以抵制侵略者，但他本人却无限地侵略了大西洋和太平洋；尽管对人类流血事件发了誓，但他身穿大衣却披着漏斗，流到了利维亚坦·戈尔身上。我不知道，虔诚的比尔达德现在如何在他沉思的夜晚如何调和这些事情。但这似乎并没有引起他的太多关注，很可能他很早就得出了一个明智的结论，即男人的宗教信仰是一回事，而现实世界则是另一回事。这个世界付出了红利。从一个穿着最矮胖单调的短衫的小木屋男孩，变成一个穿着大肚子的背心的鱼叉人；从那以后成为船长，酋长和船长，最后是船东；正如我之前所暗示的，比尔达德结束了他的冒险生涯，他在60岁的高龄时就完全退出了活跃的生活，并将剩下的日子奉献给了悄悄赚来的良好收入。

现在，比尔达德，我很遗憾地说，曾经是个顽强的老家伙，在他远洋的日子里，他是一个艰苦而艰苦的任务负责人。他们在楠塔基特岛上告诉我，虽然这确实是一个奇怪的故事，但当他航行那只古老的捕鲸者鲸鱼时，他的船员们回到家时，大部分都被抬到了岸上，筋疲力尽，疲惫不堪。至少对于一个虔诚的人，特别是对于地震学家来说，他无疑是非常心肠的。他们从未对他的男人发誓，但是他们说。但是不知何故，他从中得到了无比残酷，艰苦的努力。当比尔达德（）是首席搭档时，他那双的眼睛专心地注视着你，让你感到完全紧张，直到你可以抓紧东西-锤子或钉子，然后像疯了似的去工作，其他，没关系。懒惰和懒惰在他面前消灭了。他本人就是功利主义人物的确切体现。在他那长而的身体上，他没有多余的肉，没有多余的胡须，下巴上有柔软，经济的午睡，就像戴宽边帽的午睡一样。

当我跟随佩莱格船长走进机舱时，我看到的就是这样一个坐在船尾上的人。甲板之间的空间很小；在那儿，螺栓直立地坐在老比尔达德身上，他总是这样坐着，从不倾斜，这是为了挽救他的大衣尾巴。他的宽边摆在他旁边。他的双腿僵硬地交叉着；他那单调的衣衫系在他的下巴上。和鼻子上的眼镜，他似乎沉迷于阅读沉重的书本。

"比尔达德，"佩莱格上尉喊道，"比尔达德又去了，是吗？据我所知，过去三十年来，你一直在研究那些经文。比尔达德你走了多远？"

仿佛他的前任船长比尔达德（）长期习惯于这种亵渎的讲话，却没有注意到他现在的无礼，静静地抬起头，看着我，再次询问着佩莱格。

佩莱格说："他说他是我们的男人，比尔达德，他想运送。"

"丢了你？"比尔达德空洞地说，转过身来对我说。

"我知道，"我不自觉地说道，他是如此强烈的地震。

"你对他有什么看法，比尔达德？"佩莱格说。

"他会的。"比尔达德注视着我，然后继续以低沉的语调拼写他的书。

我以为他是我见过的最古怪的一次地震，尤其是当他的朋友，老船友佩莱格（）显得如此鼓舞。但是我什么也没说，只是看向我四周。佩莱格现在张开了胸膛，拿出船上的物品，将钢笔和墨水放在他面前，并坐在一张小桌子旁。我开始认为现在是时候和我自己达成协议了，我愿意以什么样的条件适应航程。我已经知道在捕鲸业中他们不付工资；但是包括船长在内的所有人都获得了一定份额的利润，称为套利，而且这些套利的比例与船舶公司各自职责的重要程度成正比。我还知道，作为捕鲸的绿手，我自己的躺椅不会很大。但是考虑到我已经习惯了出海，可以操纵船，绑绳子，所有这些，我毫不怀疑，从我所听说的所有方面，我至少应该得到第275层的服务，即第275层的服务。航程的净收益净额，无论最终金额是多少。尽管第275排就是他们所说的长排，但总比没有好。如果我们有个幸运的航程，可能会花几乎我要花的钱就可以买到的衣服，更不用说我三年的牛肉和食宿了，而我不必为此付出任何代价。

可能会认为这是积累王子财富的糟糕方法，因此确实是一种非常糟糕的方法。但是我是那些永远不会承受太子气的人之一，如果我准备忍受雷电云的严峻迹象，那么我很满足于世界是否准备登船并向我寄宿。总的来说，我认为第275排是很公平的，但是考虑到我的身材宽广，如果我获得第200排就不会感到惊讶。

但是，有一点使我对获得丰厚的利润分担有些不信任：这是：在岸上，我听到了佩莱格船长和他那不负责任的老王储比尔达德的事。他们如何成为该方法的主要所有者，因此又是另一个更微不足道和分散的所有者，几乎将整个船舶事务的管理权交给了这两个人。而且我不知道，但是的老比尔达德可能会对运输手有何大的要说的话，尤其是当我现在发现他登上这辆时，正好在船舱里的家中，就像他自己在读圣经一样炉边。现在，当佩莱格努力地用他的杰克刀老比尔达德修补一支笔时，我毫不意外地认为，他在这些诉讼中是如此感兴趣。比勒达根本不理会我们，但接着喃喃自语了他的书，"打好不要为在地球上自己积攒财宝，其中-"

"好吧，比尔达德上尉，"佩莱格打断道，"你们怎么说，我们要给这个年轻人什么条件？"

坟墓的回答是："你最清楚的是，那七百七十七个不会太高，对吗？"'蛾和锈确实腐烂了，但躺在了'"

居然，我以为我就是这样！七百七十七！好了，老比勒达，你确定我来说，不得铺设了许多奠定下面这里，虫蛀，有锈做贪官。确实，这是一个漫长的过程。尽管从这个数字的大小来看，它可能最初会欺骗一个地主，但是从最细微的考虑来看，虽然有777个是一个相当大的数字，但是，当您将其变成一个十几岁时，您将然后说，我想说的是，一分钱的七百七十七分比七百七十七分的黄金便宜得多；所以我当时以为。

佩莱格喊道："为什么，睁大眼睛，比尔达德，你不想欺骗这个年轻人！他必须拥有更多。"

比尔达德又说："七百七十七。然后继续喃喃地说："因为你的宝贝在哪里，你的心也就在那里。"

佩莱格说："我要把他放倒百分之三百，比尔达德，你知道吗！我百分之三百躺了下来。"

比尔达德放下书，庄严地朝他说："佩莱格船长，你有一颗慷慨的心；但你必须考虑自己对这艘船的其他所有人（寡妇和孤儿，其中许多人）负有的责任，如果我们为这个年轻人的劳动付出了太多的报酬，我们可能正在从那些寡妇和那些孤儿那里得到面包。这是第777层，佩莱格船长。"

"你比尔达德！" 咆哮的，启动并在机舱内四处飞溅。"爆炸，比尔达德上尉，如果我在这些事情上听从了您的建议，那么我现在就应该有一个良心要，那将足以重创有史以来最大的绕着海角航行的船。"

比尔达德稳定地说道："佩莱格船长，我的良心也许正在汲取十英寸的水，或者十磅；但由于您仍然是一个顽强的人，佩莱格船长，我非常担心，以免您的良心不安。一个漏水的家伙；最后将使你沉没，直到火热的小坑，佩莱格船长。"

"火坑！火坑！你们侮辱了我，男人；侮辱了我，超越了所有自然的承受力。告诉所有人类他已经下地狱了，这真是令人发指的愤怒。子和烈焰！比尔达德，对我再说一遍，然后开始我的灵魂螺栓，但是我会-我会-是的，我会吞下一只活着的山羊，他的头发和角都伸了出来。"你们直醒！"

当他大声疾呼时，他匆匆赶到比尔达德，但他那奇妙的斜角，滑动的速度使比尔达德回避了他。

我对这艘船的两个主要负责人之间的可怕爆发感到震惊，并感到半心半意地放弃了在如此可疑拥有并被暂时命令的那艘船上航行的所有想法，我走到门外，驶向比尔达德，我毫不怀疑，谁都渴望从佩莱格的愤怒中消失。但是令我惊讶的是，他再次非常安静地坐在横梁上，似乎丝毫没有撤退的打算。他似乎已经习惯了无礼的佩莱格和他的方式。至于佩莱格，在放开自己的怒气之后，似乎再也没有剩下他了，他也像小羊羔一样坐下，尽管他抽搐了一下，好像仍然在紧张地颤动着。"！" 他终于吹口哨了。"我认为，风渐渐走到了下风处。比尔达德，你以前很擅长削尖，修补那支笔，是的。我在这里的杰克刀需要磨刀石。就是他；谢谢，。那么，现在，我的年轻人，以伊施梅尔的名字，你不是说吗？那么，好吧，以实玛利走到这里去了第300层。"

我说："佩莱格船长，我也和我有一个朋友，他也想运送东西，我明天能把他带下来吗？"

佩莱格说："可以肯定。""带他去，我们来看看他。"

"他要躺什么？"比尔达德吟着，从他再次埋葬的那本书中瞥了一眼。

佩莱格说："哦！别担心，比尔达德。""他有没有捕过它？"转向我。

"杀死的鲸鱼比我想象的还要多，佩莱格船长。"

"好，那就把他带走。"

在签署文件之后，我离开了。毫无疑问，但是我做得很好，早上的工作，而这匹脚架是提供的与和我围绕海角的同一艘船。

但是当我开始思考我要和我一起航行的船长却一直未被我看见时，我并没有走太远。尽管实际上，在许多情况下，鲸船将被完全装扮，并接待所有船员，但船长通过到达指挥来使自己可见。因为有时这些航程太长了，而在家中的海岸间隔太短了，以至于如果船长有一个家庭，或任何引起这种关注的事，他不会为自己在港口的船麻烦很多，而是让她去所有人准备好出海为止。但是，最好还是先看看他，然后再将自己坚定地交给他。回头我陪同佩莱格船长，询问在哪里可以找到阿哈卜船长。

"而你想要船长什么呢？没关系；你已经运了。"

"是的，但我想见他。"

"但是我现在不认为你会这么做。我不知道他到底怎么了；但是他一直待在屋子里；有病，但是他看起来并不那么好。事实上，他没有病；但也不，他也不舒服，无论如何，年轻人，他将永远不会见到我，所以我不认为他会你。他是一个很酷的人，阿哈卜船长-所以有些人认为-但很好。哦，你会非常喜欢他；无所畏惧，无所畏惧。他是一个伟大的，不敬虔的，像上帝一样的人，阿哈卜船长；说话不多；但是，当他这样做时说话，那你就好好听了。比起鲸鱼，他的长矛！是的，我们岛上最敏锐，最可靠的东西！哦！他不是比尔达德上尉；不，他不是佩莱格上尉；他是阿哈卜，男孩；并且是阿哈卜的老家伙，你最了解的是加冕王！"

"这是一个非常卑鄙的人。当那个邪恶的国王被杀死时，狗们没有舔他的血吗？"

佩莱格说："到我这里来，到现在为止，到这里来。" 在他眼中的意义几乎使我大吃一惊。"小伙子，你看，永远不要在脚架上说那句话。永远不要在那儿说。阿哈卜船长没有给自己起个名字。'这是一个愚蠢，愚昧无知的心血结晶，他疯狂而丧偶的母亲在十二岁时就去世了。然而，在盖伊黑德的老船长提斯提格（ ）说，这个名字会在某种程度上证明是预言。也许其他像她这样的傻瓜也会对你说同样的话。我想警告你，这是一个谎言。几年前我就和他一起航行过；我知道他是什么-一个好男人-不是虔诚的好男人，如，而是一个咒骂的好男人-像我一样-只有他很多。是的，我知道他从来都不是很快乐；我知道在回家的路上，他有点想念咒语；但是正是由于他流血的树桩上尖锐的射击痛才使他成为现实。任何人都可以看到，我也知道，自从他被那头应有的鲸鱼打断最后一次航行以来，他一直是个喜怒无常的人，有时是绝望的喜怒无常的人，但有时 生病了。一劳永逸，让我告诉你，向你保证，年轻人，和一个喜怒无常的好船长比一个笑坏的船长航行更好。告别你，而阿哈卜船长则错了，因为他恰好有一个邪恶的名字。另外，我的男孩，他有一个妻子，一个不甜蜜，辞职的女孩，不是三人结婚。想到这一点；被那个老人有个孩子的那个甜美的女孩所抱住：那么，你们在阿哈卜身上会有什么完全的，绝望的伤害吗？不，不，我的小伙子；遭受打击，被炸毁（如果他是），阿哈卜拥有他的人文精神！"

当我走开时，我充满了沉思。阿哈卜船长偶然向我揭示的一切，使我充满了对他的某种痛苦的迷茫。当时，我莫名其妙地为他感到同情和悲伤，但是我不知道是什么，除非那是他腿部的残酷损失。可是我也感到他很奇怪。但是我无法完全描述的那种敬畏之情并不完全是敬畏之情。我不知道那是什么。但是我感觉到了；这并没有使我偏向他。尽管我对他身上似乎是个谜感到不耐烦，但当时对他的了解却如此不完美。然而，我的思绪却在其他方向上蔓延开来，以至于眼下的黑暗渐行渐远。

第十七章斋月。

由于的斋月或斋戒和羞辱将持续一整天，所以我没有选择打扰他，直到夜幕降临。因为我珍惜对每个人的宗教义务的最大敬意，所以不要介意多么可笑，甚至连一群崇拜蟾蜍的蚂蚁都低估了我的内心。或我们地球某些地方的其他生物，在其他星球上都具有空前的狂热程度，他们仅仅因为死者拥有的财产以他的名义拥有和租用而屈服于死者土地所有人的躯干。

我说，我们好的长老派基督徒应该在这些事情上做慈善，而不要幻想自己比其他凡人，异教徒有什么优势，因为他们在这些问题上半信半疑。现在，有一个确实接受了关于和他的斋月的最荒谬的观念；但是那又是什么呢？我想，认为他知道自己的意思。他似乎很满足；然后让他休息。我们与他的一切争辩都无济于事；我要说，让他成为现实：天国对我们所有人（长老会和异教徒都一样）有怜悯之心，因为我们都以某种方式在头上感到恐惧，并感到遗憾地需要修补。

傍晚，当我确信自己所有的表演和仪式都要结束时，我上了他的房间，敲了敲门。但没有答案。我试图打开它，但将其固定在里面。"，"我在钥匙孔里轻声说道：-所有人都保持沉默。"我说，！你为什么不说话？那是我-伊舍梅尔。"但一切依旧。我开始变得震惊。我给了他这么充裕的时间；我以为他可能中风了。我透过钥匙孔看了看；但是门开到房间的一个角落，钥匙孔的前景却是弯曲而险恶的。我只能看到床脚板的一部分和一堵墙，但仅此而已。我惊讶地发现，鱼叉的木柄是靠墙的，那是前一天晚上女房东从他那里取来的，然后才装到房间里。我以为这很奇怪。但是无论如何，由于鱼叉高高耸立，而且他很少或永远不会出国，因此他必须在这里，而且不可能犯错误。

"！-！"-全部静止。一定发生了什么事。中风！我试图打开门；但是它顽固地抵抗了。在下楼梯时，我迅速向我遇到的第一个人房间女仆表示怀疑。"啦！啦！"她哭着说："我以为一定是问题所在。早餐后我去整理床，门被锁了；没有老鼠可以听到；从那以后一直很安静。但是我想，也许是，你们俩都走了，把行李锁好以确保安全。拉！拉，夫人！-情妇！谋杀！休西太太！中风！"-带着这些哭声，她冲向厨房，我跟随着。

太太。休西（）很快出现了，一只手拿着芥末罐，另一只手拿着醋罐，刚刚摆脱了参加脚轮的职业，并同时责骂了她的小黑人男孩。

"木屋！"我喊道："走哪条路？看在上帝的份上，拿来撬门的东西-斧头！-斧头！他中风了！要依靠它！"-所以我毫无疑问地冲上了楼梯。太太再次空手而归。休西把芥末锅和醋醋罐以及整个面容都放在中间。

"你怎么了，年轻人？"

"拿斧头！看在上帝的份上，为我跑去找医生，而我撬开它！"

"看看这里。"女房东说，迅速放下醋罐，以腾出一只手。"看看这里；您是在谈论撬开我的任何一扇门吗？"——她抓住了我的手臂。"你怎么了？船夫，你怎么了？"

我以一种冷静而又迅速的方式，让她理解了整个案子。她不知不觉地拍打着醋罐到鼻子的一侧，反省了一下。然后惊呼道："不！自从我把它放在那以后，我再也没有看到它。"她跑到楼梯平台下的一个小壁橱里，瞥了一眼，然后返回，告诉我的鱼叉不见了。她喊道："他自杀了。""这是不幸的事，又是另一回事了-还有另外一个反面-上帝怜悯他可怜的母亲！-这将是我家的废墟。可怜的小伙子有姐姐吗？那个女孩在哪儿？-贝蒂，去咆哮了。画家，然后告诉他给我画一个牌子，上面写着："这里不允许自杀，在客厅不吸烟；"-还可以一次杀死两只鸟。杀死吗？主人对他的鬼魂要仁慈！那是什么？那里有声音吗？你，年轻人，在那里很惊讶！"

追着我跑来，她抓住了我，因为我再次试图强行打开门。

"我不允许；我不会破坏我的房屋。去锁匠那里，离这里大约一英里。但是真是太棒了！"将她的手放在侧口袋中，"我猜这是一把合适的钥匙；让我们看看。"于是，她把它锁了起来。可惜！的补充螺栓尚未拔出。

我说："必须把它拆开。"当房东向我开枪时，为了一个良好的开端，它从入口处跑了一点，再次誓言我不应该破坏她的房屋。但是我从她身上撕下来，突然之间身体急促地冲破了自己。

一声巨响，门飞开了，旋钮撞在墙上，把灰泥送到了天花板上。在那里，美好的天堂！那里坐着奎奎格酒，凉爽而自我收集。就在房间中间；蹲在火腿上，然后将放在头顶。他既不看向别处，也不看向别处，而是像雕刻的雕像一样坐着，缺乏活跃的生活迹象。

我问他，""··你怎么了？"

"他整天都没坐过，对吗？" 女房东说。

但是我们只说了些什么，我们什么也说不出来。我几乎想把他推过来，以改变他的位置，因为这几乎是无法忍受的，它看起来是如此痛苦和不自然。特别是，由于他很可能已经坐了八到十个小时以上，甚至也没有规律地吃饭。

我说："胡西夫人，无论如何他都还活着；所以，请你离开我们，我会自己做这个奇怪的事情。"

我把房东的门关上了，我竭尽全力让坐下。但徒劳无功。他坐在那里；而他所能做的-就我所有有礼貌的技巧和怪异而言-他不会动钉子，不会说一个字，也不会看着我，也不会丝毫注意到我的存在。

我想，我想，这是否可能是他斋月的一部分？他们在他的家乡岛上以这种方式禁食火腿吗？一定是这样；是的，我想这是他信条的一部分；好吧，让他休息；毫无疑问，他迟早会起床。感谢上帝，这不可能永远持续下去，而他的斋月一年才来一次。我不认为那会很准时。

我去吃晚饭。在坐了很长时间之后，听了一些刚从李子布丁航海中来的水手的长篇故事，就像他们所说的那样（也就是说，在大篷车或双桅横帆船中进行的短时间捕鲸航海，仅限于路线的北部，仅在大西洋上）；在听了这些李子布丁吃了将近十一点之后，我上楼梯去睡觉，感到十分确定，一定一定把他的斋月解雇了。但不是；在那儿他就是我离开他的地方。他还没动弹。我开始讨厌他。整天半夜坐在冷室里的火腿上，头顶拿着一块木头，似乎是彻头彻尾的愚蠢和疯狂。

·"为了天堂的缘故·，起身并摇晃自己；起来吃些晚饭。你会饿死；·你会杀死自己。"但他没有回答。

因此，我对他感到绝望，因此决定上床睡觉。毫无疑问，不久以后，他就会跟着我。但是在上交之前，我拿起了沉重的熊皮外套，把它扔在他身上·，因为那将是一个非常寒冷的夜晚。他只穿着普通的圆外套。一段时间后·，我会尽一切努力，我无法进入最微弱的睡眠。我吹灭了蜡烛；仅仅想到·，而不是四英尺高的距离，就坐在那不安的位置上，独自呆在寒冷和黑暗中；这让我真的很沮丧。想一想 整夜睡在同一个房间里，在这个沉闷、无聊的斋月中，他的火腿被一个清醒的异教徒占据！

但是我终于以某种方式下车了，直到一天的休息都一无所知。当看着床头时，蹲着的，好像他已经被拧紧在地板上了。但是，当第一缕阳光瞥见窗户时，他站起来了，关节僵硬而刺眼，但看上去很开朗。我躺在我身边脚；再次将额头压向我的；说他的斋月结束了

现在，正如我之前暗示的那样，我不反对任何人的宗教信仰，无论它的宗教信仰如何，只要该人没有杀死或侮辱任何其他人，因为该其他人也不相信它。但是当一个人的宗教真正变得疯狂时；当对他是一种积极的折磨时；并最终使我们这个地球成为不舒服的旅馆；然后我认为该是时候该将该个人放在一边，并与他争辩这一点了。

就这样，我现在使用。我说："，现在上床睡觉，撒谎，听我说。"然后，我继续进行，从原始宗教的兴起和发展开始，直到现在的各种宗教，在此期间，我努力向展示所有这些借物，斋月和长时间在寒冷中的火腿蹲·没有气氛的房间简直是胡说八道；对健康有害；对灵魂无用；简而言之，反对明显的卫生习惯和常识。我也告诉他，他在其他事情上是如此明智

和睿智，使我现在非常可怜地愚蠢到看到他对这个荒谬的斋月感到非常痛苦，这让我很痛苦，也让我非常痛苦。我辩称，禁食会使身体陷进去。因此精神陷进去了。所有因禁食而生的思想必定会饿死。这就是为什么大多数消化不良的宗教主义者珍视这种对自己后世的忧郁观念。一言以蔽之地说：地狱是第一个产生于未消化的苹果饺子的想法。从那以后，这种情况一直持续着赖以斋月为生的遗传性消化不良。

然后我问，他本人是否曾经有消化不良的困扰？他非常清楚地表达了这个想法，以便他可以接受。只有在一个难忘的时刻。这是在他父亲国王的盛大宴席之后，一场伟大的战斗取得了胜利，其中大约下午两点钟杀死了五十名敌人，并于当晚全部煮熟并食用。

"再也没有，。"我颤抖着说。"会的；"因为我知道这些推论而没有他的进一步暗示。我见过一个水手曾经去过那个小岛，他告诉我，风俗习惯是在那儿赢得一场激烈的战斗，烧烤胜利者院子或花园里所有被杀的人。然后，他们一个接一个地放在巨大的木制挖沟机里，像面包圈一样，点缀面包果和可可仁。带着胜利者的赞美词送给了他所有的朋友，并带着欧芹，就像这些礼物是那么多的圣诞节火鸡一样。

毕竟，我认为我对宗教的言论不会给魁北克留下深刻的印象。因为，首先，除非从他自己的角度考虑，否则他在某种程度上似乎对这个重要主题听不见了；其次，他对我的理解不超过三分之一，只是按照我的意愿表达了我的想法。最后，他毫无疑问地认为他比我更了解真正的宗教。他以一种至高无上的关心和同情心看着我，仿佛他以为这样一个明智的年轻人被福音派异教徒虔诚地迷失了，真是太可惜了。

最后，我们起身打扮。和，吃了一顿丰盛的杂烩早餐，以使女房东不应该因他的斋月而赚很多钱，我们唾手可得，登上了这只，随处逛逛，用大比目鱼的骨头摘牙。

第18章。

当我们沿着码头的末端驶向船上时，扛着鱼叉，船长的粗鲁声音将我们从棚屋里大声地叫喊着，说他没有怀疑我的朋友是食人族，而且还宣布他不许食人族登上那艘船，除非他们以前生产过文件。

"那是什么意思，佩莱格上尉？" 我说，现在跳上堡垒，而我的同志则站在码头上。

他回答说："我是说，他必须出示论文。"

"是的，"比尔达德船长用空洞的声音说，将头从佩莱格的身后伸出棚屋。他补充说："他必须证明自己已经依。黑暗之子。" 他转而对说，"你现在是在与任何基督教会交流吗？"

我说："为什么，他是第一个公理会的成员。" 据说，许多在船上航行的纹身野人最终都转变成了教堂。

比尔达德喊道："第一家公理教堂在执事申命记科尔曼的会堂里崇拜什么！" 所以说，拿出眼镜，他用黄色的大手帕手帕擦了擦眼镜，非常小心地戴上眼镜，从圆锥形小屋中出来，僵硬地靠在舷墙上，仔细看了一下。

"他加入会员多久了？" 然后他说，转向我。"不是很久，我想，年轻人。"

佩莱格说："不，他也没有受到洗礼，否则会洗掉脸上那恶魔般的蓝色。"

比尔达德喊道，"现在说吧，这位非利士人是执事申命记会议的常任成员？我从未见过他去那儿，而且我每天都经过。"

我说："我对执事申命记或他的会面一无所知。""我所知道的是，这里的是第一个公理会的出生成员。是他本人的执事。"

比尔达德严厉地说："年轻人，你和我一样飞跃-你自己，年轻的赫梯人。请问教会的意思是什么？回答我。"

我回答说自己很难受。"先生，我的意思是，您和我所在的那座古老的天主教堂，那里的佩莱格船长和这里的，以及我们所有人，以及我们每个母亲的儿子和灵魂都属于这个教会；这是一个伟大而永恒的教会敬拜世界；我们都属于那个世界；只有我们当中的一部分人珍惜一些奇怪的子，无法触及这个宏伟的信念；因为我们大家都携手共进。"

佩莱格喊道："拼接，你的意思是拼接手。""年轻人，您最好是去传教士，而不是前桅杆；我从来没有听过更好的讲道。执事申命记—为什么马普普父亲本人无法打败他，他算是算了。登上来在船上；不要在意报纸，我说，告诉，你叫他什么？告诉向前走，在那位伟大的锚点下，他到达那里的鱼叉！看起来像是好东西，然后他处理是的，我说是美洲狮，或不管你叫什么名字，你曾经站在鲸船的头上吗？你曾经打鱼吗？"

一言不发，以狂野的方式跳下了舷墙，从那儿跳进了一条垂向一侧的鲸船的船头；然后支撑他的左膝盖，并准备好鱼叉，以这种方式大声喊叫：

"'，你看见他在水上滴了一点焦油吗？你看见了他吗？好吧，摆他一只鲸鱼的眼睛，好吧，书房！"然后他锐利地瞄准了目标，将铁杆刺穿了老比尔达德宽阔的帽檐，在船甲板上打扫了一下，并把闪闪发光的焦油击中了视线。

静静地拖着队伍说："现在，用鲸鱼盯住他的眼睛；为什么，爸爸鲸鱼死了。"

佩莱格说："比尔格达快，"他的伙伴佩勒格震惊于飞鱼叉附近，他向机舱舷梯退去。"快点，我说，比尔达德，拿到船上的文件。我们必须在那只船上放刺猬，我的意思是刺猬。瞧，刺猬，我们要给你第九十躺，这比以往任何时候都重要被赋予了"鱼叉手"的称号，但还没结束。

如此下来，我们走进了机舱，令我非常高兴的是奎奎格很快就加入了我本人所属的同一艘船公司。

当所有的预备赛都结束了，佩莱格已经准备好要签署的所有东西时，他转向我说："我想，那里不知道怎么写，是吗？我说，，爆炸了！您要签署您的签名吗？命名还是留下您的印记？"

但是，在这个问题上，魁奎克谁曾两次或三次参加过类似的仪式，却丝毫没有生气。但是在适当的地方拿出所提供的钢笔，复制在纸上，在适当的地方，与刺中他手臂上的一个怪异的圆形人物完全相同；这样，通过佩莱格船长的顽固错误碰到他的称谓，它就变成了这样的样子：

。他的标记。

同时，比尔达德（ ）上尉认真而坚定地坐着，看着魁北克（ ），最后庄严地站起来，摸索着他那条宽大的单调外套的大口袋，摸索着一捆束，选择了一个标题为"第二天到来；或者没有时间迷失，"将其放在的手中，然后紧紧抓住它们和他的书，认真地注视着他的眼睛，并说："黑暗之子，我必须由你来履行职责；我是这艘船的所有人，并为所有船员的灵魂感到担忧；如果您仍然紧贴您的异教方式，我恳求您，可悲的是，我恳求您，不要因为那是一个卑鄙的奴隶贩子而拒绝偶像的钟声和那条可怕的龙；从怒气冲冲；我要睁大眼睛；哦，天哪，仁慈！避开火热的坑！"

盐海中的某些事物仍旧以比尔达德的旧语言徘徊，混杂着圣经和家庭用语。

佩莱格喊道："到那里来，在那边，比尔达德，到现在为止，这在破坏我们的鱼叉手。""虔诚的鱼叉人永远都不是一个好航海者，它把鲨鱼从'中夺走了；没有一个鱼叉人值得一提，却没有那么古怪的鲨鱼。有年轻的纳特·斯瓦恩，曾经是所有楠塔基特岛和葡萄园中最勇敢的船头；他加入了这次会议，从来没有变得很好。他对自己的瘟疫之魂感到恐惧，以至于他畏缩缩腰，避开了鲸鱼，以免怕后来的掌声，以防万一他拿火炉去戴维·琼斯。

"！！"毕达达抬起他的眼睛和手说，"你自己，就像我自己一样，见过许多危险的时光；你知道，佩莱格，害怕死亡是什么意思；那么，你怎么能惜这件事呢？佩莱格，你是最好的自己的心，佩莱格告诉我，当这条相同的脚步在日本那场台风中她的三根桅杆都落在船上时，当你与阿哈卜船长交配时，同样的航程，你没有想到死亡和那判决呢？"

"听见他，现在听见他的声音，"佩莱格喊道，跨过船舱，将手伸到口袋里，————"听他，你们所有人。想到这一点！每当我们认为船会沉没的时候！那么，死亡和审判呢？那是什么呢？三个桅杆在侧面不断轰鸣；每条海浪都在我们的前后颠簸，然后想到死亡和审判呢？生活是阿哈卜船长的想法，我当时在想的是；如何拯救所有人的双手-如何架设陪审团-如何进入最近的港口；这就是我的想法。"

比尔达德没有再说什么了，但扣上外套，在甲板上跟踪，我们跟随他。他站在那儿，非常安静地俯瞰着一些正在修补腰部帆的帆手。他不时弯腰弯腰捡起补丁，或留下一圈焦油的麻线，否则这些麻线可能已经浪费了。

第十九章先知。

"同伴们，你们在那艘船上运过吗？"

和我刚刚离开了脚架，正在水里徘徊，此刻每个人都沉浸在自己的思想中，当一个陌生人向我们提出以上这些话时，他在我们面前暂停了一下，将他巨大的食指拉到了有问题的船只。他穿着褪色的外套和打补丁的拖网渔船被吓坏了。一条黑色的手帕擦了擦脖子。一头汇合的天花从四面八方流过他的脸，当湍急的水干时，它像洪流般复杂的罗纹床一样离开了它。

"你们运送她了吗？" 他重复了。

"我想，你的意思是船上的装备，" 我说，试图争取更多时间来不间断地看着他。

他说："是的，是那只装在船上的装备。" 他拉开了他的整个手臂，然后迅速将它从他身上直推出来，手指尖的固定刺刀完全刺向目标。

我说："是的，我们已经签署了条款。"

"关于你的灵魂的任何事情？"

"关于什么？"

"哦，也许你什么都没有，"他迅速说道。"不过，尽管如此，我知道很多小事都没有，-祝他们好运；而他们的情况也就更好了。灵魂就像是货车的第五轮。"

"你在开玩笑吗，船友？"我说

"他有足够的能力弥补其他不足之处，"其他陌生人突然说道，紧张地强调了他这个词。

我说："，走吧；这个家伙已经从某个地方挣脱了；他在说些什么，而我们不认识的那个人。"

"停！"陌生人哭了。"你说的没错，你还没看过老雷声，对吗？"

"谁的老雷声？"我说，再次被他的疯狂态度所吸引。

"阿哈卜船长。"

"什么！我们船的船长，马？"

"是的，在我们中的一些老水手小伙子中，他就是这个名字。你还没见过他，对吗？"

"不，我们没有。他们说他生病了，但情况正在好转，不久后会恢复健康。"

"很快就可以了！"庄严的嘲笑使陌生人笑了起来。"看，当阿哈卜船长没事的时候，我的左臂就没事了；不是以前。"

"你对他有什么了解？"

"他们告诉你关于他的什么？说！"

"他们对他一无所知；只有我听说他是一个好的捕鲸者，并且是船员的优秀船长。"

"是的，是的，是的，两个都足够。但是，当他下达命令时，您必须跳起来。踩着咆哮；咆哮着走-那是上尉的话。，很久以前，当他像死人一样躺在三天三夜的时候；在圣诞老人的祭坛前与西班牙人的致命子一无所获？—没听说过，？他吐出来的银葫芦一无所有？根据预言，他最后一次航行失败了，你们没听到关于他们的事有什么要紧的事，是吗？不，我不认为是这样；你们怎么会呢？谁知道呢？不是所有的楠塔基特岛，我猜但'，．'听说腿诉说，他如何失去了它;是呀，你们听说过，我敢说噢，是的，是每个人都知道'，我的意思是，他们知道他只有一条腿；而帕尔马凯蒂则使另一条腿脱了。"

"我的朋友，" 我说，"您的所有这些胡言乱语是什么，我也不知道，我也不太在意；因为在我看来，您的头部一定有点受损。但是如果你说的是阿哈卜船长，那是那艘船，那是马，然后让我告诉你，我对他的腿失去了全部了解。"

"关于它的一切，嗯，确定吗？-全部吗？"

"很确定。"

乞般的陌生人用手指尖指尖对准眼睛，站了一下，仿佛陷入了麻烦的遐想中。然后开始一点，转身说："你们已经发货了，你们的名字写在纸上了吗？好吧，好了，已经签名了，已经签名了；将要成为什么样子；然后再一次，也许它赢了毕竟，不是。它已经全部固定好并准备好了；我想有些水手或其他人必须和他一起去；还有其他人，上帝怜悯他们！早晨；无法言喻的天堂保佑你们；对不起，我阻止了你们。"

我说："朋友，请看这里，如果有什么重要的事情要告诉我们，那就去吧；但是，如果您只是想骗我们，那就错了；这就是我要说的。"

"说得很好，我喜欢听这样的小话；你就是他的男人，就像你们一样。早上对你们，船东，早上！哦！当您到达那里时，告诉他们我得出的结论是不让他们成为其中之一。"

"啊，亲爱的家伙，你不能那样愚弄我们-你不能愚弄我们。这是一个男人看上去好像在他的内心深处的秘密，这是世界上最容易的事情。"

"早上好，船东，早晨。"

我说："现在是。" "来吧，，让我们离开这个疯子。但是停下来，告诉我你的名字，好吗？"

"以利亚。"

以利亚！我以为我，我们走开了，两个人都互相追随，评论这位衣衫的老水手；并同意他不过是个骗人，试图成为一个小动物。但是当我们转弯拐弯并像我一样回头看时，也许我们还没有走过一百码，应该看到他，但以利亚跟随我们，尽管距离很远。不知何故，他的视线打动了我，以至于我对的身后一无所获，却与我的同志继续前进，渴望看到陌生人是否会像我们一样转过弯。他做到了；然后在我看来，他在缠着我们，但出于我的一生，我无法想象。在这种情况下，再加上他昧，半暗示，半露脸，笼罩的谈话，现在使我产生各种含糊的疑惑和半疑虑，并且都与这种方法有关。和上尉；他失去的那只腿；斗篷角合适；还有银葫芦；前一天我离开船时，佩莱格船长对他的评价是什么？以及癣的预测；而我们的航行使我们不得不航行；和其他一百个阴影的东西。

我下定决心要让自己满意，是否这个衣衫的以利亚真的在缠着我们，而这个意图与越过了路，从那边回溯了我们的脚步。但以利亚过去了，似乎没有注意到我们。这使我松了一口气；再一次，终于在我看来，我在心里念出他是个骗子。

第20章。

一两天过去了，在这部装置上进行了很多活动。不仅要修理旧的帆，而且还要登上新的帆，还有帆布螺栓和索具；简而言之，一切都暗示着该船的准备工作快要结束了。佩莱格船长很少或从来没有上岸，而是坐在他的棚屋里，保持敏锐的视线：比尔达德在商店进行了所有采购和提供工作；那些在货棚和索具上工作的人一直工作到深夜。

在签署条款后的第二天，在船公司停靠的所有旅馆都传出了消息，他们的胸部必须在晚上之前登上船，因为这并不能告诉船将航行多久。和我陷入了困境，但是决心下到岸上睡到最后。但是在这些情况下，它们似乎总是发出很长的通知，而且船几天都没有航行。但难怪 在此装备齐全之前，还有很多事情要做，也没有说出要考虑多少事情。

每个人都知道床务，油锅，刀叉，铲子和钳子，餐巾纸，胡桃夹子等各种各样的东西，对于家政服务来说是必不可少的。捕鲸便是如此，这需要在广阔的海洋上进行三年的家务管理，而远离所有杂货商，造价贩子，医生，面包师和银行家。尽管商船也是如此，但无论如何都没有达到与捕鲸船相同的程度。因为除了捕鲸航程的长距离以外，渔业起诉所特有的许多条款，而且通常在偏远的港口不可能经常更换它们，所以必须记住，在所有船舶中，捕鲸船是暴露最多的各种事故，尤其是航行成功与否所依赖的物品的破坏和损失。因此，备用船，备用翼梁，备用线和鱼叉以及几乎所有东西都备用了，但是备用船长和复制船。

在我们到达该岛期间，最重的脚步枪几乎已经储藏完毕；包括她的牛肉，面包，水，燃料，铁圈和五线谱。但是，正如之前所暗示的，一段时间以来，潜水员不断地获取和携带各种大小的东西。

比尔达德上尉的姐姐比尔达德船长的姐姐是一位负责任的女士，他是一位意志坚定，坚韧不拔的精瘦老太太，但心地非常善良，他似乎下定了决心，如果她能帮助的话，那就不会有什么需要的了。，一旦公道出海。一次，她会带上一罐泡菜去管家的厨房。还有一次带着一堆被子放在首席搭档的桌子上，他在那里保存着日志。第三次，用法兰绒布卷着某个人的风湿性背部。从来没有一个女人比这更好的配得上她的名字，这就是慈善机构。就像一个慈善姊妹一样，这个慈善姨妈对慈善团体的来回奔忙，随时准备把自己的手和心转向任何承诺为船上所有人带来安全，舒适和安慰的事物，而这与她挚爱的比尔达德兄弟有关，而她自己也拥有一分之二的妥善保存的美元。

但是令人震惊的是，就像她最后一天所做的那样，看到这位出色的善良的地震女主角，一只手拿着长子，另一只手拿着更长的捕鲸枪。比尔达德本人和佩莱格船长也丝毫不落后。至于比尔达德（），他随身携带了一长串所需的物品，每到新来的一面，他在纸上与该物品相对的位置就会下降。佩莱格每隔一段时间就会从鲸鱼窝里走来走去，朝着舱口处的人咆哮，向桅杆头的索具咆哮，然后以咆哮回到他的棚屋里结束。

在准备的这几天里，奎奎格和我经常去看船，并经常问起船长，他的状况以及他何时登船。对于这些问题，他们会回答，他越来越好，并且每天都在期待他；同时，两名船长佩莱格和比尔达德可以参加一切必要的工作，以使船只适应航行的需要。如果我对自己诚实的话，我会非常清楚地看到自己确实做到了，但是半幻想以这样的方式承诺了那么长的航程，而没有一次将目光投向那个绝对是独裁者的人。它就在船驶出公海后就开始了但是当一个人怀疑有什么不对劲时，有时候会发生，如果他已经介入此事，他就会无意识地努力掩盖自己的怀疑，甚至从他本人身上掩盖。这种方式与我同在。我什么也没说，也没想什么。

最后，有人说第二天的某个时间船肯定会航行。因此，第二天早上，我和奎奎格开始了很早的事情。

第21章。

快到六点了，但是当我们在码头附近时，只有灰暗的不完美的薄雾蒙蒙的黎明。

我对说："如果我看对的话，那里有一些水手在前面奔跑，那不可能是阴影；我猜她是日出时离开的，来吧！"

"真好！" 哭了一个声音，它的主人同时靠近我们，将一只手放在我们的肩膀上，然后向彼此暗示着自己，在不确定的暮色中站着弯腰向前，奇怪地从凝视着我。是伊莱贾。

"要去吗？"

我说："放手吧。"

摇着身子说："这里的守望者！走吧！"

"那不上船吗？"

"是的，我们是，"我说，"但是，您的生意是什么？伊利亚先生，您知道我认为您有点无礼吗？"

"不，不，不；我没有意识到这一点，"伊莱贾说着，以最不负责任的眼神缓慢而奇怪地从我望向。

"以利亚，"我说，"您将通过撤退来强迫我和我的朋友。我们要去印度洋和太平洋，而且不希望被拘留。"

"是，是吗？早餐前回来吗？"

我说："他快要死了，。"

"！"静止的以利亚哭了，当我们移开几步后就向我们致敬。

我说："别管他，，加油。"

但是他又偷走了我们，突然用手拍了拍我的肩膀，说道："你们看到有什么看起来像男人不久前朝那艘船驶去吗？"

我被这个简单的事实问题打动了，我回答说："是的，我以为我确实见过四个或五个男人；但是这太模糊了，无法确定。"

以利亚说："非常昏暗，非常昏暗。""早上好。"

我们再次辞职了；但是他又轻声地跟着我们。再次抚摸我的肩膀说："看看你现在能找到他们吗？

"找到谁？"

"早上好！早上好！"他重新加入，再次离开。"哦！我要警告大家，但不要紧，不要紧，这全都是，全家都是；-今天早晨霜冻了，不是吗？再见了。看不到你们我想很快就会再次；除非在大陪审团面前。"带着这些刻薄的话语，他终于离开了，暂时让我对他的狂妄无礼感到惊讶。

最后，踏上这只脚步，我们发现一切都非常安静，没有灵魂在动。机舱入口被锁在里面；舱口全都铺满了，并堆满了索具。前进到前楼，我们发现了天窗的滑梯。看到一盏灯，我们走了下去，发现那里只有一个破旧的索具，包裹着破烂的豌豆外套。他被全长扔在两个箱子上，脸朝下，被封闭在双臂中。最深沉的沉睡睡在他身上。

"我们看到的那些水手，，他们去了哪里？"我说，怀疑地看着卧铺。但是，当在码头上时，似乎根本没有注意到我现在提到的内容。因此，如果不是以利亚的原本莫名其妙的问题，我本来会以为自己在这件事上蒙受了欺骗。但是我把事情弄垮了。并再次标记着卧铺，大笑地暗示也许我们最好与身体坐起来；告诉他相应地建立自己。他把手放在卧铺的后方，仿佛感觉它足够柔软。然后，事不宜迟，静静地坐在那里。

"亲切！，不要坐在那儿。"我说。

说："哦，佩里·杜德（）傻瓜座位，我的乡村生活；不会伤到他的脸。"

"面对！" 我说："那叫他的脸？那是非常仁慈的容颜；但是他呼吸得多么厉害，他正在自力更生；下车，，你很沉重，磨着穷人的脸。下车，！看，他我很快就会把你抽走。我想他不会醒来。"

将自己移到卧铺者的头顶上方，并点燃了战斧的烟斗。我坐在脚下。我们使管子从一个到另一个穿过管道。同时，在问他断断续续的方式时，让我了解到，在他的土地上，由于缺少长椅和沙发，国王，酋长和大人物一般都在肥育一些食物。脚凳的较低订单中的哪些；要在这方面舒适地布置房子，您只需要购买八到十个懒惰的家伙，然后将它们放在码头和壁中。此外，在旅行中非常方便。比那些可转换成拐杖的花园椅好得多；有时，一个酋长打电话给他的服务员，并希望他在蔓延的树下，也许是在潮湿的沼泽地里，做一个自己的长椅。

在叙述这些事情时，每次收到我的战斧时，他都会在卧铺者的头顶上铺满斧头。

"那是做什么的，？"

"很容易，杀了；哦，很容易！"

他继续对他的战斧烟斗怀有狂野的回忆，当我们直接被沉睡的索具吸引时，这似乎有两种用途，既使他的敌人绞尽脑汁，也抚慰了他的灵魂。强烈的蒸汽现在完全充满了收缩的洞，开始向他诉说。他含糊不清地呼吸。然后似乎在鼻子上感到困扰；然后旋转一到两次；然后坐起来揉了揉眼睛。

"！" 他最后呼吸，"你们是谁吸烟者？"

我回答说："船运的人，她什么时候起航？"

"是的，是的，你要进去吗？是的，她今天航行。船长昨晚上船了。"

"什么队长？-阿哈卜？"

"除了他，还有谁？"

当我们听到甲板上有噪音时，我正要问他一些有关阿哈卜的问题。

索具说："霍洛亚！星巴克的愚蠢。" "他是一个活泼的首席搭档，那个好人，一个虔诚的人，但是现在我还活着，我必须转向。" 所以说他去了甲板，我们跟随了。

现在是晴朗的日出。很快船员三三两两地登上了船。索具索具了自己；伙伴们积极订婚；几个岸上的人忙于将各种最后的东西带上船。同时，阿哈卜船长隐匿地藏在他的小屋里。

第22章，圣诞快乐。

直到中午，终于终于解散了船上的索具，并从码头上拖出了脚手架，经过了深思熟虑的慈善活动之后，这艘经过深思熟虑的慈善机构带着她的最后一份礼物在一条鲸船上离开了一个晚上。佩勒格说，这是史托伯的帽子，第二副伴侣，她的姐夫和管家的备用圣经。在这一切之后，两名船长佩莱格和比尔达德从机舱中发出，并转向大副，佩莱格说：

"现在，星巴克先生，您确定一切都正确吗？船长已经准备好了-跟他说话了-没什么可从岸上得到的了，嗯？好吧，请全力以赴。他们！"

毕尔达德说："佩莱格无论多忙，都不需要亵渎的话，但与你，星巴克朋友一起，和我们竞标吧。"

现在怎么样！在开始航行的那一刻，佩莱格船长和比尔达德船长就在四分之一甲板上高举了手，仿佛他们将成为海上联合指挥官以及港口的所有出场一样。至于阿哈卜船长，尚未见到他的踪迹。他们只是说他在机舱里。但是，当时的想法是，他的出现根本不需要使船沉重并把她的船驶向大海。的确，因为那根本不是他应有的事，而是飞行员的事；他们说，由于他尚未完全康复，因此，阿哈卜船长留在了下面。这一切似乎很自然；特别是在商船服务中，许多船长在抛锚后没有在相当长的时间内露面，而是停留在机舱桌子上，与岸上的朋友欢送告别，然后与船长永久离开船。飞行员。

但是没有太多的机会考虑这个问题，因为佩莱格船长现在还活着。他似乎大部分都在讲话和指挥，而不是比尔达德。

当水手在主桅上徘徊时，他喊道："单身汉的儿子们，在这里。" "星巴克先生，开车到船尾。"

下一个命令是"在那儿打帐篷！" 正如我之前暗示的那样，除了在港口外，这只鲸鱼大门罩从来没有投过过。在此脚架上，三十年来，众所周知，敲打帐篷的命令是抛锚的第二件事。

下一个命令是"绞盘！鲜血和雷声！跳！"是下一个命令，乘员们冲了上来。

现在处于沉重状态，飞行员通常占据的位置是船舶的前部。在这里，比尔达德（）和佩莱格（）一起，除了他的其他官员外，他还是该港口的持照飞行员之一。他被怀疑是为了保住楠塔基特飞行员费而成为一名飞行员。他所关注的所有船只，因为他从未驾驶过任何其他飞船-我说比尔达德现在可以活跃地看着船头寻找即将来临的船锚，并不时地唱着似乎令人沮丧的声，在起锚机上加油打气，起锚机以丰厚的善意大声呼唤着布尔胡同中的姑娘们。尽管如此，比尔达德还是不是在三天前告诉他们，在此脚架上不允许出现亵渎歌曲，特别是在体重过轻时；他的姐姐慈善组织在每个船员的卧铺中放了一小份瓦特副本。

同时，佩莱格船长在监视船的另一部分时，以最可怕的方式撕裂并发誓朝后航行。我几乎以为他会在锚点起床之前把船下沉；我不由自主地停下了手戳，并告诉做同样的事情，考虑到我们俩都遇到了这样的危险，带着这样的魔鬼开始了对飞行员的航行。然而，我以为自己可以在虔诚的比尔达德得到一些救赎，尽管他有777层，这让我感到安慰。当我突然感到我的后方突然刺痛并转过身时，佩莱格船长的脚步从我附近撤退时感到震惊。那是我的第一踢。

"这是他们参加游行服务的方式吗？" 他咆哮。"春天，你是羊头；春天，要打碎你的骨干！为什么你们不春天，我说，你们所有人-春天！！春天，你要用红色的胡须打成一片；春天在那里，刻有苏格兰帽；春天，你这条绿色的裤子。春天，我要说，所有人，然后睁大你的眼睛！" 如此说来，他沿着锚机在四处移动，非常自由地使用他的腿，而动静的比尔达德则一直以他的诗篇为首。认为我，佩莱格船长今天一定在喝酒。

最后，船锚升起，帆起航，我们滑行了。那是一个短暂而寒冷的圣诞节；北方短暂的一天合并为深夜，我们发现自己几乎在寒冷的海洋上广阔，冰冷的喷雾将我们包裹在冰上，像打磨的盔甲一样。舷墙上长长的牙齿在月光下闪闪发光；就像一些巨大的大象的白色象牙象牙一样，巨大的弯曲冰柱来自弓。

飞行员比尔·比达德（ ）率领第一只手表，此后又一次又一次，随着那艘旧船深入到绿色的海洋中，向她吹来发抖的霜冻，狂风呼啸，绳子响起，他的稳定音调是听说，

"洪水泛滥后的甜美田野，身穿绿色长袍，站在那里，犹太人的迦南人站在那里，而约旦则翻滚着。"

这些甜言蜜语从来没有像现在这样甜美。他们充满希望和成果。尽管在寒冷的大西洋上度过了寒冷的冬夜，尽管我的脚湿了，外套湿了，但在我看来，这里还是有许多宜人的天堂。草地和林间空地如此永恒，以至于到了仲夏时分，到春天之前射出的草丛，未被踩踏，未被枯萎。

最后，我们获得了如此大的成就，以至于不再需要两位飞行员了。陪伴着我们的粗壮的帆船开始齐飞。

佩莱格和比尔达德在这个尖头如何受到影响，尤其是比尔达德上尉，这是很好奇的，但并非令人不愉快。为了不愿离开 永远不愿意离开一艘长途跋涉而危险的航程，超越两个暴风雨的海角；一艘投入了他数以千计的来之不易的钱的船；老船员乘船航行的船；一个几乎和他一样大的男人，再次开始遭遇无情下颚的所有恐怖。讨厌对某件事说再见，以至于对他的每样利益都充满了厌恶，可怜的老比尔达德流连忘返。急切地迈步向前；跑进客舱在那儿说另一个告别词；再次来到甲板上，向迎风望去。望向广阔无的水域，仅被遥不可及的东部大陆所包围；望着那片土地；看上去高高在上；左右看；四处张望 最后，机械地将绳子缠绕在销子上，用手抓紧粗壮的佩莱格，举起灯笼，一会儿英雄般地凝视着他的脸，就像说："尽管如此，朋友佩莱格，我可以站起来；是的，我可以。"

至于佩莱格本人，他更像哲学家。但是就他的全部哲学而言，灯笼离得太近了，他的眼中闪烁着泪水。他也从机舱到甲板几乎没走过—现在是一个词，现在是与首席搭档星巴克的一个词。

但是最后，他转向了他的同志，对他有了最后的神情，"比尔达德船长，来了，老船长，我们得走了。回到那里的大院子！船好了！站到旁边靠近，现在！小心，小心！-来，比尔达德，男孩-说你最后的运气，星巴克-运气，斯塔布先生-运气，烧瓶先生-再见，祝大家好运–这三年里，我要在老楠塔基特岛上吃点热晚餐，欢呼而去！"

"上帝保佑你们，你们有圣职。" 老比尔达几乎语无伦次地喃喃道。"我希望你们现在天气晴朗，以便阿哈卜船长很快就会在你们中间移动——他只需要一个宜人的阳光，并且在热带航行中就会有很多。在狩猎时要小心。，鱼友，鱼叉手，不要不必要地拖船；一年之内，白色雪松木板的利用率提高了3％。星巴克先生也不要忘记祈祷，请记住库珀不要浪费哦，帆针在绿色的储物柜中！伙计们，别在鲸鱼的日子里过分地捕鲸；但是也不要错过任何机会，那是在拒绝天堂的好礼物。糖蜜，斯塔布先生；我想这有点漏水，如果您碰到这些岛屿，烧瓶先生，请当心通奸。再见，再见！货到付款，星巴克先生，它会变质的。要小心黄油-二十英镑，一磅，请注意，如果……"

"来，来，比尔达德上尉；别再了，走开！" 然后，佩莱格把他赶到了一边，都掉进了船上。

船和船分开了；阵阵寒冷潮湿的夜风吹来。尖叫的海鸥飞过头顶；两个船体疯狂滚动；我们给了三个沉重的欢呼，像命运一样盲目地跌入了孤独的大西洋。

第二十三章。

在前几章中，谈到了一个帕金顿，一位在旅馆的新贝德福德遇到的高大的新大陆水手。

在那个颤抖的冬天的夜晚，当脚步把她的斗气的弓箭推入寒冷的恶意浪潮中时，我应该看到谁站在她的掌舵之下，却站在帕金顿！我怀着同情的敬畏和恐惧的心情看着这个人，他刚在冬季中途刚度过了四年危险的航行，他可能会如此不安地再次下车，继续任职另一个艰难的时期。土地似乎在焦灼他的脚。最美好的事物永远是无可挑剔的；深刻的回忆没有墓志铭；这个六英寸的章节是帕金顿的无石坟墓。我只能说，这就像他被暴风雨抛弃的船一样，沿着下风的土地而行。港口会幸免于难；港口可怜 在港口，有安全，舒适，炉石，晚餐，温暖的毯子，朋友，这些对我们的凡人都是如此。但是在那场大风中，港口，土地是那艘船的危急处境。她必须全力以赴。一块土地，尽管可以吃到龙骨，却会使她不停地颤抖。她全力以赴，拥挤在海上。这样做是为了抵抗狂风，狂风将她吹向家。再次寻找所有被绑扎的海洋的失地；为了避难而永远陷入危险之中；她唯一的朋友，她最痛苦的敌人！

现在知道了，阿灵顿？您似乎瞥见了那致命的无法容忍的真理；所有深入，认真的思考只是灵魂为维护自己的海洋的公开独立所作的不懈努力；而天堂和大地上最狂野的风合起来将她抛弃在这个诡而奴役的海岸上吗？

但是，正如无人居住的最高真理一样，没有土地，就像上帝一样无限——因此，最好是在那无限的叫声中灭亡，而不是英勇地冲向他，即使那是安全的！那么，像蠕虫一样！谁会渴望爬岸！恐怖的恐怖！这一切痛苦如此徒劳吗？振作起来，振作起来，阿明顿！严厉地忍受你，半神！从您的灭亡的浪花中升起，直升起您的神化！

第24章倡导者。

像和我现在相当从事捕鲸业务。随着捕鲸业的发展，某种程度上已经在地主中被视为一种不切实际，无可争议的追求。因此，我迫切希望说服你们，地主，这样对我们的捕鲸者造成的不公正待遇。

首先，建立这样一个事实，即在广大民众中，捕鲸业务不算在所谓的自由职业这一水平上，几乎被认为是多余的。例如，如果一个陌生人被引入任何其他的大都会社会，这只会稍微提高他的优点的普遍见解。如果要模仿海军军官，他应该在他的名片上附加首字母缩写（抹香鲸渔业），那么这样的程序将被认为是极高的推定和荒谬的。

毫无疑问，世界拒绝尊敬我们的鲸鱼的主要原因之一是：他们认为，充其量，我们的职业是一项屠宰业。当我们积极参与其中时，我们就会被种种污所包围。屠夫，我们是真的。但是屠夫和最血腥徽章的屠夫都是军事指挥官，全世界都为他们赢得荣誉。至于所谓的我们业务不清洁的问题，你们很快就会开始了解某些事实，这是迄今为止鲜为人知的，总的来说，至少在这一整洁的事情中，它们将胜利地种下抹香鲸船。地球。但甚至准许有尖指控是真实的；鲸船的无序光滑甲板能与许多战场上无法言传的腐尸相提并论，许多士兵从这些战场上回来喝水，这一切都是女士们的喝彩吗？如果危险的观念大大增强了士兵职业的普遍观念；让我向您保证，许多精疲力尽的老兵会迅速冲向抹香鲸那条巨大的尾巴，并扇动着他头顶的漩涡。与相通的恐怖和神灵相比，人的可理解的恐怖是什么！

但是，尽管全世界都在向我们捕鲸者发动侦察，但它确实在不知不觉中向我们表示了最深切的敬意。是的，无比崇拜！几乎所有在地球上燃烧的锥度、灯和蜡烛，都像许多神社一样燃烧，为我们的荣耀增光！

但是换个角度来看 用各种秤称量它；看看我们的鲸鱼过去和过去。

为什么在德威特时代的荷兰人拥有捕鲸船队的上将？路易十六为什么。的法国人自费花钱，从敦刻尔克（）装上捕鲸船，并有礼貌地邀请那批来自我们自己的楠塔基特岛的一两个家庭加入该镇？为什么英国在1750年和1788年之间向赏金鲸支付了超过100万欧元的赏金？最后，为什么我们的美国捕鲸者现在超过世界上所有其他带状捕鲸者；航行超过七百艘海军舰艇；一万八千人 每年消费400万美元；这些船只在航行时价值2000万美元！并且每年进口到我们的港口收获了丰收的$ 7,000,000。如果捕鲸没有什么刺激性的话，这一切又是怎么回事？

但这不是一半；再看一遍。

我自由地断言，这个世界主义哲学家一生都不能指出一种和平的影响力。在过去的六十年中，这种影响力对整个世界产生了更大的潜能，而不是捕鲸业的强大威力。。从某种意义上讲，它已经造成了如此巨大的事件，并在其连续的事件中如此连续地如此重要，以至于捕鲸被认为是埃及母亲，他们的后代自子宫中怀孕。对所有这些东西进行分类将是一个无望，无止境的任务。够了。在过去的许多年中，这艘鲸船一直是挖掘地球最偏远和最鲜为人知的地区的先驱。她曾探索过没有海图和群岛的海域和群岛，也没有厨师或温哥华曾航行过。如果现在美国和欧洲的战俘和平地骑在曾经野蛮的海港，让他们向鲸船的荣誉和荣耀致敬，这最初向他们展示了前进的方向，并且首先在他们和野蛮人之间进行了解释。他们可能会庆祝，因为他们将探索探险的英雄，您的厨师，您的克鲁森斯特恩人；但是我说，数十名匿名船长已经从楠塔基特岛驶出，那比你的厨师和克鲁森斯特恩船同样好，也更大。因为他们在无助的空手状态下，在荒芜的鲨鱼水域中，在未记录的标枪岛屿的海滩上，与原始的奇观和恐怖作斗争，他们用他所有的海军陆战队和步枪烹饪美食，都不愿冒险。在古老的南海航行中，一切如此繁荣，这些东西只是我们英勇的楠塔基特人一生中的司空见惯。通常，温哥华冒险历时三章，这些人认为不值得将他们放置在船上的普通日志中。啊，世界！哦，世界！

直到鲸鱼捕捞出角角，在欧洲和太平洋沿岸富裕的西班牙各省之间一直进行贸易，只是殖民地，几乎没有任何贸易往来，而是殖民地。鲸鱼首先突破了西班牙王室的嫉妒政策，触及了这些殖民地。而且，如果空间允许的话，也许可以清楚地表明，那些鲸鱼如何最终使秘鲁，辣椒和玻利维亚摆脱了旧西班牙的锁，并在这些地区建立了永恒的民主。

捕鲸人将世界另一端的伟大美国澳大利亚赐予了开明的世界。在荷兰人首次发现失明出生后，所有其他船只长期避开这些海岸，因为那里是有害的野蛮植被；但是鲸船碰到了那里。鲸船是那个如今强大的殖民地的真正母亲。此外，在澳大利亚第一个定居点的初期，由于鲸鱼船的仁慈的饼干幸运地在其水域内抛锚，使移民免于饥饿。所有波利尼西亚的无数小岛也承认了同样的道理，并对鲸船进行了商业敬意，这为传教士和商人开辟了道路，在许多情况下，这些传教士将原始传教士带到了第一个目的地。如果那双的土地日本变得好客，那将是归功于鲸鱼船。因为她已经到了门槛。

但是，如果面对所有这些，您仍然声明捕鲸与之没有任何美学上的崇高联系，那么我准备好与那里的五十只长矛一起颤抖，并每次都戴上裂开的头盔来烦扰您。

你会说，鲸鱼没有著名的作者，而鲸鱼也没有著名的编年史家。

鲸鱼没有著名的作家，鲸鱼没有著名的编年史家？谁写了我们的利维坦的第一个帐户？谁，但有力的工作！谁是捕鲸之旅的第一个叙述？他是国王，但不亚于阿尔弗雷德（）伟大的王子，他用自己的皇家笔记下了那个时代挪威捕鲸者的话！谁在议会中宣布了我们的悼词？谁，但埃德蒙·伯克！

确实如此，但是鲸鱼本身就是可恶的魔鬼。他们的血管里没有好血。

他们的静脉没有好血吗？他们那里比皇家血统更好。本杰明·富兰克林的祖母是玛丽·莫雷尔；之后，玛丽·佛尔格（玛丽·佛尔格）结婚，他是楠塔基特（ ）的最古老的定居者之一，也是一长串佛尔格人（ ）和鱼叉鱼叉（ ）的祖先–所有的风筝和亲戚都是贵族本杰明–今天，这把铁丝网从世界的一侧飞向其他。

又好 但是所有人都承认，以某种方式进行捕鲸是不值得的。

捕鲸不值得尊敬？捕鲸是皇家！根据古老的英国成文法，鲸被宣布为"皇家鱼"。*

哦，那只是名义上的！鲸鱼自己从来没有想过任何宏伟的方式。

鲸鱼从来没有以任何宏伟的方式来构想？在罗马将军进入世界之都后，他获得了一次巨大的胜利，鲸鱼的骨头从叙利亚海岸一路引来，是绕队伍中最显眼的物体。*

*有关此内容的更多信息，请参见后续章节。

授予它，因为您引用了它；但是，说出您的意愿，捕鲸没有真正的尊严。

捕鲸没有尊严？我们称呼诸天的尊严证明了这一点。是南方的一个星座！不再！在沙皇面前赶下帽子，然后把它摘下去！不再！我知道一个人一生中已经捕了350条鲸鱼。我认为那个男人比那个夸耀要占领许多城墙的上古远古队长更光荣。

至于我，如果有可能，我中还有尚未发现的主要事物；如果我在那个小而寂静的世界中应得任何名声，那我可能不会过分雄心勃勃；如果此后我要做的事情总的来说是一个男人宁愿做的而不愿放弃的；如果在我去世时，我的遗嘱执行人或更恰当地是我的债权人找到了任何宝贵的女士。在我的办公桌上，然后我将在此将所有荣誉和荣耀归给捕鲸；一条鲸船是我的耶鲁大学和我的哈佛大学。

第25章。

为了代表捕鲸的尊严，我不愿提出任何既有事实又有事实根据的事实。但是，在拥护了事实之后，一个拥护者应该完全压制一次不合理的推论，而这种推论可能雄辩地说明了他的事业-这样的拥护者，他不应该受到责备吗？

众所周知，在国王和王后甚至是现代国王和王后的加冕典礼上，都经历了一些调味过程，这些调味过程是为了使其功能发挥作用。有一个状态的盐窖，也就是所谓的状态铸工。确切地说，他们如何使用盐-谁知道？但是，可以肯定的是，国王的加冕典礼上庄严地为国王上了头，即使是沙拉头也是如此。但是，当他们涂膏机器时，他们是否会为了使其内部运转良好而涂膏？关于这种富丽堂皇的过程的基本尊严，这里可能有很多反省，因为在平常的生活中，我们尊敬但卑鄙地鄙视一个人，他膏着他的头发，并且明显地闻到这种膏油的气味。实际上，一个成熟的男人使用发油，除非在医学上如此，否则该男人可能在某个地方身上有斑点。一般而言，他的总和并不多。

但是这里唯一要考虑的是，加冕典礼上使用了哪种油？当然，它不能是橄榄油，卡萨尔油，蓖麻油，熊油，火车油或鱼肝油。那可能是什么，但是精油处于未加工，未污染的状态，是所有精油中最甜的？

想到这一点，忠实的英国人！我们鲸鱼为您的国王和王后提供加冕礼！

第26章骑士和乡绅。

这个装置的首席搭档是星巴克，他是楠塔基特人，也是后裔。他是一个长而认真的人，尽管出生在冰冷的海岸上，但似乎很能适应炎热的纬度，他的肉坚硬，就像两次烘烤的饼干一样。运到印度后，他的活血不会像瓶装啤酒那样变质。他一定是在普遍干旱和饥荒的某个时候出生的，或者是在他的州闻名的快速日子之一出生的。他只见过大约三十个干旱的夏天。那个夏天干了他所有的身体多余的东西。但是，可以这么说，他的瘦弱似乎不再是浪费焦虑和忧虑的象征，而似乎是任何身体枯萎的迹象。那只是男人的凝结。他绝不是病态。恰恰相反。他纯净紧致的皮肤非常适合。紧紧包裹在里面，并像再生的埃及人一样充满了内在的健康和力量，这个星巴克似乎已经准备好忍受很长的岁月，并且永远像现在这样忍受。因为无论是极地大雪还是烈日，就像专利天文钟一样，他的内在活力在所有气候下都表现出色。看着他的眼睛，您似乎可以看到他一生中从容面对的千倍危险的缠绵影像。一个坚定，踏实的人，他的生活大部分是诉说动作的哑剧，而不是声音的温和章节。然而，尽管他坚强的清醒和毅力强，但他的某些特质有时会受到影响，在某些情况下似乎很容易使其余的人失去平衡。因此，对水手的勤奋工作不以为然，并获得了深深的自然崇敬，因此，他一生的野性水汪汪的孤独使他极易迷信。而是某种迷信，在某些组织中，某种程度上似乎是源于智力而非愚昧。外向的内向和内向的表现是他的。如果有时这些事情使他的灵魂被烙铁所折磨，那么他对年轻的斗篷妻子和孩子的遥远家庭记忆就使他更加遥远，倾向于使他从他本性的原始崎中更加弯曲，并使他更加开放在某些诚实的人中，这种潜伏的影响抑制了敢于冒险的勇敢者的冲动，而这种痛苦常常在渔业的更危险的沧桑中被其他人所证明。星巴克说："我的船上没有人，他不怕鲸鱼。" 由此看来，他似乎不仅意味着最可靠和有用的勇气，是对遇到的危险的公正估计而产生的勇气，而且一个完全无所畏惧的人比胆小鬼更危险。

"是的，是的，"第二个伴侣斯塔布布说，"星巴克，在那里，一个人像在这个渔业中的任何地方一样小心翼翼。"但是，我们很久以后就会看到，"小心"这个词在被拔拔的人或几乎任何其他捕鲸者所使用时的确切含义。

星巴克不是危险的十字军；在他看来，勇气不是一种情感。但是对他来说只是一件有用的事情，并且总是在所有致命的实际场合中出现。此外，他认为也许在捕鲸业中，勇气是船上最重要的主食之一，就像她的牛肉和面包一样，不要愚蠢地浪费掉。因此，他不愿在日落后降下鲸鱼。也不是因为坚持与一条鱼战斗而使他与之斗争太多。因为，星巴克以为，我在这片危急的海洋中在这里为自己的生活而杀鲸，而不是为他们的鲸而杀。星巴克已被数百人杀害，这是众所周知的。他父亲的厄运是什么？在深不见底的深处，他能找到兄弟的四肢撕裂的地方吗？

像他所说的那样，在他的记忆中，还有某种迷信。然而，这个仍然可以蓬勃发展的星巴克的勇气确实必须是极端的。但是，一个人如此有条理，拥有如此可怕的经历和记忆并不具有合理的本性；从本质上讲，这些事情不会在他身上潜伏地产生一种元素，在适当的情况下，这种元素会从其局限中爆发出来，并耗尽他的所有勇气。他似乎很勇敢，主要是这种勇敢，在一些无畏的人中可见，这些人通常在与海洋、风浪、鲸鱼或世界上任何普通的非理性恐怖的冲突中始终坚守，却无法承受那些更可怕的事情，因为更多的属灵恐怖，有时会从一个愤怒而强大的人集中的额头中威胁您。

但无论如何，即将出现的叙事是星巴克可怜的毅力的完全削弱，我可能没有心去写它。因为揭露英勇降落在灵魂中是一件最悲伤，最令人震惊的事情。男性看似作为股份公司和股份制国家可憎；可能有刀，傻瓜和凶手；男人可能有卑鄙而微弱的面孔；但是，在理想情况下，人是如此高贵，如此闪闪发光，如此宏伟而光彩夺目的生物，以至于在他身上任何卑鄙的瑕疵之上，他的所有同伴都应竭尽全力扔出他们最昂贵的长袍。我们内心深处的男子气概，直到我们所有的外在性格似乎都消失了；勇敢残忍的男人在未装饰的眼镜上痛苦不已地流血。在如此可耻的景象下，虔诚本身也不能完全扼杀她的编织物与准星们的关系。但是我所对待的这种庄严尊严，不是国王和长袍的尊严，而是那丰盛的尊严，没有被掠夺的机会。您将看到它在挥舞着镐或带动尖刺的手臂上闪闪发光；民主的尊严从天而降无休止地散发出来；他自己！伟大的上帝绝对！所有民主的中心和周围！他的无所不在，我们的神圣平等！

那么，如果是对最卑鄙的水手，叛徒和被抛弃的人，我将在此后赋予其高品质，尽管是黑暗的；为他们编织悲惨的恩典；即使在他们当中，即使是最悲哀，最卑鄙的人，有时也会抬高自己到高高的山上；如果我要用飘渺的光触摸那个工人的手臂；如果我要在他那灾难性的太阳上散布彩虹；然后，在所有凡人批评家的支持下，您就是公正的精神，这已经使一种人类的皇家斗篷遍布了我的全部！伟大的民主之神，请向我伸出援手！谁不拒绝燕窝定罪的那只苍白诗意的明珠珍珠？你曾用双锤打碎的上等金叶穿衣服，那是旧塞万提斯的缩而脆弱的手臂。你是从鹅卵石上捡起安德鲁·杰克逊的。谁把他扔在战马上；谁比他高过宝座！你在你一切地上大能的行进中，永远选拔了你从君王下议院中选出来的拥护者；上帝啊，把我抱出来！

第27章骑士和乡绅。

斯塔布是第二任伴侣。他是鳕鱼角的本地人；因此，根据当地的用法，被称为斗篷鳕鱼人。幸运的 既不勇敢也不勇敢；带着冷漠的空气冒着危险；在经历了最迫在眉睫的危机时，辛苦劳作，沉着冷静，并成为了本年度的职业随行员。幽默，轻松，粗心，他主持了鲸鱼船，就好像最致命的遭遇只是一顿晚餐，他的船员们都邀请了客人。他特别喜欢船上舒适的布置，就像一位老的舞台驾驶员则喜欢他的箱子舒适。当靠近鲸鱼时，在战斗的死锁中，他用吹口哨的锤子轻巧地，副手地处理了不屈的长矛。他会一边哼着最古老的曲调一边哼着最愤怒的怪物。长期使用使这个死角变成了安乐椅。他对死亡本身的看法并没有说清楚。他是否曾经想到过，可能是一个问题；但是，如果他有机会在舒适的晚餐后以这种方式表达自己的想法，那么毫无疑问，他就像一个好水手，就好像是手表的一种召唤，在高空翻滚，并在那儿向自己致敬他会在不服从命令的情况下尽快找到答案。

是什么使成为了一个随和，不畏惧的人，却在一个充满坟墓的世界里欢快地走着生活的重担，这些坟墓全都带着他们的背包俯伏在地；是什么使他产生了几乎虔诚的幽默感；那东西一定是他的烟斗。因为像他的鼻子一样，他那短而黑色的小烟斗是他脸部的常规特征之一。您几乎会很快想到他会像鼻子没有烟斗一样从鼻子上掉下来。他将整行的管道准备好装满，并塞在架子上，手可以轻松够到。每当他上交时，他都将烟熏一遍又一遍地烟熏了，从另一个到本章的结尾。然后再次加载它们以重新准备。因为当树桩穿好衣服后，他没有先将腿放到拖网渔船上，而是将烟斗放到了嘴里。

我说，这种持续吸烟至少是造成他特殊性格的原因之一。因为每个人都知道，无论是岸上还是漂浮的尘世空气，都被无数死者呼出的无数痛苦所感染。就像在霍乱时期一样，有些人嘴里还戴着樟脑的手帕。因此，同样地，对于所有致命的磨难，斯塔布斯的烟草烟雾可能已充当一种消毒剂。

第三个伴侣是马莎葡萄园里的蒂斯伯里人烧瓶。一个矮小，粗壮，红润的年轻人，对鲸鱼非常耐心，他似乎以某种方式认为大巨兽亲身和遗传地侮辱了他；因此，与他在一起是一种荣誉，只要碰到它们就销毁它们。他如此崇高的体魄和神秘的方式使许多人惊叹不已，真是太失落了。如此之死，就像对由于遇到它们而引起的任何危险的恐惧一样；在他的不良见解中，奇异的鲸只不过是一种放大的老鼠，或者至少是水鼠，只需要稍作规避，就需要一点时间和麻烦来杀死和煮沸。他这种无知，无意识的无所畏惧使他在鲸鱼问题上有些摇摆不定。他以这些鱼为乐。而三年的航海角角只是一个玩笑，持续了这么长时间。因为木匠的指甲分为锻造指甲和割指甲；因此人类可能会被类似地分裂。小烧瓶是锻造的烧瓶之一；紧紧地握住并持续很长时间。他们称他为"蛇王"。因为从形式上讲，他很可能被比作北极捕鲸者所称的短而方的木材；并且通过将许多辐射性的侧向木材插入其中，可以使船舶抵御那些饱受摧残的海洋的冰冷震荡。

现在，这三个伙伴-星巴克，斯塔布特和弗朗西斯科都是重要人物。他们是按照普遍的规定命令三辆马车的船长担任船长的。在那次艰苦的战斗中，阿哈卜船长可能会指挥他的部队降落在鲸鱼上，这三个头目是公司的队长。或者，由于他们怀有敏锐的捕鲸矛，他们被选为三重枪骑兵；即使说鱼叉手是标枪的投掷者。

因为在这种著名的渔业中，每个配偶或酋长都像一个哥特式骑士一样，总是由他的船舵手或鱼叉手陪伴，在某些情况下，当前者严重扭曲时，他会为他提供新鲜的长矛，或被殴打；而且，由于两者之间通常存在着密切的亲密和友善；因此，在这里我们碰面的是，我们确定了这只怪兽的前锋是谁，以及每个人的头目是谁。

首先是，首席搭档星巴克选择了他的乡绅。但是已经众所周知。

接下来是，一个来自同性恋者的混血印第安人，是玛莎葡萄园最西风的海角，那里仍然存在着一个红人村的最后一块残余物，该村长久以来一直为邻国楠塔基特岛提供许多她最胆大的鱼叉手。在渔业中，它们通常以同性恋标头的通用名称命名。塔什特戈（）的头发细长，苗条，黑貂，高高的颊骨和黑色的圆圆的眼睛（对印度人来说，是东方的，但在闪闪发光的表情中是南极洲的），这些都足以使他成为那些骄傲的战士狩猎者的纯洁血统的继承者为了寻找新英格兰大麋鹿·他在手中搜寻了主要的土著森林。但塔什特戈（）不再被森林的野生野兽所绕·如今却在大海的大鲸鱼追捕下被捕；儿子不知疲倦的鱼叉正好取代了父辈们那无懈可击的箭。看看他柔软的蛇行四肢的黄褐色肌力·您几乎应该将一些早期的清教徒的迷信归功于他·并且半信半疑地认为这位野蛮的印度人是空中力量王子的儿子。塔什特戈（）阻止了第二任伴侣的乡绅。

鱼叉中的第三位是·这是一只硕大的煤黑黑人野蛮人·有着像狮子一样的脚步-可以看到的一种化身。从他的耳朵上垂下的是两个金箍·它们如此之大·以至于水手们称它为环扣·并谈论着将上帆索系牢。小时候·达哥人自愿将捕鲸船运到他家乡沿海的一个孤独海湾中。从来没有到过世界上任何地方·只有在非洲·楠塔基特岛和鲸鱼最常去的异教徒港口；多年来·在船东的船上过着大胆的渔业生活·他们很少注意到他们以何种方式运送男人；保留了他所有的野蛮美德·直立起来像一只长颈鹿·在袜子里足足有六英尺五英尺的高度在甲板上移动。抬头看着他时·身体有些谦卑。一个白人站在他的面前·似乎是一个白旗乞讨要塞的休战。奇怪的是·这个帝国黑人 是小烧瓶的乡绅·小烧瓶看起来像在他旁边的棋子。至于说这家公司的残余物·可以说·今天·在美国鲸鱼捕捞业雇用的桅杆之前·成千上万的人中·只有二分之一的人是美国人出生的·尽管几乎所有官员都是。在这里·美国鲸鱼渔业与美国陆军·海军和商船海军以及在美国运河和铁路建设中使用的工程兵一样。我说这是一样的·因为在所有这些情况下·美洲原住民都自由地提供大脑·而世界其他地方则慷慨地提供肌肉。这些捕鲸船员中有不少属于亚速尔群岛·在那里向外飞来的楠塔基特捕鲸者经常与之接触·以从这些多岩石的海岸的顽强农民那里增加他们的船员。同样·格陵兰捕鲸船从设得兰群岛驶入船体或伦敦·以接收全部船员。在回家的通道上·他们再次将它们放在那里。没什么好说的·但是岛民似乎是最好的捕鲸者。他们在这条船皮跨德几乎所有岛民·过·我称这样的·不承认人的共同的大陆·但每个生活在他自己的独立的大陆。但是现在·沿着一个龙骨联合起来·这些异黄酮是什么一套！来自海洋的所有小岛和地球的尽头的一种灵巧的克洛茨·伴随着古老的阿哈卜在世界上的怨恨，使世界上的不满情绪在那根酒吧之前出现了，而从那里回来的人很少。黑色的小点子-他没做过-哦，不！他去了。可怜的阿拉巴马州男孩！在那残酷的蛇怪的前腿上，你们将久久地见到他，殴打他的手鼓。当永恒的时间被送往高处的大四分之一甲板时，他被天使竞购，并荣耀地击打了他的手鼓。在这里叫夫，在这里叫英雄！

第二十八章。

离开楠塔基特（ ）后的几天里，阿哈卜（ ）船长在舱口上方看不到任何东西。配偶们经常在看守时互相放心，而由于事与愿违，他们似乎是唯一的船长；只有他们有时从机舱发出如此突然和强制性的命令，以至于毕竟他们是平庸的，却是代之以命令。是的，他们的最高统帅和独裁者在那儿，尽管迄今为止，任何眼睛都无法看见他们进入现在神圣的小屋。

每次我从下面的手表登上甲板时，我都会立即向船尾注视，以标记是否可以看见任何奇怪的面孔；因为我的第一个模糊的不安感动了这位不知名的船长，而现在这艘船已经被海隔离了，几乎成了一种干扰。有时，衣衫的以利亚魔鬼般的断断续续不合时宜地出现在我身上，这使我感到奇怪，这是我以前无法想象的那种微妙的能量。但是我几乎无法忍受它们，就像在其他情绪中一样，我几乎准备对那个古怪的码头先知的严肃的异想天开微笑。但是，无论这种感觉是令人忧虑还是不安，我都感到，但是无论何时，当我在船上四处张望时，似乎都怀有这样的情感。因为虽然鱼叉手拥有大量船员，但比我以前的经验使我熟悉的任何温顺的商船公司要野蛮，荒唐，杂乱无章，但我还是将其归因于这一点，这是正确的归因于这种狂野的斯堪的纳维亚式职业的本质的强烈独特性，而我却如此地放弃了这种职业。但是，尤其是这艘船的三名高级船长，即搭档，这是最有力的算计，可以减轻这些无色的忧虑，并在每次出航时都表现出信心和快乐。找不到三名更好，更有可能的海员，他们各自以不同的方式，他们都是美国人。一个，一个葡萄园，一个斗篷人。现在，是圣诞节，船从她的港口射出，这是一个我们忍受极地天气的空间，尽管所有时间都从它向南逃跑。航行到我们的每一个纬度和分度，逐渐离开那个无情的冬天，以及它所有令人无法忍受的天气。那是降落的时候之一，但是在过渡的早晨仍然足够灰暗和阴沉。当风刮起时，飞船以一种斗气般的跳跃和忧郁的速度冲过水面，当我登上甲板时呼唤前哨手表，我一眼将目光投向铁轨，不祥的颤抖就扑向了我。现实胜过恐惧 阿哈卜船长站在他的四分之一甲板上。

似乎没有关于他的常见身体疾病的迹象，也没有任何康复的迹象。当火势蔓延地浪费了所有肢体却没有消耗掉它们，或者从压实的老化坚固性中带走了一个颗粒时，他看起来就像是一个从木桩上砍下来的人。他的整个高大而宽广的外形，似乎是由坚固的青铜制成的，形状像的铸成的英仙座一样，是不可改变的。从他灰白的头发中穿出，一直延伸到黄褐色焦灼的脸和脖子的一侧，直到它消失在他的衣服上，你看到了细长的杆状标记，略带白色。它类似于有时在一棵大树的笔直，高大的树干中形成垂直接缝，当上部的闪电撕裂地向下飞，并且不用手拧树枝时，树皮从上到下从树皮上剥落并刻出凹槽，直奔树皮。泥土，使树仍然绿化成活，但带有商标。不管那个印记是他所生的，还是那是一个绝望的伤口留下的疤痕，没人可以肯定地说。经某些默契同意，在整个航程中很少或没有对它进行任何暗示，尤其是对伴侣。但是有一次，塔什特戈（）的前辈，一个乘员组中的老同性恋男子，迷信地断言，直到他40岁那年，艾哈伯才以这种方式被烙上烙印，然后这种烙印出现在他身上，而不是在任何致命的争斗中发怒。在海上发生基本冲突。然而，这个狂野的暗示似乎被一个灰色的曼克斯曼暗示，一个古老的坟墓人，似乎是推论性的否定了，他以前从未出过楠塔基特，从来没有把目光投向野性。但是，古老的海上传统，不朽的轻信使这个古老的曼克斯曼人普遍具有超自然的辨别力。因此，当他说如果将船长安安静静地摆放（可能几乎不会过去，所以他喃喃自语）时，没有任何白人水手严重与他矛盾，那么，无论谁为死者做最后的任职，谁都会找到出生的人-从头到脚在他身上留下印记。

的整个冷酷的面貌如此强烈地影响着我，并且使它模糊不清，这在最初的一刻我几乎没有注意到，这种霸道的冷酷无情是由于他部分站立的野蛮的白腿。以前我曾想过，这条象牙腿在海上是用抹香鲸下巴的抛光骨头制成的。这位老同志印度老人曾经说过："是的，他被驱逐出了日本。" "但是像他那笨拙的手艺一样，他又运了另一根桅杆而没有回家。他有一个颤抖的时间。"

我对他保持的奇异姿势感到震惊。在的四分之一甲板的每一侧，并且非常接近罩，在木板上钻了一个大约半英寸左右的钻孔。他的骨头腿稳定在那个洞里；一只手臂抬起，握住护罩；船长站直了身，直望着船上满目疮的船首。在坚定而无畏的前瞻性眼神中，存在着无限坚定的毅力，确定的，不可克服的野性。他没说一句话；他的军官也没有向他说过 尽管他们用所有最细微的手势和表情，都清楚地表现出不安的，即使不是痛苦的意识，也难以自拔。不仅如此，情绪低落的阿哈卜站在他们面前，被钉十字架。在所有无名的富豪中，有些强大的祸患高尚。

很长一段时间，从他第一次空中访问起，他就撤回了自己的小屋。但是那天早上以后，机组人员每天都可以看到他。要么站在他的枢轴孔中，要么坐在他的象牙凳上；或在甲板上沉重行走。随着天空变得越来越阴沉；的确，他开始变得有点友善，他变得越来越隐士。仿佛，当船从家中驶出时，除了死海的冰冷凄凉之外，别无他物。渐渐地，他几乎一直处于空中。但是，尽管如此，尽管他在最后一个阳光明媚的甲板上所做的一切，或者说是可以察觉的，但他似乎没有必要再像另一根桅杆一样。但是现在这种方法才刚刚通过。不定期巡游；几乎所有需要监督的捕鲸准备人员都完全有能力胜任，因此，现在几乎没有或几乎没有人雇用或激励；于是，在那一个间隔里，逐层逐层的云层堆积在他的额头上，因为所有的云层都选择了最高的山峰来堆积自己。

然而，很长一段时间以来，我们来到的宜人的假日天气的温暖，令人不安的说服力似乎逐渐使他从他的心情中迷住了。因为，就像红脸颊的跳舞女孩一样，4月和5月，他们回到了寒冬的贫民区。即使是最裸露，最坚固，最雷鸣般的老橡树，也至少会发出一些绿芽，以迎接这种欣喜的游客。因此，艾哈卜（ ）最终对那种少女气息的俏皮魅力有所反应。他不止一次地散发出淡淡的神情，在其他任何人中，神情很快都会绽放出来。

第29章。对他来说，简直是。

几天过去了，冰山和冰山都在绕，现在，这只怪兽在明亮的基多泉中滚滚而来，在海上，几乎永恒地统治着热带地区。温暖，凉爽，清澈，响亮，芬芳，漫溢，多余的日子，就像波斯冰冻果子露的水晶杯堆积起来-剥落了，还有玫瑰水雪。繁星点点，庄严的夜晚仿佛穿着天鹅绒般的高贵贵妇，以孤独的自豪感在家里护理，缅怀他们无法征服的伯爵，还有金色的头盔太阳！对于沉睡的人来说，很难在如此美好的日子和如此诱人的夜晚之间做出选择。但是，这种恶劣天气的所有巫婆不仅为外在世界提供了新的魔咒和力量。他们向内看向灵魂，尤其是在前夜仍然温和的时候。然后，记忆像大多数无声的暮色一样，将晶莹剔透的水晶射向她。以及所有这些细微的代理机构，它们越来越多地采用了的纹理。

老年总是清醒的；好像，与生命的联系越长，人类与看起来像死亡的衣物就越少。在海上指挥官中，老灰胡子经常会离开他们的泊位去参观夜幕下的甲板。阿哈卜是如此。直到现在，最近，他似乎生活在露天的环境如此之多，以至于说真的，他的探访更多地是在机舱中，而不是从机舱到木板。"感觉就像落入坟墓一样，"他会自言自语地说道，"对于像我这样的老船长来说，要顺着这条狭窄的舷梯下山，去我的坟墓里。"

因此，几乎每隔二十四小时，当晚上的钟表就摆好了，甲板上的乐队开始鸣响下面乐队的沉睡；如果要在前楼上拉一根绳子，水手们并没有像白天那样粗暴地把它扔下来，但是由于谨慎起见，把它扔到了位子，以免打扰沉睡的船员。当这种稳定的安静习惯开始盛行时，无声的舵手会看着船舱的舷窗。不久以后，那个老人就会出现，紧紧抓住铁栏杆，以帮助他残废的道路。他身上有些人情味的思考；因为在这样的时候，他通常不巡逻四分之一甲板；因为对于他疲惫的同伴来说，在象牙白的脚跟后方六英寸范围内寻求安息，那将是那坚硬的脚步的回荡裂缝和喧嚣声，他们的梦想将落在鲨鱼咬牙切齿的牙齿上。但是有一次，他的情绪太过沉重，无法接受一般的考虑。像木头一样沉重的步伐，他正在测量从人事护舷到主桅的船，老二副斯塔布（）从地底下冒出来，带有一定的放荡不羁的幽默感，暗示如果阿哈卜船长很高兴走木板，，那么，没人会拒绝。但是可能有某种消声的方法。隐隐约约地暗示着有关象牙鞋跟的拖曳球头及其插入情况。啊！，那您那时还不知道。

阿哈卜说："我是一个炮弹，简直是残忍的，那你会用这种方式让我迷恋吗？但是要按照你的方式行事；我已经忘记了。下面是你每晚的坟墓；你睡在裹尸布之间的地方，要用你们的方式来最后填满一个。——放下，狗和狗窝！"

从突然突然嘲笑的老人开始的意外的惊叹开始，斯塔布特一时无语。然后兴奋地说："先生，我不习惯那样说话；先生，我的话还不到一半。"

"好极了！咬紧牙关，猛烈地移开了，好像在避免一些热情的诱惑。

"不，先生；还没有，"斯塔布顿胆大胆地说，"先生，我不会被驯服为狗。"

"那么就被叫十次，驴，子，驴子，死了，否则我将清除你的世界！"

就像他说的那样，阿哈卜在他的方面表现出了如此霸道的恐怖，使短吻不由自主地退缩了。

"我从来没有得到过如此的服务，没有为此付出过任何沉重的打击。"当他发现自己下降到客舱里时，嘟道。"这很奇怪。停下来，一下；现在，我不知道是否该回去殴打他，或者-那是什么？-跪在这里为他祈祷？是的，这就是想法的来临走到我，但是这将是我第一次做祈祷它的奇怪。很奇怪;他的奇怪太;是呀，把他前前后后，他是关于最奇怪的老人斯图布曾经与航行他如何闪过。我！-他的眼睛像锅里锅！他疯了吗？无论如何，他的脑海里总有什么东西可以确定，因为它破裂时肯定在甲板上有东西了。那二十四岁；然后他不睡觉。那个那个男生男孩，不是那个管家，告诉我，那天早晨，他总是发现老人的吊床衣服都皱巴巴地弄皱了，床单落在脚下，被子盖上的绳子几乎被打成一个结，枕头上有种可怕的高温，好像上面放着一块烤砖吗？一个炙手可热的老人，我想他是岸上有些人所说的良心；这是 他们说这是一种多莉行-更糟，也没有牙痛。好吧; 我不知道那是什么，但是主使我无法抓住它。他到处都是谜语。我不知道他每天晚上都会去事后追捕，就像那个小男孩告诉我的那样。那是什么意思，我想知道吗？谁与他约好约会？那不是很奇怪吗？但这并没有说出来，这是老游戏-贪睡。该死的我，如果只是睡着了，就值得一个家伙重生。现在我想到了，这是婴儿要做的第一件事，也是一种奇怪的事情。该死的我，但万物都奇怪，想起他们。但这违反了我的原则。不要以为是我的第十一条诫命。十二点钟睡觉，这是我的第十二遍。那怎么了 他不是叫我狗吗？烈火！他给我打了十次驴，还给我打了很多驴头！他可能还踢了我，并做到了。也许他确实踢过我，而我却没有观察到它，他的额头让我大吃一惊，不知何故。它像漂白的骨头一样闪烁。魔鬼对我有什么关系？我的腿不正确。那个老人的犯规有点使我反面。靠我的主人，我一定一直在做梦-

怎么样？怎么样？怎么做？但是唯一的办法就是藏起来。所以这里又去了吊床；到了早晨，我将看到这种杂乱的杂耍在白天如何思考。"

第30章。

斯塔布（）离开后，阿哈卜（）站了一会儿，倚在舷墙上。然后，像往常一样，他经常叫手表的水手，他把他送到象牙凳和烟斗下面。他坐着抽烟，将照明灯用双顶灯照亮了管子，将凳子放在甲板的天气一侧。

在传统的北欧时代，按照传统的说法，爱好海上航行的丹麦国王的宝座是由独角鲸的牙制造而成的。那么，如何看待坐在那根骨头三脚架上的，却不认为他象征着版税呢？为那可汗的木板，又是海王，还有一个利未末的大主阿哈卜。

过了一会儿，浓稠的蒸气从他的嘴里连续不断地喷出，再吹回他的脸上。最后，他自言自语地说："现在怎么样了，抽烟不再了。哦，我的烟斗！如果你的魅力消失了，那我一定要跟我走！这是我在不知不觉中辛苦地工作，而不是令人愉悦的-是的，一直在向着上风无情地抽烟；向上风，并带着如此紧张的气味，仿佛就像垂死的鲸鱼一样，我的最后一架喷气机是最强大和最麻烦的。为了保持平静，在温和的白发中散发温和的白色蒸气，而不是像我的那样在铁灰色的铁锁中散发。我不再吸烟了。"

他把仍然被点燃的烟斗扔进了大海。火在海浪中嘶嘶作响；同一时间，船被沉没管子的气泡射中。戴着草帽的帽子，阿哈卜徘徊在木板上。

第31章。

第二天早上，拔插烧瓶。

"如此古怪的梦，国王柱，我从未有过。你知道那个老人的象牙腿，我梦见他用它踢了我；当我试图将我的小男人踢回我的灵魂时，我踢了我的脚。马上走开，然后，！好像是一座金字塔，我像一个炽烈的傻瓜一样不断踢它，但更奇怪的是，烧瓶-我知道所有的梦想都充满好奇-通过我所有的愤怒当时，我似乎在想自己，毕竟，从踢出去并不是什么侮辱，"为什么"认为我，"排在哪儿？这不是一条真实的腿，只有一条假的。腿.'而且活着的重击和死去的重击之间有巨大的区别，这就是从手，烧瓶上打出的一击，承受的野蛮力是从拐杖上打出的野蛮的五十倍。男人，一直想着我，对着我，对着被诅咒的金字塔着笨拙的脚趾时，我一直在想，我一直在想，我一直在想自己，'现在他的腿是什么，但拐杖是鲸鱼拐杖。是的，"我想，"这只是嬉戏的摇篮，事实上，这只是他给我的鲸须，而不是大腿踢。此外，"我想，"看一次；为什么，它的末端（脚部）是一个很小的末端；但是，如果一个脚踏实地的农民踢了我，就会有一个恶魔般的广泛侮辱，但是这种侮辱只会减少到一定程度。但是现在是梦中最大的笑话，烧瓶。当我在金字塔上殴打时，一种般的人鱼，背着一个驼峰，将我带到肩膀上，把我扭了一下。你"回合吗？"他说，滑了！男人，但是我吓坏了。像个骗子！但是，不知何故，我下一刻就被吓坏了，"我要干什么？"我最后说："您想做什么，座头先生，您想做什么？"在主人，烧瓶旁边，我再也没有说过，他转过船尾向我弯腰，弯下腰，拖了很多海藻以求有影响力-你怎么看，我看到了吗？，伙计，他的船尾塞满了马林矛，指出了这些要点。我回想了一下，"老兄，我想我不会踢你的。"他说："明智的做法"；并一直不停地喃喃自语，就像在吃自己的口香糖一样，像烟囱的长袍。看到他不会停止对他的"明智的，明智的"说

·我想我最好还是踢一下金字塔又来了，但是当他吼叫时，我才刚刚站起来，"停止踢！""你好，"我说，"现在怎么了，老家伙？""在这里看，"他说；"让我们争论侮辱。阿哈卜船长踢了，不是吗？""是的，他做到了，"我说，'了这里是"。他说，"很好"，"他用象牙的腿，不是吗？""是的，他做到了，"我说，"好吧，"他说，"明智的，你要抱怨什么？他没有以正确的意愿踢吗？这不是他踢过的普通松木腿。是吗？不，你被一个伟人踢过，有一条漂亮的象牙腿，短短，这是一种荣誉；我认为这是一种荣幸，听着，明智的短命。被女王打耳光，并被打成吊袜带骑士；但是，被你夸口、断，你们被旧的阿哈卜踢了，成为一个智者了。记住我说的话；被他踢了；记下他的踢荣誉；绝对不要退缩；因为您不能自救，明智的拔腿。您没有看到金字塔吗？如此一来，他突然间似乎以某种奇怪的方式跳入了空中。我打，翻了个身，我就在吊床上！现在，你对那个梦，烧瓶有什么看法？"

"我不知道；对我来说，这似乎有点愚蠢。"

"也许吧；也许吧。但这是我一个聪明的人，长颈瓶。你看到阿哈卜站在那儿，侧身看着船尾吗？好吧，长颈瓶，你能做的最好的事情就是让老人独自一人；无论他说什么，都不要跟他说话。哈洛阿！他大喊什么？

"桅杆头，在那里！你们所有人看起来都挺尖的！这里有鲸鱼！"

"如果你们看到白色的，请为他分开肺！

"你现在怎么想，烧瓶？这不是一滴奇怪的东西吗，是吗？一条白鲸-你标记过了吗，伙计？你看-风中有些特别。待命它，烧瓶。在他的脑海里流血，但是，妈妈；他是这样走的。

第32章。

我们已经被大胆地推向深渊了；但是不久，我们将迷失在其无岸无港的浩瀚之中。成为现实；马蹄怪的杂草船体与利维坦的藤壶船体并排滚动；首先，最好是要有一个几乎不可或缺的问题，这是对以后将要发生的更特殊的利巴坦启示和各种典故进行透彻了解的必要条件。

这是鲸的广泛属下的一些系统化展览，我现在想摆在您面前。但这不是一件容易的事。混乱的组成部分的分类，这里不外乎。倾听最新，最好的权威。

1820年，斯科斯比上尉说："没有任何一个生态学学科能像所谓的动物学学那样介入其中。"

"在我的能力范围内，我不是要调查将鲸类划分成组和家庭的真正方法......这是这种动物的历史学家之间的完全困惑"（抹香鲸），比尔医生说，广告于1839年。

"不适合在深不可测的水域中进行研究。" "难以穿透的面纱覆盖了我们对鲸类的知识。" "一块布满荆棘的田野。" "所有这些不完整的迹象，但都折磨着我们的博物学家。"

因此，谈到鲸鱼，伟大的巨兽和约翰·亨特，以及课程，这些动物学和解剖学的知识。然而，尽管真正的知识很少，但书籍却很多。因此在某种程度上与鲸学或鲸鱼科学有关。鲸鱼的大小不一，有许多人，大小不限，大小又老又新，陆运员和海员。碰到一些：圣经的作者；亚里士多德；托马斯·布朗爵士 格斯纳 射线; 林奈 威洛比 绿色;；西伯尔德 布里森 貂; 绑带 博内特尔 卑鄙的 居维叶男爵 弗雷德里克·库维耶 约翰·亨特 欠 分数 比尔 贝

内特 。罗斯布朗 米里亚姆棺材的作者；奥尔姆斯特德 和转速。。开朗。但是，所有这些最终目的都是为了达到这些目的，上面列出的摘录将显示出来。

在这只鲸鱼作者名单中，只有那些鲸鱼以下的人见过活的鲸鱼；但其中一位是真正的专业鱼叉手和捕鲸员。我的意思是队长斯科斯比。在格陵兰或右鲸的单独主题上，他是现存最好的权威。但是斯科斯比一无所知，也没有对抹香鲸一无所知，而相比之下，格陵兰鲸几乎不值得一提。据说，格陵兰鲸是篡夺海洋宝座的人。他绝不是最大的鲸鱼。然而，由于他的主张长期被优先考虑，以及深深的无知，直到大约七十年前，他才投入了当时神话般或完全未知的精子鲸鱼，而对当今的无知仍然在除少数科学外的所有领域中占据统治地位。和鲸鱼港口；这次篡夺已经以各种方式完成。提到过去几天伟大诗人中几乎所有的利维坦典故，都会使您感到，没有一个对手的格陵兰鲸对他们来说就是海洋的君主。但是终于到了宣布新宣言的时候了。这是查令十字；听到了！所有人都很好-格陵兰鲸被废了-抹香鲸现在统治了！

只有两本书可以伪装成将活的抹香鲸摆在您面前，同时，在最小程度上成功了。这些书是比尔和贝内特的；既有外科医生到英国的南海捕鲸船，也有精确可靠的人。在它们的体积中发现的接触抹香鲸的原始物质一定很小；但就目前而言，它的质量极佳，尽管主要限于科学描述。然而，迄今为止，科学或诗意的抹香鲸的生活在任何文献中都还不完整。他的生活远远超出了其他所有捕猎的鲸鱼。

现在，各种鲸鱼都需要某种流行的综合分类，如果仅仅是目前的简单概述，此后将由以后的工人在其所有部门进行填充。由于没有更好的人愿意处理此事，因此我在此表示自己的不愉快努力。我保证没有任何事情完成；因为任何人类本该完整的东西都必须因此而无误地是错误的。我不会假装对各种物种进行详细的解剖描述，或者至少在这个地方不会对任何物种进行过多描述。我在这里的目的仅仅是设计一个概念学系统化的草案。我是建筑师，而不是建筑商。

但这是一项艰巨的任务；邮局中没有任何普通的信件分类器与之相等。在它们之后摸索到海底；将自己的双手握在世界上无言的基础，肋骨和骨盆中；这是一件可怕的事情。我该写些什么来勾引这个巨兽的鼻子！工作上的可怕嘲笑很可能使我高兴。他（利维坦）会与你立约吗？看得出他的希望是徒劳的！但是我游过图书馆，在海洋中航行；我不得不用这些可见的手来处理鲸鱼。我很认真 我会尝试的。有一些初步解决方案。

首先：事实证明，这种鲸蜡学的不确定性，动荡不安的状况正处在前庭，在某些方面，鲸鱼是否是鱼仍然是一个争论的焦点。林纳乌斯在其自然系统中（广告于1776年）宣称："我在此将鲸鱼与鱼类分开"。但据我所知，我知道直到1850年，仍然发现有人反对林奈夫的令，将鲨鱼和鱼，刺梨和鲱鱼与利维亚坦一分为二。

他指出，林奈人会以淡淡的理由将鲸鱼从水域中驱逐出境，他说："由于它们温暖的双眼心脏，肺部，可移动的眼睑，中空的耳朵，阴茎内膜女性阴茎乳头炎，"，最后，"自然法力功"。我把这一切都提交给了我的同伴，在一次航行中，我的两个同伴南塔基特的朋友西蒙·梅西和查理·科芬，把他们归为一类，他们认为上述理由完全不够。查理亵渎地暗示他们是骗子。

众所周知，我放弃了所有论点，以古老的理由认为鲸鱼是鱼，并呼吁圣约拿支持我。这个基本问题解决了，接下来的一点是，鲸鱼与其他鱼类在内部方面有什么不同。上面，给了您这些物品。简而言之，它们是这些：肺和温暖的血液；而其他所有鱼类都是无肺和冷血的。

下一步：如何用鲸鱼明显的外在定义鲸鱼，以便在以后所有的时间里给鲸鱼贴上标签？简而言之，鲸鱼是一条带有水平尾巴的喷射鱼。那里你有他。无论如何收缩，这个定义都是冥想扩大的结果。海象非常像鲸鱼，但是海象不是鱼，因为他是两栖的。但是定义的最后一项与第一个结合起来仍然更具说服力。几乎任何人都一定会注意到，陆地居民所熟悉的所有鱼类的尾巴不是平坦的，而是垂直的或上下的。在喷水鱼中，尾巴虽然形状类似，但始终处于水平位置。

根据上述关于鲸鱼的定义，我绝不将迄今最知情的游者识别为鲸鱼的任何海洋生物排除在兄弟情谊之外；另一方面，也不要将迄今被官方认为是外来鱼类的任何鱼类与之联系起来。*因此，所有较小，具嘴状和水平尾巴的鱼类都必须包括在此鲸类学基础计划中。然后，现在是整个鲸鱼宿主的大部门。

*我知道到现在为止，鲸鱼中包括许多鱼样式的拉明丝和儒艮（楠塔基特棺材的猪鱼和母猪鱼）。但是由于这些鱼类是嘈杂的，可鄙的鱼类，大多潜伏在河口，以湿干草为食，特别是因为它们不吐水，所以我否认它们是鲸鱼。并向他们出示了护照以退出王国。

第一：我根据鲸的数量将鲸鱼分为三本主要书籍（可细分为各章），这些书籍将涵盖所有的大小书籍。

一世。对开鲸；。八头鲸；。鲸鱼。

作为作品集的类型，我提出了抹香鲸；的八开的时，鲸；的十二开的海豚。

作品集。在这里，我包括以下章节：在抹香鲸；。在露脊鲸；。所述鳍回鲸；。在驼背鲸；。剃须鲸；。的含硫底鲸。

预订我。（作品集），第一章。（抹香鲸）-这种鲸鱼是法国人，德国人的和大头的现成小屋，在古老的英语中，这是古老的英语（俗称"小号鲸"），"鲸"和"砧头鲸"。长话。毫无疑问，他是全球最大的居民；

在所有鲸鱼中遇到的最可怕的；最雄伟的 最后，是迄今为止最有价值的商业；他是唯一从中获得有价值的物质，即精胺的生物。在许多其他地方，他所有的特点都会得到扩大。我现在要做的主要是他的名字。从语言上考虑，这是荒谬的。几个世纪前，当抹香鲸以其自身的个性几乎完全不为人所知时，以及他的油只是偶然从滞留的鱼中获取时；在那个时代，似乎普遍认为精子是源自一种与当时在英格兰被称为格陵兰或右鲸的生物相同的生物。同样的想法是，同样的精子就是格陵兰鲸的加速幽默感，这个词的第一个音节直接表达出来。在那个时候，精子也非常稀少，不用于光，而仅用作软膏剂和药物。如今，您只能从药商那里购买一盎司大黄。正如我所认为的那样，随着时间的推移，人们知道了精子的真实本质，而经销商仍然保留了它的原名；毫无疑问，它的稀缺性是如此重要，以提高其价值。因此，该称谓必须最终归功于鲸鱼的真正来源。

预订我。（作品集）．第二章。（右鲸）。在某些方面，这是巨兽中最古老的一种，是人类第一个定期捕猎的物种。它产生通常被称为鲸骨或鲸蜡的物品；还有一种被称为"鲸油"的石油，在商业中是次等商品。在渔民中，他被以下所有称号任意分配：鲸鱼；格陵兰鲸；黑鲸 大鲸鱼；真鲸；正确的鲸鱼。关于如此受洗的物种的身份，人们还不清楚。那我在第二本作品集的鲸鱼中又包括什么呢？这是英国博物学家的伟大奥秘。英格兰鲸鱼的格陵兰鲸；法国鲸鱼的巴林分店；瑞典的长鲸。这是过去两个多世纪以来在北极海域被荷兰人和英国人猎杀的鲸鱼；它是美国渔民长期以来在印度洋，巴西河岸，北西海岸以及世界其他地方所追捕的鲸鱼，他们将它们指定为鲸鱼巡游场。

有些人假装看到英国的格陵兰鲸和美国人的右鲸之间的区别。但他们在所有宏伟特征上都完全同意；尚未提出任何确定性事实以作为根本性区分。通过基于最不确定的差异的无穷细分，自然历史的某些部门变得如此令人难以置信的复杂。参照阐明抹香鲸，将对右鲸在其他地方进行一定程度的处理。

预订我。（作品集），第三章。（鳍背）-在这个头下，我估计有一个怪物，它以鳍背，高嘴和长约翰的各种名字出现在几乎每条海中，通常是鲸鱼，其远处的喷气机是在纽约的小包路线中，经常被穿越大西洋的乘客形容。在长度上，在后背上，鳍背与右鲸相似，但腰围较轻，颜色较浅，接近橄榄色。他的大嘴唇呈现出缆线状的外观，由大皱纹的交织，倾斜褶皱形成。鳍是他的主要特色，而鳍通常是一个引人注目的对象。该鳍长约三或四英尺，从背部的后部垂直生长，呈角形，末端非常锋利。即使看不到生物的任何其他部分，有时也会看到这只孤立的鳍从表面清楚地突出。当海洋处于中等程度的平静并略微带有球形波纹时，这种类似于的鳍会竖起并在起皱的表面上投下阴影，这可能是因为围绕它的水圈在某种程度上类似于表盘，波浪的时线刻在上面。在那个-上，阴影经常回去。鳍背不是合群的。他似乎很讨厌鲸鱼，因为有些男人很讨厌。很害羞; 总是孤单 在最偏远和最阴沉的水中意外上升到水面；他那笔直而高大的喷气式飞机像贫瘠的平原上高高的人类志矛一样升起；天生具有如此奇妙的力量和游泳速度，以无视人类的一切追求；这个巨兽似乎是他种族中被放逐和无法克服的隐隐，承载着他背上那种风格的印记。从鲸嘴中伸出鲸鱼，有时在右鲸中包括鳍鳍，这是一种理论物种，称为鲸须鲸，即带有鲸鱼的鲸鱼。在这些所谓的鲸鱼鲸鱼中，似乎有几个品种，但是其中大多数鲜为人知。宽头鲸和喙鲸；矛头鲸；鲸鱼 下颚鲸和长鳍鲸是渔民的几种名字。

关于"鲸鱼鲸"这个称呼，非常重要的是要提到，尽管这样的命名法可能方便了对某种鲸鱼的典故，但是试图对进行清晰的分类是徒劳的，建立在他的或驼峰或鳍或牙齿上；尽管这些标记的部分或特征显然比鲸类所表现出的任何其他分离的身体区别更容易适应为常规的鲸蜡学系统提供基础。那么如何？，驼峰，后鳍和牙齿；这些是它们的特性被不加区别地散布在各种鲸鱼中的东西，而与其他更重要的细节无关，它们的结构可能是什么。因此，抹香鲸和座头鲸都有一个驼峰。但是那里的相似性就停止了。然后，这只相同的座头鲸和格陵兰鲸，每一个都有须鲸。但是类似的地方又不再了。与上面提到的其他部分相同。在各种鲸鱼中，它们形成这种不规则的组合；或者，如果其中任何一个分离，则这种不规则的隔离；完全违背了在此基础上形成的所有一般方法。在这块岩石上，每一个鲸鱼博物学家都在分裂。

但是可能会想到，在鲸鱼的内部和他的解剖结构中，至少，我们将能够进行正确的分类。不 例如，格陵兰鲸的解剖结构中有什么比他的更为醒目的？但是我们已经看到，通过他的，不可能正确地对格陵兰鲸进行分类。如果您进入各种的肠子，那么为什么您找不到与系统成员一样的第五十个区别。那还剩下什么呢？只不过是在整个自由体积中体力地抓住鲸鱼，然后大胆地对它们进行分类。这是这里采用的书目系统；而且它是唯一可能成功的方法，因为仅此一项是可行的。继续。

预订我。（作品集）第四章。（驼背）.-这种鲸经常出现在美国北部海岸。他经常被捕，然后被拖入港口。他像小贩一样在他身上有很多东西。或者您可以称他为大象和城堡鲸。无论如何，他的俗名并不能充分区分他，因为抹香鲸虽然较小，但也有驼峰。他的油不是很值钱。他有。他是所有鲸鱼中最有趣，最轻松的，与其他鲸鱼相比，他制造的同性恋泡沫和激流普遍较多。

预订我。（对开本），第章（剃须刀背部）。这只鲸鱼鲜为人知，只有他的名字。我已经见过他在斗篷角远处。具有退休性质，他既不包括猎人，也不包括哲学家。尽管他没有胆怯，但他的背部一直没有露出来，他的背部呈长长的锋利的山脊。让他走。我对他了解不多，其他人也不了解。

预订我。（作品集），第六章。（硫磺底）。另一位退休的绅士，肚子上有硫磺，无疑是在他的一些更深层次的潜水中，沿着石板刮擦而来的。他很少见过；至少我除了在偏远的南部海洋中从未见过他，然后总是距离太远而无法研究他的面容。他从未被追逐过；他会用绳索走开。神童被告知他。再见，硫磺底！我只能说你们是真的，也不能说最古老的纳特克特。

至此书一结束。（作品集），现在开始第二册。（八度）。

* -这些怀抱中等大小，其中本可以被编号的鲸：。-中，鲸；。黑鱼；。·独角鲸；。搅拌器；五，杀手 。

*为什么这本鲸鱼书没有被命名为四分位数非常简单。因为虽然这个阶的鲸虽然比前一个阶的鲸要小，但是尽管在形状上仍与它们成比例，但是装订机的四分之一容积在其尺寸形式上并没有保留对开本容积的形状，而是八度。音量呢。

书。（ ），第一章。（ ）。尽管众所周知，这条鱼响亮的呼气或吹着的声音向地主提供了谚语，但众所周知，它是深海的居民，但他并未在鲸鱼中普遍归类。但由于拥有的所有鲜明特征，大多数自然主义者都认可他为其中一员。他的身高中等八度，长度在15到25英尺之间，腰围也有相应的尺寸。他在群里游泳；尽管他的油量可观，而且对光有好处，但他从未被定期狩猎过。一些渔民认为他的方法是大抹香鲸前进的先兆。

书。（ ），第二章。（黑鱼）。——我给所有这些鱼加个受欢迎的渔民的名字，因为它们通常是最好的。凡是名称含糊不清或表达不明确的地方，我都应该这样说，并建议另一个。我现在这样做是为了抚摸黑色的鱼，因为黑色是几乎所有鲸鱼中的规则。因此，如果您愿意，可以称他为鬣狗鲸鱼。他的贪婪举世闻名，从嘴唇的内角向上弯曲的情况来看，他的脸上洋溢着永恒的笑容。这条鲸的平均长度约为16或18英尺。在几乎所有纬度地区都可以找到他。他有一种独特的方式来显示自己的背钩鳍在游泳时的样子，看起来像罗马鼻子。当雇佣不赚钱的人时，抹香鲸猎人有时会捕捕鬣狗鲸鱼，以保持廉价的石油供应以供家庭就业，因为一些节俭的管家在没有公司的情况下，独自一人独自烧掉了不新鲜的牛脂，臭蜡。尽管它们的油脂非常稀薄，但其中一些鲸鱼会为您带来三十加仑以上的油。

书。（ ），第三章。（独角鲸），即鼻孔鲸鱼。-另一个奇特的鲸鱼实例，我这么称呼我，是因为他原来奇特的角被误认为是鼻尖。该生物的长度约为16英尺，而其角平均为5英尺，尽管有些甚至超过10英尺，甚至达到15英尺。严格来说，这只牛角不过是一个加长的象牙，从下巴上沿着一条从水平线略微凹陷的线长出。但是它只在险恶的一面被发现，这会产生不良影响，使它的主人看上去像笨拙的左撇子。这只象牙角或长矛枪有什么确切目的，这很难说。它似乎不像剑鱼和比尔鱼的刀片那样使用；尽管有些水手告诉我，独角鲸将它用作耙子翻过海底觅食。查理·科芬（ ）说，它被用于制冰器；为独角鲸，它上升到极地海面，并发现它被冰覆盖，将其角顶起来，因此破裂。但是您无法证明这些推测中的任何一个都是正确的。我个人的看法是，独角鲸可能确实会使用这种单角式扬声器（无论如何），这对于他阅读小册子的文件夹当然非常方便。我听说过的独角鲸称为鲸，角鲸和独角兽鲸。他无疑是几乎在每个动画自然王国中都能发现的独角兽奇特的例子。我从某些隐居的老作者那里收集到，同一海角独角兽在远古时代被认为是对抗毒药的强大解毒剂，因此，它的制备带来了巨大的价格。它也被蒸馏成挥发性盐，以使女士昏厥，就像将雄鹿的角制成哈特霍恩一样。最初它本身就是一个极具好奇心的对象。一封黑色的信件告诉我，马丁·弗罗比舍尔爵士从那趟航行中回来时，贝丝女王在格林威治宫殿的窗户上英勇地向她挥舞着镶有珠宝的手时，他那大胆的船驶向泰晤士河；布莱克·信说："马丁先生从这次航行中回来时，他屈膝跪下，向殿下呈上那头巨大的独角鲸长角，这只角悬在温莎城堡里很长一段时间。" 一位爱尔兰作家反驳说，莱斯特伯爵的膝盖弯曲，确实向她的上司提出了另一只角，与独角兽性质的野兽有关。

独角鲸的外形非常漂亮，像豹子一样，呈乳白色底色，点缀着圆形和长方形的黑色斑点。他的油非常好，清澈细腻。但是几乎没有，他很少被猎杀。他主要在极地海洋中发现。

书。（ ），第四章。（杀手）。——这头鲸几乎对而言是一无所知，而对自称博物学家而言则一无所知。从我远处看到他的时候，我应该说他是关于一个小家伙的。他很野蛮-一种软肋鱼。他有时会抓住大对开鲸鱼的嘴唇，像水一样垂悬在那儿，直到强大的野蛮人担心死亡。杀手永远不会被猎杀。我从没听说过他有哪种油。由于鲸鱼的含混不清，因此可以对它赋予特殊的名称。因为我们都是陆地和海上的杀手。包括波拿巴和鲨鱼。

书。（八开），第五章（长尾鲛）.-这位先生是著名的他的尾巴，他使用了在颠簸他的敌人一戒尺。他将对开鲸的背部抬起，游泳时，他通过鞭打来打通通道。正如一些校长通过类似的过程相处的世界。对子杀手的了解还不及对杀手的了解。两者都是非法的，即使在不法之海。

从而结束第二卷。（　），并开始本书。（　）。

-这些包括较小的鲸鱼。一世。胡萨海豚。。阿尔及利亚海豚。。粉状的海豚。

对于那些没有机会专门研究这门学科的人来说，将通常不超过四或五英尺的鱼编组在鲸鱼之间似乎是很奇怪的—这个词在普遍意义上总是传达着巨大的观念。但是按照我对鲸鱼的定义（即一条带有水平尾巴的喷水鱼）的定义，上面定居为十二指肠的生物是无懈可击的鲸鱼。

本书。（　），第1章。（　）。这是几乎遍布全球的常见海豚。这个名字是我自己的赠予；因为海豚不止一种，所以必须做一些区分它们。我之所以这样称呼他，是因为他总是游荡在热闹的浅滩中，在广阔的海洋中，它们不断像七月四日的帽檐一样奔向天堂。他们的出现通常受到水手的欢呼。充满着活力，它们总是从微风滚滚到迎风而来。他们是总是在风前生活的家伙。他们被认为是一个幸运的预兆。如果您自己能够忍受三声欢呼，看着这些活泼的鱼，那么天堂就对您有所帮助；虔诚的配乐精神不在你们里面。饱满，饱满的海豚将为您带来一加仑的优质油。但是从他的下巴提取的细腻的液体非常有价值。珠宝商和钟表匠对此有要求。水手们把它放在沙哑。海豚肉很好吃，你知道。您可能从未想过海豚会喷出水。的确，他的嘴很小，以至于很难辨认。但是下次你有机会的时候，看着他。然后您将看到自己的抹香鲸的缩影。

本书。（ ），第二章。（海豚）-海盗。很野蛮 我认为，他只是在太平洋地区找到的。他比的海豚要大一些，但大致相同。激怒他，他将屈服于鲨鱼。我为他降下过很多次，但从未见过他被抓。

本书。（ ），第三章。（粉状海豚）。——最大的一种海豚；据了解，仅在太平洋地区发现。迄今为止，他被指定的唯一的英文名字是渔民的名字，即右鲸豚，主要来自他在该作品集附近发现的情况。在形状上，他在某种程度上与 不同，他的圆角和圆角不那么圆滑。的确，他的身材很绅士。他的背上没有鳍（大多数海豚都有），他的尾巴很可爱，淡淡的淡淡的印度印第安眼睛。但是他的粉红色的嘴糟透了。尽管他的整个背部一直垂到他的侧鳍，但边界线很深，但与船体上的标记（称为"明亮的腰部"）截然不同，该线用两种不同的颜色从干到尾刻着他，黑色上方，白色下方。白色组成了他的头部和整个嘴巴，这使他看起来好像刚刚从一次重罪餐袋中逃脱了一样。一个最卑鄙和粉饰的方面！他的油很像普通的海豚。

由于海豚是鲸鱼中最小的，因此除了十二指肠以外，该系统无法进行。上面，您拥有所有值得关注的利维坦。但是有很多不确定的，逃亡的，半神话般的鲸鱼，作为美国的鲸鱼，我以声誉而不是个人的身份知道。我将以他们的前城堡称谓来列举它们；因为这样的清单可能对将来的调查员有价值，他们可能会完成我在这里已经开始的工作。如果以下任何一条鲸须在以后被捕获并标记，则根据其对开，八度或十二指肠的大小，可以很容易地将其纳入该系统：垃圾鲸；布丁头鲸；海角鲸；头鲸；大炮鲸；鲸；铜鲸；象鲸；冰山鲸 鲸鱼 蓝鲸 等等，例如冰岛，荷兰和古老的英国当局等，可能还会引用其他不确定的鲸鱼清单，这些清单上充斥着各种古怪的名字。但我完全忽略了它们；并且几乎不敢怀疑它们仅仅是声音，充满了狂妄自大，但毫无意义。

最后：一开始就说过，这个系统不会在这里，而是立即完善。您只能清楚地看到我信守诺言。但是，即使离开了科隆大大教堂，起重机仍站在未完工的塔顶上，我的思想体系仍未完工。因为小型建筑可以由他们的第一位建筑师完成；雄伟的，真正的雄伟的巨石，永远留给后代。上帝阻止我完成任何事情。这整本书不过是草稿，不是，而是草稿。哦，时间，力量，金钱和耐心！

第33章：斑点。

关于捕鲸船的军官，这似乎是一个好地方，可以在船上设定一点国内特色，这是由于鱼叉级军官的存在而引起的，这在其他任何海军陆战队中当然都是未知的鲸鱼车队。

鱼叉手的工作极为重要，这一事实证明了这一事实，即最初在两个世纪或更早的荷兰古老渔业中，鲸船的指挥权并未完全交给现在被称为船长的人，但在他和一个叫斑点的军官。从字面上看，这个词的意思是刀；但是，及时的用法使其等同于首席鱼叉手。当时，船长的权限仅限于船舶的航行和一般管理；在捕鲸部门及其所有关注的问题上，斑点小鱼或首席鱼叉手占据了上风。在英国格陵兰岛的渔业中，这位名叫荷兰人的老官员仍被保留下来，但他的前任尊严被不幸地删节了。目前，他只是简单的高级鱼叉。因此，这只是上尉的次要副官之一。但是，由于人鱼的良好行为很大程度上取决于捕鲸船的航行，并且由于在美国渔业中，他不仅是船上的重要官员，而且在某些情况下（在捕鲸场上进行夜间监视）该命令船甲板上的也是他的；因此，海洋的宏伟政治原则要求他名义上应与桅杆前的男子分开居住，并应以某种方式区别于他们的职业上级；尽管他们总是总是熟悉地将其视为社会平等。

现在，海上官兵之间的最大区别是-第一个人在船尾，最后一个前进。因此，在鲸船和商人中，配偶与船长住在一起；因此，在大多数美国捕鲸船中，鱼叉使用者也被安置在船的后部。也就是说，他们在船长的机舱内用餐，并在与之间接通讯的地方睡觉。

尽管南部捕鲸航行的时间很长（这是迄今为止或有史以来人类进行的所有航行中最长的一次），但它的特殊危险和利益共同体在公司中普遍存在，无论高低，所有人都依赖为了他们的利益，不是依靠固定工资，而是为了他们的共同运气，以及他们共同的警惕，勇敢和辛勤工作；尽管在某些情况下所有这些事情所做的事情往往比商人普遍受到的严厉惩戒；然而，不要介意这些鲸鱼在某些原始情况下可能像老美索不达米亚家庭一样生活在一起。尽管如此，至少在四分之一甲板上的点点滴滴的外部很少放松，也绝不会消失。的确，许多是船，您会在船上看到船长带着兴高采烈的壮丽阅览他的四分之一甲板，这在任何海军中都没有超越。没错，几乎像他穿了帝国紫色一样勒索着向外的敬意，而不是最粗暴的飞行员布。

尽管在所有男人中，那种令人沮丧的船长对这种最浅薄的假设是最少的。尽管他唯一的敬意是隐含的，瞬时的服从；尽管他不需要任何人将鞋子从脚上移到四分之一甲板上；尽管有时由于与事件有关的特殊情况而需要详细说明，但他还是以不同寻常的措词来处理这些事件，无论是屈尊还是屈辱，或其他。然而，甚至连阿哈卜船长也绝不忽视海洋的最高形式和用途。

也许也不会最终没有意识到，在这些形式和用法的背后，他有时会掩饰自己；顺便说一句，将它们用于其他目的，而不是合法地打算提供服务的目的。他的大脑中的某些苏丹主义在其他方面还没有表现出来；通过这些形式，同样的苏丹主义化为不可抗拒的独裁统治。因为要成为一个男人的知识上的优势，如果没有某种外部艺术和锁的帮助，它永远无法承担比其他男人更实际，更有用的霸权，而这些本身和他们总是或多或少的琐碎和基础。就是这样，永远使上帝的帝国真正的王子不受世俗的束缚。并留下了这空气所能赋予的最高荣誉，给那些因无限地自卑而不愿选择隐藏于神圣惰性中的人们而出名的人，而不是由于他们毫无疑问地超越了群众的死气沉沉的地位。当极端的政治迷信将这些巨大的美德藏在这些小东西中时，它们甚至在白痴的情况下甚至赋予了白痴卑鄙的能力。但是，就像沙皇尼古拉斯一样，地理帝国的环状王冠环绕着帝国的大脑；然后，在大规模集权之前，公牛群就蹲伏了。悲剧的戏剧家也不会忘记暗示，这在他的艺术中是如此重要，就像现在所提到的那样。

但是我的队长阿哈卜（ ）仍然在他的楠塔基特（ ）的所有残酷和粗暴中向我前进。在这一集感动皇帝和国王的情节中，我不能掩饰自己只与像他这样的可怜的老鲸鱼猎人有关；因此，所有外向的雄伟陷阱和房屋都被拒绝了。哦，啊！在您身上盛大的事物，必须从天空中拔出来，潜入深处，并在无拘无束的空气中表现出来！

第34章机舱桌子。

现在是中午; 面团小伙子，管家从客舱里推开他那苍白的面包脸，向主人和主人宣布晚餐。坐在李四分之一船上的人刚刚观察了太阳；现在正在默默地估算出光滑，圆润的奖牌形平板电脑上的纬度，该平板电脑专为日常使用而保留在象牙腿的上部。从他全神贯注到消息，您会认为喜怒无常的阿哈卜没有听过他的悲哀。但是现在，他抓住了微型护罩，将自己摆到甲板上，以一种平和，不振奋的声音说，"晚餐，星巴克先生"消失在机舱中。

当苏丹步伐的最后回声消失后，第一任埃米尔星巴克有充分的理由认为他已经就座，然后星巴克从他的安静处唤醒，沿着木板走了几圈，然后经过一道严重的窥视说到晚餐时，宾客带着一点愉悦的心情说："晚餐，斯塔布先生"，然后爬下小游艇。第二个埃米尔人在索具处休息了一会儿，然后稍微摇动主支架，看看用那条重要的绳索是否会好，他同样承担了旧的重担，并用一个快速的"晚餐先生烧瓶"，追随他的前任。

但是，第三酋长现在独自一人在四分之一甲板上看到自己，似乎对某些好奇的束缚感到放心；因为，他以各种方向向各种已知的眨眼小费，并踢开了鞋子，他在大土耳其人的头上撞上了犀利但无声的笛。然后，以灵巧的技巧，将帽子伸到上作为架子，至少在他仍然能从甲板上看到他的时候，他滚动着走到现在为止，通过抬起尾部的音乐来扭转所有其他游行队伍。但是当他走进下面的机舱门口时，他停了下来，完全换上了一张新面孔，然后，一个独立的，热闹的小烧瓶以或奴隶的身份进入了国王的面前。

在强烈的海洋使用的虚假性所带来的奇怪事物中，最重要的是，一些军官在甲板上露天时，一旦受到挑衅，就会大胆地向指挥官屈服。然而，十点一对一，让那些军官在下一个时刻在同一个指挥官的小木屋里吃晚饭，直奔他们的进攻，不要说贬低谦卑的空气，因为他坐在桌子的头上。这是奇妙的，有时是最可笑的。为何存在这种差异？一个问题？也许不是。曾是巴比伦王伯沙撒；而且要成为伯沙撒，不是傲慢而有礼貌的，在其中肯定一定有些平凡的宏伟。但他本着正当的王室风范和聪明才智主持了自己的受邀嘉宾私人餐桌，那个人当时无可挑战的力量和统治力；这个人的国家权利超过了伯沙撒的，因为伯沙撒不是最大的。曾经吃过饭的朋友，却尝到了撒的滋味。这是社会沙皇的巫术，是无法承受的。现在，如果出于这种考虑，您加上船长的官方至高无上的地位，那么通过推断，您将得出刚才提到的海洋生物特殊性的原因。

在他那象牙镶嵌的桌子上，阿哈卜像一只沉默的鬃毛海狮在白色的珊瑚海滩上主持，周围环绕着他那好战但仍然尊敬的幼崽。每个军官都轮到自己等待上任了。他们在阿哈卜之前还很小。然而，似乎没有潜伏于最小的社会傲慢。当老人在他面前雕刻主要菜肴时，他们用一种专心的目光注视着老人的刀。我不认为对于世界来说，即使天气如此中立，他们也会以丝毫的观察亵渎那一刻。没有！当他伸出刀叉时，那块牛肉被锁住了，阿哈卜就把星巴克的盘子朝他动了动，这对伴侣就象接受施舍一样接受了他的肉。切得很细 如果有可能，那把刀子擦着盘子上，那又开始了；悄无声息地咀嚼着；并吞下了它，并非没有怀疑。因为，就像在法兰克福举行的加冕宴会上，德国皇帝与七个帝国选民深刻地共进晚餐，所以这些客舱饭菜在某种程度上是庄重的饭菜，在可怕的沉默中被吃掉了；然而在餐桌上，老阿哈卜禁止谈话。只有他自己一个傻子。当一只老鼠突然在下面的货舱里拍了拍子时，住短柄简直是一种解脱。他是可怜的小烧瓶，是这个疲倦的家庭聚会的最小的儿子和小男孩。他是咸牛肉的新骨。他本来是鼓槌。为了使烧瓶被认为可以帮助自己，这在他看来一定相当于在第一级进行盗窃。如果他在那张桌子上自助了，无疑，在这个诚实的世界上，他再也不会抬头了；不过，奇怪的是，阿哈卜从未禁止他。烧瓶自救了，阿哈卜的机会从未像现在这样多。最重要的是，烧瓶是否假定可以帮助自己涂黄油。他是否认为该船的船东因其凝结了他清晰，阳光明媚的肤色而拒绝了他；或者他是否认为，在如此无市场的水域中航行了这么长时间，黄油是溢价的，因此对他而言不是次要的；但是，那是烧瓶，！是个没黄油的人！

另一件事。烧瓶是晚餐中最后一个倒下的人，烧瓶是第一个倒下的人。考虑！特此，烧瓶的晚餐在时间上严重阻塞。星巴克和斯塔布特都是他的开端。但他们也有幸在后方闲逛。如果什至矮个子，但比个子高一点，但食欲却很小，并且很快就显示出他的口吃的症状，那么那个子类必须发自内心，那一天他不会得到超过三口的食物；因为这是不正确的做法，因此拔桩要先将烧瓶放在甲板上。因此，那瓶酒曾经是私下承认的，自从他升为军官的尊严以来，从那一刻起，他几乎不知道饥饿或饥饿是什么。因为他吃的东西并没有减轻他的饥饿感，反而使它永生不灭。和平与满足，我以为烧瓶永远离开了我的肚子。我是军官；但是，我希望我能像在桅杆前一样惯于在前庭里钓鱼一些老式的牛肉。现在有推广的果实；有荣耀的虚荣心：有生命的疯狂！此外，如果这样的话，那只水手服的水手会以水瓶的正式身份对水瓶怀恨在心，为了获得足够的报仇，水手要做的就是在晚饭时到船尾偷窥。穿过机舱的天窗，看着烧瓶，呆呆地傻傻地呆在可怕的头上。

现在，阿哈卜和他的三位同伴组成了所谓的"九头蛇"客舱中的第一张桌子。他们离开后，以相反的顺序到达他们的地方，清理了帆布布，或更确切地说，由苍白的管家恢复了某种匆忙的秩序。然后，三个鱼叉手被邀请参加盛宴，他们是其残遗民。他们在高大的客舱里做了一个临时仆人的大厅。

与船长餐桌上难以忍受的约束和无名无形的霸气形成鲜明对比的是，整个无忧无虑的驾驶执照和轻松自在，是那些鱼叉式下辈的近乎疯狂的民主。当他们的主人（伙伴）似乎害怕自己下颚的铰链声时，鱼叉手却以一种津津有味的方式咀嚼食物，以至于有报道。他们像主一样吃饭。他们像印度船上一样整日都充满香料，充满了肚子。如此诱人的胃口有和，以填补上一顿饭所产生的空缺，常常是这个苍白的面团男孩不愿带来一大堆盐垃圾，似乎是从固态牛中挖出来的。如果他不那么热闹，如果他没有敏捷地跳来跳去，那么就会以一种鱼叉般的方式，以一种轻柔的方式来加速他的步伐，将叉子刺向他的背部。有一次突然感到幽默，抓住了这个男孩的记忆，将他的身体抓了起来，将他的头伸进一个空荡荡的木制挖沟器中，而手握刀的则开始布置圆圈，准备对他进行剥皮。他自然是一个非常紧张、颤抖的小家伙，这位面无表情的管家。破产面包师和医院护士的后代。加上黑鹰头蛇的站立奇观，以及这三个野蛮人的周期性喧嚣拜访，面团男孩的一生是一种持续的颤抖。通常，在看到鱼叉装满了他们所要求的所有东西之后，他会从他们的离合器中逃脱，进入毗邻的小厨房，并害怕地通过门的百叶窗向他们窥视，直到一切都结束了。

可以看到靠着坐着，对着印第安人咬着长满牙齿的牙齿：与他们交叉，坐在地板上，因为一条长凳会使他的地道垂头转向低矮的卡林线。巨大的四肢的每一次动作都使低矮的车厢框架动摇，就像一头非洲象乘船上的乘客一样。但是，尽管如此，伟大的黑人绝对是节制的，更不用说精致了。通过这么少的一口，他似乎几乎不可能维持通过如此广阔，贵族和精湛的人所散布的活力。但是，毫无疑问，这种高贵的野蛮人进食了浓烈的空气，并深入到了空气中。并通过他扩张的鼻孔扑灭了世界的崇高生命。不是靠牛肉也不是靠面包，而是制造或滋养的巨人。但是，他在进食时有一种致命的野蛮的嘴唇-听起来很丑陋-如此之多，以至于这个颤抖的面团男孩几乎要看看自己的瘦胳膊上是否有牙齿的痕迹。当他听到唱歌要他生出自己的骨头，以要摘下他的骨头时，这位机智高明的管家几乎破灭了他周围厨房里挂着的餐具，因为他突然瘫痪了。鱼叉者用枪和其他武器装在口袋里的油石也没有；在晚饭时，他们用磨刀石来磨刀。刺耳的声音根本没有使可怜的面团男孩平静下来。他怎么会忘记，在岛上的日子里，肯定一定是犯了一些谋杀性的，欢乐的行为。唉！面团男孩！等待食人族的白人服务员的辛苦价钱。他不应该着餐巾纸，而应该扣上一条钩子。不过，三位盐海勇士将在他高兴的时候兴起并离开。在他那轻率而虚构的耳朵上，每一步的骨头都在叮叮当当，就像刀鞘上的摩尔镰刀一样。

但是，尽管这些野蛮人在客舱里用餐，并且名义上住在那里。尽管如此，由于习惯上久坐不动，除了进餐时间和睡觉时间之前，当他们经过它到自己独特的地方时，他们几乎没有进入过。

在这件事上，似乎对大多数美国鲸鱼船长都不例外，从总体上说，他们倾向于认为船舱按其权利属于他们；并且仅出于礼貌，任何人在任何时候都被允许在那里。这样一来，实际上，比方说，九头蛇的同伴和鱼叉手应该居住在机舱内而不是机舱内。因为当他们进入时，就像是一扇街门进入一所房子。向内转了一会儿，只待下一转。并且作为永久性的东西，居住在露天。他们也没有因此损失太多；机舱里没有陪伴；在社交上，无法访问。尽管名义上包括在基督教普查中，但他仍然是外星人。他生活在这个世界上，因为最后一只悲惨的熊住在定居的密苏里州。当春天和夏天离开时，那片荒凉的树林长袍埋葬在树的坑中，过着冬天，在那里吮着自己的爪子。因此，阿哈卜的灵魂在的、的老年中闭上了他那凹陷的躯干，在那阴沉的阴沉的爪子上吃饱了！

第三十五章桅杆头。

正是在更加宜人的天气中，我与其他海员一起轮流旋转了我的第一个桅杆头。

在大多数美国鲸鱼中，桅杆头几乎是在船只离开港口的同时有人值守的；即使她有1.5万英里甚至更多的航行距离，也无法到达她适当的巡航区域。如果经过三、四年或五年的航行，她正在附近带空的东西回家（例如，甚至是一个空的小瓶），那么她的桅杆将一直保持到最后。直到她的高桅横帆船驶入港口的尖顶之间时，她才完全放弃了再捕鲸的希望。

现在，由于无论是岸上还是浮上的桅杆站立式业务都是非常古老且有趣的业务，因此让我们在某种程度上进行阐述。我认为最早的桅杆立柱是古老的埃及人。因为在我所有的研究中，我都没有发现任何东西。因为通天的建造者巴别塔的建造者毫无疑问必须在自己的塔楼上立起全亚洲乃至非洲最崇高的桅杆；然而，（据说最后一辆卡车已经装上了）他们的那块巨大的石头桅杆可能被说成是在神的愤怒的可怕大风中从木板上溜走了。因此，我们不能使这些通天塔建造者优先于埃及人。埃及人是一个竖立竖立国家，这是考古学家普遍认为的断言，即第一座金字塔是为天文学目的而建立的：该理论的奇异之处在于其四面的奇特阶梯状结构这些大厦；这样，随着腿的长时间隆起，那些古老的天文学家将不会登上顶点，并向新星求援。甚至当现代轮船的监视声在扬帆扬帆，或鲸鱼在眼前。在古老的著名基督徒隐士圣铁匠那里，他在沙漠中筑起了一块高大的石柱，并在其后半生度过了整个山顶，用铲子将食物从地面吊起；在他身上，我们有一个举世无双的模样-傲慢的立竿见影。不得被雾，霜冻，雨，冰雹或雨夹雪驱赶出家的人；但英勇地面对一切，最终死在他的岗位上。在现代的桅杆上，我们只有一套毫无生气的东西。仅由石，铁和青铜制成的男人；尽管他们有能力面对严峻的挑战，但在发现任何奇异景象时仍然完全不称职。有拿破仑；他站在复仇者联盟的顶端，双臂交叉着，站在空中一百五十英尺。现在，粗心的人统治着下面的甲板；不管是路易斯·菲利普（），路易斯·布兰克（）还是路易斯（）的魔鬼。伟大的华盛顿也高高耸立在巴尔的摩高耸的桅杆上，就像大力士的支柱之一一样，他的柱子标志着人类宏伟的这一点，凡人将无法超越。纳尔森海军上将也身着枪炮，站在桅杆上，站在特拉法加广场。而且，即使当大多数人被伦敦的烟雾所遮盖时，仍然可以看到一个隐藏的英雄存在。对于有烟的地方，一定要起火。但是伟大的华盛顿，拿破仑和纳尔逊都不会从下方回答一次冰雹，但是他们的顾问疯狂地呼吁他们分散视线的甲板成为朋友；然而，可以推测，他们的精神渗透到了未来的浓雾中，对必须避开什么浅滩和石块感到沮丧。

在任何方面将陆地的桅杆站立者与海洋的桅杆站立者耦合在一起似乎是不必要的；但是事实上，事实并非如此，这一点可以从一个项目上清楚地证明，奥德·梅西（的唯一历史学家）对此负责。值得一提的人告诉我们，在鲸鱼捕捞的早期，为了追逐游戏而定期下水了一些船只，那个岛上的人在海岸上竖起了高耸的桅杆，望台通过这种方式上升钉钉子，就像鸡在鸡舍里上楼一样。几年前，新西兰的海湾捕鲸船采用了同样的计划，在对比赛进行了描述之后，新西兰捕鲸船注意到了附近海滩上现成的有人乘船。但是这种习俗现在已经过时了；然后，我们转向一个合适的桅杆头，即海上的一艘鲸鱼船。三个桅杆头一直保持有人升起到落日的状态；海员轮流（如掌舵），每两个小时互相放松一次。在热带地区宁静的天气中，桅杆头非常令人愉悦；不，对于一个梦幻般的冥想男人来说，这是令人愉快的。您站在那里，在静静的甲板上方一百英尺处，沿着深处迈进，仿佛桅杆是巨大的高跷，而在您的下方和您的双腿之间，就像在游荡着大海中最大的怪物一样，在老罗德岛著名巨像的靴子之间。在那儿，您站在那里，迷失在无尽的大海中，只有波浪起伏。被超越的船顽强地滚动；昏昏欲睡的贸易风吹来；一切都会使您陷入困境。大部分情况下，在这种热带捕鲸生活中，崇高的平稳性会为您带来投资；你没有消息；不读宪报；具有平凡而令人震惊的说法的附加内容永远不会使您陷入不必要的兴奋；您没有听说过家庭苦难；破产证券；库存下跌；永远不会为晚餐所用的东西而烦恼，因为三年以上的所有饭菜都被妥善地存放在木桶中，而且您的票价是一成不变的。

在一个南部的鲸鱼捕鲸船之一中，通常要经过三到四年的漫长航行，因此您在桅杆头花费的各种小时总和为数月之久。令人遗憾的是，您在整个自然生活中投入相当大一部分时间的地方，应该是如此可悲地使任何接近舒适的居住环境或适应于产生舒适的感觉局限性的事物变得贫乏，例如与床，吊床，灵车，岗亭，讲台，马车或其他任何其他临时占用人员的小巧巧巧的东西有关的东西。您最通常的栖息点是'桅杆的头部，在那儿您站在两个细小的平行杆（几乎是鲸鱼特有的）上，称为'交叉树。在这里，被初学者折腾在海边，就像他站在牛角上一样舒适。可以肯定的是，在寒冷的天气里，您可以像外套一样随身携带您的房子。但正确地说，最厚的表层不过是空旷的身体而已。因为灵魂被粘在其肉质的帐棚里，不能自由地在其中移动，甚至不能移出它，而不会冒着很大的灭亡危险（就像冬天无知的朝圣者穿越白雪皑皑的阿尔卑斯山）；因此，表层不仅仅只是一个信封，也不是包围您的其他皮肤，它并不能像房子一般。您不能在自己的身体上放架子或五斗柜，也不能再做成便当便桶了。

关于所有这一切，令人感到非常遗憾的是，南方鲸鱼船的桅杆头没有配备那些令人羡慕的小帐篷或讲台，称为鸦雀巢，其中格陵兰捕鲸者的望台受到保护，免受恶劣环境的侵害。冻海的天气。在斯雷特船长的炉边叙述中，题为"在冰山间航行，以寻求格陵兰鲸，并顺便找回失去的格陵兰老冰岛殖民地；" 在如此令人赞叹的体积中，所有桅杆竖立装置都以迷人的旁观手法布置，描述了当时刚刚发明的冰川的乌鸦巢，这是上尉的好手艺。为了称呼自己，他称它为雨夹雪的乌鸦巢。他是原始发明人和专利权人，没有任何可笑的虚假美味，并坚持认为，如果我们以自己的名字称呼自己的孩子（我们是原始发明人和专利权人的父亲），那么我们也应该以其他手段来称呼自己我们可能会得到。从形状上看，雨夹雪的乌鸦巢就像是大型跳伞或烟斗。它在上方敞开，但是，它配备有可移动的侧屏，以防止您的头部在大风中向迎风行驶。固定在桅杆的顶部，然后通过底部的一个小陷阱将其提升到顶部。在船尾的后侧（或紧靠船尾的一侧）是一个舒适的座椅，下方设有一个用于存放雨伞，被子和大衣的储物柜。前面是皮架子，用来存放您的喇叭，烟斗，望远镜和其他航海便利。当斯雷特船长亲自将桅杆头放在这只乌鸦的巢中时，他告诉我们，他总是随身携带一支步枪（也固定在架子上），一瓶药粉和一支枪，以便弹出远离流浪的独角鲸，或无水的独角兽在这些水域中泛滥；因为由于水的阻力，您无法从甲板上向他们射击，但向他们射击是完全不同的事情。现在，对斯雷特船长的描述简直是爱的工作，就像他所做的那样，描述了他的鸦巢的所有细微的细节。但是，尽管他如此丰富了其中的许多内容，并且尽管他以非常科学的方式对待了我们在这个乌鸦巢中进行的实验，但他还是用一个小指南针将其放在那儿，目的是为了抵消所谓的"所有双耳磁铁的"局部吸引"；可能是由于船板中铁的水平附近以及冰川的情况造成的错误，可能是因为船员中有那么多坏掉的铁匠；我说，尽管机长在这里非常谨慎和科学，但是，尽管他学到了所有的"眼镜偏差"，"方位罗盘观测值"和"近似误差"，但他很清楚，斯雷特上尉，他并非如此深深地沉浸在那些深刻的磁性沉思中，以至于偶尔被吸引到那个装满东西的小箱子瓶子吸引住了，所以很好地塞在了他的鱼巢巢的一侧，可以轻松地伸到他的手。总的来说，我非常钦佩甚至热爱勇敢，诚实和博学的队长。但是我让他很恶心，他应该完全不理会那个装瓶的瓶子，看到它一定是一个忠实的朋友和安慰者，而他的手指和头巾却戴着手套，他正在那儿的那只鸟巢里高高地学习数学。杆的三个或四个栖息处。

但是，如果我们南部的捕鲸者没有像斯莱特船长和他的格陵兰人那么舒适地居住在高处，但是，我们南部渔民大多在其中漂浮的那些诱人海域的宁静形成了鲜明对比，这种劣势在很大程度上得以抵消。有一次，我曾经很悠闲地把索具放到休息室里，在山顶上休息，与或我可能在那找到的其他任何下班的人聊天；然后再往前走一点，把懒惰的腿扔到帆高的院子上，对水草牧场有一个初步的了解，最后到达我的最终目的地。

让我在这里给它做一个干净的乳房，并坦率地承认我保留了，但对不起警卫。面对宇宙在我体内旋转的问题，我怎么能-在如此思考的高度下完全留给自己-我如何能轻轻地履行我的义务，观察所有鲸鱼船的常规，"保持你的天气打开，并每次唱歌。"

的船东，请让我在这个地方动静地告诫您！谨防在警惕的渔业中招募任何精瘦的额头和空洞的小伙子；沉思于不合时宜的沉思；谁愿意随同一起运送，而不是脑袋上的弓箭。我要提防这样的人。必须先看到您的鲸鱼才能将其杀死；这位沉眼的年轻柏拉图专家会拖曳您十个清醒的环游世界，绝不会让您的一品脱精子变得更富有。这些费用也不是完全不需要的。时至今日，鲸鱼捕捞业为许多浪漫，忧郁，心不在的年轻人提供了庇护，他们厌恶大地的照料，并寻求焦油和油脂的情感。柴尔德·哈罗德（　）经常会坐在一些不幸的失望鲸鱼船的桅杆上，用喜怒无常的语气射精：

"滚来滚去，你那深蓝色的海洋滚来滚去！一万名猎脂猎人徒劳地扫过你。"

这种船的船长常常把那些心不在的年轻哲学家带到他们的任务上，使他们感到厌倦，使他对航程没有足够的"兴趣"。半暗示他们无可救药地失去了所有光荣的野心，以至于在他们的秘密灵魂中，他们宁愿不去看鲸鱼。但都是徒劳的 那些年轻的柏拉图主义者认为他们的视野不完美。他们是近视的；那么，用什么来拉伤视神经呢？他们把歌剧眼镜留在家中。

其中一位小伙子的一名鱼叉者说："为什么，你是猴子，我们已经艰难地巡游了三年，而你还没有举起鲸鱼。只要你在这里，鲸鱼就像母鸡的牙齿一样稀少。" 也许他们是；也许在遥远的地平线上可能有他们的浅滩；却由于波涛汹涌的节奏与思想的融合，使这个缺席的青年陷入了鸦片般的空虚，无意识的虚幻幻想之中，最终他失去了身份。带着神秘的海洋在他脚下，为那深深，蓝色，无底的灵魂，遍及人类和大自然的可见图像；他所躲避的一切奇怪，半见，滑行，美丽的事物；在他看来，每一个模糊的，起伏不定的形式的鳍，似乎都是那些难以捉摸的思想的体现，这些思想只有不断地在灵魂中游荡，才能使灵魂得以生存。在这种陶醉的心情中，你的灵魂消退了，它从何而来；随时间和空间扩散；像是补习班（ ）撒下的泛神化骨灰，最终形成了圆形地球上每个岸边的一部分。

现在，除了轻柔滚动的船所赋予的摇摆生命外，你已经没有生命了。她从海里借来的；在海边，来自神不可思议的浪潮。但是在睡觉的时候，这个梦想就在您身上，将您的脚或手移动一英寸；完全搁浅 而您的身份又惊恐万状。徘徊在笛卡尔漩涡上 也许是在正午的时候，在最晴朗的天气里，用一声半的尖叫声，您会从那透明的空气中掉入夏日的大海，再也不会永远上升。泛神论者请注意！

第三十六章。

（输入：然后全部）

不久之后的一个早晨，早餐后不久，阿哈卜和他的遗嘱一样，将机舱舷梯登上了甲板。多数船长通常在那个时候走，因为乡村绅士们在吃完饭后在花园里转了几圈。

很快，他听到了稳健的象牙大步声，他来回走动着他的旧弹弓，在他熟悉的踏步板上，使它们像地质石一样被打满了凹痕，留下了他独特的足迹。

您是否也注视着那肋骨凹陷的眉头；在那儿，您还会看到陌生的脚印，即他不眠不休，不断变化的思想的脚印。

但在有问题的场合，那些凹痕看起来更深，即使那天早晨他的紧张步伐留下了更深的印记。而且，他的思想变得如此充实，以至于无论是在主桅杆上还是在罗纳尔，他所做的每一次统一转弯，几乎都可以看到他在转弯时的想法在转，在他转弯时的节奏在节奏 如此完全地占有他，的确，这几乎似乎是每个外部运动的内向模子。

"给他打标，烧瓶？" 耳语 "里面的小鸡啄了壳。'斜纹很快就出来了。"

时光流逝；—现在在他的小屋里尖了起来；匿名者，在甲板上步调一致，在目标方面同样强烈地追求目标。

它接近一天的结束。突然，他被舷墙拦住了，将他的骨腿插入那里的螺旋钻洞中，然后一只手抓住裹尸布，命令星巴克将船尾的所有人送去。

"先生！" 伴侣说，很少令他惊讶，除非在特殊情况下，从来没有在船上下令。

"重复地向大家发送"，阿哈卜重复道。"桅杆，在那里！下来！"

当整艘船的公司组装好时，他们都带着好奇而不是完全不知所措的表情注视着他，因为当暴风雨来临时，迅速掠过舷墙，然后飞奔他的眼睛时，他看上去就像天气地平线一样从他的立场出发，好像没有一个灵魂在附近，他恢复了沉重的转身在甲板上。他戴着弯曲的头和半张开的帽子继续走动，没有想到男人之间的细语。直到树桩谨慎地低声细语到烧瓶，那个一定已经把它们召唤在那里，目的是见证行人的壮举。但这并没有持续很长时间。他大叫停顿，哭了：

"伙计们，看到鲸鱼时你会做什么？"

"为他唱歌！" 是数十个俱乐部声音的冲动回避。

"好！" 哭泣的阿哈卜，他的语气得到了广泛的认可；观察他意想不到的问题使他们动心的热情动画。

"那你接下来呢，伙计们？"

"走远，跟在他后面！"

"伙计们，你想听什么？"

"一条死鲸或火炉船！"

每一次大喊大叫时，老人的容貌越来越怪异和激烈。当水手们开始好奇地凝视着对方时，仿佛惊叹于他们自己对如此看似无意义的问题感到如此兴奋。

但是，他们都再次渴望，因为阿哈卜（）现在在他的枢轴孔中旋转了一半，一只手高高地伸到了裹尸布上，紧紧地几乎抓地抓着它，对他们说：

"你们所有的桅杆头人现在都听过我下令订购一条白鲸。你们看！您看到这种西班牙盎司的黄金吗？"-拿着一枚宽阔的明亮硬币朝着太阳走-"这是十六美元一枚，男人，你知道吗？星巴克先生，把我递给大槌头。"

在伴侣拿起锤子的时候，阿哈卜没有说话，就慢慢地在他外套的裙边上摩擦着金块，仿佛是在增强他的光泽，同时不加任何语调低沉地哼着自己，发出一种奇怪的声音他含糊不清,说不出话来似乎是他生命力的车轮在机械地嗡嗡作响。

他从星巴克( )那里收到了大槌,他一只手举起锤子,朝主桅前进,另一只手展示着金子,高高的声音喊道:"你们中的任何一个都会养我一条白头鲸,皱巴巴的眉毛和弯曲的下巴;你们中的任何一个使我抬起那头白鲸,右舷孔上刺了三个孔—瞧,你们中的任何一个使我抬起那条白鲸,他都会拥有这盎司金,我的孩子们!"

"哈扎!哈扎!" 船员大声喊叫,就像摇摆的油布一样,他们欢呼把金子钉在桅杆上的行为。

"是一条白鲸," 阿哈卜继续说道,扔下了顶槌:"一条白鲸。伙计,你的眼睛在盯着他;伙计;为白水而敏锐;如果只看见气泡,就在唱歌。"

在所有这些方面,塔什特戈( ),达戈( )和都比其他人更感兴趣和惊讶,提到皱眉和下巴弯曲时,他们开始了,好像每个人都被某种特定的回忆分开触摸一样。

塔什特戈说: "阿哈卜船长,那条白鲸必须和某些人称之为白鲸一样。"

"白痴迪克?" 阿哈卜喊道。"那么,你知道白鲸吗,塔什?"

"先生,他下楼前会尾巴好奇吗?" 同性恋头故意的说。

达古说:"他也有一个好奇的喷口吗?"

断断续续地喊道:"他有一,二,三-哦!船长里面也藏着很多铁。" 所有的-都像他一样被-他-" 拧着他的手,好像开瓶一样-"像他-他-"

"开瓶器！" 喊道，"是的,.,鱼叉都在他身上扭动着，扭动着；是的,.,他的嘴是一个大的，就像一整个小麦的冲击，白色的像一堆我们的楠塔基特羊毛，追赶一年生的伟大绵羊-剪切；是的,.,他像风中劈开的三角帆一样扇尾状。死亡和魔鬼！男人，你看过的是白鲸迪克-白鲸迪克-白鲸迪克！"

星巴克说："船长阿哈卜。"他带着短棒和长瓶，目瞪口呆地看着他的上司，却越来越惊讶，但最后似乎被一种思想解释了，这多少解释了所有的奇迹。"阿哈卜船长，我听说过白鲸，但是不是白鲸夺走了你的腿吗？"

"谁告诉你的？"哭了 然后停顿一下，"是的，星巴克；是的，我的挚爱全力以赴；是白痴的家伙使我灰头土脸；白痴的家伙把我带到了我现在站着的这个死树桩上。动物般的抽泣，就像心碎的麋鹿一样；"是的，是的！是那只被责骂的白鲸把我夷为平地；使我一整天都无法忍受我的笨拙！"然后用无数次的责备折腾他的手臂喊道："是的，赞成！我要追逐他，好希望，绕过号角，绕过挪威大漩涡，绕过灭亡的火焰，然后我放弃他。伙计们，这是你们要运送的东西！要追逐那只白鲸在土地的两边，遍及地球的四面，直到他喷出黑血，然后将鱼鳍滚出来。现在吗？我认为你们看起来很勇敢。"

"好的好的！"鱼叉手和海员大喊，靠近那激动的老人："白鲸敏锐的眼睛；白鲸精锐的长矛！"

"上帝保佑你们，"他似乎半哭半哭。"上帝保佑你们，伙计们。管家！去吸引大批的家伙。但是，星巴克先生，这张长脸是什么？难道您不追逐白鲸吗？这不是白鲸的游戏吗？"

"我是为他弯曲的下巴而战，也为死亡的下颚，阿哈卜船长而战，如果这确实妨碍了我们的业务发展；但是我来这里是为了捕鲸，而不是我的司令官的复仇。即使您进行了报复，您的报仇也会屈服您，阿哈卜船长？在我们的楠塔基特市场上，报仇不会给您带来多大好处。"

"钱币市场！闹鬼！但是走近一些，星巴克；您需要低一层。如果金钱成为衡量者，人，而会计师则通过用几内亚束缚货币来计算其在全球范围内的计算能力，三分之三英寸；然后，让我告诉你，我的复仇将在这里带来很大的收获！"

"他打他的胸膛，"他轻声说道，"这是干什么的？"他的感觉是最大的，但空心的。

"对愚蠢的蛮族进行报复！"星巴克喊道，"那简直是从最盲目的本能上把你扑灭了！疯狂！被一个愚蠢的东西（阿哈卜船长）惹恼了，这似乎是亵渎神灵。"

"再说一遍-较低的下一层。所有可见的物体，人，都不过是粘贴板的面具。但是，在每种情况下，在活生生的行为中，无疑的事迹，都有一些未知但仍在推理的东西提出了它的特征是从无理的面具后面看的；如果有人要打，要穿过面具！除了穿过墙壁，囚犯怎么能到外面去？对我来说，白鲸是那堵墙，被推向我附近。有时我认为没有任务，但已经足够了。他给我任务；他堆我；我看到他的力量异常强大，以一种难以理解的恶意束缚着它。那种难以理解的东西主要是我讨厌；并且成为白鲸的代理人，或者成为白鲸。鲸鱼校长，我要对他发恨，不要跟我说亵渎，老兄；如果我侮辱了我，我会照日晒太阳，因为太阳可以做到这一点，那么我可以做到另一件事；因为永远嫉妒占主导地位，但不是我的主人，甚至 公平竞争。谁在我身边？真理没有局限。脱下你的眼睛！比恶魔的怒视更令人无法忍受的是呆呆的凝视！普通；你最红最苍白；我的热量使你融化为愤怒。但是，星巴克，你们看，在热火中所说的话，那件事本身就没有说出来。有些人对他们的热情话语是轻蔑的。我的意思是不给你上香。放手吧。看！看到斑的土耳其双颊——活着，呼吸着太阳所绘的照片。异教徒的豹子-活着，不屈不挠的东西。寻求，不要给他们造成痛苦生活的任何理由！船员，伙计，船员！在这件事上，难道他们不是一个人都一个人吗？看到存根！他笑了！见！他之以鼻。在一般的飓风中站起来，你的一颗幼树不能，星巴克！还有，这是什么？算了。只能帮忙。星巴克没有奇妙的壮举。还有什么呢？那么，从这一次糟糕的狩猎中，所有的楠塔基特人中最好的长矛，当每一个前手抓住一块磨刀石时，他肯定不会后退吗？啊！约束抓住你；我懂了！巨浪抬起你！说话，但说话！-是的，是的！那么，你的沉默就在你那里发出声音。（除了）我鼻孔扩张而出的东西，他已经将其吸入了肺部。星巴克现在是我的；现在不能不反对我就反对我。"

"上帝保佑我！-保持我们所有人！" 低语的星巴克喃喃地说。

但是，阿哈卜在对配偶被迷住的默契默许中感到高兴时，却听不到他的预言。仍然没有低沉的笑声；绳索中的风还没有预示的振动；帆的空心襟翼还没有靠在桅杆上，一会儿他们的心就沉没了。因为星巴克沮丧的目光再次被生命的固执所照亮。地下的笑声消失了。风吹了。帆满了；船像以前一样沉重滚动。啊，告诫和警告！为什么来时不留下？而是阴影而不是警告，是你们的预测！但没有太多的预言，如对上述内容的验证。因为只有很少的外部因素限制我们存在，这是我们生命中最内在的必需品，这些仍然使我们继续前进。

"措施！措施！" 哭了阿哈卜。

他接到了浓烈的锡粉后，转向鱼叉手，命令他们生产武器。然后，他们拿着鱼叉在绞盘附近，摆在他们面前，而他的三名同伴则用长矛站在他的身边，其余的船队则围成一圈。他站了一下，搜寻着全体船员。但是那野性的目光见到了他，草原狼的鲜血满溢的目光见到了首领的眼神，就好像他冲向野牛步道的头一样。可惜！只能陷入印度人的隐蔽网罗。

"喝酒并通过！" 他哭了，把沉重的酒壶交给了最近的船员。"船员现在独自一人喝酒。轮流吃喝，伙计们，长燕子；伙计；'就像撒旦的蹄子一样热。所以，如此；它运转得非常好。它盘旋成螺旋形；又在毒蛇的眼中伸出来干得好；几乎干了，就这样走了，就这样走了，把它递给我-这是一个空洞！男人，看来岁月了；如此充满生命的生活被吞噬了，消失了。

"现在就参加，我的勇敢者。我已经使你们聚集在这个绞盘上了；你们的队友们，用你们的长矛围攻我；你们的鱼叉手，用铁杆站在那儿；你们，粗壮的水手，将我召唤进来，某种程度上使我以前的渔夫父亲的风俗复活了。哦，伙计们，您还会看到-哈！男孩，回来吗？不好的便士又回来了，递给我。为什么，现在，这个锡杯又沸腾了，你不是圣维特的小鬼吗？

"前进，你们的队友！在我面前充分扎紧长矛。做得好！让我触摸轴心。" 如此说来，他伸着胳膊，抓住了三个水平，放射状的长矛在其交叉的中心。在这样做的同时，突然又紧张地抽动着他们。同时，从星巴克专心地瞥了一眼。从抽头到烧瓶。似乎，通过某种无名的内部意志，他会为自己的磁性生活在莱顿罐子里积累的同样炽烈的情感而震惊。这三个伙伴在他坚强，持续和神秘的一面之前感到十分吃惊。斯塔布茨和烧瓶从他身旁看去；星巴克诚实的眼睛完全掉了下来。

"徒然！" 哭了 "但是，也许很好。因为你们三人做了一次全力冲击，然后开采了自己的电东西，这也许已经从我身上消失了。这种感觉也将使您丧命。需要的感觉现在，你们的同伴们，我确实任命了三个酒杯承办人给我的三个异教徒亲戚，除了三个最光荣的绅士和贵族之外，我的英勇鱼叉手都鄙视这个任务？什么，当伟大的教皇洗脚时乞中的乞，用他的头饰为房檐吗？哦，我的红衣主教！你自己的高傲，那会让你屈服的。我不下令；是的，会。削减你的子，画出两极，是鱼叉手！"

三名鱼叉人默默地服从命令，现在站在他们面前，鱼叉的铁制独立部分（约三英尺长）被竖起，倒钩。

"不要用那种敏锐的钢刺我！不能把它们刺破；不能把它们翻过！知道那不是高脚杯端吗？把插座打开！所以，所以；现在，你们这些杯子承杯的人，前进。把铁杆拿起来！拿住它们；握住它们一会儿我填写！" 随即，他慢慢地从一名军官转到另一名军官，用来自锡器的炽烈水淹没了鱼叉座。

"现在，三到三人，你们站起来。赞扬那些杀手圣杯！向他们成为这个不可分割的联盟的政党吧。哈！星巴克！但是事迹已经到了！，鱼叉手！请喝酒并发誓，要为那只致命的鲸船鞠躬的人—死于白鲸的家伙！如果我们不追捕白鲸，直到他的死，上帝就会猎杀我们所有人！" 长长的带刺的钢高脚杯被抬起。为了针对白鲸的哭泣和恶意，他们的嘶嘶声同时被打倒了。星巴克脸色苍白，转过身，瑟瑟发抖。再次，最后，补充了锡的锡粉在疯狂的工作人员中巡视。当他们向他们挥手时，他们全部分散了；阿哈卜在他的小屋里退休了。

第三十七章日落。

机舱; 在船尾的窗户旁；阿哈卜独自一人坐着，凝视着外面。

我留下洁白而浑浊的苏醒；淡水，脸颊苍白，我在哪里航行。令人羡慕的汹涌的巨浪绕着我的脚步；让他们; 但是首先我通过了。

此外，温暖的波浪通过酒杯的边缘变得像酒一样泛红。金色的额头垂下蓝色。潜水员的太阳-从中午开始缓慢落下-下来；我的灵魂越来越高！她疲惫不堪的小山。那么，我戴的皇冠太重了吗？伦巴第的铁冠。但是有很多宝石是明亮的吗？我是佩戴者，看不见它的远处闪烁；但我感到自己穿得那么黑，那使人眼花乱。我知道铁是铁，不是黄金。我也感到分裂了；锯齿状的边缘使我胆战心惊，我的大脑似乎在与坚固的金属搏斗。是的，钢头骨，我的；在最伤脑筋的战斗中不需要头盔的那种！

额头上干热？哦！时间是，当日出高高地照耀着我时，落日舒缓了。不再。可爱的灯，不是我。因为我无法享受，所以所有的爱对我来说都是痛苦的。天生具有高感知力，我缺乏低劣的享受能力 该死的，最狡猾和最恶毒的！该死在天堂之中！晚安晚安！（挥舞着他的手，他从窗户上移了。）

并不是那么困难的任务。我以为至少找到一个固执的人；但是我的一个齿轮圈适合他们所有的各种轮子，并且旋转。或者，如果您愿意的话，就像许多蚁药一样，它们都站在我面前；和我他们的比赛。哦，辛苦了！要开除别人，比赛本身就必须浪费！我愿意，我愿意；我愿意，我会做！他们以为我很生气，星巴克确实做到了。但我是魔鬼，我疯了！那种疯狂的疯狂只能平静地自我理解！预言是我应该被肢解。和-是的！我失去了这条腿。我现在预言我将肢解我的肢解。现在，成为先知和实现者。你们，伟大的神灵，比以往任何时候都重要。我对你们，板球运动员、拳击手、聋哑人和盲目的盲人大笑又叫！我不会说像男生那样对待欺负者，要选择你自己的大小。不要嘲笑我！不，你们把我打倒了，我又起来了；但是你们已经逃跑了，躲了起来。从棉布袋后面出来！我没有长枪可以到达你们。来吧，阿哈卜对你们的称赞；过来看看你能不能转弯我。使我转弯？你们不能让我转向，否则你们会让您转向！人在那里。使我转弯？通向我固定目标的道路是用铁轨铺设的，我的灵魂在该铁轨上奔跑。在无声的峡谷中，穿过山峦起伏的山心，在洪流的床下，我毫不犹豫地冲了进去！零是一个障碍，零与铁道成一个角度！

第三十八章黄昏。

在主桅上；星巴克靠着它。

我的灵魂无与伦比；她人满为患；和一个疯子！难以忍受的刺痛，认为理智应该在这样的领域上立足！但是他钻了很深，把我所有的理由从我身上炸了！我想我看到了他顽强的结局；但觉得我必须帮助他。我会不会，我无法言说的东西把我绑在他身上？用电缆拖我，我没刀割。可怕的老头！他哭了，是谁在他身旁？-是的，他将成为全民的民主主义者。看，他是如何主宰一切的！哦！我清楚地看到我痛苦的办公室，要服从，叛逆。更糟糕的是，恨与怜悯！因为在他的眼里，我读到一些悲惨的悲痛会让我震惊。仍然有希望。时间和潮汐流宽。仇恨的鲸鱼有一个圆形的水世界可以游泳，因为小金鱼的玻璃状地球。他的侮辱上帝的目的，上帝可能会撇开。如果不是铅，我会振作起来。但是我的整个时钟都快用完了；我的心全力以赴，我再也没有举起重物的钥匙。

[从楼前传来的狂欢大爆炸。]

天啊！与这样的异教徒船员一起航行，他们当中几乎没有人类母亲！在鲨鱼海的某个地方呆了。白鲸是它们的虫。！地狱狂欢！那狂欢是向前的！在船尾标出坚定不移的沉默！描绘生活。首先是闪闪发光的海浪拍打在同性恋，四面楚歌的，摇摇欲坠的弓上，但之后却拖着黑暗的，在那里他在船尾密密麻麻的船舱内沉思，堆积在尾流的死水上，并进一步被其狼吞虎咽的猎捕。漫长的叫声使我感动！和平！你们是革命者，然后把手表放好！哦，生活！在这样的一个小时里，灵魂被击碎并固执于知识，因为野性，不受约束的事物被迫喂养，哦，生命！现在我确实感受到了你内心的潜在恐惧！但是不是我！那个恐怖从我身上消失了！并以人类内在的柔和的感觉，但是我将努力抗衡你们，幽灵般的幻影期货！站在我身边，抱着我，束缚我，你们有福气！

第39章。

前排。

（单打独奏，并修补括号。）

哈！哈！哈！哈！下摆！清除我的喉咙！—从那以后，我一直在思考这件事，这是最终结果。为什么这样？因为笑是对所有奇怪事物最明智，最简单的答案；随之而来的是，永远只有一种舒适感—永无止境的舒适感是注定的。我听不到他与星巴克的谈话。但是到了我可怜的星巴克，然后那天晚上我看上去有些像。确保那位大人物也将他固定了。我细细地了解它；有了礼物，可能很容易就已预言了-因为当我拍拍他的头骨时，我看到了。好吧，斯塔布，明智的斯塔布-那是我的头衔-好，斯塔布，那又是什么，斯塔布？这是一个尸体。我不知道可能会发生什么，但是不管会发生什么，我都会笑着去。如此摇摇欲坠，潜伏在您所有的恐怖之中！我觉得好笑。，啦！里拉，斯拉拉！我家里多汁的小梨现在在做什么？哭了吗？—我敢说，参加最后一个到达的鱼叉派对，同性恋是护卫舰的三角旗，我也是。里拉，斯拉拉！哦-

今晚，我们将喝杯爱慕之心，像爱人一样欢愉，转瞬即逝，就像气泡在游泳者的帽子上畅游，在见面时嘴唇破裂。

一个勇敢的壁垒-谁打来的？先生。星巴克？是的，先生，先生。（除了）他是我的上司，如果我没记错的话，他也是他的上司。-是的，先生，先生，刚完成这项工作-即将来临。

第40章。

鱼叉手和水手。

（前帆升起，发现手表以各种姿势站立，躺着，倾斜和躺着，全都在合唱中唱歌。）

西班牙女士们，告别您！

西班牙女士，欢送告别！

我们队长的命令。

第一名楠塔基特水手。哦，男孩们，不要多愁善感；对消化不好！进补，跟着我！（唱歌，所有跟随）

我们的队长站在甲板上，

他手中的望远镜

观赏那些雄伟的鲸鱼

每条线都炸毁。

哦，你的小船在船上，我的孩子们，

然后用你的牙套站起来

我们将拥有其中的一条鲸鱼，

手，男孩，过来！

所以，小伙子们，要振作起来！愿你的心永不失败！

当大胆的鱼叉袭击鲸鱼时！

伴侣从四分之一甲板发出的声音。八个钟，向前！

第二名楠塔基特水手。赞美合唱团！八铃！听到了吗，服务生？敲八点钟·！你黑脸！让我给手表打电话。我有那种嘴巴-猪头嘴巴。所以，所以·，（把他的头向下推到舷窗上），星际少年，嗨！下面有八个铃铛！滚！

荷兰水手。今晚隆重打·；辛苦的夜晚。我在我们那位大人物的酒中标记了这一点；对于某些人来说，这就像对其他人的疲倦一样。我们唱歌；他们睡觉-是的，像地下屁股一样躺在那里。再来一次！在那里，带上这个铜泵，然后将它们冰雹通过。告诉他们幻想自己的少女。告诉他们这是复活；他们必须亲吻自己的最后一个，并做出判断。这就是-这是它; 你的喉咙没有被吃阿姆斯特丹黄油宠坏。

法国水手。历史，男孩！让我们先骑一两个夹具，然后再锚定在毯子湾中。怎么说？还有另一只手表。站着双腿！点！小点子！与您的手鼓欢呼！

点子 （闷闷不乐）不知道它在哪里。

法国水手。然后拍打你的肚子，摇动你的耳朵。跳吧，伙计，我说；快乐是这个词；欢呼！该死的我，你不跳舞吗？形式，现在，印度文件，并疾驰成双重洗牌？自己扔！腿！腿！

冰岛水手。我不喜欢你的地板，马蒂；我觉得太富弹性了。我习惯了冰地板。我很抱歉把冷水泼在这个物体上；不好意思

马耳他水手。我也是;你的女孩在哪里？除了傻瓜，谁能将他的左手放在右边，对自己说，你怎么做？伙伴！我必须有伙伴！

西西里水手。;女孩和绿色！—然后我会和你们一起跳；是的，变成蚱！

长岛水手。好吧，好吧，我们有很多人。我愿意的话，头玉米。所有的腿都快要收割了。啊！音乐来了；现在就来！

亚速尔群岛水手。（将手鼓上移，然后将铃鼓向上倾斜）。还有卷扬机的叮咬；上山！现在，男孩！（其中一半跳舞到手鼓；有些走到下面；有些睡在或躺在索具中。誓言颇多。）

亚速尔群岛水手。（跳舞）去吧，点子！砰，宝贝男孩！装配，挖掘，贴标，查询，男孩们！做萤火虫；打破叮当声！

点子 你说叮当声吗？-还有另一个掉下来了；我这样打。

中国水手。然后，使你的牙齿嘎嘎作响，然后跳动。做自己的宝塔。

法国水手。快疯了！举起你的箍，一点，直到我跳过去！短臂！自己撕！

塔什特戈。（安静地吸烟）那是白人；他称之为有趣：哼！我省了汗。

老马恩水手。我想知道那些快活的小伙子们是否认为他们正在跳舞。我会在你的坟墓上翩翩起舞，这将是你夜宵女人最严峻的威胁，它绕过了角落。基督！想想绿色海军和绿色骷髅船员！好吧；正如您的学者所言，它就像整个世界一样；因此，拥有一个宴会厅的权利。小伙子们跳舞吧，你还年轻。我曾经。

3 水手。拼哦！这比平静地拉着鲸鱼还差—给我们些许味道。

（他们停止跳舞，成群结队。其间，天黑了，风起了。）

拉斯卡水手。由梵天！男孩们，很快就会停下来。天生的高潮恒河变成了风！你显出你的黑眉头，！

马耳他水手。（斜倚并摇晃他的帽子。）这是海浪-现在，雪的帽子开始摆动了。他们很快就会流苏。现在所有的浪潮都是女人，然后我会淹死，并追逐他们！地球上没有那么甜美的东西，天堂可能无法与之匹敌！就像舞蹈中那些温暖而狂野的怀里迅速瞥了一眼，当过度弯曲的手臂隐藏着如此成熟，破裂的葡萄时。

西西里水手。（斜倚。）不要告诉我！伙计，伙计们-车队交错的四肢-轻摇摇曳-彩绘-飘飘！唇！心！臀部！所有人都放牧：不断触摸和走！不品尝，观察，否则饱足。嗯，异教徒？（轻推。）

塔希坦水手。（斜躺在垫子上。）我们跳舞的姑娘们冰雹圣洁的裸体！啊！低面纱，高掌大溪地！我仍然把我放在你的垫子上，但是柔软的土壤已经滑落了！我看到你是用木头编织的，我的垫子！我带来的第一天就绿了现在已经很破旧了。啊，我！-你也不是我能承受的改变！那么，如何将其移植到天空呢？听到我从比罗基蒂的长矛尖峰咆哮而来的声音，当他们跳下悬崖淹死村庄吗？-爆炸！爆炸！起来，脊椎，并满足！（跳到他的脚上。）

葡萄牙水手。大海滚滚冲刷，冲向了侧面！恭候您的光临，尽情享受！风只是横过剑，咒骂他们现在会突然转弯。

丹麦水手。裂缝，裂缝，旧船！只要你最坚决，你就最坚守！做得好！那里的伴侣坚守着它。他只不过是在上的小岛堡垒而已，不惧怕，在那里放着暴风雨般的枪支与波罗的海作战，上面放着海盐！

第四名楠塔基特水手。请注意，他有命令。我听到老阿哈卜告诉他，他必须总是杀死一场风，这是因为他们用手枪炸开了水龙卷—向船上开火！

英国水手。血液！但是那个老人是一个宏伟的老海湾！我们是追捕他的鲸鱼的伙计们！

所有。对！对！

老马恩水手。三个松树怎么摇！当转移到任何其他土壤上时，松树是最难生存的树，这里只有乘员组的被诅咒的黏土。稳定，舵手！稳定。勇敢的心翔在岸上，龙骨船体在海上裂开，这就是这种天气。我们的队长有他的胎记；再看，男孩们，天空中还有另外一个-像卢里德一样，其他所有的人都变黑了。

。那是什么 谁怕黑怕我！我被挖出来了！

西班牙水手。（一旁。）他想欺负啊！！旧的怨恨使我变得敏感（前进）。是的，鱼叉手，你的种族是人类不可否认的阴暗面-以此消除阴暗面。没有恶意。

（冷酷地）。没有。

圣 贾戈的水手。西班牙人疯了还是喝醉了。但这不可能，或者在他的情况下，我们的老大亨的工作时间有些长。

第五名楠塔基特水手。我看到了什么-闪电？是。

西班牙水手。没有; 露出牙齿。

（弹跳）。吞下你的家伙，人体模型！皮肤白，肝白！

西班牙水手（见他）。衷心地刀你！大框架，小精神！

所有。一排！一排！一排！

（带鞭子）。一排排低矮，一排排高高在上的神和人，都是斗士！哼！

贝尔法斯特水手。一排！连续行！处女被祝福，连续！与你们共进！

英国水手。公平竞争！抢走西班牙人的刀！一声，一声！

老马恩水手。准备就绪。那里！环形的地平线。在那个戒指中，该隐袭击了亚伯。甜蜜的工作，正确的工作！没有？那么，上帝，为什么你要敲响戒指？

伴侣从四分之一甲板发出的声音。牵着绳子！在极高的风帆中！站到礁石帆上！

所有。声！声！跳，我的欢乐！（他们分散。）

点子（在卷扬机下收缩）。欢乐吗 上帝帮助这样的快乐！崩溃，崩溃！那里有短棍！！神！鸭低一点，王室来了！比一年中的最后一天在旋转的树林里还差！谁现在会去追栗子呢？但是他们走了，全都是诅咒，而我却没有。他们的前景很好；他们在通往天堂的路上。坚持下去！吉米尼，真是一场暴风雨！但是那里的那些家伙却更糟了-他们是你的白鼬。白色的狂风？白鲸，嘘！！我刚才在这里听到了他们的所有聊天消息，还有白鲸-嘘！嘘！但是只说一次！直到今天晚上，这使我像铃鼓一样叮当响，一个老人的蟒蛇发誓要去追捕他！哦，你是一个高大的白人神，在黑暗中高高地上空，怜悯这儿的黑人小男孩；保佑他免受所有没有肠子的人的恐惧！

第41章。白鲸。

我，以实玛利，是那位船员之一；我的喊叫声与其余的一样。我的誓言已与他们的誓言融为一体；我喊得更厉害，因为我内心的恐惧，我更加坚决宣誓。我心中有一种疯狂，神秘，同情的感觉；阿哈卜的坚决斗争似乎是我的。我用贪婪的耳朵了解了那个杀人恶魔的历史，我和其他所有人都对它发誓要对我们进行暴力和复仇。

在过去的一段时间里，尽管只是间隔，但无人陪伴的僻静的白鲸在那些不文明的海洋中困扰着，这些海域通常是抹香鲸渔民经常光顾的地方。但并非所有人都知道他的存在。相对而言，只有少数几个人有意地见过他。尽管实际上已经有意向他开战的人数确实很少。因为鲸鱼巡游者数量众多；他们散落在整个水域的无序方式，其中许多人冒险地沿着孤独的纬度推动搜寻，以至于很少或从来没有连续整整十二个月或更长时间遇到任何种类的新闻报道帆；每次航行的过长长度；在家航行的时间不规律；所有这些，在其他情况下，无论是直接还是间接的，长期以来一直阻碍了关于白鲸的特殊个性化消息在全世界捕鲸船队中的传播。毋庸置疑，据报道，几艘船只在这样或那样的子午线上或在这样或那样的子午线上遇到了一只罕见的规模和恶性的抹香鲸。完全逃脱了他们；在某些人看来，这头鲸一定不是白鲸，这并不是不公平的假设。然而，到最近，抹香鲸的捕捞活动却以受到袭击的怪物中凶猛，狡猾和恶意的各种且并非罕见的情况为特征。因此，就是那些无意中无辜地与白鲸交战的人；这样的猎人在很大程度上可能满足于将他饲养的特殊恐怖归咎于整个抹香鲸捕捞的危险，而不是个人原因。这样，到目前为止，人们普遍认为和鲸鱼之间的灾难性遭遇。

那些以前听过白鲸的人偶然发现了他。在这件事的开始，他们让每一个人，几乎像他一样大胆而无所畏惧地放下了他，就像其他任何种类的鲸鱼一样。但总的来说，这些袭击确实造成了这种灾难-不仅仅限于手腕和脚踝扭伤，四肢骨折或断肢吞噬-致命的是致命的；那些一再的灾难性的排斥，所有的恐惧都累积和堆积在白鲸的鸡巴上；这些事情已经远远动摇了许多勇敢的猎人的毅力，最终白鲸的故事传到了那里。

各种各样的谣言也没有夸大，更使这些致命遭遇的真实历史更加恐怖。在所有令人惊奇的可怕事件中，不仅有神话般的谣言自然而然地散发出来，因为那棵被击倒的树还生出了真菌。但是，在海上生活中，无论有何充分的现实条件，他们在海上生活中的谣言比在地表中要多得多。随着海洋在这件事上超越陆地，鲸鱼的渔业也超越了其他海洋生物，有时甚至流传于此谣言奇妙而令人恐惧。因为鲸鱼作为一个整体，不仅不受所有船员的那种愚昧和迷信的遗传；但是在所有水手中，他们是最直接地与海中令人震惊的事物接触的人；他们不仅面对面地面对着最伟大的奇迹，而且还手牵着手，向他们展开战斗。独自一人，在最偏远的水域中，尽管您航行了一千英里，经过一千个海岸，但您不会来到任何凿凿的炉石上，也不会在这部分阳光下热情好客；在这样的纬度和经度中，捕鲸人也像他一样追求这样的呼召，他被各种影响包裹着，这些影响都使他的幻想怀上了许多强大的生育能力。

因此，无怪乎，从仅在最宽阔的水域上空过境而获得的数量，白鲸的过时谣言最终确实将各种形式的病态暗示与超自然机构的半形胎儿暗示融合在一起。最终，莫比·迪克（ ）投入了新的恐怖，而这些恐怖却没有从任何明显出现的东西中借来。因此，在许多情况下，他终于惊慌失措了，至少很少有那些通过谣言听说过白鲸的人，很少有猎人愿意遇到下颚的危险。

但是在工作中还有其他更重要的实践影响。如今，抹香鲸的原始声望甚至还没有像可怕的的所有其他物种一样，从抹香鲸的身体中消失。他们中间有一些人，尽管他们足够聪明和勇气向格陵兰岛或右鲸发起战斗，但也许由于专业经验不足，无能或胆怯而拒绝与抹香鲸的比赛；无论如何，有很多捕鲸者，尤其是那些不在美国国旗下航行的捕鲸国，他们从未敌对地遇到过抹香鲸，但是他们对紫薇鱼的唯一了解仅限于北方最初追捕的那只可笑的怪物。这些人坐在舱门上，带着幼稚的炉边趣味和敬畏之情倾听着南方捕鲸的荒诞而奇怪的故事。抹香鲸的卓越之处也没有比阻止他的那些船头更令人感到理解的地方了。

仿佛他的力量的经过考验的现实在以前的传奇时代已经笼罩在眼前；我们发现一些博物学家（奥拉森和波弗森）宣称抹香鲸不仅是对海洋中其他生物的惊吓，而且是如此之凶猛，以至于不断被人类的血液所吸引。这些甚至几乎相似的印象都没有消失过，甚至没有像这样的时间。因为在他的自然历史中，男爵本人肯定说，在抹香鲸的视线中，所有鱼类（包括鲨鱼）都"被最活泼的恐怖袭击"，并且"通常在飞奔的险境中，它们会冲向岩石造成瞬时死亡的暴力。" 但是，渔业的一般经验可能会修改这些报告；然而，由于他们的可怕，甚至对沃兹森的嗜血项目，迷信他们的信念在某些职业的变迁中也重新出现在猎人的脑海中。

因此，在有尖他的谣言和预兆的掩盖下，很少有渔民回想起尖于白鲸的早期鲸鱼捕捞活动，当时常常很难诱使长期练习的露脊鲸登上危险之地。这场新的大胆的战争；这些人抗议说，尽管可能希望追捕其他巨兽，但还是要追逐矛头，因为抹香鲸不适合凡人。尝试它，将不可避免地被撕裂成永恒。在这方面，可以参考一些出色的文件。

然而，仍有一些人，即使面对这些事情，也愿意追赶白鲸。还有更多的人，即使没有提供任何灾难性的细节，也没有迷信的陪伴，才愿意远距离和隐约地听到他的消息，如果不愿意的话，他们很难逃离战斗。

最后提到的其中一个疯狂建议是，在迷信者的心中与白鲸有尖，是莫比·迪克无处不在的自负。实际上他是在同一时间和同一时间在相反的纬度遇到的。

同样，这种想法一定是轻信的，这种想法完全没有出现任何迷信的可能性。因为洋流的秘密尚未透露，即使是最博学的研究也是如此；因此，抹香鲸在水面之下的隐藏方式在很大程度上对追捕者不负责任；并时不时地引发尖于它们的最奇特，最矛盾的猜测，尤其是尖于神秘的模式，在这种模式下，他听起来很深入，然后迅速地将自己运送到最遥远的地方。

美国鲸鱼和英国鲸鱼船都知道这件事，而且斯科斯比（ ）几年前把它放在权威记录上是，一些鲸鱼在太平洋的北边被捕获，在它们的尸体中发现了倒钩。鱼叉飞向格陵兰海。也不必说，在某些情况下，已经宣布两次袭击之间的时间间隔不能超过很多天。因此，据推论，一些鲸鱼认为，北向航道一直以来对人类来说都是一个问题，但对鲸鱼来说从来就不是问题。这样，在世人的真实生活经验中，这些奇才与葡萄牙内陆斯特罗山的古老时代有尖（据说在其顶部附近有一个湖，船残骸浮在水面）；还有尖于锡拉丘兹附近的阿雷修萨喷泉的更奇妙的故事（据信，这些水是从圣地通过地下通道来的）；这些神话般的叙述几乎与捕鲸者的现实相提并论。

然后，被迫熟悉这些神童；并且知道白鲸经过一再的，无畏的攻击，已经幸免于难了。有些捕鲸者在迷信中走得更远，这不足为奇。宣布白鲸不仅无处不在，而且是不朽的（因为不朽在时间上无处不在）；尽管他的侧翼上应种上长矛林，但他仍会不受伤害地游走；或者，如果确实应该让他吐出浓厚的血，那么这种景象只会是可怕的欺骗；因为再次在数百个联赛之外未经审查的巨浪中，他的纯洁喷气机将再次出现。

但是即使剥夺了这些超自然的推测，怪物的尘世构成和无可争辩的性格也足以用不可思议的力量激发想象力。因为，与其说是他不寻常的笨重，不如说是使他与其他抹香鲸区别开来，而是像其他地方一样被抛弃了-奇特的雪白皱纹的额头和高大的金字塔形白色驼峰。这些是他的突出特点；即使在无尽的未知海洋中，他也可以在很长的距离内向认识他的人透露自己的身份。

他身体的其余部分是如此的有条纹，斑点和大理石，并具有相同的笼罩色调，最后，他获得了与众不同的白鲸称谓。确实，这个名字确实以他生动的面貌得到了证明，正午时分，他滑过深蓝色的大海，留下了乳白色泡沫的银河系，都闪闪发光。

既不是他那无用的程度，也不是他显着的色调，也不是下颌变形，那无非是把鲸鱼投入了自然恐怖，就像那无例的，聪明的恶性，根据具体的记载，他一遍又一遍地证明了这一点。他的攻击。最重要的是，他险恶的撤退给他带来了更多的沮丧。因为，当他在狂喜的追随者面前游泳时，带着明显的惊恐症状，几次都知道他突然转过身来，压在他们身上，要么把他们的船成碎片，要么把他们吓退了，回到船上。

已经有多人丧生参加了他的追逐。但是，尽管发生了类似的灾难，但在海岸上没有多少残酷的破坏，在渔业中绝非罕见。然而，在大多数情况下，白鲸的地狱性似乎是凶猛的，以致于他造成的每一次肢解或死亡都不会被完全视为是由非智能行为所造成的。

然后，判断一下，那些更加绝望的狂怒使他更加绝望的猎人的心绪被驱散了，当它们被咀嚼的小船的碎片和战友们沉没的四肢所包围时，它们就从鲸鱼可怕的愤怒的白色凝乳中游走了。进入宁静的、令人生厌的阳光，仿佛生来生来或新娘般微笑着。

他的三艘船在他的周围燃烧，桨叶和桨叶都在漩涡中旋转。一位船长从断了的船首上抓住了那把刀，冲向了鲸鱼，作为一个阿肯色州的决斗者对付他的敌人，盲目地用六英寸的刀片寻找鲸鱼那条深深的生命。那个队长是阿哈卜。然后突然，莫比·迪克突然掠过他镰刀状的下颚，割开了一片草叶，割掉了的腿。没有头巾的土耳其人，没有聘请的威尼斯人或马来人，可以用更貌似恶意的东西来打死他。因此，有一个小的理由值得怀疑，自从那次几乎致命的遭遇以来，阿哈卜怀有对鲸鱼的狂暴报复，更是因为他疯狂的病态最终使他与他相识，不仅是他的全部。身体上的痛苦，但是他所有的思想和精神上的愤怒。白鲸在他面前游动，成为所有深沉的人在其中吞噬的那些恶意机构的一生化身，直到它们半心半肺地生活着。从一开始就存在的无形的恶性；甚至现代基督教徒将世界的一半归于谁的统治；东方的远古邪教徒尊崇他们的雕像恶魔；亚哈不跌倒，像他们一样崇拜它；但是他将其想法疯狂地转移到了可憎的白鲸身上，他使自己全都被肢解了，反对它。所有最疯狂和折磨的事物；所有激起事物积垢的东西；一切带有恶意的真理；所有会破坏筋骨并阻塞大脑的东西；生活和思想的所有微妙的恶魔；显而易见，所有的邪恶，到疯狂的化身，都被人格化了，几乎可以用白鲸来攻击。他把鲸鱼的白色驼峰堆满了他从亚当下来的整个种族所感受到的所有普遍的愤怒和仇恨。然后，仿佛他的胸口是研钵一样，他在心脏上炸开了热心的外壳。

他体内的这种躁狂症不可能在他肢解的确切时间立即上升。然后，他手里拿着刀子扑向怪物，却突然放松了一下，充满了热情，对他的敌意。当他受到使他撕裂的中风时，他可能但却感觉到了痛苦的身体撕裂，但仅此而已。然而，当这场碰撞迫使他们转向家园，又经过了数月又数月的漫长的几天和几周时，阿哈卜和痛苦就躺在一个吊床上，在冬天中旬变圆，那令人沮丧，叫的巴塔哥尼亚披风；然后，他那残缺的身体和疲惫的灵魂彼此融合在一起。如此混杂，使他发疯。直到相遇之后，在回家的航行中，最后的狂躁症才抓住了他，这几乎可以肯定的是，在这段过境中，他是个疯狂的疯子；尽管没有腿，但他的生命力却潜伏在他的埃及胸膛中，而且由于他的妄而加剧，以致他的同伴被迫系紧他，甚至在他航行的时候，在他的吊床上狂奔。他身穿紧身外套，转身到狂风中。当驶入更易遭受折磨的纬度时，那艘散布着轻微眩晕风帆的船漂浮在宁静的热带地区，而且，从所有的面容来看，老人的妄似乎都随着海角角的膨胀而抛了身后，他从他黑暗的巢穴进入了幸福的光和空气；即使那样，当他忍受了那种坚定的努力时，无论多么苍白，他都集中了阵线，再次发出了他的镇定命令。他的同伴感谢上帝，可怕的疯狂现在消失了。即便如此，阿哈卜还是以自己隐藏的自我为荣。人类的疯狂常常是狡猾和最猫的事。当您认为它逃离时，它可能已经变成了某种仍然微妙的形式。阿哈卜的疯狂完全没有平息，反而愈演愈烈。就像那不衰的哈德逊一样，那位高贵的诺斯曼人狭地流过高地峡谷。但是，就像在他那狭的单躁狂中一样，没有留下任何关于阿哈卜的疯狂的记号。所以在那种疯狂的疯狂中，没有哪一次他的自然智慧消失了。那在成为活人之前，现在已经成为活物。如果这样的愤怒的高跷能够站得住脚，那他的特别疯癫就冲进了他的理智，并把它全部集中起来，把所有集中的大炮都变成了自己的疯子。如此一来，阿哈卜不仅失去了力量，现在还拥有比他理智地承担任何一个合理目标更大的力量一千倍。

这很多 但是更大，更深，更深的部分仍然没有被暗示。但是徒劳地推广深渊，所有真相都是深刻的。从我们这里站着的这家尖峰的德鲁尼酒店的心脏内蜿蜒而下-无论多么宏伟而美好，现在就放弃它；-高贵，悲伤的灵魂，走到那些罗马古堡里；他的宏伟根源远在人类上层奇幻的塔下，他整个可怕的本质处于胡须状态；埋在古物下面的古董，在躯干上坐立不安！伟大的众神以破败的王位嘲笑那个俘虏的国王；就像女象柱一样，他的病人坐着，坚持着他那冰冷的额头上堆积着的岁月。风吹下去，你们更骄傲，更悲伤的灵魂！问那个骄傲，可悲的国王！一个全家福！是的，他的确流连忘返，年轻的流亡版税。而您那冷酷的父亲只会从旧的国家机密中走出来。

现在，阿哈卜在他心中瞥见了这一切，即：我的一切手段都是理智的，我的动机和我的目标是疯狂的。但无权杀死，改变或避开事实；他同样知道，对人类来说，他长期以来一直在拆卸。在某种程度上，还是。但是他解体的事情只取决于他的知觉，而不取决于他的意志。然而，他在拆解过程中的表现如此出色，以至于当他用象牙色的腿最终踏上岸时，没有纳特克特（ ）想到他，而是自然而然地感到悲伤，而且很快，不幸的伤亡超过了他。

他不可否认的海上妄报告也普遍归因于一个亲缘起因。因此，直到后来在本次航行中骑着马车航行的那一天，所有增加的喜怒无常的表情都笼罩在他的额头上。也不是没有什么可能的，不是因为这样黑暗的症状而不再不愿意让他适合另一次捕鲸航程，那个审慎的小岛上有计划的人倾向于掩饰这种自负，出于这些原因，他才更有资格踏上边缘，进行一场充满愤怒和野性的追求，就像流血的鲸鱼狩猎一样。在里面，焦灼着，没有一些无法治愈的想法的不屈不挠的尖牙；可以找到这样的人，似乎就是那个人用铁皮的箭把矛头抬起，抵御所有残酷的蛮兽。或者，如果出于某种原因被认为无能为力，那么，这样的人似乎最有能力为袭击的下属加油打气。但是，尽一切可能，可以肯定的是，随着他永不消逝的愤怒的疯狂秘密被扎上并锁在他身上，阿哈卜特意带着唯一而无所不包的猎捕白鲸的目的航行在了这次航行中。 。曾经有他的任何一个老熟人相识，但是半梦半醒地梦到当时潜伏在他身上的东西，他们那狡猾而公义的灵魂将在多久之后将这艘凶恶的人从船上拉出来！他们全心全意从事可获利的游轮，而利润则从铸币厂以美元计价。他打算进行一次大胆，不可模仿和超自然的复仇。

那时，这个灰头灰脸的，不敬虔的老人，也在一个团长的头上，在世界各地追逐着诅咒工作的鲸鱼，他们主要由杂种叛徒、被抛弃的人和食人族组成，这在道德上也使人虚弱，由于星巴克仅凭无能为力的美德或正直的无能，司徒拔无动于衷的冷漠和鲁，以及烧瓶中无处不在的平庸。这样的船员，如此干，似乎被特殊的死亡招募和打包，以帮助他进行单躁狂的复仇。他们如何以如此邪恶的方式对老人的愤怒做出如此丰富的反应-他们的灵魂拥有什么邪恶的魔法，有时他的仇恨几乎是他们的仇恨；白鲸和他的仇敌一样多。这一切是如何发生的-白鲸对他们是什么，或者对他们的无意识的理解，又如何以某种暗淡，不加怀疑的方式看来，他似乎是生命海洋中的滑行大魔鬼，所有这些都可以解释，那将是比所能深入的潜水。作为一个在我们所有人中工作的地下采矿者，如何通过选拔中不断变化的，扑朔迷离的声音来告诉他如何领导他的矿井？谁不会感到不可抗拒的手臂阻力？七十四个拖曳中的什么停滞不前？首先，我放弃了时间和地点。但是，尽管所有人都匆匆忙忙地碰到了鲸鱼，却看不到那残酷但最致命的疾病。

第42章鲸的洁白。

已经暗示了白鲸要采摘什么。有时候，他对我来说还算是什么，至今仍未透露。

除了那些更明显的考虑触及到白鲸，而这偶尔会在任何一个人的心灵中唤醒某种警觉的同时，还有另一种关于他的想法，或者甚至是模糊的，无名的恐怖，有时甚至使它的强度完全压倒了所有其他人；但是它是如此神秘，几乎是无法弥补的，我几乎绝望地将其以一种易于理解的形式呈现。最重要的是，鲸的洁白使我感到震惊。但是我怎么能在这里解释自己呢？但是，我必须以某种模糊，随意的方式向自己解释自己，否则所有这些章节都可能一无所获。

尽管在许多自然物体中，白色都可以改善美感，就像在大理石，粳米和珍珠中一样，赋予自身特殊的美感。尽管各个国家都以某种方式认可了这种色彩的某种皇家地位；甚至是野蛮的，古老的佩古国王，都将"白象之王"的头衔置于所有其他雄伟的统治地位之上；暹罗的现代国王展开了同样的白雪公主，按皇家标准四足了。汉诺威国旗上带有一个雪白的充电器的身影；伟大的奥地利帝国，凯撒皇帝，继承罗马帝国，其帝国色彩与皇室色彩相同。尽管这种优越感适用于人类本身，但在每个昏暗的部落中赋予白人理想的统治权；尽管除此之外，所有的白色都使欢乐变得尤为重要，因为在罗马人中间，一块白色的石头标志着快乐的一天。尽管在其他凡人的同情和象征中，这种相同的色彩还是许多感人的，高尚的事物的象征-新娘的纯真，时代的美好；尽管在美国的印第安人中，奉献白色的带是最深的荣誉保证。尽管在很多情况下，白色都代表着法官的公道中对正义的威严，并促进了由乳白色马匹吸引的国王和王后的日常状态；尽管即使在最庄严的宗教中，它仍然是神圣的一尘不染和力量的象征；波斯的拜火者将白色的叉状火焰举在祭坛上最圣洁的地方。在希腊神话中，伟大的乔夫本人被化身为雪白的公牛。尽管对高贵的易洛魁人来说，神圣的白狗在仲冬之交是迄今为止他们神学上最神圣的节日，但这个一尘不染，忠实的生物被奉为最纯洁的使节，他们可以通过自己的忠实奉献每年送给伟大的精神；尽管所有的基督教牧师都是直接从拉丁语中的"白色"一词来命名的，但他们的神圣衣着的一部分，即白化袍或束腰外衣，都穿在下面。尽管在浪漫主义信仰的神圣盛宴中，白人被特别用来庆祝我们主人的激情。虽然在圣。约翰，救赎的人穿着白色长袍，四十二岁的长老站在白色的大白宝座前，白色的圣洁的人像羊毛一样坐在那里。然而，对于所有这些累积的联系，无论是甜美，光荣，崇高还是崇高的，在这种色彩的最深层含义中都隐藏着一种难以捉摸的东西，这使灵魂感到恐慌，而不是血液中充斥的泛红。

这种难以捉摸的特质，使白度思想与更友善的联系脱节，再加上本身可怕的任何事物，都会使这种恐惧达到最远的境界。见证两极的白熊和热带的白鲨；但是它们光滑，片状的白色又使他们成为超凡的恐怖呢？这种可怕的白度赋予了它们愚蠢的光彩，令人憎恶的温和，甚至比可怕的还要令人讨厌。这样一来，身穿纹章外套的虎头猛虎就不会像白笼罩的熊或鲨鱼那样胆怯。*

*关于北极熊，他可能会敦促他更深入地研究这个问题，不是因为单独考虑的白度会加剧这种野蛮人的令人无法忍受的丑陋；因为，经过分析，可以说，这种增加的丑陋只是在这种情况下引起的，即该生物的不负责任的凶恶被投入到天真和爱的羊毛中；因此，北极熊通过在我们的脑海中汇集两种相反的情感，以异常自然的反差使我们恐惧。但即使假设所有这些都是真实的；但是，如果不是因为白皙，您就不会有那种加剧的恐惧感。

至于白鲨，当以他平常的心情注视着那个生物的白色滑行幽灵时，他的极地四足动物奇怪地算出了同样的质量。法国人以赋予这条鱼的名字最生动地击中了这种特殊性。为死者准备的爱乐团始于"安魂曲"（永恒安息），安魂曲所代表的质量，以及其他葬礼音乐。现在，法国人称他为鲨鱼中那白色的、寂静的死亡寂静，以及他的生活习惯温和的最后期限，因此称他为奎因。

想到信天翁的你，那灵性的幻想和苍白的恐惧之云从何而来，白色的幻影在所有的想象中扬帆飞翔？不是科尔里奇首先抛出了那个咒语；但上帝伟大，不讨人喜欢的获奖者，自然。*

*我记得我见过的第一个信天翁。那是在长时间的大风中，在南极海洋的坚硬水域中。从下面的前排手表上，我登上了乌云密布的甲板；在那儿，冲破了主要的舱门，我看到了一种富丽堂皇的羽毛状的白色斑点，上面挂着钩状的罗马钞票。不时地，它拱起了巨大的天使之翼，仿佛要拥抱一些圣方舟。奇妙的拍打和颤动震撼了它。尽管身体没有受到伤害，但它发出了哭泣，就像一些国王的幽灵般陷入了困境。通过它无法表达的奇怪的眼睛，我窥探到掌握了上帝的秘密。我像亚伯拉罕在众天使面前鞠躬。白色的东西是如此之白，它的翅膀如此之宽，在那些永远流放的水域中，我失

去了对传统和城镇的悲惨扭曲记忆。很久以来我凝视着那只羽毛般的神童。我说不清，只能暗示那件事，这些事情是通过我飞奔的。但最后我醒了；转过身，问一个水手这是什么鸟。他回答说。没事！以前从未听说过这个名字；可以想象，这光荣的事情对岸上的人们来说是完全未知的！决不！但是过了一段时间，我才知道是水手的信天翁的名字。因此，当我在甲板上看到那只鸟时，科尔里奇的狂想曲绝不会影响我的那些神秘印象。因为我既没有读过押韵，也不知道那只鸟是信天翁。话虽如此，但我确实间接地使这首诗和诗人的高尚功绩更加光彩。

因此，我断言，在那奇妙的白色身体中，鸟主要隐瞒了咒语的秘密。这是一个更真实的事实，用词条的唯一性说，有一种叫做灰色信天翁的鸟。我经常见到这些，但从来没有像我看到南极家禽时那样激动。

但是神秘事物是怎么被抓住的呢？不要小声说，我会告诉你。鸟儿漂浮在海面上时，用诡异的钩子和线钩住。最终，船长为此做了一个邮递员。在船的脖子上绑上带有字母的皮革标签，并与船的时间和地点联系在一起；然后让它逃脱。但是我不怀疑那是人类的皮莱恩理货是在天堂起飞的，那时候白鸟飞到了翼折，唤人和崇拜的基路伯面前！

在我们的西方纪事和印度传统中，最著名的是草原上的白马。宏伟的乳白色充电器，大眼，小头，虚张声势，在他那顶高高耸立的马车上有千位君主的尊严。他是野马，它的牧场在那些日子里，只落基山脉和阿利根尼围栏广大牛群的当选薛西斯。他向着他燃烧的头向西进军，就像选择的那颗恒星一样，每天晚上，它们都会引导着光明。他鬃毛的闪光，尾巴弯曲的彗星，给他提供了比金色和银色打浆机能提供给他的房屋更加光彩夺目的房屋。在未堕落的西方世界中，这是最帝国和最古老的幻影，在古老的捕手和猎人眼中，这重现了原始时代的辉煌，当时亚当以神的威严雄伟，虚张声势且无所畏惧，正像这匹强大的马一样。是否在他的助手和法警之间行进，无休止地涌向平原的无数队列，就像俄亥俄州一样；还是与周围的对象在地平线上四处浏览一样，白马骏马奔腾地用温暖的鼻孔对他们进行了检查，这些鼻孔因他的冷酷的乳白色而变红。无论他表现出什么方面，总是向最勇敢的印第安人展示自己，是他发抖的敬畏和敬畏的对象。从这头高贵的马的传说记录中也不能质疑，主要是他的灵性白净使他披上神性。这种神性虽然带有命令性的敬拜，但同时却带来了某种无名的恐怖。

但是在其他情况下，这种白度会失去所有的附属和奇特的荣耀，从而将其投资于白马和信天翁。

在白化病患者中，如此排斥和经常使眼睛震惊是什么意思，因为有时他被自己的风筝和亲戚所憎恶！正是白皙使他投入了精力，他的名字表达了这一点。白化病患者的体格与其他人一样好-没有实质性的畸形-但是，无处不在的白皙状态使他比最丑陋的堕胎更奇怪地可怕。为什么会这样呢？

在其他方面，自然界在她最不易察觉，但恶意程度较低的机构中也没有使她获得这种可怕的最高属性。从白雪皑皑的角度来看，南部海洋的那具节的幽灵被称为白。在某些历史性的例子中，人类的恶意艺术也没有被忽略，因此没有强大的辅助作用。多么疯狂地提高了弗罗伊萨尔（）通道的效果，而当时，在他们阵营的白雪皑皑的象征下，连根绝望的白色头巾在市场上谋杀了他们的法警！

在某些情况下，全人类的共同遗传经验也无法证明这种色彩的超自然性。毫无疑问，在死者方面最能看到凝视者的一种明显的品质是在那儿徘徊的大理石苍白。就像那苍白的确像另一个世界上的惊徽章一样，就像这里的致命恐惧。从死者的苍白中，我们借用裹尸布的裹尸布的富有表现力的色彩。甚至在我们的迷信中，我们也不会在幻影周围投掷同样的白雪披风。所有的幽灵都在乳白色的雾中升起，是的，虽然这些恐怖抓住了我们，但让我们补充说，即使是恐怖传教士化身的恐怖之王，也骑着他那苍白的马。

因此，在他的其他情绪中，任何人都将以洁白的表情象征他将要去做的宏伟或仁慈的事情，没有人能够否认，它以其最深远的理想化意义唤起了对灵魂的奇特幻影。

但是，尽管没有异议，这一点是固定的，但凡人该如何解释呢？分析它，似乎是不可能的。那么，我们能不能通过引用其中一些白色的实例而引以为豪？尽管在这段时间里，全部或大部分都剥夺了所有旨在赋予它的直接联系，但尽管如此，还是发现它会施加作用。我们是否有同样的法术，无论如何修改；我们是否可以因此希望借此机会找到一些线索，将我们引向我们寻求的隐秘原因？

让我们尝试。但是在这样的事情中，微妙诉求于微妙，没有想象力，任何人都无法跟随别人进入这些大厅。尽管毫无疑问，大多数男人可能至少会分享一些即将出现的富有想象力的印象，但当时很少有人完全意识到这些印象，因此现在可能无法回忆起。

为什么对一个刚被理想化的人碰巧但又不熟悉今天的特殊性的人，为什么在幻想中如此漫长，沉闷，无言的游行，慢节奏的朝圣者，垂头丧气和蒙上了新落的雪？或者，对于中美洲各州未曾读过，不老练的新教徒而言，为什么过去提到的白色修道士或白色修女在灵魂中唤起了如此无眼的雕像？

或除了地牢的战士和国王的传统（这并不能完全解释）之外，还有什么使伦敦的白色塔在一个未曾游荡的美国人的想象中，比那些其他传说中的建筑，其邻居更具说服力。 -尖塔，甚至是血腥的？那些崇高的塔楼，新罕布什尔州的白山，以一种奇特的心情从那里而来，巨大的鬼魂在其名下几乎没有提及灵魂，而弗吉尼亚州的蓝色山脊则充满了柔和，露水，遥远的梦想？或为什么不管所有经度和纬度，白海的名字在想象中都发挥了如此大的作用，而黄海的名字却使人沉迷于漫长的漆成淡淡的午后浪潮的沉思之中，其次是最古怪的还是最困的日落？或者，选择一个完全无关紧要的实例，纯粹是针对幻想的，为什么在阅读中欧的古老童话时，哈茨森林的"苍白的高个子"做了什么呢？哈茨的苍白苍白无情地滑过树林的绿色-为什么这个幻象比黑堡的所有飞扬的恐怖还要可怕？

她的大教堂倒塌的地震也完全没有得到纪念；也不是她狂热的海洋中的踩踏事件；从来没有下过雨的干旱天空的无泪；她也没有看到她宽阔的尖顶，扭曲的小石子并横过所有的下坡（如倾斜的船队停泊场）；和她郊区的房屋墙相互叠着，像一叠乱扔的纸牌；——并不是只有这些东西才能使无泪的利马成为您所见不到的最奇怪，最可悲的城市。因为利马盖上了白色的面纱。她的悲惨之情更加恐怖。像皮萨罗（ ）一样古老，这种白皙使她的废墟永远焕然一新；不承认完全腐烂的快乐绿色；散布在她破碎的城墙上，中风僵硬的苍白纠正了自己的扭曲。

我知道，众所周知，这种白现象不被认为是夸大本来可怕的物体的恐怖的主要因素。在那些虚幻的头脑中，也没有恐怖的出现，这些表情对另一种头脑的恐惧几乎完全是由这一现象引起的，尤其是当以任何形式表现出来的接近沉默或普遍性时。以下两个示例可能分别阐明了这两个陈述的含义。

第一：水手在接近异国的海岸时，如果到了晚上，他听到破碎者的吼叫，开始保持警惕，并感到恐惧不已，足以使他的所有才能都得到提高。但是在完全相似的情况下，让他从吊床上叫他去看他的船在午夜的乳白色的海洋中航行，仿佛是从环绕的岬角环绕着一群精梳的白熊在他周围游泳，然后他感到一种沉默，迷信的恐惧。洁白的水面笼罩着的幻影对他来说真是一个可怕的鬼魂。线索白白地向他保证他仍然没有声音。他们全心全意地走下去；他再也没有休息过，直到蓝色的海水再次降在他下面。可是水手却会告诉你，"先生，与其说是我害怕打在隐藏的岩石上，还不如说是那使我震惊的那种丑陋的白色？"

第二：对秘鲁土著印第安人来说，不断看到的雪豪和安第斯山脉没有任何恐惧，除了也许只是在如此广阔的海拔上盛行的永恒霜冻荒凉的幻想中，以及自然而然的恐惧感。在如此不人道的孤独中迷失自我。西方偏远地区的伐木工人也是如此，他们比较冷漠地看到一片无边的草原，上面覆盖着积雪，没有树影或树枝的影子可以打破白色的固定。水手不是，看到南极海洋的风景；有时，他以某种虚无的莱杰德蒙骗术在霜冻和空气中的力量，颤抖着半沉船沉沉，而不是彩虹为他的苦难表达希望和慰藉，而不是看着一片无边无际的教堂院子，他那瘦瘦的冰碑在咧着嘴笑和分散的十字架。

但是你说，它认为关于白度的白领篇章只是从一个渴望的灵魂中悬挂出来的白旗。你向一个虚伪的以实玛利投降。

告诉我，为什么这只结实的小马驹在一个安静的佛蒙特州山谷中驹驹而远离所有猛兽，为什么在最阳光灿烂的日子，如果你在他身后摇动新鲜的水牛长袍，以致他甚至无法看到它，但只闻到它的野生动物的麝香-为什么他会开始，打喷嚏，并用爆裂的眼睛以臭名昭著的爪子踩在地面上？在他绿色的北部房屋中，没有任何关于野兽刺耳的记忆，因此他闻到的奇怪的麝香无法使他想起任何与以前危险相关的东西；对于这个新英格兰柯尔特，他知道遥远的俄勒冈州的黑野牛，该怎么知道？

没有; 但是，即使在愚蠢的野蛮世界中，您也可以看到，这是世界上关于恶魔的知识的本能。尽管距离俄勒冈州数千英里，但当他闻到野蛮的麝香时，仍在奔腾而刺痛的野牛群和荒芜的大草原野马驹一样存在，这一次他们可能正在践踏成尘。

因此，那乳白色的海在低沉的起伏中起伏。花彩的山霜的凄凉沙沙作响；草原大雪的凄凉转移；对伊什梅尔来说，所有这些，就像那头水牛袍向那只受惊的小马摇着一样！

尽管谁也不知道神秘的迹象表明这种暗示的无名之物在哪里；但是对我来说，像小马驹一样，这些东西一定存在。尽管从许多方面看，这个看得见的世界似乎是在爱情中形成的，但看不见的领域却是在恐惧中形成的。

但是我们还没有解决这种白化的魔咒，并且了解了为什么它以如此强大的力量吸引人的灵魂。而且更奇怪，更诱人-正如我们所看到的，为什么它立即成为精神事物的最有意义的象征，而不是基督教神灵的面纱；而且应该是对人类最可怕的事物的增强剂。

是因为它的不确定性掩盖了宇宙无情的空虚和巨大，从而在注视着银河系的白色深处时，以灭的思想将我们从后面刺了下来？或者说，本质上讲，白度与其说是没有可见的颜色，不如说是一种颜色。同时使用各种颜色的混凝土；出于这些原因，在广阔的雪景中有如此愚蠢的空白，充满了意义吗？一种无色，无色的无神论，我们从中缩小了？当我们考虑自然哲学家的另一种理论时，所有其他尘世的色彩-无论是庄重的还是可爱的缀饰-夕阳的天空和树林的甜美色彩；是的，还有蝴蝶的镀金天鹅绒和年轻女孩的蝴蝶颊；所有这些都是微不足道的欺骗，实际上并不是物质固有的欺骗，只是从外而来的。这样，所有神化的自然都绝对像妓女一样绘画，妓女的诱惑力只掩盖了内部的妓院；当我们进一步进行研究时，认为产生她各种色调的神秘化妆品，光的伟大原理本身就永远保持白色或无色，并且如果在没有任何物质的情况下操作，也会触及所有物体，甚至是郁金香和玫瑰，还有它自己的空白，这一切使麻木的宇宙在我们面前麻痹了。就像愿意在拉普兰旅行的旅行者一样，他们拒绝在他们的眼睛上戴彩色的和有色的眼镜，于是这可怜的异教徒使自己凝视着那巨大的白色裹尸布。在所有这些事情中，白化鲸是象征。难道难道你们那么在火热的狩猎？

第43章！

"历史！你听到那声音了，卡巴科吗？"

那是中间手表；晴朗的月光 海员们站在警戒线上，从腰间的一只淡水屁股延伸到铁轨附近的盾形屁股。以这种方式，他们通过了铲斗以填满斗。在大多数情况下，站立在四分之一甲板的神圣区域中时，他们注意不要说话或沙沙作响。每桶水都在不停地沉寂，只有偶尔的风帆拍打和不断前进的龙骨的嗡嗡声才打断。

正是在这个安息中，一个弓箭手，一个警戒线，他的哨子在后舱盖附近，向他的邻居低声细语，上面是这些词。

"历史！你听到那声音了，卡巴科吗？"

"拿桶，好吗，阿基？你叫什么声音？"

"它又再次出现了-在舱盖下-您听不到吗-咳嗽-听起来像是咳嗽。"

"该死的咳嗽！顺着那个回水桶过去。"

"又有-有！！现在好像有两个或三个卧铺翻转过来！"

"卡兰巴！做完了，船东，会吗？这是你们吃的三个浸泡过的饼干，它们在夜宵夜里翻了个身，别无所求。看看桶！"

"说些什么，船友；我耳朵敏锐。"

"是的，你是那个家伙，不是，是听到那位老地震学家的编织针在距楠塔基特海上50英里处的嗡嗡声；你是那个家伙。"

"咧开嘴；我们会看到发生了什么。哈卡，卡巴科，在幕后，有人还没在甲板上见过；我怀疑我们的大亨也知道一些。我听到了叫告诉烧瓶，一个早晨的手表，风中有这种东西。"

"吃！桶！"

第44章。

如果您在晚上狂风过后跟随船长进入他的小屋，那是因为他与船员一起疯狂批准了他的目的，那么您会看到他去了船尾的储物柜，并带出一卷大皱纹的淡黄色的海图，将它们散布在拧紧的桌子前。然后坐在他自己的前面，您会看到他专心研究那里能见到他的各种线条和阴影；并用缓慢但稳定的铅笔在以前空白的空间上跟踪其他路线。他会不时地参考一堆堆在他旁边的旧日志，记录下来的季节和地点，在以前的各种船只航行中，捕获或看见过抹香鲸。

在受雇期间，沉重的锡制灯悬挂在他头顶的铁链中，随着船的运动而不断摇摆，永远在他皱着眉头的眉头上投出不断变化的光芒和线条阴影，直到看起来他自己正在划出皱纹图上的线条和路线，一些看不见的铅笔也在他额头上深深标记的图表上描绘了线条和路线。

但不是特别是今晚，在他的小屋里，孤寂的阿哈卜思索着他的图表。它们几乎每天晚上都被带出来；几乎每天晚上都有一些铅笔痕迹消失，有的则被替换。因为在他之前的所有四大洋海图中，阿哈卜都在绕过漩涡和涡流，以期使他对他的灵魂的单躁思想更加确定。

现在，对于任何一个不完全了解方式的人来说，在这个星球未受缩的海洋中寻找一个孤独的生物似乎是一件荒唐无助的任务。但似乎并没有意识到，他知道所有潮流和潮流的集合。从而计算出抹香鲸食物的漂流；并且，还提醒人们注意在特定纬度狩猎他的常规季节；可以得出合理的推测，几乎可以确定，这涉及到在那个或那个地面上寻找他的猎物的最及时的一天。

的确，关于抹香鲸求助于特定水域的周期性的事实确实得到了保证，以至于许多猎人相信可以在全世界范围内对其进行密切观察和研究；如果仔细地整理了整个鲸鱼船队的一次航行的原木，则发现抹香鲸的迁移在一定程度上与鲱鱼滩或燕子的迁移相对应。在此提示下，已尝试构建精巧的抹香鲸迁徙图。*

*由于以上内容已写成，所以声明很高兴

由莫里中尉发出的官方通函

美国国家天文台，华盛顿，1851年4月16日，作者：

该通函，似乎正是这样的图表

完成的过程；它的一部分显示在

通告。"这张图将海洋分为几个区域

五纬度乘五经度；

垂直穿过每个区有十二个

十二个月的专栏；并水平穿过每个

其中三个区是三条线；一个显示数字

每个月中每个月花费的天数

区，另外两个显示天数

看到了哪条鲸鱼，无论是精子还是对的。"

此外，抹香鲸在从一个觅食地到另一个觅食地的通道时，在一定的直觉（例如，神灵的秘密情报）的引导下，大多被称为静脉游动。沿着给定的海洋线继续前进，而且精确度如此之高，以至于没有任何船以任何一滴水准的精确度达到十分之一的精确度。不过，在这些情况下，任何一个拍摄方向鲸是直的验船师的并行，虽然前进的线被严格限制在自己的不可避免的·直的尾流，但任意静脉中，在这些时候，他是为了说游泳，通常拥抱几英里的宽度（或多或少，因为推测静脉会扩张或收缩）；但在小心翼翼地沿着这个魔区滑行时，绝不会超出鲸船桅杆的视觉范围。得出的总和是，在该广度内以及沿该路径的特定季节中，很有可能会寻找到迁徙的鲸鱼。

因此，不仅在充实的时候，在众所周知的分开的饲养场上，还可能希望遇到他的猎物；但是，通过他的艺术，他可以跨越那些场地之间最广阔的水域，在旅途中安放自己的时间和地点，即使在那时也不会完全没有开会的希望。

在某种情况下，乍一看似乎使他的妄想却仍然有条不紊。但实际上并非如此。尽管群居的抹香鲸有特定季节的常规季节，但总的来说，您不能得出这样的结论：今年困扰着这样的纬度或经度的牛群会证明与那里的相同。前一个季节；尽管在某些特殊且毫无疑问的情况下，事实恰恰相反。通常，同样的说法仅在较小的范围内适用于成熟的老年抹香鲸中的亲人和隐士。这样一来，尽管过去有过白鲸迪克的经历，例如，在印度洋的塞舌尔陆地上，或在日本海岸的火山湾上，但是并没有随之而来，那就是在任何随后的相应季节访问这些景点中的任何一个景点的机会，她会在那里无情地遇到他。因此，在其他一些觅食地，他有时也会露面。但是，所有这些似乎仅是他随便停靠的地方和海洋旅馆，可以这么说，而不是他住所长的地方。迄今为止，在谈到实现其目标的机会时，只提到了任何方式，先行条件，他的额外前景，达到了特定的设定时间或地点，当所有可能性都变为概率时以及就像亲切地认为的那样，每一种可能性接下来的事情都是确定的。特定的设置时间和地点用一个技术术语（即在线季节）结合在一起。在那里，然后连续几年，定期描述白鲸，在这些水域中徘徊片刻，因为太阳在一年一度的回合中徘徊在黄道十二宫中任何一个预定的时间间隔。在那里，大多数与白鲸的致命碰撞都发生了。那里的海浪被他的事迹所记录。还有一个悲惨的地方，单躁狂的老人发现了报仇的可怕动机。但是，在阿哈卜谨慎谨慎的全面性和不懈地保持警惕的过程中，他沉思的灵魂投身到了这一步履蹒跚的狩猎中，他不愿将自己的全部希望寄托在上述一个至高无上的事实上，无论它对那些希望是何等讨人喜欢；他也不能在他的誓言的失眠中使他平静的心安宁，以至于推迟所有的干预。

现在，这套装置在上线赛季开始之初就从楠塔基特航行了。然后，她的指挥官无法做出一切努力，使其向南穿越巨大的航道，双角角，然后顺着六十度的纬度及时到达赤道太平洋并在那里航行。因此，他必须等待下一个赛季。然而，为了使事情变得如此复杂，也许正确地选择了该装置的航行时间。因为在他面前间隔了三百六十五个日夜。一个间隔，而不是不耐烦地忍受上岸，他将花费各种各样的狩猎；如果白鲸偶然在远离定期觅食场的海里度过了一个假期，应该把皱巴巴的眉毛从波斯湾，孟加拉湾，中国海或他所困扰的任何其他海域抬起头来。种族。因此，季风，南美大草原或北方人，和谐主义者，贸易者；除黎凡特和西蒙那风以外，任何风都可能将白鲸吹向回绕行的尾波曲折的曲折世界。

但要给予所有这些；然而，谨慎而冷静地看，这似乎不是一个疯狂的主意。在广阔无边的海洋中，即使遇到一条独行鲸，也应被认为能够被他的猎人个体识别，即使是在君士坦丁堡拥挤通道中的白胡子穆夫提人也可以？是。莫比·迪克（ ）奇特的白雪皑皑的额头，以及他的白雪皑皑的驼峰，无可争议。而且我没有算过这头鲸，阿哈卜会喃喃自语，就像仔细研究了他的图表直到午夜之后很久，他都会把自己扔回遐想中-报复了他，他会逃脱吗？他宽大的鳍无聊，像迷失的羊耳朵一样扇形扇出！在这里，他疯狂的头脑会在一场喘不过气来的比赛中继续前进；直到他疲倦和微弱地思考着。他会在露天甲板上寻求恢复力量。啊，天哪！那个人忍受着什么痛苦的折磨，而他们却被一种无法实现的报仇欲望所吞噬。他紧握双手睡觉；用手掌沾满鲜血的指甲醒来

通常，当他被疲惫而令人难以忍受的黑夜梦从吊床中拉出时，这些梦又恢复了白天的强烈思想，使他们在激烈的争吵中挣扎，并在他炽热的大脑中回旋地旋转着，直到他生命中的动变得无比痛苦。有时，这种精神上的痛楚使他从基层抬起，裂口似乎在他身上张开，叉状的火焰和闪电从中裂开，被指责的恶魔召唤他在其中跳下。当他自己的地狱在他身下打哈欠时，会在船上听到狂野的叫声。阿哈卜瞪着眼睛，从他的州立房间里突然冒出来，好像从着火的床上逃脱了一样。然而，这些也许不是某些潜在的软弱无力的症状，或者是他自己决心下的恐惧，而仅仅是其强度的最明显的标志。因为在这样的时候，疯狂的阿哈卜（ ）是一个诱人的，难以捉摸的坚定白鲸猎人；这个吊床已经消失了，不是导致他再次惊慌失措的特工。后者是他里面永恒的，活泼的原则或灵魂；在睡眠中，由于时间与个性化思维分离，而后者有时又将其用作外部交通工具或媒介，因此它自发地寻求摆脱疯狂事物的灼热连续性，这在当时并不是更长的积分。但是，除非头脑与灵魂结盟，否则头脑就不存在，因此，在阿哈卜的情况下，一定是将他所有的思想和幻想都屈服于他的至高无上的目的。这个目的，由于其自身纯粹的意志力，迫使自己与众神和魔鬼对抗，成为一种自称独立的个体。不，它可以严酷地生活和燃烧，而它所具有的共同生命力却因未出生和未出生的出生而惊恐万状。因此，当似乎从他的房间里涌出什么东西时

，从眼神中闪耀出来的那种折磨的精神是暂时的，但却是一种空洞的东西，毫无形式的沉睡感，一束活泼的光，可以肯定，但是没有任何异议。颜色，因此本身就是空白。老人，上帝帮助你，你的思想在你身上造了一个生物。他的敏锐的思想使他成为普罗米修斯。秃鹰永远在那颗心上觅食；培育他创造的生物。

第45章宣誓书。

就本书中的叙述而言；的确，在间接接触一两个抹香鲸习惯中非常有趣和好奇的细节时，前一章在其较早的部分中与在本卷中所发现的一样重要。但是它的首要问题是需要进一步和熟悉地扩大，以便被充分理解，并且还要消除某些怀疑，这种怀疑可能会使整个主体对自然真实性的某些某些愚昧无知在某些人心中引起这件事的要点。

我不希望有条不紊地执行这部分任务；但应满足于通过单独引用各个项目来产生所需的印象，这些项目实际上或可靠地被我称为"鲸人"；从这些引文中，我认为—旨在得出结论的结论自然会随之而来。

首先：我个人知道鲸鱼收到鱼叉后完全逃脱的三个例子；并且在间隔（三年一次）之后，再次被同一只手击中并被杀死；当这两个铁杆都标有相同的私人密码时，它们已从尸体中取出。在两次鱼叉猛扑之间插入了三年的情况下；我认为可能还不止这些。在这段时间里，敢于冒险的人乘坐一艘商船前往非洲，途中岸上岸，加入了一个发现党，并深入到内部，在那里旅行了近两年，通常会受到蛇，野蛮人，老虎，有毒的虫的威胁，而所有其他常见的危险都在未知地区的心脏地区徘徊。同时，他打过的鲸鱼一定也在旅行中。毫无疑问，它曾三次遍历全球，在非洲的所有沿海地区都掠过了侧翼。但没有目的。这个人和这头鲸又聚在一起，一个人击败了另一个。我说我自己知道三个类似的例子；在其中两个中，我看到了鲸鱼的袭击；在第二次袭击中，看见两个铁杆上分别刻有各自的标记，然后从死鱼身上将其取走。在三年的事例中，结果是如此之差，以至于我第一次和最后一次都在船上，最后一次清楚地认识到鲸鱼眼下的一种特殊的巨大痣，这是我三年前在那儿观察到的。我说了三年，但我可以肯定的是还不止于此。那么，这是我个人所知的三个例子；但是我听说过许多其他情况的人，他们对此事的真实性没有充分的弹依据。

其次：在抹香鲸渔业中众所周知，但无论岸上世界多么无知，在一些令人难忘的历史事例中，海洋中的某条鲸鱼在遥远的时间和地点都广为人知。为什么这样的鲸鱼如此被标记并不完全是因为他的身体特征不同于其他鲸鱼？因为鲸鱼在这方面有多么奇特，他们很快就杀死了他，并把他煮成一种特别有价值的油，从而终结了他的特质。否：原因是这样的：从渔业的致命经历中，就像对 这样的鲸鱼一样，他在鲸鱼上有着可怕的危险威信，因为大多数渔民都满足于只通过触摸篷布来认出他，被发现在海上闲逛，而没有寻求与他们更亲密的相识。就像岸上一些贫穷的魔鬼碰巧认识一个脾气暴躁的伟人一样，他们在街上向他遥远而不打招呼，以免他们进一步结识，以为他们的推定会受到重击。

但是，不仅这些著名的鲸鱼都享有很高的知名度-不，您可以称它为享誉全球的海洋。他不仅在生活中出名，现在在在死后的传奇故事中是不朽的，而且他被承认享有名字的所有权利，特权和区分；的名字确实像坎比斯或凯撒一样多。是不是这样，东帝汶汤姆！您以像冰山一样伤痕累累的利维坦而闻名，他这么久没潜伏在那个名字的东方海峡中了吗？是不是这样，新西兰杰克！您是否在纹身地带附近惊的所有巡洋舰感到恐惧？莫尔泉，不是吗！日本国王，他们说他们的高射流有时会像雪白的十字架在天空中似的似的？难道不是吗，唐米格尔！您的智利鲸鱼，背上像神秘的象形文字，像是一只老乌龟！简而言之，这里有四只鲸鱼，它们是鲸类史的学生所熟知的经典学者马里乌斯（ ）或西拉（ ）。

但这并不是全部。新西兰的汤姆和唐·米格尔在不同时间在不同船只的船上造成了严重破坏之后，终于被英勇的捕鲸船长追捕，系统地追捕，追捕和杀害，他们用这种明快的物体拉起锚点，在很多情况下，就像在纳拉甘塞特树林中穿行时一样，老船长巴特勒在脑海中想起那臭名昭著的凶恶野蛮人安那旺，他是印度国王菲利普的头号战士。

我不知道我能在哪里找到比这里更好的地方，还要提一两个其他事情，在我看来，这很重要，因为印刷形式在各个方面都确定了白鲸整个故事的合理性，更是灾难。因为这是令人沮丧的事例之一，在这些事例中，真理需要与错误一样多的支持。世界上一些最原始，最可察觉的奇观中的大多数土地承运人是如此无知，以至于没有任何暗示触及该渔业的历史事实或其他事实，他们可能会把莫比迪克视为一个可怕的寓言，或者甚至更糟。更令人憎恶，丑陋和无法容忍的寓言。

首先：尽管大多数人对大渔业的普遍危险有一些模糊的想法，但他们对这些危险及其发生的频率没有固定的，生动的概念。也许有一个原因是，在渔业中因伤亡造成的实际灾难和死亡中，没有五十分之一的人曾经在家中找到过公共记录，无论它是暂时的还是立即被忘记的。您是否认为那位可怜的家伙，此刻也许被新几内亚海岸的鲸鱼线所抓住，正在被听起来很凶猛的利比亚坦号带到海底？您是否认为那可怜的家伙的名字会出现在报纸告上，您明天吃早餐时会读吗？否：因为从这里到新几内亚的邮件非常不规范。实际上，您是否听说过来自新几内亚的直接新闻或间接新闻？但是我告诉你，在我去太平洋的一次特殊航行中，我们讲了三十多艘不同的船，每艘船都被鲸鱼杀死，其中一些死于不止一艘，另外三艘则输了船员看在上帝的份上，节约用灯和蜡烛的费用！燃烧的不是一加仑，而是为此洒了至少一滴人的血。

其次，岸上的人们确实有一个不确定的观念，即鲸鱼是具有强大力量的巨大生物。但是我曾经发现，当向他们讲述这个双重巨大的一些具体例子时，他们大大赞扬了我的滑稽表情。当我宣告我的灵魂时，当他写埃及瘟疫的历史时，我再没有比摩西好玩的想法了。

但幸运的是，我在这里寻求的特殊观点可以建立在完全独立于我自己的证词上。关键是这样的：在某些情况下，抹香鲸足够强大，有知情并具有明智的恶意，就像直接有意躲进，完全摧毁并击沉一艘大船一样；而且，抹香鲸已经做到了。

第一：1820年，楠塔基特的埃塞克斯号船，波拉德船长在太平洋巡游。一天，她看到喷口，放下船，追逐一头抹抹抹香鲸。很长一段时间，几条鲸鱼都受伤了。突然，从浅滩发出的巨大鲸鱼从船上逸出，直接落在船上。他把额头撞在船体上，如此火热，在不到"十分钟"的时间内，她安顿下来摔倒了。从那以后再也没有见过幸存下来的她了。在最严重的暴露之后，部分船员乘船到达了陆地。最后被送回家的波拉德上尉再次乘船驶向太平洋，指挥另一艘船，但众神再次将他击沉在未知的岩石和破碎者身上。这是他的船第二次完全迷失了，并立即抛弃了大海，此后他再也没有尝试过。如今，波拉德船长是楠塔基特人的居民。我见过欧文·查斯（ ），他是悲剧发生时埃塞克斯（ ）的首席搭档；我读过他朴实而忠实的叙述；我已经和他的儿子交谈过了；并在灾难现场几英里之内。*

*以下是乔斯叙述中的摘录："每个事实似乎都使我确信，指导他行动的绝非偶然；他两次短时间对船进行了两次攻击，两次攻击均如此。朝着他们的方向，我们被计算为对我们造成最大的伤害，方法是先行前进，从而将两个物体的撞击速度相结合；为达到这一目的，他必须做出准确的动作。他的表情最可怕，他表现出了不满和愤怒。他直接来自我们刚刚进入的浅滩，我们袭击了他的三个同伴，仿佛为他们的痛苦而报仇。" 再次："无论如何，所有情况都发生在我自己的眼前，并在当时的我脑海中产生了决定性的，经过精心策划的恶作剧的印象（其中很多我无法理解）现在回想一下），让我对我的观点感到满意。"

这是他离开船一段时间后的反思，在一艘敞开的船上的黑夜里，几乎绝望地到达任何一个好客的海岸。"黑暗的海洋和汹涌的海水无济于事；担心被某种可怕的暴风雨吞没，或冲向隐藏的岩石，而其他所有普通的可怕的课题，似乎都无法使他想起片刻；沉闷的沉船，而在可怕的方面和鲸的报复，完全醉心我的思考，直到一天再次做出它的外观"。

在另一个地方 45 岁，他谈到"对动物的神秘而致命的攻击"。

其次：同样也是楠塔基特岛的船工会，在1807年因类似的发作完全失去了亚速尔群岛，但是我从未有过遇到过这场灾难的真实细节，尽管我时不时听到鲸鱼猎人的声音随意的典故。

第三：大约18或20年前，准将 --- 当时指挥着美国一流的战争单桅帆船，正巧与一群捕鲸船长共进晚餐，在瓦胡岛港口的一艘船上用餐，三明治岛屿。谈话变成了鲸鱼之后，这位准将很高兴地对出席的专业绅士们赋予他们的惊人力量持怀疑态度。例如，他断然否认，任何鲸鱼都会如此猛打他那粗壮的战争，以致于使她漏出了很多东西。很好; 但还有更多。几周后，准将乘坐这辆坚固的瓦尔帕莱索船航行。但是他被一条香熏的鲸鱼拦下了路，这条乞与他进行了一会儿机密的交易。那笔生意就是把通勤者的手拿来弄得一团糟，以至于他所有的泵都直奔最近的港口拖拉并修理。我并不迷信，但我认为准将对那头鲸的采访是天意。鼠的扫罗难道不是因为类似的恐惧而从不信转化成的吗？我告诉你，抹香鲸不会胡说八道。

现在，我将介绍一下朗斯多夫的航行情况，这对本文的作者来说特别有趣。顺便问一下，朗斯多夫（）隶属于本世纪初俄罗斯海军上将克鲁森斯特恩（）的著名发现探险。朗斯多夫上尉由此开始他的第十七章：

"到5月13日，我们的船已经准备好航行了，第二天，我们在开往的途中在公海中航行。天气非常晴朗和晴朗，但是天气如此寒冷，以至于我们不得不继续前进。几天来，我们的风很少，直到十九世纪初，才有来自西北的轻风大雨，一条不常见的大鲸鱼，其体长比轮船本身大，几乎躺在地表的水，但是直到全力航行的船快要驶向他的那一刻，船上的任何人都没有意识到，所以不可能阻止它撞向他。迫在眉睫的危险，因为这个巨大的生物背起船，将船抬起至少三英尺高，离开水面，桅杆卷起，帆完全掉落了，而我们这些根本不在下面的人立即跳到了甲板上，这说明我们撞到了一块岩石上；相反，我们看到了具有最大的庄严和庄重。'船长立即对泵进行了检查，以检查该船是否受到冲击的破坏，但我们很高兴地发现它完全没有受伤逃脱。"

现在，这里提到的指挥这艘船的'船长是一位新英格兰人，他经过长时间不寻常的海上船长冒险，如今居住在波士顿附近的多切斯特村。我很荣幸成为他的侄子。我对兰斯多夫的这段话特别质疑。他证实了每个词。但是，这艘船绝不是什么大船：一种在西伯利亚海岸上建造的俄国工艺品，是我叔叔在交换他从家中航行的那艘船后买下来的。

在那本充满男子气概的老式冒险书中，也充斥着诚实的奇观-里奥内尔威化饼的航行，这是古老的阻尼器的老混混物之一，我发现了一个小问题，就像朗格斯多夫所说的那样，如果需要的话，我不能忍受将其插入此处作为佐证的示例。

里奥内尔（）似乎正朝着"约翰·费迪南多（）"前进，他称之为现代胡安·费尔南德斯（）。他说："以我们的方式，大约在凌晨四点，当我们离美国主要地区约有一百五十个联赛时，我们的船受到了可怕的震动，这使我们的人感到震惊。他们几乎不知道他们在哪里或在想什么；但是每个人都开始为死亡做准备。事实上，震惊是如此突然和猛烈，以至于我们认为这艘船撞到了一块岩石是理所当然的；但是当惊奇一点儿结束了，我们率先发出声音，但没有发现........震撼的突然性使枪支在马车中飞跃，几个人被吊床吊了下来。，他的头躺在枪上，被扔出他的小屋！"里奥内尔接着将地震的震级推算出来，并通过说明当时大约某个地方发生的一场大地震确实在西班牙土地上造成了极大的恶作剧来证实这一推论。但是我不应该怀疑，在清晨的黑暗中，冲击毕竟是否是由看不见的鲸鱼从下方垂直撞击船体引起的。

我可能会再举几个例子，以一种我所知的方式，来描述抹香鲸时期的强大力量和恶意。在不止一个例子中，他不仅被追赶到沉船，还被追逐到船上，并经得起所有的长矛从甲板上向他投掷。英国的船工厅能在那个头上讲一个故事。关于他的力量，让我说，在一些例子中，附着在运行中的抹香鲸的绳索被平静地转移到了船上并固定在那里。鲸鱼在马背上滑过马车，在水中拖曳着巨大的船体。再一次，人们经常观察到，如果抹香鲸一旦被击中，有时间集会，那么他就会行动，而不是经常盲目地发怒，而不是对追求者进行故意的、故意的破坏。也没有传达出雄辩的性格暗示，一旦受到攻击，他会经常张开嘴巴，并在连续的几分钟内将其保持在可怕的扩张中。但是我必须满足于只再加上一个总结性的例证；这是一个非凡而又最重要的事件，您将不难发现，这不仅是本书中最奇妙的事件，并得到了当今的简单事实的证实，而且这些奇迹（像所有奇迹一样）仅仅是年龄 因此，对于百万分之一的人，我们要说阿门与所罗门——在阳光下真的没有什么新鲜的东西。

公元6世纪，贾斯汀尼安担任皇帝和贝利撒留将军的日子，居住在君士坦丁堡的基督教长官普罗科皮乌斯。众所周知，他写下了自己时代的历史，这部作品的价值不高。最好的权威人士一直认为他是最值得信赖和毫不夸张的历史学家，除了一两个方面，根本不影响目前要提到的问题。

现在，在他的历史中，普罗科皮乌斯提到，在他的君士坦丁堡州任期内，一个巨大的海怪在间隔一段时间破坏了这些水域中的船只之后，被捕获在附近的或马尔莫拉海中。五十多年了 如此难以置信的历史事实就很难说出来。也没有任何理由。没有提到这个海怪是什么确切物种。但是当他销毁船只以及其他原因时，他一定是鲸鱼。而且我非常倾向于考虑抹香鲸。我会告诉你为什么。很长一段时间以来，我一直以为抹香鲸在地中海以及与之相连的深水区一直是未知的。即使是现在，我仍然确信，按照目前的事物构成，这些海洋不是，也许永远不可能，是他惯常的社交度假胜地。但最近的进一步调查向我证明，在现代，地中海地区存在孤立的抹香鲸的事例。我被告知，在良好的权威下，在巴巴里海岸，一位英国海军的准将戴维斯发现了抹香鲸的骨骼。现在，由于一艘战舰容易通过达达尼尔海峡，因此，抹香鲸可以通过同一条路线从地中海进入到中。

据我所知，在中，找不到一种叫做的奇特物质，即右鲸的食物。但是我有充分的理由相信，抹香鲸的食物（鱿鱼或墨鱼）潜伏在海底，因为在其表面发现了大型动物，但绝非最大。如果您正确地将这些陈述放在一起，并对其进行一点推理，您将清楚地认识到，根据所有人类的推理，普罗科比乌斯的海洋怪兽将罗马皇帝的船用火炉烧了半个世纪，极有可能是抹香鲸。

第四十六章。

然而，沉迷于他的目标之火，在他所有的思想和行动中都没有考虑到最终捕获了白鲸的想法；尽管他似乎准备为此牺牲一切凡人的利益；然而，可能是由于他本性和长期的习惯，太过屈从于火热的捕鲸人的方式，完全放弃了对航程的附带起诉。或至少在其他情况下，不需要其他动机对他具有更大的影响力。即使考虑到他的单躁症，也可能会提炼得太多，暗示他对白鲸的报复性可能在某种程度上扩展到了所有抹香鲸，而他所杀死的怪物越多，他繁殖的就越多。随后发现的每头鲸的机会将被证明是他所捕猎的仇恨者。但是，如果这种假设确实是可以接受的，那么还有其他考虑因素，尽管并不是严格按照他执政的狂野态度，但决不能使他摇摆不定。

要实现他的目标，必须使用工具；在月亮阴影中使用的所有工具中，人最容易出事。例如，他知道，尽管在某些方面他的统治力胜过星巴克，但他的统治力并不能覆盖整个灵性人，而仅仅是肉体上的优越感牵涉到知识上的掌握。因为对于纯属精神的，知识分子而言，却处于某种物质关系。只要的磁铁和星巴克的大脑一直在他的大脑中，星巴克的身体和星巴克的强迫意志就是的。他仍然知道，尽管如此，首席搭档在他的灵魂中仍然憎恨队长的追求，他是否可以高兴地将自己从其身上解体，甚至使之沮丧。看到白鲸之后，可能会经过很长的间隔。在这段较长的时间里，星巴克将很容易陷入公开反叛，反抗他的船长的领导，除非对他施加一些普通的，审慎的，间接的影响。不仅如此，反而比他的最高级和精明更能体现出阿哈卜尊敬白鲸的微妙的疯狂，因为他预见到，在目前的情况下，狩猎应该以某种方式摆脱这种自然而然的想象中的愚蠢行为；必须使航行中的全部恐怖退缩到晦涩的背景中（因为很少有人的勇气可以证明长期沉思无法通过行动来消除）；当他们站着漫长的守夜手表时，他的官兵们必须比莫比·迪克（ ）更想些事情。因为野蛮的船员急切而浮躁地向他宣布征服表示欢迎；但是所有类型的水手或多或少都反复无常和不可靠-他们生活在变化的外部天气中，他们吸入了多变的气息-当被留在追求中的任何遥远而空白的物体时，无论最终是生命还是激情，最重要的是临时利益和就业应该介入，并使他们健康地暂停下来，直到最后冲刺。

阿哈卜也没在意另一件事。在人类情绪激动的时候，他们不屑一顾。但是这样的时期正在消逝。被制造出来的人的永久性宪法条件，被认为是肮脏的。承认白鲸充分激起了我这群野蛮人的心，并且在他们的野蛮人中玩耍甚至在他们身上养育了某种慷慨的骑士主义，尽管为了爱它，他们追逐了白鲸，他们还必须食物以其更常见的日常食欲为宜。因为即使是古老的高举而又富有骑士精神的十字军也不满足于穿越两千英里的土地为圣墓而战，而不必犯盗窃，掏钱和获取其他虔诚的品行。如果他们严格地坚持自己的最后一个浪漫的对象-那个最终和浪漫的对象，那么太多的人就会厌恶。阿哈卜想，我不会剥夺这些人对现金的所有希望-是的，现金。他们现在可能视现金；但是要等上几个月，再也没有对他们的承诺，然后这些相同的静态现金立即在他们身上变，这些现金很快就会使收银员熟化。

也不希望有其他与个人习惯有关的预防动机。一时冲动，很可能甚至过早地揭示了这架游荡船的航行的主要目的却是私人目的，现在，完全意识到，他这样做间接地使自己对无法篡夺的指控持开放态度；而且在道德和法律上完全不受惩罚的情况下，如果他的船员如此处置，并且为此胜任，可以拒绝所有对他的进一步服从，甚至猛烈地从他手中夺走指挥权。即使仅仅暗示了篡夺的暗示，以及这种压抑的印象逐渐占上风的可能后果，艾哈伯当然也必须最急于保护自己。这种保护只能包括他自己占主导地位的大脑、心脏和手，以及对他的机组人员可能受到的每分钟大气影响的仔细、仔细计算的支持。

由于所有这些原因，以及其他可能过于分析而无法在这里进行口头表达的原因，阿哈卜清楚地看出，他仍必须在很大程度上仍然忠实于此步履历程的自然、名义目的；遵守所有习惯用法；不仅如此，而且迫使他在一般的职业追求中表现出他所有众所周知的热情。

尽一切可能，现在经常听到他的声音叫起三个桅杆头，并劝告他们保持明亮的目光，甚至不漏掉海豚。这种警惕并不是没有回报的。

第47章。

那是阴天闷热的下午；海员懒洋洋地在甲板上闲逛，或者闲逛凝视着铅色的海水。和我受雇于编织一种所谓的剑垫，以进一步绑扎我们的船。如此平静，柔和，却又以某种方式散漫着整个场景，并在空中笼罩着遐想的魔咒，以至于每个沉默的水手似乎都沉浸在自己看不见的自我中。

当我忙于在垫子上时，我是的服务员或页面。当我不停地在经纱的长纱之间穿过和回荡着马林线的填充物或花环时，用我自己的手穿梭，当站在一边时，时不时地，他的沉重的橡木剑在线之间滑动，闲着地看着掉在水面上，漫不经心地把每根毛线赶回家：我说很奇怪，然后在那做梦，然后统治了整个船和整个海，只是被剑间断的沉闷声打断了，好像是时间的织机，而我本人是机械地编织和编织命运的梭子。在那里，经纱的固定线受到一个单一的，不断变化的，不变的振动的影响，而这种振动仅足以允许其他线与它自己的线交叉交织。这种扭曲似乎是必要的；我想，在这里，我用自己的双手穿梭自己，将自己的命运编织成这些不可改变的线索。同时，的一副冲动而冷漠的剑，有时视情况倾斜，弯曲，或强烈或微弱地击打着低音。通过在最终吹制中的这种差异，在完成的织物的最终方面产生相应的对比度；我想，这把野蛮人的剑最终变形并形成了翘曲和动的样子。这把简单而冷漠的剑必定是偶然的机会-是的，偶然的，自由的意志和必要性-绝非不相容的-所有这些都是交织在一起的。必然的直接扭曲，不要偏离其最终发展方向，实际上，它的每一次交替振动都只会导致这种情况；自由者仍然可以自由穿梭于给定线程之间；机会，尽管被限制在必要的正确范围之内，并且在自由意志所指示的动作中侧身横行，尽管这是双方都规定的，但还是轮流规则，并且在事件发生时具有最后的打击。

因此，当我以一种奇怪，绵延不息，音乐狂野和出土的声音开始时，我们正在编织和编织，自由的球将从我的手中掉落，我站着凝视着云层，那声音像翅膀。疯狂的同性恋者塔什特戈（）是高高在上的树。他的身体急切地向前伸，他的手像一根魔杖一样伸出，突然间，他继续哭泣。可以肯定的是，从数百个高高耸立在空中的捕鲸者的望中，就可能在整个海洋中听到那一瞬间的声音；但是，这种习惯性的哭声从这些肺部中很少能像从印度的那样获得如此奇妙的节奏。

当他站在悬在半空中的你上方盘旋，疯狂而热切地凝视着地平线时，你会以为他是一位预言家或先知，注视着命运的阴影，而那些狂暴的哭声宣布了它们的到来。

"她吹！那里！那里！那里！她吹！她吹！"

"远处？"

"在背梁上，相距约两英里！他们一所学校！"

瞬间所有人都变得混乱。

抹香鲸随着时钟的滴答声而吹动，具有不变且可靠的均匀性。从而使鲸鱼将这条鱼与他属的其他部落区分开来。

"有骗子！" 现在是的呐喊；鲸鱼消失了。

"快，管家！" 哭了阿哈卜。"时间！时间！"

面团男孩匆匆走到下面，瞥了一眼手表，并向报告了确切的分钟。

船现在避开了风，她在船上缓缓滚动。报告说，鲸鱼已经朝着背风走了，我们充满信心地希望在鞠躬之前再次见到它们。对于那只精巧的手艺，有时是抹香鲸所表现出来的，当他的头朝一个方向发声时，他虽然藏在水面下，却转了一圈，然后在对面的四分之一处迅速游去-这种欺骗性现在已经不复存在了。在行动 因为没有理由认为所看到的鱼已经以某种方式惊动了我们的周围，甚至确实知道了。被选为船员的人之一，即那些未被任命担任船员的人，此时解除了位于主桅头的印第安人的责任。前臂和蒙森的水手们下来了。线盆固定在原处；起重机被推出；院子得到了支撑，三艘船像三只桑弗雷篮子一样在高高的悬崖上摇曳在海面上。在舷墙外，他们急切的船员用一只手紧紧抓住铁轨，而一只脚则有望在舷梯上保持平衡。因此，请看一下将要投降在敌方舰船上的长队士兵。

但是在这一关键时刻，突然听到惊叫声使鲸鱼无所适从。一开始，所有人都瞪着黑暗的，周围被五个昏暗的幻影包围着，这些幻影看起来像新鲜空气一样。

第48章。

幻影，就好像它们当时看上去那样，在甲板的另一侧飞舞着，并且以一种无声的速度，松开了在那里摆动的钓具和绑带。由于从右舷处悬挂，该船一直被认为是备用船之一，尽管在技术上称为船长。现在，它的弓立着的身形又高又高，那只白牙从其钢状的嘴唇上邪恶地伸出来。一件皱巴巴的黑色棉质中国外套给了他厚颜无耻的投资，上面放着同样深色的宽大黑色拖网布。但奇怪的是，这种乌黑亮丽的头饰是一个闪闪发亮的白色辫子头巾，活着的头发在头顶上盘绕而盘绕。从侧面看，这个人物的同伴是一些马尼拉人的土著人特有的那种生动的，虎黄色的肤色；-一个以某种枯燥无味的代谢而臭名昭著的种族，还有一些诚实的白人水手魔鬼的水，他们的主人，他们认为应该在其他地方的带薪间谍和秘密机密人员。

然而，想知道这艘船的公司正在注视着这些陌生人时，阿哈卜向白袍头老头大喊，"他们都准备好了，联邦政府？"

半信半疑的回答是"准备好了"。

"那么低一点；你听到了吗？" 在甲板上大喊。我说，走到那儿。

那是他声音的雷声，尽管人们惊讶地扑向铁轨。滑轮在木块中旋转。三艘船在一片沉寂中掉入海中。与此同时，水手们像山羊一样，带着灵巧的副手大胆，在任何其他职业中都鲜为人知，跳下滚滚的船侧，跌落到下面被抛弃的船上。

他们几乎没有从船的风帆下抽出，当第四条龙骨从迎风侧驶来时，在船尾下方转了一圈，并向五个陌生人划着划船，他们竖立在船尾，大声欢呼星巴克、短枝，和烧瓶，以广泛传播自己，以覆盖大片的水。但他们的目光再次注视着斯法特·法拉和他的船员，其他船的囚犯没有听从命令。

"阿哈卜船长？"星巴克说。

"散布自己。"阿哈卜喊道。"给个办法，全部四艘船。你，烧瓶，向后方拉出更多！"

"是的，是的，先生。"小国王哨所高高兴兴地喊着，绕过他巨大的操纵桨。"躺下！"向他的船员讲话。"有！-有！-再有！她在那里向前吹，男孩！-躺下！"

"永远不要忽视那些黄色的男孩，老兄。"

"哦，我不介意，先生。"阿奇说。"我以前知道这一切。我没听到他们在牢房里吗？我没有在这里告诉卡巴科吗？卡巴科说什么？他们是偷渡者，烧瓶先生。"

"拉扯，拉扯我的心脏，活着；拉扯，我的孩子；拉扯，我的小孩子。"他的船员轻声而安抚地叹了口气，其中有些人仍然表现出不安的迹象。"我的孩子们，为什么你不打断骨干？你凝视着什么？那艘小船上的家伙？！他们只有五只手来帮助我们-不管从哪里来-越多越好。，然后，拉扯；别管硫磺了-魔鬼已经足够好家伙了，所以，所以；现在就在那里；那是一千英镑的中风；那是扫荡木桩的中风！，我的英雄们，三个欢呼，伙计们-所有人都活着！轻松，轻松；不要着急-不要着急。为什么不桨，乱子，咬东西，狗！！那么，那么，那么，然后；-柔软，柔软！就是这样-就是这样！长而结实。让路，让路！魔鬼拿起你们，拉格帕芬垂悬的子；你们都睡着了。，然后拉，拉，对吗？拉，对不对？拉，对不对？为什么不以棍棒和姜饼的名义拉？—拉并弄碎东西！拉，然后开始睁大眼睛！在这里！" 从腰带上打出锋利的刀；"你们每个母亲的儿子都拔刀，用刀片在他的牙齿之间拉。就是这样-就是这样。现在你们要做些什么；看起来像是我的钢钻。启动她-启动她，我的银汤匙！！开始她，行军尖刺！"

斯塔布特对全体船员的致辞在这里大体上是因为他有一种特别的方式与他们交谈，特别是在灌输划船宗教时。但是您绝不能从他讲这些话的样本中假设他曾与会众飞入彻头彻尾的激情之中。一点也不; 其中包括他的主要特点。他会向船员说出最可怕的事情，以一种充满乐趣和愤怒的奇怪的语气，而愤怒似乎只是为了娱乐的情趣而算计的，以至于没有桨手能够听到这种古怪的召唤而无法挽救亲爱的生命，却只是开玩笑而已。除此以外，他一直都显得很轻松和顽固，懒洋洋地管理着他的操纵桨，而且茫茫地-有时是张嘴巴的-以纯粹的对比力仅仅看到这样一个打呵欠的指挥官，就像是使乘员组着迷。再说一遍，斯图布是那种奇怪的幽默主义者之一，他们的快乐有时令人好奇地模棱两可，以至于在服从他们时让所有下等的人保持警惕。

为了遵守的信号，星巴克现在正倾斜地拉过司徒拔的弓箭。当两艘船相距一分钟左右时，斯塔布特向搭档欢呼。

"星巴克先生！在那里的幼虫船，嗨！先生，请问您一个好话！"

"喊叫！" 返回星巴克，转过身不转一英寸。仍然认真而低语地敦促他的船员；他的脸像拔桩的火石一样。

"那些黄色男孩怎么想，先生！"

"以某种方式走私在船上，然后走私。（强壮，坚强，男孩！）" 对他的船员低语，然后再次大声说："司布布先生，这是一件可悲的事！（见她，见她，我的小伙子们！）但是没关系，斯塔布先生，一切为了最好。让你们所有的船员都坚强地迈向前进，（春天，我的男人，春天！）前面有很多精子，斯塔布先生，这就是你们来了。（拉，我的孩子们！）精子，精子就是戏！这至少是责任；责任与利益是齐头并进的。"

"是的，是的，我想得最多，" 当船分叉时，孤独地拔起头来，"一旦我一眼就盯着他们，我就这样想。是的，这就是他经常被追捕的原因。就像一个久负生子的男孩一样，他们藏在那儿，白鲸在它的底部，好吧，好吧，这样吧！无能为力！好吧！让步，伙计们！那不是白鲸今天的鲸鱼！让路！"

现在这些离奇的陌生人的出现在关键时刻，例如从甲板上放下船只，这并没有不合理地引起某些船公司的迷信。但是的幻想发现曾经有一段时间在国外，尽管当时确实没有得到认可，但这在一定程度上为他们做好了准备的准备。它掀开了他们奇迹的极端边缘；因此，凭借所有这些以及斯塔布（ ）自信的态度，他们暂时没有了迷信的猜测。尽管这件事从一开始就为暗阿哈卜的确切行动留下了各种野蛮猜想的余地。对我而言，我默默地想起了在暗淡的楠塔基特黎明时看到的神秘阴影，以及不负责任的以利亚的神秘暗示。

同时，阿哈卜（ ）听到他的军官们的声音，站在最远的迎风侧，仍然在其他船只的前面。在某种情况下，有人说机组人员把他拉得有多厉害。他的那些老虎黄色生物似乎全都是钢铁和鲸骨。像五只锤子一样，它们以规则的强度上升和下降，它们像从密西西比河轮船中出来的卧式爆沸锅炉一样，沿着水面定期启动船。至于被看见拉着鱼叉桨的费达拉，他已经把黑色外套丢到一边，露出赤裸的胸膛，整个身体都在舷墙上方，明显地切开了水天边交替的凹陷。而在船的另一端，一只手像击剑手一样，向后半扔向空中，似乎是为了抵消任何绊倒的倾向；看到稳定地操纵着他的转向桨，就像一千只船降下一样，白鲸已经把他撕裂了。伸出的手臂立刻做出了奇特的动作，然后保持固定，同时看到船的五只桨同时达到峰值。船和船员们一动不动地坐在海上。后面的三艘散布船立刻停了下来。鲸鱼不规则地身体沉入了蓝色，因此，虽然有远处的阿哈卜观察到了它的踪迹，但是却没有明显的运动迹象。

"每个人都注视着他的桨！" 星巴克哭了。"你，，站起来！"

轻巧地在弓形三角形凸起的盒子上弹起，野蛮人直立在那里，强烈的渴望的目光凝视着最后描述追逐的地方。同样地，在船尾的极端船尾，船尾也与舷窗呈三角形平台，星巴克本人被冷静而熟练地平衡，以至于他手工艺品的猛烈抛掷，并静静地注视着广阔的大海。

不远处的烧瓶的船也静止不动地躺着。它的指挥官不顾一切地站在顶头的顶部，一根坚固的柱子扎在龙骨上，并在船尾平台的高度上抬高了约两英尺。它用于捕捉鲸鱼线。它的顶部并不比一个人的手掌还要宽敞，并且站在这样的底座上，烧瓶似乎栖息在除其他所有卡车以外的其他船的桅杆上。但是小小的国王哨所又矮又矮，同时，小小的国王哨所充满了雄心勃勃的雄心，所以他的这种顶头观点绝对不能满足他的要求。

"我看不见三海；把我们的船桨给小费，让我继续前进。"

在此之后，达果用两只手稳住自己的脚步，迅速向后滑动，然后竖起自己，自愿将自己高高的肩膀作为基座。

"先生，无论如何都好，先生。你要坐吗？"

"我会的，非常感谢我的好朋友；我只希望你高五十英尺。"

然后，他的脚牢牢地靠在船的两个相对的木板上，硕大的黑人弯下腰，将扁平的棕榈树举到烧瓶的脚上，然后将烧瓶的手放在他的鼻子垂下的头上，并按自己的意愿向他施压，一个小巧的猛扑着身子，矮个子高高地站在了肩膀上。烧瓶现在站在那里，一只狗抬起手臂，给他配上胸带，靠在上面，使自己站稳。

在任何时候，鲸鱼都会以一种无意识的技巧养成惯用的惯性习惯，这对鲸鱼来说是一个奇怪的景象，即使在最乱七八糟的横行海浪中，鲸鱼也会保持直立的姿势。看到他在这种情况下依稀呆在头上，还真奇怪。但是看到巨大的水袋上放着小烧瓶的景象却更加令人好奇。为了以凉爽，冷漠，轻松，未曾想过的野蛮威严来维持自己，高贵的黑人在每一海浪中都和谐地展现出了他的优美体态。在他宽阔的背上，亚麻色的烧瓶看上去像雪花。持票人看上去比骑手高尚。尽管真正的活泼，动荡，炫耀的小烧瓶有时会不耐烦地戳；但他并没有因此而向黑人的主胸口加沉。因此，我看到激情和虚荣感在活泼的坦荡的地球上留下了印记，但是地球并没有因此而改变她的潮流和季节。

与此同时，第三任斯塔伯（ ）却没有表现出如此引人注目的关怀。鲸鱼可能会定期发出声音，而不是从惊吓中暂时消失；如果是这样的话，因为他似乎在这种情况下不会动摇，所以他下定了决心，用他的烟斗来缓解停顿的时间。他从帽子上撤下了帽子，他总是像羽毛一样倾斜地戴在帽子上。他装上了它，然后用拇指端把装满了东西。但是他几乎没有在手的粗糙砂纸上点燃火柴，当他的鱼叉者像两个固定的恒星一样向风摇曳时，突然从他直立的姿势像光一样掉落到座位上，迅速哭了起来。急急忙忙地说："放下一切，放手！放手！"

对一个陆生来说，那时鲸鱼和鲱鱼的痕迹都看不见。除了一点点麻烦的绿色白水，还有稀薄的散落的蒸汽团盘旋在水面上，令人窒息地吹向背风，就像滚滚的白色滚滚巨浪一样。周围的空气突然振动和刺痛，就像强烈加热的铁板上的空气一样。在这种大气的波浪和卷曲之下，鲸鱼也在游动。在所有其他迹象之前都可以看到，他们喷出的蒸汽似乎是他们前卫的信使和独立的飞行界外人。

现在，所有四艘船都在急切地寻找那片陷入困境的水和空气。但是赶不上他们是公平的。它飞来飞去，大量的相互融合的气泡从山上流下来。

"拉，拉，我的好孩子们，"星巴克对他的男人们说，要尽可能低但是最强烈的低语。当他的目光从弓眼中直射而下时，几乎就像是两个无误的罗盘式罗盘中的两个可见针。他没有对船员说太多，也没有对他说什么。只有船的寂静被他那奇特的耳语突然地刺穿了，现在他对命令苛刻，现在对请求柔和。

大声的小国王柱有多不同。"唱歌，说点什么，我的心肠。咆哮和拉扯，我的霹雳！把我，靠在他们黑背上，男孩，把我靠起来；只为我做，我将给你签下我玛莎的葡萄园，男孩；包括妻子和孩子，男孩，请放我-放我！天哪，天哪！但是我会发呆，凝视着疯狂！看！看那白水！于是大喊大叫，他把帽子从头上拉下来，上下踩在上面。然后捡起来，调到远处的海上；最终跌落到船尾，像从草原上发疯的马驹一样沉入船底。

"先看看那个家伙，"从哲学上说，斯塔布拔了一下嘴，然后他用未点燃的短管将其机械地固定在牙齿之间很短的距离，然后-"他已经适应了那个烧瓶。适合吗？是的，给他适合——就是这个词——音高适合他们，快乐，快乐，充满爱心，布丁吃晚饭，您知道；——快乐的意思是拉，辣妹，拉扯，哺乳，拉扯等等，但是魔鬼是您赶紧走动吗，我的男人们，轻轻地，稳定地，稳定地拉；并且继续拉；仅此而已，将您的所有脊椎骨折，然后将您的刀咬成两半，这就是所有的事情了，请放心，为什么不放轻松我说，炸破了你所有的肝脏和肺脏！"

但是那难以理解的阿哈卜对他的老虎黄色的船员说的是什么-这些话在这里最好省略；因为你生活在福音土地的福气之下。当龙卷风的眉头，红色谋杀的目光和黏糊糊的嘴唇，阿哈卜（）在他的猎物后面跳跃时，只有大胆的海洋中的异教徒鲨鱼才能听到这样的话。

同时，所有的船都撕裂了。他反复称呼烧瓶为"那条鲸鱼"，因为他称这只虚构的怪兽，宣称要用尾巴不断诱使船头。这些寓言有时如此生动和逼真，以至于引起他的一两个人在肩膀上夺走了可怕的表情。但这违反了所有规则；桨手必须睁开眼睛，用脖子打一根;子。用法说明在这些关键时刻它们必须没有器官，只有耳朵，没有四肢，只有胳膊。

这是充满惊奇和敬畏的景象！无所不能的大海泛滥；他们沿着八个舷窗滚动时发出的汹涌的空心吼叫声，就像巨大的保龄球绿色的碗一样。船上短暂的短暂痛苦，因为它会在尖锐的波浪状的刀状边缘上突然倾斜，几乎威胁要把它切成两半；突然浸入水状的眼角和凹陷中；敏锐的鞭毛和刺刺使之爬上对面的山顶；长长的，像雪橇一样的东西滑落到另一侧；-所有这些，伴随着头目和鱼叉的叫喊声，以及桨手颤抖的喘息声，象牙怪胎的奇妙景象落在她的船上，帆伸着，像母鸡尖叫后的野母鸡；这一切都令人激动。

而不是原始的新兵，从妻子的怀抱中步入他的第一次战斗的狂热之中；而不是死者的鬼魂遇到另一个世界上第一个未知的幻象；-这两个人都没有一个比那个人感觉到的陌生和强烈的情感，后者第一次发现自己陷入了被追捕的抹香鲸的迷人圈子里。

由于落在海面上的乌云阴影越来越多，追逐者跳起的舞动的白水现在变得越来越明显。蒸气的射流不再混合，而是向左右倾斜。鲸鱼似乎分开了它们的尾声。船被拉得更远了；星巴克追逐三只鲸鱼，它们向背风行。现在起航了，随着狂风不断，我们冲了过去。船疯狂地驶过水面，以至于很难使背桨工作得足够快，以免被船闸撕裂。

很快，我们穿过了令人窒息的雾蒙蒙的面纱；既不见船也不见船。

"给我个办法，伙计们。"星巴克低声说道，在船帆的后方拉了进去。"在声来临之前，还有时间杀死一条鱼。又有白水！-快到了！春天！"

不久之后，我们双方连续两次哭喊，表示其他船快了。但是当他们像闪电般刺耳的耳语星巴克说："站起来！"时，他们几乎没有听到。手里握着鱼叉的突然站起来。

尽管没有一个桨手面对过如此靠近他们的生与死危险，但是当他们注视着船尾伴侣的强烈表情时，他们知道迫在眉睫的时刻已经到来；他们还听到了五十只大象在垫料中搅动时发出巨大的沉闷声音。同时，船仍在雾中摇曳，海浪卷曲并嘶嘶地嘶嘶作响，犹如狂暴的蛇在山顶竖立。

"这是他的驼背。还有，还有，给他！" 低语的星巴克。

一阵短促的轰鸣声从船上跳了出来；那是的飞镖。后来，船尾无形地推动了整个焊接过程，向前推进时，船似乎撞在了壁架上。帆倒塌爆炸了；一股灼热的蒸汽喷到附近。像地震一样滚滚而跌倒在我们下面。整个船员都被窒息了一半，因为他们被扔进了鼠的白色凝乳霜中。叫，鲸鱼和鱼叉融合在一起；只是被铁吃草的鲸鱼逃脱了。

尽管完全被淹没，但船几乎没有受到伤害。我们绕着它游泳，捡起了浮动的船桨，将它们绑在船舷上，回落到我们的地方。在那儿我们坐在膝盖上，海水覆盖着所有的肋骨和木板，因此，在我们向下注视的眼睛中，悬挂的船似乎是从海底向我们长大的珊瑚船。

风增强了。海浪把他们的衣夹撞到一起；整个鼠在草原上咆哮，叉晃，啪作响，就像草原上的白火在燃烧，未经消耗，我们在燃烧。这些死神不朽！我们徒劳地叫了其他船；以及在那场暴风雨中冰雹这些船时，用燃烧的火炉的烟囱呼啸而来的活煤。与此同时，随着夜晚的阴影，驾驶飞车，架子和雾气变得越来越暗。没有船的迹象。上升的海禁止一切企图放船的尝试。桨没有用做推进器，现在充当救生员的办公室。因此，在许多失败后，星巴克试图点燃灯笼中的灯，从而切断防水火柴桶的绑扎；然后将其拉长，放到手中，作为这个孤独希望的标准承担者。然后，他坐在那儿，举起那全能的寂寞心中那根蜡烛。然后，他坐在那儿，一个没有信仰的人的标志和象征，在绝望之中绝望地抱着希望。

湿透了，浑身湿透了，冷得发抖，船或船都绝望了，我们在黎明来临时抬起了眼睛。薄雾依旧散布在海面上，空灯笼压在船底。突然，开始站起来，将手掏空到耳朵上。到目前为止，我们都听到了微弱的吱吱作响的声音，就像被风暴遮住的绳索和院子一样。声音越来越近了；浓雾笼罩着巨大而模糊的形态。吓坏了，当船终于隐约可见时，我们所有人都跳入海中，直抵我们，距离不超过其长度。

漂浮在海浪上，我们看到了被遗弃的船，一瞬间，它被抛弃并像白内障底部的碎片一样在船头下方张开。然后，那巨大的船壳翻滚了过去，直到它腾腾地腾腾起来，再也看不见它了。我们再次为它游泳，被大海冲向它，最后被抓住并安全降落在船上。等到暴风雨临近时，其他船又从鱼上割下，及时赶回了船上。船已经放弃了我们，但仍在巡航，如果可能的话，它可能会点亮我们灭亡的某种象征-桨或长矛。

第49章鬣狗。

在这个奇怪的混杂事件中有某些古怪的时代和场合，当一个人把整个宇宙当作一个巨大的恶作剧时，我们称其为生活，尽管他的机智却模糊地看出来了，并且比怀疑这个恶作剧是无偿的，但他拥有。但是，没有什么令人沮丧的，并且在争执中似乎没有什么值得。他将所有事件，所有信条，信念和说服力全部消灭，将所有可见的和看不见的艰辛的事情都消除了，不要介意多么艰难。由于强效消化的鸵鸟吞噬了子弹和火石。至于小困难和忧虑，突发灾难的前景，生命和肢体的危险；在他看来，所有这些以及死亡本身，都是狡猾，善意的打击，以及看不见的，不负责任的老小丑所带来的欢乐。我说的那种奇怪的任性情绪，只有在极端磨难的时候才会出现在一个男人身上；这是在他认真的时候，所以在他看来，以前似乎最重要的事情现在只是一般笑话的一部分。没有什么比捕鲸的危险更容易滋生这种自由，轻松的和睦，绝望的哲学了；现在我将它视作整个装置的航行，而将大白鲸作为目标。

"，"我说，当他们把我，最后一个男人，拖到甲板上时，我仍然穿着夹克在摇晃自己，以腾出水面。"，我的好朋友，这种事情经常发生吗？"没多大情绪，尽管他像我一样被浸透了，他还是让我明白了这种事情确实经常发生。

"司徒柏先生。"我说，转向那个值得的人，那个人系在他的防油外套里，现在正在雨中平静地抽着烟斗。"斯塔布先生，我想我已经听说过你说过，在你遇到的所有鲸鱼中，我们的首席搭档星巴克先生是迄今为止最谨慎和谨慎的。我想，那时，与你一起飞翔的鲸鱼会变得丰满。帆在迷雾中航行是鲸鱼自由裁量权的高度吗？"

"当然。我从一艘漏水的船上降下了一条鲸鱼，驶向披风角。

"烧瓶先生。"我转向站在附近的小国王哨所说。"你在这些事情上很有经验，我不是。你能告诉我在这个渔业中，烧瓶先生，这是一条不可改变的法则吗？桨手摔倒自己的后背，将自己拉回到死亡的颚中？"

"你不能把它变小吗？"说烧瓶。"是的，那是法律。我希望看到船员首先将水倒向鲸鱼的脸上。哈哈哈！鲸鱼会着眼睛，请注意！"

然后，在这里，从三个公正的证人那里，我对整个案件进行了有意的陈述。因此，考虑到在这种生活中，在水中经常发生的问题是在水里发狂和倾覆，以及在深处随之而来的露营。考虑到在进入鲸鱼的最关键时刻，我必须将自己的生命投给操纵船的人的手——有时，在那一刻正处于浮躁状态的同伴在用自己的手将船拆下的那一刻疯狂冲压 考虑到对我们自己的特定船舶造成的特殊灾难主要归因于星巴克几乎在一场风中咬着鲸鱼驶向鲸鱼，并且考虑到尽管如此，星巴克还是以其在渔业中的高度重视而闻名；考虑到我属于这只非常审慎的星巴克船；最后，我想想我被魔鬼追上了什么来，碰到了白鲸：我想说所有事情都放在一起，我想我还是可以做一个草稿。我说："，来吧，你将成为我的律师，遗嘱执行人和遗嘱执行人。"

在所有男性水手中，他们应该对自己的遗愿和遗嘱进行修补似乎有些奇怪，但是世界上没有人更喜欢这种转移。这是我航海生活中第四次做同样的事情。在目前的仪式结束后，我感到很轻松。一块石头从我心里滚了下来。此外，我现在应该过的所有日子都将与拉撒路复活后的日子一样美好。视情况而定，需要几个月或几周的额外清洁收益。我活了下来 我的死和葬礼被锁在我的胸口。我安静而自在地环顾四周，就像一个幽静的幽灵，坐在一个舒适的家庭保险库的酒吧里，心地干净。

那时，我以为我不知不觉地卷起了工装的袖子，在这里死去并毁灭时进行了一次酷炫的潜水，而魔鬼则是最不利的。

第五十章。阿哈卜的船和船员。联邦政府。

"谁会想到的，烧瓶！" 哭了 "如果我只有一条腿，那你不会抓我的船，除非也许用我的木脚趾阻止塞孔。哦！他是一个很棒的老人！"

"毕竟，从这个角度来说，我并不觉得这很奇怪，" 弗兰克斯说。"现在，如果他的腿不在髋部上，那将是另一回事。这将使他失去能力；但是你知道他的膝盖是膝盖，而另一半则是剩下的。"

"我不知道，我的小矮人；我从未见过他跪下。"

在鲸族人民中，经常有人争辩说，考虑到他的生命对航行成功至关重要，捕鲸船长是否会在追逐活跃危险中危及生命。因此，坦美拉尼的士兵经常含着泪水争论，是否应该将他宝贵的生命带入这场战斗的最深处。

但是有了，这个问题就变成了一个修改过的方面。考虑到两条腿的人在所有危险时刻都不过是一个令人讨厌的家伙；考虑到追捕鲸鱼始终处于巨大和非同寻常的困难；确实，每个时刻都会带来危险；在这种情况下，任何残废的人在狩猎中进入一条鲸船是否明智？通常，此方法的共同所有者必须明确地认为没有。

阿哈卜很清楚，尽管他的朋友在家里不会想起他在追逐某些相对无害的沧桑中进入船上的原因，但为了靠近行动现场并亲自下达命令，阿哈卜上尉却要实际上，这艘船是作为狩猎的常规头衔分配给他的-首先，要为船长提供五名额外的人员，因为同一艘船的船员，他深知这种慷慨的自负从来没有进入过这个装备所有者的脑袋。因此，他没有向他们征求船员的意见，也没有以任何方式暗示他对那个船头的渴望。尽管如此，他还是采取了自己的私人措施来触及所有问题。直到卡巴科发表发现为止，水手们几乎没有预见到这一点，尽管要确保在离开港口一小会儿之后，所有的人都已经完成了为鲸船服务的习惯性工作；当经过这种修复之后的一段时间，然后发现自己在用自己的手制作销钉（这被认为是备用船之一）的问题上自尽，甚至大肆砍伐小的木制串，当快要用完了，被钉在船头的凹槽上；当在他身上观察到所有这些情况时，尤其是他对在船底涂上一层额外的护套的热情，似乎使它更好地承受了他的尖锐压力。象牙肢体 他表现出的焦虑情绪也使他无法正确地塑造大腿板或笨拙的防滑钉，有时也称为船头上的水平件，以支撑膝盖以抵御鲸鱼的飞镖或刺伤。当观察到他经常在那条船上站起来的时候，他的膝盖被固定在防滑钉的半圆形凹陷处，而木匠的凿子在这里挖了一点，在那儿拉直了一点。我说，所有这些事情在当时引起了人们的极大兴趣和好奇心。但是几乎每个人都认为，阿哈卜族人对这种特殊的准备性关注一定是为了最终追逐白鲸。因为他已经表明了他打算亲自狩猎那个致命怪物的意图。但是这样的假设绝不会引起人们对分配给该船的任何船员的怀疑。

现在，随着下属的幻象，什么奇迹仍然很快消失了。因为在捕鲸者中，奇迹很快就消失了。此外，陌生国家的这种不计其数的零散来自未知的角落和尘土飞扬的土地，以供这些捕鲸者游荡。船只本身经常会捡起这种奇怪的被遗弃的生物，发现它们在木板，沉船残骸，船桨，鲸船，独木舟，炸飞的日本垃圾上乱扔乱抛，那本人可能会爬上一侧然后下入舱室与机长聊天，并且不会在前庭造成任何难以克服的兴奋。

但是尽管如此，可以肯定的是，虽然下属的幻影很快就在船员中找到了自己的位置，尽管仍然与众不同，但缠满头巾的联邦政府直到最后仍然是一个含糊不清的谜团。他从何处进入这样一个温和的世界，他通过什么样的不负责任的关系很快就证明自己与的特殊命运联系在一起；不，只要有某种半隐蔽的影响；天知道，但对他来说甚至可能是权威。所有这一切都不知道。但是对于法拉，人们无法保持冷漠的态度。他是一个文明的生物，在温带地区的家庭人们只能在他们的梦中看到，而且那是朦胧的。但是像这样的人时不时地在不断变化的亚洲社区中滑动，尤其是在该大陆东部的东方小岛上-那些绝缘的，不朽的，不可改变的国家，即使在当今，这些国家仍然保留着地球原始生物的大部分幽灵般的原住民世世代代，当第一个男人的记忆是一个独特的回忆时，他的后代所有的男人都不知道他是从哪儿来的，他们视对方为真正的幻影，并询问太阳和月亮为什么造出了它们并达到了什么目的；根据创世记，天使确实确实与人类的女儿交配，但是恶魔们还加上沉迷于世俗情怀的不合常规的拉宾。

第51章喷壶。

几天，几周的时间过去了，在容易航行的情况下，象牙花序慢慢地扫过了四个巡游场地；离开亚速尔群岛；佛得角海角；在盘子上（所谓的），在里约热内卢的嘴里；和汽油场，一个不受污染的水域地方，位于圣路易斯南部。海伦娜。

在所有这些海浪如银卷般滚动时，正好是在一个宁静而月光的夜晚滑过后水时。凭着他们柔软而令人窒息的沸腾物，似乎变成了银色的沉默，而不是孤独。在这样一个寂静的夜晚，远在船头白色气泡出现之前，就已经看到了银色的喷射流。被月亮照亮了，看起来很天文；似乎有些羽状闪闪的神从海上起义。联邦政府首先描述了这架飞机。在这些月光下的夜晚中，他不会将其安装在主桅杆上并站在那里望去，其精度与白天一样。然而，尽管在夜间可以看到成群的鲸鱼，但没有一百个鲸鱼人愿意冒险降落鲸鱼。您可能会以什么样的情绪思考，然后，海员们在如此异常的时刻看到这位古老的东方人高高地栖息；他的头巾和月亮，在天空中相伴。但是，当他度过了均匀的间隔之后，连续几个晚上没有发出任何声音时；在经过了所有这些沉默之后，听到了他不为人知的声音，宣布那银色的，月光下的喷气式飞机，每一个斜躺的水手都开始站起来，好像有翼的灵魂在索具中被点燃了，并招呼了凡人。"她在吹！" 胜过了审判的王牌，他们再也不能颤抖了。但是他们仍然没有感到恐怖。相当高兴。因为虽然这是一个最糟糕的时刻，但哭声却如此令人印象深刻，而且如此激动人心，以至于船上的每个灵魂本能地都希望降下。

迅速地，侧弯地走到甲板上，命令放下高贵的帆和王室成员，然后每一个晕船都散开。船上的伴郎必须掌舵。然后，每当有桅杆头有人值守时，堆积的船只就在风前滚落。人流轻拂的微风充满了许多帆的凹陷，形成了奇怪的，起伏不定的上升趋势，使漂浮的悬停甲板感觉像脚下的空气。尽管她仍然匆忙前进，好像有两种敌对的力量在挣扎着-一种直接冲向天堂，另一种冲向偏远的水平目标。如果您那天晚上看着的脸，您会以为在他里面也有两件事在交战。当他的一条活着的腿在甲板上回荡时，他的死肢的每一次敲击听起来像是棺材敲击。这位老人死活了。尽管那艘船飞快地飞奔着，尽管从每一只眼睛，如箭一样，急切地瞥了一眼，但是那天晚上却再也看不见银色的喷气式飞机了。每个水手发誓他都看过一次，但是没有第二次。

那个午夜的水口几乎长出了一件被遗忘的东西，几天后，瞧！在同一沉默的时刻，它再次被宣布：它再次被所有人描述；但是一旦驶过它，它就消失了，好像从来没有消失过。因此，它一夜又一夜地为我们服务，直到没人注意到它，却对此感到惊讶。视情况而定，神秘地喷入透明的月光或星光；一整天，两天或三天再次消失；从某种意义上说，每一次明显的重复都在我们的厢型车中不断前进，这种孤独的喷气机似乎永远吸引着我们。

也不是出于对他们种族的不朽迷信，而且按照看起来似乎是超自然的东西，在许多方面都花了不少精力，但那里却想要一些船员，他们在任何时候，任何地方都发誓要假装；无论在多么遥远的时代，或在多么遥远的纬度和经度，那条难以忍受的喷口都是由一条同样的鲸鱼铸成的；那只鲸鱼，白鲸，迪克。有一阵子，在这种飘动的幻影中也充满了一种特殊的恐惧感，仿佛它在诡地向我们招手，以便怪物可以转过身来，并最终在最遥远和最野蛮的海洋。

这些短暂的忧虑，含糊而又令人恐惧，是由于天气的相对平静而产生了奇妙的潜能，在这种幽静的天气中，有些人以为它隐隐约约地藏着一种恶魔般的魅力，就像我们沿着海洋航行的日子一样如此疲倦，寂寞温和，以至于我们报复的差事使所有空间似乎都在像骨灰盒般的船首之前腾出了生命。

但是，最后，当向东转向时，披风开始在我们周围叫，我们在那片漫长而混乱的海洋上起伏跌落。当象牙形的脚架猛烈地向爆炸弯下弓，并在疯狂中刺入了黑暗的浪潮时，直到像银屑雨一样，泡沫片飞到了她的舷壁上。然后所有这些荒凉的生活空虚消失了，但比以前更加令人沮丧。

靠近我们的弓箭，水中奇特的形状飞奔而来。当我们的尾巴很厚时，飞来了难以捉摸的海鸦。每天早晨，栖息在我们的住所中，看到了成排的这些鸟。尽管我们的鸣叫声很长一段时间，但它固执地依附在大麻上，仿佛他们认为我们的船有些漂泊，无人居住。被指定为荒凉的事物，因此适合无家可归的人居住。翻腾着，仍然不停地翻腾着黑海，仿佛它的大潮是良心。世俗的大灵魂因长期的罪恶和所受的苦难而感到痛苦和悔。

好望角，他们叫你们吗？就像过去所说的斗篷；长期以来，我们一直被困在我们面前的种种寂静所吸引，所以我们发现自己身处这折磨的海洋，在那里有罪的生物变成了那些禽鸟和这些鱼，似乎被定罪在没有任何庇护所的情况下永远游泳，或者打败了黑夜没有任何视野。但平静，白雪公主和不变；仍将其羽毛喷泉对准天空；仍在召唤我们前进，有时会描述孤立的喷气机。

在所有这些元素的黑度期间，阿哈卜虽然假设当时几乎连续不断地指挥着湿透而危险的甲板，但却显示出最暗淡的储备；比以往任何时候都很少向他的同伴讲话。在这样的动荡时期，在确保高空之上的一切之后，别无选择，只能被动地等待暴风雨的到来。然后船长和船员成为实际的宿命论者。因此，将他的象牙腿插入惯常的孔中，并用一只手牢牢抓住护罩，花了好几个小时不停地凝视着风向，偶尔的雨夹雪或大雪却几乎把他的睫毛凝结了起来。同时，船员被危险的海浪冲破了船首，从船的前部驶来，排成一列，沿着腰部的舷壁排成一列。为了更好地抵御海浪的袭击，每个人都滑入固定在铁轨上的碗中，就像在松动的皮带中一样摇摆。很少或没有说话；寂静的船，仿佛被涂满蜡的水手所载，日复一日地在恶魔般的波涛汹涌的疯狂与欢乐中撕裂。到了夜幕降临之前，同样的人类沉默在大海的尖叫声盛行之前。那些人仍然默默地摆在船头。仍然一言不发的阿哈卜经受住了打击。即使疲惫的天性似乎要求安息，他也不会在吊床上寻求安息。星巴克永远都不会忘记这位老人的样子，当一个晚上走进机舱以示晴雨表如何站立时，他闭着眼睛看见他直坐在地板上的椅子上。雨和半融化的暴风雨雨来了，他已经走了一段时间，但仍从未脱下的帽子和大衣上慢慢滴下。在他旁边的桌子上放着一张以前提到过的潮汐和潮流图表。他的灯笼紧紧地握在手中。尽管身体是直立的，但头部却被向后扔了，使闭合的眼睛对准了从天花板上的光束中摇摆出来的针头。*

*机舱指南针被称为"讲故事的人"，因为船长在不走下舵的情况下，可以告知自己航行的路线。

可怕的老头！星巴克颤抖着想着，睡在大风中，仍然坚定地注视着你的目的。

第52章信天翁。

从海角向东南方，远离遥远的科罗兹（　），是右侧鲸鱼的良好巡游场地，前方隐约有风帆，名叫戈韦（信天翁）。当她慢慢地从我前桅的高高的栖息处慢慢拉近时，我对远处的捕捞者的视线十分欣赏-远在海上捕鲸，而长期不在家里。

仿佛海浪已经充满了，这艘船就像被困的海象的骨架一样被漂白了。在她的两侧，这种光谱的外观都被长长的泛红锈迹所跟踪，而她的所有稀疏和索具都像是茂密的树丛，上面覆盖着白霜。只有她的下帆。看到她在这三个桅杆头上留着长胡须的望台，简直是不可思议。它们看起来像是披在野兽的皮肤上，因此撕裂并修补了经过了将近四年巡航的服装。他们站在钉在桅杆上的铁圈上，摇曳着，在一片茫茫的大海上摇摆。但是，当这艘船在我们船尾下方缓慢滑行时，我们六个人在空中相互靠近，以至于我们几乎可以从一艘船的桅杆上跳到另一艘船的桅杆上；然而，那些看上去很孤单的渔民在他们经过时温和地注视着我们，对我们自己的监视者只字未提，而四分之一甲板的冰雹却从下面传来。

"船好了！你们看见白鲸了吗？"

但是当那个奇怪的船长正倚在苍白的堡垒上时，正要把他的小号放到嘴里，它以某种方式从他的手掉到了海里；如今风在扬起，他徒劳地努力让自己听到没有它的声音。同时他的船仍在增加距离。当以各种沉默的方式，马蹄形的海员在第一次向另一艘船提及白鲸的名字时就表明了对这一不祥事件的遵守，阿哈卜顿时停顿了一下；如果没有强风吹拂，他似乎好像要降下一条船登上陌生人。但是，利用他的上风位置，他再次抓住了喇叭，从她的角度知道陌生人的船是一艘纳特克特船，很快就驶向了家，他大声地称赞着-"嗨！这是一个缠着世界的脚手架！告诉他们给将来写给太平洋的所有信件致辞！这三年，如果我不在家，告诉他们给他们致信-"

在那一刻，两个尾流相当地交叉，然后，立即按照它们的奇异方式，将一群无害的小鱼成一团，这些鱼在几天前一直在我们身边平静地游泳，飞快地掠过了似乎颤抖的鳍，在陌生人的侧翼前后徘徊。尽管阿哈卜（）在他不断的航行中必须经常注意到类似的景象，但是，对于任何一夫多妻制的人来说，最真诚的琐事反复无常。

"远离我游泳，是吗？" 哈哈喃喃地说，凝视着水。话语似乎很少，但是这种音调传达的是比以前发疯的老人更加深刻的无助的悲伤。但是转向转向者，到目前为止，他一直在风中牵着船以减小其前进的距离，他用老狮子的声音喊道："操舵！让她远离世界！"

环游世界！声音中有很多可以激发自豪感的；但是所有的环游行为都在哪里进行呢？直到无数的危险，直到我们开始的那一刻，我们一直被安全地抛在后面的那些东西，一直摆在我们面前。

如果这个世界是一个无尽的平原，通过向东航行，我们将永远到达新的距离，发现比任何基克拉泽斯或所罗门王群岛更甜美更奇特的景点，那么航程就有了希望。但是为了追求那些遥不可及的奥秘，我们梦，以求地折磨了那个恶魔幻影，这个幻影有时或其他时间游遍了全人类的心灵。当在这个圆形的地球上追逐时，他们要么带领我们进入荒芜的迷宫，要么中途离开我们。

第五十三章。

阿哈卜之所以没有加入我们所说的捕鲸船的表面原因是：风和海就像暴风雨一样。但是即使不是这种情况，他毕竟也不会登上她-根据他在类似场合下的后续行为来判断-如果是这样的话，通过欢呼的过程，他得到了否定的答复。他提出的问题。因为，最终结果是，他不愿与任何陌生队长交配，即使是五分钟也没有，除非他可以提供一些他如此着迷的信息。但是所有这一切可能仍未得到充分的估计，这里没有说到捕鲸船在外国海中相遇时，特别是在一个共同的巡航场上的特殊用法。

如果两个陌生人穿越纽约州的松树贫瘠的土地，或者穿越英格兰同样荒凉的索尔兹伯里平原；如果在如此荒凉的荒野中偶然相遇，这些吐温在他们的一生中将无法避免相互称呼；停下来交换新闻；也许是坐了一会儿，然后在音乐会上休息；然后，在无尽的松树贫瘠的土地和索尔兹伯里平原上，两艘捕鲸船在大地尽头互相追逐-孤独的范宁岛外，或遥远的国王磨坊；我说，在这种情况下，这些船不仅应该互换冰雹，而且还应与之保持更密切，更友好和更友善的联系。对于在一个海港拥有的船长，高级船员和少数几个人是彼此认识的船只而言，这似乎尤其是理所当然的事情；因此，有各种各样的亲爱的家庭事情可以谈论。

对于长期缺席的船舶，出境者可能在船上有信件；无论如何，她将确保让她的一些文件的日期比模糊和磨损的文件上的日期晚一两年。作为这种礼貌的回报，这艘向外驶来的船将从她预定的巡逻场获得最新的捕鲸情报，这对她来说是至关重要的。从某种程度上说，这一切都将适用于捕鲸船在巡游场本身上穿越彼此的航迹的事实，即使它们不在家里也很长一段时间。因为其中一个人可能已经收到了第三艘现在很遥远的船只的来信；其中有些信件可能是给她现在遇到的那艘船的人的。此外，他们还将交换捕鲸新闻，并进行愉快的聊天。因为他们不仅会遇到水手的所有同情之心，而且同样会遇到由于共同的追求以及彼此共享的匮乏和危险而产生的所有特殊的喜好。

国家差异也不会造成任何非常本质的差异；也就是说，只要双方都讲一种语言，美国人和英语就是这种情况。但是，可以肯定的是，从英国捕鲸者的数量很少，这种聚会并不经常举行，而当它们举行时，它们之间太容易产生羞怯感。因为你的英国人很内向，而你的洋基，他不喜欢别人，除了他自己。此外，英国捕鲸者有时会比美国捕鲸者具有某种大都市的优越感。将长而瘦弱的南特克特（ ）与他的描述不清的地方主义视为某种海农。但是要真正体现出英国鲸鱼的这种优势，很难说，看到十年来，一天中的洋基队集体杀死的鲸鱼比全部英国人都要多。但这对英国捕鲸者来说是个无害的小缺点，南特克特并没有太在意。可能是因为他知道自己也有一些缺点。

因此，我们看到，在所有单独航行于海中的船舶中，捕鲸者最有待交际的理由-而且确实如此。然而，在大西洋中部，一些商船横渡彼此的尾巴，却常常在没有一个识别字的情况下就过去了，在公海上相互割裂，就像百老汇上的一副花花公子。而且可能一直沉迷于对对方钻机的最后批评。至于战兵，当他们有机会在海上见面时，他们首先要经过一连串的愚蠢的鞠躬和刮，像鸭子一样的掩护，以至于似乎没有那么多的右倾诚意和兄弟般的爱。当他们参加奴隶船会议时，为什么他们如此匆忙，他们尽快逃开了。至于海盗，当他们有机会穿越彼此的骨时，第一个冰雹是"多少个头骨？"，与捕鲸者的冰雹一样，"有多少个桶？" 这个问题一经回答，海盗就直截了当，因为他们都是双方的地狱恶棍，不愿意看到彼此的恶棍般的相像。

但是，请看一下敬虔，诚实，朴实，好客，善于交际，自由自在的捕鲸者！捕鲸者在任何体面的天气遇到另一个捕鲸者时会做什么？她拥有一种" "，这是所有其他船只都完全不知道的东西，以至于他们甚至从未听说过这个名字。如果他们偶然听到了这些消息，他们只会咧嘴笑，然后重复一些有关"喷头"和"加油机"的有趣的话，例如漂亮的惊叹。为什么所有的商船船员，以及所有的海盗和战舰的人，以及奴隶船的水手，都对鲸船怀有这样的蔑视感；这是一个很难回答的问题。因为对于海盗而言，例如，我想知道他们的职业是否对此具有任何特殊的荣耀。实际上，它有时以不常见的高度结束；但只能在绞刑架上 此外，当一个人以这种奇怪的方式被抬高时，他的高海拔就没有适当的基础。因此，我的结论是，在吹嘘自己比鲸鱼人高昂时，海盗的主张没有坚实的基础。

但是什么是游戏？您可能会厌倦在字典各列中上下滑动的食指，却找不到单词。博士 约翰逊从未达到那种学识。诺亚·韦伯斯特的方舟无法容纳它。然而，多年来，在约一万五千名真正的美国佬中，这个相同的表达词已被不断使用。当然，它需要一个定义，并且应该合到词典中。基于这种观点，让我有经验地对其进行定义。

。名词——通常在巡航场上由两个（或更多）鲸鱼组成的社交会议；在交换冰雹之后，他们何时乘船乘船员互访；当时，两名船长仍留在一艘船上，而两名主要搭档则在另一艘船上。

还有另一个关于游戏的小项目，在这里一定不能忘记。所有专业都有自己的细节之处；鲸鱼捕捞业也是如此。在海盗，战舰或奴隶船上，当船长在船上划船时，他总是坐在船尾的船尾上，坐在那里舒适的，有时是靠垫的座位上，并经常用一个很小的小舵柄操纵自己用同性恋的绳索和丝带装饰。但是鲸船没有后座，没有沙发，也没有耕机。确实，在高潮时期，如果捕鲸船长像在专利椅子上的肮脏的老夫一样，在脚轮上绕着水轮转。至于分，鲸船从来不承认有这样的女人味；因此，就像在赌博中一样，完整的船员必须离开船上，因此，作为船舵手或鱼叉手的人数众多，那个下属就是舵手，无处可坐的船长被撤职到访时，所有人都像一棵松树。通常您会注意到，从两艘船的侧面观察到的整个可见世界的目光都停留在他的身上，这位站立的船长都活着保持腿部以维持他的尊严的重要性。这也不是一件容易的事；因为在他的后方是巨大的凸出的转向桨，时不时地撞击他的后背，后桨通过拍打膝盖向前往复运动。因此，他前后完全被楔住，只能靠在伸直的腿上来向侧面伸展。但是突然的猛烈的俯仰往往会使他倾覆，因为没有相应的宽度，地基的长度就算什么。仅仅使两个极的扩展角变大，就无法站起来。然后，再也看不到世界上被铆钉笼罩的眼睛，也永远不会做，因为我看到这位跨骑的船长用手抓住任何东西就能使自己稳住一点点；确实，作为他整个活跃的自律的标志，他通常双手托在拖网渔民的口袋里。但也许他的手通常很大而沉重，所以他将它们搬运在那里作为压舱物。但是，还是发生了一些事例，这些事例也得到了很好的验证，其中船长在一个不常见的尖键时刻被人们知道，突然间叫一声，即抓住了最近的桨手的头发，并像死了一样死了。

第54章镇豪的故事。

（如金客栈所告诉的）

充满希望的海角以及周围的所有水域，就像一条著名的高速公路的四个拐角处一样，在这里您遇到的旅客比其他任何地方都多。

讲完苦难之后不久，又遇到了另一只向家乡的捕鲸人，乡镇*。她几乎全部由波利尼西亚人担任。在随后的短剧中，她给了我们关于白鲸迪克的强烈消息。对某些人来说，白鲸的普遍兴趣现在因镇民的故事而大大增加了，后者的故事似乎模糊地牵涉到鲸鱼某些奇妙的、颠倒的拜访，其中一些所谓的神的审判有时是说要超越一些男人。后一种情况具有自己的特殊伴奏，构成了即将叙述的悲剧的秘密部分，但从未出现在阿哈卜船长或其同伴的耳中。因为故事的秘密部分是镇长-他本人不知道的。那是那艘船的三名同盟白人海员的私有财产，似乎其中一位秘密地将其传达给塔什特戈，但秘密的禁制令却在第二天晚上塔什特戈在他的睡眠中四处徘徊，并以这种方式透露了很多东西，当他被唤醒时，他不能很好地保留其他人。然而，这个东西对那些完全了解它的马匹中的那些海员产生了如此巨大的影响，并且通过这样一个奇怪的美味，可以这样称呼他们，在这个问题上，他们保持了秘密。自己，这样它就永远不会在续集之后出现。较暗的线索与船上公开讲述的故事交织在适当的位置，我现在继续进行这段奇怪的事情，以保持持久的记录。

*古老的鲸鱼在第一次从桅杆头上看到鲸鱼时就哭了，鲸鱼仍在捕鲸著名的加拉帕戈斯龟。

出于幽默的考虑，我将保留我曾经在利马叙述的风格，到一个西班牙前夜闲荡的朋友，一个圣夜，在金色客栈的-金瓷砖广场上吸烟。在那些优秀的骑兵中，年轻的唐，佩德罗和塞巴斯蒂安与我关系更近。因此，他们偶尔会提出一些相互混淆的问题，这些问题在当时已经得到了适当的回答。

"在我第一次学习有关排练活动的前两年，先生们，楠塔基特镇的精子捕鲸者，在这里太平洋巡游，从屋檐向东航行的日子不多一家不错的金色旅馆。她在生产线的北边某处。一天早晨，在处理水泵时，根据日常使用情况，发现她握着的水比平时多了，他们以为剑鱼刺了她，先生们，但船长有一些不同寻常的理由，认为在这些纬度地区正等着他难得的好运；因此，他非常不愿意放弃他们，于是根本就不认为泄漏是危险的，尽管事实上，他们找不到在相当恶劣的天气下尽可能低地搜寻货舱之后，船仍然继续航行，水手们在宽阔而轻松的时间间隔在水泵上工作；但没有运气；更多的日子过去了，不仅泄漏尚未发现，但它明显增加了。如此之大，以至于现在引起惊慌的是，船长全力以赴，站到了群岛中最近的港口，在那里将他的船壳挖出并进行了维修。

"尽管在她面前经过了不小的路程，但是，如果有最常见的机会，他完全不担心自己的船会顺便建立，因为他的泵是最好的，并且定期向他们放水，这六艘船-他的三十个男人可以轻松地使船畅通；没关系，泄漏是否会加重她。事实上，几乎整个这段段落都伴随着非常繁华的微风，小镇的居民几乎可以肯定地到达了如果不是因为拉德尼，大副，一位葡萄园酿酒师的残酷暴行，以及斯蒂夫尔特，一个湖人和布法罗的绝望者的残酷挑衅，她在港口的安全就不会造成最少的死亡。

"'湖人！-水牛！祈祷，什么是湖人，水牛在哪里？" 堂·塞巴斯蒂安（
）说，正在他摇摆的草丛中站起来。

"在我们伊利湖的东岸，可是，-我渴望得到你的礼貌-也许，你很快就会听到所有这些。现在，先生们，乘方帆和三桅船，近在咫尺。就像任何从您的老卡亚欧航行到远处的马尼拉的人一样大而粗壮；这位湖人，在我们美国内陆的心脏地带，尚未被那些普遍与公海联系在一起的耕种自由耕种的印象所养育。汇流的集水区，即我们的伊利，安大略，休伦，上层和密歇根州这些巨大的淡水海域具有海洋般的扩张性，具有许多海洋的最崇高特征；许多有缘的种族和气候，就像波利尼西亚的水域一样，它们包含浪漫的小岛的圆形群岛；在很大程度上，它们像大西洋沿岸一样由两个截然不同的国家支撑；它们为从东部到我们众多领土殖民地的漫长海上航行提供了途径，遍布他们的银行；在这里和 炮台和高高的麦基诺的山羊似的崎的枪支使人皱眉。他们听到舰队在海上取得胜利的轰鸣声；他们每隔一段时间就会把海滩交给野蛮人，野蛮人的红色脸庞从他们的棚屋里闪闪发光。因为同盟和同盟的两侧是古老而未曾进入的森林，在那儿，紧的松树像哥特式家谱中的国王似的锯齿状竖立。那些树林里藏着野生的非洲猛兽，还有那些丝滑的动物，它们的出口毛皮使牙皇帝们长袍；它们反映了水牛城和克利夫兰的铺砌首都以及温尼巴哥村庄；它们像满载的商船，国家的武装巡洋舰，轮船和山毛榉独木舟一样漂浮；它们被北山和毁灭性的爆炸所扫除，就像冲击盐波一样可怕。他们知道什么是沉船，因为看不见陆地，却看不见内陆，他们淹没了许多午夜船，所有尖叫的船员都沉没了。因此，先生们，尽管是内陆人，钢裙裤是野海出生的，并养育着野海；和其他任何一个大胆的水手一样。对拉德尼来说，虽然还处于婴儿期，但他还是把他放下在孤单的楠塔基特海滩上，在母海里哺乳。尽管在来世后，他长期跟随我们的严厉大西洋和您沉思的太平洋；然而，他是像刚从巴克霍恩操刀的弓箭刀地区走来的偏僻的海员一样报复和充满社会争执的人。难道这个南特克特（ ）是个有好心的人。这个湖人，一个水手，虽然确实是一种恶魔，但可能仍会坚定不移地坚定不移，只是受到人类公认的普遍礼节的约束，这是最卑鄙的奴隶的权利；如此处理后，这种钢短裙长期无害且温顺。无论如何，到目前为止，他已经证明了这一点。可是拉德尼却注定要发疯，并发脾气，但是绅士们，你会听到的。

"在将船首指向岛上的避风港后，最远不到一两天，小镇的漏水似乎再次增加了，但这仅仅是为了每天抽水一个小时或更长时间。您必须知道在例如我们的大西洋这样一个安定而文明的海洋中，一些船长很少考虑将其整个行程都抽过去；尽管在一个寂静、沉睡的夜晚，甲板人员是否应该忘记在这方面的职责，由于所有的手都轻轻地沉入海底，他和他的船友们再也不会记住它了，先生们，或者在远离你而向西的孤僻的野海中，先生们，这是不寻常的。即使在相当长的航程中，也就是在他们的泵把手上发出嘶哑的声音；也就是说，如果它沿着可容忍的沿海航行，或者如果他们提供了任何其他合理的撤退，只有当泄漏的船只处于某个非常狭窄的地方时，那些路的一部分 叔叔，她的船长开始有些焦虑，这确实是无土地的纬度。

"乡镇的情况就差不多了；因此，当发现她的泄密事件再次增多时，实际上她的几位陪伴者尤其是同伴拉德尼表现出一些小顾虑。他命令上风帆要我想，这个拉德尼像个胆小鬼一样，不像任何胆怯、无思想的生物那样动摇他自己的人，变得既胆怯又怯，先生们，您可以方便地想象到陆地上或海上，因此，当他背叛了对船舶安全的这种关怀时，一些海员宣布这仅仅是因为他是船东的一部分，所以当他们工作时那天晚上，在水泵上，他们头上没有什么轻巧的玩笑，因为他们的脚不断被波涛汹涌的清澈的水站着、站着；就像任何高山的春天一样，先生们-从水泵里冒出来的气泡横贯整个 甲板上，并在李孔的稳定喷口中倒出自己。

"现在，众所周知，在我们这样的传统世界中，情况并不罕见-水汪汪的；否则，当一个掌管同胞的人发现其中一个人明显是他的自尊心很强时，从成年的角度出发，他直面那个男人，他怀着一种不可战胜的厌恶和痛苦；如果他有机会，他将把那个副塔楼的塔推倒并粉碎成粉，并为它撒些灰尘。这可能是我的自负，先生们，无论如何，斯蒂夫卡尔特是个高大而高贵的动物，头像罗马，头上流淌着金黄色的胡须，就像你的总督打的充电器上的穗子一样；先生们，有大脑，有心脏，有灵魂。他曾是查理曼大帝的儿子，但他的配偶拉德尼却像子一样丑陋；但顽强，顽强，恶毒，他并不喜欢斯蒂夫特，而斯蒂夫特尔知道这一点。

"他窥视那只正在与其他人一起劳作的同伴，湖人不加注意地注意到了他，但不为所动，继续开着他的同性恋戏。

"是的，是的，我的小伙子们，这是一个活泼的泄漏；拿着一个罐子，你们一个，让我们来尝一尝。主啊，这是值得装瓶的！我告诉你们，伙计，老拉德的投资必须去为此，他最好将船体的一部分剪掉并拖回原处，事实是，男孩，剑鱼才刚刚开始工作；他又带着一帮船匠，锯鱼和渔船回来了。文件鱼，什么都没有；而且他们的整个工作现在都在工作中，在底部进行削减和削减；我想做些改进。如果老拉德现在在这里，我会告诉他跳水并分散我可以告诉他，他们是在用他的财产来摆弄魔鬼，但他是一个简单的老灵魂，拉德也很漂亮。男孩们，他们说他的其余财产都投资在了眼镜上。想知道他是否会给像我这样可怜的恶魔鼻子模型。

"该死的眼睛！那个泵停了什么？" 拉德尼怒吼着，假装没听见水手们的讲话。

"是的，是的，先生，'斯蒂夫基尔特说，般快乐。'活泼，男孩，活泼，现在！" 泵的声音像五十个消防车一样响了起来；人们把帽子扔了下来，很久以前，人们听到肺部特殊的喘气声，这是生命最大能量的最大张力。

"最后，他和乐队的其他成员一起退出了打气筒，湖人全力以赴，坐在起锚机上；他的脸发红，眼睛充满血丝，并擦去了额头上大量的汗水。恶魔们，先生们，拥有拉德尼来插手，以这种极度生气的状态与这样的人交往，我不知道；但是事情确实如此。伴侣无奈地沿着甲板大步走，命令他拿起扫帚，扫下木板，以及铲子，并消除了允许猪大范围奔跑时产生的一些令人讨厌的问题。

"现在，先生们，在海上扫荡一艘船甲板是一项日常工作，但每天晚上经常要参加狂风大雨；众所周知，这是在当时船舶实际沉没的情况下进行的。先生们，是海员们的僵硬习惯和对海员本能的本能之爱；其中一些人不先洗脸就不会愿意淹死，但在所有船只中，这种扫帚生意都是男孩的规定性工作，如果男孩在那里此外，是镇上的强者，被分成帮派，在水泵上轮流转；作为其中最有运动水手的水手，斯蒂尔·基尔特被定期指派为其中一个帮派的船长。因此，他本来应该摆脱任何与真正的航海职责无关的琐碎事务，我的同志就是这样，我提到了所有这些细节，以便您可以确切地了解两人之间的关系。

"但是不止如此：关于铲子的命令几乎是明明意味着刺伤和侮辱斯蒂格特苏格兰短裙，就像雷德尼脸上吐了口一样。任何在鲸船上当过水手的人都会明白这一点；所有人毫无疑问，湖人在同伴说出命令时完全理解了，但是当他静坐一会儿时，他坚定地注视着同伴的恶性眼睛，并意识到堆积在他和慢速比赛悄悄地朝着他们燃烧；当他本能地看到这一切时，那种奇怪的忍耐和不愿激起任何已经发脾气的人的更深层次的热情-当真正感到英勇的人即使感到委屈时，也会感到最讨厌先生们，这种无名的幻影感觉偷走了钢铁裙。

"因此，以他平常的语气，只是暂时被他的身体疲惫打断了一点，他回答说，扫荡甲板不是他的事，他不会这样做。然后，完全没有提及他用铲子指着三个小伙子，作为习惯的清扫工；他们并没有被抽水机弄得一整天，却整日没有做任何事情，甚至没有做任何事情，为此，拉德尼发誓，以最霸道和粗暴的方式无条件地重申了他的命令；与此同时，他举着库珀举起的俱乐部锤子，从附近的一桶酒桶中抢了过来，坐到仍然坐着的湖人身上。

"他在抽水机上抽筋时感到疲惫和恼火，尽管他最初无名的忍耐感觉使出汗的钢脚可能无法忍受伴侣的这种负担；但是不知何故，他仍然闷闷不乐，没有说话，他仍然顽强地坚持着扎到他的座位上，直到最后被激怒的拉德尼在他几英寸的范围内摇动锤子，疯狂地命令他进行投标。

"钢脚上升了，慢慢地绕着锚机撤退，他的同伴用险恶的锤子稳步跟着，故意重复了他不服从的意图。但是，由于他的可怕而难以言喻的暗示，他的忍耐并没有丝毫影响。他用扭曲的手警告了这个愚蠢而痴迷的人；但这没有任何目的，这样，两人就一次缓慢地绕过锚机；这时，终于下定决心不再撤退，以为他现在已经忍受了那么多与他的幽默相称，湖人停在舱口上，然后对那名军官说：

"拉德尼先生，我不会听从你的。拿掉那把锤子，或者看着你自己。"
但是这个有缘的伴侣离他越来越近了，湖人站在那里，现在摇了摇锤在牙齿的一英寸之内；与此同时重复了一连串令人难以忍受的降职，不撤退一英寸的千分之一；刺了他一眼。用一副坚定的眼神着枪，紧握着右手在他身后，慢慢地退回去，告诉迫害者，如果锤子擦过他的脸颊，他（）会杀了他。当众神宰杀时，锤子立即触碰了脸颊；第二天，伴侣的下颌就在他头上的炉子里；他掉在舱口上，像鲸鱼一样吐血。

"可哭的声音可能会传到后方，钢脚摇晃着一个远在高处的支柱，他的两个同志站在那里，他们的标头都是他们。

"'卡纳尔！'唐佩德罗大叫："我们在港口看到过许多鲸鱼船，但从未听说过你的独角兽。对不起：它们是谁和什么？"

"'卡纳勒斯，唐，是我们大伊利运河的船夫。你一定听说过它。'

"'不，先生；在这片沉闷、温暖、最懒惰和世袭的土地上，我们对您的北部鲜为人知。

"是吗？好吧，别把我的杯子装满。你的蛋奶很好。然后我进一步告诉你我们的菜鸟是什么，因为这些信息可能使我的故事蒙上阴影。"

"在三百六十英里之内，绅士遍及纽约州的整个广度；遍及众多人口稠密的城市和最繁华的村庄；遍历漫长而凄凉，无人居住的沼泽和富饶的耕地，无与伦比的肥沃性；通过台球室和酒吧室；穿过大森林的圣殿；在印度河上的罗马拱门上；穿过阳光和阴影；被快乐的心或破碎；穿过那些高贵的莫霍克郡的对比鲜明的风景；尤其是由成排的白雪皑皑的小教堂组成，它们的尖顶几乎像里程碑一样，流淌着一连串的威尼斯人腐败的生活，常常是无法无天的生活。 ；在漫长的阴影下，以及在教堂里光顾的庇护所，因为有些奇怪的死亡，因为人们经常注意到他们曾经在司法厅里扎营，这是罪犯，先生们，最神圣的地方比比皆是。

"'这是男友吗？" 唐佩德罗说，向下看向拥挤的广场，充满幽默感。

"对我们北方的朋友来说，伊莎贝拉夫人的宗教裁判权在利马减弱了，"唐塞巴斯蒂安笑着说。"继续，先生。"

"'片刻！原谅！" 该公司的另一位员工喊道："以我们所有人的名义，我想向您表达，水手先生，我们绝不会忽略您的美味，在您的腐败比较中不用目前的利马代替远处的威尼斯。哦！不要低下头，看起来很惊讶；您会知道这条海岸的谚语- "像利马一样腐败。" 但也证实了您的话；教堂比台球桌更丰富，而且永远开放-和 "像利马一样腐败。 "威尼斯也是如此；我去过那里；圣马可福音传教士圣马可！！圣多米尼克，将它吹净！你的杯子！谢谢：我在这里加气；现在，你又倒出来了。"

"先生们可以自由地描绘自己的职业，绅士会造就出一个出色的戏剧英雄，他是如此的丰富和如画般的邪恶。就像马克·安东尼一样，他在他那绿色的，花开的尼罗河上走了好几天，他顽强地漂浮着，公开地玩弄他的脸颊红润，使杏大腿在阳光明媚的甲板上成熟，但在岸上，所有的女性魅力都破灭了。他漂流过的村庄的纯真微笑；他的燕窝面和大胆的招摇在城市中并没有被绕开；一旦在他自己的运河上流浪汉，我从其中一个游击队员中得到了良好的转身；我由衷的感谢他；我会很高兴并非忘恩负义；但这通常是您的暴力人物救赎的主要品质之一，有时他用刚硬的手臂来支持海峡中的一个可怜的陌生人，就像掠夺一个富有的人一样。荒野 这是运河生活的重点吗？我们的野生鲸鱼捕捞业包含了许多最优秀的毕业生，而且除悉尼人外，几乎没有任何人类种族受到我们捕鲸船长的不信任。但这丝毫也没有减弱人们对这条沿线出生的成千上万的农村男孩和年轻人的好奇心，大运河的试用期提供了在基督徒玉米田里悄悄收割和鲁地耕种最野蛮海域的水域。

"'我明白了！我明白了！'唐·佩德罗冲动地大叫起来，把他的闲话洒在他银色的皱纹上，"不用去旅行！世界上唯一的利马。我现在想，在你温带的北部，几代人像山丘一样寒冷而神圣。"'

"先生们，我离开了，先生们，那是湖人摇摇晃晃的地方。当他被三个大副和四个鱼叉包围着时，他几乎没有这样做，他们都挤他到了甲板上。但是像残酷的彗星一样滑下了绳索。，这两名游击队员冲入了骚动，试图将他们的男人拖出堡，朝前哨走去；其他水手也加入了他们的行列，随之而来的是动荡的骚动；勇敢的上尉在躲避伤害的同时跳起舞来他用鲸鱼鱼刺上下，呼唤他的军官处理那只残暴的流氓，并把他抽到四分之一甲板，每隔一段时间，他跑到混乱的旋转边界附近，窥探它的心脏。它用长矛刺穿，企图挑出他的不满，但斯蒂格特和他的亡命之徒对他们所有人来说太多了；他们成功地获得了前甲板，在那里，匆忙地将大约三，四个大酒桶与这些锚机 巴黎人根深蒂固地站在路障后面。

"出来吧，海盗！" 船长咆哮着，现在每只手都用一支手枪威胁着他们，刚被管家带到他身边，"出来吧，！"

"跳上了路障，并大步向前走去，无视手枪所能做的最坏的事；但让船长清楚地了解到，他（的）死将是所有人双手谋杀性变的信号。船长心生恐惧，恐怕这可能会证明，但事实确实如此，船长有点停滞不前，但仍然命令叛乱分子立即返回其职务。

"'如果我们这样做，你会承诺不碰我们吗？' 要求他们的头目。

"'转向！转向！！-我不做任何保证；————尽你的职责！你想通过在这样的时间撞倒船沉没这艘船吗？转向！" 然后他再次举起手枪。

"沉船吗？" 斯蒂尔基尔特喊道："是的，让她沉下去。除非您发誓不对我们提出绳索纱，否则我们这个男人不会转向。怎么说，男人？" 转向他的同志们，他们的反应很激烈。

"湖人现在在街垒上巡逻，同时始终注视着队长，然后抽出这样的句子：-这不是我们的错；我们不想要它；我告诉他把锤子拿走；这是男孩的事；在那之前他可能认识我；我告诉他不要刺水牛；我相信我在他被诅咒的下巴上折断了一根手指；伙计们将那些切碎的刀子放到那座前楼里吗？亲爱的船长们，请上帝看向自己；说一句话；别傻了；忘了一切；我们准备求助；体面地对待我们，我们是您的男人；但是我们不会被迷糊。

"'转！我不许，转，我说！'

"'看，现在，" 湖人喊着，朝他的手臂猛扑过来，"你们中有几个人（我是其中之一）已经乘船出海了，德耶，你知道了。先生，众所周知，只要锚点下来，我们就可以要求放电；所以我们不想吵架；这不是我们的利益；我们希望和平；我们愿意工作，但我们不会迷糊了。

"'转向！'队长大吼。

"钢脚架环顾了一下他，然后说：" '我告诉你现在是什么，船长，而不是杀了你们，被吊死在如此破烂的流氓下，除非你们攻击，否则我们不会举手攻击你们我们；但是直到您说出不打扰我们的字眼，我们才可以动手。

"然后下去，跟你们一起下去，我会一直呆在那里，直到你对它感到厌倦为止。下去吧。"

"'我们可以？'头领向他的士兵喊道，他们中的大多数人都反对它；但是总的来说，为了服从钢脚，他们将他带到了黑暗的巢穴中，像熊熊一样地消失在山洞里。

"由于湖人的光秃秃的头正好与木板齐平，所以船长和他的船身越过了路障，迅速越过舷窗的滑梯，将他们的双手放在其上，并大声地呼吁管家将沉重的人带走。属于随行通道的黄铜挂锁。

"然后稍微打开滑梯，机长在裂缝上窃窃私语，将其关闭，然后将钥匙对准了他们（十个），留在甲板上约二十个或更多，到目前为止，他们一直保持中立。

"整夜，上下班的所有军官都保持着清醒的手表，特别是关于前楼的舷窗和前舱口；在最后一个地方，担心叛乱分子冲破下面的舱壁会出现。黑暗中和平地过去了；那些仍在履行职责的人仍在辛苦地为泵工作，他们在沉闷的夜晚不时地叮叮当当的叮叮当当响彻整个船。

"日出时，船长前进，撞上甲板，召唤囚犯上班；但是他们大叫一声，他们拒绝了。然后向他们放下水，然后把几块饼干扔掉；随后又翻了个身。

每天两次，连续三天，船长把钥匙放在他们的口袋里，然后放回了四分之一甲板；但是在第四天早晨，混乱的争吵声传来，然后听到了划痕，因为传来了常规传票。突然，有四个男人从前楼冲了出来，说他们准备好了。空气的险恶环境以及饮食的节制，也许是出于对最终报应的某些恐惧的束缚，使他们不得不投降。·机长重申了对其他人的要求，但斯蒂格特短裙向他喊了个绝妙的暗示，以阻止他胡言乱语，把自己当成自己的住所。第五天早上，其他三名叛变分子从绝望的地方冲向空中。均方根值低于试图限制它们的均方根值。只剩下三个。

"'现在转向更好？" 船长冷嘲热讽地说。

"'再把我们关起来，好吗！'哭泣的钢铁裙。

"哦，当然。"机长说，然后钥匙响了一下。

"先生们，正是在这一点上，被他的七个前同事的叛逆所激怒，并被最后一次欢呼声嘲笑他，并因他长期被埋在一个像绝望的大肠一样黑的地方而发疯；那时，斯蒂夫卡尔特向这两个狼人提出了建议，到目前为止，显然与他同在，是在下次驻军召唤时从他们的洞中爆出来的；并用敏锐的切碎刀武装（长而新月形的重型农具，带有一个他说，无论他们是否加入他的行列，他都会自己抓捕，如果可能的话，他会自己抓捕这艘船。他应该在那间书房里度过，但该计划在其他两个方面都没有遭到反对；他们发誓准备为此或其他任何疯狂的事情做任何准备，简而言之就是投降。他们都坚持要当甲板上的第一个人 我要赶时间了。但他们的首领对此表示强烈反对，自己保留了这一优先权；特别是因为他的两个同志在这件事上彼此屈服；他们两个都不是第一位，因为梯子一次只能接纳一个人。先生们，在这里，这些罪恶的恶作剧必须出来。

"在听取了领导者的疯狂计划后，每个人都在自己独立的灵魂中突然发亮，似乎在同一背叛中，即：首先要突破，以便成为三者中的第一个，虽然十人中的最后一个人要投降；因此，尽管有一点小机会赦免，但这种行为可能值得。但是当斯蒂夫基尔特知道他仍然决心把他们带到最后一个人的决心时，他们以某种卑鄙的恶棍般的化学手段，把他们的秘密秘密混在一起；当他们的首领陷入昏昏欲睡时，用三句话在口头上互相开放自己的灵魂；用绳子捆住卧铺的人，用绳子堵住他；在午夜大喊为船长。

"他想到手头的谋杀案，在黑暗中闻到鲜血的味道，他和他的所有武装伙伴和鱼叉赶到了前哨。几分钟后便打开了舷窗，手脚缠住了仍在挣扎中的头目。由他顽强的盟友抬起头来，盟友立刻宣称有幸保卫一个已经成熟的男人，因为他被谋杀了，但所有这些都被领住了，像死牛一样在甲板上拖着，并被抓住像四分之三的肉一样，爬到薄雾笼罩的索具上，他们在那里一直挂到早晨，"该死，"船长喊道，在他们面前来回走来走去，"秃鹰不会碰到你们，小人！"

"日出时，他召集了所有的手；将那些叛逆的人与那些没有参与兵变的人分开，他告诉前者他有一个很好的主意将他们全面鞭打-总的来说，他会做的因此，他本应以正义来要求它；但就目前而言，考虑到他们的及时投降，他将让他们接受谴责，因此他在白话语中对此加以管理。

"'但是，对你来说，你们腐尸流氓，'转向索具中的三个人-'对你来说，我的意思是要为试锅而剁碎；'" 然后，他抓住绳索，全力以赴地将它用在了两个卖国贼的背上，直到他们不再大喊大叫，但是当两个被钉死的小偷被吸引时，他们的头却毫无生气地垂在了一边。

"'我的手腕被扭伤了！' 他终于哭了；"可是，我的矮脚鸡还剩下足够的绳子给你，这不会放弃。从他的嘴里拿出那堵嘴，让我们听听他能为自己说些什么。"

"疲惫不堪的叛徒有一阵子颤抖地抽动着他狭窄的下巴，然后痛苦地扭曲着他的头，在某种嘶嘶声中说道：'我的意思是-要好好想一想-如果你鞭打我，我就谋杀了。您！'

"'是的？然后看看你是怎么吓到我的'" -船长用绳子拉了下来。

"最好不要。" 湖人嘶嘶地说。

"'但是我必须，'-绳索又被拉回了行程。

"这里的钢管脚发出嘶嘶声，除了船长以外，所有人都听不见；令所有人惊讶的是，他起身向后退，迅速在甲板上踩了两三遍，然后突然摔下了绳子，说：'我不会做到了-放开他-砍下他：听到了吗？

"但是，当小伙子们急于执行命令时，一个苍白的人，头上缠着绷带，逮捕了他们-首席搭档拉德尼。自从受到打击以来，他就躺在自己的卧铺上；但是那天早上，听到了骚动。他爬到甲板上，到目前为止，已经观看了整个场景，这是他的嘴巴状态，几乎无法说话；但是他抱怨自己愿意并且有能力做船长不敢尝试的事情，他夺走了绳索，前进到他的小敌人。

"'你是个胆小鬼！' 湖人嘶嘶作响。

"'我也是，但是接受。" 当另一名嘶嘶声保持在他抬起的手臂上时，他的同伴正大打出手，他停了下来：然后不停地停顿，尽管有钢脚石的威胁，但还是做到了他的话。，所有人的手都转向了，在喜怒无常的海员们的闷闷不乐中，铁泵像以前一样响了。

"就在那天晚上天黑后，一只手表在下面退下，在前座舱里传来一阵喧闹声；两个颤抖的叛徒奔跑，围困了机舱门，说他们不敢与机组人员合二为一。财物、袖口和脚踢不能驱赶他们，所以他们自己被放回了船上进行救助，但其余的人都没有再出现叛变的迹象，相反，似乎主要是在斯蒂尔凯尔特的煽动下，他们决定保持最严格的安宁，服从所有命令，直到船到达港口，将她遗弃在身体上，但是为了确保航行最快的结束，他们都同意另一件事-即，不要唱歌尽管有泄漏，也有其他所有的危险，但镇上仍然保留着桅杆，船长也愿意放下一条鱼，以防鲸鱼被发现。那一刻，就像他的手艺首次击中巡航的那一天；以及 伴侣拉德尼已经准备好换船泊位了，他绷紧的嘴巴试图在鲸鱼的下巴处死。

"但是，尽管湖人诱使海员在行为上采取了这种消极态度，但他仍对至少将其死在脑室的那个人进行适当的和私人的报复（至少直到一切都结束了）。他的心在拉德尼（ ）的陪伴下；仿佛这个痴迷的男人试图逃跑超过一半，以迎接他的厄运，在索具现场后，他坚持反对船长的明确建议。在这种情况以及另外一种或两种情况下，斯蒂尔基尔特系统地制定了他的复仇计划。

"在晚上，拉德尼以一种不像海员般的方式坐在四分之一舷的舷墙上，将胳膊靠在那只悬挂在船舷上方稍稍高一点的船舷壁上。众所周知，他有时打睡，在船与船之间有相当大的空缺，而在这之间是大海。斯蒂夫卡尔特计算了他的时间，发现他掌舵的下一个诀窍将在两点钟左右出现，在他被出卖的第三天的早晨，他闲暇时利用时间间隔在下面的手表中仔细编织了一些东西。

"你在那做什么？" 一个船员说。

"你怎么想？它看起来像什么？"

"就像是你的书包的挂绳；但在我看来，这是个奇怪的挂绳。"

"是的，有点古怪。" 湖人在他面前拉着手臂，说："但是我想它会回答。轮船员，我没有足够的麻线，你有吗？"

"但是，在前座没有。

"那么，我必须从老拉德那里得到一些；" 然后他升到船尾。

"'你不是要去乞讨他！" 一个水手说。

"'为什么不呢？你想在最后帮助自己的时候，他不会转弯给我，船夫？" 然后去找同伴，他安静地看着他，问他要用细麻绳来修理他的吊床，结果得到了他-再也看不到细麻绳和挂绳了；但是第二天晚上，一个铁网紧紧结了网，从湖人猴子外套的口袋里，正当他将外套塞进吊床作为枕头时，二十四个小时后，他在无声的头盔上戏弄—接近那个容易在坟墓上打睡的人，随时准备挖那个海员的手-那致命的时刻到了；在斯蒂尔·基尔特（）的先天灵魂中，那对同伴已经形成了鲜明的轮廓，像一具尸体一样伸展着，额头被压碎了。

"但是，先生们，一个傻瓜使拟杀人犯从他计划的血腥行为中解救了出来。但是他已经报仇了，而没有成为复仇者。因为一场神秘的死亡，天堂本身似乎介入了他的谋杀。将自己本该做的该死的事情交给自己。

"只是在黎明和第二天早晨的日出之间，当他们从甲板上洗下来时，一个愚蠢的特内里费人在主链上吸水，立刻喊道，'她滚了！在那里她滚！耶稣，真是一条鲸鱼！是白鲸。

"'白痴！" 塞巴斯蒂安哭了；"圣多米尼克！水手先生，但是鲸鱼有洗礼吗？谁叫你白鲸吗？"

"'一个非常白人，最有名，也是最致命的不朽怪物，唐；但那故事太长了。'

"怎么？怎么？" 所有年轻的西班牙人都哭着挤了。

"'不，不，不，不-不，不不！我现在不能再排练了。先生，请允许我更多地广播。

"'！！" 唐佩德罗哭着说："我们那充满活力的朋友看上去很虚弱；把他的空杯子装满！"

"先生们，不用了，片刻，我继续。——现在，先生们，于是突然兴奋地察觉到了船上五十码内的白鲸，忘却了船员之间的紧凑空间，这时激动不已的特内里费人本能地，不由自主地为怪兽抬起了声音，尽管有一段时间了，它显然被三个闷闷不乐的桅杆头所注视，现在全都是嘶哑的声音。"白鲸-白鲸！" 是船长，队友和鱼叉者的呐喊，他们并没有惧怕可怕的谣言，他们都急于捕获如此著名和珍贵的鱼；而顽强的船员们则目不转睛地问，带着诅咒，这巨大的乳白色群的骇人听闻的美丽，先生们，奇怪的死亡弥漫在这些事件的整个职业生涯中，仿佛在绘制世界本身之前就已确定了真相。搭档的弓箭手，系上一条鱼时，他的责任是坐在他旁边，而雷德尼则用他的长矛站立在船头上，按命令的话拖拉或放松钓线。四只船降了下来，伴侣开始了；没有比他更喜欢叫的钢笛了，因为他拉紧了船桨。一阵僵硬的拉力，他们的鱼叉很快就飞了起来，拉德尼牵着长矛扑向了鞠躬，看来他一直是个愤怒的人，在船上。现在他绷带的叫声是，要把他靠在鲸鱼的最高背上。没什么可憎的，他的弓箭手通过使两种白色混在一起的致盲泡沫将他拖拉起来。突然，船撞到了沉下去的壁架上，并向后倾斜，溢出了站立的伴侣。那一刹那，当他掉落在鲸鱼的湿滑后背上时，船正对着波浪，冲向了一边，而雷德尼则被抛到了鲸鱼另一侧的海里。他从喷雾中扑出，一瞬间，透过那面纱朦胧地看到了他，疯狂地试图将自己从白鲸的眼睛中移开。但是鲸鱼突然猛地冲了过来。抓住游泳者的下巴；然后与他一起高高举起，再次猛跌而下。

"同时，在船底的第一次水龙头处，湖人放松了钓线，以便从漩涡中掉下船尾；他平静地看了看，自己想了想。但船突然地，可怕的，向下的抽动，很快，他把刀划到了线上，他剪了下来；鲸鱼自由了；但是，在一定距离处，白鲸又重新站起来了，身上散落着雷德尼的红色羊毛衬衫的破烂物，咬住了毁了他的牙齿，全部四只船再次追逐；但是鲸鱼躲避了它们，最后完全消失了。

"在适当的时候，镇上的人到达了她的港口，那里是一个野蛮，孤独的地方，没有文明的人居住。在那里，以湖人为首，除五、六个前哨工人外，其余人故意在棕榈树之间荒芜；最终，原来，他抓住了野蛮人的大型双人战争独木舟，并启航前往其他港口。

"该船的公司减少到了很少，但船长呼吁岛民协助他进行繁重的工作，将船下沉以阻止泄漏。但是对他们的危险盟友如此不安的警惕是，这小群白人是必要的不论是白天还是黑夜，他们都经过了艰苦的努力，以致船只再次准备出海时，船体的状况变得如此虚弱，以至于船长不敢在如此沉重的船只中与他们一起航行。在与他的军官商议后，他将船尽可能地锚定在离海岸很远的地方；从弓头装上并用尽了他的两门大炮；将火枪堆在船尾上；并警告岛民不要冒险接近船，一个男人和他一起，骑着他最好的鲸船的帆，直奔风向远方的五百英里的塔希提岛，向他的船员求助。

"在航行的第四天，有人描述了一个大独木舟，似乎触及了一个低矮的珊瑚岛。他避开了它；但是野蛮的航行降落在他身上；不久，钢铁裙的声音向他鸣叫。船长举起了一支手枪，一只脚踩在那只叉着的独木舟的前叉上，湖人大笑着嘲笑他；向他保证，如果那把手枪击得那么多，锁，他会把他埋在泡沫中。

"你想要我什么？" 队长哭了。

"'你被绑在哪里？你被绑在什么地方？' 要求钢铁工；"不要说谎"。

"'我一定会去塔希提岛招募更多的人。'

"很好。让我登上你的片刻-我和平相处。" 他从独木舟上跳下来，游到船上；爬上舷墙，与船长面对面站在一起。

"双臂交叉，先生；丢下你的头。现在，重复我一遍。斯凯特尔特离开我后，我发誓要把这艘船在永德岛搁浅，并在那里待六天。如果我不这样做，可能会遭受雷击我！'

"一个漂亮的学者，" 湖人笑道。"阿迪奥斯，先生！" 然后跳入大海，游回同志们。

"看着船，直到它被搁浅，直到可可坚果树的根部，斯蒂尔柯尔特再次起航，并适时到达他自己的目的地塔希提岛。在那里，祝他好运；两艘船即将要去法国航行，并且天真的缺乏水手所带领的那批人；他们上船了；因此，如果他根本不介意为他们进行法律上的报酬，那永远是他们前任船长的起点。

"法国船只航行十天后，鲸船抵达，船长被迫征召一些较为文明的塔希提人，他们已经习惯了海上生活。他租用了一辆小型本地大篷车，随他返回他的船；并在那里找到一切，再次恢复了巡航。

"先生们现在不知道是在哪里，但是在楠塔基特岛上，拉德尼的遗仍然转向大海，拒绝放弃它的死者；仍然在梦中看到可怕的白鲸毁了他。

"'你经过吗？'唐塞巴斯蒂安静静地说。

"'我是，别。'

"'那么我恳求你，告诉我，就你自己的信念而言，你的故事实质上是真的吗？它是如此的精彩！你是从毫无疑问的来源得到的吗？如果我似乎按我的话，请忍受我。'"

"水手先生，我们所有人也要承担；因为我们都参加了唐·塞巴斯蒂安的诉讼，'"该公司满怀兴趣地喊道。

"先生们，在金客栈里有圣传福音的副本吗，先生们？"

"是的，'"唐·塞巴斯蒂安说："但是我附近有一位值得敬拜的牧师，谁会迅速为我采购一位。我愿意这样做；但是你被劝告了吗？这可能变得太严重了。"

"'你还可以带牧师来，好吗？'"

"尽管利马现在没有自动售货机，'"其中一家公司对另一家公司说："我担心我们的水手朋友冒着始作俑的风险。让我们从月光下撤走更多。我认为没有必要这个。'"

"请原谅我，追赶你，唐·塞巴斯蒂安；但我也谨恳求你，在采购最大规模的福音传教士方面，你将表现出特殊性。"

"'这是牧师，他带给您福音传教士，'唐·塞巴斯蒂安严肃地说道，带着高大庄重的身影返回。

"让我脱下帽子。尊敬的神父，现在，伸到光明之下，将圣经放在我面前，以便我可以触摸它。

"所以，请帮助我，天堂，以我的荣幸，先生们，我告诉你们的故事是真实的，它的重要内容是对的。我知道这是真的；它发生在这个球上；我踩了船；我知道机组人员；从雷德尼去世以来，我已经见过斯蒂尔基尔特并与他交谈。"

第55章。

我将竭尽全力为您提供油漆，就像没有帆布的罐子一样，就像真正的鲸鱼形状，因为鲸鱼在他的绝对身体中停泊在鲸船旁边时，他实际上在鲸鱼的眼中出现他可以相当地踩到那里。因此，也许以前应该花些时间去想象那些奇怪的想象中的他的肖像，这些肖像甚至到今天都充满信心地挑战着地主的信仰。现在是时候证明世界上所有鲸鱼的图片都是错误的，以此来使世界正确。

第七十二章猴绳。

在繁琐的捕鲸活动中，船员之间来回奔波。现在在这里需要手，然后再次在这里需要手。没有人可以住在任何地方；在同一时间，所有事情都必须在任何地方完成。与努力描述场景的他非常相似。我们现在必须稍微回溯。有人提到，在鲸鱼后背第一次破土动工时，将橡胶钩插入原来的孔中，该孔被伴侣的黑桃切开。但是如何将笨拙而又重的质量固定在同一个钩子上呢？它是由我特别的朋友插入那里的，作为前锋，他的职责是降落在怪物的背上，以达到所提到的特殊目的。但是在很多情况下，情况要求鱼叉手必须待在鲸鱼上，直到整个出土或剥皮操作完成为止。观察到的鲸鱼几乎全部被淹没了，除了附近的部分已被操作。在那下面，在甲板高度以下约十英尺处，可怜的鱼叉手比比皆是，比目鱼绕在鲸鱼上，一半在水中，因为巨大的物体像在他身下的跑步机一样旋转。在有问题的场合，穿着高地服装（一件衬衫和袜子），在我看来，至少在他看来，他并不具有优势。就像现在将看到的那样，没有人有更好的机会来观察他。

作为野蛮人的弓箭手，也就是说，是在船上拉弓桨的人（第二艘船，是向前的），我的荣幸是要当他在那条死胡同的鲸鱼背上拼命拼搏，照看他。您已经看到意大利的风琴男孩在长长的绳子上握着跳舞猿。就是这样，我是从船的陡峭一侧将放在海底的吗？在渔业上，这是技术上所谓的猴头绳，附在一条坚固的帆布腰带上。

对我们俩来说，这都是一件非常危险的事情。因为，在我们继续之前，必须说猴绳的两端都快。快到的宽帆布腰带，快到我的窄皮腰带。因此，无论是好是坏，我们两个当时都处于婚姻状态；并且如果可怜的不再沉下去，那么使用率和荣誉都要求，与其切断电源线，不如将其拖到后面。因此，拉长的暹罗连字使我们团结了起来。是我自己不可分割的双胞胎兄弟；我也无法摆脱大麻债券所带来的危险责任。

那时，我是如此强烈而形而上地思考着我的处境，以至于在认真观察他的举动的同时，我似乎清楚地意识到，我自己的个性已经合并为一家股份制公司（由两家组成）。我的自由意志受到了致命的伤害；而另一个人的错误或不幸可能会使我无辜地陷入无辜的灾难和死亡。因此，我看到这是一种天意之间的宽限期；因为它的平等资产永远不会有如此严重的不公。然而，我还在不停思索，虽然我时不时地从鲸鱼和轮船之间猛拉他，这有可能会把他困住。但我仍在进一步思索，我发现我的这种情况是每一个呼吸的凡人的确切情况；仅在大多数情况下，他以一种或另一种方式与多个其他凡人具有暹罗联系。如果您的银行家破产了，您会大吃一惊；如果您的药剂师错误地给您服用了药丸，您就会死亡。没错，您可能会说，通过格外小心，您可能会摆脱这些以及许多其他邪恶的生命机会。但是我还是要小心地处理的猴子绳索，有时他会这样抽搐，以至于我非常接近滑倒。我也不会忘记那件事，做我会做的事，我只管了它的一端。*

*在所有捕鲸者中都发现了猴绳；但只是在猴子的猴子和他的持有者绑在一起的时候。最初的用法的这种改进是由一个不容置疑的人引入的，目的是为这位陷入困境的鱼叉达人提供最大的保证，以保证其猴绳持有者的忠诚和警惕。

我已经暗示过，我经常会在鲸鱼和轮船之间猛撞可怜的，他有时会因为不断滚动和摇摆而跌倒。但这并不是他所面临的唯一的干扰性危险。鲨鱼没有被夜间的屠杀所震惊，现在又从前者的尸体中流出来的鲜血更新鲜，更敏锐地吸引着鲨鱼—狂躁的动物像蜜蜂一样在蜂巢中蜂拥而至。

在这些鲨鱼中间，是；经常用挣扎的脚将它们推开。如果不是被像死鲸这样的猎物所吸引，那真是太不可思议了，否则杂食性的鲨鱼很少会碰到一个人。

但是，可以肯定的是，由于他们的手指上有一个如此贪婪的手指，因此让他们看起来锋利是明智的做法。因此，除了猴子的绳索，我时不时地用猴子的绳索将那可怜的家伙从看起来似乎异常凶猛的鲨鱼的花附近拉了一下-他得到了另一种保护。塔什特戈（）和达高（）悬吊在一侧的一侧，不断在他的头上蓬勃发展着几对敏锐的鲸鱼黑桃，杀死了尽可能多的鲨鱼。可以肯定的是，他们的这个程序对他们非常无私和仁慈。我承认，这意味着最大的幸福。但是由于他们急于与他交往的热情，而且由于有时他和鲨鱼都被混血的水所掩盖，他们那不谨慎的黑桃更像是截肢而不是尾巴。但我想可怜的用那只大铁钩在那儿挣扎和喘着粗气，我想可怜的只向他的祈祷，并把他的生命交在了众神的手中。

好吧，好吧，我亲爱的同志和双胞胎兄弟，想着我，当我进去然后松开绳索到海的每一个波浪上，到底有什么重要的？在这个捕鲸世界中，您不是我们每个人的宝贵形象吗？你喘不过气来的无用的海洋就是生命；那些鲨鱼，你的敌人；那些黑桃，你的朋友；在鲨鱼和黑桃之间，您陷入了悲伤的泡菜和危险的可怜小伙子之中。

但是勇气！，商店为您加油助威。现在，就像嘴唇和鲜血的双眼一样，疲惫的野蛮人终于爬上了铁链，站着所有滴落的东西，不由自主地在侧面颤抖。管家前进了，善良而慰藉的目光递给了他-什么？一些热干邑？没有！众神，请交给他！递给他一杯温热的生姜和水！

"姜？我闻到姜味吗？" 可疑地问斯塔布，快到了。"是的，这一定是姜。" 凝视着尚未品尝的杯子。然后站起来似乎有些不可思议，他平静地朝惊讶的管家走来，缓慢地说："姜？姜？" 好吗，生男孩先生，姜？姜的优点在哪里？生姜，生男孩，就是用这种燃料在这只瑟瑟发抖的食堂里生火。生姜！生姜是魔鬼？海煤还是柴火？路西法火柴？火种？火药？魔鬼是什么？我说的是姜，请您在这里为我们可怜的提供这杯。"

他突然补充说："关于这项业务，有一些偷偷摸摸的节制社会运动。""先生，请问您看一下那个餐巾吗？请闻一下。" 然后他看着同伴的容颜，"他补充说，"管家星巴克先生面对着将甘汞和墨西哥胡椒送给的表情，在那儿，鲸鱼就此消失了。管家是药剂师，先生？请问我是否愿意？这就是他将生命吹倒到半淹死的男人身上的那种苦涩？"

星巴克说："我不相信，这已经足够可怜了。"

"是的，是的，管家，" 斯塔布喊道，"我们会教你给鱼叉手服药；这里没有药剂师的药；你想毒死我们，是吗？你已经投保了我们的生命，想谋杀我们所有人，将收益收入囊中，是吗？

面团男孩大声喊道："不是我，而是慈善机构将姜带到了船上；请我永远不要给鱼叉达人任何精神，只给这个姜罐-所以她叫它。"

"姜汁！你小心翼翼地捣蛋！拿走！跟你们一起跑到储物柜，得到更好的东西。我希望我没错，星巴克先生。这是船长的命令-为鲸鱼上的鱼叉长大而苦恼。"

"足够了，" 星巴克回答， "只不过别再打他了，但是-"

"哦，我打的时候从来没有伤害过，除非我打过鲸鱼之类的东西；而这个家伙是个傻瓜。先生，你在说什么？"

"只有这样：和他一起下去，得到自己想要的东西。"

当斯塔布特再次出现时，他一只手拿着一只深色的烧瓶，另一只手拿着一只茶叶罐。第一个带有强烈的精神，被交给。第二个是慈善机构的姨妈的礼物，那是免费送给海浪的。

第七十三章短吻和长颈瓶杀死一条右鲸；然后谈一谈

在他身上。

必须牢记的是，一直以来，我们的抹香鲸的头部都悬在脚后跟的侧面。但是我们必须让它继续悬挂在那里一段时间，直到我们有机会参加它。对于目前的其他新闻，我们现在所能做的最好的事情就是祈祷铲球可以举行的天堂。

现在，在过去的一个晚上和一个前夕，该脚步已逐渐漂入大海，由于偶尔出现的黄色英国短斑，它给了右侧鲸鱼以不寻常的记号，这是一种物种，但很少有人认为应该在这个特殊的时间潜伏在附近的任何地方。尽管所有的人通常不属于捕获那些劣等生物；尽管这只马车根本没有被委托为它们巡航；尽管她在不降低船的情况下将它们中的许多通过了克罗兹特附近；然而，如今抹香鲸已被斩首并斩首，令所有人大吃一惊的是，宣布如果有机会的话，那一天应该捕获一只正确的鲸鱼。

也不是那么渴望。看到高大的水嘴在下风；为了追赶，又拆下了两艘短管和长颈瓶的船。随着距离越来越远，它们终于变成了桅杆头上的人几乎看不见的东西。但是突然在远处，他们看到了一大堆汹涌的白浪，不久以后，有消息传出一艘或两艘船都必须快。经过一段间隔，船被拖曳的鲸鱼拖向船右，这时船在人们的视野中。怪物离船很近，一开始看起来好像是恶意的。但是突然在木板三杆内的漩涡中坠落，他完全消失了，仿佛在龙骨下潜水。"切切！" 是从船上传来的呼喊声，一瞬间，似乎是在向船侧撞上致命的冲击。但是他们在浴缸里有足够的绳索，而且鲸鱼的发声不是很快，他们付出了很多的绳子，并同时竭尽全力地走上了船。几分钟的时间里，斗争变得非常关键。尽管他们仍然在一个方向上松开收紧的绳索，而在另一方向上仍束缚着桨，但是竞争的压力威胁要把它们压倒。但他们只想前进几英尺。他们坚持下去，直到获得了它。刹那间，突然感觉到一阵剧烈的震颤像闪电一样沿着龙骨奔跑，那条紧绷的线刮在船底，突然抬起头看向她的船头，啪作响。滴下来的水像碎玻璃一样落在水面上，而远处的鲸鱼也升起了视线，又有船只自由飞翔。但是那头飘浮的鲸鱼减慢了他的速度，盲目地改变了航向，绕着船尾拖着两艘船，绕过了船尾，使它们完成了一次完整的巡回赛。

同时，他们越来越多地拖着钓线，直到两边都紧贴着他。战斗就这样绕来绕去了，而以前在抹香鲸身体周围游动的众多鲨鱼冲到溢出的鲜血中，就像新的渴望的以色列人一样，渴望在每一个新的伤口上喝水。从岩石上喷涌而来的喷泉。

终于，他的嘴变得越来越粗，可怕的翻滚和呕吐使他背对着尸体。

当两个负责人忙于用绳索绑住他的吸钩时，以及以其他方式使群众准备好拖曳时，他们之间进行了一些交谈。

斯塔布说："我不知道老人想要这么大块的猪油。"

"想要吗？"烧瓶在船头上盘绕着一些备用线，说道："您从来没有听说过曾经有抹香鲸的头部悬挂在右舷的船，而右鲸则悬挂在左舷的船；您从没听到过，那根船那以后再也不会倾覆？"

"为什么不？

"我不知道，但我听到一个联邦政府的幽灵般的幽灵这样说，而且他似乎对船的魅力一无所知。但是我有时认为他最终不会给船增光添彩。我不一半像那个家伙一样，短短。你有没有注意到他的那个牙是怎样刻在蛇头上的？

"沉没他！我一点也没看过他；但是如果我有机会遇到一个漆黑的夜晚，他会坚决地站在舷墙旁，没人站在旁边；低头看向烧瓶，"他用一只手指着大海两只手的奇特动作- "是的，我！烧瓶，我会把这个联邦政府化装成恶魔。您是否相信那头关于公牛的故事是关于他被装载在船上的？我是恶魔。之所以看不到他的尾巴，是因为他把它塞到视线之外；我猜想，他把它盘绕在口袋里炸开了，炸开他！现在我想到了，他一直想让橡树皮塞进去靴子的脚趾。"

"他睡在靴子上，不是吗？他没有吊床；但我已经看到他在索具中过夜。"

"毫无疑问，这是因为他被诅咒的尾巴；在索具的眼里，他看到了，他把它卷下来了。"

"老人和他有什么尖系呢？"

"我想达成互换协议或讨价还价协议。"

"讨价还价？-尖于什么？"

"为什么·你知道吗·那位老人在那条白鲸之后很难弯腰·那里的魔鬼试图绕过他·让他换掉他的银表·他的灵魂或类似的东西·并且然后他将交出白鲸。"

"！！·你在高飞；联邦政府怎么能做到这一点？"

"我不知道·烧瓶·但是魔鬼是一个奇怪的家伙·是邪恶的家伙·我告诉你们。为什么·他们说·当他一次进入一个古老的旗舰船时·如何将他的尾巴换成魔鬼般的容易和绅士风度·并询问老总督是否在家·好吧·他在家·问魔鬼他想要什么·魔鬼换上马蹄·说："我要约翰。" '做什么的？' 老州长说·"你的事是什么·" 魔鬼生气了·"我要用他。" 州长说·"带他去。" 而且·在领主·烧瓶旁边·如果魔鬼没有在约翰和他交往之前给约翰约翰一个亚洲霍乱·我会一口吃掉这头鲸鱼·但是看起来很犀利。你们都在那里准备好了吗·那么·继续前进·让鲸鱼并驾齐驱。"

烧瓶说："我想我记得你讲的一些这样的故事·" 最后两艘船慢慢地向船上推进时·"但我不记得在哪里。"

"三个西班牙人？那三个血淋淋的的冒险之旅？你在那儿读了吗·烧瓶？我猜你做到了吗？"

"不：从来没有见过这样的书；虽然听说过。但是·现在·告诉我·简而言之·你是否认为刚才讲的那个魔鬼·和现在所说的一样？"

"我是帮助杀死这头鲸的同一个人吗？魔鬼不是永远活着吗？谁听说魔鬼已经死了？你见过一个牧师为魔鬼哀悼吗？如果魔鬼有闩锁，钥匙进入海军上将的机舱，你不认为他可以爬进舷窗吗？告诉我，烧瓶先生？"

"你觉得联邦政府多大了？

"你看到那里的主桅了吗？" 指着船；"好吧，那是数字；现在，把所有的铁环放在脚架的握持中，与那根桅杆成排地绑在一起，你应该知道；嗯，那不会开始是联邦政府的年龄。创作中的木桶匠不能表现出足够的能力来满足需求。"

"但是，看看这里，斯塔布，我想你刚才有点夸耀，如果有机会的话，你打算给费达拉扔鱼。现在，如果他年纪大到你所有的篮球都来了，并且如果他要永远活着，那么将他推向高潮有什么好处？告诉我吗？

"不管怎样，给他一个好鸭子。"

"但是他会爬回来。"

"再给他鸭子，继续躲他。"

"假设他应该把它藏在脑海里，但是-是的，淹死了你-那又是什么？"

"我希望看到他尝试一下；我要给他这样一双黑眼睛，以至于他很久都不敢在海军上将的舱室里露面了，更不用说在那儿的奥尔洛普了。他住了，在他偷偷溜走的上层甲板上下落，该死的魔鬼，烧瓶；所以你想我怕魔鬼吗？谁怕他，除了老总督不敢抓住他放他在他应得的情况下，让他去绑架人；但是，让他去绑架人；是的，并与他签署了一份契约，那个被恶魔绑架的人，他会为他烤的？有州长！"

"你认为联邦政府想绑架阿哈卜船长吗？"

"我猜想吗？你很快就会知道的，烧瓶。但是我现在要对他保持敏锐的警惕；如果我发现有任何非常可疑的事情发生，我会带他睡午觉。脖子上说：'别看了，别西卜，你别这么做；如果他大惊小怪，我要在主人的口袋里抓住他的尾巴，拿到绞盘上，给他如此痛苦和沉重，以至于他的尾巴会在树桩上脱落-你知道吗；然后，我想，当他发现自己以这种古怪的方式停靠时，他会溜走而不会感到自己的满足感很差两条腿之间的尾巴。'

"那你的尾巴怎么样？"

"用它做吗？我们到家时把它卖给牛鞭；-还有什么？"

"现在，你是说你的意思，并且一直以来都在说吗？"

"是不是意味着，我们在这儿。"

船在这里被欢呼起来，在幼虫侧拖曳鲸鱼，在那里已经准备好鱼链和其他必需品以保护他。

"我不是告诉你吗？" 烧瓶 "是的，您很快就会看到这头右鲸的头悬挂在帕尔马凯蒂的对面。"

在适当的时候，烧瓶的说法被证明是正确的。和以前一样，此脚步陡峭地倾斜到抹香鲸的头部，现在，由于两个头部的平衡，她重新获得了龙骨。尽管压力很大，但您可能会相信。因此，当您一侧举起洛克的头时，您会越过那条路；但是现在，另一边，在康德的葫芦上举起，你又回来了。但处境非常糟糕。因此，有些人永远保持修船。哦，愚蠢！将所有这些雷头扔到船外，然后您将漂浮在正确的位置。

在处置右鲸的尸体时，将其带到船上时，通常会进行与抹香鲸相同的初步程序；仅在后一种情况下，头部被整体切掉，但在前一种情况下，嘴唇和舌头被分别去除并吊在甲板上，所有众所周知的黑骨都附着在所谓的冠状件上。但是在目前的情况下，还没有做过这样的事情。两条鲸鱼的尸体都掉下了；满头的船有点像子，上面着一对沉重的。

同时，联邦安全局（）平静地注视着右鲸的头，并且不时地从那里的深皱纹中瞥了一眼自己手上的纹路。阿哈卜趁机站了起来，使帕里塞占据了他的影子。同时，如果的影子完全存在，它似乎只会融合并延长的影子。当船员们辛苦工作时，他们对所有这些过去的事情不休。

第七十四章抹香鲸的头-相反的观点。

现在，这里是两只大鲸鱼，把它们的头放在一起。让我们加入他们的行列，共同建立我们自己的行列。

在对开大叶鲸中，最显着的是抹香鲸和右鲸。它们是人类经常猎捕的唯一鲸鱼。对于，他们展示了所有已知鲸鱼品种的两个极端。因为他们之间的外部差异主要在他们的脑海中可见；作为每一刻的头顶，这一刻都悬在脚后跟的侧面；就像我们可以自由地走到另一边一样，只需跨过甲板即可：—我想知道，在这里，您会比在这里有更好的机会学习实用的语言学吗？

首先，这些头之间的一般对比会给您留下深刻的印象。两者在良知上都足够大；但是抹香鲸有一定的数学对称性，可悲的是右鲸缺乏这种对称性。

抹香鲸的头部还有更多的特征。当您看到它时，出于普遍的尊严，您不由自主地给了他巨大的优越感。在目前的情况下，他在山顶上的胡椒粉和盐的颜色也增强了这种尊严，给人以高龄和丰富经验的印记。简而言之，他是渔民们所谓的"灰头鲸"。

现在让我们注意到在这些头部中最不相似的部分，即两个最重要的器官，即眼睛和耳朵。再往回靠近头部，向下垂下，靠近任一只鲸鱼的下巴的角度，如果您狭窄地搜索，您最终将看到无睫毛的眼睛，您会想成为小马驹的眼睛；所以与头部的大小不成比例。

现在，从鲸鱼眼睛这种特殊的侧向位置，很明显，他再也看不到正好在前方的物体，只不过他只能精确地向后仰。一言以蔽之，鲸鱼眼睛的位置与人耳的位置相对应。您可能自己想了想，如果您通过耳朵侧向测量物体，感觉会如何。您会发现您只能在直的视线前方获得约三十度的视线；后面还有三十多个 如果您最痛苦的敌人正朝着您走去，而匕首在宽阔的日子里举起，您将无法看到他，就像他从背后偷偷抓住您一样。一言以蔽之，可以说，您会有两个后背。但是，同时，又有两个方面（侧面方面）：男人的正面是由什么构成的？实际上，除了他的眼睛以外，还有什么？

而且，尽管在我现在能想到的大多数其他动物中，眼睛却是如此地难以察觉地植入，以融合其视觉能力，从而在大脑中产生出一幅而不是两幅。鲸鱼眼睛的奇特位置，实际上被它们分开的是几立方英尺的坚固的头部，高耸在它们之间，犹如一座高山，将山谷中的两个湖隔开了；当然，这必须将每个独立机构所赋予的印象完全分开。因此，鲸鱼必须在该侧看到一个不同的图片，在该侧看到另一个不同的图片；而两者之间必定是深沉的黑暗和他的虚无。实际上，可以说一个人从一个岗亭望向世界，岗亭上有两个联结的窗扇。但是使用鲸鱼时，这两个框格是分别插入的，形成了两个不同的窗口，但可悲的是损害了视图。鲸鱼的这种奇特之处在渔业中总是要牢记。并在随后的一些场景中被读者记住。

一个关于这个视觉问题的好奇和最令人困惑的问题可能是触及巨兽。但是我一定很满足。只要一个人的眼睛在灯光下睁开，看见的行为就是不由自主的。也就是说，他然后无法帮助机械地看到面前的任何物体。但是，任何人的经验都会教给他，尽管他一眼就能一目了然地接受所有事物，但对他而言，无论是大还是小，都不可能全心全意地检查任何两件事和同一时刻；没关系，如果他们并排躺在彼此接触。但是，如果您现在要分离这两个对象，并用一个深沉的黑暗圈围绕它们；然后，为了看到其中一个，以使您的思想牢牢抓住它，另一个将被完全排除在当代意识之外。那么，鲸鱼怎么了？没错，他的两只眼睛必须同时行动；但是他的大脑是否比人类的大脑更全面，更综合，更精妙，以至于他可以同时专注地检查两个不同的前景，一个在他的一侧，而另一个在完全相反的方向？如果他能做到的话，那么这件事在他身上是一件奇妙的事情吗，好像一个人能够同时经历两个欧几里得问题的论证一样。也没有经过严格的调查，在此比较中是否存在不一致之处。

也许只是一种无聊的心血来潮，但在我看来，有些鲸鱼在受到三四艘船的困扰时，会表现出极大的运动波动；这些鲸鱼常见的吓人恐惧的胆怯和责任；我认为所有这些间接地源于意志的无助困惑，在这种困惑中，他们分散而截然相反的视觉力量必须牵扯到他们。

但是鲸鱼的耳朵像眼睛一样充满好奇。如果您对他们的种族完全陌生，您可能会在两个头上追捕数小时，而永远不会发现那个器官。耳朵没有外在的叶子；而且很难在孔中插入鹅毛笔，这真是妙不可言。它放在眼睛后面一点。关于它们的耳朵，这是抹香鲸与右鲸之间的重要区别。前者的耳朵有一个外部开口，而后者的耳朵则完全且均匀地被膜覆盖着，所以从外面看很难察觉。

像鲸鱼这样巨大的生物应该用很小的眼睛看到世界，并用比野兔小的耳朵听见雷声吗？但是如果他的眼睛像赫歇尔那架巨大的望远镜的镜头一样宽阔；他的耳朵像大教堂的门廊一样宽敞。这会使他不再有视力或听觉更加敏锐吗？根本没有。为什么要尝试"扩大"思维？使它枯燥。

现在让我们拿着手头上的杠杆和蒸汽引擎，不要抹在抹香鲸的头上，使它可能会自下而上。然后，用梯子爬到山顶，窥视一下嘴。如果不是现在身体已经完全与身体分离开，我们可能会用灯笼下沉到他肚子里的肯塔基州巨大的猛洞中。但让我们紧握这牙，看看我们在哪里。多么美丽而纯洁的嘴！从地板到天花板，衬里，或者用闪闪发光的白色薄膜包裹在纸上，像新娘缎一样光滑。

但现在出来，看看这个下颚的下颚，它看起来像是一个巨大的鼻烟壶的狭长盖子，铰链的一端而不是一侧。如果您撬起它，以使其举起头顶，并露出它的牙齿排，它似乎是一个了不起的吊钩；这样，！对许多人来说，这证明了渔业方面的不称职，这些尖峰在刺破力的作用下落在他们身上。但更可怕的是，在海中翔时，您会看到一些浮躁的鲸鱼，漂浮在那里，悬吊着巨大的下巴，长约15英尺，与他的身体成直角直垂，所有世界就像一艘船的短臂。这条鲸还没有死；他只是灰心丧气；也许是各种各样的 软骨病; 如此仰卧，使他的下颚的铰链放松了下来，使他陷入那种痛苦的困境中，这对他所有部族都是一种责备，毫无疑问，这些部族必须将锁紧的爪子固定在他身上。

在大多数情况下，这个下颌（很容易被一个经验丰富的艺术家解开）就被松开并悬挂在甲板上，目的是拔出象牙齿，并提供大量坚硬的白色鲸鱼骨，以便渔民用来制作各种奇特的物品，包括手杖，雨伞袜和马鞭的手柄。

用长长的疲惫的葫芦将下巴拖到船上，就像是锚一样。当适当的时间到来时（又是另一项工作的几天之后），，和都是牙医，他们都准备拔牙了。用敏锐的铲子刺穿牙龈；然后，下颌被绑紧到指环螺栓，高空索具被索具拖曳，它们拖出了这些牙齿，密歇根牛将老橡树的树桩从野生林地中拖出来。通常总共有四十二颗牙齿；在古老的鲸鱼中，已经破烂不堪，但没有腐烂；也不用我们的人工方式填充。然后将下巴锯成厚板，像托梁一样堆积起来，用来盖房子。

第75章。右鲸的头部-对比视图。

越过甲板，现在让我们好好看一下右鲸的头部。

像一般的形状一样，高贵的抹香鲸的头部可以与罗马战车（尤其是在前面，它如此宽大的圆形）相提并论；因此，从宽泛的角度来看，右鲸的头部与巨大的盖趾鞋非常相似。两百年前，一位古老的荷兰旅行者将其形状比作鞋匠的鞋。她和她的所有后代都可以很舒适地寄托在这个童话故事中的那个老妇，带着成群结队的巢穴。

但是当您接近这个伟大的头脑时，根据您的观点，它开始承担不同的方面。如果您站在它的山顶上，看看这两个形喷口，您将整个脑袋变成一个巨大的低音提琴，还有这些气孔，是音板上的孔。然后，再一次，如果您将目光聚焦在重物顶部的这种奇怪的，有顶饰的，梳子状的结垢上，那是绿色的藤壶状的东西，被格陵兰人称为"皇冠"，而南部的渔民则被称为"帽子"。正确的鲸鱼；仅将眼睛固定在上面，就将头伸到一些巨大的橡树的树干上，间有一个鸟巢。无论如何，当您看到那些栖息在阀盖上的活蟹时，几乎可以肯定会想到这种想法。除非确实的，您的幻想已经被冠以"皇冠"的技术术语所固定；在这种情况下，您将非常想想这个强大的怪物实际上是一个变色的海洋之王，绿色的王冠已经以这种奇妙的方式为他拼凑而成。但是如果这只鲸鱼成为国王，那么他是一个非常逼人的家伙，可以冠冕。看那下垂的嘴唇！那里是多么大的生闷气！用木匠的尺码测量的粗鲁和嘴，长约二十英尺，深约五英尺；闷闷不乐的人，将为您产出约500加仑的油，甚至更多。

现在非常可惜，这只不幸的鲸鱼应该被兔嘴了。裂缝约一英尺。可能是母亲在一个重要的时间间隔内沿着秘鲁海岸航行，当时地震使海滩一片空白。现在，超过了湿滑的阈值，我们滑入了嘴中。我的话是我在麦基诺，我应该把它当作印度棚屋的内部。好主啊！这是约拿走的路吗？屋顶大约十二英尺高，并且以相当锐利的角度延伸，好像那里有规则的山脊杆。这些肋状，拱形，毛茸茸的侧面为我们展示了那些奇妙的半垂直鲸蜡状鲸鱼板条，在侧面说有三百个，从头顶或冠骨的上部垂下，形成了百叶帘，在其他地方被粗略地提及。这些骨头的边缘充满了毛状纤维，右鲸通过这些毛状纤维过滤水，并且在其复杂之处保留了小鱼，在张开嘴时，他在喂食时穿过了不列颠的海水。在骨骼的中央百叶窗中，按照它们的自然顺序排列，有一些奇特的标记，曲线，凹陷和山脊，据此，一些鲸鱼可以通过圆环将生物的年龄计算为橡树的年龄。尽管该标准的确定性远未得到论证，但它具有类比概率的味道。无论如何，如果我们屈服的话，我们必须赋予露脊鲸更大的年龄，而不是乍看起来是合理的。

在过去，关于这些百叶窗的最奇特的幻想似乎盛行。购买中的一名航海家称它们为鲸鱼嘴里奇妙的"胡须"；*另一名是"猪鬃"。的第三位绅士使用了以下优雅的语言："他的上排骨的每一侧长有大约250个鳍，在他的舌头的两侧都成拱形。"

*这提醒我们，正确的鲸鱼实际上是一种胡须，或者说是胡须，由下颚外端上部的一些散落的白发组成。有时，这些簇绒布给了他庄重的面容一个相当大的表情。

众所周知，这些同样的"猪鬃"，"鳍"，"胡须"，"百叶窗"或任何您喜欢的东西，都为女士们提供了她们的臀部和其他僵硬的装饰。但尤其是需求长期以来一直在下降。正是在安妮女王时代，骨头才是荣耀所在，远古时代才是时尚。正如您可能会说的那样，当那些古老的贵妇们在鲸鱼的下颚处快乐地走动时；即便如此，我们今天还是以一种毫无思想的方式在淋浴时在同一个颚下飞行以进行保护；伞是一个帐篷，摊开在同一根骨头上。

但是现在暂时忘掉所有有关百叶窗和胡须的知识，然后站在鲸鱼的右嘴中，重新环顾四周。看到所有这些骨头的柱廊如此有条不紊地环绕着，您是否不认为自己在巨大的哈勒姆器官内部，凝视着它的上千根烟斗？对于在器官上铺地毯的人，我们有一块最柔软的火鸡地毯-舌头，它原本就粘在嘴巴上。它非常肥嫩，在将其提升到甲板上时容易碎裂。现在我们面前有这条特别的舌头；乍一看，我应该说这是一个六巴雷勒 也就是说，它会为您提供大约该数量的油。

就是这样，您一定已经清楚地了解了我的初衷-抹香鲸和右鲸的脑袋几乎完全不同。总结一下：在正确的鲸鱼中，没有精子。完全没有象牙的牙齿；下颚没有细长的下颚骨，就像抹香鲸的下颚骨一样。抹香鲸中也没有骨头的盲孔。没有巨大的下唇；几乎没有舌头。同样，右鲸有两个外部喷水孔，抹香鲸只有一个。

现在，当这些不起眼的头巾躺在一起时，看看你的最后一个；因为没有记载的人很快就会沉入海中；另一个不会很长。

你能捕捉到那里抹香鲸的表情吗？他死后也是如此，只是额头上一些较长的皱纹现在似乎消失了。我认为他宽阔的额头充满了草原般的柔和度，生来就对死亡的投机冷漠。但要标记另一头的表情。看到那令人惊叹的下唇，无意间压在了船的侧面，从而牢牢地抓住了下颚。这整个头脑似乎不是在面对死亡时说出巨大的实际解决方案吗？我认为这条鲸鱼是坚忍的；抹香鲸，柏拉图式的人，可能在后来的几年中吸收了。

第76章攻城槌。

放弃了抹香鲸头的现时，作为一个明智的生理学家，我想简单地-特别是在其紧凑的所有方面特别说明其正面方面。我现在希望您以对自己形成一些毫不夸张，明智的估计可能会存在的击打夯实能力的唯一观点进行调查。这是一个关键点；因为您必须要么让自己满意地解决此事，要么永远不要对最骇人听闻的但不是那么不真实的事件保持沉迷，也许在所有记录的历史中都可以找到。

您观察到在抹香鲸的普通游泳姿势中，其头部的前部呈现出几乎与水完全垂直的平面；您观察到，该前部的下部向后倾斜相当大，以便为容纳长臂状下颚的长套筒提供更多的后退；实际上，您观察到嘴巴完全位于头部下方，就像您自己的嘴巴完全位于下巴下方一样。此外，您观察到鲸鱼没有外鼻；他的鼻子-他的喷水孔-在他的头顶。您会发现他的眼睛和耳朵在他的头的两侧，几乎是他整个头部长度的三分之一。因此，您现在必须已经意识到抹香鲸头部的前部是一堵死了的盲墙，没有任何单个器官或任何明显的突起。此外，您现在要考虑的是，只有在头部前部的最末端，较低的位置，向后倾斜的部分才有骨头的痕迹。直到距额头近二十英尺时，您才开始整个颅骨发育。这样整个巨大的无骨团就成了一团。最后，尽管很快就会发现，它的内容物部分包含最精致的油；然而，现在您将被告知这种物质的性质，而这种物质是如此不可估量地投资了所有这些明显的女性气质。在以前的某个地方，我已经向您介绍了如何用润滑脂包裹鲸鱼的身体，因为外皮可以包裹橘子。头部也是如此；但是有一个区别：尽管不是那么厚，但信封的头部却无骨坚韧，这是任何未经处理的人都无法估量的。最厉害的尖头鱼叉，被最强壮的人类手臂刺入的最尖锐的长矛，无力地从中反弹。好像抹香鲸的额头上铺着马蹄。我认为其中没有任何潜移默化的感觉。

还要考虑一下另一件事。当两个满载重担的印度人有机会在码头上挤向对方时，水手们怎么办？在接触时，它们不会悬浮在任何仅是坚硬的物质（如铁或木头）之间。不，他们在那儿放着一大束圆的丝束和软木塞，包裹在最厚，最坚硬的牛皮中。勇敢无伤地拿下了果酱，这些果酱本来可以把他们所有的橡木手刺和铁撬棍都折断。就其本身而言，这足以说明我所追求的明显事实。但除此之外，在我看来，这已经成为假设，因为普通的鱼类中有所谓的游泳膀胱，可以随意扩张或收缩。据我所知，抹香鲸中没有这样的规定；他还考虑了他现在莫名其妙地用一种完全莫名其妙的方式将他的头完全压在水面下，然后匿名地高高抬起头从水中游泳。考虑其外壳的通畅性；考虑到他头部的独特内部；我想这是假设发生的，我说那里那神秘的蜂窝状蜂窝可能与外界空气有一些迄今未知且未曾预料的连接，从而易受大气膨胀和收缩的影响。如果是这样的话，那就想一想这种力量的不可抗拒性，其中所有元素中最不可刺破和最具破坏性的因素就是这种力量。

现在，马克。毫不动摇地推动着这面死去的，坚不可摧的，无伤的墙，以及里面最活跃的东西；在它的后面游动着所有巨大的生命，只能用绳索来充分估计堆积的木头。都是最小的昆虫，顺服一次。这样，当我以后将向您详细介绍潜伏在这个膨胀怪物中的所有特长和力量的集中点时；当我向您展示他一些更微不足道的聪明事时；我相信您将放弃所有无知的怀疑，并准备遵守这一点；尽管抹香鲸在达里恩峡湾中穿行，将大西洋与太平洋混合在一起，但您不会抬高一根眉毛。因为除非您拥有这头鲸，否则您实际上只是一个省级和前卫主义者。但是真人只有才知道。那么省人的机会有多小呢？弱小青年在赖斯上揭下恐惧女神的面纱时会感到怎样？

第77章海德堡大屯。

现在是该案件的重中之重。但是为了正确理解它，您必须了解所操作的事物的奇怪内部结构。

关于抹香鲸的头部为长方体，您可以在一个倾斜的平面上，将其侧面分成两个角鲨鱼*，其中下半部分是骨结构，形成头盖骨和颚骨，上半部分是无骨头的杂乱团块; 其宽阔的前端形成了鲸鱼的扩大的垂直表观前额。在前额中间，将上半部水平细分，然后有两个几乎相等的部分，之前这些部分自然被厚的肌腱物质的内壁分开。

* 不是欧几里得术语。它属于纯航海数学。我不知道它已经被定义过。锥度是一种固体，它不同于楔形物，其尖锐的一端是由一侧的陡峭倾斜形成的，而不是两侧都相互逐渐变细。

下部的细分部分称为垃圾，是一种巨大的油蜂窝，通过交叉和再交叉形成一万个渗透细胞，在整个范围内都是坚韧的弹性白色纤维。上半部分（被称为"案例"）可被视为抹香鲸的海德堡大桶。鲸鱼的额头上刻着神秘的字样，因此，鲸鱼巨大的辫子额头形成了无数奇怪的装置，象征着他奇妙的的装饰。此外，由于海德堡的葡萄酒总是被莱茵河谷最优质的葡萄酒所补充，所以鲸鱼的酒桶包含了迄今为止他所有油性葡萄酒中最珍贵的葡萄酒。即高度精制的精子，其绝对纯净，清澈且有香气。也不会在生物的任何其他部分中发现这种非贵重物质。尽管在生命中它仍然保持着完美的流动性，但是在暴露于空气中之后，在死亡之后，它很快就开始凝结。发出美丽的晶状芽，就像刚在水中形成第一片稀薄的冰一样。大鲸鱼的情况下，通常会产生约五百加仑的精子，尽管在不可避免的情况下，其中相当多的精子会洒出，泄漏和运走，或者在确保自己能干的艰苦工作中不可避免地损失掉。

我不知道海德堡用哪种精细和昂贵的材料包被，但以最丰富的程度，涂层不可能与丝绸般的珍珠色膜相比，如细的飞虱的衬里，形成精子的内表面鲸鱼案。

可以看到，抹香鲸的海德堡涵盖了整个头顶的整个长度；并且（如其他地方所述）因为头部环绕着生物全长的三分之一，然后将其长度下调至八十英尺（对于一头大小适中的鲸鱼），因此对于第二头鲸的深度，其长度超过了二十六英尺。，当它纵向地悬挂在船的侧面上时。

就像在给鲸鱼断头时一样，将操作人员的仪器靠近随后被迫进入精子弹匣的入口；因此，他必须格外注意，以免粗心大意，不合时宜地中风入侵圣所并浪费掉其宝贵的内容。正是这个被斩首的头部末端，最终被抬高了出水面，并被巨大的铲球保持在该位置，其割草绳组合在一侧使那一刻的绳索相当荒凉。

因此，有很多话要说，我祈祷你，参加那奇妙的，在这种特殊情况下，几乎是致命的手术，利用它来抹香鲸的海德堡大隧道。

第七十八章水箱和水桶。

像猫一样敏捷，高高耸立；在不改变他的直立姿势的情况下，直接从悬垂的船长臂上伸出，一直伸到吊起的大桶上。他随身携带了一个轻鞭子，称为鞭子，它只有两部分，穿过一个单捆块。固定好木块，使其从院子悬挂下来，他摆动绳索的一端，直到用手将其抓住并牢固地固定在甲板上。然后，另一只手在另一部分下降，印度人从空中掉下来，直到他灵巧地降落在头顶上。在那儿-仍然高高在公司的其余部分之上，他猛烈地向他哭泣-

他似乎有些土耳其人在叫作好人从塔顶祈祷。一把短柄的锋利小铲子被送到他身边，他努力地寻找合适的地方开始闯入隧道。在这笔生意中，他非常谨慎地进行着，就像在老房子里寻宝一样，在墙壁上发声，寻找金子的位置。当谨慎的搜寻结束时，一个结实的铁桶装满了水，就像一口井一样。-桶，已连接到鞭子的一端；另一端伸过甲板，被两三只警觉的手握住。这些最后的东西现在在印度人的掌握范围内举起了水桶，另一个人已经向那人伸出了很长的杆。将此杆插入桶中，向下将桶引导到桶中，直到其完全消失；然后用鞭子把话说给海员，桶又起来了，所有的东西都冒着气泡，就像一个牛奶店女工的一桶新牛奶。小心地将其从高度上放下，由专职人员抓住，并迅速将其倒入一个大盆中。然后重新安装到高处，再次经过同一回合，直到深水箱不再屈服。到最后，不得不将他的长杆越来越硬，越来越深地刺入洞中，直到杆的约20英尺下降为止。

现在，这个民族的人们已经用这种方式打包了一段时间。几个浴缸里已经充满了芬芳的精子。当一次奇怪的事故发生时。是否是那位塔什特戈，那位狂野的印度人，那么粗鲁和鲁，以至于他的一只手握住悬在头部的巨大索具上的那一会儿就放开了；或者他所站的地方是否如此诡而肮脏；或在没有说明其特殊原因的情况下，恶人本人是否会希望这样做？到底是怎么回事 但是，突然之间，当第80或第90桶出现时，我的天哪！可怜的-就像一个名副其实的油井中的双往复式铲斗一样，首先将头掉落到这巨大的海德堡大桶中，并带着可怕的油腻的咯咯声，消失了！

"有人落水！" 哭了，他首先在一般的惊中然大悟。"这样摆桶！" 然后将一只脚伸进去，以便更好地将他的滑手固定在鞭子上，提升机将他高高地抬到头顶，几乎是在到达其内部底部之前。同时，发生了可怕的骚动。放眼望去，他们看到那只死气沉沉的头在海面下动着，仿佛那瞬间抓住了一个重要的想法。然而，只有那些可怜的印度人在那些斗争中不自觉地露出了他沉入的危险深处。

此时此刻，当达高在头顶上清理鞭子时-它以某种方式被伟大的铲球弄污了-听到了尖锐的裂纹声。令人震惊的是，两个巨大的钩子中的一个钩住了头部，使钩子撕裂了，巨大的震动使巨大的重量向侧面摆动，直到醉酒的船盘绕而摇晃，好像被冰山击中一样。剩下的一个钩子，现在整个应变所依赖的那个钩子，似乎每一刻都在让步。头部的剧烈运动更可能引发一个事件。

"下来，下来！" 向海员大吼大叫，然后用一只手抓住沉重的铲球，这样如果头掉落，他仍将保持悬吊状态；黑人清除了污垢线，将水桶撞到了现在倒塌的井中，这意味着被埋葬的鱼叉手应该抓住它，然后将其吊起。

"以天堂的名义，伙计，" 斯塔伯喊道，"您正在向那儿放一个弹药筒吗？-真好！这对他有什么帮助；把铁桶塞在他头顶上吗？

"远离滑车！" 像是火箭爆炸的声音。

几乎在同一瞬间，雷声轰隆，巨大的物体掉入海中，就像尼亚加拉的餐桌岩石掉入漩涡中；突然松了一口气的船壳从船上滚落，到了她闪闪发光的铜线下。所有人都屏住了呼吸，半步摆动-现在在水手的头上，现在在水上-昏昏欲睡的依稀附着在悬垂的铲子上，而可怜的，埋葬着的正在下沉完全落到海底！但几乎没有清除那双令人眼花乱的蒸气，当他手中拿着一个登上剑的裸体人物一刹那间被看见盘旋在舷墙上时。接下来，一声巨响宣布我的勇敢的已潜入救援。一刹那挤到了一边，随着瞬间，每一只眼睛都数着每一个涟漪，看不见坠子或潜水员的迹象。现在，有些手跳到旁边的一条船上，并从船上往下推了一点。

"哈哈！" 从他现在安静的，摆动的高架上立刻哭了起来。从侧面往远处看，我们看到一只手臂从蓝色的波浪中直立着。一只手臂从草地上伸过坟墓时，看到的景象很奇怪。

"都是！都是！！都是！"-再次以愉快的叫喊叫达哥。不久之后，人们发现用一只手大胆地敲打，另一只手抓住印第安人的长发。他们被拖进等候船，很快被带到甲板上。但是来的很久了，看上去并不十分活跃。

现在，这种崇高的拯救是如何完成的？为什么，用他敏锐的剑潜入缓慢下降的头后，使侧面的弓步靠近其底部，从而在此处凿出一个大洞。然后放下他的剑，将他的长臂向内和向上推，使头部伸出可怜的酒。他断定，第一次伸手来时，一条腿出现了。但是他很清楚那不是应该的，而且可能会带来很大的麻烦；-他把腿往后推，用灵巧的甩动和抛掷，使印第安人坐立不安。这样，在下一次审判中，他就以一种古老的方式走了出来-首先是他。至于伟大的脑袋本身，这是可以预料的。

因此，通过产科的勇气和高超的技能，也成功地在牙齿上成功地完成了最令人费解，看似毫无希望的障碍的传递，或者更确切地说，传递了。这绝对不是一个教训。应在同一门课程中教授击剑，拳击，骑马和划船。

我知道，对于同性恋者来说，这种奇怪的冒险活动对于某些地主来说肯定是不可思议的，尽管他们自己可能已经看到或听说有人坠入了水槽。考虑到抹香鲸井的路缘极度滑溜，这种事故很少发生，而且发生的原因也比印度少。

但是，冒险可能会被明智地敦促，这是怎么回事？我们认为抹香的，浸透的抹香鲸头是他周围最轻，最软的部分。然而，你却使它沉入比重比自身大得多的元素中。我们在那里。一点也不，但我有 因为当时情况不佳，所以几乎已经清空了箱内的较轻内容物，只留下了井眼密集的腱壁，就像我之前所说的那样，是双重焊接的锤击物质，比海水重得多。，并且其中几乎像铅一样沉入其中。但是在这种情况下，该物质快速下沉的趋势在很大程度上抵消了头部的其他部分仍未脱离的趋势，因此它确实非常缓慢且沉没地沉没，从而为提供了在颅骨上进行敏捷产科手术的机会。正如您可能会说的那样。是的，这是运行中的交付，确实如此。

现在，塔什特戈（）死在了那个头上，那是一个非常宝贵的灭亡；被最白皙，最细腻的芬芳乙酰丙酮所窒息；在鲸鱼的秘密内室和圣所中被棺材掩埋，被听到并被坟墓掩盖。只有一个更甜蜜的一端可以回想起来-俄亥俄州蜜糖猎人的美味之死，他在空心树的部寻找蜂蜜，发现这种蜜糖储藏得太多，以至于倾斜得太远，就把他吸了进去，他死于防腐剂。想想，有多少人同样掉入了柏拉图的亲爱的脑袋，然后甜蜜地死在那里？

第79章大草原。

扫描他的脸部线条，或感觉到这个头部的颠簸；这是生理学家或颅相学家尚未采取的措施。这样的工作似乎对待拉瓦特仔细检查了吉卜拉特的岩石上的皱纹，或者胆在安装梯子并操纵万神殿的穹顶一样充满希望。仍然，在他那著名的作品中，拉瓦特不仅对待男人的各种面孔，而且还专心研究马，鸟，蛇和鱼的面孔。并详细描述其中可辨别的表达。盖尔和他的门徒斯普尔茨海姆（）并没有抛出暗示人类以外其他生物的相貌特征的暗示。因此，尽管我没有资格成为先驱者，但在将这两种半科学应用于鲸鱼方面，我会尽力而为。我尝试所有事情；我做到了我能做到的。

从外观上看，抹香鲸是一种异常生物。他没有适当的鼻子。由于鼻子是这些特征的中心和最明显的特征；由于它可能最多修改并最终控制了它们的组合表达；因此看来，作为外部附属物，它的全部缺失必须在很大程度上影响鲸鱼的容貌。因为在景观园艺中，尖塔，冲天炉，纪念碑或某种类型的塔几乎被认为是完成场景所不可或缺的；因此，如果没有高高的鼻子镂空钟楼，就无法从容貌上保持面部表情。披着披迪亚斯的大理石花纹的鼻子扑鼻而来，还有什么可惜的！然而，的力量是如此巨大，他的所有比例都很庄重，以至于在雕刻的乔夫身上那可怕的丑陋之处，在他身上根本没有瑕疵。不，这是一个额外的宏伟。鲸的鼻子是无礼的。就像在您的体面航行中，您在快艇上绕着他的大头航行一样，您对他的崇高观念永远不会因他要拉鼻子而受到侮辱。瘟疫的自负，即使在他的宝座上看到最强大的皇家小鸟时，也常常会坚持使用。

在某些情况下，抹香鲸最令人印象深刻的生理学观点就是其头部的正面。这方面是崇高的。

从思想上讲，当早晨受到困扰时，优美的人类额头就像东方的东西。在牧场的休憩处，缩的公牛额头上带有一丝宏伟的气息。将重型加农炮推上山，大象的眉头雄伟。人或动物，神秘的额头就像德国皇帝在其法令上贴上的那枚大金印章。它代表着"上帝：这一天由我亲手完成"。但是在大多数生物中，人本人都拒绝，额头通常只是雪地上的一片高山地带。额头很少像莎士比亚或忧郁症的上升如此之高而下降如此之低，以至于眼睛本身看上去清晰，永恒，无潮。在额头上所有皱纹的上方，您似乎都跟踪着下降的那条沥的念头，因为高地猎人正在追踪鹿的积雪。但是在巨大的抹香鲸中，眉头所固有的崇高而强大的神般尊严被如此巨大地放大，以至于凝视着它，在全幅正面视野中，您感觉到神灵和恐惧的力量比看待其他任何事物都更加有力。在自然界中反对。因为你看不到任何一点；没有发现一个明显的特征；没有鼻子，眼睛，耳朵或嘴巴；没有脸 他没有，适当的；只不过是额头上那宽阔的穹隆，上面布满了谜语。船，船，人的厄运使人们愚蠢地下降。从侧面看，这种奇妙的眉头也不会减少；尽管以这种方式查看它的宏伟并不对您不利。从轮廓上，您可以清楚地看到前额中部的水平半月形凹陷，这在人类中是领子的天才印记。

但是如何？天才在抹香鲸吗？抹香鲸曾经写过书，讲话吗？不，他伟大的天才被宣布为不做任何事情。此外，这是在他的金字塔式沉默中宣布的。这使我想起，如果东方年轻人已知道这只大抹香鲸，那么他将被他们的儿童魔术师思想所神化。他们把尼罗河的鳄鱼神化了，因为鳄鱼没有舌头。

抹香鲸没有舌头，或者至少太小而不能突出。如果此后任何高度文化化，富有诗意的民族都将引诱其快乐的五月天古老的神灵恢复出生的权利；在现今的自负天空中再次生动地将他们推崇。在现在没有鬼屋的山上；那么，一定要确保，在乔夫的高位上享誉盛名的抹香鲸应在其中。

香波破译了皱纹的花岗岩象形文字。但是却没有香可以破译每个人和每个人脸庞的埃及。像其他人类科学一样，相貌只是一个过去的寓言。如果那样的话，用三十种语言阅读的威廉·琼斯爵士不能以其深刻和更微妙的含义读懂最简单的农民的面孔，那么，以斯帖默尔·伊斯梅尔怎么可能希望读懂抹香鲸眉头那可怕的迦勒底呢？我但是把那双额头放在你面前。如果可以的话，请阅读。

第80章螺母。

如果从理论上讲抹香鲸是狮身人面像，对于颅相学家来说，他的大脑似乎是一个不可能成平方的几何圆。

在成年生物中，头骨的长度至少为20英尺。松开下颌骨，此头骨的侧视图就是一个始终倾斜在水平基座上的适度倾斜平面的侧面。但是在生活中（如我们在其他地方所看到的那样），这个倾斜的平面在角度上被填充，几乎被大量的垃圾和精子所占据。在高端，头骨形成一个火山口，以掩盖那部分团块；而在这个陨石坑的长地板下-在另一个长度很少超过十英寸且深度不多的洞中-仅占据了这个怪物大脑的一小部分。大脑距离他生命中明显的额头至少二十英尺；它被隐藏在庞大的外部设施的后面，例如魁北克扩大防御工事中最里面的城堡。就像一个棺材里藏着的棺材一样，我认识一些捕鲸人，他们完全否认抹香鲸有任何其他大脑，而不是由他的抹子杂志的立方码形成的那种明显的相似。躺在他们奇怪的褶皱，过程和卷积中，似乎更符合他的一般能力的想法，即把他那神秘的部分视为他智慧的所在地。

因此，很明显，在动物的生存状态下，从形态上讲，这个巨兽的头是一个完全的错觉。至于他的真实大脑，那么您将看不到任何迹象，也不会感到任何感觉。鲸鱼像所有强大的事物一样，对普通世界戴着虚假的眉毛。

如果您卸下他的精子堆的头骨，然后再查看其后端（即高端）的后视图，您将被它与人类头骨的相似之处所震惊，在相同的情况下，从相同的角度来看，视图。的确，将这块反转的头骨（按比例缩小到人类的大小）放在一副男人的头骨中，您会不由自主地将它们与它们混淆；并用颅相学的语调标明山顶的一处洼地-这个人没有自尊，也没有崇敬。通过这些否定因素，再加上他无与伦比的力量和力量的肯定事实，您可以最好地对自己形成最真实的看法，尽管不是最振奋人心的力量的最令人振奋的概念。

但是，如果从鲸鱼的正常大脑的比较维度来看，您认为它无法被正确绘制，那么我对您有另一个想法。如果您细心地观察几乎所有四足动物的脊椎，就会发现它的椎骨与矮小的头骨串成的项链相似，而它们都与原始的头骨基本相似。德国人认为，椎骨绝对是未发育的头骨。但是奇怪的是，德国人并不是第一个意识到这一点的人。一位外国朋友曾经向我指出过，他被杀死的敌人的骨架，以及他正在用其椎骨镶嵌的贝索浮雕上镶嵌着独木舟的喙。现在，我认为颅相学家没有忽略一项重要的事情，即没有将他们的研究从小脑推动通过椎管。因为我相信一个人的许多性格都可以在他的骨干中找到。无论您是谁，我宁愿感觉到您的脊柱，也不愿看到您的头骨。骨瘦如柴的脊梁还没有维护一个饱满而高贵的灵魂。我为自己的脊柱感到高兴，就像那面旗帜坚定的大胆的工作人员一样，我向世界扑灭了一半。

将颅相学的这个脊柱分支应用于抹香鲸。他的颅腔与第一颈椎相连。在那个椎骨中，椎管的底部长10英寸，高8英寸，底部为三角形。当它穿过剩余的椎骨时，运河逐渐变细，但在相当长的距离内仍保持着较大的容量。当然，现在的运河中充满了与大脑相同的奇异纤维状物质-脊髓。并与大脑直接沟通。更重要的是，从大脑腔中出来后的许多英尺内，脊髓的周长仍保持不变，几乎与大脑相等。在所有这些情况下，用相貌法对鲸鱼的脊椎进行测绘是不合理的吗？从这个角度来看，他的大脑固有的相对较小的奇妙比其脊髓的相对较大的奇异程度所补偿。

但是，让这种暗示能够像颅相学家那样发挥作用，我只是假设一下脊椎理论，并参考了抹香鲸的驼峰。如果我没有记错的话，这个威严的驼峰越过了较大的椎骨之一，因此在某种程度上就是它的外凸模。从它的相对情况来看，我应该把这种高驼峰称为抹香鲸的坚挺或顽强的器官。而且那个伟大的怪物是顽强的，所以您仍然有理由知道。

第八十一章脚步处女。

预定的日子到了，我们适当地会见了不来梅船长，少女峰的德里夫·德鹿船。

曾经是世界上最伟大的捕鲸者，荷兰人和德国人现在最少。但是到处都是经纬度，您仍然偶尔会在太平洋碰到他们的旗帜。

由于某种原因，少女峰似乎很想表达她的敬意。尽管距脚架还有些距离，但她四舍五入，掉了一条船，但船长被迫向我们逼近，不耐烦地站在船头而不是船尾。

"他在那里有什么？" 星巴克哭了，指着德国人挥舞的东西。"不可能！-一个喂灯器！"

"不是那样，" 斯塔布说，"不，不，那是一个咖啡壶，星巴克先生；他是来为我们煮咖啡的，是亚曼，你难道不知道他旁边有那么大罐子吗？"那是他的开水。哦，他没事，是亚曼。"

"跟你一起去，" 烧瓶喊道，"它是一个喂灯器和一个油罐。他没油了，开始乞讨了。"

然而，令人好奇的是，一艘石油船似乎是在鲸鱼场上借用石油，然而，它却在很大程度上反驳了有关将煤运到纽卡斯尔的古老谚语，但有时这种事情确实发生了。在本案中，船长德里克·迪尔（ ）确实按照烧瓶的要求毫不犹豫地指挥了喂灯者。

当他登上甲板时，阿哈卜突然搭上他，根本没有理会他手中的东西。但是德国人很快就证明了自己对白鲸的完全无知，这是他破碎的行话。立即将对话转到他的喂食器和油罐上，有些话感动了他不得不在深沉的黑暗中晚上变成吊床–他的最后一滴不来梅油不见了，还没有捕获到任何一条飞鱼来供应不足 最后暗示他的船确实是渔业中的一艘干净的船（即空船），应该配上少女峰或处女的名字。

他的必需品供应了，德里克离开了；但是，当鲸鱼几乎同时从两艘船的桅杆上扬起时，他并没有站在船边。急于追逐的是德里克，他不停地把油罐和喂食灯放到船上，就把船转了一圈，追赶了利维坦喂食灯。

现在，比赛上升到下风了，他和紧随其后的另外三艘德国船只，已经开始了这个装置的龙骨的起步。有八只鲸鱼，平均一个豆荚。他们意识到自己的危险，就在狂风前以极高的速度并驾齐驱，与许多跨度的马匹一样紧密地摩擦着他们的侧腹。他们留下了巨大而宽广的觉醒，仿佛不断在海面上展开巨大的羊皮纸。

在这种快速的尾声中充满了活力，在后方有许多绕，游着一只巨大的驼背老公牛，由于他相对较慢的前进速度，以及由于他长得异常黄变，似乎被黄疸或其他一些疾病困扰。这头鲸是否事先属于豆荚，似乎值得怀疑；因为这种古老的根本没有社交性的习惯。尽管如此，他还是坚持住了，尽管事实上回水一定会使他受阻，因为他宽大的口鼻上的白骨或隆隆是一个破折号，就像两个敌对潮流相遇时形成的隆隆一样。他的嘴很短，缓慢而费力。突然冒出一阵阵阵阵刺痛，然后被撕成碎片，随后在他体内进行了奇怪的地下骚动，似乎在他的另一个被埋葬的肢体上冒了出来，使他身后的水面起了泡沫。

"谁有讽刺意味？" 斯塔布布说："我怕他肚子疼。主，想想半英亩的肚子疼！男孩们，不利的风在他身上疯狂地过圣诞节。这是我所知道的第一个大风来自船尾；但是，鲸鱼以前有过偏航吗？一定是，他失去了分。"

像一个满身印度人的人，在印度洋沿岸航行，途中载着一匹受惊的马匹，马蹄，掩埋物，面包卷和滚滚的干草；这头老鲸也变了笨拙的笨重，然后不时地将其笨拙的肋骨两端翻过来，露出了他在右舷鳍的不自然残端中醒来的原因。无论他是在战斗中失去了那只鳍，还是没有它而出生，这都很难说。

"稍等一下，老家伙，我给你那只受伤的手臂吊索，" 残忍的烧瓶喊道，指着他附近的鲸鱼线。

"请记住，他不随身带您，" 星巴克喊道。"让路，否则德国人会拥有他。"

一心一意地将所有合并的对手船只对准这条鱼，因为他不仅是最大的鲸鱼，而且因此是最有价值的鲸鱼，而且他离它们最近，而其他鲸鱼则以如此高的速度航行，几乎无视当时的追求。在这个关头，三只德国船只最后一次放下时，马夫龙的龙骨被击落；但是尽管他的外国对手每时每刻都从头开始，但德里克的船仍然从头开始追逐。他们唯一担心的是，由于已经非常接近他的标记，他将能够在他们完全超越并超越他之前向他的铁杆飞镖。至于德里克，他似乎很有信心做到这一点，偶尔以一种傲慢的姿态摇摇他的喂食器。

"那不仁不义的狗！" 星巴克哭了 "他用五分钟前我为他装满的那只可怜的盒子嘲笑着我，甚至还敢敢冒险！" -然后用他那古老而激烈的低语- "给个办法，灵缇犬！爱护它！"

"我告诉你这是什么，伙计们" -对他的船员之以鼻- "生气是违背我的信仰的；但是我想吃那个卑鄙的夫-拉扯-不是吗？捣蛋打败了你吗？你爱白兰地吗？那么，一个伴郎白兰地的家伙，来吧，为什么你们中的一些人不破裂一个血管呢？英寸，我们被蒙皮了，你好，这是船底长着的草–主人，桅杆在发芽，孩子们，这是行不通的，看看那个船长！你们会吐火吗？"

"哦！看看他的肥皂水！" 哭瓶，舞动起来和下 "什么是驼峰哦，做桩的牛肉奠定像日志！哦！我的小伙子们，做弹簧高档插孔和吃晚饭，你也知道，我的小伙子们烤蛤蜊和松饼-哦，做，做，春天，-他是一百个打桶人-现在不要失去他-哦，不要！-看到那个亚曼-哦，你们不会拉你的达芙，我的小伙子们，这样的！这样的！不咋爱精子？那还有三千元，男人！-银行！-全行！英格兰银行！-，做，做，做！-什么的现在是那个亚曼？"

此刻，德里克正在把他的喂灯器和前进的油罐投向船上。也许是出于双重考虑，阻碍了他的对手前进的道路，同时又通过向后抛掷的瞬间动力在经济上加快了自己的步伐。

"无情的荷兰狗狗！"哭泣的斯塔布。"现在拉，男人，就像五万艘战舰上的红发魔鬼。你说什么，；你是那个男人，把你的脊椎分成两两段，以纪念老盖伊黑德？你怎么说？"

"我说，拉起来像天哪大坝，"-印度人喊道。

猛烈地，但是被德国人的嘲讽所平均地激起了，这辆三脚架的三艘船现在开始几乎并列了。并且，如此处置，暂时靠近他。三人队友在接近猎物时表现出的那种细腻，松散，侠义的姿态，三名配偶自豪地站起来，偶尔以令人振奋的叫声支持后桨手，"她滑落了，现在！欢呼！！与船长一起下来！驶过他！"

尽管如此，尽管决定了德里克的一切勇气，但他还是决定本来是胜利的开始，但他本来可以证明自己是这场比赛的胜利者，没有一个正义的判断降落在捉住他中途划桨手刀片的螃蟹上。当笨拙的笨拙者努力释放他的白灰时，结果，德里克的船快要倾覆了，他怒气冲冲地向着他的男人们冲去；-那是星巴克，斯塔布特和烧瓶。他们大喊一声，他们向前迈出了致命的一步，并在德国人的住所上倾斜了一下。再过一会儿，所有四艘船都对角地对着鲸鱼的尾迹，而从船上伸出来的那两头是他的泡沫。

这是一个了不起的，最可怜的，令人发疯的景象。鲸鱼现在要出去了，不断地折磨着他的嘴喷在他面前。而他那只可怜的鳍在惊恐中痛打他的身边。从那只手到那只手，他一直在步履蹒跚的飞行中偏航，仍然在他挣脱的每一个巨浪中，他都痉挛地沉入海中，或者侧向滚动他那只跳动的鳍。因此，我见过一只夹着翅膀的鸟儿在空中高高挂起的破损圆圈，徒劳地努力逃脱了海盗。但是这只鸟有声音，通过哭泣可以使她恐惧。但是对大海如此巨大的愚蠢之惧的恐惧被束缚住了，并在他里面陶醉了。他没有声音，除了那令人窒息的呼吸，这使他的视线难以置信。虽然如此，他那令人惊讶的笨拙，高耸的门齿和无所不能的尾巴，足以使如此可怜的最坚强的人受到感动。

现在看到，但是再过一会儿，这将使这辆的船更具优势，而不是因此而挫败了他的比赛，而是让选择冒险，对他看来一定是最不寻常的长飞镖，这是最后一次机会，永远逃逸。

但是，他的鱼叉手没有为这次中风站起来，所有三只老虎（，，）本能地站起来，并斜对着一排，同时指着它们的倒钩。冲上了德国鱼叉长的头，他们的三个楠塔基特铁杆进入了鲸鱼。泡沫和白火使人眼花！乱！这三艘船，在鲸头奔忙的第一怒中，以这种力量将德国人撞到了一边，以至于德里克和他困惑的鱼叉都被洒了出来，并被三只飞龙骨驶过。

"别担心，我的黄油盒。"当他朝旁边射击时，司徒高喊道。"您现在会被捡起-好吧-我看到一些鲨鱼尾巴-圣伯纳德的狗，您知道-纾解了苦难的旅行者。呼拉！这是现在的航行方式。每条龙骨都有阳光！呼拉！！在这里就像疯了的美洲狮尾巴上的三个锡壶一样！这使我想到了要在平原上的提尔伯里（）上将大象固定到大象上-使轮辐飞起来，男孩，当你以这种方式固定到他身上时，就有危险了"当你撞上山坡时，也会被人甩出来的。"！这就是他要去戴维·琼斯时一个人的感觉-都冲向一望无际的倾斜飞机！！这条鲸鱼载着永生的邮件！"

但是怪物的奔跑是短暂的。突然喘着粗气，他发出嘶哑的声音。三行锯齿状地飞奔着牛，在其上凿出深沟。鱼叉手非常恐惧，以至于这种快速的声音很快就会耗尽线路，以至于用尽他们所有的灵巧力量，他们反复抓住烟斗，用绳子抓住。直到最后，由于船首的铅衬里的垂直应变，使三根绳子垂直向下变成蓝色，船头的舷棱几乎与水均匀，而三个船尾则在船尾向高处倾斜。空气。鲸鱼很快就会停止了鸣叫，尽管他们的姿势有点发痒，但他们仍然保持这种态度一段时间，害怕花费更多的时间。但是，尽管船只已经以这种方式被放下并丢失了，但是这就是所谓的"紧握"。他的后背从他活生生的肉的尖刺上钩了起来；这就是经常折磨巨兽以使其很快再次升起以迎合他的敌人的锋利的长矛。尽管还谈不上事情的危险，但是人们怀疑这条路线是否总是最好的；因为这是合理但合理的假设，即鲸在水下停留的时间越长，他的疲倦就越多。因为，由于他的巨大表面（在成年的抹香鲸中，不到2000平方英尺的东西），水的压力非常大。我们都知道我们自己承受的惊人的大气重量；即使在这里，在空中 那么，鲸鱼的负担多么巨大，背着一列两百个马的海洋！它必须至少等于五十个大气压的重量。一位捕鲸者估计，这艘战舰的重量为20艘战舰，舰上所有枪支，商店和人员。

当三艘船躺在那波涛汹涌的大海上，凝视着它永恒的蓝色正午；不，不是任何一种吟声或哭声，是的，不像是从其深处浮起的涟漪或气泡；陆地管理员会想到的是，在所有的寂静与平静之下，海洋中最大的怪物正在痛苦地扭动着！在船首看不到八英寸的垂直绳索。似乎可靠的是，巨大的通过三根细线悬挂起来，就像八天钟一样重。暂停？还有什么？到三块木板。这曾经是曾经如此得意洋洋地说过的生物吗？"你能用铁丝网填满他的皮肤吗？或用鱼矛填满他的头？向他躺下的人的剑不能握住，长矛，飞镖或：他视铁为稻草；箭不能使他逃跑；飞镖算作残茬；他嘲笑矛的晃动！"这个生物？这个他吗？哦！先知应该跟随未实现的人。因为他的尾巴有一千个大腿的力量，所以利维坦已经将他的头撞向了大海的群山，使他躲避了这只怪兽的鱼叉！

在那倾斜的午后的阳光下，三艘船在阴影下散发出来的阴影一定足够长且足够宽，足以遮蔽半个薛西斯的军队。谁能说出这么巨大的幻影在他的头上飞舞，这对鲸鱼来说真是令人震惊！

"站在旁边，他在鼓动。"星巴克喊道，三条线突然在水中振动，通过磁线清晰地向它们传导鲸鱼的生死搏动，以便每个划桨手都能感觉到它们的存在。他的位子。接下来的那一刻，船首从船首的向下压力中解脱出来，这时船突然向上方反弹，就像一个小冰原一样，当一群密集的白熊被吓到海中时，它们突然跳了起来。

"拉！拉！" 星巴克又哭了； "他正在上升。"

钓线几乎在不久之前就已经获得了，没有人的宽度。钓线现在很快就卷成一团，全部滴落到船上，很快鲸鱼就在猎人的两艘船的长度范围内将水弄坏了。

他的动作清楚地表明了他的极度精疲力尽。在大多数陆生动物中，它们的许多静脉中都有某些阀门或水闸，因此在受伤时，血液在某种程度上至少会立即沿某些方向被关闭。鲸鱼则不然；其特点之一是具有血管的整个非瓣膜结构，因此，即使刺入鱼叉这样的小点，其整个动脉系统也会立即开始致命的引流。当水在地表以下很远的距离上被超常的压力所加剧时，他的生命可以说是源源不断地从他身上倾泻而下。然而他身上的血量如此之大，如此遥远且无数个内部喷泉，以至于他将在相当长的一段时间内保持流血和流血。就像在干旱中一样，河流也会流淌，而河流的源头则来自遥远而难以分辨的丘陵。甚至现在，当小船拖着这条鲸鱼，险恶地划过他摇曳的子，而长矛也冲向他时，它们紧接着是新伤口不断喷出的水，不断地打着，自然的喷水孔他的脑袋里只有间隔，无论多么迅速，都将其滋润的湿气散发到空气中。从这最后的口中还没有流血，因为到目前为止他的重要部位还没有被击中。正如他们所说的那样，他的生活没有被改变。

随着船只现在更加紧密地包围着他，他的整个身形（通常被淹没了）被清楚地展现了出来。他的眼睛，或者更确切地说，是他的眼睛所见的地方。当奇异的杂草丛生的群众俯伏在高贵的橡树的结孔中时，从鲸鱼的眼睛曾经占据的点来看，它们现在伸出了盲灯泡，可悲地看到了。但可惜没有。在他所有的年老，一只胳膊和他的双眼失明的岁月中，他必须死于死亡并被谋杀，以照亮同性恋新娘和其他成年男子，并照亮庄严宣扬无条件传教的教堂所有人都没有冒犯。仍然在他的血液中滚动，最后他部分地露出了奇怪变色的束或突起，像蒲式耳一样大小，位于侧面。

"一个好地方，"烧瓶喊道。"让我在那儿刺他一次。"

"真好！"星巴克喊道："没有必要！"

但是人道的星巴克为时已晚。在飞镖射出的瞬间，这头残酷的伤口被溃疡性的射流击中，刺入痛苦之中，鲸鱼喷出浓厚的鲜血，盲目地冲向飞船，迅速怒火冲天，使他们及其光荣的队伍全都被扑灭阵阵血淋淋，倾倒烧瓶的船并破坏船首。那是他的中风。因为到了此时，他已经因失血过多而花光了，以至于他无助地滚开了自己造成的残骸；气喘吁吁地躺在他的身边，无力地挥舞着他的残缺的鳍，然后一遍又一遍地缓慢旋转着，就像一个渐弱的世界。出现了他腹部的白色秘密；像木头一样躺着，死了。最可悲的是最后一口即将到来的喷口。就像用看不见的手逐渐将水从强大的喷泉中抽出一样，加上半的忧郁声，喷雾柱逐渐降落到地面，这就是最后一条垂死的鲸鱼喷口。

很快，当船员们在等待轮船抵达时，尸体显示出沉没的症状，所有的宝藏都没有被释放。立刻，根据星巴克的命令，在不同地点固定了绳索，以致每条船都长了一个浮标。沉没的鲸鱼被绳索悬挂在它们下方几英寸的位置。经过非常谨慎的管理，当船驶近时，鲸鱼被转移到她的身边，并用最坚硬的子链牢固地固定在那里，因为很明显，除非人为地维护，否则身体会立即沉入海底。

如此偶然，以至于几乎在第一次用铁锹切入他时，发现腐烂的鱼叉的整个长度都嵌在了他的肉中，位于前面所述的那串下部。但是，由于经常在捕获的鲸鱼的尸体中发现鱼叉的树桩，鱼肉在它们周围得到了完美的治愈，因此没有任何突出的迹象表明它们的位置；因此，在本案中必须有其他未知的原因来充分说明所提到的溃疡。但更令人好奇的是，在他身上发现了一个长矛头的石头，这个石头长得很坚硬，离埋铁不远。谁打过那个石矛？什么时候？它可能早在美国被发现之前就已经被一些北欧的印度人所吹捧。

这个可怕的内阁可能还传出了什么奇闻怪事，目前尚无定论。但由于船体沉没的可能性越来越大，该船被空前拖到海面，突然被进一步发现。然而，拥有事务命令的星巴克一直坚持到最后。实际上，它是如此坚决地挂在船上，以至于如果仍然坚持将船体与船体锁在一起，那艘船将长久倾覆。然后，当命令被命令清除时，子链和钢索被固定在木头上的不动应力使它无法被抛弃。同时，此装备中的所有装备都是倾斜的。越过甲板的另一侧就像走在陡峭的山墙屋顶上。船吟着，喘着粗气。她的堡垒和小木屋的许多象牙镶嵌物是由于不自然的错位而从其位置开始的。徒劳的徒手刺了乌鸦，乌鸦紧紧地抓住了不动的子链，将它们从伐木头上撬下来。鲸鱼现在沉没到了这么低的水平，以至于根本无法接近被淹没的末端，而每时每刻似乎沉没的沉重吨重的浮沉物，船似乎正要驶过。

"等等，等等，是吗？" 斯塔布对身体喊道："别被如此急速的魔鬼沉没！伙计们，雷声大雨，我们必须做点什么，还是去做。不要在那儿撬；有用，我用你的指尖说，然后奔跑你们中的一本要祈祷书和一把笔刀，然后剪掉大铁链。"

喊道："刀？是的，是的。" 抓住木匠沉重的斧头，他从舷窗里倾斜，然后用钢到铁，开始在最大的子链上砍下。但是，当过度的压力影响其余部分时，发出了几下充满火花的冲程。很快，所有的固定装置都消失了。船舶扶正，体沉没。

现在，最近被杀死的抹香鲸偶尔会不可避免地沉没是一件很奇怪的事情。也没有任何渔夫对此作出充分解释。通常，死去的抹香鲸浮起时浮力很大，其侧面或腹部明显高于水面。如果只有这样沉没的鲸鱼是古老、微弱和心碎的动物，那么它们的猪油垫就会减少，并且所有骨头都沉重而有风湿病；那么您可能会出于某种原因断言这种下沉是由鱼中如此稀疏的比重引起的，这种沉没是由于鱼中没有浮力物质造成的。但事实并非如此。对于年幼的鲸鱼，健康程度最高，并因其崇高的志向而肿胀，因此在温暖的潮红和生命中过早地被割断，所有的猪油都围绕着它们；即使是这些勇敢，勇敢的英雄有时也会沉没。

不管怎么说，抹香鲸比其他物种对这次事故的责任要小得多。在其中一种下降的地方，右鲸有20条。毫无疑问，这种物种差异在很大程度上应归功于右鲸中更多的骨骼。仅他的百叶帘有时重达一吨以上；从这种负担中，抹香鲸是完全免费的。但是在某些情况下，经过数小时或数天后，沉没的鲸鱼再次升起，比生活中的浮力更大。但这是显而易见的原因。他体内产生气体；他膨胀到了惊人的程度。变成一种动物气球。当时，战线船几乎无法阻止他。在岸边的捕鲸场上，在新西兰的海湾中，有声音，当一条右鲸发出沉没的信号时，他们用大量的绳索将浮标系在他身上。这样，当尸体掉落时，他们知道应该在尸体再次上升时在哪里寻找尸体。

尸体沉没后不久，马蹄怪兽的桅杆头传来一声哭声，宣布少女峰再次降下了船。尽管眼前唯一的出水口是鳍背鲸，因为它具有令人难以置信的游泳能力，属于不易捕捉的鲸鱼种类。然而，鳍背的喷口与抹香鲸的喷口非常相似，以至于笨拙的渔民经常将其误认为是鲸。因此，德里克和他的所有主人现在都在英勇地追逐这种难以捉摸的蛮族。处女座拥着四只年轻龙骨，扬帆起航，因此他们都消失了，直到背风，仍然大胆而充满希望。

哦！我的朋友，很多是鳍背，很多是棘手的人。

第82章捕鲸的光荣与荣耀。

在某些企业中，谨慎无序是真正的方法。

我越是沉迷于捕鲸这一问题，并将我的研究推向新的高度，那么它的悠久和古老就给我留下了深刻的印象。特别是当我发现这么多伟大的半神人和英雄，各种各样的先知，以一种方式或其他方式对它进行区分时，我被深深地吸引着我自己，尽管但从属地属于这样一个兄弟会。

木星之子英勇的珀尔修斯是第一位鲸鱼。可以说，这是我们呼唤的永恒荣誉，我们兄弟会袭击的第一条鲸并没有出于任何卑鄙的意图而被杀。那是我们职业的骑士时代，那时我们只是伸手挽救痛苦的人，而不是给男人的灯喂食。每个人都知道英仙座和仙女座的美好故事；可爱的仙女座，是国王的女儿，是如何与海岸上的一块岩石绑在一起的，就像带着鲸鱼王子王子珀尔修斯强行抬起头来一样，她勇敢地前进了，刺中了怪物，并且交付并与女仆结婚。这是一种令人钦佩的艺术功绩，当今最好的鱼叉手很少能做到。因为这个在第一次飞镖时被杀死了。不要让任何人怀疑这个方石的故事；因为在古老的乔帕河（现在的贾法河），在叙利亚海岸的一个异教神庙中，古老的鲸鱼骨骼屹立了许多年，这座城市的传说和所有居民都断言这是鲸鱼的骨头。英仙座转了一圈。罗马人夺取乔巴舞时，同样的骨架被凯旋地运到了意大利。在这个故事中，看起来最奇异且暗示性最重要的是：乔纳起航的是乔帕人。

与英仙座和仙女座历险记相似（的确是间接地衍生自某人），是关于圣修罗和圣仙女座的著名故事。乔治与龙；我维持哪条龙是一条鲸鱼；因为在许多古老的编年史中，鲸鱼和龙混杂地混杂在一起，并且常常彼此站在一起。伊斯凯尔说："你像水上的狮子，像大海的龙一样。" 特此明确地指鲸；实际上，圣经的某些版本使用了该词本身。此外，这将大大减少利用漏洞的荣耀。乔治，但遇到了一块爬行的大地，而不是与深渊的巨大怪物作战。任何人都可以杀死一条蛇，但只能杀死一个珀尔修斯。乔治，棺材，内心深情地大步迈向鲸鱼。

不要让这一幕的现代绘画误导我们；因为虽然那个勇敢的老鲸鱼遇到的生物隐约地代表着格里芬的形状，尽管战斗是在陆地上描绘的，而圣人是在马背上描绘的，但是考虑到那个时代的巨大无知，当真正的形式鲸鱼对艺术家来说是未知的；并考虑到在英仙座案中，乔治的鲸鱼可能已经从海滩上的海里爬出来了；并考虑到圣骑 乔治可能只是海豹或海马；牢记所有这些，将这条所谓的巨龙抱在了大巨兽身上就不会与神圣的传说和场景中最古老的草稿完全不相容。实际上，整个故事摆在严格而刺耳的真理面前，其故事将像非利士人的鱼，肉和家禽的偶像一样，以达贡命名。他被栽在以色列方舟前，他的马头和两只手掌都从他身上掉下来，只剩下他的树桩或鱼腥部分。因此，我们自己的贵族邮票之一，甚至是鲸鱼，也是英国的监护人。依良好的权利，我们应该以圣殿中最崇高的秩序来招募的鱼叉手。乔治。因此，不要让那家光荣的公司的骑士（我敢说，这些骑士都没有像他们伟大的顾客那样与鲸鱼有关系），也不要让他们以鄙夷的眼光看待纳特克特，因为即使在我们的羊毛连衣裙中和焦油的拖网渔船，我们更有资格获得圣帕特里克节。乔治的装饰比他们强。

关于这一点，我是否愿意接受大力士，对此我一直持怀疑态度：尽管按照希腊神话，那古老的克罗克特和基特·卡森-那举足轻重的欣喜行为的人，被鲸鱼吞没了；尽管如此，不管这是否严格地使他成为一个捕鲸人，都可能会引起争议。除非确实是从内部来，否则他似乎从未真正钓过鱼。然而，他可能被认为是一种非自愿的鲸鱼；无论如何，如果他没有鲸鱼，鲸鱼都会抓住他。我声称他是我们家族之一。

但是，根据最矛盾的权威，这个关于赫拉克勒斯和鲸鱼的希腊故事被认为是源于乔纳和鲸鱼的更古老的希伯来语故事。反之亦然；当然，它们非常相似。如果我要求半神，那先知为什么不呢？

英雄，圣人，半神半人和先知也不能单独构成我们秩序的全部内容。我们的大师仍待命名；因为就像过去的皇室国王一样，我们在伟大的神灵之中找到了我们博爱的源头。现在要从剃须刀上演绎出奇妙的东方故事，这给了我们可怕的维斯努（），这是印度后裔神灵中的三个人之一；亲自为我们的主人赐给我们这神圣的；--通过他的十个尘世化身中的第一个，永远将鲸鱼分开并成圣。剃须刀说，梵天或众神决定在世界周期性解散后决定重建世界时，他生下了维斯努（）来主持这项工作。但是吠陀，或神秘书籍，在开始创作之前对维苏努来说是必不可少的，因此必须包含一些对年轻建筑师有用的提示形式，这些吠陀躺在水底; 维斯努（）化为鲸鱼的化身，在他的内心深处发出了声音，救出了这本神圣的书卷。那么，这个维斯努不是鲸鱼吗？甚至一个骑马的人被称为骑士？

珀尔修斯，圣 乔治，赫拉克勒斯，乔纳和！有一个会员卷为您服务！鲸鱼馆可以这样去哪一个俱乐部呢？

第83章。

在上一章中提到了约拿和鲸鱼的历史故事。现在，一些楠塔基特人宁愿不相信约拿和鲸鱼的历史故事。但是后来又出现了一些怀疑的希腊人和罗马人，他们从那个时代的正统异教徒中脱颖而出，同样怀疑赫拉克勒斯和鲸鱼，猎户座和海豚的故事。然而，尽管如此，他们对那些传统的怀疑并没有使这些传统成为事实。

一位老垂涎鲸鱼质疑希伯来语故事的主要原因是：—他有一种古朴的老式圣经，上面装饰着好奇的，不科学的盘子；其中一个代表乔纳的鲸鱼，脑袋中有两个嘴，这仅对一种（正确的鲸鱼和该鲸的变种）才是正确的，渔民对此有这样的说法："一便士卷会住他"；他的吞咽很小。但是，为此，杰布主教的预期答案已经准备就绪。主教暗示，我们没有必要将约拿视为埋在鲸鱼的腹部，而是暂时藏在鲸鱼的嘴中。在一个好的主教看来，这足够合理。实际上，正确的鲸鱼嘴将容纳几张哨台，并舒适地安置所有参与者。约拿也可能沉迷于空心牙齿中。但是，再三考虑，右鲸是无牙的。

萨格·哈伯（他的名字叫他）对他对先知的信仰缺乏信仰而敦促他的另一个原因，是关于他的被囚禁的身体和鲸鱼的胃液含糊不清。但是这个反对意见也落在了地上，因为德国的营养学家认为约拿一定躲在了一条死鲸的漂浮物上，即使在俄国战役中的法国士兵把死马变成了帐篷，然后爬进了帐篷。此外，其他大陆评论员也认为，当乔纳号从日帕船上抛下时，他径直逃到了附近的另一艘船上，其中一艘装有鲸鱼的船头成为了人物。而且，我还要加上"鲸鱼"的名称，因为如今某些手工艺品被冠以"鲨鱼"，"鸥"，"鹰"的美称。从来没有想要的有学识的营养学家，他们认为约拿书中提到的鲸鱼只是意味着救生员-一袋膨胀的风-濒临灭绝的先知游到了那里，因此从水的厄运中解救了出来。因此，可怜的下陷港口似乎全面恶化了。但是他还有另一个缺乏信仰的理由。如果我没记错的话，就是这样：约拿被地中海中的鲸鱼吞噬了，三天后，在距离底格里斯河上的尼尼微市三天的路程中，他呕吐了三天，远远超过三天。从地中海沿岸最近的点穿越。那个怎么样？

但是，鲸鱼是否有其他办法将先知降落在尼维河附近这么短的距离内？是。他可能已经带着好望角将他带走了。但这并不是说要穿过整个地中海，而是要经过波斯湾和红海的另一条通道，这样的假设将涉及三天之内整个非洲的整个航行，更不用说附近的底格里斯河水域了。尼维斯遗址，太浅了，根本无法游到鲸鱼。此外，乔纳在这么早的一天风化好望角的想法，将使它的著名发现者巴塞洛缪·迪亚兹发现大岬角感到荣幸，并因此使现代历史成为骗子。

但是所有这些旧港湾的愚蠢论据只能证明他愚蠢的理性自豪感-在他身上更应该受到谴责，因为他除了从太阳和海里捡到的东西外，几乎没有学到其他东西。我说这仅表示他对牧师的愚蠢，虔诚的骄傲和可恶的，恶魔般的叛逆。因为一位葡萄牙天主教神父提出了乔纳经由好望角前往尼尼微的想法，这是普遍奇迹的信号放大。原来如此。此外，直到今天，高度开明的土耳其人仍然坚信约拿的历史故事。大约三个世纪前，一位英国游客在哈里斯（ ）的一次远航中讲到一个为纪念约拿而建的土耳其清真寺，其中的清真寺是一个奇迹般的灯，没有任何油就能燃烧。

第84章。

为了使它们轻松快捷地运行，对车轴进行了涂油；出于相同的目的，一些捕鲸者在他们的船上执行类似的操作；他们润滑底部。毫无疑问，由于这样的程序不会造成任何伤害，因此它可能没有可鄙的优势；考虑到油和水是敌对的；油是可滑动的东西，可见的对象是使船勇敢地滑动。奎奎格坚信要为他的船涂油，在德国少女峰船失踪后不久的一个早晨，魁北克在这一职业上付出了比平时更多的痛苦。爬到它的底部下面，悬挂在侧面，然后在崎不平的地方摩擦，仿佛是在努力地确保从飞船的光秃的龙骨上确保一束头发。他似乎是在服从某些特殊表现。也不因事件而不必要。

临近中午的时候，鲸鱼被抬起；但是，当船驶向他们时，他们立刻转向并迅速逃离。一种无序的飞行，如帕特拉的从中弹出。

但是，船追赶着，而短驳船是最重要的。竭尽全力终于成功地种了一颗铁。但是这只鲸鱼没有发出任何声音，仍然继续着他的水平飞行，但又增加了飞跃性。这种对种植铁的不间断的应变必须迟早不可避免地将其提取出来。刺杀飞鲸，或者满足于失去他就变得势在必行。但是把船拖到侧面是不可能的，他游得如此迅速而愤怒。那还剩下什么呢？

在所有奇妙的设备和技巧中，老手鲸经常被迫施加的手和无数细微的动作，这些都无法超越被称为"俯仰测距"（）的长枪进行的精细操纵。小剑或宽剑在其所有练习中都没有比它拥有的东西。它仅是古老的流浪鲸所不可或缺的；它的宏伟事实和特点是，长矛杆在极端的行进距离下，可以从剧烈摇晃的摇晃船上准确射向理想的距离。包括钢和木头，整个长矛长约十或十二英尺。工作人员比鱼叉的工作人员要轻得多，而且材质也较轻（松木）。它装有一条称为经线的细绳，其长度相当大，可以用它在飞镖后拖回手中。

但是在进一步讲解之前，重要的是要提到，尽管鱼叉可以用长矛以相同的方式进行俯仰，但是很少这样做。而且，由于鱼叉的重量和长度小于矛杆，因此成功的几率仍然较低，这实际上是严重的缺点。因此，作为一般的事情，您必须首先坚决反对鲸鱼，然后再进行任何音高测试。

现在看一下树桩；一个在紧急情况下幽默，刻意的冷静和镇定的人，特别有能力在推销方面表现出色。看着他；他直立在飞船的船头上。包裹在柔软的泡沫中的拖曳鲸鱼在前方四十英尺处。短柄轻柔地握住长矛杆，沿其长度扫视两次或三次，以查看其是否完全笔直，吹口哨地吹起一只手将经线盘卷起来，以便将其自由端牢牢抓住，其余部分则保持畅通。然后把长矛伸到腰部中部之前，将它对准鲸鱼。当他覆盖住它时，他稳定地压下手中的末端，从而抬高该点，直到武器在空中高出15英尺的手掌相当平衡为止。他觉得您有点杂耍，平衡了下巴上长长的杖。下一刻，快速而无名的冲动在明亮的高耸拱形中，明亮的钢跨越了起泡的距离，并在鲸鱼的生活地点颤抖。现在，他不再喝苏打水，而是喷出红血。

"那把龙头从他身上赶了出来！"哭泣的斯塔布。"'7月是不朽的第四天；所有喷泉都必须今天开酒！现在，那将是奥尔良老威士忌，俄亥俄老城，或难以言喻的老莫农加黑拉！然后，塔什特戈，伙计，我要你们为喷气式飞机捧一个小点心·""是的，的确，人们的心脏还活着，我们会在他的喷水孔的蔓延中酿造精选的拳打，然后从那只活的拳打碗中吞下活物。

一遍又一遍地讲着这种有趣的话，灵巧的飞镖不断地重复着，长矛像一条灵巧的牵引带上的灵缇猎犬一样回到了主人。痛苦的鲸鱼开始奔跑。拖曳绳放松了，投手掉落的船尾，收起手，默默地看着怪物死了。

第85章喷泉。

长达六千年的历史—没人知道有几百万年的历史—大鲸应该本应在整个海域喷涌，并在深处的花园里洒水和雾化，就像那么多洒水或雾化的花盆一样；在过去的几个世纪中，成千上万的猎人本应在鲸鱼的源头附近，看着这些洒落和喷涌而出-所有这些都应该是，但是直到这一幸运的分钟（十五分钟四分之一分钟）在12月16日下午1点左右（广告时间1851年），这些喷口究竟是真的浇水还是仅是蒸气，仍然应该成为一个问题-这肯定是一件值得注意的事情。

然后，让我们看一下这个问题，以及一些有趣的项目。每个人都知道，由于的奇特机敏，一般的细小部落都会呼吸空气，这些空气在任何时候都与游泳的元素结合在一起；因此，鲱鱼或鳕鱼可能生活一个世纪，而且永远不会抬起头来。但由于其明显的内部结构使他像人一样拥有规则的肺部，因此鲸鱼只能通过在开放的大气中吸入脱离的空气才能生存。因此，有必要定期访问上层世界。但他无法以任何方式通过嘴呼吸，因为按照通常的姿势，抹香鲸的嘴被埋在水面下至少八英尺处；而且，他的气管与嘴巴没有连接。不，他独自呼吸通过气息；这是在他的头上。

如果我说，对于任何生物来说，呼吸只是生命力所不可或缺的功能，因为它从空气中抽出某种元素，随后使其与血液接触就赋予了血液其活力四射的原理，我不认为我应该犯错; 尽管我可能会使用一些多余的科学词汇。假设，然后得出结论，如果一个人的所有血液都可以一口气充气，那么他可能会封住他的鼻孔，并且在相当长的时间内不会取回另一个。也就是说，他那时将没有呼吸而生活。看起来很异常，这条鲸鱼就是这种情况，他有规律地定期抽出一整小时或更多的时间（在底部时），而没有一次呼吸，或者以任何方式吸入颗粒空气; 因为，请记住，他没有腮。这怎么样？在他的肋骨之间和脊柱的每一侧，他都被提供了一条令人难以置信的，由细粉状血管组成的克里特岛迷宫式迷宫，当他离开水面时，这些血管会被充氧的血液完全扩张。这样一来，一个小时或一个多小时，在海中一千英寻的脂肪中，他就拥有了多余的生命力，就像穿越无水沙漠的骆驼在其四个补充胃中为将来使用提供了过量的饮料一样。这个迷宫的解剖学事实是不容置疑的；而建立在它的假设是合理的，真实的，似乎是更有力的对我来说，当我认为利维坦的莫名否则在固执为他出来，为渔民句话吧。这就是我的意思。如果不被骚扰，抹香鲸在浮到水面时会在那儿继续一段与他所有其他未被骚扰的骚扰完全一致的时间。说他停留十一分钟，然后喷射七十次，即呼吸七十次；然后每当他再次站起来时，他一定会再次呼吸七十分钟，直到一分钟。现在，如果在他喘了口气之后，您使他感到震惊，以至于他发声，他将总会再次躲起来，以补足他的常规空气量。直到那七十口气被告知后，他才最终走下坡路，以待在下学期。但是，请注意，在不同的个人中，这些比率是不同的；但在任何一个方面它们都是相似的。现在，鲸鱼为什么要坚持要喷出鲸鱼，除非要补充他的蓄水池，否则就永远下降了。同样明显的是，鲸鱼上升的必要性使他面临追逐的所有致命危险。因为在阳光下航行一千个鸟时，不是用钩子也不用网子就能捕捉到这巨大的巨兽。猎人呢，与其说是你的技巧，不如说是赢得你胜利的必需品！

在人类中，呼吸不断地在进行-一次呼吸仅能产生两个或三个搏动。这样，无论他要从事的其他任何业务（醒来或睡觉），他必须呼吸或必死。但是抹香鲸的呼吸时间只有他时间的大约七分之一或星期日。

据说鲸只通过他的喷水孔呼吸；如果可以如实地补充说他的嘴里混有水，那么我认为我们应该知道为什么他的嗅觉在他身上消失了。关于他的唯一一件事，就是鼻子的所有答案都是同一个喷口。并被两种元素所阻塞，无法期望它具有嗅觉的功能。但是由于壶嘴的奥秘-无论是水还是蒸气-至今仍无法完全确定。但是，可以确定抹香鲸没有适当的嗅觉。但是他想要他们什么？没有玫瑰，没有紫罗兰，没有科隆的海水。

此外，由于他的气管仅通向其喷射管的管道，并且长运河（如大运河）配有某种锁（可打开和关闭），用于向下保留空气或向上排除因此，鲸鱼没有声音；除非您侮辱他说，当他如此奇怪地发出隆隆声时，他会用鼻子说话。但是话又说回来，鲸鱼又怎么说？除非被迫以谋生的方式结结巴巴，否则我很少知道对这个世界有什么话要说的深刻的人。哦！世界真是一个出色的聆听者，我们感到非常高兴！

现在，抹香鲸的喷水道主要是为了输送空气，并在其头部的上表面下方水平放置几英尺，并稍微向一侧延伸；这条好奇的运河非常像一条煤气管，铺设在一条街道一侧的城市中。但问题返回的是，该煤气管是否也是水管？换句话说，抹香鲸的嘴是呼出的呼吸的蒸气，还是呼出的呼吸与吸入口的水混合并通过鼻孔排出。可以肯定的是，嘴与喷管间接连通；但是不能证明这是为了通过螺孔排放水。因为这样做的最大必要似乎是在进食时他不小心喝了水。但是抹香鲸的食物却远远低于水面，即使在那里他也不会喷出来。此外，如果您非常仔细地看着他，并给他计时，您会发现，当他心情舒畅时，在他的喷射周期和正常呼吸周期之间存在着不减的韵律。

但是为什么要在这个主题上用所有这些推理来困扰一个人呢？说出来！你看过他的嘴；然后宣布什么是喷口；你不能从空中告诉水吗？亲爱的先生

，在这个世界上解决这些简单的事情并不容易。我曾经发现你最朴素的事物是所有事物中最棘手的。至于这只鲸鱼喷口，您可能会站在那里，但仍不确定它到底是什么。

它的主体隐藏在包围它的白雪皑皑的闪闪发光的雾中。以及当您始终足够接近鲸鱼以近距离观察鲸鱼喷水时，您如何确定是否从其中滴下水，他正处于巨大的动荡之中，水在他周围泛滥。如果在这种情况下您应该认为自己确实感觉到了壶嘴中的水珠，那您怎么知道它们不仅仅是从蒸气中凝结而来的？或您怎么知道它们不是那些表面上堆积在喷口裂隙中的相同液滴，该裂隙沉入鲸鱼头部的顶端？即使他在沙漠中平静地在中午海中平静游动，高高的驼峰也像晒干的骆驼一样晒干了；即使这样，鲸鱼的头上也总是带着一小盆水，因为在烈日下，有时您会在岩石上看到一个充满雨水的空腔。

对于猎人来说，也不应该过于谨慎地触摸鲸鱼喷口的确切性质。凝视它，将自己的脸伸进去，对他来说是没有用的。您无法将投手带到该喷泉并填充并带走。因为即使经常与喷枪的外部蒸气碎片轻微接触（这经常会发生），您的皮肤也会因触及它的刺激性而变得异常聪明。我知道一个人，无论是出于某种科学目的，还是与壶嘴保持更紧密的接触，否则我不能说皮肤从他的脸颊和手臂上脱落了。因此，在鲸鱼中，喷口被认为是有毒的；他们试图逃避它。另一件事; 我听过它说过的话，对此我也没有多大怀疑，如果喷气机正好喷入您的眼睛，它将使您失明。在我看来，调查员能做的最明智的事情就是不要让这个致命的喷口独自一人。

即使我们无法证明和确定，我们仍然可以进行假设。我的假设是：喷口不过是雾。除其他原因外，我的结论还得益于考虑到抹香鲸固有的尊严和崇高的考虑；我认为他并不常见，肤浅，因为无可争辩的事实是，他从未在外滩或海岸附近找到他。所有其他鲸鱼有时都是。他既笨拙又深刻。我坚信，从柏拉图，皮尔洛，魔鬼，木星，但丁等所有深奥的深刻生物的头上，总会出现某种半可见的蒸汽，而思考深层思想的行为。在写一些关于永恒的论文时，我好奇地把镜子放在我面前。在那儿早就看见了，那是一种奇怪的事，涉及到我头顶大气中的蠕虫和起伏。八月正午，在薄薄的带顶棚的阁楼上冲了六杯热茶后，我的头发始终如一地陷入沉思。这似乎是上述假设的另一个论点。

以及它多么高大地引起了我们这个强大的，朦胧的怪物的自负，以至于他庄严地航行在平静的热带海洋中；他那巨大而温和的头顶被一团蒸气笼罩着，那是由他不可捉摸的沉思所产生的，而那个蒸气-正如你有时会看到的-被彩虹所笼罩，仿佛天堂本身已经将他的思想封印了。因为，您看到的是，彩虹没有飞向晴朗的天空；他们只照射蒸气。因此，通过我心中所有朦胧疑惑的浓雾，不时地传出神圣的直觉，使我的雾与上天的光芒缠绕在一起。为此，我感谢上帝。所有人都有疑问；许多人否认；但是很少有怀疑或否认的直觉。对世上万物的怀疑，以及对天上万物的直觉；这种结合既不会使信徒也没有异教徒，但会使人以平等的眼光看待他们。

第86章尾巴。

其他诗人赞扬了羚羊柔和的眼睛和永不熄灭的可爱羽毛的赞美。天体不那么大，我庆祝一条尾巴。

估计最大尺寸的抹香鲸的尾巴从树干的那一点逐渐变细到大约一个人的腰围，仅在其上表面就包括至少五十平方英尺的面积。它的根部紧凑的圆形身体扩展成两个宽而结实的扁平手掌或鳞片，逐渐向浅滩倾斜，厚度不足一英寸。在部或交界处，这些稍重叠，然后像翅膀一样从侧面向后退，在它们之间留出很大的空隙。在这些生物中，没有比在这些新月形的新月形边界中更清晰地定义了美丽的线条。在成年鲸的最大扩展中，尾巴将大大超过20英尺。

整个成员似乎是一个密集的带焊接筋的蹼状床；但将其切开，您会发现它由三个不同的层次组成：上，中和下。上，下层纤维长而水平。中间的那些，很短，在外层之间交叉延伸。这种三位一体的结构以及其他任何东西都赋予了尾巴力量。对于古老的罗马墙的学生来说，中间层将提供与稀薄的瓷砖平行的奇妙平行感，这些稀薄的瓷砖总是与古董中那些奇妙的文物中的石材交替出现，并且无疑为砌体的强大力量做出了巨大贡献。

但是好像肌腱尾巴中的这种巨大的局部力量还不够，整个的编织都由一束又一束的肌纤维和细丝构成，它们从腰部的两侧穿过，直到感觉不到发丝。与他们融合，并为他们的力量做出很大贡献；这样整个鲸鱼的尾巴汇合的无力力量似乎集中到了一个点。可能会发生灭，这是要做的事。

这也不是-其惊人的力量完全会削弱其动作的优美弯曲。轻松的婴儿期通过权力的泰坦而起伏不定。相反，这些运动从中获得了最惊人的美丽。真正的力量永远不会损害美感或和谐，但往往会赋予它美感；在所有美丽的事物中，力量与魔术息息相关。从雕刻的大力士的大理石上夺走似乎从处爆裂的绑筋，其魅力便消失了。当虔诚的埃克曼从裸露的歌德尸体上抬起亚麻床单时，他的那头巨大的胸部不堪重负，仿佛是罗马的凯旋门。当安吉洛以人类的形式甚至将父亲的父亲描绘成上帝时，请标记那里的坚固性。不论他们在儿子身上所表现出的神圣爱，无论是柔软，缩，两性的意大利图画，在其中最成功地体现了他的想法；这些照片虽然如此粗鲁，却毫无勇气，却丝毫没有暗示任何力量，而仅仅是屈从和忍耐的消极而女性化的一种，这在所有方面都被承认，构成了他教义中独特的实践美德。

这就是我所治疗的器官的微妙弹性，无论是运动，发狂还是发怒，无论情绪如何，其屈曲总是以超越恩典为特征。仙女的手臂无法超越它。

特有五个大动作。首先，当用作进步的鳍时；第二，在战斗中用作狼牙棒时；第三，扫地；第四，在游说中；第五，在高峰期。

第一：水平位置，利维坦的尾巴的动作与所有其他海洋生物的尾巴不同。它从不动摇。在人或鱼中，蠕动是自卑的标志。对于鲸鱼来说，尾巴是唯一的推进手段。滚动向前盘绕在身体下方，然后迅速向后弹起，正是这种方式使怪兽在疯狂游泳时以一种独特的飞跃，跳跃动作运动。他的侧鳍只能用来引导。

第二：这是有点重要的，尽管一只抹香鲸只用头和下巴与另一只抹香鲸搏斗，但是在与人的冲突中，他主要还是轻蔑地使用了自己的尾巴。在打船时，他迅速地弯曲了从船上移开的子，而打击只是由后坐力造成的。如果在畅通无阻的空气中制造，尤其是下降到其标记时，则行程是无法抗拒的。人或船的肋骨无法承受。您唯一的救赎在于逃避它；但如果它是从相对的水侧向穿过的，则部分是由于鲸鱼船的轻浮力，以及其材料的弹性，通常是肋缝或一两块破木板，侧面是一种缝线最严重的结果。这些沉没的侧面打击在渔业中经常被接收到，以至于它们仅是儿童游戏。有人剥去一件工装，洞就停了。

第三：我无法证明这一点，但是在我看来，鲸鱼的触觉集中在尾巴上。因为在这方面，它的美味仅与象鼻的光彩相称。这种美味佳肴主要体现在横扫的动作上，当处在温柔的状态下，鲸鱼以某种柔和的速度缓慢移动，使他的巨大吸吮在海面左右移动。如果他觉得自己只是水手的胡须，那位水手，胡须和所有其他人都会为之苦恼。初步的接触有多么温柔！有了这条尾巴，他有任何强大的威力，我应该直截了当地考虑一下达摩纳德斯的大象，那头大象经常光顾鲜花市场，而问候语却很低，给少女们带来了花束，然后抚摸着它们的区域。从多于一个的角度来看，可惜的是，鲸鱼的尾巴没有这种威风的美德。因为我听说过另一头大象，当他在战斗中受伤时，弯腰绕着树干，拔出了飞镖。

第四：在孤零零的大海中间，在鲸鱼上偷偷摸摸地捕鲸，您会发现他没有受到尊严的巨大肥大的束缚，就像小猫一样，他在海洋上嬉戏，就像是在壁炉旁。但您仍然可以在他的游戏中看到他的力量。他尾巴宽阔的手掌高高地向空中调情。然后向地面打喷嚏，雷声震荡回响数英里。您几乎会认为一把大枪已经被释放了；并且，如果您发现他的另一端有来一螺旋形的轻蒸气花圈，您会认为那是来自接触孔的烟雾。

第五点：就像巨蟹一般的漂浮姿势一样，吸虫大大地位于其背部的下方，因此它们在水面下完全看不见了。但是，当他要跌入深渊时，他至少有30英尺高的整个吸盘都直立在空中，因此保持振动片刻，直到它们向下射出视线为止。除了崇高的破坏（在其他地方有待描述）之外，鲸鱼突兀的高峰可能是所有动画性质中最壮观的景象。在无底深渊中，巨大的尾巴似乎在最高的天堂被抢夺。所以在梦中，我见过雄伟的撒旦从地狱的波罗的海中伸出他那被折磨的巨大爪子。但是注视着这样的场景，完全取决于你的心情。如果在但丁时代，魔鬼会发生在你身上；如果是在以赛亚那，就是大天使。在日出时，我站在船的桅杆上，天空和海洋深红，我曾经在东部看到一大群鲸鱼，它们都朝着太阳前进，并与高峰的鱼一起振动了片刻。在当时的我看来，即使在波斯（拜火教徒的故乡），也从未出现过如此崇高的神崇拜方式。当托勒密的费洛佩特为非洲象作证时，我随后为鲸鱼作证，向他宣告他是所有生物中最虔诚的。因为据朱巴国王说，古代的军事象经常在早晨以最深刻的沉默抬起树干而欢呼起来。

在本章中，就鲸鱼和大象之间的机会比较而言，就一个人的尾巴和另一个人的躯干的某些方面而言，不应倾向于将这两个相对的器官置于相等的位置，更不用说将它们相对它们分别属于的生物。因为最强壮的大象不过是对利维坦的一种梗阻，因此，与利维坦的尾巴相比，他的树干不过是百合的茎。大象树干上最可怕的打击是扇子的嬉戏敲打，而抹香鲸繁重的吸钩则无情地压碎和撞毁，在反复的情况下，接连不断的另一只手把整只船都用桨和全体船员投掷进去。空气，就像一个印度杂耍演员扔他的球一样。

*

*尽管在鲸鱼和大象之间的一般散装方式上的所有比较都是荒谬的，因为在这一点上，大象在鲸鱼方面与狗对大象的行为几乎相同；但是，我们不希望有些奇怪的相似点；其中有一个喷口。众所周知，大象经常会在树干上吸水或吸尘，然后将其抬高，然后以溪流的形式喷出。

我越认为这条强大的尾巴，就越无能为力，我对此深表遗憾。有时其中会有手势，尽管它们很可能会修饰人的手，但仍然完全是莫名其妙的。这些神秘的手势在广泛的人群中如此罕见，以至于我听说有猎人宣称它们类似于自由人的符号和象征。确实，通过这些方法，鲸鱼与世界进行了明智的对话。他的全身也没有其他鲸鱼的动作，充满了陌生感，对他最有经验的袭击者不负责。剖析他我可能会如何，但我会深入皮肤；我不认识他，也永远不会。但是如果我什至不知道这条鲸鱼的尾巴，那怎么理解他的头呢？还有，当他没有面孔时，如何理解他的面孔？他似乎在说，你应该看见我的后背，我的尾巴，但我的脸不可见。但是我不能完全弄清楚他的背部。并暗示他会怎样对待他的脸，我再说一遍他没有脸。

第87章大舰队。

马六甲长而狭窄的半岛从伯尔马地区向东南延伸，形成了整个亚洲最南端的地方。从那条半岛连续延伸出舒马特拉，爪哇，巴利和帝汶的长岛；与其他许多国家形成一个巨大的痣或城墙，将亚洲与澳大利亚纵向相连，将漫长而未间断的印度洋与茂密的东方群岛隔开。为了方便船只和鲸鱼，这个城墙被数个萨尔港刺穿。其中最明显的是他和马六甲海峡。在他海峡附近，主要是从西方运往中国的船只涌入中国海。

苏达的狭窄海峡将苏门答腊与爪哇分开了；站在中间的那座广阔的岛屿中间，被那大胆的绿色海角所支撑，被海员称为爪哇头；它们与通往通向一个庞大的围墙帝国的中央门户有点不同：并且考虑到香料，丝绸，珠宝，黄金和象牙的无穷无尽的财富，似乎丰富了东方海的数千个岛屿，这是一种重要的自然条件，这种珍贵的土地，从土地的原始形态来看，至少应表现出不受全盘抓握的西方世界的保护的外观，无论其效果如何。达海峡的海岸没有提供那些霸道的堡垒，这些堡垒守卫着地中海，波罗的海和的入口。与东方人不同，这些东方人并不要求在风前无休止的游行队伍中对低垂的帆进行过崇高的敬意，这些风在过去的数百年之夜，白天和黑夜之间一直流经苏门答腊岛和爪哇岛，东部最昂贵的货物。但是，尽管他们自由地放弃了这样的仪式，但他们丝毫没有放弃对更加扎实的敬意的要求。

时光飞逝，潜伏在低矮的海湾和苏门答腊岛之间的马来人的举足轻重的事情，突显出航行在海峡两岸的船只，在矛尖猛烈地致敬。尽管他们受到欧洲巡洋舰一再的血腥惩罚，但这些海盗的胆怯性最近却受到了一定程度的压制。然而，即使在今天，我们仍然偶尔听到英国和美国的船只，这些船只在那些水域被无情地登上并劫掠。

如今，一阵清新的风吹拂着这股海峡。阿哈卜（）打算穿过它们进入爪哇海，然后向北巡航，越过抹香鲸在此四处出没的水域，席卷菲律宾群岛，并进入日本的遥远海岸，以赶上那里是伟大的捕鲸季节。通过这种方式，绕行的脚步将席卷世界上几乎所有已知的抹香鲸巡游场，然后再降落到太平洋上。阿哈卜（）尽管在其他任何地方都遭到挫败，但他坚决指望与白鲸交战，在海中他最常出没；在一个最有可能被推定为困扰他的季节。

但是现在如何？在这个分区任务中，阿哈卜没有土地吗？他的机组人员喝空气吗？当然，他会停下来喝水。不。现在，很长一段时间以来，马戏团奔跑的太阳一直在他炽热的环内奔跑，不需要任何维持，而是自己的内在。真好 在捕鲸者中也要标明这一点。其他船体上装满了异物，然后转移给外国码头；徘徊在世界各地的鲸船只载有她自己和船员，他们的武器和他们的需求。她有一个大湖，里面装满了整个湖水。她被公用事业所压倒；并没有无法使用的猪铅和。她身上有数年的水。清除旧的主要楠塔基特水；浮游生物漂浮了三年后，在太平洋地区的纳特克特（ ）更喜欢在微咸的液体之前喝水，但昨天却从秘鲁或印度河流中的木桶中漂流。因此，尽管其他船只可能是从纽约出发前往中国的，然后又在一定数量的港口碰触回来，但是这艘鲸船在这段时间里可能没有看到一粒土壤；她的船员除了漂泊的海员之外，什么也没看见。这样，你就把那洪水又来的消息传给他们了吗？他们只会回答-"好，孩子们，这是方舟！"

现在，在他海峡附近，在爪哇岛西海岸附近捕获了许多抹香鲸。实际上，由于大多数地面回旋处被渔民普遍认为是巡游的绝佳地点；因此，随着该方法在头上的应用越来越多，人们一再赞扬了监视对象，并劝告人们保持清醒。但是，尽管这片土地上绿色的棕榈树峭壁很快隐约出现在右舷弓上，并带着令人愉悦的鼻孔，新鲜的肉桂气息弥漫，但并没有描述任何一架喷气式飞机。几乎放弃了所有与任何比赛地点坠落的想法，这艘船几乎已经驶入海峡，从高空听到惯常的欢呼声，很久以来，奇异的壮观景象向我们致敬。

但前提是，由于近来人们在四大洋上进行不费力的捕猎，抹香鲸而不是像以前那样总是一成不变地在小型的独立公司中航行，如今在这里经常遇到广泛的畜群，有时拥护着如此众多的人群，以至于其中似乎无数国家宣誓庄严的联盟和互助与保护的盟约。将抹香鲸聚集到如此巨大的商队中的情况可能是这样的情况，即使在最好的巡航场上，您有时有时也可以一起航行数周和数月，而不会受到任何喷口的欢迎。然后突然被有时成千上万的东西敬礼。

弓箭宽阔，相距约两到三英里，形成一个巨大的半圆，环绕着水平视线的一半，一连串的鲸鱼喷射器在午间空气中发挥作用并闪闪发光。不同于露脊鲸的笔直的垂直双喷气流，其在顶部分成两个分支，如柳树的裂下垂树枝，而抹香鲸的单个向前倾斜的喷口呈现出浓密卷曲的白色灌木丛薄雾，不断上升和下降到背风。

从脚架的甲板上看时，当她升起在大海的高高的山丘上时，这群蒸气喷出的水嘴分别缩到空中，并在蓝色的薄雾交融的氛围中被注视着，就像成千上万的开朗烟囱一样。一些高海拔骑马者形容的茂密大都市，描述了一个宜人的秋季早晨。

当行军进入山上不友好的污，加快行军速度时，所有人都渴望将危险的通道放在他们的后方，并再次在平原上扩大相对安全性；即便如此，这头庞大的鲸鱼群现在似乎还是在两岸急速前进。逐渐收缩其半圆的翅膀，然后在一个坚固但仍是新月形的中心游动。

拥挤的所有人追赶着紧追着他们的脚步；鱼叉手拿着武器，从尚未悬挂的船头大声欢呼。如果追逐这些苏达海峡，毫无疑问的是，如果只有风来了，那庞大的东道主只会部署到东方海中，见证其中不乏数量的捕获。谁能说出在那个聚集的大篷车中，白鲸迪克自己是否可能不会像暹罗加冕游行中崇拜的白象那样暂时游泳呢！因此，当把眩晕风帆堆积在眩晕风帆上时，我们航行着，将这些驶向了我们。突然听到的声音，大声地将注意力转移到我们身后的事物上。

对应于面包车中的新月形，我们在后面看到了另一个。它似乎是由分离的白色蒸气形成的，像鲸鱼的喷口一样起伏。只有他们没有那么完全地来来去去；因为他们不断地徘徊，直到最后消失。阿哈卜将视线对准玻璃杯，迅速在他的枢轴孔中旋转，哭着说："在那儿高高地，用马鞭和水桶弄湿帆；-马来人，先生，我们后面！"

似乎潜伏在岬角后面的时间太长，直到应该将蛇脚掌正确地塞入海峡为止，这些臭名昭著的亚洲人现在正在紧追，以弥补他们过分谨慎的拖延。但是，当风雨如磐的小脚踏着狂风追赶时，她自己就被追赶了。这些黄褐色的慈善家多么善于帮助她加快自己选择的追求，对他们来说只是骑乘马鞭和赛艇。就像胳膊下的玻璃一样，甲板前后往复运动。在他向前看时，他看到了他所追逐的怪物；而在下一回合中，嗜血的海盗追了他；像他这样的幻想。当他瞥了一眼那艘当时航行的水污的绿色墙壁时，想到他是通过那扇门通向他的复仇之路，并且被观察到，他是如何通过同一扇门既追逐又被发现的追到他的致命终点 不仅如此，一群无情的野生海盗和不人道的无神恶魔还用诅咒为他加油打气；-当所有这些自负都经过他的大脑时，阿哈卜的额头显得僵硬而肋骨，就像那之后的黑沙滩一些风雨如磐的潮水一直绕着它，而无法将坚挺的东西从其地方拖走。

但是像这样的想法困扰着很少的鲁船员。当不断地将海盗丢下船尾后，最后，那只脚怪被苏门答腊一侧鲜绿色的凤头鹦鹉拍摄，最后出现在广阔的水域之上；然后，鱼叉手似乎更为迅速的鲸鱼在船上所收获而感到悲痛，而不是为船在马来人身上如此胜利地获胜而欢欣鼓舞。但是在鲸鱼的尾声中，它们仍在继续行驶，从某种程度上说，它们似乎在降低速度。船逐渐靠近他们；现在风渐渐消散了，消息传到了船上。但是不久之后，由于某种被认为是抹香鲸的奇妙本能，牛群才被告知紧随其后的三根龙骨，尽管它们的后方还有一英里远，但是它们再次集结起来，并形成了紧密的行列。各营的枪口看上去都像是闪烁的刺刀线，以双倍的速度前进。

脱去衬衫和抽屉的衣服，我们跳上白灰，经过数小时的拉动，几乎要被迫放弃追捕，当时鲸鱼之间普遍的停顿动荡表明，它们现在终于受到了惰性不安的奇怪困惑，当渔民在鲸鱼中察觉到这种不安时，他们说他很受宠。迄今为止，它们一直在其中快速而稳定地游动的紧凑型武术柱现在被分解成无数次溃败。就像在与亚历山大大帝进行的印度之战中国王普鲁斯的大象一样，它们看上去也发疯了。四面八方在广阔的不规则圆圈中扩张，并因短而粗的喷口漫无目的地游荡，毫无疑问地背叛了他们的恐慌情绪。如此数量的人更奇怪地证明了这一点，他们完全瘫痪了，像被水淹没的拆解船一样无助地漂浮在海上。如果这些利维坦人只是一群简单的绵羊，被三头凶猛的狼追赶在牧场上，他们不可能表现出如此的过度沮丧。但是这种偶尔的怯是几乎所有放牧生物的特征。尽管成千上万的人聚集在一起，但西部的狮子水牛在一个单独的骑兵面前逃跑了。同样，所有人类都见证了，如何在剧院坑的羊圈中放牧时，在发生火灾时丝毫不惊慌，急忙冲向商店，拥挤，践踏，拥挤，并且毫不留情地相互冲撞。死亡。因此，最好不要对我们面前那条奇特的鲸鱼感到惊讶，因为地球上的野兽没有愚人之情，人类的疯狂也不会无限地超越它。

尽管已经说过，许多鲸鱼都在剧烈运动，但是要注意的是，从总体上看，这群鲸既没有前进也没有退缩，而是集中在一个地方。按照这些情况的惯例，这些船立即分开，每条船在浅滩的郊区形成了一条孤独的鲸鱼。在大约三分钟的时间内，的鱼叉被甩了出来。受灾的鱼冲向我们的脸上喷射出令人眼花乱的喷雾，然后像光一样与我们逃跑，直奔牧群的心脏。在这种情况下，鲸鱼的运动虽然如此，但这绝非史无前例；实际上，几乎总是或多或少地期望着这一点；但这是否代表了渔业更危险的沧桑之一。因为当迅捷的怪物将您越来越深地吸引到疯狂的暗礁中时，您便竟相谨慎地对待生活，只存在于妄想中。

鲸鱼盲目而聋哑，猛地向前猛扑，仿佛以巨大的速度将自己摆脱了束缚在他身上的铁。因此，当我们在海中撕裂白色的划伤时，四面楚歌地飞奔着，被疯狂的生物来回奔波；我们这艘被困的船就像是一艘被暴风雨冰群岛围攻的船，努力在复杂的海峡和海峡中航行，不知道它什么时候会被锁住并被压碎。

一点也不畏惧，却使我们颇为艰难。现在提前直接从我们的路线上避开了这个怪物；如今，星巴克一直悬在头顶，而此时，星巴克却始终站在那里，弓着长矛，手持长矛，刺破了他用他短短的飞镖所能触及的任何鲸鱼，因为没有时间做长的。桨手也没有完全闲着，尽管现在已经完全放弃了他们的职责。他们主要参加业务的大声部分。"通行，准将！" 一个巨大的单身男子哭了起来，突然身体一下子升了起来，一时威胁要淹没我们。"

用你的尾巴硬着头，在那里！" 紧紧地哭了起来，紧贴着我们的警戒线，似乎用自己的扇形四肢冷静地冷却了自己。

所有的鲸船都带有某些奇怪的发明，这些发明最初是由楠塔基特印第安人发明的，被称为药。两个大小相等的厚木块牢固地紧紧地夹在一起，使它们彼此成直角穿过谷物。然后，将一条相当长的线连接到此模块的中间，并将该线的另一端环回，可以立即将其固定在鱼叉上。使用这种毒品主要是在鲸鱼中。这样一来，附近的鲸鱼数量就远远超过了您一次可能追赶的范围。但是并不是每天都遇到抹香鲸。那么，尽管您可能必须杀死所有可能的人。如果您无法一次杀死它们，则必须将它们翼翼，以便以后可以在闲暇时将其杀死。因此，有时像这样的药要被征用。我们的船上装有三只船。第一个和第二个成功地飞镖飞行，我们看到鲸鱼在拖曳药的巨大的侧面阻力的作用下，地跳动着。他们像铁链一样束缚着球，拥挤不堪。但是在抛向第三只时，它把笨拙的木块扔到了船上，就抓住了一个船座的下面，然后立刻将其撕下并带走，将桨手作为船座降落在船底。从他下面滑下来。双方都从受伤的木板上进来，但是我们塞了两三个抽屉和衬衫，因此暂时阻止了泄漏。

放下这些药鱼叉几乎是不可能的，如果不是当我们进入畜群时，我们的鲸鱼的方式就大大减少了；此外，随着我们离骚动的距离越来越远，可怕的疾病似乎正在消失。最终，这只鱼刺鱼叉终于拔了出来，拖曳的鲸鱼消失了。然后，随着他分开的力量的逐渐减弱，我们在两条鲸鱼之间滑行到浅滩的最深处，仿佛我们从某个山洪中滑入了一个宁静的山谷湖中。在这里，听到了但没有感觉到鲸鱼在最外面的鲸鱼之间咆哮的暴风雨。在这片中央广阔的海洋中，海洋呈现出光滑的缎子状表面，称为光滑表面，是鲸鱼在较安静的心情中散发出的微妙水分所产生的。是的，我们现在处于那种陶醉的平静之中，他们说这些潜伏在每次骚动的中心。仍在分散的距离上，我们看到了同心外圈的骚动，看到了相继的成群的鲸鱼，每群八到十只，迅速地绕着一圈又一圈地奔跑，就像成圈的马成倍增加。并肩并肩，以至于泰坦尼克号马戏团的骑手很容易将中间的拱门拱起，因此背对背绕转。由于鲸鱼的拥挤密度，更直接地围绕着成群的牲畜轴线，目前我们没有逃脱的可能。我们必须注意使我们陷入困境的活动墙的破坏；那堵只允许我们进入的墙。保持在湖中心，偶尔有小型驯养的牛和犊牛参观我们。该被路由主机的妇女和儿童。

现在，包括旋转的外圆之间的偶然大间隔，以及这些圆中任何一个的各个吊舱之间的间隔在内，此时刻的整个区域（被全体群众所包围）必须至少包含两个或两个三平方英里。无论如何，尽管实际上在这样的时间进行这样的测试可能具有欺骗性，但可能从我们的低船上发现了喷口，这些喷口似乎几乎是在地平线的边缘。我提到这种情况是因为，好像牛和犊牛被故意锁了最里面的那条褶皱中；似乎迄今为止，大范围的畜群阻止了他们了解阻止其前进的确切原因；或者，可能还那么年轻，不老练，并且无辜和缺乏经验；但是，这些较小的鲸鱼-从现在开始，然后从湖的边缘参观我们的带斑点的小船-可能表现出了奇妙的无畏感和自信，或者仍然是一种充满困惑的恐慌，这是无法不惊叹的。就像家养的狗一样，它们绕在我们周围，一直飞到我们的舷侧，并抚摸它们。直到似乎有些咒语突然将他们驯化了。拍拍他们的额头；星巴克用长矛刺伤了他们的背；但由于担心后果，因此暂时不敢这么做。

但是在表面上这个奇妙的世界之下，还有另一个仍然陌生的世界在注视着侧面的时候碰到了我们的眼睛。因为悬浮在那些水汪汪的穹顶中，漂浮着鲸鱼哺乳期的母亲，而那些巨大的肚带似乎很快就变成了母亲。正如我所暗示的，该湖深处相当透明。当人类婴儿在哺乳时会平静而坚定地注视着乳房，仿佛当时过着两种不同的生活；虽然还需要进行致命的滋养，但仍要在属灵上饱尝一些超乎寻常的回忆；-即使如此，这些鲸鱼的年轻人似乎也朝我们，而不是朝我们看，好像我们只是他们的新生中的一头小草视线。漂浮在他们身边的母亲们似乎也静静地注视着我们。这些婴儿中的一个婴儿，从某些奇怪的信物看来似乎还不到一天大，可能长约14英尺，围长约6英尺。他有点活泼；尽管到目前为止，他的身体似乎还很匮乏，但仍无法从那令人讨厌的姿势中恢复过来，以至于它最近一直占据着母亲的网状结构。在那儿，从头到尾，都准备好迎接最后的春天了，未出生的鲸鱼弯弯曲成像牙结石的弓。细腻的侧鳍和的手掌，仍然新鲜地保留了刚从异物进入的婴儿耳朵褶皱的外观。

"线！线！" 魁北克哭了，看着舷窗；"他快！他快！！谁在衬他！谁击中？？" 两只鲸鱼；一只大，一只小！

"你们怎么了，伙计？" 星巴克哭了。

指着下方说："在这里看。"

就像鲸鱼受灾时一样，从浴缸里抽出来的绳索已经成百上千条。当他发出深沉的声音之后，再次漂浮起来，看到松弛的冰壶线蓬勃地升起并向空中盘旋。所以现在，星巴克看到了长长的卷起的列维坦夫人的脐带，年轻的幼崽似乎仍然束缚在它的水坝上。追赶的风潮很少发生，这种自然的线由于母端松动，变得与麻线缠结在一起，因此幼崽就被困住了。在这个迷人的池塘中，海洋的一些最微妙的秘密似乎向我们透露了。我们在深处看到了年轻的利维坦恋人。

*抹香鲸与的所有其他物种一样，但与大多数其他鱼类不同，在所有季节中繁殖都无差异；可能定在九个月的妊娠后，一次只能产一次；尽管在一些已知的情况下会生出伊索和雅各布：-一种意外情况，是由两只奇特地位于肛门两侧的乳头吸乳；但是乳房本身从那里向上延伸。偶然的机会，当猎人的长矛将护鲸中的这些珍贵的部分割掉时，母亲倒出的牛奶和鲜血使海竿变色。牛奶非常甜而丰富；它已经被人品尝过；它可能与草莓搭配得很好。与相互尊重溢出时，鲸鱼敬礼更多权利均。

因此，尽管这些令人难以置信的生物被一堆又一堆的惊和恐惧所包围，但他们还是毫无畏惧地沉迷于中心地一切和平的尖切之中。是的，陶醉在欢乐与欢乐中。但是即使如此，在我的生命被龙卷风包围的大西洋中，我自己仍然永远在安静中静静地集中精力。当无尽祸患的繁星围绕着我旋转时，在那深处和深处的内陆，我仍然沐浴着永恒的喜悦。

同时，当我们进入时，远处偶发的狂乱眼镜证明了其他船只的活动，这些船只仍在给主机边上的鲸鱼下毒。或可能在第一圈内进行战争，那里给了他们足够的空间和一些方便的静修场所。但是目睹这头被毒的鲸鱼，然后盲目地在圈子里来回飞来飞去的景象，终于使我们看不见了。有时习惯于赶鲸，而不是像通常那样强大而机敏，试图通过破坏或残害他巨大的尾腱来绳他。它是通过将短柄铲子飞镖完成的，铲子上还附有一条绳索，用于将其再次拖回原位。这部分是一条受伤的鲸鱼（正如我们随后所知），但似乎并没有从船上脱离出来，并随身携带了鱼叉线的一半；在伤痛的非凡痛苦中，他现在在萨拉托加战役中像孤单的绝望者阿斯诺德一样在旋转的圈子中奔波，无论走到哪里，他都感到沮丧。

但是无论如何，这鲸鱼的伤口和令人震惊的景象都令人痛苦。然而，他似乎激发了其他人的怪诞的恐惧，是由于起先使我们无法理解中间距离的原因所致。但总的来说，我们意识到，由于一次不可思议的渔业事故，这条鲸鱼已经纠缠在他拖曳的鱼叉线中。他还带着铲子逃走了。尽管附在该武器上的绳索的自由端永久地陷入了围绕他尾巴的鱼叉线的线圈中，但铲刀本身却从他的肉身上松了下来。为了使他遭受疯狂折磨，他现在在水里翻滚，用灵活的尾巴猛烈地挥舞着，向他投掷敏锐的铁锹，打伤和杀害自己的同志。

这个好极了的东西似乎使整个牛群从静止的恐惧中恢复了过来。首先，形成我们湖边的鲸鱼开始有点拥挤，彼此相撞，好像远处扬起了一半的浪花。然后，湖泊本身开始微弱地起伏和膨胀。水下新娘室和托儿所消失了；在越来越多的收缩轨道中，越来越多的中央圈中的鲸鱼开始在不断增厚的簇中游动。是的，长期的平静即将过去。很快听到低沉的嗡嗡声；然后，就像哈德逊河在春天破裂时动荡的大块冰块一样，整条鲸鱼都在其内部中心处翻滚，仿佛将它们堆积在一个普通的山上。立即将星巴克和换个地方；星巴克在船尾。

"桨！桨！" 他激烈地轻声说，抓住了头盔-"抓紧你的桨，抓住你的灵魂！我的上帝，伙计们，待命！把他推开，你会被——那里的鲸鱼！-刺他！-打他！站起来-春天，男人-拉，男人；别在意他们的背-刮他们！-刮掉！"

现在，这艘船几乎被两个巨大的黑色货船夹住了，在它们的长条之间留下了一条狭窄的达达尼尔海峡。但经过不懈的努力，我们终于开了一个临时的门。然后迅速让位，同时认真地寻找另一个出口。在经历了许多类似的脱发过程之后，我们终于迅速滑入了外圈之一，但现在却被随机的鲸鱼划过，所有的人都猛烈地冲向了一个中心。这种幸运的救赎被失去了的帽子而便宜地买下了，的帽子站在弓箭上刺穿那只逃犯的鲸鱼，但由于突然抛出一对宽大的虫而产生的空气涡流使他的帽子从头上被清除了。靠近。

就像现在的普遍动乱一样，它充满了混乱和混乱，很快就解决了似乎是系统性的运动。因为他们最后在一个密集的身体中结为一体，所以他们以更快的速度重新开始了飞行。进一步的追求是没有用的；但是这些船仍然在苏醒中徘徊，以捡起可能掉落的毒鲸，并同样确保了那只被烧瓶杀死并甩掉的鲸鱼。弃风是一截三角杆，每条船都带有两三根；并且当即将进行其他游戏时，将其竖直插入死鲸的漂浮体中，以标记其在海上的位置，并作为先前拥有的标记，以防其他任何船只靠近附近。

降低的结果在某种程度上说明了渔业中那句睿智的话：鲸越多，鱼就越少。在所有的毒鲸中，只有一条被捕获。其余的人本来是想逃脱的，但只能由脚手架以外的其他手工艺品抓住，这将在下文中看到。

第88章学校和校长。

上一章介绍了巨鲸或大量的抹香鲸，然后给出了可能的原因导致这些巨大的聚集。

现在，尽管有时会遇到如此巨大的尸体，但是，正如必须已经看到的那样，即使在今天，也偶尔会观察到小的分离的乐队，每人抱有二十到五十个人。这样的乐队被称为学校。它们通常有两种；那些几乎全部由雌性组成，那些只聚集了年轻的雄性雄性或公牛，如他们所熟悉的那样。

在女性学校上学时，您总是会看到一个成熟的男性，但年龄不大。听到警报后，她跌倒在后方并掩盖了女士们的逃亡，以此来彰显自己的英勇。实际上，这位绅士是一个豪华的矮凳，在水汪汪的世界中四处游荡，周围环绕着后宫的所有索拉格和后代。这个奥斯曼帝国与他的妃之间的反差惊人。因为，尽管他一直是最大的利比里亚人比例，但即使完全成长，这些女士们也不超过普通男性的三分之一。它们确实比较精致。我敢说，腰围不能超过半码。但是，不可否认的是，从总体上说，他们在遗传上有权扣押。

看着这个后宫及其主人在他们顽强的闲逛中感到非常好奇。就像时髦人士一样，他们永远都在不断寻找各种休闲服装。您可能正好赶上他们在赤道取食季节开花的时间，也许是刚从夏天在北海度过的假期回来了，于是欺骗了所有令人不快的疲倦和温暖的夏天。当他们在赤道的长廊上上下休息一会儿时，他们因预期那里有凉爽的季节而开始前往东方水域，因此避免了一年中的其他高温。

当平静地前进其中的一段旅程时，如果看到任何奇怪的可疑景象，我的鲸鱼都会对他有趣的家庭保持警惕。如果有任何不正当的害羞的年轻利维坦人那样走来，就假定秘密地接近一位女士，夫的狂暴狂暴袭击了他，并将他赶走了！的确，如果允许像他这样无原则的年轻耙子入侵家庭幸福的圣地，那确实是时候了；尽管夫会做些什么，但他不能将最臭名昭著的洛沙里奥从床上移开；！所有鱼床的共同点。在岸上时，女士们经常在对立崇拜者中引起最可怕的决斗。鲸鱼也是如此，它们有时会进行致命的战斗，全都是为了爱。他们用长长的下颚围起来，有时将它们锁定在一起，因此努力争取霸主地位，就像麋鹿将鹿角交织在一起。在这些遭遇中留下了深深的伤痕的人不多，例如头皱，牙齿折断，鳍片弯曲等。在某些情况下，嘴巴会扭动和脱臼。

但是，如果想让家庭幸福的侵略者在后宫主人的第一波狂奔中夺走自己的心，那么看着那个主人就很不高兴了。轻轻地，他再次将自己的大部分散布在其中，然后退到那里，仍然迷恋年轻的洛萨里奥，就像虔诚的所罗门虔诚地在他的数千个妃中崇拜一样。允许其他鲸鱼出现在眼前，渔民很少会追捕其中一只大特克斯；因为这些大土耳其人的力量过于丰富，因此他们的浮躁小。至于他们所生的儿女，为什么，这些儿女必须照顾好自己；至少在母亲的帮助下。因为像其他一些杂食性的巡回恋人一样，我的鲸鱼对苗圃没有品味，但对凉亭却无济于事。因此，作为一个伟大的旅行者，他离开了世界各地的匿名婴儿。每个婴儿都充满异国情调。然而，随着青年人的热情下降，在适当的时候；随着岁月和垃圾场的增加；反思使她庄严地停顿下来；简而言之，一般情况下，疲倦已超过应得的土耳其人。然后，对轻松和美德的热爱取代了对少女的热爱。我们的奥斯曼帝国进入了无能为力，悔，戒备的生活阶段，抛弃，解散后宫，并成长为模范，生机勃勃的老灵魂，在子午线和平行线之间独自一人走着，向他们祈祷，并警告每个年轻的利维坦人多情的错误。

现在，由于鲸鱼的后宫被渔民称为一所学校，因此该学校的主人和主人在技术上也被称为校长。因此，他本人上学之后，就应该出国上学，而不是灌输自己在那儿学到的东西，而只是灌输自己的愚蠢，这不是严格的标准，而是令人钦佩的讽刺。他的头衔，校长，看起来很自然地源于后宫本身的名字，但有人推测，首先获得这种奥斯曼座头鲸头衔的那个人一定已经阅读了的回忆录，并告诉自己该怎样一个乡村法国学校的校长，那个法国人还很年轻，他向一些学生灌输了那些神秘课程的本质。

在所有成年的抹香鲸中，校长鲸在其成长的岁月中都将自己带入同样的僻静与孤立。几乎普遍，孤独的鲸鱼被称为古老的鲸鱼，被称为孤独的巨兽。就像长满青苔的胡须丹尼尔·布恩一样，他身边没有人，只有大自然自己。他把她带到旷野的妻子中去，妻子是最好的妻子，尽管她保留了很多喜怒无常的秘密。

前面提到的由年轻而有朝气的男性组成的学校与后宫学校形成了鲜明的对比。因为这些雌性鲸鱼通常都很胆小，但它们的幼小雄性或四十个桶的斗牛，是迄今为止所有浮游生物中最顽强的，也是最危险的。除了那些有时会遇见的奇妙的灰头灰熊的鲸鱼，它们会像因痛风而生气的冷酷恶魔一样与您作战。

四十桶公牛学校比后宫学校大。就像一群年轻的同事一样，他们充满了战斗，乐趣和邪恶，以如此鲁，脚的速度在世界各地翻滚，以至于没有一个审慎的承销商能像在耶鲁大学或哈佛大学那样为一个暴躁的小伙子提供保险。他们很快放弃了这种动荡，当大约四分之三的孩子长大后，分手并分别寻求定居点，即后宫。

男女学校之间的另一个区别点仍然是性别特征。说你打了四十桶公牛，可怜的魔鬼！他所有的同志都辞职了。但是打了一个后宫学校的成员，她的同伴们就在她周围四处游荡，有时会在她附近徘徊这么长时间，以至于自己沦为猎物。

第八十九章快鱼和散鱼。

在上一章中对鲸鱼和鲸鱼杆的提法，但其中一个要对鲸鱼捕捞的法律法规作一些说明，其中鲸鱼渔业可被视为盛大的标志和徽章。

经常发生这样的情况：当几艘船在同一列中巡航时，一条鲸鱼可能会被一艘船撞上，然后逃脱，最后被另一艘船杀死并捕获。并且这里间接包含许多次要的意外情况，都是这一宏伟功能的全部体现。例如，在疲倦而危险的追捕和捕获鲸鱼之后，由于暴风雨，船体可能会从船上脱落；漂流到背风处，被另一只捕鲸者抓住，后者平静地，舒适地将其拖到旁边，没有生命危险或排队的危险。因此，如果没有适用于所有情况的成文法则或无成文法、普遍性、无争议法则，渔民之间经常会发生最激烈和最激烈的争执。

立法颁布的唯一正式捕鲸规范可能是荷兰的。它是在1695年由各州将军颁布的。但是，尽管没有其他任何国家有任何书面的捕鲸法律，但是美国渔民在这件事上一直是自己的立法者和律师。他们提供了一个系统，该系统的全面性超越了贾斯汀尼的风俗习惯和中国社会规章制度，以制止与他人打交道。是; 这些法则可能刻在安妮女王的衣服上或鱼叉的倒钩上，并戴在脖子上，它们是如此之小。

一世。一条快鱼属于那个快鱼。

。对于任何能尽快抓到它的人来说，一条活鱼都是公平的游戏。

但是，这种精巧的代码带来的麻烦是它令人敬佩的简洁性，这需要大量的评论来加以阐述。

第一：什么是快鱼？当一条鱼与一条被占用的船或船相连接时，无论是活的还是死的，从技术上来说，它的速度都很快，无论是由乘员或乘员控制的任何介质，例如桅杆，船桨，九英寸电缆，电报线或一串蜘蛛网，都是一样的。同样，从技术上讲，如果一条鱼经过弃权或任何其他公认的占有标志，它在速度上也会很快；只要该党明确放弃，就表明他们随时有能力与之并肩，并表示这样做的意图。

这些是科学评论；但是鲸鱼捕鲸者自己的评论有时含糊其词，敲门声也较难-拳头的小李可顿可乐。没错，在特殊情况下，鲸鱼津贴总是比较正直和光荣，在这种情况下，一方声称拥有先前被另一方追捕或杀害的鲸鱼实在是道义上的不公正。但是其他人绝不是那么谨慎。

大约五十年前，在英国发生了一起奇怪的鲸鱼诉讼案，其中原告提出，在北海对鲸鱼进行严格追捕之后；当他们（原告）确实成功地捕捞它时；最后，他们不得不冒着生命危险，不仅不得不放弃自己的路线，而且也不得不放弃自己的船。最终，被告（另一艘船的船员）想出了鲸鱼，将其击打，杀死，没收，并最终在原告的眼前将其挪用。当与这些被告人见面时，他们的船长用手指在原告的牙齿上咬了咬，并向他们保证，通过对他所做事的法学检验，他现在将保留他们的钓线，鱼叉和小船没收鲸鱼时。因此，原告现在要求赔偿其鲸鱼，钓线，鱼叉和船的价值。

先生。埃斯金是被告的律师；埃伦伯勒勋爵是法官。在辩护过程中，机智的埃斯金通过暗示最近的犯罪行为继续说明他的立场。骗子 案件中，一位绅士徒劳地想住妻子的恶性，最终将她抛弃在人生的海洋中；但是多年来，他为悔而采取了行动，以恢复对她的拥有。在另一边；然后他说：尽管这位绅士本来是用鱼叉绑住了这位女士，并且曾经禁食过她，但由于她暴虐暴虐的巨大压力，她终于抛弃了她。他却放弃了他，使她成了一条松散的鱼。因此，当随后的一位绅士再次用鱼叉刺杀她时，那位女士便成为了后来的绅士的财产，以及可能被发现扎在她身上的任何鱼叉。

现在，在本案中，埃斯金认为鲸鱼和那位女士的例子相互说明。

这些辩护状和反诉状被适当地听取了，博学多才的法官按既定条件决定-就船而言，他将其授予原告，因为他们只是为了挽救生命而放弃了它；但是关于有争议的鲸鱼，鱼叉和鱼线，它们属于被告；鲸鱼，因为在最后捕获时是一条活鱼；鱼叉和鱼叉，因为当鱼与它们一起腾出时，它（鱼）获得了这些物品的财产；因此，任何后来拿走鱼的人都有权享有。后来被告取了鱼。因此，上述文章是他们的。

一个普通的人看着学识渊博的法官的这个决定，可能会反对。但是，这件事触及了根本问题，埃伦伯勒勋爵在上述案例中曾引用并运用和阐明了孪生捕鲸法中规定的两项重大原则；我认为，这两条触及快鱼和散鱼的定律将被反思，这是所有人类法学的基础。尽管雕塑复杂，但法律殿堂像非利士人的殿堂一样，只有两个支柱可以站立。

这不是每个人的口头禅，占有是法律的一半：就是说，不管东西是如何占有的？但拥有财产往往是法律的全部。俄国农奴和共和党奴隶是快鱼，是什么奴隶和灵魂？对这个贪婪的房东来说，寡妇最后的螨虫是一条快鱼吗？什么是未被发现的小人的大理石豪宅，带有门板可以泄气；那不过是一条快鱼？经纪人末底改从穷人沃比冈（破产）的贷款中获得了什么破坏性折扣，以使沃比冈的家人免于饥饿；那是什么毁灭性的折扣，但是一条快鱼呢？拯救生命的大主教从数十万支持劳动者的稀缺面包和奶酪中没收的（总的来说是天堂，没有拯救灵魂的帮助）是什么？那球状的100,000却是一条快鱼？邓德（ ）的世袭小镇和小村庄是什么，但快鱼是什么？那个贫穷的鱼叉手约翰·布尔（ ）是个贫穷的爱尔兰人，但却是一条快鱼？这位使徒长矛手乔纳森兄弟对得克萨斯州不过是一条快鱼？而就所有这些而言，占有不是整个法律吗？

但是，如果说快鱼的学说相当普遍，那么散鱼的学说就更广泛了。在国际上和普遍适用。

1492年的美国是什么，只是一条松散的鱼，在哥伦布中，通过放弃其皇家主人和情妇而违反了西班牙标准？波兰对沙皇来说是什么？希腊人对土耳其人有什么看法？什么印度到英国？墨西哥最终将对美国有什么影响？所有散装鱼。

除了松鱼，人的权利和世界的自由是什么？除了松鱼之外，所有男人的思想和见解是什么？除了一条活鱼以外，对他们的宗教信仰原则是什么？对于那些挥霍无度的走私语言家来说，思想家的思想却是松散的鱼儿？大地球仪本身是什么，但散落的鱼呢？读者，您又是什么，又是一条活鱼和一条快鱼？

第90章。正面或反面。

"足够，等，。"布拉克顿湖3，。3。

拉丁语系从法律的书本上加上上下文，意味着在该国海岸上任何人捕获的所有鲸鱼中，国王作为荣誉大鱼叉手，必须有头，而女王应恭敬地提出与尾巴。在鲸鱼中的划分，就像将苹果减半；没有中间余数。如今，该法律以修改后的形式在英国生效。并且由于它在各个方面都提供了一种奇怪的异常现象，涉及到快鱼和散鱼的一般定律，因此，在本章中，按照同一礼节原则对它进行处理，该原则促使英国铁路公司以单独的汽车为代价，专门保留给皇室使用。首先，为了很好地证明上述法律仍然有效，我继续向您介绍最近两年内发生的情况。

似乎有些诚实的水手多弗，三明治或某些五渔村港口经过艰苦的追赶，成功地杀死了原本描述在岸外的一条鲸鱼并将其搁浅。现在，五渔村的港口已部分或以某种方式受一种称为警司长的警察或小鸟的管辖。我认为，直接从王室手里拿任职的人，所有发生在五渔港领土的王室酬金都是由他指派的。在某些作家看来，这个办公室被称为。但事实并非如此。因为监狱长经常忙于开他的东西；这主要是因为他对他们的喜爱。

现在，当这些赤脚可怜的被晒伤的水手赤脚高举着拖网渔船的时候，他们疲倦地拖拉着干枯的肥鱼，向他们保证可以从珍贵的油和骨头中获得150欧元的收益。幻想在各自的力量下与妻子们一起喝稀有茶，并为他们的亲戚们喝些好啤酒。迈出了一位博学多才，最基督教和慈善的绅士风度，手臂下着一块黑石。他说，把它放在鲸鱼的头上-"放手！这条鱼，我的主人，是一条快鱼。我把它当做监狱长的。" 可怜的水手们以这种敬畏的态度-真是英语-不知所措，落到了四周。同时从鲸鱼向陌生人粗暴地瞥了一眼。但这确实弥补这一问题，或者根本没有用黑石的复制品来使博学的绅士的内心更加柔软。经过一番苦思冥想之后，其中一位终于大胆地说了出来，

"先生，请问谁是监狱长？"

"公爵。"

"但是公爵和吃这条鱼没有关系吗？"

"这是他的。"

"我们一直处在巨大的麻烦之中，并处于危险之中，并付出了一些代价，而这一切对公爵都是有利的；除了水泡之外，我们除了痛苦之外一无所有吗？"

"这是他的。"

"公爵是如此贫穷，以至于被迫采取这种绝望的谋生方式吗？"

"这是他的。"

"我想通过分担这头鲸鱼来减轻我卧床不起的母亲的负担。"

"这是他的。"

"公爵不满足于四分之一或一半吗？"

"这是他的。"

一言以蔽之，这头鲸被没收并卖掉了，惠灵顿公爵的恩典收到了钱。认为从某些特定角度来看，在某种情况下，该案在很小的程度上可能被认为是一件相当困难的事情，镇上诚实的神职人员恭敬地向他的恩典致词，恳求他接受该案对那些不幸的水手充分考虑。我的公爵公爵实质上答复了他（已经发布了两封信），他已经这样做了，并收到了这笔钱，如果将来他（这位牧师）拒绝与其他人商业。难道这是仍然顽强的老人，站在三个王国的角落，全力压迫乞的施舍吗？

很容易看出，在这种情况下，公爵对鲸鱼的权利是主权下放的。我们必须先询问主权者最初是用什么权利进行投资的原则。法律本身已经被阐明。但是犁给了我们原因。普劳登说，被捕到的鲸鱼属于国王和王后，"因为其卓越的品质"。并由最健全的评论员对此进行过有力的论证。

但是为什么国王要有头，女王要有头？律师的原因！

老国王的替补作家威廉·普林尼在他关于"皇后金"或"皇后金币"的论文中如此论述："你们的尾巴就是女王的，因为女王的衣橱里可能装有鲸须骨。" 现在，这是在格陵兰或右鲸的黑角骨被广泛用于女士身体时编写的。但是这块骨头不在尾巴中。它在头脑中，对于像这样的睿智律师来说，这是一个可悲的错误。但女王是美人鱼，要摆出一条尾巴吗？寓意寓意可能潜伏在这里。

有两条英国法学家如此称呼的皇家鱼类：鲸鱼和鱼。既有一定限制的王室财产，又名义上提供了王室普通收入的第十个分支。我不知道有任何其他作者暗示过此事；但是据推断，在我看来鱼必须以与鲸鱼相同的方式进行划分，国王获得了那条鱼特有的高密度和高弹性的头，从象征意义上讲，它可能幽默地基于某种假定的喜好。因此，即使在法律上，万物似乎都有道理。

第九十一章该装置满足玫瑰花蕾的要求。

"这是徒劳的，在这个的肚子上为琥珀人耙，徒劳的否认不询问。" 先生 布朗

在讲述最后一个捕鲸现场大约一两周后，当我们缓慢地航行在昏昏欲睡的蒸气，正午的大海上时，比起三对高高的眼睛，在脚手架甲板上的许多鼻子被证明是更加警惕的发现者。大海里闻到了一种奇特但不太愉快的气味。

斯塔布布说："我现在打赌，那是在附近的某处是我们几天前挠痒痒的那些吸毒鲸鱼。我以为它们不久就会起来。"

目前，蒸气先滑到一边。远处有一艘船，它的帆扬帆扬起，暗示一定有鲸鱼在旁边。当我们滑近时，这个陌生人从他的山顶上露出了法国的色彩。秃的海鸟在他周围盘旋，盘旋并向四周扑来，这显然是显而易见的，鲸鱼旁边一定是渔民所称的炸鲸，也就是说，在海中肆虐的鲸鱼，并因此漂流了尸体。可以想像，这种物质必须散发出什么难闻的气味；比瘟疫中的一个亚述城市更糟糕，当时人们无法胜任地埋葬死者。确实有人认为这是无法忍受的，以至于没有丘比特说服他们将它停泊在它旁边。还有那些仍会这样做的人；尽管从这样的受试者获得的油的质量非常差，并且决不具有玫瑰油的性质。

随着微风的呼声越来越近，我们看到法国人旁边还有第二条鲸鱼。这第二条鲸鱼似乎比第一条鲸鱼更让人讨厌。实际上，事实证明它是那些有问题的鲸鱼之一，它们似乎因某种消化不良或消化不良而干并死亡。使他们已经破产的尸体几乎完全破产，例如石油。但是，在适当的位置，我们将看到，没有一个知道的渔夫会像这样的鲸鱼抬起鼻子，无论他通常会抛弃炸鲸的多少。

现在，这个脚步声已经非常接近陌生人了，这简直是发誓，他意识到他的砍伐铁锹杆纠缠在其中一条鲸鱼的尾巴上。

"有一个漂亮的家伙，"他之以鼻地站在船头，笑着说，"你们有个狼！我很清楚，这些法国人的脚在渔业中只是可怜的魔鬼；有时放下他们的船给破碎者，弄错了他们是为了抹香鲸的鲸鱼喷水；是的，有时带着满满的牛脂蜡烛盒和鼻烟壶装箱从港口航行，他们预见到将获得的所有油脂不足以将船长的灯芯浸入其中；是的，我们都知道这些事情；但是，是的，这是一个满足于我们的食物，我在那里的鲸的疯子；是的，而且也满足于刮擦他在那里拥有的其他珍贵鱼的干骨头。恶魔！我说，戴上帽子，戴上一顶帽子，为了亲爱的慈善事业，让他给他放点油，因为他从那里的那头毒得到的油不适合在监狱；不，不是在受谴责的牢房中。至于另一只鲸鱼，为什么，我会同意通过 砍掉并尝试我们的这三根桅杆，他将无法从那捆骨头中得到。不过，现在我想到的是，它所含的东西可能比石油还值钱。是的，龙涎香。我现在想知道我们的老人是否想到了这一点。值得尝试。是的，我支持；"所以说他开始进入四分之一甲板。

这时微弱的空气已经完全平静了。因此，无论是否存在，此脚步枪现在都已完全陷入了气味，除了再次吹起微风之外，别无他法。斯图布从机舱发出警报，现在叫了他的船上的船员，为陌生人开了车。他从她的弓上划过，他感觉到按照幻想的法国口味，她的茎杆的上半部分雕刻成一条巨大的下垂茎，被漆成绿色，并且在荆棘上从那里伸出了铜钉。那里; 整个过程以明亮的红色对称折叠灯泡终止。在她的头板上，他戴着金色的大写字母，上面写着"玫瑰钮扣"，玫瑰纽扣或玫瑰花蕾。这就是这艘芳香船的浪漫名称。

虽然斯图布不了解布顿题词的一部分，但这个词上涨，以及球根状图头放在一起，充分解释了整个给他。

"木制的玫瑰花蕾，是吗？" 他用手捂住鼻子哭着说： "那会很好；但是闻起来就像所有创造物一样！"

现在，为了与甲板上的人保持直接联系，他不得不将船首拉向右舷，从而靠近鲸鱼。然后谈论它。

到达那儿时，一只手仍然放在鼻子上，他大吼着-"玫瑰花玫瑰，哎呀！你们当中有人说英语吗？"

"是的。" 一名来自舷墙的根西岛人重新加入，原来是酋长。

"那么，我的---·你看见白鲸了吗？"

"什么鲸鱼？"

"白鲸-抹香鲸-白鲸，你见过他吗？

"从来没有听说过这样的鲸鱼。！白鲸-不。"

"那就太好了；现在再见，我待会儿再打来。"

然后迅速地向后退，并看到斜倚在四分之一甲板的轨道上等待他的报告，他将两只手塑造成喇叭形，然后大喊："不，先生！不！" 阿哈卜退休后，斯塔布回到法国人手中。

他现在感觉到刚进入连锁店并正在用一把铲子的根西岛人把鼻子在一个袋子里。

"你鼻子怎么了，在那里？" 简直说。"打破它？"

"我希望它坏了，或者我根本没有鼻子！" 根西岛的人回答说，他似乎并不喜欢他现在所从事的工作。"但是你要拿你的呢？"

"哦，什么都没有！这是一个蜡鼻；我必须坚持住。晴天，不是吗？我应该说是空气而不是园丁；扔给我们一堆书，是的，--？"

"你想在魔鬼的名字里叫什么？" 根西曼人咆哮着，突然间充满了激情。

"哦！保持凉爽-凉爽？是的，就是这个词！为什么在工作期间不把那些鲸鱼装在冰上？可是开个玩笑；你知道吗，玫瑰花蕾，这就是全部废话说，要从鲸鱼中抽油吗？那只鲸鱼干了，他的整个尸体都没有。"

"我知道得足够多；但是，'知道，这里的船长不敢相信；这是他的第一次航行；他曾是科隆的制造商。但是登船，如果他愿意，也许他会相信你的我不会；所以我会摆脱这肮脏的刮擦。"

"任何让你们高兴的人，我的甜蜜和愉快的家伙，"斯塔布特重新加入，然后他很快就登上了甲板。那里出现了一个奇怪的场面。戴着红色精纺草帽的水手们正在准备沉重的铲球，准备迎接鲸鱼的到来。但是他们工作很慢，说话很快，看上去很幽默。他们的鼻子都像许多短臂一样从脸上向上伸出。偶尔，他们对会放弃工作，跑到桅杆上呼吸新鲜空气。一些人以为他们会抓住瘟疫，把浸在煤焦油中的橡树浸在煤中，并不时地将其留在鼻孔中。其他人在碗上几乎断掉了烟斗的根部，就在大力抽烟，以使烟味不断地充满。

船长的轮船房里进行的一阵强烈的叫喊声和麻醉声打断了斯图布。朝那个方向看，那张火热的脸从门后面推了推，那是半开的。这是受了折磨的外科医生，在徒劳地抗议当天的诉讼程序之后，为了避免害虫而向船长的圆房（他叫它的内阁）撒了甜食。但是，仍然忍不住大声疾呼他的恳求和愤慨。

马克·斯塔布（）标记了所有这一切，为他的计划辩护很好，然后转向根西岛人与他聊天，在此期间，这位陌生伴侣表达了对他船长的自负，因为他是一个自负的无知之徒，使他们全都变得如此卑劣，泡菜无利可图。斯塔布特仔细地听了他说，进一步意识到，根西岛人丝毫没有对龙涎香的怀疑。因此，他在那头保持和平，但对他却很坦率和机密，因此两人迅速制定了一个规避和讽刺队长的小计划，而他根本没有梦想不相信他们的诚意。按照他们的这个小计划，根西岛男子在口译办公室的掩护下，是要告诉船长他所喜欢的东西，但那是从树桩出来的。至于斯塔布，他要说出在面试中应该摆在他头上的废话。

这时候，他们注定的受害者从他的小屋里出现了。他是个矮小的，黝黑的，但看上去很精致的男人，是一个船长，但胡须和胡须很大。身穿红色棉质天鹅绒背心，侧面有密封条。这位根西岛人向这位绅士礼貌地介绍了斯图布，他立刻夸张地介绍了他们之间的解释。

"我先对他说什么？" 他说。

"为什么，" 斯塔布布盯着天鹅绒背心，手表和封条说，"你最好先告诉他，他对我来说有点儿幼稚，尽管我不假装自己是法官。"

"他说，先生，" 根西岛男子用法语说，对他的船长说，"直到昨天，他的船上才说出一艘船，该船的船长和上尉和六名水手全部死于发烧。他们带来的炸鲸。"

船长就此开始，并渴望了解更多。

"现在怎么办？" 根西岛人地说。

"为什么，因为他很轻松，所以告诉他，现在我已经仔细地注视了他，我可以肯定的是，他不比圣贾格猴子更适合指挥鲸船。事实上，请告诉我他是狒狒。"

"他发誓，宣布先生，另一只鲸鱼，干的鲸鱼，比炸开的鲸鱼要致命得多；在细化的先生看来，当我们珍视生命时，他会使我们想像从这些鱼中解脱出来。"

船长立刻向前奔去，并用大声的声音命令船员停止吊起钓钩，并立即松开将鲸鱼限制在船上的电缆和链条。

"现在怎么办？" 根西岛男子说，当机长回到他们身边时。

"为什么，让我看看；是的，你现在最好告诉他-那-实际上-告诉他我欺骗了他，还有（除了他自己）其他人。"

"先生，先生，他说，很高兴为我们提供任何服务。"

听到此消息后，机长发誓说他们是感恩的聚会（意味着自己和伴侣），最后请他抽空到他的机舱里喝一瓶波尔多。

口译员说："他要你和他一起喝一杯酒。"

"衷心地感谢他；但是告诉他，与我曾经欺骗过的男人一起喝酒是违反我的原则的。实际上，告诉他我必须去。"

"先生，先生，先生，他的原则不承认自己喝酒；但是，如果先生想再住一天喝酒，那么先生最好将所有四艘船都放下，并将船从这些鲸鱼中拉开，因为这样冷静，他们不会漂移。"

到那时，斯塔布（）越过侧面，驶入他的船，向格恩西人致意，即他的船上有一条长长的拖缆，他会竭尽所能，通过拉出从船的侧面看这两个鲸鱼。当时，法国人的船正以一种方式拖曳船，另一只鸟则善意地拖着鲸鱼拖走了他，拖延着一条异常长的拖线。

现在微风拂面；假装从鲸鱼身上甩掉；吊起小船的法国人很快就拉开了他的距离，而脚步枪在他和短吻鲸之间滑动。于是，斯塔布特迅速地拉到了漂浮的身体上，并称赞了他的意图，立即开始收割他不义之举的果实。抓住锋利的船锹，他开始挖掘尸体，在侧鳍后面一点。您几乎会以为他在海里挖地窖。当他的铁锹终于碰到了坚硬的肋骨时，就像把旧的罗马砖瓦和陶器扔在肥沃的英国壤土中。他的船员们都非常兴奋，热切地帮助他们的酋长，看上去像寻金者一样焦急。

一直以来，无数的家禽都在潜水，躲避，尖叫，大喊大叫并在它们周围战斗。斯塔布开始看起来很失望，尤其是当令人讨厌的鼻涕增加时，突然从瘟疫的心脏出来，偷走了一股淡淡的香水，它从难闻的气味中流过，没有被它吸收，就像一条河一样。会流进另一个，然后完全不融合。

"我有它，我有它。" 斯塔布高兴地喊道，在地下地区打了个招呼， "一个钱包！一个钱包！"

放下铁锹，他伸了双手，然后抽出几根看上去像是成熟的温莎肥皂或斑驳的奶酪的东西。非常朴实和美味。您可能会用拇指轻易地将其凹进去；它的颜色介于黄色和灰色之间。好朋友，这是龙涎香，对任何药剂师来说，一盎司黄金都值得。获得了大约六把；但是更多的损失是不可避免的，如果不是因为不耐烦的阿哈卜的大声命令停下脚步并登上船，也许还有更多的可能被保全，否则船会向他们道别。

第92章龙涎香

现在，这种龙涎香是一种非常奇怪的物质，并且与商业商品一样重要，以至于在1791年，一位在楠塔基特出生的船长棺材在英国下议院的律师席上进行了研究。在那时，甚至直到相对较晚的一天，龙涎香的确切来源仍然像琥珀本身一样，是博学的问题。尽管龙涎香一词只是灰色琥珀色的法语复合词，但两种物质却截然不同。因为琥珀有时会在海岸上发现，但有时也会在一些内陆土壤中被挖掘出来，而龙涎香只有在海上才能发现。此外，琥珀是一种坚硬，透明，易碎，无味的物质，用于烟斗，烟斗和装饰物。但是龙涎香是柔软，蜡状的，因此非常香和辣，以至于它广泛用于香水，乳剂，珍贵的蜡烛，发粉和番茄中。土耳其人将其用于烹饪，也将其运送至麦加，其目的与将乳香运送至圣地。彼得在罗马。一些葡萄酒商人将一些谷物倒入紫红葡萄酒中进行调味。

谁会想到，这么好的女士们和先生们应该以患病鲸鱼不光彩的肠子里发现的精油重新焕发活力！确实如此。有人认为龙涎香是鲸鱼消化不良的原因，而有人认为是龙虾的消化不良。很难说如何治愈这种消化不良，除非通过服用三到四船布兰德雷斯的药丸，然后像工人们在炸石堆中那样避免危害。

我忘了说，在这种龙涎香中发现了某些坚硬，圆形，骨质的盘子，乍一看似乎是水手的拖网渔船按钮。但后来发现，它们不过是以此方式防腐的小鱿鱼骨头而已。

现在应该在这种腐烂的心脏中找到这种最香的龙涎香的腐败；这没什么吗想起你的圣言 哥林多前书中关于腐败和腐败的保罗；我们如何被撒种在耻辱中，却在荣耀中成长。并且同样要提醒人们，关于寄生虫的说法最能说明麝香。我们也不要忘记一个奇怪的事实，即在制造过程的初期，古龙水在所有不良食品中都是最糟糕的。

我想以上述呼吁作为结束语的结尾，但由于我急于拒绝经常对鲸鱼提出的指控，而我不能这样做，而根据一些已经有偏见的人的估计，这些指控可能被认为已经间接地证明了这一点。说到法国人的两条鲸鱼。在此书中的其他地方，诽谤性的诽谤已被驳斥，捕鲸的职业是整个板条，不整洁的工作。但是还有另一件事要反驳。他们暗示所有鲸鱼总是闻起来难闻。现在这种可恶的污名是怎么产生的？

我认为，这可以追溯到两个多世纪以前，格陵兰捕鲸船在伦敦的首次抵达。因为那些鲸鱼当时和现在都没有像南方船只那样在海上试用油；但是将新鲜的油脂切成小块，推入大木桶的塞孔中，然后以这种方式运送到家。

在这些冰冷的海洋中，季节短促，而且它们所遭受的突如其来的猛烈风暴，使任何其他航向都无法进行。其结果是，在格陵兰码头上闯入货舱并卸下其中一处鲸鱼墓地时，发出的味道有点类似于挖掘旧城墓地所产生的味道，以作为撒谎的基础。在医院。

我也部分地推测，对捕鲸者的这种邪恶指控可能也被归咎于格陵兰海岸上的存在，在以前，荷兰有一个村庄叫或，后者的名字是博学的富加·冯·松克所使用的，在他关于气味的出色著作中，写了一本有关该主题的教科书。这个村庄的名字是进口的（肥胖，肥胖；冰山），目的是为荷兰鲸鱼船队的养蜂人提供一个试验场地，而不必为此目的将其带回家荷兰。它是炉子，肥锅和油棚的集合。当作品全面投入使用时，肯定不会散发出令人愉悦的味道。但是对于一个南海的精子捕鲸者来说，这一切是完全不同的。在航行了四年之后，在她完全充满油之后，也许不会花上五十天的时间进行蒸煮；而且在被桶装的状态下，油几乎没有香气。事实是，无论是成活的还是死的，鲸鱼作为一个物种，即使得到了体面的对待，绝不是恶臭的动物；鲸鱼也无法被识别，因为中年人的鼻子会影响他们发现公司中的犹太人。当一般情况下，他享有如此高的健康状况时，鲸鱼的芬芳绝非不可能。进行大量运动；总是在外面 但是，确实如此，很少在露天进行。我说，抹香鲸吸水的动作会散发出香气，就像麝香的女士在温暖的客厅里把衣服沙沙作响一样。考虑到抹香鲸的大小，我该如何选择抹香鲸呢？难道不是出自那头被带出印度小镇为亚历山大大大帝致敬的著名大象，身上装饰着象牙，并带有没药吗？

第93章被抛弃的人

碰到法国人几天后，最重大的事件发生了，这小家伙的船员中最微不足道的是。最可悲的事件；最终，这部时而疯狂的命中注定的手工艺品为活着的，并且永远伴随着的预言提供了破灭的续集可能证明她自己的能力。

现在，在鲸船上，并不是每个人都在船上。保留了几只被称为"船夫"的手，在船追捕鲸鱼的同时，该船的工作地点在该省。通常，这些船员和船员一样，都是耐心的家伙。但是，如果船上恰好有一个过分苗条，笨拙或琐的船夫，那么该船夫肯定会成为船长。在这种情况下，黑人昵称的小黑人小精灵（ ）简称。点差！你们以前听说过他；你们必须记得那段戏剧性的午夜时分的手鼓，真是令人沮丧。

在外观上，点子和面团男孩相匹配，就像黑色的小马和白色的马一样，虽然颜色不同，但在一个偏心距上却具有相等的发育。但是，虽然不幸的面团男孩天生就愚蠢而笨拙，但尽管有点温柔，但他的屁股却非常明亮，他的部落特有这种宜人的，和的，快乐的亮度。一个部落，在所有的节日和庆祝活动中享有比其他种族更好，更自由的享受。对于黑人来说，今年的日历应该显示为零，而七月和新年只有365分。当我写道这种小小的黑色是辉煌的时候，也没有微笑，因为即使黑色也有其光彩。看哪有乌木，镶在国王的内阁中。但是一点爱生命，以及生命中所有和平的证券；可悲的是，他以某种方式无法解决地陷入了惊恐之中，使他的光辉变得最可悲。但是，从很久以后，他身上暂时被制服的东西最终注定会被奇怪的野火所照亮，在虚构的环境下，他的自然光泽是他祖国托兰县的十倍。在康涅狄格州，他曾经在绿色球场上活跃过许多提琴手的嬉戏；和他的同志哈哈哈！把圆形的地平线变成了一个星铃鼓。因此，尽管在晴朗的天空中，蓝色的脖子上悬挂着纯净的钻石滴，但仍会带来健康的光芒；然而，当狡猾的珠宝商向您展示最令人印象深刻的钻石时，他将钻石放在阴暗的地面上，然后将其照亮，而不是被太阳照亮，而是被一些不自然的气体照亮。然后出来那些炽热的光辉，自以为是极好的。曾经是水晶天空最神圣符号的炽热钻石看起来像是地狱之王偷来的皇冠珠宝。但让我们来讲述这个故事。

结果是，在龙涎香事件中，司铎的后舵手有机会扭伤他的手，以至于有一段时间变得残废了。并暂时将点子放在他的位置。

斯图布第一次和他一起下降时，点子显示出很大的紧张感。但是很高兴的是，那一次逃避了与鲸鱼的密切接触；因此并没有完全被抹黑 尽管他粗鲁地观察着他，但后来还是小心翼翼地劝诫他尽最大的努力去珍惜他的勇气，因为他可能经常觉得有必要。

现在第二次降下，小船划着鲸鱼。当鱼接受了刺铁时，它发出了惯用的说唱，在这种情况下，恰好在可怜的小家伙的座位下面。此刻的不由自主的惊使他跳下手，划桨离开船。这样，那条松弛的鲸鱼线碰到了他的胸部，他将它拉到胸前，最终被卷入水中而纠缠于其中。鲸鱼猛烈奔跑的那一刻，线迅速拉直了；和！可怜的点点滴滴都涌到船的船头上，狠狠地拖到那条绳索上，那条绳索绕着他的胸部和脖子转动了几圈。

站在船头。他到处都是狩猎之火。他讨厌点着小球。他从刀鞘上夺下了刀，他将刀的尖锐的边缘悬在了线上，然后转向短柄，在疑问中被称为"切？"。同时，为了上帝的缘故，的蓝色，缩的脸明显地看起来了。一瞬间都过去了。在不到半分钟的时间内，整个事情就发生了。

"该死，削减！" 咆哮的树桩 这样鲸鱼就消失了，点子得以保存。

他恢复健康后，这个可怜的小黑人被船员的吼叫和处决所殴打。平静地允许这些不规则的诅咒消失，然后以一种普通的，类似商业的，但仍然是半幽默的方式，突然被诅咒。这样，非正式地给了他很多有益的建议。实质是，除了不要从船上跳下来，别无所求-但其余的都是不确定的，因为有史以来最合理的建议是。现在，总的来说，坚持捕鲸是您捕鲸的真正座右铭；但是有时候从船上跳下来的情况有时会更好。而且，似乎终于感觉到如果他应该对点子给出纯正的尽责的建议，他将给他留下很大的余地，以至于无法进入未来。突然放弃了所有建议，最后得出了一个强制性的命令，"坚持船，点子或靠主人，如果您跳下去，我就不会接您；要注意的是。像您一样；在阿拉巴马州，一条鲸鱼的售价是点子的30倍。记住这一点，不要再跳了。" 在此，也许也许是斯塔布斯间接暗示了，尽管人爱他的同伴，但人却是一种赚钱的动物，这种倾向常常会干扰他的仁慈。

但是我们都掌握在众神的手中；点子又跳了起来 在与第一次演出非常相似的情况下；但这一次他没有退出比赛。因此，当鲸鱼开始奔跑时，一点点就像匆忙的旅行者的行李箱一样留在了海上。唉！斯塔布（）的话实在是太真实了。那是美好，富饶，忧郁的一天；闪闪发光的海面平静，凉爽，平坦地延伸到地平线，就像打金机的皮肤被锤到了极致。在那片海中来回摆动的乌木头显得像丁香头。当他跌落得如此之快时，他的船刀没有被抬起。斯图布的坚不可摧的背部转过身来。鲸鱼飞过了。在三分钟内，点子和短管之间有一整英里的无岸海洋。从大海的中心出来，可怜的点子将他酥脆，卷曲的黑头转向太阳，另一个孤独的抛弃者，尽管是最崇高最聪明的。

现在，在天气平静的情况下，对于有经验的游泳者来说，在广阔的海洋中游泳与在岸上乘坐弹簧马车一样容易。但是可怕的寂寞是无法忍受的。我的天哪，在如此无情的浩瀚之中，自我的高度集中！谁能说出来？马克，当一个沉静的水手如何在公海中沐浴时-马克他们紧紧拥抱着自己的船，只沿着她的身边滑行。

但是斯塔布（）真的放弃了那个可怜的黑人的命运吗？没有; 至少他不是故意的。因为有两条船在他的身后，毫无疑问，他认为它们当然会很快飞起来并抱起他。尽管的确，在所有类似情况下，猎人并不总是表现出对因其胆怯而受到威胁的划桨手的这种考虑；并且这种情况不会经常发生；几乎在渔业中，一个夫，也就是所谓的夫，有着军事海军和军队特有的残酷憎恨。

但是碰巧的是，那些船却没有看到点子，突然在一侧靠近他们的地方窥探了鲸鱼，转身追赶；现在，司徒拔的船已经很远了，他和他的全体船员都如此专心于他的鱼，以致点状环的地平线开始在他周围惨地扩大。轮船终于将他救出了一次最难得的机会；但是从那一刻起，那个小黑人就在一个白痴那里到了甲板上。这样，至少他们说他是。大海嘲笑着保持他有限的身体，却淹没了他无限的灵魂。但是，并没有完全淹死。宁愿活着到奇妙的深度，在那儿，未变形的原始世界的奇特形状在他被动的眼前来回滑动。人鱼，智慧，露出了他积的堆；在欢快，无情，永远幼稚的永恒中，小子看到了众多的，无所不在的珊瑚虫，它们从水的表面上沉起了巨大的球体。他看见神的脚踩在织机的脚上，说了声。因此他的船友叫他发疯了。所以人的精神错乱是天堂的感觉；人类最终从所有致命的理性中徘徊，最终来到了这一天上的思想，从理性上讲，这是荒谬而疯狂的。富翁或祸患，然后感到自己毫不妥协，对他的上帝漠不关心。

对于其余的，不要太责备。在那个渔业中这件事很普遍；然后在叙述的续集中，我会被抛弃之类的遗弃所困扰。

第94章。捏手。

如此昂贵的短枝鲸被适当地带到了的一侧，以前详细介绍过的所有切割和起重操作都定期进行，甚至打包到海德堡大桶或盒子中。

当有些人承担着后一项职责时，另一些人则在精子充满后立即拖走了较大的盆子。当适当的时间到来时，同样的精子也被仔细地操纵着去进行尝试，其中的一个很快就完成了。

它已经冷却并结晶到一定程度，以至于当我和其他几个人坐在一个大君士坦丁大浴之前坐下时，我发现它奇怪地凝结成团块，在液体部分四处滚动。将这些团块挤回液体是我们的业务。甜美而谦卑的职责！难怪在过去，这种精子是如此受欢迎的化妆品。如此清晰！这样的甜味剂！这么柔软！如此美味的增粘剂！将我的手只握了几分钟后，我的手指就像鳗鱼一样，开始蜿蜒曲折。

当我轻松自在地坐在那里时，盘腿在甲板上；在绞盘上辛苦劳作之后；在一片蓝天下 船在风平浪静的航行中，如此平静地滑行；当我将手浸入几乎在一个小时内编织的柔软柔软的浸润组织小球中时；当他们富有的伸开我的手指，释放出所有的富足时，就像完全成熟的葡萄一样。当我扑灭那未被污染的香气时，从字面上和真实的角度，就像春天紫罗兰的气味一样；我向你宣布，那段时间我就像住在一片茂密的草地上一样；我忘记了我们可怕的誓言；在那无法形容的精子中，我洗了手，也为之洗心。我几乎开始相信古老的寄生虫迷信，即精子在缓解愤怒的热度方面具有罕见的美德。在那个浴缸里洗澡的时候，我感到神志正常，摆脱了任何形式的恶意，肥胖或恶意。

挤！挤！挤！整个上午 我挤压那个精子，直到我自己几乎融化了。我挤压那个精子，直到出现一种奇怪的精神错乱。我发现自己不知不觉地将我的同事的手紧紧地握在里面，把他们的手误认为温柔的小球。这种爱好产生了如此丰富、亲切、友好、充满爱的感觉；最后，我一直在不断地挤压他们的手，并感性地看着他们的眼睛；最多可以说，哦！亲爱的同胞们，为什么我们应该不再珍惜任何社会风俗，或者一点点不幽默或嫉妒！来；让我们全面握紧双手；不，让我们大家相互挤压；让我们将自己普遍挤入善良的牛奶和精子中。

我可以永远榨出那个精子吗？现在，由于许多长期的、反复的经验，我已经意识到，在任何情况下，人都必须最终降低或至少改变其实现享乐的观念。不要将其放在理智或幻想中的任何地方；但是在妻子那里，心脏，床，桌子，马鞍，炉边，乡村；既然我已经意识到了所有这些，那么我就准备永远地审理案件。考虑到夜晚的异象，我看见天堂里排成一排的天使，每个天使都双手插在一瓶精子中。

现在，在劝阻抹香精的同时，应该谈论与之相似的其他事情，以便为抹香鲸做准备。

首先是白马，即所谓的白马，是从鱼的逐渐变细的部分以及从其的较厚部分获得的。凝结的肌腱（一团肌肉）很难，但仍然含有一些油。将白马从鲸鱼身上割下来后，首先将其切成便于切碎的便携式长方形。它们看起来很像伯克郡大理石块。

梅子布丁是鲸鱼果肉某些零散部分的术语，在这里和那里附着在油脂层上，并且经常在相当多的程度上参与其中。这是一个令人耳目一新，最欢乐，最美丽的物体。顾名思义，它的色泽非常丰富，呈斑驳状，雪白和金色的地面散布着最好的斑点，点缀着最深的深红色和紫色斑点。在柚子的图片中是红宝石李子。尽管有理由，但很难阻止自己进食。我承认，一旦我偷走了后座尝试。味道有点像我应该想到的从路易·勒·格罗斯的大腿上尝到的皇家炸肉排，假设他在鹿肉季节后的第一天就被杀死了，而且那个鹿肉季节的当代特色是拥有一个非常出色的葡萄园香槟酒。

还有另一种物质，和一种非常奇异的物质，在经营过程中出现了，但是我觉得描述起来非常令人费解。它被称为；鲸鱼的原产地名称，物质的性质也是如此。长时间挤压并随后倾倒后，这是一种难以言喻的浑浊，细腻的事情，最常见于精液桶中。我认为它是外壳上奇妙的，破裂的膜，聚结在一起。

，即所谓的"鲸"，是正确的鲸类捕鲸者的称呼，但有时被精子渔民偶然使用。它指的是深色的，粘稠的物质，是从格陵兰或右鲸的后方刮下的，其中大部分覆盖了那些追捕那只可笑的巨兽的劣等灵魂的甲板。

钳。严格来说，该词不是鲸鱼词汇的本国语言。但是，正如捕鲸者所采用的那样。鲸鱼钳是从利维坦尾巴的锥形部分切下来的一小段坚韧的腱材料：平均厚度为一英寸，其余的大约是头的铁部分。沿着油腻的甲板沿边缘移动，它的运作就像皮革的长剑。像魔术一样，无名的怪癖与所有杂质一同吸引。

但是要了解所有这些隐秘的问题，最好的方法是立即走进润滑室，并与囚犯进行长时间的交谈。当从鲸鱼中剥离并吊起时，这个地方以前曾被称为毯子的容器。当适当的时间到了，以削减其内容时，这间公寓对所有提洛斯来说都是恐怖的景象，尤其是在夜晚。一侧被钝灯照亮，为工人留出了一定的空间。他们通常成对出现，例如长矛兵和小黑兵。捕鲸鱼类似于护卫舰的同名武器。缝隙就像是一个船钩。随着船的起伏，船夫将钩子钩在一块润滑脂上，并努力防止它滑落，因为船俯仰和倾斜。同时，铁锹男子站立在床单上，将其垂直切成便携式马匹。铁锹可以磨得很锋利；铁锹的脚没有鞋。他站立的东西有时会像雪橇一样不可阻挡地滑离他。如果他砍掉自己的脚趾之一或助手的脚趾之一，您会感到非常惊讶吗？资深胖子房男人中脚趾稀少。

第九十五章。

您是否在鲸鱼事后评估的某个时刻登上了脚架？并让您在卷扬机附近前行时，可以肯定的是，您会好奇地扫描一个非常奇怪的、令人迷惑的物体，您会在那儿看到它，沿着李子排泄物纵向地躺着。不是鲸鱼巨大的脑袋里奇妙的水箱；不是他那松散的下颌神童；不是他对称的尾巴的奇迹；这些东西都不会让您感到惊讶，就像瞥见那个无法解释的圆锥形一样—长于肯塔基州的个头，直径约一英尺，而乌黑的像是的乌木偶像。的确是偶像。或者说，在过去，它的相似之处是。在犹太女王玛哈女王的秘密树林中发现的偶像；敬拜她的儿子亚撒王（ ）杀死了她，摧毁了偶像，并焚烧了它，以便在布鲁克·科德恩（ ）憎恶，这在第一王朝的第15章中已作了黑暗阐述。

看一下名叫"绞肉手"的水手，他现在来了，在两个盟友的协助下，大力支持了背船，就像水手们所说的那样，而且弓着肩膀，蹒跚地走开，好像他是一个背负战友的手榴弹兵一样从外地。将其延伸到前甲板上，他现在以圆柱形方式前进，以去除其深色毛皮，作为非洲猎人的蟒蛇皮。这样，他就把毛皮翻了过来，就像一条马裤一样。提供良好的拉伸性，使其直径几乎增加一倍；最后将其悬挂起来，在索具中摊开均匀晾干。很长一段时间，它被拆除了；当移开它的约三英尺长时，朝着尖锐的末端，然后在另一端切出两个用于手臂孔的缝，他纵向地将自己滑入其中。绞肉机现在站起来，然后再投资于他的全部典范。遵守他的所有命令，仅此一项职务就可以充分保护他，同时也可以担任他办公室的特殊职能。

该办公室的工作是将马桶的润滑脂切碎。该操作是在一个好奇的木马上进行的，该木马端对着舷墙，并在其下方装有一个宽敞的浴缸，切碎的碎片掉落在浴缸里，就像悬垂演说家桌子上的床单一样快。排列成体面的黑色；占据显眼的讲坛；意在圣经叶上；什么是大主教的候选人，这位肉碎者是教皇的小伙子！*

*圣经叶！圣经的叶子！这是从配偶到绞肉机的不变的呐喊。它要求他要小心，并将他的工作尽可能地切成薄片，因为这样做的目的是使油沸腾的工作大大加速，并且除可能提高质量外，其数量也大大增加。

第96章。

除了她的吊船外，美国捕鲸者的尝试性工作在外观上也很出众。她提出了最坚固的砖石与橡木和大麻的奇特异样，构成了完整的船舰。好像是从空地将砖窑运到她的木板上一样。

尝试工作被放置在前甲板和主桅之间，甲板最宽敞的部分。下面的木材具有特殊的强度，适合承受几乎坚固的砖块和砂浆的重量，大约十英尺乘八平方英尺，五英尺高。地基不会穿透甲板，但是砌体通过铁的沉重膝盖牢固地固定在地面上，将铁基支撑在所有侧面，然后将其拧紧到木材上。在侧面，它用木头制成，顶部完全被一个倾斜的板条式舱口盖完全覆盖。移除此舱口，我们将暴露出两个数量巨大且可容纳数个桶的巨大的试验罐。不使用时，应保持非常清洁。有时它们会用滑石粉和沙子打磨，直到它们像银色的打孔器一样闪闪发光。在守夜时，一些愤世嫉俗的老水手会爬进他们，然后盘绕而去睡个午觉。在对它们进行抛光时（每个锅中一个人并排），在铁唇上进行了许多机密通信。它也是进行深刻的数学冥想的地方。正是在脚架的左手尝试盆中，滑石在我周围绕来绕去，我首先被一个非同寻常的事实所震惊：在几何学中，沿着摆线滑行的所有物体（例如我的滑石）都将从在同一时间的任何一点。

从火炉的前部移开火炉板，那侧的裸露石工被暴露出来，被炉子正下方的两个铁口穿透。这些口装有重型铁门。通过在作品的整个封闭表面下延伸的浅水库，防止了烈火散发到甲板上。通过在后部插入的隧道，该水库会保持蒸发时的水分补充速度。没有外部烟囱；它们直接从后壁打开。让我们回头再说一会。

今晚约9点钟，这架飞机开始了本次航行的尝试。它属于来监督业务。

"那里已经准备好了吗？然后孵化，然后开始她。你做饭，开火。" 这是一件容易的事，因为木匠在整个通道中一直将刨花推入熔炉。据说在一次捕鲸之旅中，必须先用木头喂饱一次试品。此后，除了用作快速燃烧主食的手段以外，不使用木材。简而言之，经过试验的酥脆，干的润滑脂（现在称为碎屑或油条）仍然具有相当多的油腻特性。这些油条助长了火焰。鲸鱼如被点燃的烈士或自食残暴的人，一旦被点燃，便会提供自己的燃料并靠自己的身体燃烧。愿他自己抽烟！因为他的烟难以吸入，所以必须吸入，并且不仅要吸入，而且还必须暂时在其中生活。它散发出难以置信的，野性的印度香气，例如在白头翁附近潜伏着。它闻起来像审判日的左翼；这是一个坑。

到午夜时分，作品才全面投入使用。我们从尸体上清楚了；起帆了；风很新鲜；狂野的海洋一片漆黑。但是那黑暗被浓烈的火焰所掩盖，火焰从烟熏烟道中散发出来，照亮了索具中的每根高高的绳索，就像著名的希腊大火一样。燃烧的船驶过，仿佛毫不留情地委托了一些报仇的行为。因此，加纳利海胆（）的沥青和硫磺舱桥从深夜的港口发出，上面夹着宽广的火焰，可航行，在土耳其护卫舰上钻进去，并折叠成大火。

从作品的顶部移开的舱口，现在在他们的面前铺了宽阔的壁炉。站在这上面的是异教徒的鱼叉形人的牙形形状，它们总是鲸船的斯托克族人。他们用巨大的叉杆将嘶嘶的润滑脂扔进烫锅中，或者搅动下面的大火，直到弯弯曲曲的火焰从门里飞出，卷曲起来，用脚抓住它们。浓烟滚滚。船上每一个螺距都有一沸腾的油，似乎所有人都渴望跃入他们的脸上。卷扬机位于作品的入口对面，在宽阔的木炉的另一侧。这为海沙发服务。如果没有另外雇用，这里就把手表放在休息室里，看着火红的火焰，直到他们的眼睛焦灼起来。它们的黄褐色特征，如今都充满了烟雾和汗水，胡乱的胡须，以及牙齿鲜明的野蛮光彩，这些都在作品的反复无常的装饰中奇怪地揭示了出来。当他们彼此叙述自己的邪恶冒险时，他们的恐怖故事用欢乐的语气讲述；他们不文明的笑声从炉子里冒出来，像从炉子里喷出的火焰。在前面，来回鱼叉用巨大的叉叉和北斗来示意。当狂风呼啸，大海跳跃，船吟着，俯冲而下，却坚定不移地将她的红色地狱射向了大海和黑夜，并嘲讽地刺破了她嘴里的白骨，恶毒地刺破了它。她四面八方 然后，奔腾的脚步声，载着野蛮人，满载着火，燃烧着一具尸体，并陷入那黑暗的黑暗中，似乎是她一头疯子指挥官灵魂的实质对应物。

当我站在她的掌舵下时，在我看来似乎如此，长时间地默默引导着这艘消防船在海上航行。在那段时间里，我自己被包裹在黑暗中，但我更好地看到了别人的红肿、疯狂和可怕。不断看到我面前的魔鬼形状，半烟半雾，四处燃烧，这些终于在我的灵魂中燃起了异想天开的景象，所以当我开始屈服于那种无法形容的睡意时，我便会在半夜掌舵。

但是那天晚上，特别是我发生了一件奇怪的（从那以后就莫名其妙）了。从短暂的站立睡眠开始，我非常清楚地意识到致命错误。下颌骨分器向我侧倾斜，后者靠在其上；我的耳朵里传出低沉的帆声，刚开始在风中摇曳。我以为我的眼睛睁开了；我几乎没有意识到将手指放在盖子上并机械地将它们拉得更远。但是，尽管如此，我仍然看不到任何指南针可以引导。尽管自从我一直在看卡片以来似乎只有一分钟，稳定的双节棍灯照亮了它。在我面前，似乎没有什么比黑夜黯淡，时不时地被泛红的光芒吓坏了。最令人印象深刻的是，我所站着的任何迅速，匆忙的东西，与其从任何避难所奔涌而来，并没有太多地与前方的避难所绑定。死亡之际，一种惑的感觉笼罩着我。我的手抽搐地抓住了耕作机，但疯狂地想到耕作机以某种迷人的方式倒转了。天哪！我怎么了 以为我。瞧！在短暂的睡眠中，我转过身来，正站在船尾，背对着船首和指南针。我立刻转过身来，正好及时地阻止了船只飞向风，很可能使她倾覆。夜晚的这种不自然的幻觉，以及由李带来的致命偶然性，让我感到多么高兴和感激！

伙计们，面对着火，看起来不要太久！永远不要梦以求的掌舵！不要把你的手转回指南针；接受悬挂式分的第一提示；当人造火泛红使万物看上去令人恐惧时，不要相信人造火。明天，在自然阳光下，天空会很明亮；那些在分叉的火焰中像鬼子一样耀眼的人，早晨会显示出其他的，至少是更温和的解脱。灿烂，金色，快乐的阳光，唯一真实的灯-除骗子外的所有其他人！

然而，阳光并没有掩盖弗吉尼亚的惨淡沼泽，也没有掩盖罗马的受谴责的大草原，也没有掩盖撒哈拉沙漠，也没有掩盖月球之下数百万英里的沙漠和悲痛。太阳没有隐藏海洋，海洋是地球的黑暗面，是地球的三分之二。因此，凡人喜乐多于悲伤的人，凡人不可能是真实的-不真实的或未发展的。与书本相同。世上最真实的人是悲伤的人，而所有书籍中最真实的是所罗门的书，教会牧师的作品是被重击的祸患。"一切都是虚荣。"所有。这个任性的世界还没有掌握非基督徒所罗门的智慧。但是躲避医院和监狱，走过墓地的人，宁愿谈论歌剧，也不愿谈论地狱。叫病夫，年轻人，帕斯卡，卢梭，穷恶魔都生病了；在整个无忧无虑的一生中，拉贝拉伊斯都发誓要过人，因此很快乐；-这不是那个人适合坐在墓碑上，用令人难以置信的奇妙的所罗门打破绿色潮湿的霉菌。

但他说，即使是所罗门语，"流失于理解方式的人也将留在死者的会众中"（即，即使在生活中）。然后，不要放弃自己，开火，免得它倒转你，使你丧命。至于做我的时间。有一种悲怆的智慧；但有一种祸患是疯狂。在某些灵魂中有一只卡茨基尔鹰，它们可以像这样潜入最黑的峡谷，然后再次飞出它们，在阳光明媚的空间中变得不可见。即使他永远在峡谷中飞行，那峡谷也在山上。因此，即使在最低的俯冲中，山鹰即使飞翔，也仍然比平原上的其他鸟类更高。

第97章灯泡。

如果您从脚架的试车架降到了脚架的守望台，值班的守望员在那睡觉，那么一瞬间，您几乎会以为您站在一些光荣的圣殿和君主圣地中。在那儿，他们躺在三角形的橡树穹顶中，每个水手都保持着凿凿的沉默。几十盏灯闪烁在他蒙着双眼的眼睛上。

在商人中，水手用的油比皇后的牛奶更稀少。在黑暗中穿衣服，在黑暗中吃饭，在黑暗中绊倒在他的托盘上，这是他通常的工作。但是鲸鱼在寻求光的食物时，却生活在光中。他把自己的卧铺当作阿拉丁的灯，把它放在里面。因此，在最闷热的夜晚，船的黑色船体仍然装有照明。

看看鲸鱼工人在尝试工厂时将全部几盏灯（通常是但旧的瓶子和小瓶）带到了铜制的冷却器中，然后像在啤酒缸中的啤酒杯那样完全自由地携带。他也燃烧最纯净的石油，处于未制造的状态，因此处于未废弃状态。太阳，月球或星体未知的液体会上岸。它像4月的早草黄油一样甜。他去狩猎他的油，以确保它的新鲜度和真实性，即使草原上的旅行者在狩猎自己的晚餐也是如此。

第98章。收起整理。

已经有尖系到桅杆上远没有描述大巨兽了；他如何被水上的沼泽追赶，如何在深谷中被屠杀？然后他如何被拖曳并斩首；以及（按照赋予旧首长为斩首斩首的衣服的首领的原则），他那高大的垫脚产品变成了子手的财产；在适当的时候，他如何被处决于锅中，像沙德拉赫、网眼和阿贝德尼哥一样，他的精子，油和骨头也毫发无损地穿过了大火；但现在仍有待总结这一部分的最后一章通过排演（如果可能的话）唱歌（如果可能的话）的浪漫过程，将他的油倒出到木桶中，然后将其向下敲入货舱，在那里利维坦再次回到他的原生深处，像以前一样沿着地表滑动；可惜！再也没有上升和打击的机会。

在仍然温暖的时候，油像热拳一样被塞进了六桶桶中。也许，这艘船正以这种方式俯仰和滚动，而在午夜的大海中，巨大的木桶被转过身，头朝上，头顶尾端，有时像在许多滑坡上一样危险地踩着滑板滑行，直到最后，人为处理，并坚持了下来；到处都是铁圈，说唱，说唱，要用尽可能多的锤子敲打，目前，当然，每个水手都是库珀。

总的来说，当最后一品脱被装好后，一切都变凉了，那么大的舱口就被开封了，船上的肠子都被打开了，然后把木桶放到海中最后的休息处。完成此操作后，将舱口盖更换并密封起来，就像壁橱一样。

在精子渔业中，这也许是所有捕鲸业中最引人注目的事件之一。一天，木板上流满了鲜血和油脂。在神圣的四分之一甲板上，鲸鱼的头被无数地堆放着。在酿酒厂的院子里放着许多生锈的酒桶。试车的烟雾把所有堡垒挡住了；水手们充斥着浮躁；整艘船看起来比他本人都伟大。而所有的喧嚣声震耳欲聋。

但是一两天后，你环顾四周，在这艘同样的船上刺耳。如果不是讲故事的船只和试航，您几乎会发誓要踩着一艘最整洁的指挥官踩下一艘沉默的商船。未生产的精油具有独特的清洁功效。这就是为什么甲板永远不会像所谓的石油一样显得如此白净的原因。此外，还可以从烧过的鲸鱼残骸的灰烬中轻易地制成浓烈的碱液。每当鲸鱼背面的任何粘着性仍然附着在侧面时，碱液就会迅速将其消除。双手沿着舷墙努力地走，并用桶装水和碎布将它们恢复到整齐的状态。烟灰从下部索具上刷下来。所有使用过的工具都应如实地清洗和收起。擦洗了巨大的舱门并将其放在试品上，完全隐藏了花盆；每个酒桶都看不见；所有的铲球都盘绕在看不见的角落；当几乎整个船公司的联合和同步产业最终完成了全部责任时，船员们便自行洗礼。从头到脚转移；最后，随着新郎从最美丽的荷兰中崭露头角，发布到洁净无瑕的甲板上，新鲜而充满活力。

现在，他们兴高采烈地迈着步，三三两两地踩着木板，幽默地谈论客厅，沙发，地毯和精美的家具。建议在甲板上铺垫；想挂在顶部；反对不要在月光下在楼顶的广场上喝茶。来暗示那些受困的船员们的石油，骨头和油脂都毫不逊色。他们不知道你遥不可及的事情。离开，给我们带来餐巾！

但记号：在那儿，在三个桅杆头高处站着，站着三个人，打算暗中侦察更多的鲸鱼。一旦被捕，它们肯定会再次弄脏旧的橡木家具，并在某个地方丢下至少一个小油脂点。是；许多时候，经过最艰苦的不间断劳动之后，他们什么都不知道。连续直达九十六小时；当他们从船上伸出手腕并整日划船的时候，他们只能走到甲板上来着宽大的链子，拉起沉重的锚机，割伤并砍下，是的，非常汗流背。赤道太阳和赤道试射的联合燃烧使它再次被抽烟和燃烧；在此之后，他们终于竭尽全力去清洗船，并为它铺上一尘不染的奶房；很多时候，可怜的家伙们，只要扣紧他们干净的上衣的脖子，就被"她吹了！"的叫声吓了一跳。他们飞走了，与另一头鲸鱼战斗，再次经历了整个疲倦的事情。哦！我的朋友，但这真是杀人！但这就是生活。因为我们几乎不可能从从这个世界的大块中提取出的辛苦而长久的辛劳中提取出它那小而有价值的精子。然后，在疲倦的忍耐中，将自己从污秽中解脱出来，学会在这里居住在心灵洁净的住所中；当她吹到那里时，这很难做到！-鬼魂被喷涌而出，我们驶去与另一个世界作战，并再次经历了年轻人一生的老套路。

哦！精神病！哦！毕达哥拉斯（）在两千多年前的明亮希腊死了，真是太好了，太明智了，太温和了；我上次航行时与您一起沿着秘鲁海岸航行，而且，愚蠢的我教了您，一个绿色的简单男孩，如何把绳子绑起来！

第99章。

现在，人们已经知道，阿哈卜将如何步入四分之一甲板，在双子座和主桅上任意一个限度进行常规转弯。但是，在其他许多需要叙述的事物中，并没有增加有时候在这些步行中，当他心情最沉迷时，他不会在每个地方轮流停下来，站在那里奇怪地注视着面前的特定物体。当他在罗勒前停下脚步，将目光固定在罗盘上的尖针上时，这种目光像标枪一样射出，其目的是尖锐的。当他恢复行走时，他又一次在主体桅杆前停下了脚步，然后，同样的铆钉眼神凝视着那只铆钉的金币，他仍然戴着钉牢的坚固性，只是带着某种狂野的渴望，即使不是希望。

但是一个早晨，转过身来的杜布隆，他似乎被刻在上面的怪异人物和铭文所吸引，好像现在是第一次第一次以某种狂躁的方式为自己诠释了什么潜伏在其中。某些意义潜伏在所有事物中，否则所有事物都毫无价值，整个世界本身只是一个空的密码，除了像在波士顿周围的山丘上那样，用马车出售时，以银河填满了一些泥沼。

现在，这个魁北克是最纯净的原始黄金，从华丽的群山之地掠过，从东西往西，在金色的沙滩上流淌着许多仙人掌的源头。尽管现在钉在铁螺栓的所有生锈和铜钉的鲜绿色之中，但是，尽管它触手可及且无污染，但仍然保留了基多的光芒。尽管虽然被无情的船员所困，每小时都被无情的双手掠过，在漫长的夜晚笼罩着浓浓的黑暗，这可能掩盖了任何偷窃的手段，但是，每次日出都在日落时分找到了杜布隆。因为它被分开并圣化到一个令人敬畏的目的；然而无论如何，水手们肆意肆意地将其视作白鲸的护身符。有时他们晚上在疲惫的手表上谈论它，想知道最后是谁，以及他是否愿意花钱。

现在，南美洲那些高贵的金币被用作太阳和热带令牌的纪念章。这里是棕榈树，羊驼和火山；太阳的盘和星星；黄道，大量的角和挥舞着丰富的横幅的东西上都印着丰富的文字；因此，这种珍贵的黄金似乎会穿过那些奇特的西班牙诗般的薄荷糖，从而几乎增添珍贵并增强荣耀。

很有可能，的是这些事情中最富有的例子。在它的圆形边框上贴着字母，厄瓜多尔共和国：基多。因此，这枚明亮的硬币来自种植在世界中部，位于大赤道下方的国家，并以此命名。它被浇在安第斯山脉中部，在不衰的不知秋天的气候中。通过这些字母划分，您看到了三个安第斯山脉峰会的相似之处；从一个火焰；另一个塔 第三只是打鸣的公鸡；拱形拱顶是分割的十二生肖的一部分，所有的标志都标有通常的俗套，梯形的太阳进入天秤座的等点。

在此赤道硬币之前，不是别人所没有看到的现在暂停了。

"山顶和塔楼，以及其他所有宏伟而崇高的东西，总是有些自负；在这里，三个山峰像路西法一样引以为傲。坚固的塔楼，就是；火山，就是；勇敢的，毫不畏惧而又胜利的家禽，也都是阿哈卜；所有人都是阿哈卜；而这个圆形的黄金不过是圆形地球仪的图像，就像魔术师的玻璃杯一样，对每个人而言，反过来又映出了自己的神秘色彩自我，痛苦，对那些要求世界解决它们的人来说微不足道；它无法解决自己；现在这个被创造的太阳戴着红润的脸；但是，瞧，他进入了暴风雨的迹象，春分！几个月前，他在白羊座上摆脱了以前的春分点；从一场暴风雨到一场暴风雨！那么就这样吧。出生在痛中，"很合适，那个人应该生活在痛苦中，在痛苦中死去！那么就这样吧，那么！继续努力吧，那就这样吧。"

"没有哪只妖精的手指可以压金了，但是魔鬼的爪子必须从昨天开始就把铸模留在那里了。"星巴克喃喃自语，靠着堡垒。"老人似乎读过伯沙撒的可怕著作。我从来没有仔细检查过硬币。他走到下面；让我读一下。在三个巨大的守天峰之间的一个黑暗山谷，几乎是三位一体的象征，有一些淡淡的尘世象征……因此，在这死亡之谷中，上帝束缚着我们；在我们的整个阴暗中，公义的阳光仍然照耀着灯塔和希望。如果我们弯下双眼，黑暗的谷表明她发霉的土壤；但是如果我们抬起头，他们，灿烂的阳光在半路上满足了我们的目光，让他们欢呼雀跃，但是，哦，那灿烂的阳光还没有定下来；如果在午夜时分，我们想从他那里抢走些甜蜜的慰藉，我们白白地凝视着他！明智地，温和地，真实地讲，但对我仍然可悲。我将放弃它，以免真相误导我。"

"现在有个老大佬，"尝试过的工作人员孤立地说道，"他一直在给它树枝；星巴克从那儿走了，而且两个人的脸我都应该说在9英寻长以内。"在一块黄金上，我现在把它放在黑人山上或在科拉尔的钩子上，我不会花很长时间去看它，哼哼！我可怜，微不足道的观点，我认为这很奇怪。在我的航海旅程中见过以前的；您的旧西班牙的，秘鲁的，辣椒的，玻利维亚的，的；以及大量的金饰和手枪，乔斯和半乔，以及大约四分之一星期的赤道，那么在这个赤道的半人马座中到底会发生什么，真是令人震惊呢？！让我读一次。！这是真正的迹象和奇观！那现在是他缩影中的旧弓箭了。黄道十二宫，以及我下面的历书叫同上。我将得到历书，正如我所听到的 可以使用的算法提高魔鬼的力量，我将尝试在马萨诸塞州的历法中从这些奇怪的观点中提高意义。这是书。让我们现在来看。标志和奇观；和太阳，他总是在他们之中。下摆，下摆，下摆；他们在这里-他们去了-全部活着：-白羊座或公羊；金牛座，还是公牛和吉米米！这是双子座本人，还是双胞胎。好；他在他们中间转过的太阳。是的，在硬币上，他刚刚越过环形的十二个客厅中的两个客厅之间的门槛。书！你躺在那儿；事实是，您的书必须知道您的位置。您会尽力向我们提供裸露的言语和事实，但我们会提供想法。就马萨诸塞州的日历，鲍迪奇的导航仪和达博尔的算术而言，那是我的小经验。标志和奇迹，是吗？可惜如果没有奇妙的迹象，没有奇妙的迹象！某处有一个线索；等一会儿；历史—哈克！乔夫，我知道了！看着你，杜布隆，你的十二生肖是人类生命的一章。现在我将直接从书中阅读。来。！开始：有白羊座或公羊-好色的狗，他生了我们。然后，金牛座或公牛–他首先碰到我们；然后是双子座，或双胞胎-即美德与邪恶；我们尽力达到美德的目的！来了螃蟹癌，把我们拖了回来；在这里，狮子座，咆哮的狮子，从美德出发，走在小径上。他用爪子狠狠地咬了几口。我们逃跑了，处女处女，处女！那是我们的初恋；当流行音乐来到天秤座或天平时，我们结婚并认为应该为幸福而高兴-幸福感被压迫而感到缺乏。虽然我们对此感到非常难过，但是上帝！我们是如何突然跳开的，就像天蝎座或蝎子一样，将我们刺向后方；我们正在治愈伤口，当箭头飞过来时，射手座或弓箭手在逗自己。当我们拔出轴时，请站在一边！这是攻城槌，摩座或山羊；完全倾斜，他冲来，我们被甩头了；当水瓶座或盛水的人倒出他全部的洪水而淹死我们时；和双鱼或鱼共舞，我们入睡。现在有一条布道，写在高高的天堂，每年都有阳光穿过，但仍然充满生气和活力。他高高兴兴地在辛苦和麻烦中挣扎。因此，在这里，快活的短管轴确实如此。哦，快活的意思是赞成！阿迪厄，杜布隆！但是停下来 这里是小国王哨所；现在避开尝试工作，让我们听听他必须说些什么。那里; 他之前 他现在会带些东西。普通; 他开始了。"

"我在这里什么也没看到，只有一个金制的圆形物品，而且举起鲸鱼的人，这个圆形物品都属于他。所以，这一切都在发生什么呢？它值十六美元，是真的；两分钱雪茄，那是九百六十支雪茄。我不会抽抽抽烟斗等肮脏的烟斗，但我喜欢雪茄，这是九百六十支；所以这里放着高筒把它们窥探出来。"

"现在，我该称其为明智还是愚蠢；如果真的很聪明，它看起来就很愚蠢；但是，如果真的很愚蠢，那么它看上去就有点明智了。但是，真是太聪明了；我们来了老曼克斯曼-老灵车司机，他一定是去过海之前。他在前晕了过去；你好，然后在桅杆的另一侧走来走去；为什么有一匹马-鞋钉在那边；现在他又回来了；那是什么意思呢？哈克！他喃喃自语-声音像旧的破旧的咖啡机。刺耳，听着！"

"如果举起白鲸，那一定是一个月又一天，当太阳升起在这些标志中的某个标志上。我已经研究了标志，并且知道了它们的标志；两年前，他们被教给我了哥本哈根的老巫婆，现在，太阳将以什么符号出现？马蹄形标志；因为它正好在黄金对面，什么是马蹄形标志？狮子是马蹄形标志-咆哮和吞噬的狮子。船，旧船！我的老头摇了摇想着你。"

"现在有另一个渲染；但是仍然是一个文本。您会看到一种世界中的各种男人。再次闪躲！（所有的纹身）都看起来像十二生肖本人的标志。食人族怎么说？我我在想，他正在比较笔记；看他的大腿骨头；认为太阳在大腿，小腿或肠子里，就像老女人在谈论乡下的外科医生的天文学一样。大腿附近有东西-我猜是射手座或弓箭手。不：他不知道怎么做；他把它当作是一些国王拖网渔船的纽扣，但是，又放在一边！那个鬼魂魔鬼来了，联邦政府；尾巴像往常一样盘绕，视线像往常一样在泵的脚趾上，他的表情说什么呢？硬币上有太阳-拜火者，依靠它。！越来越多。这种点子来了-可怜的男孩！他会死吗，或者我；他半小时 对我。他也一直在看所有这些口译员（包括我自己在内），现在，他带着那白白的白痴面孔开始阅读。再次站起来，听听他的声音。！"

"我看，你看，他看；我们看，你们看，他们看。"

"在我的灵魂上，他一直在研究默里的语法！改善他的思想，可怜的家伙！但是他现在说的是什么-历史！"

"我看，你看，他看；我们看，你们看，他们看。"

"为什么，他再一次得到了他的帮助-历史！"

"我看，你看，他看；我们看，你们看，他们看。"

"好吧，这很有趣。"

"还有我，您和他；我们，你们和他们都是蝙蝠；我是一只乌鸦，尤其是当我站在这里的这棵松树的顶部时。！！！！！！！！"！不是乌鸦吗？惊恐乌鸦在哪里？"他站在那里；两根骨头扎在一对旧拖网渔船上，另外两根戳在旧外套的袖子上。"

"想知道他是否意味着我吗？—免费！—小伙子！—我可以吊死自己。无论如何，就目前而言，我将离开的附近。我可以忍受其余的，因为他们的才华横溢；但是他也一样为我的理智而疯狂的机智。所以，我让他喃喃自语。"

"这是船上的肚脐，这里是杜布隆，他们全都着火要拧开它。但是，拧开你的肚脐，会有什么后果？然后再说一遍，如果它留在这里，那也是丑陋的，因为被钉到桅杆上的迹象表明事情变得绝望了。哈哈哈！老阿卜卜！白鲸;他会钉住！这是一棵松树。我父亲在旧托兰县一次砍伐一棵松树，发现一个银环长在上面；一些旧的达基的结婚戒指，它是怎么到那里去的，所以他们会在复活中说，当他们来钓鱼这个旧桅杆时，发现里面放着一个双层床，上面铺着被褥哦，黄金，珍贵，珍贵的黄金，绿色，很快就会积了！他，他，他！神在世界上黑莓中蒸煮，煮，煮，煮，煮！嘿，嘿，嘿，嘿，嘿，詹妮，詹妮！完成头吧！"

第100章。腿和手臂。

楠塔基特的脚步与伦敦的塞缪尔·恩德比相遇。

"船，嗨！还没看见白鲸吗？"

如此哭泣的阿哈卜，再一次向一艘显示英国色彩的船航行，直下船尾。老人小号到嘴，站在他悬挂的四分之一船上，象牙的腿清楚地向陌生的船长露出，船长不小心斜倚在自己的船头上。他是一个黝黑，黝黑，魁梧，善良，好看的人，大约六十岁左右，穿着一个宽敞的环形交叉路口，周围挂着蓝色飞行员布花彩。外套的一根空臂从他身后流下来，就像轻骑兵外套的编织臂。

"快去看白鲸了！"

"看到这个吗？" 然后将其从隐藏起来的褶皱中撤出，他举起一条白手臂的抹香鲸骨头，末端是木槌，像槌子一样。

"把我的船给我！" 阿哈卜浮躁地哭了起来，在他旁边的桨上折腾着-"站下来降低！"

在不到一分钟的时间内，他和他的船员没有退出他的小艇，就掉到了水里，很快就和那个陌生人在一起。但是这里出现了一个奇怪的困难。在这一刻的激动中，阿哈卜忘记了，自从失去腿以来，他再也没有踩过海上的任何船只，只有他自己的，所以这总是通过一种独特的，巧妙的机械便利来完成的。，并且暂时不要将其吊装在其他任何船只中。现在，除了像鲸鱼这样几乎每小时都习惯的人之外，对于任何人来说，要从公海上的船上爬上船侧都不是一件容易的事。因为现在大浪将船高高地推向舷墙，然后立即将船降到了凯尔森河的一半。因此，被剥夺了一条腿，而这艘奇怪的船当然完全没有被善意的发明提供，现在再次发现自己沦为笨拙的地主。绝望地望着他几乎没有希望达到的变化多端的身高。

也许以前曾暗示过，让他感到难过的每一种小事，都是由于他不幸的不幸而间接产生的，几乎总是使他恼怒或生气。在目前的情况下，这只奇怪的船的两名船员的视线越过侧面，被钉在船上的钉子的竖梯直爬到他身上，并向他挥舞着一对装饰高雅的人的绳索，这一切都得到了加强。因为起初他们似乎没有想到他们认为单脚男人一定太残废了，无法使用海竿。但是这种尴尬只持续了一分钟，因为那位陌生的队长一眼就看清了事态发展，便喊道："我明白了，我明白了！"

碰巧的是，他们前一两天吃了一条鲸鱼，高高的铲球仍在高处，巨大而弯曲的润滑脂钩（如今已经干了）仍然附着在末端。这很快就降为阿哈卜了，阿哈卜立刻理解了这一切，将他的大腿滑到了钩子的弯曲处（就像坐在锚点或苹果树的中），然后给出了这个词。紧紧抓住自己，同时还通过将手移到滑车的一个跑动部分上来帮助提升自己的体重。不久，他被小心地摆在高高的堡垒中，然后轻轻落在绞盘头上。象牙的手臂坦率地向前踢，另一位船长前进，然后缩成一团，伸出象牙的腿，然后像海象一样越过象牙的手臂（像两把剑鱼刀一样）喊道："是的，是的，爽朗！！让我们一起摇动骨头！——一条胳膊和一条腿！——一条永远无法收缩的手臂，亲眼所见；以及一条永远无法运行的腿。您在哪里看到白鲸？"

"白鲸。"英国人说，把象牙的手臂指向东方，沿着它粗鲁地看了一眼，好像那是一架望远镜。"上个赛季我在线上见过他。"

"他把那只胳膊脱了，对吗？"问道，他现在从绞盘上滑下来，靠在英国人的肩膀上，就像他这样做的那样。

"是的，至少是他造成的；那条腿也是吗？"

"向我纺纱，"阿哈卜说。"它曾是怎样的？"

这位英国人开始说："这是我一生中第一次乘船游览。""当时我对白鲸一无所知。好吧，有一天我们降下了四四头或五头鲸的豆荚，我的船系上了其中的一头；他也是一头普通的马戏团马，他在铣削和铣削这样一来，我的船员只能将船尾全部靠在舷外舷上，以修剪盘子。目前从海底向上突破的是一条巨大的鲸鱼，头上有乳白色的头和驼峰，鱼尾纹和鱼尾纹。皱纹。"

"是他，是他！"阿哈卜哭了起来，突然间屏住了呼吸。

"鱼叉粘在他的右舷鳍附近。"

"是的，是的-他们是我的-我的铁杆，"狂喜的喊道-"但是！"

"那么，给我一次机会，"英国人高兴地说。"好吧，这位老头祖父，头白而驼峰，把所有泡沫都塞进了豆荚，然后疯狂地冲向我的快线！

"是的，我明白了！-想要分开；放开快鱼-一个老把戏-我认识他。"

"这是怎么回事，"单臂指挥官继续说，"我不知道；但是在咬线时，它被他的牙齿弄污了，以某种方式被抓住了；但是那时我们还不知道；所以当我们然后跳上路线，弹跳起来，我们变得饱满了，而不是其他的鲸鱼；那变成了迎风，所有人都在颤抖，看看事情如何发展，这是多么伟大的大鲸鱼，这是我有史以来最伟大，最大的鲸鱼。先生，先生，在我的一生中看到了-尽管他似乎发脾气，但我还是下定决心要抓他。他以为偶然危险线会松动，或者缠结的牙齿可能会拉长（因为我有一个乘船的魔鬼拉一条鲸线）；看到这一切，我说，我跳进了我的大副的船上-芒特普特先生在这里（顺便说一句，船长-登顶；山顶-船长）；-就像我说的那样，我跳进了座舱的船上，在那儿，我发现那是我的船舷和船舷；然后抢走了第一只鱼叉，让这位老曾祖父接过它。先生，您-活着的灵魂，男人-下一刻，在跳动中，我像蝙蝠一样失明了-两只眼睛都注视着-充满了黑色泡沫，仿佛从中消失了-鲸鱼的尾巴正直伸出来，垂直于空气像大理石的尖顶。那就没用了。但是当我正中午摸索时，阳光灿烂，所有皇冠上的珠宝；当我摸索时，我说，是在第二把铁之后，把它扔到船外—尾巴像利马塔一样降下来，把我的船切成两半，每半切成碎片。然后，首先是皱纹，白色的驼峰从残骸中退了下来，好像所有碎屑一样。我们都被淘汰了。为了逃避他可怕的爆炸，我抓住了我的鱼叉杆，他像一口吸吮的鱼一样紧紧抓住了。但是那波涛汹涌的大海使我冲了下来，同时，那条向前飞了好镖的鱼像一刹那般落下。被诅咒的第二根铁钩刺在我附近的钩子把我抓住了（在他的肩膀下面拍了拍他的手）；"是的，我就把我抓住在这里，让我一直到地狱的火焰，我在想。突然间，感谢上帝，当倒钩沿着肉体行进时-在我的整个手臂上清晰可见-在我的手腕附近露出来，然后我浮起；-那位先生会告诉你其余的您（顺便说一下，上尉，邦格博士，船上的外科医生：邦格，我的小伙子，上尉）。现在，邦格小子，把你的部分纱线旋转起来。"

因此，这位专业的绅士经常指出，他一直站在他们旁边，看不到任何具体的东西，以表明他在船上的绅士风度。他的脸非常圆，但清醒。他穿着一件褪色的蓝色羊毛上衣或衬衫，以及修好的拖网渔船。到目前为止，他一直将注意力集中在一只手握住的鱼叉和另一只手握住的药丸盒中，偶尔对这两个残缺的船长的象牙肢体投下严厉的目光。但是，在上级把他介绍给时，他礼貌地鞠了一躬，然后继续进行队长的竞标。

鲸鱼外科医生说："那是一个令人震惊的坏伤口。""然后，按照我的建议，在这里，婴儿潮一代船长站在我们的老傻瓜面前-"

"塞缪尔·恩德比是我的船名，"单臂船长打断了阿哈卜的讲话。"继续，男孩。"

"让我们的老傻瓜向北走去，以摆脱线路上炎热的天气。但这没用-我已竭尽所能；晚上与他坐起来；在与他的关系非常严峻的问题上饮食-"

"哦，非常严厉！"病人自己发出的声音 然后突然改变了声音，"每天晚上和我一起喝热朗姆酒，直到他看不到要戴绷带；并在大约凌晨三点半半送我上床睡觉。哦，是的明星们！他确实和我一起坐了，而且我的饮食非常严格。哦，一个伟大的守望者，而且在饮食方面也非常严格，是邦格博士。（保险杠，你的狗，大笑！为什么不呢？你知道吗？你是个珍贵的欢乐流氓。）但是，男孩，我宁愿被杀死，也不愿被其他任何人活着。"

"我的队长，您肯定是个受人尊敬的先生" —这位顽皮的敬虔的堡，略微鞠躬，说道— "有时容易取笑；他使我们旋转了许多此类聪明的东西。但是我可能还要说-像法国人所说的那样-我本人-就是牧师牧师后期的杰克·邦格-一个严格的完全节制的人；我从不喝酒，"

"水！" 队长哭了；"他从不喝酒；这很适合他；淡水使他陷入恐惧症；但继续吧-继续谈一下手臂的故事。"

"是的，我也一样。" 外科医生冷静地说。"先生，我是要观察一下，在我的最佳努力和最严厉努力之前，鲍勃船长的恶作剧中断之前，伤口不断恶化；事实是，先生，这是外科医生所见过的丑陋而张开的伤口；它长了两英尺又几英寸，我用铅线测量了它，总之，它变成了黑色；我知道受到威胁的东西，然后它就降下来了，但是我没有手把那只象牙臂运到那儿；那东西对所有人不利规则"（用马刺钉指着它）""这是船长的工作，而不是我的；他命令木匠制造它；他把那把木槌锤打到底，用我的脑袋打倒了，我想，就像他曾经尝试过的那样。有时他会飞向恶魔般的激情。先生，您看到这个凹痕了吗？" "脱下帽子，一边梳理头发，在颅骨中露出碗状的腔，但丝毫没有恐怖的痕迹，或者曾经有过伤痕的痕迹- "嗯，那里的船长会告诉你那是怎么回事；他知道。"

"不，我不，" 船长说，"但他的母亲却出生了；他是与生的。哦，你这个庄严的流氓，你-你这个笨蛋！在水世界里还有这样的笨蛋吗？你死了，你应该死在泡菜中，你死了；你应该保存到以后的年龄，你无赖。"

"白鲸变成了什么？" 现在哭泣的阿哈卜，到目前为止，他一直不耐烦地听着两个英国人之间的旁白。

"哦！" 单臂船长喊道："哦，是的！好；他响起后，我们已经有一段时间没有再见到他了；事实上，正如我之前暗示的那样，我当时不知道那是什么鲸鱼我真是个俩，直到之后的一段时间，当回到电话线上时，我们听说了白鲸迪克（有人叫他），然后我知道是他。"

"你又越过他的尾巴了吗？"

"两次。"

"但是不能系好吗？"

"不想尝试：一个肢体不够？没有另一只手臂我该怎么办？我在想，白鲸迪克不会像他吞咽那样咬人。"

"好吧，" 邦格打断道，"给他你的左臂，让饵获得正确的东西。先生们，你知道吗？" –认真而数学地向每位船长鞠躬，"先生们，你知道鲸鱼的器官是如此奇妙地由上帝的天意所构筑，以至于他甚至完全不可能消化一个人的手臂吗？他也知道这一点，所以你对白鲸的恶意只不过是他的尴尬而已。从来都不意味着吞下一条肢体；他只想吓人，但有时他就像是老杂耍家伙，以前是锡兰的一名病人，使人相信吞咽的杰克刀，从前让一个人掉下来他认真地待在那儿，在那里果了十二个月或更长时间；当我给他一个催吐剂时，他用小头钉把它拉起来，德耶，他没办法消化那把杰克刀，并且完全将其整合到他的全身系统中。对此有足够的知识，并有一个心态去典当一只手臂，以便有特权给另一只手臂像样的葬礼，为什么在这种情况下，该手臂属于您？只是让鲸鱼不久之后有另一个机会在您身上，仅此而已。"

英国船长说："不，谢谢，头，他很欢迎他拥有的那只手臂，因为我无能为力，那时我也不认识他；但是对另一只不行。" 我；我曾经为他降低过一次，那让我感到满足。我知道杀死他会很有荣耀；他里面有一船珍贵的精子，但是，老兄，他最好让独自一人；您不这样认为吗，船长？"-掠过象牙腿。

"他是。但是他仍然会被追捕。所有最好的是，最别说的是，那个被指责的事情并不总是最吸引人的。他全都是磁铁！自从你最后一次见到他多久了？走哪条路？"

邦格喊道，"保佑我的灵魂，诅咒恶魔的灵魂，"他弯下腰绕在艾哈卜山上，像狗一样，鼻涕。"这个人的血-带温度计！-沸点！-他的脉搏使这些木板跳动！-先生！"-从他的口袋里刺血针，靠近的手臂。

"真好！"阿哈卜咆哮着，冲向堡垒，"船来了！走哪条路？"

"天哪！"英国队长哭了，问了这个问题。"怎么了？我想他正在往东走。——你的队长疯了吗？"窃窃私语。

但联邦政府将手指放在嘴唇上，在舷墙上滑行，以抓住船的操纵桨，而阿哈卜（）向他摆动刀，命令该船的水手们站下来放下。

过了一会儿，他站在船尾，马尼拉人如鱼得水。英国队长徒劳地向他致意。背对着陌生人的船，脸上像火石一样站着，直立在脚架旁。

第101章：水器。

英国船从伦敦驶来，就在这艘英国船停泊在这里的时候，这艘英国船从视线中消失了，并以那座城市的商人塞缪尔·恩德比（　）的名字命名，那是著名的安德比和儿子的捕鲸屋的原址。从真正的历史利益出发，我的可怜的鲸鱼认为，这所房子远不及都铎王朝和波旁王朝的王室。在我们的领主1775年之前，这座巨大的捕鲸屋存在了多长时间，我的大量鱼类文件都没有弄清楚。但是在那年（1775年），它装配了有史以来第一批定期捕猎抹香鲸的英国船只；尽管早在数年之前（自1726年以来），我们英勇的楠塔基特岛棺材和大杂烩和葡萄园就已在大型舰队中追击这种巨兽，但仅限于北大西洋和南大西洋：在其他地方则没有。在这里有明确记载的是，楠塔基特人是人类中第一个用文明钢来捕杀抹香鲸的人。在半个世纪的时间里，他们是全世界唯一一个如此垂涎他的人。

1778年，一艘名为的精致船被装上以达到明确的目的，并由蓬勃的斗角牛角独自担负着蓬勃的的号召，并且是世界上第一艘降落任何种类的鲸鱼船的国家。大南海。这次航行是熟练而幸运的。回到她的泊位后，她手里充满了珍贵的精子，很快，其他英国人和美国人的船也跟随着阿米莉亚的榜样，因此太平洋上广阔的抹香鲸场也被打开了。但是不满足于这种好行为，这幢不朽的房子再次充满了敬意：塞缪尔和他的所有儿子-多少，他们的母亲只知道-并且在他们的直接主持下，部分地，我认为英国政府被诱使了他们的利益派遣捕猎徒乘捕鲸之旅前往南海。响尾蛇是由海军后尉指挥的，对它进行了不停的航行，并做了一些服务。多少没有出现。但这并不是全部。1819年，同一所房子装配了自己的发现鲸船，前往日本偏远水域进行品尝巡游。那艘船（俗称"塞伦"号）进行了一次崇高的实验巡航；因此，日本的伟大捕鲸场首先广为人知。在这次著名的航行中，叙利亚人是由一名船长棺材指挥的，他是南特克特。

因此，所有荣誉都归功于收款人，我认为他们的房子存在到今天；尽管毫无疑问，原始的撒母耳很早以前就已经滑过他的缆索前往另一个世界的南海。

以他的名字命名的船是值得尊敬的，是一位非常快的航海者，并且在各方面都高贵。我半夜在巴塔哥尼亚海岸的某个地方登上了她，并在前楼喝了好酒。这是我们的一门好游戏，而且他们都是王牌-每个船上的灵魂。他们的生命短暂，而乐死。在那年老用象牙般的脚跟碰到她的木板很久很久以后，我得到的那笔精美的游戏使我想到那艘船高贵，扎实，撒克逊式的好客。也许我的牧师忘记了我，魔鬼也记住了我，如果我忘记了的话。翻转？我说我们有翻转吗？是的，我们以每小时十加仑的速度翻转它；当狂风来了（因为巴塔哥尼亚正在狂风吹到那里），所有的人，包括访客和所有人，都被召到礁顶帆上，我们是如此的头重脚轻，以至于我们不得不在船首高低地互相摇摆。我们无知地将夹克的裙摆收起帆，让我们吊在那儿，在叫的大风中快速礁石，这对所有醉酒的柏油都是一个警告。但是，桅杆并没有落水；渐渐地，我们清醒地爬下来，以至于我们不得不再次通过翻转，尽管野蛮的盐雾冲破了前庭的小炮弹，但稀释得太多并腌制到了我的口味。

牛肉很好吃-坚韧，但里面有肉。他们说那是牛。其他人则是单峰牛肉；但我不确定，那是怎么回事。他们也有饺子；小但坚固，对称的球形且坚不可摧的饺子。我幻想您会感觉到它们，并在它们被吞下后在您内滚动。如果您弯腰弯腰太远，您可能会像台球一样冒着他们投球的危险。面包，但无济于事；此外，这是一种反腐败行为。简而言之，面包是他们唯一拥有的新鲜食品。但是前庭不是很轻，吃起来很容易跨入一个黑暗的角落。但总而言之，考虑到厨师的锅具尺寸，包括他自己的活羊皮锅炉，她从卡车上走到掌舵。我说，塞缪尔·恩德比的前后是一艘快艇。物美价廉；轻弹且结实；破解所有人，资本从靴子到帽带。

但是，是的，为什么会这样呢，我想，塞缪尔·恩德比和我认识的其他一些英国捕鲸者-尽管不是全部-都是如此著名的好客的船。绕过牛肉，面包，罐头和笑话；不久之后就厌倦了饮食、喝酒和笑吗？我会告诉你。这些英国捕鲸者的大量欢呼声与历史研究息息相关。在似乎需要的时候，我也丝毫没有保留过鲸的历史研究。

在鲸鱼捕捞活动中，荷兰人，捷克人和丹麦人先于英语。他们从中得出许多在渔业中仍然存在的术语；更重要的是，他们那胖胖的旧时尚，动人的饮食美感。因为，通常来说，英国商船使她的船员受尽折磨；但英国捕鲸者却不是。因此，用英语来说，"打招呼"并不是正常和自然的，而是偶然的和特殊的；因此，它必须具有某些特殊的起源，在此指出，并将进一步阐明。

在研究利比亚历史的过程中，我偶然发现了一个古老的荷兰文集，通过发霉的捕鲸味，我知道它一定是尖于捕鲸者的。标题是""，因此我得出结论，这一定是渔业中某些阿姆斯特丹库珀的宝贵回忆录，因为每艘鲸船都必须携带其库珀。看到这是一支"费兹水锤"的产物，我对此感到更加坚定。但是我的朋友博士，一个学识渊博的人，圣诞老人和圣保罗大学的低荷兰语教授和高级德语。我把工作交给了波特的翻译，为他的麻烦给了他一盒精液蜡烛。傻傻的家伙，他一看书就向我保证，"丹·库普曼"不是"库珀"，而是"商人"。简而言之，这本古老而学识渊博的荷兰语低俗书是尖于荷兰商业的。除其他主题外，还有尖于鲸鱼捕捞的非常有趣的记载。在本章中，我以"肥胖"或"肥胖"为标题，找到了详细的清单，列出了180头荷兰鲸鱼的储藏室和酒窖的服装。从哪个列表，由博士翻译。，我抄录了以下内容：

400,000磅 牛肉。60,000磅 弗里斯兰猪肉。150,000磅 库存鱼。550,000磅 饼干。72,000磅 软面包。2800克黄油。20,000磅 纹素和莱顿奶酪。144,000磅 奶酪（可能是劣等品）。日内瓦550名。10,800桶啤酒。

大多数统计表在读数上非常干燥。但是，在当前情况下情况并非如此，在这里，阅读器充满了整口的烟斗，酒桶，夸脱酒和杜松子酒，并带有良好的杜松子酒。

当时，我花了三天的时间对所有这些啤酒，牛肉和面包进行了精心的消化，在此期间，偶然地向我提出了许多深刻的思想，这些思想能够超越先验和柏拉图式应用。而且，我自己编写了补充表，触及了那座古老的格陵兰和斯匹次卑尔根鱼捕捞业中每个低荷兰鱼叉捕捞者可能食用的鱼类种群等。首先，黄油的用量以及和奶酪的消耗量看起来非常惊人。不过，我将其归因于他们天生的朴实本性，由于他们的职业性质，尤其是由于他们在那寒冷的极地海洋中追求游戏而变得更加朴实，在那座充满欢乐的当地人承诺的埃斯基莫国家的海岸上彼此在火车油的保险杠。

啤酒的数量也非常大，为10,800桶。现在，由于那些极地渔业只能在那短短的夏季被起诉，因此，这些荷兰鲸鱼之一的整个航行，包括往返斯皮次卑尔根海的短途航行，都不会超过三个月，例如：按照每艘180帆的船队计算，有30名船员，我们总共有5,400名低荷兰船员；因此，我说，我们每个人正好有两桶啤酒，可以享受十二周的津贴，这不包括他在550支杜松子酒中的合理比例。现在，这些杜松子酒和啤酒鱼叉装扮者是否像他们可能想像的那样被弄糊涂了，这些人是合适的人，他们可以站到船头上，并瞄准飞鲸。这似乎不太可能。但是他们确实瞄准了他们，也击中了他们。记住，这是北边很远的地方，啤酒与宪法很吻合。在赤道上，在我们南部的渔业中，啤酒很容易使鱼叉人在桅杆上昏昏欲睡，在船上醉。楠塔基特和新贝德福德可能会造成巨大损失。

但没有更多 已有足够的证据表明，两三个世纪以前的荷兰捕鲸者是高肝。而且英国捕鲸者也没有忽略如此出色的榜样。因为，例如他们说，在空船中巡航时，如果您无法从世界上得到更好的食物，至少要从那里得到一顿丰盛的晚餐。这倒空了水器。

第102章。

迄今为止，在描述性地治疗抹香鲸时，我主要是沉迷于其外表奇观。或分别详细介绍一些内部结构特征。但是对于他的全面而全面的了解，我现在应该进一步解开他的脚，解开软管的点，解开吊袜带，松开钩子和最深的骨头尖节的眼睛，他的最后通在你面前；也就是说，在他无条件的骨骼中。

可是现在，伊施玛尔？作为渔业的桨手，您怎么假装知道鲸的地下部分？是否在您的绞盘上安装了博学的树桩，并进行了有关鲸类解剖学的演讲；并借助锚机举起标本进行展示？解释自己，伊施梅尔。当厨师为烤猪做菜时，您能将成年的鲸鱼降落在甲板上进行检查吗？当然不是。迄今为止，您是一个名副其实的见证人，以实玛利；但是要当心如何独自抓住约拿的特权；劝阻在托梁和横梁上的特权；子，山脊杆，枕木和大头钉，构成了利维坦的骨架；就像他肠子里的牛油桶，乳制品间，黄油和奶酪。

我承认，自从约拿以来，几乎没有鲸鱼渗透到成年鲸皮的下方。但是，我很幸运有机会将他微型化。在我所属的一艘船上，曾经有人将一头幼小的抹香鲸身体吊在甲板上，以供戳戳或放袋，为鱼叉的倒钩和长矛的头部制作护套。认为您让我放过了这个机会，而没有使用我的船用斧头和千斤顶刀，并且打破了封印并阅读了那只幼崽的所有内容吗？

至于我对巨兽骨骼巨大成长过程中的确切知识的了解，我非常珍惜我已故的皇家朋友，的国王，其中一位。由于是在上，几年前，当我与阿尔及尔的贸易船公司建立联系时，我被邀请与领主一起在他退休的位于的棕榈别墅中度过了一次放暑假的假期。距我们水手称之为首都竹镇不远的海边幽谷。

除其他许多优良品质外，我的皇室友人先生对野蛮的所有事情都怀有虔诚的爱，把杂烩中的任何稀有东西都融合了起来，这是他的人民可以发明的。主要是雕刻精美的设备的木材，凿凿的贝壳，长矛镶嵌，昂贵的桨叶，芳香的独木舟；所有这些都分布在自然奇观中，奇异的，致敬的渲染波涛席卷了他的海岸。

后者中的头是一条伟大的抹香鲸，在异常长的狂风过后，它被发现死亡和搁浅，头靠在可可果树上，可可果树的羽毛状簇状下垂似乎是他翠绿的喷气机。当庞大的尸体终于被深深的皱纹剥去，骨头在阳光下变得尘土干时，骨骼才被小心地运送到灰姑娘谷上，那里现在是一个巨大的主棕榈树庇护所。

肋骨上挂着奖杯。椎骨上刻有草的年代志，刻有奇怪的象形文字。祭司在头骨上保持着熄灭的芳香火焰，以至于神秘的头再次散发出蒸气状的水嘴。同时，悬吊在树枝上的神奇下颚在所有奉献者身上颤抖，就像那发辫般地扎着达摩克罗的长发剑。

这真是奇妙的景象。木头像冰冷的青苔的青苔; 树木高高耸立，感到他们活着的树液。下方的勤劳之地就像织机的织布机，上面铺着华丽的地毯，地上的藤蔓形成经线和纬线，而活人则为这些人物献花。所有的树木，以及所有的枝条；所有的灌木，蕨类和草类；传递信息的空气；所有这些不断地活跃着。透过树叶的束带，明媚的阳光仿佛是一架飞梭，编织着疲惫的青翠。哦，忙织工！看不见的织工！—暂停！—一个字！—织物流到哪里？它可以铺在哪个宫殿？为什么所有这些不断的辛劳呢？说话，织女！-握住你的手！-但与你一个字！不，航天飞机飞来飞去，人物从织机上飘下来；冲入地毯的地毯永远滑落。编织神，他编织；编织使他震耳欲聋，听不到任何致命的声音。由于那嗡嗡声，看着织机的我们也耳聋了。只有当我们逃脱它时，我们才会听到通过它说话的数千种声音。即使在所有材料工厂中也是如此。飞梭中听不见的口语；那些相同的话在没有墙壁的情况下清晰地听到，从打开的窗中爆裂。从而发现了坏蛋。啊，凡人！然后，要当心；因此，在这个大世界的所有喧嚣声中，您最微妙的想法可能在远方被窃听了。

如今，在那酸的木材的绿色，永生不息的织布机中，那巨大的，白色的，受人敬拜的骨架躺在其中-一个巨大的闲人！然而，当编织的青翠的经线和绕在他周围混杂并嗡嗡作响时，强大的懒惰者似乎是狡猾的编织者。他本人都用藤蔓编织。每月假设绿色，新鲜的青翠；但他自己却是骨架。生命死了 死亡使生活变得格格不入；这位冷酷的上帝挥霍着青春的生命，并向他乞卷曲的荣耀。

现在，当我带着皇室居室的珍宝去参观这头奇妙的鲸鱼时，看到头骨是一个祭坛，从人工喷气机发出的地方冒出的人造烟雾升起，我惊叹于国王应该将礼拜堂当作垂直雕像。他笑了。但更令我惊讶的是，牧师们应该发誓他那烟熏的喷射是真实的。我在来回走动之前，在这具骨架上–掠过藤蔓–穿过肋骨–并带着一头酸的麻线球，在其蜿蜒的，阴影阴影的柱廊和树荫中徘徊了很久。但是我的电话很快就出来了。然后回去，我从进入的开口处出来。我看不到里面有任何生物。那里什么都没有，但是骨头。

给我砍下一根绿色的量尺，我再次潜入骨骼中。祭司从他们头骨上的箭头缝中看出我正在最后一块肋骨的高度，"怎么了！"他们大喊；"你丈量这是我们的上帝！这是给我们的。" "是的，祭司们，那么，你要等他多久？"但是就在他们中间展开了一场激烈的竞赛，涉及到英尺和英寸。他们用尺子打碎了对方的壁灯，回荡着那头伟大的头骨，并抓住了这个幸运的机会，我迅速得出结论。

现在，我建议将这些评估方法摆在您面前。但首先，要记录一下，在这件事上，我不能随意说出任何幻想的测量。因为您可以参考一些骨架权威来测试我的准确性。他们告诉我，在英格兰的赫尔有一个捕鲸港口博物馆，是该国的捕鲸港口之一，那里有一些精美的鳍背鲸和其他鲸鱼标本。同样，我听说在新罕布什尔州的曼彻斯特博物馆，他们拥有所有人所说的"美国唯一的完美格陵兰或鲸鱼标本"。此外，在英国约克郡伯顿·康斯特的一个地方，一个名叫克拉克·伯德爵士的警官拥有一头抹香鲸的骨骼，但大小适中，绝不代表我的朋友国王的成年规模。。

在这两种情况下，这两个骨架所属的搁浅的鲸鱼最初都是由其所有人以类似的理由提出的。国王抓住他的，因为他想要它；和悬崖先生，因为他是这些地方的重要人物。克拉弗德爵士的鲸鱼一直被清晰地表达出来；这样，您就可以像他的大抽屉柜一样，在他所有的骨腔中打开和尖闭他-像巨大的扇子一样张开他的肋骨-整天在他的下颌上摆动。他的一些活板门和百叶窗上应装有锁；一名侍者将用一堆钥匙在身边向未来的访客展示。克拉弗德爵士想在脊柱低语的画廊里加一便士偷窥。三便士听到小脑凹陷处的回声；从他的额头上可以看到无与伦比的六便士。

我现在要放下的骨架尺寸是从我的右臂上逐字复制的，在那里我做了纹身；就像我当时的野蛮漫游一样，没有其他安全的方法可以保存如此宝贵的统计数据。但是当我挤满了空间，希望我的身体其他部位留一首诗的空白页时，我正在写这首诗-至少，剩下的那些未被纹身的部分-我并没有为自己的奇数英寸而烦恼。实际上，英寸也不应该对鲸鱼进行适度的测量。

第103章鲸鱼骨骼的测量。

首先，我想向您展示一个简单明了的声明，以抚摸这只的鲜活部分，我们将简要介绍一下其骨架。这样的声明在这里可能会有用。

根据我的仔细计算，部分是根据斯科斯比船长的估计，这是六十英尺长的最大尺寸的格陵兰鲸的七十吨；根据我的仔细计算，我说，一条鲸的长度最大，在八十五到九十英尺之间，最大周长不到四十英尺，这条鲸的重量至少为九十吨。这样一来，按十三个人一吨计算，他将大大超过整个一百一十个居民村的总人口。

您是否认为您不应该像那只带轭的牛一样动脑筋，使他完全屈服于任何地主的想象力？

我已经以各种方式将他的头骨、喷口、下巴、牙齿、尾巴、额头、鳍和其他部分摆在了您的面前，现在我简单地指出一下在他通畅的骨头中最有趣的部分。但是由于巨大的头骨包含了整个骨架的很大一部分；因为这是迄今为止最复杂的部分；并且由于在本章中将不重复任何内容，因此在进行操作时，您一定不能忘记它或放在手臂下，否则您将不会获得我们将要看到的一般结构的完整概念。。

从长度上看，抹香鲸的骨骼长为七十二英尺；这样，当他全力投入并延长寿命时，他一定已经九十英尺长了；因为在鲸鱼中，骨骼的长度比活体的长度减少了约五分之一。在这72英尺中，他的头骨和下巴约有20英尺，剩下约50英尺的纯净的中骨。附着在这根骨上的东西，不到其长度的三分之一，是巨大的圆形肋骨，曾经封装了他的生命。

对我来说，这个巨大的象牙棱形的胸部，脊柱长而未松开，直线地向远处延伸，一点也不像是一艘刚放到木桩上的大船的船体，当时只有二十只裸露在船上。插入弓形肋骨，暂时取消龙骨，但是是长而断开的木材。

肋骨在一边十根。第一个从脖子开始，长约六英尺。第二个、第三个和第四个分别依次变长，直到达到第五个或中间的肋骨之一的高潮为止，该肋骨的长度为8英尺和几英寸。从那部分开始，剩下的肋骨逐渐减少，直到第十个，最后一个仅跨越了五英尺和几英寸。在总体厚度上，它们的长度似乎都差不多。中间的肋骨最拱。在某些抗酸剂中，它们被用作横梁，在小溪上架设人行天桥。

在考虑这些肋骨时，我不得不被这种情况重新打动，在本书中如此反复地反复提到，鲸鱼的骨骼绝不是他投资形式的模范。最大的居中肋骨之一，居中，占据了那条鱼的一部分，这是生活中最大的深度。现在，这头鲸的被投资主体的最大深度必须至少为十六英尺；而相应的肋骨只有八英尺。因此，这条肋骨只传达了那部分生命量的真实概念的一半。此外，从某种程度上来说，我现在只看到一条裸露的脊椎，所有这些都被包裹在肉，肌肉，血液和肠子里的大量堆积物中。还有，对于这里的鳍，我在这里只看到了一些混乱的关节。代替了沉重而雄伟却无骨的子，完全是一片空白！

那么，我多么愚蠢而愚蠢的想法是，对于一个胆小而没精打细算的人来说，他只想翻看他那死去的，已腐朽的骨架，就伸延在这片宁静的树林中，试图正确地理解这头奇妙的鲸鱼。没有。只在最快的危险中 只有在他愤怒的骗子的漩涡中时；只有在广阔无的海洋上，才能真正，生动地发现全部投资的鲸鱼。

但是脊椎。为此，我们可以考虑的最好方法是用起重机将骨头向上堆高。没有快速的企业。但是现在完成了，它看起来很像庞培的支柱。

共有四十块奇数的椎骨，它们在骨骼中没有锁在一起。它们大多像哥特式尖塔上巨大的带节块一样躺在，形成坚固的砖石结构。最大的是中间的，宽度小于三英尺，深度大于四个。最小的脊柱逐渐变细成尾巴，宽度只有两英寸，看起来像白色的台球。有人告诉我，那里还有一些较小的东西，但是它们被祭司的孩子们的一些小食人海胆弄丢了，他们偷了他们一起玩大理石。因此，我们看到即使是最大的生物的脊柱最终也逐渐变成了简单的儿童游戏。

第104章化石鲸。

从鲸的巨大体积来看，鲸鱼提供了一个最合适的主题，可以在其上进行放大，放大和大致展示。你愿意，你无法压缩他。凭借良好的权利，他只能在帝王对开本中得到对待。不要再说出自己从鼻梁到尾巴的皮毛，以及他围在腰间的码。只想到他肠子的巨大内卷，它们像巨大的电缆一样躺在他的身上，铁索在战舰的地下甲板上盘绕而去。

由于我已经承诺要处理这个问题，所以我应该批准自己在企业中无所不包。不能忽视他血液中最细微的精液细菌，而是将他甩到肠子的尽头。已经在他目前大多数的栖息地和解剖学特征上对他进行了描述，现在仍然需要以考古学，化石学和前陆动物学的观点来放大他。适用于除以外的任何其他生物（蚂蚁或跳蚤），这样的轻描淡写的用语可能被公正地认为是不必要的大胆。但是，当案文为时，情况发生了变化。我很想在字典中最重要的单词下错开这个字眼。可以这么说，只要在本论文过程中可以方便地咨询一个人，我总是会使用约翰逊（）的四分之一版本，该版本是专门为此目的而购买的；因为那个著名的字典作者个人不常见的个人资料使他更适合汇编像我这样的鲸鱼作家使用的字典。

人们经常听到作家们随着主题的发展而兴高采烈，尽管这似乎只是一个普通的话题。那么，如何与我一起写出这个巨兽？不知不觉中，我的手法就变成了标语大写字母。给我一个秃鹰的鹅毛笔！给我维苏威火山口一个墨水瓶架！朋友，请紧握我的手臂！因为仅仅写下我对这个巨兽思想的举动，他们就使我感到疲倦，并使我对它们广泛的扫除的全面性感到晕眩，仿佛包括了整个科学圈，所有世代的鲸鱼和人类，以及过去，现在和将来的手足动物，以及地球上以及整个宇宙中所有旋转的帝国全景图，不排除其郊区。如此大的主题是大型自由主义主题的优点！我们扩大了规模。要制作一本威武的书，您必须选择一个威武的主题。尽管有许多人尝试过这种跳蚤，但在跳蚤上从来没有写过任何伟大而持久的著作。

在谈到化石鲸鱼这一主题时，我表示自己是地质学家，在此期间，我说我曾是石匠，也是挖沟，运河和水井，酒窖，地窖的好地方，和各种各样的水箱。同样地，我想提醒读者，在早期的地质地层中，发现了如今几乎完全灭绝的怪物化石。随后在第三纪构造中发现的文物似乎是反时限生物与据说远距离后代已进入方舟的生物之间的联系，或至少是相互拦截的联系；迄今为止发现的所有鲸鱼化石均属于第三纪，这是表层形成之前的最后一个。尽管它们都不能精确地回答当前已知的任何物种，但它们在总体上仍与它们足够相似，足以证明它们被视为鲸类化石。

过去三十年间，在阿尔卑斯山的底部，伦巴第，法国，英国，苏格兰和苏格兰，分别以不同的间隔发现了前金刚鹦鹉鲸的分离的破碎化石，它们的骨骼和骨骼碎片。路易斯安那州，密西西比州和阿拉巴马州。对这些残骸更感兴趣的是头骨的一部分，该头骨于1779年在巴黎的多芬街（ ）中解散，一条短街几乎直接通向杜乐丽宫。在拿破仑时代，骨头在挖掘安特卫普的大码头时发生了混乱。库维埃（ ）宣布这些碎片属于某些完全未知的利维坦物种。

但到目前为止，所有鲸类遗迹中最奇妙的是一个灭绝的怪物的几乎完整的巨大骨架，该骨架于1842年在阿拉巴马州的克雷格法官的种植园中发现。附近的敬畏的轻信奴隶把它当作堕落天使之一的骨头。阿拉巴马州的医生宣称它是巨大的爬行动物，并为其赋予了龙类的名字。但是英国解剖学家把它的一些标本骨头从海中捞出来，结果发现这只所谓的爬行动物是鲸，尽管是已灭绝的物种。在这本书中一次又一次地重复着这一事实的重要例证，鲸鱼的骨架提供了家具，但几乎没有任何线索可以说明他的完全投入的身体的形状。欧文因此改头换面了怪物宙格登；在他向伦敦地质学会宣读的论文中，它实质上宣告了地球突变已不复存在的最不寻常的生物之一。

当我站在这些强大的巨兽骨架，头骨，象牙，下颚，肋骨和椎骨中时，它们的特征都与现有的海怪种类有些相似；但与此同时，他们又与灭的逆时针巨兽家族有着相似的亲和力，他们的前辈难以估量。我正因洪水而回到那个奇妙的时期，可以说时间本身已经开始了；时间开始于人。在这里，土星的灰色混乱笼罩着我，使我变得朦胧而颤抖，瞥见那些极地永恒的事物。当楔入的冰堡垒压向现在的热带地区时；在这个世界的所有25,000英里范围内，看不到有人居住的土地。然后整个世界都是鲸鱼的世界；并且，作为创造之王，他沿着安第斯山脉和喜马拉雅山脉的现今路线抛弃了自己。谁能显示出像这样的血统书？阿哈卜的鱼叉比法老流血了。似乎是一个男生。我环顾四周，与闪握手。我对鲸类无法言说的恐怖的这种异端性，无来源的存在感到震惊，因为人类的历史已经过去了，因此必须在所有人类时代结束之后才存在。

但是这个并不是唯一一个在自然定型板块，石灰石和泥灰岩遗留了他的半身遗像中遗留下来的遗迹。但是在埃及的平板电脑上，它的上古时代似乎声称它们具有近乎化石的特征，我们发现他的鳍无误。大约五十年前，在登德尔（ ）大神庙的公寓里，在花岗岩天花板上发现了一个雕塑和彩绘的平面球，上面布满半人马座，狮和海豚，类似于现代天体上怪诞的人物。昔日的利维坦游从他们中间滑过，就像从前一样。在所罗门诞生之前的几个世纪里，有人在那个平流层里游泳吗？

就像古老的巴巴里旅行者约翰·利奥（ ）所设定的那样，在他本已骨灰泥的后现实中，鲸鱼的远古时代也不应被遗忘另一个奇怪的证明。

"在海边不远处，有一座庙宇，其子和横梁是用鲸鱼骨制成的；因为巨大的鲸鱼经常被抛弃在岸上。老百姓想象着，上帝赋予圣殿的秘密力量，鲸鱼不会在没有立即死亡的情况下通过它，但问题的真相是，在圣殿的两边，都有岩石射入海面两英里，并在鲸鱼受伤时将其缠绕它们照亮了它们。它们保持了惊人长度的鲸鱼肋骨创造了奇迹，奇迹般地躺在地面上，其凸出部分在最上面，形成了一个拱形，而人的头在骆驼的背上无法触及。据说罗伯（约翰·里奥说）在我看见之前就已经在那里躺了一百年，他们的历史学家肯定说，一位预言有玛荷特的先知是从这座圣殿来的，而有些人则不敢断言，这位先知乔纳斯（ ）被圣殿底部的鲸鱼赶下。"

在这个非洲的鲸鱼神庙中，我留给读者，如果您是一名南特工和鲸鱼，您将在那里默默地敬拜。

第105章鲸的数量会减少吗？他会灭亡吗？

因此，当这个巨兽从永恒的源头扑向我们时，人们可能会被问到，在他几代人的漫长历程中，他是否没有从最初的父辈中堕落。

但是通过调查我们发现，今天的鲸鱼不仅在数量上要优于那些在第三系中发现化石残留物的鲸鱼（在人类之前经历了一个独特的地质时期），而且在该第三系中发现的鲸鱼也要优于这些鲸鱼。 ，属于后一种构造的那些的尺寸超过了其早期构造的尺寸。

在尚未灭绝的所有预先定居的鲸鱼中，迄今为止最大的是上一章提到的阿拉巴马州，其骨架长度不到七十英尺。然而，我们已经看到，卷尺为大型现代鲸鱼的骨架提供了72英尺的支撑力。我听说，在捕鲸者的授权下，捕鲸时已捕获了近一百英尺长的抹香鲸。

但是，也许不是这样，尽管当前时刻的鲸鱼在数量上比以前的所有地质时期都大。可能不是因为亚当的年代以来他们已经退化了吗？

毫无疑问，如果我们要相信普林尼先生和古代博物学家等先生的话，就必须得出结论。普莱尼（ ）告诉我们，鲸鱼占据了数英亩的生活空间，还有其他鲸鱼的全长800英尺，包括鲸鱼的绳索行走和泰晤士河隧道！甚至在库克的博物学家银行和索兰德时代，我们都发现丹麦科学院院士在120码外放下某些冰岛鲸（雷丹-西斯库尔或起皱的腹部）；即三百六十英尺。法国博物学家莱克佩德（）在其详尽的鲸鱼历史中，在其工作的一开始（第3页）将右鲸放下了一百米（三百二十八英尺）。这项工作出版至1825年。

但是任何鲸鱼人士都会相信这些故事吗？没有。今天的鲸鱼与普利尼时代的祖先一样大。如果我去普利尼住的地方，我，一个鲸鱼（比他还多），会大胆地告诉他。因为我不知道这是怎么回事，虽然在甚至普利尼出生之前就被埋葬了数千年的埃及木乃伊，但在棺材上的测量却不如袜子中的现代肯塔基人那么大。牛和其他动物在最古老的埃及和尼维斯碑上雕刻时，按它们绘制的相对比例，同样清楚地证明了史密斯菲尔德的高等、档饲、有奖的牛不仅相等，而且远远超过了法老王胖子中最胖的人；面对所有这些情况，我不会承认鲸鱼本应退化的所有动物。

但是还有另一个询问。一个经常被更保守的激怒的人。是否由于对鲸鱼桅杆的观察几乎是无所不知，现在是否甚至穿越了贝林的海峡，也进入了世界上最遥远的秘密抽屉和储物柜；遍及整个大陆沿海的一千支鱼叉和长枪；争论的重点是，利维坦是否能长期忍受如此广泛的追逐，以及如此无情的破坏？是否最后不应该将他从水域中消灭，最后的鲸鱼，就像最后一个人一样，抽他的最后一根烟斗，然后在最后的抽吸中蒸发。

将鲸鱼的驼群与水牛的驼群进行了比较，后者在四十年前被伊利诺伊州和密苏里州的成千上万片大草原所覆盖，并摇动了他们的铁鬃毛，并在人口稠密的地方皱着眉头皱着眉头河流资本，现在有礼貌的经纪人以每英寸1美元的价格向您出售土地；在这种比较中，似乎提供了一种不可抗拒的论据，以表明被捕鲸现在无法逃脱迅速灭绝。

但是您必须从各个角度审视此事。尽管前段时间太短了（不是一辈子的好日子），但伊利诺伊州的水牛普查超过了现在伦敦的人口普查，尽管在今天，在该地区没有一只牛角或蹄子存留；尽管造成这种奇妙灭绝的原因是人的长矛；然而，捕鲸的性质却截然不同，因此绝对禁止如此残酷地结束巨兽。一艘船上的四十名男子狩猎抹香鲸四十八个月，认为他们做得非常好，感谢上帝，如果最后他们将四十鱼的油带回家了。相反，在古老的加拿大和印度西部的猎人和陷阱的时代，当遥远的西部（夕阳仍在升起）是一片荒野和处女时，同样数量的流离失所者在相同的月份骑在马背上而不是在船上航行的人，将被杀死的不是四十只，而是四万零八千只。如果需要的话，可以在统计学上说明这一事实。

也不认为，似乎也没有任何论点支持抹香鲸的逐渐灭绝，例如，在前几年（例如上世纪下半叶），这些在小豆荚中的利维坦人经常遇到因此，这次航行的时间并没有那么长，而且报酬也更高。因为，正如在其他地方已经注意到的那样，那些鲸鱼在一定的安全观念的影响下，现在在巨大的商队里游泳，所以在很大程度上，零星的独身者，子和豆荚以及其他学校如今聚集在一起庞大而分散的，不常出现的军队。就这些。同样自负的似乎是自负的，因为所谓的鲸骨鲸不再在过去的许多年困扰着许多地方，因此种类也在减少。因为它们只是从海角驶向海角；并且，如果某个沿海地区的喷气式飞机不再活跃起来，那么，可以肯定的是，最近还有些陌生的景象被陌生的眼镜惊呆了。

此外：关于这些最后提到的巨兽，它们有两个坚固的堡垒，在所有人类的可能性下，它们永远都是坚不可摧的。到了山谷入侵时，霜冻的瑞士人便退回到了山上。因此，从中海的热带稀树草原和林间空地中捕猎的鲸鱼最终只能利用它们的极地堡垒，并在极度玻璃状的屏障和围墙之下潜水，在冰冷的田野和浮冰中浮现；在永恒的12月这个迷人的圈子里，对人类的一切追求表示蔑视。

但是，由于其中50头鲸鱼被捕捞成一只长尾小鹦鹉，因此前堡的一些哲学家得出这样的结论：这种积极的破坏已经严重削弱了他们的营。但是，尽管有一段时间，这些鲸鱼中至少有13,000只每年被美国人杀死在西北海岸。然而，即使在这种情况下，也有一些考虑使这种情况很少甚至没有作为反对意见。

关于地球上更多大型动物的种群数量多少有些怀疑，这是很自然的。然而，当果阿的历史学家哈托告诉我们，一次暹罗国王捕猎了4000头大象时，我们该对他说什么呢？在这些地区，大象在温带气候下是成群的牛。似乎没有理由怀疑，如果这些大象现在已经被塞米勒米斯，普罗斯，汉尼拔和东方所有历代君主猎杀了数千年，如果它们仍然在那里大量生存，大鲸可能比所有捕猎都要持久，因为他有牧场可以玩耍，这恰好是整个亚洲的两倍，美洲，欧洲和非洲，新荷兰以及所有海洋小岛的总和。

而且，我们要考虑的是，从假定的鲸鱼的长寿开始，它们可能已经达到一个世纪甚至更长的年龄，因此在任何一个时期，必须有几个不同的成年一代是当代的。就是说，我们可能会通过想象所有的墓地，墓地和家庭创造的金库，使七十五年前活着的所有男女老少的活体得到一些想法，；并将这个无数的主机添加到目前的全球人口中。

因此，对于所有这些事情，我们认为鲸鱼在他的物种中是不朽的，但是在他的个性上却容易腐烂。他在各洲没入水之前游过海洋；他曾经游遍杜乐丽，温莎城堡和克里姆林宫。在挪亚的洪水中，他鄙视挪亚的方舟。如果要像荷兰一样再次淹没世界以杀死老鼠，那么永恒的鲸鱼将仍然生存，并在赤道洪水的最高峰上扬起，冒着泡沫冒犯天空。

第106章阿哈卜的腿

阿哈卜船长离开伦敦的塞缪尔·恩德比的艰难方式，并没有因对他本人的一些小暴力而无人值守。他用巨大的能量照亮了他的船，以致象牙的腿受到了半裂的冲击。当他获得自己的甲板和那里的枢轴孔后，他急切地转向舵手，猛烈地转向（这和以往一样，是他不够灵活地转向）；然后，已经摇晃的象牙又受到了额外的扭曲和折磨，尽管它仍然保持完整，并且看上去看上去很光泽，但是并不认为它完全值得信赖。

确实，这似乎没什么好奇怪的，因为总是无处不在，疯狂而鲁，有时会小心翼翼地注意他部分站立的那只死骨头的状况。因为从那特克特号从楠塔基特岛航行不久之前，人们发现他有一个晚上俯卧在地上，而且毫无理智。他的象牙四肢由于剧烈的位移而被一些未知的，看似莫名其妙的，难以想象的伤亡所困扰，以至于它被害羞地刺穿了，几乎刺穿了他的腹股沟。痛苦的伤口完全治愈也不是没有困难。

当时，也没有让他进入单躁狂的头脑，那当时的苦难只不过是一个前任苦难的直接问题。而且他似乎也很清楚地看到，作为沼泽中最有毒的爬行动物，他的种类不可避免地像树林中最甜蜜的歌唱者一样永存。因此，与每一个喜好一样，所有不幸的事件自然都会引起他们的喜爱。是的，不仅仅如此，还想过 因为悲伤的祖先和后代都比欢乐的祖先和后代走得更远。因为，并非暗示：这是某些经典教义的推论，虽然这里的某些自然享受不会让他们为另一个世界生下孩子，但相反地，其后将是无孩子的喜悦地狱的绝望 然而，一些有罪的致命苦难仍将使自己永远地肥沃地摆脱坟墓；完全没有暗示这一点，在对事物的更深入分析中似乎仍然存在不平等现象。因为，即使是世上最高的美食也潜伏着某种毫无意义的琐事，但是，在所有的底层，所有的声音都具有神秘的意义，在某些人中，则是巨大的天使般的宏伟。因此，他们勤奋的追寻也并非显而易见的推论。追踪这些高凡人的苦难的家谱，最终使我们成为众神的无源长子。因此，面对所有欢愉的干草晒太阳和柔软的球状的，圆润的收割月，我们必须屈服于此：诸神本身永远不会感到高兴。人的眉头上难忘的悲伤胎记，不过是签字人的悲伤印记。

在不知不觉中，一个秘密被泄露了，也许以前已经更确切地公开了这个秘密。关于的许多其他细节，总是使某些人感到迷惑不解，为什么在一段时期内，无论是在航行那匹蛇群之前还是之后，他都以这种像大羊驼般的排他性隐藏了自己；在那段时间里，在死者的大理石参议院中寻求无言的庇护。佩莱格船长对此事的残酷理由似乎还不够充分；然而，的确，当触及到所有阿哈卜的更深部分时，每一次启示所涉及的都是明显的黑暗而不是解释性的光。但是最后，一切都出来了。至少，这一件事确实做到了。那个可怕的不幸是他暂时隐居的根源。不仅如此，而且对于那个不断收缩，陷入困境的圈子，无论出于何种原因，他都享有对他采取较少禁止的态度的特权；在这个胆怯的圈子里，上述暗示的伤亡-依旧如此，至今仍在情绪上没有被解释-却将自己投身于恐怖之中，而不是完全由精神和哀悼之地引起。因此，只要他们热心，他们就串谋串通，以掩盖他们对这件事的认识。因此，直到相当长的时间间隔过去之后，它才在脚架的甲板上蒸腾而出。

但要尽可能做到这一切；让空中看不见的，含糊的主教会议，或斗气的王子和烈火去做，与世上的行为无关，然而，在他目前的这腿上，他却采取了简单而实用的程序；他称其为木匠。

当那位工作人员出现在他面前时，他毫不犹豫地向他讨价还价，开始着手制作一条新的腿，并指示同伴们看到他已经被提供了所有的骨和象牙（抹香鲸）的托梁，到目前为止，这些螺柱和托梁已经积聚在了航行，以确保对最粗，最清晰的东西进行仔细选择。完成此操作后，木匠收到命令，要在当晚完成腿部操作；并为其提供所有配件，而与那些使用中的不信任配件无关。此外，还命令将船的伪造吊起，使其暂时不在船舱内。为了加快这件事，铁匠被命令立即着手锻造可能需要的任何铁制品。

第107章木匠。

将自己苏丹式地坐在土星的月亮之间，独自带一个抽象度高的人。他似乎是一个奇迹，一个伟大的，一个灾难。但是从同一角度来看，要把人类当作一个整体，并且在大多数情况下，它们似乎是一群不必要的复制品，包括当代的和世袭的。但是尽管他谦虚，但远没有提供一个高水平，人道的抽象的例子。脚手架的木匠不可重复；因此，他现在亲自上台了。

像所有远洋轮船木匠，尤其是那些捕鲸船的木匠一样，在一定程度上，他在实践上是过分熟练的，在许多行业中经验丰富，而且自己也需要抵押品；木匠的追求是所有众多手工艺品中古老而又支配的树干，这些手工艺品或多或少地与木材作为辅助材料有关。但是，除了对他应用上面的一般性说明外，这种三脚架的木匠在三千四年的航行中，在不文明和遥远的海洋中连续不断发生在大型船上的数千起无名机械紧急情况下，具有奇特的效率。。不用说他准备做一般的工作：修理火炉，弹起的翼梁，改造笨拙的桨叶的形状，在甲板上放牛眼，在侧板中插入新的树钉，以及其他杂项直接与他的特殊业务有关；此外，他在各种有用和反复无常的相互矛盾的才能方面毫不犹豫地是专家。

在他的副主席席上，他演绎了他各方面的全部内容的一个宏伟的阶段。长而粗鲁的笨重桌子，上面装有几把不同大小的铁和木头的虎钳。在任何时候，除了鲸鱼在旁边时，这条长凳都牢牢地绑在了船尾，紧贴着试船的后部。

发现一个固定销太大，无法轻易地将其插入孔中：木匠将其拍成他随时准备使用的虎钳中的一个，然后直接将其变小。一只迷失了羽毛的迷失陆上鸟在船上流浪，被俘虏了：木匠用干净的剃过的右鲸鱼骨头切成条，并用抹香鲸象牙制成横梁，为此制作了一个看上去像宝塔的笼子。划桨手扭伤了手腕：木匠炮制一种舒缓的乳液。斯图布渴望把朱红色的星星涂在他的所有桨叶上；木匠将每只船桨拧入他的木头大虎钳中，对称地提供星座。一个水手喜欢戴鲨鱼骨耳环：木匠钻了他的耳朵。另一个牙痛：木匠拿出钳子，一只手拍在长凳上，让他坐在那里；但是可怜的家伙在未结束的行动下无法控制地退缩；木匠绕着他的木虎钳的手柄回旋，签下了他的声，如果他愿意他拔牙的话。

因此，这位木匠在各个方面都作好了准备，无动于衷，一点也不受到尊重。他的牙齿占象牙的一部分；他认为元首，但头号人物；男人自己他为绞盘轻举。但是，尽管现在如此广阔的领域如此多样地完成，而且他的内心也是如此的专业。所有这些似乎都表明了某种不寻常的智力活力。但并非完全如此。这个人最引人注目的是什么，比起某种非人格的愚蠢更是如此。我说是非个人的；因为它如此隐蔽于周围无限的事物中，以至于在整个可见世界中它似乎具有一般的可辨认性。尽管您为大教堂奠定了基础，但在无数模式中不停地活跃着时，它仍然永远保持着和平，并无视您。然而他身上却有这种半恐怖的愚蠢之情，包括似乎无所不包的无情；但它有时却破破烂烂，带有一种古老的，像拐杖一样的，前卫的，幽默的幽默感，现在和现在都没有流露出来。然后带着些许灰心 例如在挪亚方舟的大胡子守望者的午夜守望中打发时间。难道这位老木匠是一个终生的流浪者，他来回飞来飞去，不仅没有生苔，但是，还有什么能消除最初可能与他有关的任何小小的外在粘连呢？他是一个抽象的摘要；不完整的积分；毫不妥协的新生婴儿；生活中没有预先提及这个世界或下一个世界。您可能几乎会说，他身上这种奇怪的不妥协涉及某种无知；因为在他的许多行业中，他似乎并没有因为理性或本能而工作得那么多，或者仅仅是因为他已经接受过辅导，或者由于所有这些因素的混合，甚至是不均衡的，而没有做太多工作；但仅仅是一种聋哑的，自发的文字过程。他是一个纯粹的操纵者；如果他曾经有过，他的大脑一定早早渗入了手指的肌肉。他就像是那些不讲道理但仍然非常有用的人，谢菲尔德的事例不多，但假设一个普通的小刀的外表虽然有些肿胀。但不仅包含各种尺寸的刀片，而且还包含螺丝刀，软木螺丝，镊子，锥子，钢笔，直尺，指甲锉，埋头钻。因此，如果他的上司想用木匠作为螺丝起子，他们所要做的就是打开他那部分的螺丝，螺丝就很快了；或者，如果是镊子，则用腿把他抱起来，在那里是。

但是，正如先前所暗示的那样，毕竟这台全能的，开闭的木匠绝不仅仅是自动机。如果他内心没有共同的灵魂，那么他就会有些微妙的东西，以某种方式异常地履行了职责。那是什么，无论是速效银的本质，还是几滴哈特霍恩，都没有任何意义。但是在那里 它在那里已经存在在了大约六十年或更长时间。这就是他里面同样不负责任的，狡猾的生活原则；就是这样，使他有很大一部分时间自溶。但只不过像一个不讲理的轮子，也谦卑地自言自语；确切地说，他的身体是一个岗亭，那里有个问讯员，一直在说话，以使自己保持清醒。

第108章。阿哈卜和木匠。

甲板上-守夜人。

（木匠站在虎钳台前，通过两个灯笼忙着把象牙托梁固定在腿上，该托梁牢牢地固定在虎钳中。象牙板，皮带，垫子，螺钉和各种工具躺在长椅上。向前看，看到锻造的红色火焰，铁匠正在工作的地方。）

拔掉文件，拔掉骨头！那应该是软的硬的，那应该是硬的软的。所以我们走了，他们锉了下颚和胫骨。让我们再试一次。是的，现在，这种方法效果更好（打喷嚏）。你好，这骨头的灰尘是（打喷嚏）-为什么（打喷嚏）-是的（打喷嚏）-保佑我的灵魂，它不会让我说话！这就是一个老家伙现在在枯木中工作所得到的。看见一棵活树，却没有尘土 截肢活骨，但您不知道（打喷嚏）。来，来，你那老黑子，在那里，握住一只手，让我们握住那根短棍和带扣螺丝。我现在会为他们准备的。现在很幸运（打喷嚏），没有膝关节了。可能会有点困惑；但是仅仅是骨干-为什么制作跳杆很容易；只有我想完成一个好。时间，时间；如果我只有时间的话，我现在可以像往常一样（打喷嚏）刮擦他到客厅的一位女士那条整洁的腿。我在橱窗里看到的那些鹿皮腿和小腿腿根本无法比拟。他们浸泡水，但确实如此；当然会风湿病，必须像洗腿一样用洗剂和洗剂进行打喷嚏（打喷嚏）。那里；现在，我必须先给他旧的电话，然后再看一下长度是否合适。太短了，如果有的话，我猜。哈！那是脚跟；我们很幸运；他来了，或者是其他人，这是肯定的。

（前进）。（在随后的场景中，木匠有时会继续打喷嚏。）

好吧，人造人！

先生，及时。如果船长满意的话，我现在记一下长度。先生，让我测量一下。

测量一条腿！好。好吧，这不是第一次。关于它！那里；保持你的手指在上面。木匠，这是你在这里的有力的副手。让我一次感到它的抓地力。普通；它确实会捏一些。

哦，先生，它会摔断骨头-当心，当心！

不怕；我喜欢很好的抓地力；我喜欢在这个湿滑的世界中感受某种可以承受的东西，伙计。那儿的普罗米修斯是什么？-铁匠，我的意思是-他在做什么？

先生，他现在一定在锻造带扣螺丝。

对。这是一种伙伴关系；他提供了肌肉部分。他在那里发出烈烈的红色火焰！

好的，先生; 他必须为这种出色的工作感到白热化。

嗯 所以他必须。我现在认为这是最有意义的事情，他们说，那个造人的老希腊人普罗米修斯应该是铁匠，并用火使他们生气。因为火中的东西一定属于火中；所以地狱很可能。烟灰如何飞！这一定是希腊人制造非洲人的其余部分。木匠，当他穿上那个带扣时，告诉他锻造一对钢制肩骨。船上有一个带粉碎包的小贩。

先生？

保持; 虽然普罗米修斯（ ）对此颇有想法，但我会按照理想的模式定购一个完整的男人。，袜子高五十英尺；然后，胸部仿照泰晤士河隧道；然后，扎根的双腿要留在一个地方；然后，将三只脚伸过手腕；根本没有心，黄铜的额头和大约四分之一英亩的大脑。让我看看-我可以命令眼睛向外看吗？不，但是在他的头顶上放一个天光向内照明。在那里，接受订单，然后离开。

现在，我想知道他在说什么，在和谁说话？我可以继续站在这里吗？（放在一边）。

是一个无动于衷的建筑，形成了一个盲目的圆顶；这是一个。不不不; 我必须有灯笼。

呵呵！就是这样，嘿？先生，这是两个。轮到我了。

伙计，您是怎么把那个小偷捉进我的脸的？轻推力比手枪差。

先生，我以为你跟木匠说话了。

木匠？为什么那是-但不是；-非常整洁，而且我想说的是，您在这里从事极其绅士般的业务，木匠；或者您宁愿在黏土中工作？

先生吗？粘土，先生？那是泥 先生，我们把黏土留给投手。

那个家伙无礼！您在打喷嚏什么？

先生，骨头尘土飞扬。

然后，得到提示；当你死了，永远不要把自己埋在活人的鼻子下面。

先生？啊！-我猜是这样-亲爱的！

瞧，木匠，我敢说你自称是个好工人。好吧，那么，如果当我来搭上你做的这条腿时，我仍会感觉到另一条腿在与它相同的地方；那是木匠，我那条旧的失去的腿；血肉之躯，我是说。你不能把那座老亚当赶走吗？

的确，先生，我现在开始有所了解。是的，先生，我听到了一些奇怪的事。一个废的男人如何永远不会完全失去他的旧晶石的感觉，但有时仍会刺破他。先生，我可以谦虚问一下是否真的吗？

是的，男人。看，把你的活腿放在这里曾经是我的地方。因此，现在，这里只有一条独特的眼睛，而两条灵魂。您感到生活麻木的地方；在那里，正好在那儿，一根头发，我愿意。是个谜吗？

先生，我应该谦虚地称呼它为装腔作势者。

那么，历史。您怎么知道，某些完整的、有生命的、思想的东西可能并不能准确无误地站在您现在最站立的地方；是的，站在你的怀抱里？那么，在您最孤独的时候，您是否不惧怕窃听者？保持，不要说话！如果我现在仍然感觉很早就解散了，那我是否仍能感觉到自己那双被压腿的聪明呢？那么，为什么木匠你却永远没有身体而感到地狱的炽烈痛苦呢？哈哈！

好主啊！的确，先生，如果涉及到这一点，我必须再次计算；先生，我想我的身材不小。

看起来不错，布丁头绝对不能摆放位置。—腿做多久之前？

先生，大概一个小时

然后把它捆起来，拿给我（转身）。哦，生活！在这里，我以希腊的神为荣，却是这个笨蛋的常设债务人，可以站下去！被诅咒的是，凡人互债会消除账本。我会像空气一样自由；而我在全世界的书本上都很失望。我是如此有钱，我本可以在罗马帝国（当时是世界上）的拍卖会上与最富有的普罗特人竞标的；但是我欠夸口的舌头有肉。天上！我会拿出一个坩埚，并伸入其中，然后将自己分解成一个小而坚硬的椎骨。所以。

木匠（恢复工作）。

好吧，好吧！斯塔布最了解他，而斯塔布总是说他很酷。什么也没说，只是一个奇怪的小词；斯塔布说，他很酷。他很酷-很酷，很酷；并把它一直和先生一起吃饭 星巴克一直（酷儿，先生），酷儿，酷儿，非常酷。这是他的腿！是的，现在我想到了，这是他的床位！为妻子准备一根鲸鱼的颚骨！这是他的腿；他会坚持下去。现在，一条腿站在三个地方，而三个地方都站在一个地狱中，那又是怎么回事？哦！我毫不奇怪，他对我如此鄙视！他们说，有时候我有点奇怪。但这只是偶然的。然后，像我这样矮小的矮小的身体，永远不要与高大的苍鹭造船长一起涉入深水；水很快就将您卡在下巴下，救生艇的呼声很高。这是苍鹭的腿！长而苗条，果然！现在，对于大多数人来说，一条腿可以维持一辈子，这一定是因为他们善于使用它们，就像一个温柔的老妇人使用她的多头老马车。但是 哦，他是一个努力的人。看起来，一只腿被踢死，而另一只腿却被挽留了生命，现在被绳子磨损了。哈罗阿，那里，你黑死了！用这些螺丝钉住手，让我们完成它，直到酿酒工人围着旧啤酒桶四处走走，然后让复活的家伙用号角大喊大叫，不管是真是假。这是一条腿！它看起来像是一条真实的活腿，除了核心之外什么都没有。他将站在明天。他将继续努力。喊叫！我差点忘了那块椭圆形的小石板，光滑的象牙，在那里他想起了纬度。普通；凿子，锉刀和砂纸，现在！

109. 和星巴克在机舱中。

根据用法，他们第二天早晨在抽船；和罗！水中没有油倒出来；下面的木桶一定有严重的泄漏。人们非常关注；星巴克走进机舱，报告了这一不利事件。*

*在船上载有大量油的精子捕鲸船中，每半周定期执行一次任务，将软管插入货舱，并用海水将木桶浸透；然后以不同的时间间隔由船上的泵清除。因此，希望将木桶保持潮湿状态。而由于抽水特性的改变，水手们很容易发现贵重货物中是否有严重泄漏。

现在，从南部和西部开始，该脚步已接近福尔摩沙和小岛，在这两个小岛之间是从中国水域到太平洋的热带出口之一。于是星巴克在他面前散布着一张东方群岛的一般图表的。另一个分别代表日本群岛的东海岸-尼康，马特斯迈和西科克。他那条雪白的新象牙腿撑在桌子的螺旋腿上，手里拿着一把杰克刀的长长的修剪钩，这位奇妙的老人背对舷梯门，正皱着眉头。，并再次追溯他的旧课程。

"谁在那里？"听到门口的脚步声，但没有转过身去。"在甲板上！死了！"

"船长阿哈卜的失误；是的。先生，舱内的油正在泄漏。我们必须举起伯顿，然后爆发。"

"上伯顿，然后爆发？现在我们已经接近日本了；要在这里呆一个星期来修补一大堆旧篮球吗？"

"先生，这样做，或者浪费一天的石油要比一年中我们能赚到的要多。先生，我们来两万英里就能节省下来。"

"就这样，就这样；如果我们得到它的话。"

"我说的是船上的油，先生。"

"而且我根本没有在说什么，也没有在想这件事。要死了！让它泄漏！我自己都是。是的！泄漏中的泄漏！不仅充满了泄漏的木桶，而且那些泄漏的木桶都在泄漏的船上；并且那家伙的苦难比那家伙的糟糕得多，可是我不停地堵住我的泄漏；因为谁能在深船体中找到它；或者怎么希望在今生的叫大风中把它塞住，即使找到了星巴克！我不会举起伯顿了。"

"主人会怎么说，先生？"

"让船东站在楠塔基特海滩上，避开台风。什么在乎呢？船东，船东？星巴克，你总是向我抱怨那些不幸的船东，好像船东是我的良心。但是，是的，唯一真实的任何东西的主人都是它的统帅；老兄，我的良心就在这艘船的龙骨上-在甲板上！"

变红的队友说："船长，"冲进机舱，大胆地如此尊重和谨慎，以至于几乎不仅设法避免自己的外在表现，而且似乎也有一半以上不信任本身 "一个比我更好的人可能会比你更容易接受他对一个年轻男子的足够憎恨；是的，在一个快乐的船长中。"

"恶魔！然后你竟敢批评我吗？-在甲板上！"

"不，先生，还没有；我恳求。先生，我确实敢-要忍耐！我们之间的相互理解是否会比迄今更好的阿哈卜上尉？"

阿哈卜（）从架子上抓住了一个装有火枪的火枪（构成了大多数南洋人的机舱家具的一部分），并将其指向星巴克，惊呼道："有一个神在地上主，还有一个船长在地上主。装备。——在甲板上！"

在伴侣闪烁的眼睛和他炽热的脸颊上转瞬之间，您几乎会以为他真的受到了平管的大火。但是，掌握了自己的情感，他半平静地站了起来，当他离开机舱时，停了一下，说道："先生，你激怒了，不是侮辱我；但是为此，我请你不要提防星巴克；你会但要笑；但要让提防；提防自己，老人。"

"他勇敢，但仍然服从；最谨慎的勇敢！" 星巴克消失了，哈哈喃喃地说。"他说的是什么-提防-那里有东西！" 然后不自觉地用步枪为工作人员服务，他用铁腕在小木屋里来回走动。但是现在他额头上的辫子放松了，把枪放回架子上，他去了甲板。

"你是个好朋友，但是星巴克，太好了。" 他低声对同伴说。然后向船员发出声音："扔大号帆船，将前后的顶端帆船收起来，返回主船坞；上伯顿，然后在主货仓中突围。"

确切地推测为什么如此行事，这真是徒劳无功。这可能是他内心的诚实。或纯粹的审慎政策，在这种情况下，其船上重要的首席官毫不客气地禁止了公开的不满，尽管是短暂的。但是，他的命令已经执行了；伯顿被举起了。

第110章在他的棺材中。

经搜索，发现最后撞入货舱的桶声音完好，泄漏必须进一步消除。因此，在天气平静的情况下，它们爆发得越来越深，打扰了巨大的地面屁股的沉睡。从那黑色的午夜开始，将那些巨大的痣送入上方的白天。他们走得那么深 如此古老，腐烂，杂草丛生的最下层狮，以至于您几乎要寻找一些发霉的基石桶，里面装有诺亚船长的硬币，上面贴着标语牌，无济于事，警告着洪水泛滥的老世界。一层又一层地把水，面包，牛肉，五线谱的摇晃，铁箍的铁箍都吊起来，直到最后堆满的甲板都难以取下。空心的船壳在脚下回荡，仿佛您踩在空荡的地下墓穴上一样，像空运的黛米约翰一样在海中滚动和滚动。最重的是那艘不吃晚餐的船，所有亚里士多德都在脑海中。很好，当时台风没有来过。

现在，这时正是我可怜的异教徒同伴和快熟的朋友发烧，使他濒临无尽的尽头。

据说，在这项捕鲸活动中，是未知的；尊严与危险齐头并进；直到成为队长为止，您越高，就越努力。因此，与可怜的魁基克人一样，作为鱼叉手，他不仅必须面对活着的鲸鱼的所有暴怒，而且，正如我们在其他地方所看到的，他必须将他的死者重新安置在起伏的海中；最终跌入阴暗的营地，在那地下的禁区里整日痛苦地出汗，坚决地处理最笨拙的木桶，看它们的积载。简而言之，在鲸鱼中，鱼叉手是持有者，因此被称为。

可怜的！当船快被拆掉一半时，您应该弯腰在舱口盖上，凝视着他。那里的纹身野蛮人在潮湿和粘稠的泥土中爬来爬去，放到他的羊毛抽屉里，像是井底的绿色蜥蜴。一口井，或一间冰屋，以某种方式向他证明了可怜的异教徒。奇怪的是，在出汗的所有地方，他发了冷，发烧了。终于，经过几天的苦难，他才将他躺在吊床上，靠近死亡之门的尽头。在那漫长的日子里，他是如何浪费和浪费的，直到除了他的框架和纹身之外，他似乎只剩下一点点。但是随着他身上所有其他东西的稀疏，骨变得更加锐利，他的眼睛似乎变得越来越饱满。他们变得充满了奇怪的光泽。从他的病情中温和而深刻地望着你，这是他永生不朽或无能为力的永生的奇妙见证。像水上的圆圈一样，随着它们渐渐淡化，它会膨胀；所以他的眼睛像永恒的光环一样转悠。当您坐在这只残酷野蛮人的身边时，一种无法形容的敬畏之情会偷走您，并像在死后作为旁观者的任何旁观者一样，将他视为奇特的事物。因为人类真正奇妙而令人恐惧的事物，从来没有被写成文字或书籍。死亡的逼近，使所有人都感同身受，最后的启示给所有人留下了深刻的印象，只有死者的作者才能充分说明这一点。因此，让我们再说一遍，没有一个垂死的迦勒底人或希腊人比他们有更高更圣洁的想法，当您静静躺在摇摇欲坠的吊床上时，您会看到它们那神秘的阴影笼罩着可怜的，而那波涛汹涌的海面似乎轻轻摇晃着他到最后的休息，大海无形的洪流将他越来越高地带向他注定的天堂。

不是船员，而是放弃了；至于奎奎格本人，他对自己案子的想法被他要求的好奇感强行表明。他在灰色的晨间看守中打了个电话给他，那一天正好休息，他握着他的手说，在楠塔基特岛时，他有机会看到某些小的深色木舟，就像他家乡小岛上盛产的战木；经询问，他得知所有在楠塔基特岛遇难的鲸鱼都躺在同样的黑暗独木舟中，如此躺下的幻想使他很高兴。因为这与他自己种族的习俗没有什么不同，在给死去的战士赋予尸体之后，他把他伸向了独木舟，于是就把他甩到了繁星点点的群岛上。他们不仅相信这些星星是小岛，而且相信它们远远超出了所有可见的视野，它们自己的温和，无节制的海洋与蓝色的天堂交汇；因此形成了银河系的白色破碎者。他补充说，按照惯常的海俗习惯，他被埋在吊床上的想法让他不寒而栗，就像吞噬吞噬鲨鱼的东西一样卑鄙。不：他想要一个像楠塔基特的独木舟，对鲸鱼来说更适合他，像个鲸鱼船，这些棺材独木舟没有龙骨。尽管这涉及但不确定的转向，并且在昏暗的时代还有很多余地。

现在，当这种奇怪的情况在船尾被人知道时，木匠立刻被命令去做的投标，不管它可能包括什么。船上有一堆像棺材一样的异色旧木板，经过很长一段航程，是从缺乏的岛屿的原始树林中砍下的，建议从这些深色木板上制作棺材。不久，木匠就被告知该命令，但他遵循了规则，立刻带着性格的所有冷漠态度，走进了前哨，并以极高的准确性采取了的措施，并在改变规则时经常用粉笔画的人。

"啊！可怜的家伙！他现在必须死，" 长岛水手射精道。

为了方便起见和一般参考，他去了他的副凳上，木匠，现在在上面转移测量了棺材的确切长度，然后通过在其末端切两个缺口使转移永久化。完成此任务后，他将木板和工具编组起来并开始工作。

当最后一个钉子被钉上，盖子适当地刨平并安装好时，他轻轻地肩扛着棺材，向前走，询问他们是否已经为那个方向做好了准备。

听到了愤慨但又有些幽默的哭声，甲板上的人们开始用赶走棺材，使每个人都大吃一惊，他命令立即把东西运给他，也没有人否认他；看到在所有凡人中，一些垂死的人是最暴虐的；当然，由于他们不久将使我们再也无济于事了，可怜的家伙应该被放纵。

奎奎格俯身躺在吊床上，长久地注视着棺材。然后，他召唤他的鱼叉，用木鱼拔出鱼叉，然后将铁部分和他的船桨之一放在棺材里。然后，根据他自己的要求，将饼干放在两边的范围内：将一瓶淡水放在头上，将一小袋木土刮在脚下的架子上。然后，一块纱布被卷成一个枕头，奎奎格现在设法将其抬到他的最后一张床上，以便他可以尝试一下它的舒适性（如果有的话）。他躺着不动几分钟，然后告诉一个人去提包，带出他的小神。然后，他的手臂交叉在他的胸口与之间，他要求将棺材盖（他称之为舱口盖）放在他身上。头部用皮革铰链翻转，棺材里躺着，几乎看不到他那整齐的容颜。他"喃喃自语"（会做到；很容易），最后喃喃道，然后在吊床上签名以替换。

可是这确实做到了，在这期间一直徘徊在附近的向他靠近的地方靠近他，他轻轻地抽泣，紧握着他的手。在另一端，拿着他的手鼓。

"可怜的漫游者！你们永远不会厌倦所有这些疲倦的巡游吗？现在去哪儿？但是如果潮流把你们带到那些只被睡莲打败的甜蜜的安的列斯群岛，你们会为我做些小事吗？寻找一个已经久久不见的小点子：我认为他在那些远处的安的列斯群岛。如果你找到他，那就安慰他；因为他一定很伤心；为了看！他把他的手鼓丢了；-我找到了。--，，！现在，，死了；我将击败你们垂死的行军。"

"我已经听见了，"星巴克喃喃地看着窗台，"在狂热中，所有无知的人都用古老的语言说话；当探究这个奥秘时，总会发现，在他们完全被遗忘的童年中，一些高远的学者在他们的听力中确实讲过古老的方言，所以，以我的真诚信念，可怜的小点儿，在他疯狂的这种奇特的甜蜜中，带来了我们所有天堂之家的天堂礼券。"他再次开口："但现在更加疯狂。"

"从第二个到第二个！让他成为他的将军！，他的鱼叉在哪儿？把它放在这里。——·，！！哦，现在让一只游戏公鸡坐在他的头和乌鸦上死掉了！！-请记住；死掉了游戏！-请注意这一点；死掉了游戏！我说；·，！但基础一点，他死了一个胆小鬼；全死了；-点点滴滴！哈克，你们要是发现点点滴滴，告诉所有的安的列斯群岛，他是一个逃亡者；一个胆小鬼，一个胆小鬼，一个胆小鬼！告诉他们他从一条鲸鱼船上跳下来了！如果他再一次在这里死了，那就向他点赞。不，不，对所有夫感到羞耻-对他们感到羞耻！让他们像从鲸船上跳下来的一样淹死。可耻！可耻！"

在这一切期间，闭着眼睛躺着，仿佛在做梦。点被带走了，那个病人被吊在吊床上了。

但是现在他显然已经为死亡做了一切准备；既然他的棺材被证明是合适的，突然集会起来；很快，似乎不需要木匠的盒子了；于是，当有人表示高兴时，他实质上说，他突然康复的原因是这样的；-在关键时刻，他刚刚想起了一点职责岸上，他被撤消了；因此改变了他关于死亡的想法：他还不能死，他平均了。他们问他，生死是他自己主权意志和享乐的问题。他回答，当然。简而言之，的自负是，如果一个人下定决心要活下去，仅仅疾病就无法杀死他：除了鲸鱼或大风，或是某种暴力的，不可管理的，非智能的驱逐舰。

现在，野蛮人与文明人之间存在明显的区别；一个生病，文明的人可能需要六个月的疗养时间，通常来说，一个生病的野蛮人一天会恢复一半的生命。因此，我的很快就获得了力量；然后坐在锚机上呆了几天（但吃得饱了胃口），突然间，他突然跳了起来，伸开胳膊和腿，给自己一个很好的伸展，打了一下哈欠，然后跳入他的吊船的船首，并蓄着鱼叉，表明自己适合打架。

现在他怀着一种狂躁的怪异，用棺材去做一个海胸。然后将帆布袋的衣服倒进去，在那里整理衣服。他花了很多业余时间，用各种怪异的图形和图画雕刻盖子；看来他特此以粗鲁的方式努力复制身上扭曲的纹身的一部分。这个纹身是他岛上一位已故的先知和先知的工作，他通过这些象形文字的痕迹，在他的身上写下了关于天地的完整理论，以及关于获得真理的神秘著作。；因此，在他本人的身上是个难题。一卷奇妙的作品；但是，尽管他自己的活着的心跳动着他们，但他的奥秘甚至连他自己都看不懂。因此，这些奥秘最终注定要与刻有铭文的活羊皮纸化为乌有，直到最后才被解决。这个想法一定是暗示了他的狂野的惊叹，当一个早晨不去调查可怜的魁北克人时-"哦，众神的魔鬼般的诱惑！"

第一百一十一章太平洋

当我们在巴西岛上滑行时，我们终于来到了南海。如果不是因为其他原因，我本可以向我亲爱的太平洋致以无限的感谢，因为现在我年轻时的长期恳求得到了答复。那片宁静的海洋从我身上向东滚动了一千个蓝色联盟。

人们不知道这片海有什么甜蜜的奥秘，其微妙的搅动似乎在说下面有一个隐藏的灵魂。就像那些传说中的以弗所草皮在被埋葬的传教士身上起伏不平一样。约翰。可以满足的是，在四大洲这些海草丛生，宽阔的水域大草原和陶工场上，海浪应起伏不断，潮起潮落不断；在这里，数以百万计的阴影和阴影，沉迷的梦境，梦以求的梦不休；我们所谓的生灵，就是做梦，做梦，静止；像沉睡的人在床上一样折腾；不断滚滚的浪潮，却是由于他们的躁动而造成的。

对于任何冥想的魔术师流浪者而言，这座宁静的太平洋曾经一度被人们所注视，但此后必定是他被采纳的海洋。它卷动着世界最中部的水域，印度洋和大西洋却是它的武器。相同的海浪冲刷了加利福尼亚新建城镇的痣，但昨天却由最近的一族人种下，并爱上了比亚伯拉罕还旧的褪色但仍然华丽的亚洲土地。而在珊瑚岛漂浮的银河系与低洼，无尽，未知的群岛和坚不可摧的日本之间。因此，这个神秘的，神圣的太平洋地带遍布世界各地；使所有海岸都距它一湾；似乎是潮汐般的心脏。被那些永恒的浪潮所抬起，您需要拥有诱人的上帝，低下头。

但是很少有人想到潘阿哈卜的大脑，就像铁雕像站在他熟悉的索具旁边的他惯常的地方一样，他不知不觉地从巴什伊岛上扑鼻了糖麝香（在甜美的树林中，温和的恋人一定在走动），另一个人有意识地吸入了新发现的海的盐气；到那时，仇恨的白鲸必须在那片海里游泳。在这些几乎最后的水域上漫长的发射，并滑向日本的巡航场地，老人的目的不断增强。他坚定的嘴唇像恶习的嘴唇相遇；他额头静脉的三角洲像溪流一样膨胀。在睡梦中，他的呼喊声穿过拱形的船身，"严厉！白鲸喷出浓稠的鲜血！"

第112章铁匠。

得益于如今在这些纬度盛行的夏季的凉爽气候，并为即将来临的奇特活动做准备，珀斯这位饱经风霜，生机勃勃的老铁匠并没有再次将手提的锻造物移到地上，在结束了他为的腿所做的贡献性工作之后，但仍将其保留在甲板上，并被前哨人快速绑扎到了锚栓上；头目，鱼叉手和弓箭手现在几乎不停地召唤他们为他们做些小事；更改，修理或新变形其各种武器和船用家具。他常常被一个渴望的圈子包围着，所有人都在等待着被服务。举着铁锹，长矛头，鱼叉和长矛，嫉妒地看着他辛苦劳作的每一个乌黑的动作。但是，这个老人是一个耐心的手臂挥舞着的耐心锤子。他没有怨言，没有急躁，没有脾气。沉默，缓慢而庄重；进一步弯下腰，他的慢性骨折，他辛苦劳作，好像辛苦是生命本身，重重的锤子敲打，重重的心跳。就这样。——最惨！

在这名老人的奇特步伐中，步态有些微微但又痛苦地偏航，在航程的早期就激发了水手们的好奇心。最终，他终于接受了他们的顽固质疑。如此一来，每个人都知道他不幸的命运的可耻故事。

在一个痛苦的冬天的午夜，在两个乡间小镇之间行驶的路上，这是一个迟来的，但并非是无辜的，铁匠半傻地感觉到致命的麻木在偷偷地笼罩着他，并在一个倾斜，破旧的谷仓中避难。问题是双脚的四肢丢失。从这个启示中，部分地得到了欢乐的四幕，而这是他一生的悲剧中漫长而又没有灾难性的第五幕。

他是一个老人，他快六十岁了，他在悲伤的技术中被称为"毁灭"的事情被推迟了。他曾经是一位着名的杰出工匠，有许多工作要做；拥有房屋和花园；拥抱了一个年轻，像女儿一样，充满爱心的妻子，以及三个幸福，红润的孩子；每个星期天都去种植在小树林中的开朗教堂。但是一个夜晚，在黑暗的掩盖下，又在一个最狡猾的掩饰下进一步掩藏了，一个绝望的小偷溜进了他幸福的家，抢劫了他们所有的东西。铁匠本人确实无知地把这个小偷带入了他家的心脏。这是瓶魔术师！那个致命的软木塞张开后，四处飞扬的魔鬼，把他的房子都枯萎了。现在，出于审慎，最明智和经济的原因，铁匠铺位于他住所的地下室，但有一个单独的入口。这样，这个年轻而又充满爱心的健康妻子总能轻而易举地聆听她年轻有力的老丈夫锤子发出的粗烈的敲击声；她的混响在地板上和墙壁上经过而隐隐作响，在她的托儿所里出现在她面前，而不是甜蜜地；因此，为了壮大劳动者的铁摇篮曲，铁匠的婴儿被摇晃着沉睡。

噢，祸！哦，死了，为什么有时候有时候你不及时？如果您把这个老铁匠带到了自己那里，那他的全部废墟就落在了他身上，然后让年轻的寡妇产生了一种可悲的悲伤，而她的孤儿们则成为了一个真正可敬的，传奇的父亲，可以在以后的岁月中梦想着。他们都具有杀人能力。但是死亡使一位贤良的哥哥丧命，每天的哨声在他的口哨声中完全担负着其他家庭的责任，留下比没用的老人更糟的生活，直到可怕的生活腐烂使他更容易收割。

为什么说全部？每天地下室锤子之间的打击越来越多。每天的打击比最后的打击更加微弱。妻子冰冷地坐在窗前，双眼泪汪汪，凝视着孩子们哭泣的脸。波纹管掉了；伪造被煤渣堵塞了；房子被卖掉了；母亲跳入教堂长草丛中。她的孩子两次跟随她。无家可归，无家可归的老人蹒跚地爬上流浪汉。他的一切祸患都毫不动摇；他灰白的头顶对亚麻卷发的嘲笑！

对于这样的职业，死亡似乎是唯一可取的续集。但是死亡只是向未曾尝试的陌生区域发射的东西；这只是对巨大的偏远，荒野，水域，未上岸的可能性的致敬。因此，对于那些仍然留有一些内心对自杀的内心哀求的这类人，在他们长寿的眼中，无所不包，无所不包的海洋引诱了他整个难以想象的，恐怖的，全新奇妙的平原。生活冒险；从无限的太平洋的心中，成千上万的美人鱼向他们唱歌-"来了，心碎了；这是另一种没有中间死亡之罪的生活；这是超自然的奇迹，而不会为他们而死。来吧！在你现在同样憎恶和厌恶的着陆世界上，生活比死亡更遗忘。来吧！在墓地里也放上你的墓碑，来吧，直到我们嫁给你！"

听着东方和西方的声音，在初升的日出和傍晚的秋天，铁匠的灵魂回应了，是的，我来了！于是珀斯大吃一惊。

第113章：伪造。

珀斯正午时分，戴着胡须的胡须，裹在一条披着刺毛的鲨鱼皮围裙中，正站在他的伪造和铁砧之间，后者放在一个铁木原木上，一只手拿着长矛头扎在煤中，当另一名船长过来时，他手里拿着一个生锈的皮革小手袋。距离铁匠铺还很远的地方，喜怒无常的阿哈卜停了下来。直到最后，珀斯从火中取出铁，开始将铁锤击在铁砧上-红色的物质在密集的盘旋飞行中散发出火花，其中一些飞行接近。

"这些是您母亲凯里的鸡，是珀斯吗？它们总是在您的尾随中飞翔；也有好兆头的鸟，但并非对所有人都如此；-看这里，它们燃烧了；但是，你-你却活着却没有焦烧。"

珀斯回答说："因为我被烧焦了，阿哈卜船长。" "我已经烧焦了；你不容易烧伤疤痕。"

"好吧，好吧；再也没有了。你缩进去的声音听起来太平静了，对我来说真是可怕。在我自己没有天堂的情况下，我不耐烦其他没有发疯的人。你应该发疯，铁匠；说，为什么你不发疯吗？你怎么能忍受不发疯呢？诸天还恨你，你不会发疯吗？-你在那里做了什么？"

"先生，焊接一个老派克头，上面有接缝和凹痕。"

"铁匠，经过如此艰苦的使用之后，您能否使一切恢复平稳？"

"我想，先生。"

"而且我想您几乎可以打磨任何接缝和凹痕；铁匠，别介意金属有多难？"

"是的，先生，我想我可以；所有接缝和凹痕只有一个。"

"那么，在这里看看。"阿哈卜喊道，热情地前进，双手扶着珀斯的肩膀；"在这里看，在这里，你能抚平这样的缝，铁匠。"一只手划过他肋骨的额头。"铁匠，如果您能做到，我会很高兴将我的头靠在您的铁砧上，并在您的双眼间感受到您最重的锤子。答案！您能抚平这个缝吗？"

"哦！就是那个，先生！说我不是所有的接缝和凹痕，而是一个？"

"赞成，铁匠，它是一个，唉，男人，是;因为尽管你只有'在这里，我的肉，它一直到我-骨即是所有的皱纹，但是，走！加上孩子们的游戏；今天没有更多的骗子和派克。请在这里看看！"叮当的皮包，好像装满了金币。"我也想要制造鱼叉：珀斯一千个恶魔无法分开的鱼叉；像他自己的鳍状骨一样会粘在鲸鱼里的东西。有东西，"将小袋扔到砧上。"铁匠，你看，这些是赛马钢鞋上钉满的钉子。"

"马蹄桩先生，先生？为什么阿哈卜船长，那么你在这里是我们铁匠有史以来最好，最顽固的东西。"

"我知道，老人；这些树桩将像凶手融化的骨头上的胶水一样熔合在一起。很快！给我锻造鱼叉。首先，给我锻造十二根长柄鱼竿；然后缠绕，扭转，锤击这十二根像拖线的纱线和线束一样。快！我将火扑灭。"

当最后制造出十二根杆时，阿哈卜亲手用一根长重的铁螺栓将它们旋成螺旋状，逐个尝试。"一个缺陷！"拒绝最后一个。"再来一次，珀斯。"

完成此操作后，当握住他的手并表示自己将自己的烙铁焊接起来时，珀斯将开始将十二头焊接成一个。然后，当他有规律地喘着气时，用锤子敲打着铁砧，珀斯一个又一个地传给他发光的棍棒，那坚硬的伪造者射出了强烈的直火焰，静静地经过，向他鞠躬走向火堆，似乎在辛劳中招来了诅咒或祝福。但是，当阿哈卜抬头时，他滑到一边。

"那堆荧光素在那儿躲着干什么？" 喃喃自语的斯塔布，从楼上眺望。"那个烤面包的人闻起来像个熔断器，闻起来像火锅的火锅一样。"

最终，柄在一根完整的杆中受到最终的热量。然后珀斯为了调温，把所有的嘶嘶声扔进了附近的水桶里，灼热的蒸汽喷到了阿哈卜的弯曲的脸上。

"你会给我烙印吗，珀斯？" 痛苦地缩了一下；"那么，我一直在锻造自己的烙铁吗？"

"求你了，不是吗？可是我害怕，阿哈卜船长。这不是白鲸的鱼叉吗？"

"为了白色的恶魔！现在是倒钩；你必须自己把它们做成，伙计。这是我的剃刀-最好的钢；在这里，使倒钩像冰冷的冰雹一样锋利。"

有一会儿，老铁匠看着剃刀，好像他不想使用它们。

"带他们，伙计，我不需要他们；因为我现在既不刮胡子，不吃饭也不祈祷，直到-但在这里-工作！"

最终变成了箭头状，并通过珀斯焊接到了刀柄上，这种钢很快就指向了铁的末端。铁匠正准备给倒钩最后加热，在调温之前，他哭了起来，将水桶放在附近。

"不，不，那没有水；我想要真正的死脾气。喂，那儿！塔什特戈，，达高！你在说什么，异教徒！你会给我尽可能多的鲜血来遮盖倒刺吗？"高举它。是的，一群黑暗的点头回答。在外邦人的肉上刺了三口，然后对白鲸的倒钩进行了调和。

"在提名派祖国中的自我非受洗者，在提名毁灭者中扮演重要角色！"恶作剧地叫着阿哈卜，因为恶铁灼热地洗了洗血。

现在，从下方鼓起备用杆，并选择山核桃中的一根，在树皮仍在进行投资的情况下，将铁头末端安装到熨斗的插座上。然后解开一卷新的牵引线，并将其中的一些遗留物带到了卷扬机上，并拉伸到很大的张力。踩着他的脚，直到绳子像竖琴弦般嗡嗡作响，然后急切地弯腰，看不到任何绞合，喊道："好！现在是扣押者。"

在一个末端上，绳索未绞合，分开的散布纱线全部编织并编织在鱼叉的窝周围。然后将电线杆用力推入插座中。从下端开始，沿着绳子长度的一半追踪绳索，并用细绳缠绕将其牢固固定。做到这一点后，杆子、铁和绳子（就像这三个命运一样）仍然密不可分，而阿哈卜则在情绪上随手溜走了。象牙腿的声音和山核桃杆的声音都在每块木板上空洞地响着。但是当他进入自己的小屋时，声音轻盈，不自然，半开玩笑，但听到的声音却非常微弱。哦，点！你悲惨的笑容，你懒散但不动的眼睛；您所有的奇怪的纪念馆都不会毫无意义地与忧郁船的黑色悲剧融合在一起，并嘲笑它！

第114章：镀金。

这种脚步枪越来越深入日本巡洋舰的心脏地带，很快就在渔业中泛滥成灾。他们经常在温和宜人的天气中伸展十二、十五、十八和二十小时，在小船上坐下来，稳定地拉扯，航行或在鲸鱼后划船，或者穿插六十或七十分钟冷静地等待他们的起义；尽管他们的痛苦却取得了很小的成功。

在这样的时候，在减弱的阳光下；整天漂浮在缓慢而缓慢的隆起上；坐在船上，像桦木独木舟一样轻盈；并与软波本身融为一体，像壁炉石猫一样向着舷窗发出叫声。这是梦幻般宁静的时代，当看到海洋皮肤的宁静之美和光彩夺目时，人们就忘记了藏在其下的老虎心。而且不会情愿地记住，这只天鹅绒的爪子却隐藏了一个毫不留情的犬牙。

现在是时候，在他的鲸鱼船上，漫游者对大海有种种孝顺，自信，像土地一样的感觉。他认为那是多花的土地；远方的船只露出桅杆的顶部，似乎挣扎着前进，不是通过汹涌的波浪，而是通过绵延的草原的高高的草丛；就像西方移民的马只露出竖起的耳朵，而隐藏的尸体却宽阔地在令人惊叹的青翠中漫步。

长处的处女谷；温和的蓝色山坡；因为在这些地方偷窃了嗡嗡声；您几乎会发誓，疲倦的孩子躺在树林里的花朵摘下时，会在这些孤独的环境中，在某个愉快的可能的时间里睡觉。所有这些都与您最神秘的心情融为一体；这样，事实和幻想，中途会议相互渗透，形成一个无缝的整体。

这种舒缓的场面，无论是多么短暂，也没有至少对暂时性的影响无效。但是，如果这些秘密金钥匙似乎确实在他身上打开了他自己的秘密金库，但他的呼吸确实证明了那笔钱不过是污的。

哦，草间空地！哦，灵魂中永恒的无尽风景；在你们中，尽管长期以来因尘世生活的干旱而干，但是在你们中，男人仍可以像新晨三叶草中的幼马一样滚动。在片刻的转瞬之间，感受不朽的生命之神。愿上帝保佑这些幸福的平静会持续下去。但是混杂在一起的生活线是由经线和纬线交织在一起的：风暴横过的平静，每一次平静的风暴。在这一生中没有稳定的，令人沮丧的进步；我们不会按照固定的等级前进，而不会在最后一个停顿时前进：-通过婴儿期的无意识咒语，少年时代的沉思信念，青春期的疑问（常见的厄运），怀疑的态度，怀疑的态度，最后静息于成年的沉思休息。但是一旦通过，我们就会再次追踪。是婴儿，男孩和男人，如果是永恒的话。最后的港口在哪里，我们不再在那里停泊了？哪怕最快速的醚在世界上航行，最疲倦的人永远不会疲倦？弃婴的父亲藏在哪里？我们的灵魂就像那些孤零零的母亲死于生育的孤儿一样：我们父子的秘密在于他们的坟墓，我们必须在那里学习。

同样在同一天，星巴克从船的侧面向下注视着同样的金色海面，星巴克低声喃喃地说：

"就像恋人在年轻新娘眼中所见到的那样，那般深不可测的爱情！-不要告诉我你的牙齿层层的鲨鱼和你绑架的食人方式。让信仰推翻事实；让幻想推开记忆；我低头深信不疑。"

像鱼一样的鳞茎，鳞片闪闪发光，在同样的金色光芒中跃升：

"我是斯塔布特，斯塔布有他的历史；但是斯塔布在这里宣誓他一直很快乐！"

第一百一十五章：脚步与单身汉相遇。

在的鱼叉焊接好几周后，风前传下来的景象和声音就足够欢乐了。

那是一艘楠塔基特船，单身汉，刚把她的最后一桶油塞进去，拧紧了她爆裂的舱门；现在，穿着欢乐的假日服装，虽然有点徒劳，但还是很快乐，在地面上与众不同的船只之间航行，然后将船首指着回家。

桅杆上的三个人戴着帽子，长长的彩带飘着长长的彩带。在船尾，一艘鲸船从下往下悬挂。从船首斜垂下的俘虏被看到，他们杀死的最后一条鲸鱼的下颚较长。她的索具四处飘扬着各种颜色的信号，旗号和千斤顶。在她三个篮筐顶部的侧面都扎着两桶精子。在上面的桅杆上，你看到了同样稀有液体的细碎破碎机。铜钉钉在她的主卡车上。

后来得知，单身汉取得了最令人惊讶的成功。更妙的是，在同一海中巡游的同时，许多其他船只整整几个月都没钓到一条鱼。她不仅分发了牛肉和面包桶以为更有价值的精子腾出空间，而且还从她所遇见的船上交换了额外的补充木桶；这些被存放在甲板上，船长和军官的休息室中。甚至船舱桌子本身也被撞成木头。机舱里的烂摊子从油的宽脑袋里砍下来，撞到地板上作为中心。水手实际上在前哨中堵住了他们的胸膛，把它们塞满了；幽默地补充说，厨师在他最大的锅炉上拍了个脑袋，然后把它装满了。那个管家已经把他的备用咖啡壶塞好了；鱼叉者已将铁头插入插座并装满了它们；除了船长的裤子口袋和他保留用手伸进去的那些东西以外，确实所有的东西都充满了精子，以此来证明他完全满意。

当这艘好运的船降落在喜怒无常的马掌上时，大鼓的野蛮人的声音从她的前楼传来。越来越近了，看到一群人站在她巨大的试锅周围，这些试锅上覆盖着黑色鱼的羊皮纸状戳戳或胃部皮肤，使紧的手的每一次敲击声都很大声。船员。在四分之一甲板上，同伴和鱼叉与正在从波利尼西亚小岛偷走的橄榄色女孩跳舞。当悬挂在装饰船上，牢固地固定在前桅和主桅之间时，三个长岛黑人与闪闪发光的鲸鱼象牙摆在热闹的夹具上。同时，该船公司的其他人员忙于繁重的试工工作，拆除了巨大的花盆。您几乎会以为他们把被诅咒的巴里斯特拉下来，他们发出如此野蛮的叫喊声，因为现在无用的砖瓦和砂浆被扔进海里了。

在这整个场景中，船长和船长都直立在船上高架的四分之一甲板上，整个欢乐场面都摆在他面前，似乎只是为他个人的转移而作。

阿哈卜，他也立在黑色的四分之一甲板上，强的沮丧。当两艘船互相划过对方的尾巴时——一件事欢欣鼓舞，另一件事对即将到来的事情充满预感——他们的两位船长本身就冒充了整个场面的鲜明对比。

"来吧，来吧！" 同性恋单身汉的司令员哭了起来，向空中举起玻璃杯和瓶子。

"见过白鲸吗？" 咬紧牙关。

另一个很幽默地说："不；只听过他；但一点也不相信他。" "来吧！"

"你真是太该死了。开船。失去了任何人吗？"

"还不足以说-两个岛民，仅此而已；-但登船，老，来吧。我很快就会从你的额头上拿走那黑色。来吧，好吧（欢乐的扮演）；一艘完整的船，回家的。"

"多么奇妙的傻瓜！" 喃喃自语 然后大声说："您说，您是一艘全船驶向家乡；然后，我叫我一艘空船，向外驶去。所以，您径直走，我将向我前进。前进！她向风！"

因此，当一艘船在微风拂面时兴高采烈地航行时，另一艘却顽强地与之抗争。于是两艘船分开了。脚手架上的船员带着严肃的神情，对即将退去的单身汉挥之不去；但是单身汉的人们从不对自己所参加的狂欢活动视线注视。当阿哈卜（）靠在人行横道上时，注视着向家的手工艺品，他从口袋里拿出一小瓶沙子，然后从船上看向小瓶。，似乎将两个远程关联聚集在一起，因为该小瓶充满了楠塔基特的声音。

第116章垂死的鲸鱼

当生命在右侧发生时，财富的最爱就在我们身边，我们虽然在此之前很少驾车，但仍能捕捉到一阵阵微风，并欣喜地感觉到我们的袋装帆已满。看起来跟它一样。遇到同性恋单身汉后的第二天，看见了鲸鱼，有四只被杀。和其中之一由阿哈卜。

下午已经很晚了；当深红色的战斗的所有长矛都划破后，漂浮在美丽的日落海天上，太阳和鲸鱼都沉没了。然后，如此甜蜜和如此平淡，如此令人窒息的香在那玫瑰色的空气中缩，似乎离马尼拉岛深绿色的女修道院山谷似乎已经过去了，西班牙的微风，肆意变成水手的水手已经消失了。运到海里，带着这些起泡的赞美诗。

从鲸鱼中挣脱出来的阿哈卜（）再次抚慰了自己，但又舒缓了更深的忧郁，他专心地看着他从这艘宁静的船上最终的消退。因为在所有垂死的抹香鲸中都可以观察到这种奇异的景象-头部向阳转弯，如此即将到期-这种奇异的景象在如此平静的夜晚被注视着，以某种方式淡化了以前未知的奇妙之处。

"他转过身来，朝他的致敬和眉毛最后一刻垂死的动作，多么缓慢，但是多么坚定，他也崇拜火；太阳是最忠实，宽广，男爵的附庸！！这些看起来太偏爱的眼睛应该会看到这些太偏爱的景象，在这里，水锁得远；人类的苦难超越所有的嗡嗡声；在这些最坦率和公正的海洋中；传统上没有岩石能提供石碑；在那里长时间在中国时代，巨浪仍然无声无息地滚滚而来，因为星星照耀着尼日尔的未知来源；在这里，生命也死于充满信仰的朝阳下；但是，要死了！它朝着其他方向前进。

"哦，你是大自然的一半，被淹死的骨头的人在这些未经保护的海心中的某个地方建立了自己的宝座；你是个异教徒，你是女王，在屠杀过大的台风中对我说得也最真实，平静下来后的寂静之葬，这只鲸鱼向阳者也没有转过垂死的头，然后又转过身来，对我没有教训。

"哦，高高的铁圈环绕着，焊接着力量的臀部！哦，令人向往的彩虹喷射！！那一次奋斗，这一次徒然试验！徒劳的，哦，鲸鱼，难道你在无尽的阳光下求情吗，那只是唤起生命，但不给它生命；然而，如果您拥有更黑暗的信仰，您是否会以更黑暗的一半带着我为荣，晃动我，您所有无法形容的烙印漂浮在我的下面；我被曾经有生命的生物的呼吸所鼓舞，像空气一样被呼出，但现在要浇水。

"然后，向大海冰雹，直到永远冰雹，野禽在他的永生折腾中找到了他唯一的安息。它是由大地出生，却被大海哺育的；尽管山丘和山谷孕育着我，但是涛涛是我的寄养兄弟！"

第117章赏鲸。

那天晚上被杀的四只鲸鱼相继死亡。一，上风远 一，距离较远，背风；一个领先 一个船尾。这最后三个是在夜幕降临时带来的。可是到了早晨，风才到。杀死它的船整夜躺在它的身边。那条船是阿哈卜的。

浪杆被垂直推入死鲸的喷口。灯笼悬挂在顶部，在黑色，光滑的后背上投射出一团闪烁的刺眼眩光，在午夜的海浪上显得遥远，这些浪轻轻地摩擦着鲸鱼的宽阔的侧翼，就像在海滩上轻轻冲浪一样。

阿哈卜和他所有的船员似乎都睡着了，但帕里塞 他蹲在船头，看着鲨鱼，它们在鲸鱼周围嬉戏，用尾巴轻拍雪松木板。听起来像是中队的吟声，绕在莫莫拉不可饶恕的幽灵的沥青上，在空中颤抖。

从他的沉睡开始，面对面，见到了。在夜幕降临时，他们围成一团，似乎是洪水泛滥的最后一批人。他说："我又做了一次梦。"

"在灵车中？老头，我不是说过，灵车和棺材都不是你的吗？"

"听说死在海上的是谁？"

"但我说，老人，你可能会在这次航行中丧生，你必须在海上真切地看到两个灵；第一个不是凡人的手造的；最后一个可见的木头必须在美国种。"

"是的，是的！一个奇怪的景象，请看：一种灵芝和它的羽状物漂浮在海面上，波涛汹涌地传给了旗手。哈！这种景象我们不久就不会看到。"

"信不信由你，老者，你直到被看见就不会死。"

"那是关于你自己的那句话？"

"虽然到最后，但我仍将在你的飞行员面前。"

"而当您如此前行-如果那曾经降临-那么我可以跟随，您仍然必须出现在我面前，仍要领航我吗？-是不是这样？那么，我相信你们所有人所说的，哦我的飞行员！我在这里有两个保证，我将杀死 并幸存下来。"

这位主持人说："老人，请再保证一次，他的眼睛像暗淡的萤火虫一样闪着光芒-"大麻只能杀死你。

"是的，绞刑架。——那我在地上和海上都是不朽的，"阿哈卜笑着嘲讽地说，-"在地上和海上都是不朽的！"

作为一个男人，两个人再次保持沉默。灰色的黎明来了，沉睡的船员从船底升起，到了中午，死鲸被带到了船上。

第118章象限。

线路的季节临近了。每天从他的机舱出来的都将目光投向高处时，警惕的舵手会夸张地操纵他的辐条，急切的水手会迅速冲向括号，并站在那里，所有的眼睛都集中在钉牢的上；急于命令将船首对准赤道。在适当的时候命令来了。中午很难过。阿哈卜坐在他高高的船头上，正要每天进行无数次的太阳观测以确定他的纬度。

现在，在那片日本海里，夏天的日子像花一样繁华。灿烂的日本阳光似乎是玻璃海洋不可估量的燃烧玻璃的炽热焦点。天空看上去漆了；乌云密布。地平线漂浮；这种光彩照人的裸露，就像上帝宝座上令人无法忍受的辉煌一样。嗯，阿哈卜象限配有彩色玻璃，可以通过玻璃观看太阳的火焰。因此，他将坐着的姿势摆到船上，并用注视着占星术的仪器摆在眼前，他保持这种姿势一段时间，以捕捉太阳应该获得精确子午线的精确时刻。与此同时，在他全神贯注的同时，跪在他的船甲板上，脸像一样举起，正与他共同注视着太阳。只有他的眼睑半遮住了他们的球，他那张狂野的脸被世俗的无情所制服。进行了所需的观察；阿哈卜用铅笔在象牙腿上，很快就计算出他在那个精确瞬间的纬度。然后陷入片刻的梦幻，他再次抬起头朝着太阳，自言自语地说："你海标记你神气活现的飞行员你我确实在那里我！上午-但阴间，你还能投出一丁点儿其中应是？或者你能说出这刻我住的地方还有什么东西吗？白鲸在哪儿？你此刻一定在注视着他。你的太阳哪怕是现在，同样地看着那些物体在你那未知的那一边！"

然后凝视着他的象限，一个又一个地处理着它的众多怪诞的诡计，他再次沉思，喃喃道："愚蠢的玩具！婴儿们扮演高傲的海军上将，准将和船长的玩物；世界对你的吹牛你的狡猾和威力；但是你到底能做些什么，但要告诉这个可怜的可怜的地方，你恰好在这个宽广的星球上，握住你的手在哪儿：不！不能再记一次！你不能告诉明天中午一滴水或一粒沙将在那里；然而，你用无能为力的话，就晒日光浴！科学！诅咒你，徒劳的玩具；诅咒所有将人的目光投向那个天堂的事物，他的活泼生动却使他焦灼，因为这些老眼睛甚至现在已经被你的光芒焦灼了，太阳！人眼自然地凝视着地球的地平线；这不是从他的头顶射出的，就好像上帝已经意味着他凝视自己的外表。诅咒你，你的象限！" 把它撞到甲板上，"我再也不会通过你指引我的尘世之路；水平的船上的指南针，以及水平的航海者，用日志和线路指导；这些将引导我，并向我展示我在海上的位置。" "从船上到甲板上的灯光都照亮了，"因此，我践踏了你，你微不足道地指向高处的东西；因此，我分裂并摧毁了你！"

这位疯狂的老人讲话并因此踩住了脚步，踩踏着踩踏的步伐，似乎在嘲笑他，这对他来说是愚蠢的，而对他自己来说却是一种宿命论的绝望，这些情绪从沉默寡言，一动不动的脸上掠过。他看不见地站了起来，溜走了。同时，海员们被司令员敬畏地聚集在一起，聚集在前楼，直到费力地在甲板上步调，喊道："大括号！掌舵！-摆正！"

院子转了一圈。当船在脚跟上半轮航行时，她的三个牢固稳固的优美桅杆直立在长而有肋骨的船体上，似乎是三个 着一只马。

站在骑士团长之间，星巴克注视着马蹄怪的动荡方式，以及的动荡方式，他沿着甲板徘徊。

"我坐在浓密的煤火前，看着它全部泛着，充满了它受折磨的燃烧的生命；而且我终于看到它消逝了，跌落下来，直到最暗淡的灰尘。海洋的老人！你的，剩下的只有一点灰烬！"

"是的，"斯塔布喊道，"但海煤灰-星巴克先生，要记住，是海煤，而不是你的普通木炭。好吧，好吧；我听到阿哈卜喃喃自语，"这里有人把这些卡塞进了这些旧的我的手；发誓我必须扮演他们，而不是其他人。妈的，我该死，阿哈卜，但你是正确的；活在游戏中，死在游戏中！"

119.蜡烛。

最温暖的气候，却养育着最残酷的毒牙：孟加拉虎蹲伏在鲜绿的香料树林中。天空上最富裕的天空，但笼罩着最致命的雷声：华丽的古巴知道龙卷风从未席卷北部地区。因此，在这些灿烂的日本海中，水手也遇到了所有风暴（台风）的祸害。它有时会从那万里无云的天空中爆发出来，就像炸弹轰炸在昏昏欲睡的小镇上。

那天傍晚时分，她的帆布被撕破了，那只裸露的波兰人正与台风打架，台风直接袭击了她。当夜幕降临时，天空和海洋随着雷声咆哮并分裂开来，并被闪电所照耀，这表明残疾的桅杆到处乱舞着，而暴风雨的第一波狂怒留给了后来的运动。

星巴克站在裹尸布上，手持裹尸布。闪电般掠过每一个瞬间，看看还有什么额外的灾难降临到那里的错综复杂的障碍物上；而短截线和长颈瓶则将这些人引导到更高的起吊和更牢固的绑扎中。但是他们所有的痛苦似乎都化为乌有。尽管被提升到起重机的最高处，迎风四分之一的船（的）却没有逃脱。一道巨大的起伏的海面，高高地冲向绕线船的高跷侧，在船尾的炉子底部放火炉，然后再次离开，一切都像筛子一样滴落。

斯图布谈到沉船事故时说："不好的工作，不好的工作！星巴克先生，但大海一定有路。一个人无法与之抗衡。你看，星巴克先生，海浪就这样在它飞跃之前，是一个漫长的漫漫长路，围绕着它运行的整个世界，然后是春天！但是就我而言，我必须要遇到的所有开始都在这里，但没关系；这很有趣：所以那首老歌说；"—（唱。）

哦！欢乐是大风，

小丑是鲸鱼，

一个'蓬勃发展'的尾巴，

如此有趣，运动，性爱，开玩笑，开玩笑，自以为是的小伙子，就是海洋哦！

飞毛腿飞了起来，

那只是他的翻盖泡沫。

当他搅拌时，-

如此有趣，运动，性爱，开玩笑，开玩笑，自以为是的小伙子，就是海洋哦！

雷声劈开船，

但他只嘴唇

这次翻转的动静，

如此有趣，运动，性爱，开玩笑，开玩笑，自以为是的小伙子，就是海洋哦！

星巴克喊道："勇敢的家伙，让台风唱歌，在我们的索具中敲打他的竖琴；但是如果您是一个勇敢的人，您将保持您的安宁。"

"但我不是一个勇敢的人；从来没有说过我是一个勇敢的人；我是一个胆小鬼；我唱歌要保持精神振奋。我告诉你这是什么，星巴克先生，没有办法停止我的歌唱在这个世界上，但要割喉。完成后，我以十对一的歌唱道理，以示结社。"

"疯子！如果你没有自己的东西，请透过我的眼睛看。"

"什么！你怎么能比其他任何人看到一个更好的漆黑的夜晚，别介意多么愚蠢？"

"这里！" 星巴克哭了起来，抓住了肩膀，将他的手指向了天气的弓，"难道你不是说大风是从东方来的吗？ "现在在那儿标记他的船；那个炉子在哪儿？" 在船尾板上，男人；他站不起来的地方-他的立场是炉子，男人！现在跳到船上，如果你必须的话唱歌！

"我不完全明白你的意思：风是什么？"

"是的，是的，绕过好望角是解决楠塔基特的最短方法。" 突然被星巴克化为孤僻的星巴克，毫无头疼地问了这个问题。"现在正在向我们袭来的大风向我们扑去，我们可以将其转变为将推动我们回家的大风。此外，向风，一切都是厄运；但是向风，向家-我看到那里减轻了；但不包括闪电。"

那一刻，在闪烁的黑暗中，在一片漆黑的间隔中，他身边传来了声音。几乎同时，一阵雷鸣声在头顶滚滚。

"谁在那里？"

"老雷声！" 阿哈卜说，沿着舷墙摸索到他的枢轴孔。但突然间，他的肘部火枪使他的道路变得平坦。

现在，由于避雷针通向岸上的一个尖塔，目的是将危险性液体带入土壤；因此，海上一些船只随船携带的桅杆将其引导到水中。但是由于该导体必须下降到相当深的深度，因此其末端可以避免与船体的所有接触；而且，如果不停地拖船，除了会干扰一些索具，或多或少妨碍船在水中航行之外，还会造成许多事故。因此，船舶避雷针的下部并不总是在舷外；但通常采用细长的链环制成，以便在需要时更容易拖到外面的链条中或扔入海中。

"棒！棒！" 星巴克向船员哭了，突然被刚点燃的火红的闪电突然告诫我，要向他的岗位开火。"他们落水了吗？快又快地将它们放下！"

"真好！" 哭了 "尽管我们是弱者，但在这里我们要有公平的竞争。但是，我将为在喜马尔和安第斯山脉上举起钓鱼竿，使全世界都受到保护；但是请享有特权！先生，放开他们。"

"高高看！" 星巴克哭了。"子！！子！"

所有的院子里都放着苍白的火。并用三个逐渐变细的白色火焰触及每个三尖形避雷针末端，三个高大的桅杆中的每个桅杆都在那种含硫的空气中默默燃烧，就像祭坛前的三个巨大的蜡锥一样。

"炸开船！放开它！" 这时突然哭了起来，汹涌的大海在他自己的小艇下升起，使他的鞭在他的鞭打中猛烈地卡住了他的手。"炸开它！"-但他在甲板上向后滑动，举起的双眼抓住了火焰。他立刻改变了语气，哭了起来-"子们怜悯我们所有人！"

对于水手来说，誓言是家常便饭；他们会在平静的中和暴风雨的牙齿中发誓。他们大多数人摇摇欲坠到沸腾的海面时，会从上帆的院子里弯下腰来。但是在我所有的航行中，我几乎没有听到上帝在燃烧的手指放在船上的誓言。当他的 " ，，" 被编织成裹尸布和绳索时。

当这种苍白的情绪在高处燃烧时，迷人的船员们几乎没听到任何话。一团簇浓密地站在前哨上的人，他们的双眼都闪烁着淡淡的磷光，就像遥远的恒星群。巨大的喷射黑人在幽灵般的光线下松了一口气，隐约出现了三次，以显示他的真实身材，似乎是雷声来袭的乌云。塔什特戈（）的嘴巴张开，露出了鲨鱼般的牙齿，奇怪地闪闪发光，好像它们也被子给打翻了。的纹身被自然界的光芒照亮时，像撒旦般的蓝色火焰燃烧在他的身上。

画面最终随着苍白而苍白。然后再一次将脚步枪和她甲板上的每个灵魂包裹在一个长袍中。一两分钟过去了，当星巴克向前推进时，撞到了一个。简直太棒了。"你现在想什么，伙计；我听到了你的哭泣；这首歌中的声音并不相同。"

"不，不，不是；我说这些子对我们所有人都有怜悯；我希望他们仍然愿意。但是他们只对长着脸有怜悯吗？-他们没有大便可笑吗？" ，星巴克先生，但天色太暗，听不见，然后：我拿起那根桅杆头的火焰，好运的迹象；因为那些桅杆扎在一个要塞住的地块里'看得到了精子油；因此，所有的精子都会像树上的树液一样渗入桅杆。是的，我们的三个桅杆将像三个精子蜡烛一样，这是我们所看到的美好前景。"

在那一刻，星巴克慢慢地看到了斯塔伯的脸。他向上看了一眼，哭了："看！看！" 再一次看到高锥度的火焰，其苍白显得超自然。

斯塔布再次喊道："子们怜悯我们所有人。"

在主桅杆的底部，在斗篷和火焰的下方，跪在的前面，但头低垂。在附近的时候，刚从拱形悬垂的索具固定下来，在那里，一些被眩光逮捕的海员聚在一起，垂下来，像一个下垂的麻木结，果园的树枝。在各种迷人的态度下，例如赫库兰尼姆的站立、踩踏或奔跑骨骼，其他人仍然扎根在甲板上；但他们的双眼都沮丧。

"是的，是的，伙计们！" 哭了阿哈卜。"抬头看；把它标记好；白色的火焰却照亮了通往白鲸的路！把那些主要桅杆的链接递给我；我会感到这种脉搏，让我击败它；鲜血对抗着火！"

然后转弯—他的左手紧紧抓住了最后一个环节，将脚踩到了看台上。他的目光固定，右臂高举，直立在高高的三尖形火焰前。

"哦！你清澈的火灵，我曾经作为波斯人在这些海洋上敬拜过，直到被你烧死的圣礼，直到这一刻我都留下疤痕；我现在知道了，你清澈的灵体，我现在知道你的正确敬拜是无视的，无论对爱还是敬畏都不是善良的；仇恨你可以杀人而死；所有的人都被杀了。；但是直到我地震的最后一刻，生命将使我无条件地掌握自己的能力，在人格化的非人格之中，一个人格屹立在这里，虽然充其量不过是一点；我何时何地来；我何处何来走；然而，当我尘世生活时，女王的性格生活在我里面，并感受到她的王权，但战争是痛苦，仇恨是祸患，以你最低的爱心来，我会跪下来亲吻你；但在你面前至高无上的力量；尽管您发射了世界最完整的海军，但在这里仍然无动于衷。哦，你清醒的精神，是你用火创造的，像个真正的火孩子一样，我把它还给你。"

[突然的，反复的闪电；九道火焰纵跃至其先前高度的三倍；阿哈卜和其余的人合上双眼，右手用力按在他们身上。]

"我拥有你无语的，无处不在的力量；我不是那样吗？它也不是从我头上扭下来的；现在我也不是要丢掉这些联系。你可以盲目；但是我可以摸索。你可以消灭；但是我可以成为灰烬。向这些可怜的眼睛和百叶窗致敬，我不会接受，闪电在我的头顶上闪烁；我的眼球疼痛不已；我整个被殴打的大脑似乎被斩首，并在一些令人惊叹的地面上滚动。哦，还蒙着眼睛，我还是要和你说话，尽管你是光明的，但你跳出了黑暗；但我是黑暗中跳出了光明，跳出了你！标枪停了下来；睁开了眼睛；看还是不看？哦，你坦率了！现在我的家谱确实很荣耀，但是你是我那火热的父亲，我是我的母亲，我不知道，哦，残忍！你对她做了什么？我的困惑不解。但你更大，你不知道你们是怎么来的，因此称自己为未得到；当然，您不知道自己的开始，因此称您为未开始。，这是您所不了解的，哦，您无所不能。清晰的精神，除了你之外，还有一些令人难以忍受的事情，你永恒的一切只不过是时间，所有的创造力都是机械的。通过你，你炽烈的自我，我焦灼的眼睛确实看不到它。哦，您开火了，您隐居了远古时代，您也有您难以捉摸的谜语，您没有参与的悲伤。再次带着高傲的痛苦，我读了我的父亲。飞跃！跳起来，舔天空！我和你一起飞跃；我和你在一起 愿与你焊接；我无畏地敬拜你！"

"船！船！" 星巴克喊道，"老人，看看你的船！"

的鱼叉，是在珀斯大火中锻造的鱼叉，仍然牢牢地扎在其显眼的部上，使其伸出鲸鱼船的船头。但是有炉子的海使松动的皮套脱落了。从那锐利的钢倒钩，现在传来一道淡淡的叉状火焰。当无声的鱼叉像蛇的舌头一样在那燃烧时，星巴克抓住了阿哈卜-"上帝，上帝对付你，老人；忍受！这是一次不愉快的航行！不舒服开始了，不舒服继续了；让我摆正院子，而老人，我们可以顺风顺风，比这次更好的航行。"

听到星巴克的消息，饱受惊慌的机组人员立即冲向大括号，尽管高空没有帆。此刻，所有可怕的伴侣的想法似乎都是他们的；他们哭了半天。可是，哈哈卜挥舞着它的火炬，像火把一样，在甲板上晃动着嘎嘎作响的闪电，夺取了燃烧着的鱼叉。宣誓要与第一个水手搭档，但放开绳索的末端。他们的身姿变得僵化了，从他手里拿着的炽烈的飞镖变得更加萎缩，人们沮丧地退缩了，阿哈卜再次开口：

"您捕猎白鲸的所有誓言都像我的誓言一样具有约束力；而且心脏，灵魂，身体，肺部和生命，古老的阿哈卜都受到束缚。而且，您可能知道这颗心脏的跳动如何；在这里看看你们；因此我吹灭最后的恐惧！" 一口气扑灭了火焰。

就像在席卷平原的飓风中，人们在一些孤零零的巨型榆树附近飞来飞去，榆树的高度和力量却使其变得更加不安全，因为更多的是雷电痕迹；因此，在阿哈卜的最后一句话中，许多水手确实惊恐地逃离了他。

第120章。守夜人守望台的甲板。

阿哈卜站在掌舵。星巴克接近他。

"先生，我们必须送下主帆上院。乐队正在松动，起重吊架是半绞的。先生，我能打吗？"

"不要罢工；要鞭打它。如果我有天帆杆，我现在就把它们摇晃起来。"

"先生！-以上帝的名义！-先生？"

"好。"

"船长们在工作，先生。我能把他们登上船吗？"

"什么也不要罢工，什么也不要搅动，但是要鞭打一切。风虽然升起，但是还没有爬到我的桌子上。快来看看吧。——桅杆和龙骨！他带我去做驼背一条滑行船长的船长，送下我的主帆区！！，胶水罐！最高的卡车是为了迎接狂风而来的，这辆我的卡车现在正驶向云雾绕的地方。只有夫在暴风雨的时候把他们的脑袋降下来。那儿真是高高在上！我会以崇高的态度接受它的，我不知道绞痛是一种嘈杂的疾病。哦，吃药，吃药！"

第121章，午夜。——守城堡垒。

短柄和长颈瓶安装在其上，并在垂悬的锚上传递额外的绑扎。

"不，笨拙；您可以随心所欲地打那个结，但是您永远不会把我刚才说的话变成我的头。那是多久以前，因为您说的恰恰相反？您不是曾经说过吗？无论驶入哪艘船，该船都应为其保险单支付一些额外费用，就好象船上装有粉桶尾部和前进的荧光素盒一样？现在停下来；你不是这样说的吗？"

"好了，假如我做了什么，我已经部分改变了我的肉体，因为那个时候，为什么没有我的脑海里之外，假设我们？？都装有粉桶船尾和路西法前进；如何魔鬼可以在路西法在此得到着火为什么我的小伙子，你的头发很红，可是现在还不能开火，摇晃自己；你是水瓶座，或者是盛水的烧瓶；也许会把投手塞满你的衣领。"难道您不知道，对于这些额外的风险，海上保险公司有额外的担保吗？这里有消防栓，长颈瓶。但是请再问一遍，我会回答另一件事。不过，这里的锚点是这样，所以我可以通过绳索；现在听吧，在暴风雨中握住桅杆的避雷针与站在根本没有任何避雷针的桅杆旁边站起来有什么巨大的区别？暴风雨吗？你笨拙地看到吗，除非首先撞到桅杆，否则不会对杆的持有人造成伤害？在说什么呢？在我看来，没有一百艘船中的一艘载有鱼竿，而阿哈卜，是的，人和我们所有人，现在没有危险，现在航行在一万艘船中的所有船员都没有。为什么呢，我想你想让世界上每个人都带着一根小的避雷针走到他的帽子的拐角处，就像民兵军官的缩的羽毛，然后像他的腰带一样落后。为什么你不懂事，烧瓶？很容易理智；那为什么不呢？任何半眼睛的人都是明智的。"

"我不知道，，你有时会觉得很难。"

"是的，当一个家伙被浸透时，这是很难理解的，这是事实。我正被这喷剂浸透了。没关系；赶紧转向那里，通过它。在我看来，我们现在正在绑架这些锚好像再也不会使用它们了。在这里绑住这两个锚，例如烧瓶，似乎就像在系住一个男人的手，可以肯定的是，他们有多大手，这是你的铁拳，嘿？我也想知道，烧瓶是否可以将世界固定在任何地方；如果她在那儿，她会用一条不寻常的长电缆摇摆，在那里，锤打结，我们就这样做了。土地，甲板上的照明是最令人满意的，我说，只是拧干我的夹克裙，对吗，谢谢你，他们嘲笑长筒袜，烧瓶；但是在我看来，应该总是穿长尾的外套在所有风暴中漂浮，尾巴逐渐变细，起到了带走水的作用，就像戴高帽的帽子一样；这些公鸡形成了山墙状的檐口，。不再给我猴子外套和防水油布；我必须挂个燕尾，然后驱赶海狸；所以。喊叫！！我的防水油布满了；主啊，主啊，从天而来的风应该如此无拘无束！小伙子，这是一个令人讨厌的夜晚。"

第122章。午夜高空。——雷电。

主顶帆船场。—塔什特戈（ ）在其周围绑上新的绑索。

"嗯，嗯，嗯。停止那雷！在这里放太多雷。雷的用途是什么？嗯，嗯，嗯。我们不要雷；我们想要朗姆酒；给我们一杯朗姆酒。嗯，嗯，嗯！"

123.步枪。

在台风最猛烈的冲击中，尽管发生了一些预防性的铲球，但由于拉扯动作使马夫拉下颚的人几次被其痉挛性动作猛烈地摔到甲板上，因为它们很松弛。分是必不可少的。

在这样严峻的大风中，虽然船只不过是爆炸的子，但在指南针上不时地走来走去并不罕见。因此，这是与的。舵手几乎在每次震惊时都没有注意到他们在卡片上旋转的旋转速度；这是一种几乎没有任何人不愿接受的情感就无法看到的景象。

午夜过了几个小时，台风减弱了很多，以至于星巴克和长柄的剧烈运动（一个向前接合，另一个向后倾斜）使悬臂，前叉和主帆的切丝残留物从翼梁上切下，然后像信天翁的羽毛一样旋风向前走，有时当那只被暴风雨抛弃的鸟在机翼上时，它们被吹向风。

现在，三个相应的新帆被弯曲并缩成礁，随后向后方放置了风暴帆。使船很快又精确地穿过了水面；然后，在可行的情况下，将他现在要驾驭的路线（从目前的东西偏南方向）再次交给舵手。因为在大风的暴风雨中，他只是根据风云变幻而转向。但是因为他现在正把船尽可能地靠近她的航向，同时看着指南针，瞧！好兆头！风似乎在转弯。是的，犯规的风变得很公平！

院子立即被摆平，唱着活泼的歌曲 "！风大了！哦，--愉快的家伙！"，船员们欢呼雀跃，以至于如此有前途的事件应该很快就伪造了前面的邪恶预兆。

按照司令长的命令-立即报告，并且在二十四小时中的任何一个时间，决定甲板事务发生任何确定的变化-星巴克都没有立即将院子修剪成微风-然而，他们勉强地令人沮丧的是，-比他机械地走到下面来通知船长阿哈卜。

在敲他的州议会厅时，他不由自主地停了一下。机舱灯以这种方式长时间摆动，并被适当地燃烧，并在老人的螺栓门上投射出合适的阴影，该门是薄的，插入有固定百叶窗的，代替了上面板。尽管机舱被所有元素的咆哮所包围，但机舱内孤立的地下环境却使他们在这里嗡嗡作响。架子上的滑膛枪直立在前舱壁上，闪闪发光。星巴克是一个诚实，正直的人；但是当星巴克看到火枪的那一刻，他就从星巴克的内心里奇怪地演变出一种邪恶的思想。但是他的中立或良好的伴奏如此丰富，以至于当下他几乎不了解它。

"他会开枪打我一次，"他喃喃地说，"是的，他指着我的那只步枪；那只拿着钉子的枪，让我摸一下，把它抬起来。奇怪，我处理过许多致命的长矛，奇怪的是，我现在应该摇晃一下，装着好吗？我必须看一下，赞成，赞成；锅里撒粉；-那不好，最好把它洒出来？-等一下，我会自己解决的。"我想的时候会大胆地举着步枪。——我来向他报告一个顺风。但是，对于死亡和厄运来说，这是公平的吗？"这对白鹭来说是公平的。-很管他指着我-十分之一；！这一次我在这里拿着它；他会杀了我，非常的事我处理.-赞成，他会欣然杀死所有他的船员他不说他会不会大惊小怪？难道他没有冲破他的天堂象限吗？在这些同样危险的海洋中，他只是单纯地错误估计有很多错误的日志，而不是摸索他吗？在这次台风中，他没有发誓他会 没有避雷针？但是，这个疯狂的老人是否会被驯服地拖着整个船队陪伴他灭亡？——是的，如果这艘船受到任何致命的伤害，这将使他成为三十多人的故意杀人犯；受到致命的伤害，我的灵魂向这艘船发誓，如果阿哈卜行事的话。如果，那么，他就在眼前-抛开这个罪名，那将不是他的罪行。哈！他在睡觉时喃喃自语吗？是的，就在那里，他在那里睡觉。睡眠？是的，但还活着，很快又醒了。老人，我受不了你。不推理 不示威 你听不到恳求；这一切你都很轻蔑。坚决服从自己的坚决命令，这就是你最呼吸的地方。是的，说这伙人发誓要你发誓。说'我们所有人都是礼拜堂。伟大的上帝禁止！！但是没有别的办法了吗？没有合法的方法吗？-让他成为要被带回家的囚犯吗？什么！希望从自己活着的手中夺取这个老人的生命力？只有傻瓜才会尝试。说他甚至都被小齿轮了；用绳子和大索打结；在这个机舱地板上被拴在环形螺栓上；那他会比笼中的老虎更可怕。我无法忍受这种景象；不可能飞扬他的叫；所有的舒适，睡眠本身，无法估量的理由都会让我踏上漫长而无法忍受的旅程。那还剩下什么呢？这片土地相距数百个联盟，并且距离日本最近。我独自站在这里，在公海之间，在我与法律之间有两个大洋，整个大陆。——是的，是的。——是天堂的杀人犯，其闪电击中了他床上潜在的杀人犯，着床单和皮肤在一起？-然后我会成为一个谋杀者吗？"-然后，慢慢地，隐身地，半路侧身看，他将装满步枪的一端靠在门上。

"在这个水平上，阿哈卜的吊床在里面摇摆；他的头这样摇摆。一碰，星巴克就可以幸存下来再次拥抱他的妻子和孩子。——哦，玛丽！玛丽！-男孩！男孩！男孩！"但是如果我不叫醒你死了，老头，谁能说出星巴克这一天的深沉的尸体可能会与全体船员一起沉没呢！伟大的上帝，你在哪里？我应该吗？前帆和主帆帆被收起并固定；她继续前进。"

"严厉！噢，白鲸，我终于抓住了你的心！"

这些声音现在从老人的痛苦的睡眠中传出，仿佛星巴克的声音引起了漫长的愚蠢的梦想。

那只还挺的步枪像酒鬼的胳膊一样摇晃着靠在面板上。星巴克似乎在和天使搏斗。但是从门上转过身，他把死亡管放在了架子上，离开了那个地方。

"斯塔布先生，他太熟睡了；你下去，叫醒他，告诉他。我必须看这里的甲板。你知道该说些什么。"

第124章针。

第二天早晨，尚未消退的大海滚滚而来，汹涌而散漫的漫长而缓慢的涛涛滚滚而来，努力追赶着这只怪兽的步，将她推向巨人的手掌。强劲而毫不动摇的微风到处弥漫，使天空和空气看上去像是巨大的叛逆风帆。全世界风起云涌。早晨的阳光笼罩着他，看不见的阳光只能通过他所在位置的传播强度来了解。他的刺刀射线成堆地向前移动。像巴比伦王朝和王后加冕的厄瓜多宁统治着一切。海洋就像是熔金的坩埚，在光和热的作用下沸腾。

长期保持着迷人的沉默，阿哈卜与众不同。每当不休的船低低地俯冲她的船首斜桅时，他都转过头来看着前方发出的灿烂的阳光。当她深深地坐在船尾时，他转过身来，看到了太阳向后的位置，同样的黄色光线如何与他那不屈的尾流融为一体。

"哈哈哈，我的船！你现在最好被带走做太阳的海上战车。，！所有你们国家在我的船首前，我把阳光带到你们身上！一前一后，我驾着大海！"

但是突然被一些反思想束缚住了，他急忙走向舵，地要求着船的前进方向。

"先生，东东，"受惊的操舵员说。

"你说谎！"用握紧的拳头打他。"早上这个小时向东行驶，太阳向后倾斜吗？"

每一个灵魂都因此而困惑；因为刚刚观察到的这种现象已经无可避免地彼此逃脱了；但其非常明显的盲目性一定是原因。

将头伸到双耳中途，瞥了一眼指南针。他举起的手臂缓缓落下；一会儿，他似乎差点儿错开了。站在他身后的星巴克看了看，瞧！这两个罗盘指向东方，而此方阵毫无疑问地向西走。

但是当第一个狂野的警报可能会在船员中传出国外时，老人笑得很严厉，他喊道："我知道了！以前发生过。星巴克先生，昨晚的雷声打转了我们的指南针，仅此而已。现在听到这样的事情，我接受。"

"是的，但是我从来没有发生过，先生。"这位苍白的伴侣悲观地说。

在这里，必须要说的是，在多于一种情况下，此类事故是在暴风雨中发生的。众所周知，水手针中产生的磁能基本上就是在天堂中看到的电能。因此，应该对这样的事情不感到惊讶。在雷电实际上击中船只，以击打一些翼梁和索具的情况下，对针的影响有时甚至更加致命；它的所有负载石优点都被消灭了，因此以前的电磁钢比老婆的编织针不再有用。但在任何一种情况下，针头本身再也不会恢复因此受损或丢失的原始美德。如果双子罗盘受到影响，则同一命运将到达船上所有其他命运；甚至是插入到中的最低的一个。

这位老人故意站在罗勒前，盯着易变的指南针，正握着锐利的手，正好抓住了阳光，对针正好倒转感到满意，喊出了他的命令。进行相应的更改。院子里很辛苦。然后，这个脚架再次将她毫不畏惧的弓箭推向对立的风，因为所谓的公平的人只是在耍弄她。

同时，无论他有什么秘密想法，星巴克什么都没说，但他悄悄地发出了所有必要的命令。矮个子和长颈瓶（似乎在某种程度上然后正在分享他的感情）同样毫不掩饰地默认。至于男人，尽管其中一些人低声喧，但他们对阿哈卜的恐惧大于对命运的恐惧。但像以前一样，异教徒的鱼叉侠几乎完全没有留下深刻的印象。或者，如果留下深刻的印象，那只会是因为某种坚强的意志从坚韧的射入了他们的快乐之心。

在一个空间里，老人走着幻想不断地走到甲板上。但是他喜欢用象牙的脚跟滑一下，看到前天象限的碎铜观察管冲向甲板。

"您是可怜的，骄傲的观星者和太阳的飞行员！昨天我毁了您，今天的指南针会令我不知所措。所以，所以。一根杆子；一根短棍，和造船者的最小的针头。快点！"

也许是出于某种决定他现在要做的冲动的附属动机，是某些审慎的动机，其目的可能是通过巧妙运用他的微妙技巧来振奋其船员的精神，而这与倒圆规。此外，这位老人很清楚，尽管笨拙地可行，但要用易变的针进行操纵，如果没有一些颤抖和邪恶的预兆，那不是迷信的水手所能做的。

"伙计，"他说着，不断地向船员求助，当队友把他要求的东西递给他时，"我的伙计们，雷声打转了旧的阿哈卜的针头；但是，用这小小的钢阿哈卜可以做成他自己的东西，这将是真的。"

如前所述，水手们交换了昧的一瞥。他们着迷的眼神等待着随之而来的魔术。但是星巴克移开了视线。

从顶端大锤吹出一口气，击落了长矛的钢头，然后将剩下的长长的铁棒交给了配偶，请他将其直立，不要碰到甲板。然后，用大锤反复敲打该铁棍的上端，然后将钝针朝下放在铁棍的顶部，然后用力不大地锤击，以至于伴侣仍然像以前一样握住铁棍。然后用它进行一些小的奇怪动作（无论是钢的磁化必不可少的，还是仅仅是为了增强工作人员的敬畏度，都不确定）。然后移到罗经，从那里的两个倒转的针中滑出，并将帆针的中部水平悬挂在其中一个罗盘卡上。起初，钢绕着一圈又一圈旋转，在两端颤动颤动。但是最后它安顿到了原处，当时一直专心观察结果的阿哈卜（ ）坦率地从罗纳尔（ ）退后，将伸直的手臂指向它，大叫："你们看，如果阿哈卜（ ）没有，地狱之锤的主人！太阳在东方，指南针发誓！"

他们一个接一个地凝视着，除了他们自己的眼睛能说服他们的愚昧外，又一个接一个地沉迷了。

在他那蔑和胜利的火眼中，您会看到他所有致命的骄傲中的阿哈卜。

第125章日志和行。

虽然这艘注定的脚架已经漂流了这么久，但很少使用原木和线。由于自信地依赖于确定船只位置的其他手段，一些商人和许多鲸鱼，特别是在巡游时，完全忽略了沉重的原木；尽管同时，并且出于形式上的考虑，通常比其他任何事情都要多，但要定期放下习惯于船上的航向以及每小时的平均平均前进速度。因此一直存在问题。木质卷轴和有角度的原木悬挂着，久久未动，就在后舷墙的栏杆下方。雨水和喷雾使它湿润了；太阳和风使它弯曲了；所有的元素结合起来，腐烂了一件如此闲置的东西。但是，尽管如此，他却无动于衷，在磁铁般的场面发生了几个小时之后，他正好瞥了一眼卷轴，心情就变得平淡无奇了，他想起了自己的象限不再存在，并想起了他对水平仪和水平仪的疯狂誓言。船猛地航行；之后，巨浪卷入骚乱。

"向前，到那里！把木头拉出来！"

两个海员来了。金色大溪地和灰熊的曼克斯曼。"请带上你们中的一位，我会举起。"

他们走向船尾的极端船尾，那里倾斜的风使甲板几乎浸入了乳脂状的，横冲直撞的海中。

工匠人通过主轴的伸出的手柄端将线轴抬起并高举，线轴绕着线轴旋转，以直角的圆木向下悬挂，直到阿哈卜向他推进。

阿哈卜站在他面前，轻轻地放松了三十或四十转，形成一个初步的手动线圈，将其扔向船外，当时专心注视着他和那条绳索的老曼克斯曼大胆地讲话。

"先生，我不信任它；这条线看起来已经不远了，长时间的高温和潮湿已经损坏了它。"

"老先生，不会坚持的吗？长时间潮湿潮湿，它们宠坏了您吗？您似乎应该坚持下去。或者，更真实的说，生活能拥有您，而不是您。"

"先生，我握住线轴，但正如我的上尉所说的那样。我的这些灰白的头发在争执时不值一提，特别是与一个上级的人，他不会供认。"

"那是什么？现在在女王自然的花岗岩创办的大学里有一个零散的教授；但是他认为他太屈从了。你出生在哪里？"

"在小小的岩石小岛上，先生。"

"太好了！您为此而震惊了世界。"

"我不知道，先生，但是我出生在那儿。"

"在人的岛上，嘿？好吧，换句话说，这很好。这是一个男人的男人；一个人出生于一个曾经独立的男人，现在没有人了；这被卷入了-被什么吸引了？死了的死墙终于把所有询问的头都撞了上来！

日志沉重。松散的线圈在长长的拖曳线尾中迅速变直，然后，卷轴开始旋转。反过来，原木的牵引阻力在滚动的涛声中抽动地抬起和放下，导致旧卷轴工奇怪地错开。

"坚守！"

快点！过度拉紧的线在一个长的花彩中下垂。拖曳的日志不见了。

"我压碎了象限，雷声转过针，现在狂热的海分开了原木线。但是阿哈卜可以修补所有东西。大溪地拖运到这里，塔克斯提安；起来，曼克斯曼。你看，让木匠再做一次原木。，然后修补这条线。

"他现在去了；对他来说什么都没有发生；但是对我来说，子似乎从世界的中间散开了。拉进去，拉进去，大溪地！这些线条贯穿并旋转着：打成碎片，拖拉着慢点。哈，点子？来帮忙；，点子？

"点子？谁叫你们点子？点子从鲸鱼船上跳了下来。点子失踪了。现在让我们看看您是否没有在这里把他钓鱼，渔夫。这很费力；我猜他在抓紧。他走了；我们在这里没有胆小鬼拖拉！!!他的胳膊刚破了水。斧头！斧头！砍掉了-我们在这里没有胆怯拖拉上尉！先生，先生！这是点子，试图上车再次登机。"

"和平，你这疯子，"那个夫喊道，抓住他的胳膊。"远离四分之一甲板！"

阿哈卜喃喃地说："白痴越骂越小。""从那圣洁中解脱！男孩，你说的点子在哪里？

"在那里，先生，后退！瞧！瞧！"

"你是谁，男孩？在你那空洞的瞳孔中我看不到我的倒影。天哪！那人应该是不朽的灵魂可以筛查的东西！你是谁，男孩？"

"小男孩，先生；船长，叮叮当，叮叮当当！点子！点子！点子！点点一百磅的粘土奖励；五英尺高-看上去弱-最迅速地被那个知道！谁见过胆小鬼？"

"在雪线之上没有心。哦，冰冻的天堂！在这里向下看。你们确实生了这个运气不好的孩子，你们是有创造力的自由主义者，已经把他抛弃了。男孩，此刻，阿哈卜的小屋将是皮普的家，当你活着的时候，男孩，你触动了我最内心的中心；你被我的心弦编织的绳子绑在我身上。来吧，让我们失望。"

"这是什么？这是天鹅绒的鲨鱼皮，"专心凝视着的手，感觉到了。"啊，现在，可怜的点子，但是却感觉到这样的事情，也许他没有迷路！先生，这在我看来，就像一条人的绳索；有些软弱的灵魂可以忍受的东西。哦，先生，让老珀斯现在来铆钉这两只手；黑色的一只手和白色的一只手，因为我不会放手。"

"哦，男孩，我也不会，除非我因此将你拖到比这里更可怕的恐怖。然后，到我的小屋来。瞧！你们信奉上帝的上帝，所有信奉上帝的人，你们都生病了，瞧！一个无知的无神之神，没有受苦的人；一个人，虽然白痴，不知道他的所作所为，却充满了爱与感激的甜蜜的事物来了！我感到骄傲的是用你的黑手带领你，而不是我抓住了皇帝的手。！"

"现在有两个傻瓜，"老人，咕道。"一个愚蠢的人有力量，另一个愚蠢的人却虚弱。但这是烂线的尽头，全都在滴滴。修补一下，是吗？我想我们最好再换一条线。我会见到斯塔布先生它。"

126.救生圈。

现在由的水平钢转向东南，她的进步完全取决于的水平测井仪和测线。脚步向赤道前进。在如此稀疏的水域中穿行如此长时间，不要求任何船只，并且在不变的贸易风的推动下，漫长而侧向的波浪单调温和；所有这些似乎都是奇怪而平静的事物，笼罩着一些暴乱和绝望的景象。

最后，当船驶向赤道渔场附近的郊区时，在黎明前的深深黑暗中，航行着一群岩石小岛。当时以烧瓶为首的那只手表，被如此狂野而隐秘的哭声吓了一跳，就像所有被杀的无辜者的鬼魂的半透明的哀声一样，使他们一个又一个地从遐想开始，并为一些空间片刻，站着或坐着，或倾斜地倾听着所有声音，就像雕刻的罗马奴隶，而那狂野的哭声仍留在听觉中。船员的基督教或文明部分说这是美人鱼，并发抖；但异教徒的鱼叉手仍然感到震惊。然而，灰色的曼克斯曼人（所有人中最古老的水手）宣称，听到的惊险刺激的声音是海里新淹死的人的声音。

在他的吊床上，直到灰色的黎明，他才来到甲板上，才听到这件事。然后用烧瓶把它告诉了他，但并不伴有暗含的暗示。他空洞地笑了笑，从而解释了奇迹。

船过去的那些岩石群岛是大量海豹的胜地，一些失去了水坝的幼小海豹，或者失去了幼崽的一些水坝，一定是在船附近升起并陪伴着她，哭泣和哭泣。与人类的哀号。但这只会使其中一些人受影响更大，因为大多数水手对海豹怀有一种非常迷信的感觉，这不仅源于他们遇险时的独特音调，还源于他们圆圆的头和半智商的面孔的人眼神情从水边起义。在某些情况下，在海中，海豹不止一次被误认为是男性。

但机组人员的命运注定要在当天早上收到其中一个人的命运的最可信的确认。这个男人在日出时从吊床走到前额的桅杆。以及是否还没有从睡眠中唤醒一半（因为水手有时会在过渡状态下高空上来），现在是否与男人在一起，现在还没有任何消息。但是，就算是这样，他也没有坐在高处，听到一声叫喊声-一种叫声和冲动-抬头望去，他们看到了空中飘落的幻影。往下看，在蓝色的大海中扔了一些白色的泡泡。

救生圈-一个细长的长桶-从船尾掉下，在那里它总是顺服于一个狡猾的春天。可是没有人举手抓住它，长长的阳光照在这只酒桶上，它萎缩了，使它慢慢地充满了，干枯的木头也充满了它的每一个孔。钉满铁钉的木桶跟着水手走到水底，仿佛是要给他放下枕头，尽管那是安抚但又坚硬的枕头。

因此，第一个安装了桅杆的人在白鲸自己特殊的地方上寻找桅杆，以寻找白鲸；那个人被深渊吞没了。但当时很少有人想到这一点。的确，至少在某种程度上，他们对这一事件并不感到悲伤，至少是预兆。因为他们认为这不是未来对邪恶的预兆，而是对已经预见到的邪恶的实现。他们宣布，现在他们知道前一天晚上听到这些疯狂尖叫的原因。但是老曼克斯曼再次拒绝。

丢失的救生圈现在将被更换；星巴克被指示去看它；但是，由于找不到足够轻的酒桶，以及在似乎即将到来的航海危机的热切渴望中，所有双手都对任何辛劳不耐烦，但与最终目的直接相关的是什么，无论事实证明是什么。；因此，当有一些奇怪的迹象和 暗示了有关他棺材的暗示时，他们将不带浮标离开船的船尾。

"棺材的救生圈！" 星巴克哭了，开始了。

斯塔布说："我更应该说这很奇怪。"

烧瓶说："这将足够好。这里的木匠可以轻松地将其布置好。"

星巴克忧郁地停了下来之后说："把它拿出来；别无所求。" "木匠，把它弄上去；别这样看着我-棺材，我是说。你听到我了吗？把它弄上去。"

"先生，我要钉紧盖子吗？" 像锤子一样移动他的手。

"是的。"

"先生，我要填缝吗？" 像压紧铁一样移动他的手。

"是的。"

"先生，然后我再付我一笔钱吗？" 像调子一样移动他的手。

"走开！拥有你的东西是什么？把棺材变成救生圈，别无所求。——斯塔布先生，长颈瓶先生跟我来。"

"他喘不过气来。他可以忍受的整个身体；在他笨拙的部位。现在我不喜欢这样。我为船长做一条腿，他像绅士一样穿它；但是我为，他不会把头伸进去。我为用那个棺材一无所获而痛苦吗？现在我被命令制作救生圈，就像把一件旧外套翻了，要带现在我不喜欢这种令人不快的生意，我一点也不喜欢；它没有尊严；这不是我的地方。让修补匠的孩子做修补；我们是他们的更好。只能从事干净，原始，公正的数学工作，这些工作通常从头开始，在中间的时候中间，到结论结束；不是皮匠的工作，那是在中间结束，在开始时结束，这是老妇人要去做的工作的招数。上帝！所有老妇人对修补匠有多深情。我知道一个六岁的老妇人 五十五岁，一次与一个光头年轻的修补匠一起逃跑。这就是当我将自己的工作坊留在葡萄园时，我永远不会为孤寡寡妇上岸工作的原因。他们可能把它带入孤独的旧脑袋与我一起逃跑。但是，嗨！海上没有帽子，只有雪帽。让我看看。钉上盖子；填缝；支付相同的费用；将它们压紧，然后用弹簧将其悬挂在船尾。以前用棺材做过这样的事吗？现在，有些迷信的老木匠会被捆绑在索具中，除非他们愿意做。但是我是由讨厌的铁杉制成的；我不让步。着棺材！带着墓地托盘航行！但是没关系。我们在树林里的工人制作新娘床架，桌子，棺材和灵车。我们按月，按工作或按利润工作；除非我们过于困惑，否则我们不会问我们工作的原因和原因，然后如果可以的话，我们将其藏起来。下摆！现在，我会温柔地完成这项工作。我要我-让我们看看-轮船公司里有多少人？但是我忘记了。无论如何，我要给我三十条分开的，以土耳其人为首的生命线，每条脚长三英尺，悬挂在棺材周围。然后，如果船体掉落，将有三十个活泼的家伙都在争夺一具棺材，这是在阳光下很少见到的景象！来吧，锤子，填缝铁器，火锅和马刺钉！让我们开始吧。"

127.甲板。

棺材放在虎钳台和开放式舱口之间的两个管线上。木匠缝缝；一串扭曲的橡树弦从放在他胸口的大卷中慢慢松开。—— 慢慢地从机舱舷梯里出来，听见他后面有一点点声音。

"回来，伙计；我现在又和你们在一起。他走了！这只手比那个男孩更合乎我的幽默。——教堂的中间走道！这是什么？"

"救生圈，先生。星巴克先生的命令。哦，先生，你要当心舱口！"

"谢谢你，伙计。你的棺材对金库很方便。"

"先生？舱口盖？哦！先生，确实如此。"

"你不是打腿的人吗？看，这个树桩不是从你的商店来的吗？"

"我相信是的，先生；套圈站立，先生？"

"足够好。但是您还不是承办人吗？"

"是的，先生；我在这里把这东西当作的棺材进行了修补；但是他们现在已经让我把它变成了其他东西。"

"然后告诉我；您不是野心勃勃，一头雾水，相互干预，垄断，异国情调的老派，有一天会做腿，第二天要用棺材拍打他们，然后再从那些救生圈中浮出水面棺材？您是神灵一样卑鄙的人，是千篇一律的杰作。"

"但是，我什么都不是，先生。我照做。"

"众神再来一次。哈克，你们难道不曾为棺材而歌唱吗？他们说，泰坦人在挖出火山口的火山口时嗡嗡作响；而掘墓者则在手中唱着铁锹。决不？"

"唱歌，先生？我会唱歌吗？哦，先生，我对此很冷漠；但是，挖墓者制作音乐的原因一定是因为他的锹里没有东西，先生。充满了它。

"是的，那是因为盖子上有一个共鸣板；而使这块共鸣板所有的东西都是这个—在下面没有东西。然而，一个棺材中的尸体几乎和木匠一样响。您曾经帮助搬运过啤酒吗，听到棺材敲着墓地大门进去了吗？

"信念，先生，我-"

"信仰？那是什么？"

"为什么，信念，先生，这只是一种感叹之类的-就是这样，先生。"

"嗯，嗯；继续。"

"先生，我正要说-"

"你是蚕吗？你要把自己的裹尸布从自己身上甩出来吗？看着你的怀里！寄发！把这些陷阱藏在眼前。"

"他船尾。这是突然的；但是在狂热的纬度中，狂风突然来了。我听说，加利帕斯群岛之一的阿尔伯马尔岛被中间的赤道割断了。在我看来，这有点赤道正好在老人中间切开他，他总是在线下-烈火，我告诉你！他正这样看-来，橡树；很快，我们又去了，这把木槌是软木塞，还有我是音乐眼镜的教授-轻按，轻按！"

（自言自语。）

"有个景象！有声音！灰头啄木鸟轻敲空心树！现在可能很羡慕瞎子和笨蛋。瞧！那东西放在两个装满拖曳线的线筒上。最恶意的摇晃，那个家伙，老鼠来了，所以，人类的秒针滴答滴答！哦，所有物质都是多么的不重要！里面有什么真实的东西，但是无可挑剔的思想呢？现在，这只是可怕的可怕死亡的象征，仅仅通过偶然的机会，就成为了表情的象征。这是最濒临灭绝的生命的帮助和希望；棺材的救生圈！它会走得更远吗？在某种精神上讲，棺材毕竟不过是永生的保存者吗？但是没有，到目前为止，我在地球的黑暗面中消失了，那理论上明亮的另一面对我来说似乎却是不确定的暮色，木匠，你们永远不会以那种应有的声音做这件事吗？当我再次返回时，我看不到这里的东西，现在，再说，我们再说一遍；我确实从你身上吸走了最奇妙的哲学！来自未知世界的管道必须排入你！"

第128章脚步遇到瑞秋。

第二天，有人描述了一艘大船，瑞秋号，紧紧靠在马上，她的所有腿骨都密密麻麻地簇拥着男人。当时马车在水中的速度不错；但是，当那只宽翅的迎风陌生人向她射击时，吹牛的帆全部落在一起，成为破裂的空白囊，所有生命都从那只被击碎的船壳中逃了出来。

"坏消息；她带来了坏消息，" 老夫喃喃地说。可是她的指挥官却大声疾呼，在船上站了起来。希望他能冰雹，听到的声音。

"见过白鲸吗？"

"是的，昨天。你们看见过鲸船漂流了吗？"

扼杀他的喜悦，阿哈卜否定了这个意想不到的问题。然后，当陌生人的船长停下自己的船只的船长，从她的身旁下沉时，他便不愿登上陌生人。几下敏锐的拉力，他的船钩很快就束紧了这只怪兽的主链，然后他跳到甲板上。立刻，他因认识到的而被认可。但是没有正式的称呼交换。

"他在哪里？没被杀！没有被杀！" 阿哈卜哭了，紧紧地向前推进。 "它曾是怎样的？"

似乎在前一天的下午有些晚，而三名陌生人的船正与一团鲸鱼交战，这条鲸鱼将他们带离船约四、五英里；当他们仍在迅速追赶上风时，白色的驼峰和白鲸头突然从水面隐约浮现，离背风不远。因此，第四艘索具船（一艘预留船）被立即降低追赶。经过一阵敏锐的风帆之后，这条第四艘船-最快的龙骨-似乎已经成功地固定了起来-至少桅杆头上的人可以说出任何有尖它的信息。在远处，他看到了点缀着虚线的船；然后是一阵冒泡的白水。在那之后，仅此而已；从那里得出的结论是，这头折磨的鲸鱼必须像他的追随者一样无限期地逃跑，就像经常发生的那样。当时有一些担心，但还没有肯定的警报。召回信号放置在索具中；黑暗来了；并且被迫将她的三艘远航船带向迎风驶去的船（为了向完全相反的方向追赶第四艘船）

，这艘船不仅被迫将其船运到了午夜之前，而且在当时，以增加与它的距离。但是她的其他船员们终于安全上船了，她在失踪的船后拥挤了所有帆-帆在帆上。在她的试锅里点燃火作为信标；监视中还有其他每个人。但是，当她如此航行了足够的距离，从而获得了最后一次见到缺席者的假定位置时；尽管她随后停下来放下备用船以拉扯她周围的一切；一无所获，又再次出现了。又停了下来，放下了船。尽管她因此一直坚持到白天。然而，人们仍未见到龙骨缺失的最少一瞥。

故事告诉我们，这名陌生人的船长立即继续登机，露出了自己的目标。他希望那艘船能够与自己的船只联合进行搜索；通过在平行线上以约四或五英里的距离在海上航行，并像以前一样扫过双地平线。

"我现在要打赌，"一口低声说道，"那艘失踪的船上有人穿着那位船长最好的外套；也许，他的手表-他是如此着急着要把它拿回来。他曾听说过两条虔诚的鲸鱼-船在捕鲸季节的高峰期在一条失踪的鲸鱼船后巡航吗？看，烧瓶，只能看到他的脸色苍白-眼角苍白-看起来-不是外套-一定是一"

"我的孩子，我自己的孩子在其中。为了上帝，我求求，我想起了"。在这里，陌生的船长向阿哈卜喊道，阿哈卜至今仍未收到他的请愿书。"在八四十小时内，让我包租您的船，如果没有其他方式，我将很乐意付款，然后全额付款。只有八四十小时，只有这样，您必须，哦，则必须这样做，并且您应该做这件事。"

"他的儿子！"斯塔布喊道："哦，这是他的儿子，他迷路了！我拿回外套，看着-阿哈卜怎么说？我们必须救那个男孩。"

站在他们身后的老马克斯水手说："昨晚他在其他地方淹死了。""我听到了，你们所有人都听到了他们的精神。"

现在，不久的事实证明，使雷切尔事件更加忧郁的是这种情况，不仅是失踪船员中的一个，也是船长的儿子之一。但与此同时，在另一艘船的船员中，在追赶的黑暗沧桑中与船分离时，还有一个儿子。曾经有一次，可怜的父亲陷入了最残酷的困惑的深渊。只有在这种紧急情况下，他的队长本能地采用鲸船的普通程序为他解决了，也就是说，当把它们放在危险而分裂的船只之间时，总是总是首先要占多数。但是由于某种未知的宪法原因，船长不愿提及所有这些，直到阿哈卜（ ）的冰冷迫使他才提到他的一个失踪男孩。一个小家伙，但只有十二岁，他的父亲带着父爱的恳切而坚定的毅力，因此早早地试图使他陷入险恶和奇妙的职业中，这几乎是他所有种族的命运。楠塔基特船长也不会经常离开这样一个年纪轻轻的儿子，在他们自己的另一艘船上进行长达三到四年的航行；因此，只要有机会表现出父亲自然而又不合时宜的偏见或过分的忧虑和担忧，他们对鲸鱼职业的初识就不会被激发。

同时，现在这个陌生人仍在恳求他可怜的阿哈卜恩赐；阿哈卜仍然像铁砧一样站着，受到了一切的震动，但是却丝毫没有颤抖。

"我不会去，"陌生人说，"直到你说赞成我。对我做了，你要我给你做的类似情况。对你也有一个小男孩，船长亚哈，虽然是个孩子，现在可以安全地在家里窝窝了-也是您年纪大的孩子-是的，您放心了；我看到了-现在，奔跑，奔跑，男人们，站起来在院子里摆姿势。"

"胆子"，阿哈卜喊道，"不要碰绳索"。然后用一个声音长时间地塑造着每个单词："加德纳船长，我不会这么做。即使现在我也浪费时间。再见，再见。上帝保佑你们，老兄，我可以原谅自己，但我必须走"星巴克先生，看一眼双子座手表，从现在起的三分钟内警告所有陌生人：然后再次向前挺起，让船像以前一样航行。"

他匆匆转过身，转过脸，走进了自己的小屋，让这名陌生的船长在无条件彻底拒绝他如此认真的衣服的情况下呆呆了。但是从他的附魔开始，加德纳默默地跑到一边。跌倒比踏入他的船还多。

不久，两艘船分开了它们的尾流；只要看到这艘奇怪的船，就可以看到她在海上的每个暗点（无论多么小）都来回偏航。这样，她的院子就转了转。她继续保持右舷和后舷；现在她在公海搏斗。它又把她推到了前面。而与此同时，当男孩们在树枝间樱桃树时，她的桅杆和院子里密密麻麻地簇拥着三棵高大的樱桃树。

但是通过她仍然停下来的路线和蜿蜒而悲惨的方式，您清楚地看到，这艘喷着水而哭泣的船仍然没有舒适感。她是瑞秋（ ），为她的孩子们哭泣，因为他们不是。

第129章机舱

（移动到甲板上；抓住他的手跟随。）

"小伙子，小伙子，我告诉你，你现在不应该遵循的时刻到了。那时不会吓到你，却不会有你陪伴他。可怜的小伙子在你里面，我觉得这太治愈了对我的疟疾来说，就像治疗一样；为了这个狩猎，我的疟疾成为我最想要的健康。你在这里住下，为他们服务，好像你在打湿队长。对，伙计，你要坐在我这里你自己的那把螺丝钉的椅子；你一定要拧紧它。"

"不，不，不！先生，你们没有浑身；是的，但是请您用我可怜的那只失去的一条腿；先生，请踩在我身上；我不再要求，所以我仍然是你们的一部分。"

"哦！尽管有数以百万计的恶棍，但这使我成为了男人永不褪色的忠诚的人！-还有一个黑人！又是疯子！"但是他也是如此，他也变得那么理智。

"先生，他们告诉我，司徒拔曾经丢下可怜的小点子，淹死的骨头现在变成白色了，这是他活着的皮肤的全部黑色。但是，先生，我永远也不会像司徒拔那样离开他。先生，我必须你们去吧。"

"如果你这样对我说得更多，阿哈卜的目的就会在他心中浮出水面。我告诉你不，这不可能。"

"哦，好大师，大师，大师！

"这样，我会杀了你的！要小心，因为阿哈卜也很生气。听着，你经常听到我的象牙脚踩在甲板上，却仍然知道我在那儿。现在我离开了你。你的手小伙子，是真正的艺术，伙计，作为它中心的圆周。所以：愿上帝永远保佑你；倘若如此，愿上帝永远拯救你，任由一切降临。

（前进；向前迈出了一步。）

"他一时站在这儿；我站在他的空中，但我很孤单。现在这里甚至是可怜的小家伙，我都可以忍受，但是他不见了。小精灵！小精灵！丁，董，丁！谁看见了小精灵？他必须在这里；我们可以尝试一下门吗？什么？既没有锁，也没有螺栓，也没有杆;但是还没有打开它。这一定是咒语;他告诉我要留在这里：是的，告诉我这把椅子是我在这里，然后，我将我，她的所有龙骨和她的三个桅杆靠在船的整个中间，靠在横梁上，在这里，我们的老水手说，他们的黑色七十四位海军上将有时坐在哈哈，这是什么？肩章！肩章！肩章全都拥挤！穿过水器;高兴地看到你们;先生们！多么奇怪的感觉，现在，何时一个黑人男孩接待了白人，外套上戴着金色花边！一先生们，您看见一个点子了吗？一一个黑人小伙子，五英尺高，悬挂狗的样子，怯地从鲸鱼船上跳了一次；看过 他吗 没有！好了，再次加油，队长们，让我们为所有夫喝杯耻辱！我没有名字。让他们感到羞耻！将一只脚放在桌子上。使所有夫都感到羞耻。在那上面，我听到了象牙色，哦，主人！主！当你走过我的时候，我确实很沮丧。但是我会留下来，尽管这个船尾撞到了石头。他们隆起。牡蛎也加入了我的行列。"

第130章帽子。

如今，经过漫长而广泛的初步航行之后，在适当的时间和地点，阿哈卜（）-所有其他捕鲸水域都被淹没了-似乎将他的敌人追逐到了海中，以便将他更安全地杀死。现在，他在遭受折磨的那片纬度和经度中发现自己很辛苦；现在，已经讲过一艘在前一天实际上遇到过白鲸的船只；并且，现在他与各艘船的所有相继会议都相反地表明了白鲸对猎人的无情冷漠，无论是犯罪还是犯罪反对；现在是那位老人的眼睛里潜伏着些东西，微弱的灵魂几乎看不到这东西。作为一颗永不动摇的极星，经过六个月的漫长而持久的北极，维持了其刺穿，稳定，中央的目光；所以的目的现在在闷闷不乐的船员不断的午夜时光一闪而过。它在他们之上占主导地位，以至于他们所有的寄托，怀疑，疑虑，恐惧都隐隐藏在他们的灵魂深处，而不发芽任何矛头或叶子。

在这个前兆的间隔中，所有被强迫或自然的幽默都消失了。不再顽强地抬起微笑；星巴克不再努力检查一个。同样，欢乐与悲伤，希望与恐惧似乎被最细微的尘埃磨碎了，并暂时在阿哈卜坚硬的灵魂中被磨成粉。就像机器一样，他们笨拙地在甲板上移动，一直意识到老人的专横眼神注视着他们。

但是您是否在他更为机密的秘密时刻对他进行了深入的检查？当他以为没有目光，只有一个在他身上；那么，您会发现，即使的眼睛敬畏船员的眼睛，那难以理解的的眼神也敬畏了他。或至少以某种疯狂的方式有时以某种方式影响了它。这种额外的，滑行的陌生感现在开始投资于薄薄的联邦军。这种不停的颤抖震撼了他。这些人对他看起来有些可疑；似乎不确定一半，他是否确实是一种致命物质，还是某个看不见的人的身体在甲板上投下了沉重的阴影。那阴影总是在那儿徘徊。因为甚至到了晚上，联邦政府肯定还睡不着觉，或者走到下面。他会静止不动几个小时，但从不坐着或倾斜。他那苍白而又奇妙的眼睛清楚地表明了这一点-我们两个看守从未休息过。

除非在他们面前有，否则在任何时候，无论在白天还是黑夜，水手们现在都不能踩到甲板上；要么站在他的枢轴孔中，要么正好在两个无限制的极限（主桅杆和微型）之间调整木板的步调；否则，他们会看到他站在小木屋里，他的活着的脚在甲板上前进，仿佛要踩了一下；他的帽子沉重地晃动着眼睛。这样，无论他站着不动，无论白天还是晚上，他都没有摇晃。但是他们仍然躲在那顶宽松的帽子下，永远无法毫不含糊地告诉他，有时这一切是否真的闭上了眼睛；或者他是否还在专心扫描它们；没关系，尽管他在舷窗上呆了整整一个小时，而那无知的夜间湿润在那块石头雕刻的外套和帽子上聚集着露珠。一夜潮湿的衣服，第二天的阳光照在他身上。如此，日复一日，夜复一夜；他不再走到木板下面；无论他想要从机舱中寄出什么东西。

他在同一个露天餐厅吃饭；也就是说，他只有两顿饭-早餐和晚餐。也不留胡须；黑暗中生长着粗糙的树木，出土的树木的根吹倒了，尽管在上部的青翠植物中枯萎了，但它们仍然空着地生长在裸露的根基上。但是尽管他的一生现在变成了甲板上的一只手表。尽管帕里塞的神秘表象没有他自己的间断；然而，这两个人似乎从来没有说过话，一个人在说另一个人，除非间隔很久，一些过时的重要事情使之成为必要。尽管如此强大的咒语似乎秘密地加入了吐温；对于那些敬畏的船员，他们公开地看起来像杆子般的破灭。如果白天他们有机会说一个字；到了晚上，就半点言语交往而言，哑巴们俩都是。有时，在最长的时间里，没有冰雹，他们在星光下站得很远。在主桅上的在他的小舷棚中；但是仍然彼此凝视着；仿佛在阿哈卜公园里看到了他的前身影子，在阿哈卜公园里看到了他被遗弃的物质。

然而，以某种方式，阿哈卜（他）每天，每小时和每时每刻都向他的下属发出指令，以他自己的本性来做，阿哈卜似乎是一个独立的君主。帕里瑟，但他的奴隶。他们俩似乎又在一起，又被一个看不见的暴君驱赶着。倾斜的阴影支撑着坚固的肋骨。因为要看他能做什么，所有肋骨和龙骨都是坚固的。

在黎明的最微弱的第一缕曙光中，从船尾听到他的铁皮声音，"桅杆头！"，直到一天，直到日落之后和暮光之城，整天，每小时都发出相同的声音。听到舵手的钟声："你看到了什么？-尖锐！尖锐！"

但是经过三四天后，遇到了寻求儿童的瑞秋人；还没有看到喷口；单躁狂的老人似乎对船员的忠诚不信任。至少在几乎所有异教徒鱼叉者中；甚至，他似乎也怀疑树桩和长颈瓶是否会不愿意忽视他所寻找的景象。但是，如果这些怀疑确实是他的怀疑，他将明智地避免口头表达它们，但是他的举动似乎暗示了它们。

他说："我本人将第一眼看到鲸鱼。""是的！阿哈卜一定要穿杜布隆！"他用自己的双手操纵了许多篮子状的船头线。然后用一只起重的木块高高举起一只手，将其固定在主桅杆头部，他收到了向下垂的绳索的两端。并将一个固定在他的篮子上，准备另一端的销钉，以便将其固定在导轨上。完成此操作后，末端仍握在手中，并站在大头针旁边，他环顾四周

·从一个席卷到另一个席卷。目瞪口呆地盯着达哥··；但回避联邦政府；然后用坚定的目光盯着队长说："先生，拿起绳索，我把它交给你，星巴克。" 然后把他的人放在篮子里，他说出了要他们把他吊到自己的栖息处的位置，星巴克是最后把绳索固定住的人。然后站在它旁边。因此，一只手紧贴皇家桅杆，阿哈卜在国外注视着海里，朝前，朝后，朝这边等等，在如此高的高度上扩大了的圆圈内。

当他的手在索具中几乎没有任何立足点的高空几乎孤立的地方工作时，海上水手被举起到那个地点，并用绳索将其固定在那里。在这种情况下，始终将其固定在甲板上的端头严格地交给某个特别看管的人。因为在这样一个充满索具的荒野中，在甲板上所见到的东西总是不能无误地辨认出它们之间各种不同的关系。当每隔几分钟将这些绳索的甲板末端从固定装置上放下时，如果没有固定值班人员的帮助，悬挂的水手应由船员的粗心大意抛弃，这将是自然的死亡。跌入大海。因此，阿哈卜在此事上的诉讼程序并不罕见；关于他们的唯一奇怪的事情似乎就是那个星巴克，几乎是唯一一个敢于以任何微弱的态度反对他来做出决定的人，他也是其中之一，他对自己看起来很忠诚。有点怀疑；-奇怪的是，这是他应该看守员选择的那个人；自由地将自己的整个生命交到这样一个不信任他人的手中。

现在，阿哈卜第一次栖息在高空；他到那儿已经十分钟了吗？红嘴野蛮的海鹰之一，它们经常在这些纬度附近以不适当的方式绕着载有鲸鱼的人的桅杆头飞翔；这些鸟中有一只在迷宫中盘旋而尖叫，转过头来。然后它飞向空中一千英尺。然后向下盘旋，然后再次绕着他的头部涡流。

但是他的目光注定在昏暗而遥远的地平线上，阿哈卜似乎并没有标记这只野鸟；的确，其他任何人也不会对此作任何标记，这在不同寻常的情况下都不会发生；直到现在，几乎每一个最不留神的眼睛似乎几乎在每一个视线中都看到某种狡猾的含义。

"你的帽子，你的帽子，先生！" 西西里海员突然哭了起来，西西里海员正站在的后面，虽然比他的水平要低一些，但他们被深深的空气隔开。

但黑翅已经在老人的眼前了。长长的钩在他头上的钞票：一声尖叫，黑鹰飞奔着他的奖品。

一只老鹰飞了三遍，绕着的头飞去，取下了帽子，取而代之，于是他的妻子宣布将成为罗马的国王。但是只有通过更换瓶盖才能预示好运。阿哈卜的帽子从未恢复过；野鹰飞来飞去；远不及船首；最后消失了；从消失的那一刻起，模糊的一小点黑点从那巨大的高度落入大海。

131.脚步满足。

强烈的脚步声驶过；滚滚的浪潮和日子过去了；救生圈棺材仍然轻轻摇动；并描述了另一艘船，最不幸的是错误地命名了喜悦。当她靠近时，所有的目光都注视在她称为剪子的宽梁上，在一些捕鲸船中，它横过四分之一甲板，高八或九英尺。用于运载备用的，未操纵的或残障的船。

在陌生人的剪刀上，看见曾经是一条鲸船的破碎的白色肋骨和一些碎木板。但是现在您可以清楚地看到这个残骸，就像您看到的那匹去皮的，未弯曲的和未漂白的马骨架一样。

"见过白鲸吗？"

"看！" 那个空荡荡的船长回答说。他用小号指着沉船。

"快杀了他吗？"

对方回答说："鱼叉还没有锻造，永远不会那样做。"悲伤地瞥了一眼甲板上的一个圆形吊床，甲板上聚集着一些无声的水手忙着缝制衣服。

"不是伪造的！"然后从裤上夺取珀斯的水平铁，伸出手喊道："你看·；这只手握住了他的死！这些倒钩在血液里受了火，在闪电中受了火；我发誓要三遍去火。在鳍后的最热的地方，白鲸最能感受到他应有的生活！"

"那么上帝会保护你的，老人，'你说"-到-"我埋葬，但五个粗壮的男人，谁是活着才有昨天之一；但死了晚上只。那一个我埋葬；在其余的在他们死之前被埋葬了；您在他们的坟墓上航行。"然后转向他的工作人员-"您准备好了吗？将木板放在铁轨上，然后抬起身体；于是，然后-噢！天哪！"举起双手朝吊床前进-"愿复活和生命–"

"前进！掌舵！"阿哈卜向他的部下如闪电般喊道。

但是突然起步的脚步还不够快，无法逃脱尸体撞击大海时发出的飞溅声。确实并没有那么快，但是有些飞舞的泡沫可能使她的船体散发出了幽灵般的洗礼。

当从垂头丧气的喜悦中滑落时，悬挂在船尾的奇怪的救生圈浮出水面。

"哈！河豚！看河豚，伙计们！"她醒来时哭泣着。"白费，哦，你们这些陌生人，你们逃离我们悲伤的葬礼；你们，但是请把您的车子转给我们，向我们展示您的棺材！"

132.交响曲。

那是晴朗的蓝色天气。在那无处不在的蔚蓝中，空气和海洋的坚韧几乎是无法分离的。只是，沉思的空气透明而柔和，具有女人的外表，而健壮而像男人的海却沉着长而结实，缠绵的隆起，就像萨姆森在睡觉时的胸部一样。

在高处往前飞，在没有斑点的小鸟的雪白翅膀上滑动；这些是女性空气的温柔想法；但在深处来回，在深不见底的蓝色深处，奔涌着强大的巨兽，剑鱼和鲨鱼。这些是对男性海洋的强烈，困扰，杀人的想法。

但是，尽管如此，内部却形成了对比，但对比只是在阴影和阴影中而没有；那两个似乎是一个；只有性别才使他们与众不同。

高高在上，就像皇室沙皇和国王一样，阳光似乎在这波涛汹涌的大海上散发出柔和的空气。甚至当新娘去修饰。在地平线的环线处，柔和而颤抖的动作（在赤道上最常见）表示可怜的动的信任，可怜的警报，可怜的新娘用它来释放了她的怀抱。

绑起来并扭曲；粗糙并结有皱纹；强硬不屈 他的眼睛像煤炭一样发光，仍然在废墟的灰烬中发光。晨曦的清澈脱颖而出。抬起他那张破碎的眉头头盔到美丽的姑娘的天堂的额头上。

哦，不朽的婴儿，天真无邪！在我们周围嬉戏的隐形有翼生物！空气和天空的甜蜜童年！你们对旧的阿哈卜的近乎痛苦的灾难是多么的忘却！但是我也看到很少的米里亚姆和玛莎，傻眼的精灵，无所顾忌地在他们的老父亲周围乱撞。带着那只锁的圆圈运动着，那只锁在他大脑的疲惫的火山口的边缘。

阿哈卜慢慢地从舷窗跨过甲板，俯身靠在一边，看着他在水中的影子如何沉入并沉入凝视中，他为刺穿深渊而付出的努力越来越多。但是那股妖的空气中的可爱香气最终似乎消除了他灵魂中的那一团坏东西。那欢快，快乐的空气，那美妙的天空，在最后一刻做出并爱抚了他。如此漫长而残酷的禁忌母亲世界，如今却将顽强的手臂缠在他强的脖子上，似乎确实高兴地向他抽泣，仿佛在一个人之上，无论多么任性和犯错，她仍能在心中找到它。保存并祝福。艾哈卜（）从他懒的帽子下掉了一条眼泪入海；太平洋地区也没有包含一滴水这样的财富。

星巴克看见了那个老人；看到他，他如何沉重地靠在一边；他似乎以自己的真心听到了无声的抽泣声，从周围宁静的中心偷走了。小心不要碰他，或者被他注意到，但他仍靠近他，站在那里。

阿哈卜转过身。

"星巴克！"

"先生。"

"哦，星巴克！这是和风，和风，还有和风的天空。在这样的日子里-如此甜蜜至极-我打了我的第一只鲸鱼-十八岁的男孩鱼叉手-四十岁-四十岁年前！-前！四十年的持续捕鲸；四十年的匮乏，危险，暴风雨的时间；四十年在无情的海洋上！四十年已经放弃了这片宁静的土地，四十年来在那片土地上发动了战争。是的，是的，星巴克，在这四十年中，我还没有在岸上度过三周；当我想到这一生时，我曾过着；孤独的荒凉已经到了；船长的砖砌，围墙的小镇排他性，这允许我从这个绿色国家中获得任何同情，但是却很少进入，而没有-噢，疲倦！沉重！几内亚沿海的孤身奴役！-当我想到这一切时；只有半信半疑，在我之前并不那么了解-当我最贫穷的地主吃饱了时，我已经吃了四十年干咸的食物-适合我的土壤干性营养的象征！他每天都有新鲜的水果，把世界上的新鲜面包打碎到我发霉的外壳上-远离我，那个我娶了五十岁的年轻女妻子，隔着大洋，第二天航行去了海角角，只留下一个凹痕我的结婚枕头-妻子？妻子吗？——是一个寡妇，丈夫还活着！是的，我嫁给那个可怜的女孩星巴克后，她就丧偶了。然后，疯狂，狂热，沸腾的鲜血和抽着烟的眉毛，随着它们的降落，一千次降低，老艾哈勃疯狂地，泡沫般地追逐着他的猎物-比起一个男人，更是一个魔鬼！-是的，是的！四十岁的傻瓜-傻瓜-老傻瓜，老阿哈卜是！为什么这场争执追逐？为什么要疲倦，麻痹桨叶的手臂，铁杆和长矛？艾哈比（ ）现在有多富裕？看哪。哦，星巴克！我承受着这种疲惫的负担，应该从我下面抢走一条可怜的腿，这不难吗？在这里，把这头旧发梳到一边；这让我看不见，我似乎哭了。锁如此灰暗，从不灰飞烟灭！但是星巴克，我看起来很老很老吗？我感到致命的晕倒，低头和驼背，仿佛我是亚当一样，自天堂以来，在成堆的数百年之内摇摇欲坠。神！神！上帝！-伤我的心！-伤脑筋！-嘲笑！嘲笑！苦涩，刺骨的白发嘲讽使我活出了足够的快乐来穿 看起来和感觉如此古老？尖！站在我附近，星巴克；让我看着人眼；总比凝视大海或天空更好；胜过凝视上帝。在绿色的土地上；在明亮的炉石上！这是魔术杯，伙计；我看到我的妻子和孩子在你的眼中。不，不; 待在船上，待在船上！当品牌给予 追逐时。这种危害不容小。不，不！在那眼里我看不到远处的家！"

"哦，我的队长！我的队长！高贵的灵魂！毕竟是古老的内心！为什么有人要追逐那只可恨的鱼！离开我！让我们飞这些致命的水域！让我们回家！妻子和孩子也一样！，是星巴克的弟兄，姊妹，游戏同伴青年时期的妻子和孩子；即使您是先生，您也是您充满爱，向往，父辈的老年的妻子和孩子！走开！放开我们！改变路线！我的队长，多么高兴，多么有趣，我们会在途中再次见到旧楠塔基特！我想，先生，他们在楠塔基特有这样温和的蓝色日子，即使如此。"

"他们有，他们有。我看过它们-在早晨的某个夏日。大约这次-是的，现在是他午睡了-这个男孩剧烈地醒来；坐在床上；他的母亲告诉他我，食人族的老我；我在国外深处如何，但仍会再次跳舞。

"是我的玛丽，我的玛丽！她答应了，每天早晨，我的男孩应被带到山上，以瞥见他父亲的帆的第一眼！是的，是的！再也没有！这样做了！我们前往楠塔基特岛"来吧，我的队长，学习课程，然后让我们离开！瞧瞧瞧瞧！男孩的脸从窗外！男孩的手在山上！"

但是阿哈卜的目光却被避免了。他像一棵枯萎的果树一样摇了摇，然后将最后一个苹果渣浇在土壤上。

"这是什么，什么是无名的，难以理解的，出乎意料的事情；什么是征服，隐蔽的主人和主人，以及残酷无情的皇帝命令我；与所有自然的爱和渴望相反，我一直在推动，拥挤和拥挤自己一直以来；鲁;地让我准备好以自己固有的自然心去做某事，我不敢那么敢？是阿哈卜，是阿哈卜？是我，上帝还是谁举起了这只手臂？但是如果伟大的太阳不是自己移动；而是作为天堂中的差事；任何一颗恒星都无法旋转，而是通过某种无形的力量旋转；那么这一颗小小的心跳怎么会跳动；这一颗小小的大脑会思考的想法；除非上帝那样做跳动，思考，创造生活，而不是：在天堂，人类，我们在这个世界上转来转去，就像永安卷扬机一样，命运是动弹不得，而一直以来，微笑的天空，然后这无人的海！看！见！谁把它放到他里面追捕并放飞那条飞鱼？凶手去哪了，伙计！当法官本人被拖到酒吧时，厄运注定？但这是微风，微风和柔和的天空；现在空气闻起来，好像是从遥远的草地上吹来的。他们一直在安第斯山脉，星巴克山坡下的某个地方制作干草，而割草机则在新割的干草中睡觉。睡眠？是的，我们辛苦了，我们终于在球场上睡了。睡觉？是的，在绿色中生锈。去年的镰刀掉下来，留在半截的地带里-星巴克！"

但是由于绝望地变白了尸体的色调，这对伴侣被偷走了。

阿哈卜越过甲板凝视着对方。但从那两只水中的反射的，固定的眼睛开始。一动不动地靠在同一根铁轨上。

133.追逐-第一天。

那天晚上，在中间手表中，当老人不时地走来，从他倚着的小舷梯中走出，进入枢轴孔时，他突然猛烈地伸出脸，着海。空气像狡猾的船上的狗一样吸引着一些野蛮的小岛。他宣布鲸鱼必须在附近。很快，所有手表都闻到了这种奇特的气味，有时是活的抹香鲸发出的巨大气味。当检查了指南针，然后是狗叶片，然后尽可能确定气味的确切方位后，迅速下令稍微改变一下船舶航向并缩短风帆，也不会令船员感到惊讶。

黎明时，指示这些运动的敏锐政策得到了充分的证明，这是因为直接和纵向在海上长了一个圆滑的轨迹，像油一样光滑，并且像与它相邻的打褶的水状皱纹类似，有些像金属般的抛光痕迹潮汐撕裂，在深的溪流口处。

"那位桅杆头的人！全力以赴！"

达戈用三把棍状尖刺在楼顶甲板上打雷，轰动一时，拍打者以震撼人心的拍打声唤起了露宿者，好像他们从窗中呼出了气，如此一来，他们就瞬间带着手中的衣服出现了。

"你看到了什么？"阿哈卜哭了，脸朝天空展平了。

"什么都没有，先生！"声音在回荡。

"高高的帆！-高跷！上下高空，两边！"

一切风起云涌后，他现在松开了救生绳，只好将他摇晃到皇家桅杆上。过了一会儿，他们就把他吊起了，当时，虽然只停留了三分之二的高度，并在主顶帆和顶胆帆之间的水平空位上凝视着前方，但他举起了海鸥状在空中哭泣。"她在吹！—她在吹！像雪山一样的驼峰！那是白鲸！"

被三个守望者同时呼喊的叫喊声激发，甲板上的人冲向索具，以观察他们一直追逐的著名鲸鱼。阿哈卜现在已经站了最后的栖息地，比其他望台高出几英尺，塔什特哥站在他身下，高耸的桅杆的帽子上，这样印度人的头几乎和阿哈卜的脚跟处于同一水平。从这个高度开始，现在可以看到鲸鱼在前方几英里左右，在海的每一卷上都露出鲸鱼的波光粼粼的驼峰，并定期将沉默的水嘴喷向空中。对于轻信的水手来说，似乎就像他们很久以前在月光下的大西洋和印度洋上看到的沉默一样。

"你们以前没有人看到吗？" 艾哈卜哭了起来，向他周围被栖息的人们欢呼。

塔什特戈说："先生，阿哈卜船长几乎在同一时刻看到了他，我哭了。"

"不一样的瞬间；不一样的-不，是我的，命运给我保留了。我只是；你们当中没有一个人会首先举起白鲸。她在那里吹！—她在那里吹！—在那里吹！又来了！-又来了！" 他用拉长的、挥之不去的、有条理的语调哭泣，并与鲸鱼可见喷射的逐渐延长相呼应。"他会发声！在眩晕中！在高耸的帆下！！站在三艘船上。星巴克先生，记住，待在船上，然后将船停在船上。掌舵！！，！"这样；稳重，男人，稳定！有福克斯！不，不；只有黑水！所有的船都准备好了吗？站着，待命！星巴克先生，降下我；降下，降落，-快，更快！" 然后他从空中滑到甲板上。

"先生，他正直奔背风，先生，" 马上离开我们；还没看见这艘船。

"呆呆的，伙计！站在大括号旁边！硬着头皮！！振作起来！让她发抖！-让她发抖！-所以；还有！船，船！"

很快，除了星巴克的所有船都掉了；所有的船帆都摆好了-所有的桨都在划着；涟漪迅速，向背风射击；并开始发病。苍白的死亡闪光器照亮了法拉的下沉的眼睛；可怕的动作咬了他的嘴。

像无声的鹦鹉螺贝壳一样，它们的光亮的尖头飞过大海。但他们只是慢慢地接近了敌人。当他们靠近他时，海洋变得更加平坦。似乎在海浪上铺了地毯；似乎是午后的草地，所以它平静地散开了。最终，这名气喘吁吁的猎人走到了他看似毫无戒心的猎物附近，以至于他整个令人眼花乱的驼峰都清晰可见，像在孤立的东西一样在海中滑动，并不断地在旋转的细腻，羊毛状，绿色泡沫中旋转。他看到头顶略微突出的巨大皱纹。在那之前，远在柔软的土耳其崎的水面上，他宽阔的乳白色额头上闪闪发光的白色阴影，伴随着阴影调动着音乐般的涟漪。在后面，碧蓝的海水交替地流进了他稳健的尾流中动人的山谷。两只手上都出现了明亮的气泡，并在他身边跳舞。但是这些又被数百只以轻柔的羽毛羽毛绕的海禽的脚趾再次折断，并伴随着它们的适宜飞行。就像一些旗杆从涂有漆黑漆的船体上升起的一样，刚从白鲸背上伸出来的一头新矛的高大但破碎的杆子；每隔一段时间，一只柔软的脚禽云盘旋，在鱼上像树冠一样来回掠过，在那根杆子上默默地栖息和晃动，长长的尾巴羽毛像长鞭子一样流淌。

轻柔的欢乐-迅速沉着的沉着温和投入了滑行鲸。不是白牛木星因的欧罗巴依在他优美的角上而游走；他那可爱而悦耳的眼睛侧身注视着女仆；光滑而迷人的快速度，直接波及克里特岛的婚礼凉亭；不开玩笑，不是至高无上的至高无上！当他如此神圣地游动时，确实超过了荣耀的白鲸。

在每一个柔软的侧面（与隆起的部分吻合），但一旦离开他，然后流得如此之宽，在每一个明亮的侧面，鲸鱼都散发出诱人的味道。毫无疑问，在猎人中间，有些人因这种宁静而无名地被运送和吸引，冒险冒险袭击它。但是却致命地发现了那宁静而又是龙卷风的遗迹。平静，诱人的平静，哦，鲸鱼！无论您以前以何种方式被欺骗和摧毁，您都会对所有初次见到您的人最高兴。

因此，由于热带海域的宁静，在拍手被超乎寻常的悬挂而垂下的海浪中，白鲸继续前进，仍然掩盖了淹没在树干中的恐怖，完全掩盖了下颚的扭曲。但是他的前肢很快从水里慢慢升起。一瞬间，他整个大理石化的身体像弗吉尼亚州的天然桥一样形成了一个高高的拱门，并警告他在空中挥舞着他那打着招呼的，子，这位大神露出了自己的声音，声音消失了。白色的海鸟盘旋地停下来，垂在机翼上，渴望地徘徊在他离开的那座搅动的水池上。

船桨扬起，桨划下来，帆板漂流，三艘船现在浮在水面，等待着白鲸的出现。

"一个小时，"阿哈卜说，站在他船尾上。然后他凝视着鲸鱼所不及的地方，朝着昏暗的蓝色空间和巨大的空缺向背风走去。只是一瞬间；当他扫过水圈时，他的目光再次回旋在他的头上。微风现在变得清新；大海开始膨胀。

"鸟！-鸟！" 哭了。

在印度人的长档案中，就像苍鹭飞过时一样，现在白色的小鸟都朝着阿哈卜的船飞了。当几码之内开始在那儿的水上飞舞时，转来转去，满怀喜悦和期待的哭声。他们的远见比人类更敏锐；阿哈卜在海中找不到任何迹象。但是突然间，当他上下窥视它的深处时，他深刻地看到了一个白色的生活点，大小不超过白色的鼬鼠，它的起义非常奇妙，并且随着它的升起而放大，直到它转弯，然后明显地露出了两个长长的弯曲一排排白色的，闪闪发光的牙齿，从难以发现的底部浮起。那是白鲸的张开嘴和下巴滚动；他那巨大的，阴影笼罩的大块仍然与海蓝色融为一体。闪闪发光的嘴巴像开着的大理石墓一样打在船下。除了这种巨大的幻影之外，阿哈卜还用他的转向桨进行了一次侧身扫掠，使飞船回旋。然后，号召联邦政府和他一起换地方，向前鞠躬，抓住珀斯的鱼叉，命令他的船员抓住船桨，站到船尾。

现在，由于及时在船的轴上旋转，使得船头在意料之中，却在水下仍能面对鲸鱼的头。但是仿佛察觉到了这种战略，莫比·迪克（ ）将这种恶意情报归因于他，就侧身移植了自己，就像瞬间将他的褶头朝船底纵向射击一样。

彻头彻尾；鲸鱼穿过每一块木板和每根肋骨都激动了一下，鲸鱼以咬人的鲨鱼的方式倾斜地躺在他的背上，缓慢而有感觉地将弓伸到嘴里，使下颚细长而滚动高高地卷起到户外，其中一颗牙齿被锁成一排。下颌内部呈蓝色的珍珠白色，距的头部不到6英寸，并且达到了更高的高度。以这种态度，白鲸现在摇动着微微的雪松，就像一只略带残酷的猫咪。联邦政府睁开眼睛，凝视着他，双臂交叉。但是老虎黄色的船员们却跌倒在彼此的头上，以取得最大的船尾。

现在，当两个弹性的舷窗弹起而来时，鲸鱼以这种恶魔般的方式与注定的手工艺品相撞。因为他的身体被淹没在船底，他无法从船头上飞奔，因为船头几乎就在他体内。当其他船只不由自主地停下来时，就像之前无法承受的快速危机一样，那是单踝狂的阿哈卜，对他的敌人如此诱人的周围感到愤怒，这使他在他讨厌的下巴中都活着而无助。他疯狂地抓着这一切，用赤裸的双手抓住了那条长骨头，疯狂地奋力将它从它的抓地力中拉出来。当他如此徒劳地努力时，下巴从他身上滑了下来。脆弱的舷窗弯曲，塌陷并折断，这是因为两个钳口像一把巨大的剪子一样，向后滑动，将船完全咬成一团，然后再次将自己快速锁定在两个浮动沉船之间的海中。它们漂浮在一边，断头下垂，船尾残骸的船员紧贴着船尾，并努力紧紧抓住船桨以将其绑住。

在那一刻开始的那一刻，船头被狡猾地抬起了头，这是第一个意识到鲸鱼的意图的船，阿哈卜，此举当时使他失去了控制力。在那一刻，他的手做出了最后的努力，将船从咬合中推出。但是船只滑到鲸鱼的嘴里，并在滑倒时向侧面倾斜，这只船已经摆脱了他对下颚的握持。当他俯身推动时，使他从中溢出；于是他面无表情地倒在海面上。

穆比·迪克从他的猎物上荡漾地撤退了，现在躺在一小段距离，垂直地将他的白色椭圆形头顶在海浪中上下移动；同时慢慢地使他整个纺锤状的身体旋转；因此，当他额头上满是皱纹的额头升起时（离水约20英尺或更多），现在上升的隆起以及所有汇合的波浪使之眼花乱。狂暴地将他们颤抖的浪花扔向更高的空气。*因此，在大风中，那只不过是一半困惑的通道波涛只从涡流石的根部反冲，胜利地用飞毛腿越过了山顶。

*此动议是抹香鲸所特有的。在先前称为"音高测距"的练习中，它被称为"鲸鱼喷枪"的初始上下平衡而得名（音高测距）。通过这一动作，鲸鱼必须最好，最全面地观察环绕他的任何物体。

但是很快恢复了他的水平姿势，白鲸迅速地绕着遇难的船员游来游去。在他复仇的尾声中侧身搅动水面，仿佛在将自己逼向另一场更致命的袭击。破碎的小船的景象似乎使他发疯，因为在马卡比书中，葡萄和桑的血流向安提阿古斯的大象前。同时，鲸鱼的傲慢的尾巴上的泡沫掩盖了一半的血气，脚的游泳也太多了，尽管他仍然可以保持漂浮，即使在这样的漩涡中也是如此。看到了无助的阿哈卜的头，就像一个被折腾的泡沫，冲击的可能性最小。从船上零散的船尾，费达拉好奇地温柔地注视着他。在漂流的另一端，紧贴的船员无法救他。对于他们来说，对自己进行自我检查绰绰有余。因为白鲸的面容如此令人震惊，并且使他制造的不断收缩的行星飞速旋转，以致于他似乎横扫了它们。尽管其他未受伤害的船仍在徘徊；他们仍然不敢进入漩涡来进行攻击，以免这应该立即摧毁受害的遇难者，阿哈卜人和所有人。在这种情况下，他们自己也无法希望逃脱。然后，他们用紧张的眼睛留在那可怕区域的外边缘，该区域的中心现在变成了老人的头。

同时，从一开始，所有这些都是从船樯杆头上描述的；她在院子里蹲了下来，就在现场躺下了。现在已经快到了，以至于水中的阿哈卜向她欢呼！-"风帆"-但那一刻，波涛汹涌的大海从摩比·迪克身上冲了下来，并让他感到不安。但是他又挣扎了一下，并有机会爬上一个高耸的山顶，他喊道："鲸鱼帆！把他赶走！"

脚尖尖锐；她打破了这个迷人的圈子，有效地将白鲸与受害者分离开了。当他闷闷不乐地游去时，船飞去营救。

鲜血，双目失明的人拖进司徒拔的船上，白色的盐水在他的皱纹中结块；阿哈卜长期的体力紧张确实破裂了，他无奈地屈服于自己的身体的厄运：有一段时间，所有人都被压扁了在司徒拔的船底，就像一个踩在象群脚下的大象一样。在遥远的内陆，从山沟里传出凄凉的哀号，来自他的哀号传来。

但是他身体虚弱的强度确实使它更简略了。在瞬间的指南针中，伟大的心灵有时会凝结在一个深深的痛苦中，这些浅痛的总和会在愚拙的人的一生中友善地散播。这样的心，尽管在每一个苦难中都是概括的；但是，如果众神颁布法令，则在他们整个生命周期中，整个灾难时刻都是由瞬时强度组成的；因为即使在他们毫无意义的中心，那些高贵的本性也包含着下等灵魂的整个周围。

"鱼叉，"阿哈卜说，半途而起，用力地斜倚在一只弯曲的手臂上-"安全吗？"

"是的，先生，因为它没有飞镖；就是这样，"斯塔布布说道。

"把它摆在我面前；有没有失踪的人？"

"一，二，三，四，五；先生，有五只桨，这里有五个人。"

"太好了。——帮帮我，伙计；我想站起来。所以，所以，我看见他！在那儿！在那儿！还要背风；那是一个飞跃的喷口！-从我身上移开！永恒的树液在阿哈卜的树干上跑了起来。再次骨头！扬帆；划桨；掌舵！"

通常情况是，当一艘船是炉灶时，其船员被另一艘船所载，有助于工作第二艘船；因此，我们继续追逐所谓的双头桨。就是现在。但是船的附加功率不等于鲸的附加功率，因为他似乎已经使每只鳍高了三倍。以明显的速度游泳，如果现在在这种情况下继续前进，追逐将被证明是无限期的，即使不是绝望的；船员也不能忍受这么长的时间，桨上的这种不间断的、紧张的紧张感；仅在短暂的沧桑中几乎无法容忍的事情。有时，轮船本身提供了最有希望的超越追赶的中间手段。因此，现在的船是为她准备的，很快就被吊到起重机上（这艘失事的船的两个部分之前已由她固定住了），然后将所有东西吊到她的身边，将她的帆布高高地堆放，然后向侧面伸出它像个信天翁的双翼一样，带有刺痛的帆。莫比迪克的背风向后，脚步声逐渐减弱。在众所周知的，有条不紊的时间间隔内，定期从载人桅杆头上宣布鲸鱼的闪闪发光的水嘴；当他被报告刚倒下时，阿哈卜会花些时间，然后手紧紧地盯着甲板，看着手表，等到规定时间的最后一秒过去了，他的声音就被听到了。现在是？看到他了吗？"如果答复是，不，先生！他命令他们径直将他抬高。这样，日子一天天过去了；，现在高高在上，一动不动；不久，不安地在木板上步。

当他走路时，他什么也没说，除了要向高空上的男人欢呼，或者要他们扬起更高的风帆，或者向一个更大的广度张开，于是在他不稳的帽子下来回走动。转过身来，他经过了自己的失事船，该失事船掉落在四分之一甲板上，倒转在那里。折断的船尾到破碎的船尾。最后他停了下来。就像在已经乌云密布的天空中，有时会有新鲜的云团飞过，所以在老人的脸上，现在偷走了一些这样的阴暗面。

斯塔布看到他停下来；他也许想，但不是徒劳地证明自己坚韧不拔的毅力，从而在队长的脑海中保持一个英勇的地位，他前进了一下，看着残骸——"那只驴子拒绝了；它太敏锐地刺了他的嘴。，先生；哈！哈！

"在沉船前笑的是什么没灵魂的事？男人，男人！我不知道你勇敢地像无所畏惧的火一样（机械的），我敢发誓你会把小虫弄湿。沉船之前，吟或笑声都不会听到。"

"是的，先生，"星巴克近距离说道，"这是庄严的景象；预兆和生病的人。"

"预兆？预兆？-字典！如果众神认为对人类直言不讳，他们将光荣地直言不讳；不摇头，给老婆一个暗黑的暗示。-死了！你们两个是一个相反的两极。东西；星巴克倒过来，斯巴布倒是星巴克；你们两个都是人类；阿哈卜独自一人站在千百万人口的大地上，神灵也不是他的邻居的人！那里！你看见他吗？尽管他每秒喷出十次，但每次喷出都会唱歌！"

一天快完成了；只有他金色长袍的下摆沙沙作响。很快，天已经黑了，但守望者们仍然不动。

"先生，现在看不到喷口，太黑了"，从空中传来声音。

"最后一次见到时的方向如何？"

"先生，和往常一样，一直到背风。"

"太好了！他的行进速度现在会比今天晚。下橹的皇室成员和高贵的眩晕风帆，星巴克先生。我们绝对不能在早晨之前撞到他；他现在正在通过，可能会沉迷一段时间。在那里！在风前保持饱足！-高空！下来！-斯塔布特先生，将一只新手伸到前桅杆上，看到有人操纵直到早晨。" ——然后朝着主桅杆中的杜布隆前进。 - "人，这金子是我的，因为我赚了；但是我要把它留在这里，直到白鲸死了；然后，你们中的任何一个首先抚养他，在他被杀的那天，这金子就是一个人的；如果那一天我要再次抚养他，那么，你们的总数的十倍将被分配给你们！现在，走开！-甲板上是您的，先生！"

如此说来，他把自己放到百叶窗的中间，懒散地戴着帽子，站在那里直到天亮，除非每隔一阵子就醒来看看夜幕如何。

第134章。追逐-第二天。

黎明时分，三个桅杆重新按时有人值守。

"你看见他了吗？" 留出一点空间让光线散布后，哭泣了。

"什么也看不见，先生。"

"举起双手，扬帆起航！他的航行比我想像的要快；-扬帆高扬的扬帆！-是的，它们应该整夜都呆在她身上。但无论如何-只能为匆忙而休息。"

据说，这种对一条鲸鱼的顽强追求，一直持续到白天，直到夜晚，直到夜晚，这在南海渔业中绝非史无前例。这是纳塔基特指挥官中一些伟大的天才们获得的绝妙技巧，经验先知和无敌信心；从最后一次描述鲸鱼的简单观察中，他们将在一定的特定情况下非常准确地预测出他在看不见的时候会继续游泳一段时间的方向，以及他可能的进展速度。在那个时期。并且，在这些情况下，作为飞行员，当他失去对海岸的视线时，他已经知道了他的总体趋势，并且他希望不久后能再次回到海岸，但是在更进一步的时候；就像这位飞行员站在他的指南针旁边，并抓住当前可见的海角的精确方位，以便更肯定地向遥远，看不见的岬角直击，最终被参观：渔夫也在他的指南针上鲸鱼；因为在经过数小时的日光追逐和勤奋地标记之后，当夜晚将鱼遮盖时，这种生物在黑暗中醒来的未来几乎与猎人的机智一样，就像飞行员的海岸一样。因此，对于这位猎人奇妙的技能，在水中写成的事物的消失，即唤醒，对于所有期望的目的，几乎与坚定的土地一样可靠。众所周知，现代铁路的强大铁轨在每一个步伐中都广为人知，以至于人们手持手表，就可以将他作为医生的速度与婴儿的脉搏相提并论。轻描淡写地说，上车或下车将在一个或一个小时左右到达这样一个地点。即便如此，根据观察到的他的速度幽默，几乎在某些时候，这些楠塔基特人也比其他深渊的利比亚人更时机。对自己说，鲸鱼走了那么多小时才走了200英里，大约达到了这种纬度或经度。但是要使这种尖锐度最终获得成功，风浪和海洋一定是鲸鱼的盟友。这位表现淡淡或风风的水手目前能从中得到什么，才能确保他距离该港口刚好是93个联赛和四分之一呢？从这些陈述中可以推断出，有许多附带的，微不足道的事情触及到了鲸鱼的追逐。

船撕裂了；在海中留下一条沟，就像失踪的炮弹变成了犁并翻起了水平面。

"靠盐和麻！"斯塔布喊道，"但是甲板的这种快速运动使人的腿和心发麻了。这艘船和我是两个勇敢的家伙！-哈，哈！有人把我抱起来，以脊椎的方式向我发射，大海，因为活生生的橡树！我的脊椎是龙骨。哈，哈！我们走着步态，不留灰尘！"

"她在吹-她在吹！-她在吹！-就在前方！" 现在是桅杆的哭声。

"好的好的！" 斯塔布喊道："我知道，你无法逃脱，继续吹下去，劈开你的嘴，鲸鱼！疯狂的恶魔在你身后！吹你的王冠，鼓起你的肺！" 阿哈卜将流血，密勒在水流上关闭了他的水闸！"

斯塔布（ ）确实做到了，但是几乎所有的船员都大声疾呼。这次追逐的狂潮使它们起泡了，就像旧酒重新工作一样。其中一些人以前曾有过任何苍白的恐惧和预感。现在，不仅由于逐渐增加的敬畏而使它们看不见，而且它们被破碎了，并且四面楚歌，因为胆小的野兔散布在野牛之前。命运之手夺走了他们所有的灵魂。以及前一天的危险；昨晚悬念的架子；他们狂野的航行器飞向飞行标记的固定，不畏惧，盲目，鲁的方式；通过所有这些事情，他们的心被打倒了。狂风吹起风帆，用看不见的不可抗拒的手臂将船冲上去；这似乎是那个看不见的机构的象征，这种机构如此奴役了他们。

他们是一个人，而不是三十岁。因为这是一艘牢牢抓住所有人的船；尽管它是由所有对比性的东西（橡树，枫树和松木）组成的；铁，沥青，麻-然而，所有这些在一个混凝土船体中相遇，在它的行驶中，由长的中央龙骨平衡并引导着。即使这样，船员的所有个性，这个男人的英勇，那个男人的恐惧，负罪感和内感，所有变种都被融合为一体，并且全部都朝着致死他们的一位主人和龙骨所指向的致命目标迈进。

索具住了。桅杆的头部像高大的棕榈树的顶部一样，被簇拥着胳膊和腿。一只手紧贴在一块晶石上，另一只手不耐烦地挥舞着另一只手。其他人则在摇摇欲坠的院子里坐在远处，在明亮的阳光下遮住了眼睛。所有这些稀疏的东西都充满了凡人，为他们的命运做好了准备。啊！他们如何仍然在那无限的蓝色中奋斗，寻找可能摧毁他们的事物！

"如果看见他，为什么不为他唱歌呢？" 阿哈卜哭了，自从第一次哭泣过了几分钟后，再也没有人听到。"把我弄醒，伙计；你们被骗了；不是白鲸那样用一架奇怪的喷气机，然后消失了。"

即使如此；由于他们的热切渴望，这些人把鲸鱼喷口误认为是另一件事，因为事件本身很快就证明了这一点。因为阿哈卜几乎没有达到他的境界。当他敲击乐团的基调时，绳子几乎没有被拴在甲板上的销子上，这使空气像步枪的连发一样振动。听到三十个鹿皮肺的胜利招呼声，是因为-比想象中的喷气式飞机的位置离船更近，不到一英里-白鲸的肉体突然出现了！因为没有任何冷静和冷静的吐槽；如今，白鲸并没有因为他头顶那神秘喷泉的平静涌出而露出他的身边；但是更令人惊奇的是违反行为的现象。抹香鲸以最快的速度从最深处上升，因此将其全部散装成纯净的空气，并堆积了一层耀眼的泡沫，向远方延伸了七英里甚至更多。在那一刻，他颤抖着的波涛汹涌，仿佛他的鬃毛。在某些情况下，这种违反行为是他的蔑视行为。

"她违反了！她违反了！" 哭声如此，就像白鲸在他无量的夸张中把自己像鲑鱼一样扔向天堂。突然在大海的蓝色平原上看到了，他在天空仍然蔚蓝的天空中松了一口气，此刻他所喷出的浪花像冰川一样令人无法忍受地闪闪发光。站在那儿，渐渐从最初的波光粼粼的强度渐渐消失，渐渐渐渐淡去，渐渐淡淡的淡淡的淡淡的雾气笼罩着淡淡的淡淡。

"是的，把你的最后一面暴露在阳光下，白鲸！" 阿哈卜喊道："您的时辰和鱼叉就在眼前！-垂下！你们所有人都垂下了，但是只有一个人站在前头。船！-待命！"

男人们不顾笼罩里乏味的绳索梯子，像流星一样，在孤立的后院和吊索旁边滑到甲板上。虽然的射门次数较少，但仍然迅速从高位上掉下来。

"降了一点·"他哭了起来，就在他到达船上——一艘备用船·在前一天下午被索具了。"星巴克先生，船是你的船-远离船，但要靠近船。下所有！"

仿佛要对他们发动快速的恐怖一样·这次是第一个袭击者本人·莫比·迪克转过来·现在要为三名机组人员来。阿哈卜的船在中央；他欢呼着他的手下，告诉他们他会头并肩地抓住鲸鱼，也就是说，将鲸鱼直拉到他的额头上·这并非罕见。因为在一定范围内时·这样的路线会从鲸鱼的侧面视线中排除发作。但是·那是达到了接近极限的·而三只船却都是平淡无奇的·就像他眼中的三根桅杆一样；白鲸几乎在瞬间转过身·以狂暴的速度疾驰·张开的下巴和扎着的尾巴冲向船间·在每一侧都提供了令人震惊的战斗。而且·每条船上都没有刺耳的铁屑冲向他·似乎只是意图消灭这些船所制成的每块木板。但是巧妙地操纵·不断地像野外训练有素的充电器一样转动 船躲了一段时间。虽然有时·但以木板的宽度为准；一直以来·阿哈卜的超凡口号撕裂了对方的哭泣·但他却被撕成碎片。

但是最后·在他的无迹可寻的进化过程中·白鲸如此穿越和穿越·并以一千种方式纠缠了现在紧紧系在他身上的三条线的松弛·以至于它们被缩短了·并且本身使那条专门的船向着铁杆弯曲。在他那边；尽管现在片刻·鲸鱼稍微拉开了一点·仿佛要集结更多的费用。抓住了这个机会·首先付出了更多的代价；然后又迅速地拖拉着它·希望以此方式使它摆脱一些咆哮-当！时·这种景象比四面楚歌的鲨鱼的牙齿更野蛮！

被抓住和扭曲-开塞钻在行进的迷宫中·松散的鱼叉和长矛·以及所有刺毛的刺和尖尖·闪烁着·滴落到船头的船上。只能做一件事。他紧紧抓住船刀·小心翼翼地伸了进来·然后穿过了·然后没有了。将绳子拖到更远的地方·将其向内侧传递给弓箭手·然后·两次将钢丝绳砸破在塞子附近·将被拦截的钢棍丢入海中；然后又很快了 那一瞬间·白鲸突然冲向其他线的其余缠结。这样一来·不可抗拒地将牵扯到更多的短柄和长颈瓶的船拖向了他的。他们像在狂风拂过的海滩上的两个摇摆的外壳将它们撞在一起，然后潜入海中，消失在沸腾的漩涡中，在其中，沉船的臭味雪松碎屑在空间中飞舞着，就像将肉豆蔻磨碎后放入快速搅拌的一拳冲头中。

当这两个船员仍在水中盘旋时，在旋转的鱼缸，船桨和其他漂浮的家具后伸出手，而倾斜的小烧瓶像一个空的小瓶一样上下摆动，向上抽动他的双腿以逃避可怕的颚骨。鲨鱼 斯塔布（ ）热情地唱歌，要一个人把他包起来。当老人的队伍（现在正在分手）承认他被拉进奶油池中以救出他可以救的人时；在那成千上万次具体危险的狂野同时发生的同时，却未受破坏的小船似乎被看不见的电线引向天堂，-如白鲸从海中垂直射出的箭头状，将宽阔的额头向海底冲去，一遍又一遍地飞向空中。直到它再次落下-古威尔（ ）向下-然后阿哈卜（ ）和他的手下从海底挣扎出来，就像海边洞穴的海豹一样。

鲸的第一个起义动能-当他撞击水面时改变其方向-不由自主地将其沿水面发射，使其距破坏中心不远。他背对着它，现在躺着片刻，慢慢地感觉到自己的碰声从一边到另一边。每当流浪的船桨，一块木板，最少的碎屑或碎屑碰到他的皮肤时，他的尾巴便迅速向后退，并侧身向海扑来。但是很快，就好像对自己当时的工作已经完成感到满意一样，他将百褶的额头推过大海，跟在他后面纠结的线条后面，以旅行者有条不紊的步伐继续下风。

和以前一样，专心致志的船描述了整个战斗，再次开始营救，放下一条船，拿起漂浮的水手，浴缸，船桨和其他可能被抓住的东西，然后安全地将其降落在甲板上。一些肩膀，手腕和脚踝扭伤；轻微挫伤 扭曲的鱼叉和长矛；绳索错综复杂的；破碎的桨和木板；所有这些都在那里；但似乎没有致命或什至是重病的任何人。就像前一天的费拉一样，现在发现紧紧地粘在他船的破损的一半上，这使得漂浮比较容易。也没有像前一天的不幸那样使他筋疲力尽。

但是当他被帮助到甲板上时，所有的目光都注视着他。他没有独自站着，而是半挂在星巴克的肩膀上，而星巴克迄今为止一直是他的最主要帮助对象。他的象牙腿被折断了，只剩下一根短而尖锐的碎片。

"是的，是的，星巴克，'有时候会变得更苗条，变得更苗条；而老阿卜卜会比他更经常地倾斜。"

"套子还没站，先生。"现在上来的木匠说。"我在那条腿上做得很好。"

"先生，我希望没有骨头骨折，"斯塔布布表示真正的关注。

"是的！所有人都碎成碎片，！！是的，看到了。"但是即使骨头骨折了，旧的锤头也没有被触及；而且我认为我的活骨头没有一个比我失去的那个死了的骨头更动摇了我......白鲸，人，凶恶都不能像他自己的本性和难以接近的生命那样轻拂旧的阿哈卜。任何铅都可以触及地板下的任何桅杆，也可以触碰屋顶上的桅杆吗？

"背风亡，先生。"

"那就上舵；再把帆堆放上去，把守船员！放下其余的备用船，把它们吊起来-星巴克先生要走了，召集船员。"

"先生，首先让我帮助您走向堡垒。"

"哦，哦，哦！这个碎片现在让我烦恼！命运注定！灵魂中不可战胜的队长应该有一个如此疯狂的伴侣！"

"先生？"

"我的身体，男人，不是你。给我一根拐杖做些事-那个摇晃的长矛会做的。召集这些男人。肯定我还没有见过他。到天上不可能！-错过了？-快点！叫他们所有。"

老人暗示的想法是真的。在召集公司时，被邀请人不在。

"！" 斯塔布哭了起来-"他一定被抓了-"

"黑色的呕吐扳手，给你！！你们所有人都要在上面，下面，机舱，楼顶上奔跑，找到他-不走了-不走了！"

但很快，他们带着无处可寻的的消息回到了他身边。

斯塔布说："是的，先生。我陷入了你的纠结之中，我以为我看到他在拖曳。"

"我的电话！我的电话？走了？？走了？这是什么意思？"-丧钟敲响了什么，那旧的蛇头像他的钟楼一样摇了晃。鱼叉也！！-看到了吗？-锻铁，伙计，白鲸-不，不，不。-水泡傻瓜！这只手飞镖了！-'鱼中有鱼！-高高在上！让他被钉住-快速！-所有人都在索具的船上-收集船桨-鱼叉！铁杆，铁杆！-提升皇室成员的高度-拉动所有床单！十倍地束缚着无法测量的地球；是的，直接穿过它，但我会杀了他！"

星巴克喊道："伟大的上帝！但只有一个瞬间就可以证明自己。" "老头，永远不要捉住他，老头，以耶稣的名义，这比魔鬼的疯狂还糟。追赶了两天；两次猛烈地砸碎了；你的那只脚又从你身下夺走了；你的邪恶阴影消失了-所有善良的天使用警告围攻你：

"你还有什么？-我们要继续追逐这条杀人的鱼，直到他淹没了最后一个人吗？我们会被他拖到海底吗？我们会被他拖到地狱世界吗？哦，哦，-亵渎和亵渎更多地追捕他！"

"星巴克，最近，我感到很奇怪地搬到了你身上；从那一刻起，我们俩都看到了-你在彼此的眼中知道是什么。但是在这头鲸鱼的事上，成为你面对我的面前这只手的手掌-没有嘴唇，没有特征的空白。啊哈卜永远是啊哈卜。这整个行为都是一成不变的法令。"在这片海洋滚滚十亿年前，我和你在彩排了。"傻瓜！我按命令行事，请看，您是最下属的人。——站在我身边，伙计们。您看到一个老人砍倒在树桩上；靠在的长矛上；靠在孤独的脚上。他的身体部分；但是的灵魂是一条，它移动了一百条腿；我感到紧张，半绞，因为拖曳的绳索在大风中散布着护卫舰；而且我看起来是这样，但我确实折断了，你会听到我的声音裂开；直到你听到那件事，才知道的大索拖曳了他的目的。相信你们，男人，在所谓的"预兆"中，然后大声笑，再哭一遍！淹死的东西将两次浮出水面；然后再次上升，沉没到永远。因此，与白鲸一起-他漂泊了两天-明天将是第三天。是的，男人，他会再次站起来，但只是为了吐出他的最后一只！你们感到勇敢的人，勇敢吗？"

"像无所畏惧的大火，"斯塔布喊道。

"和机械一样，"阿哈卜喃喃地说。然后当人们前进时，他喃喃自语："这些东西叫做"预兆"！昨天我在那与星巴克谈了谈，关于我的破船。哦！我多么勇敢地试图把别人的心赶出别人的心，我的！！-！！走了，走了？他要走了。-但仍然可以再次看到，我是否会灭亡-那是怎么回事？-现在有一个谜语可能会困扰所有由律师支持的律师。整个评委的鬼魂：-就像鹰的喙一样，它吓到了我的大脑。我会的，但是我会解决的！"

黄昏降临时，鲸鱼仍在风中。

于是帆又缩短了，一切都几乎像前一天晚上一样通过了。直到近日，人们才听到锤子的声音和磨刀石的嗡嗡声，因为人们在灯笼上劳作，精心准备了备用船，为明天准备了新鲜的武器。同时，在阿哈卜失事的船龙骨折断的情况下，木匠给他划了一条腿。仍然像前一天晚上一样，懒散的阿哈卜站稳在他的窗里。他那隐秘的日光望远镜的目光预计在它的表盘上向后退了。坐向东，最早的太阳。

第135章追逐。第三天。

第三天的早晨清澈清新，再次，孤独的夜幕降临在前桅杆上，被成群的日光照护所释放，他们点缀着每个桅杆和几乎所有的翼梁。

"你看见他了吗？" 哭了 但是鲸鱼还没看见。

"虽然是在他无懈可击的唤醒中；但是紧随其后，就这样了。掌舵；在您走来走去而且一直在走的时候保持稳定。又是多么美好的一天！这是一个崭新的世界，又度过了一个夏日，天使的房子，今天早上向他们开放的第一天，这个世界上就没有一个更公平的日子，这是值得深思的，有时间思考，但是没有思考；他只是感觉，感觉，感觉；这对于凡人而言，已经足够刺痛了，以为大胆！神只有这种权利和特权；思维是或应该是冷静和镇定；而我们可怜的心却在跳动，而我们可怜的大脑为此而跳动太多。但是，我有时会觉得我的大脑非常平静-冻僵了，这个旧头骨裂开了，就像玻璃杯中的内容物变成冰一样，然后颤抖。现在这根头发还在长大；此刻长大，并且热量必须繁殖它；但是不，就像那种普通的草种会生长在格陵兰冰或泥土裂隙之间的任何地方 在维苏威火山熔岩中。狂风如何吹动它；他们在我周围鞭打着撕裂的撕裂的帆，撕碎了他们紧紧抓住的那艘被抛弃的船。毫无疑问，这种邪恶的风吹过监狱的走廊和牢房，以及医院的病房，为它们通风，现在吹来的就像羊毛一样纯真。出来吧！—被污染了。如果我是风，我将不再对这个邪恶，悲惨的世界吹牛。我会在某个地方爬到一个山洞里，然后在那儿徘徊。然而，这是一种高贵而英勇的东西，风！谁征服了它？在每场战斗中，它都有最后一刻和最痛苦的一击。跑向它倾斜，但是你却跑过它。哈！弱的风袭击了赤裸的赤裸裸的男人，但站不住脚。甚至阿哈卜（）都是一件勇敢的事，比这还高尚的事。现在会风但是有身体；但是所有最使人气死和激怒凡人的事物，所有这些事物都是无躯体的，只是作为对象而不是代理人的无躯体。最特别，最狡猾的哦，最恶意的区别！但是，我再说一遍，现在发誓，风中有些荣耀而优雅。这些温暖的贸易风，至少在晴朗的天空中，以强劲而坚定的，有力的温和直吹着；并没有偏离他们的标记，但是海洋的海流可能会转弯转弯，并且陆地上最严重的遗漏迅速四处转转，不确定最后去哪儿。和永恒的两极！这些相同的交易直接使我的好船受挫；这些交易或类似的交易-如此不可改变，却又充满力量，使我那条龙骨般的灵魂震撼！到了！高高在上！您看到了什么？"

"没事，先生。"

"没事！快到中午了！乞讨了！看见太阳了！是的，是的，一定是这样。我对他风帆了。怎么了，开始了吗？是的，他现在在追我；不是我，他-太糟糕了；我可能也知道这一点，傻瓜-台词-他拖曳的鱼叉。是的，我昨晚已经把他赶走了。出来！大括号！"

如她所做的那样，转向时风一直在九分仪的四分之一处，所以现在朝着相反的方向，这艘支撑的船在微风中艰难地航行着，因为她用自己的白色苏醒取回了奶油。

"在逆风下，他现在转向张开的颚。"星巴克喃喃自语道，他将新牵引的主支架盘绕在铁轨上。"上帝保佑我们，但是我的骨头已经在我体内变得潮湿，并且从内部浸湿了我的肉。我怀疑我在服从他时不服从我的上帝！"

"待命，让我动起来！" 哭了起来，前进到麻篮。"我们应该尽快见到他。"

"是的，是的，先生"和星巴克的直路车确实做了的竞标，而又一次高涨。

整整一个小时过去了；千金万代。现在，时间本身充满了强烈的悬念。但是最后，天气低了三点，阿哈卜再次描述了喷口，立刻从三个桅杆上发出了三声尖叫，好像火舌已经发出声音了。

"这是我第三次见到你的额头，在那儿的甲板上，白鲸！！-尖锐地爬起来；将她拥挤在风中。星巴克先生，他太低了，不能放下。帆摇了！站在那上面所以，所以，他走得快，我必须下山，但是让我在海上再高高一圈，这是有时间的。年轻；是的，自从我第一次看到它以来，眨眼就没有变过，一个男孩，从楠塔基特岛的沙丘上走过！对诺阿来说，对我来说一样！-同样。-一样。可爱的背风！他们必须指引某个地方-到达比普通土地更远的地方，比棕榈树更茂盛。背风！白鲸走那条路；那么向风看；如果苦涩的四分之一更好，但是再见，再见，旧的桅杆头！这是什么？-绿色？是的，这些弯曲的裂缝中有微小的苔藓。的头上没有这样的绿色天气污渍！现在男人的晚年与物质的年龄之间有区别。是的，老桅杆，我们俩一起变老了；声音在我们的船体中，但是，我们不是，我的船吗？是的，减去一条腿，仅此而已。到了天堂，这种枯木在各方面都使我的生命更加美好。我无法与之相比；而且我知道有些枯树造船的生命比生命最重要的父亲所制造的生命更长寿。他说什么 我的飞行员，他仍应走在我前面；还有待再次见到吗？但是哪里？假设我从那些无尽的楼梯上下来，我是否会望着海底？整夜我都从他那里航行，无论他沉没到哪里。赞成，赞成，像其他许多你告诉'最可怕的真理一样，触动自己。但是，啊哈，你的射门没到。再见，桅杆头-当我走了的时候，留意鲸鱼。我们明天再谈，不，今晚，当白鲸被头和尾绑住时，躺在那里。"

他说了这句话。仍然凝视着他，被那股丁香般的蓝色空气稳稳地降到了甲板上。

在适当的时候，船降下了；但是当站在他的青葱的船尾时，阿哈卜正好在下降点徘徊，他向伴侣挥手致意，后者把一根吊索放在甲板上，请他停顿一下。

"星巴克！"

"先生？"

"我的灵魂的船第三次在这次航行中开始航行，星巴克。"

"是的，先生，你一定要这样。"

"有些船只从其港口驶出，从此以后就消失了，星巴克！"

"真相，先生：最可悲的事实。"

"有些人在退潮时死亡；有些人在低潮时死亡；有些人在洪水泛滥时；-现在我感觉就像滚滚的浪花一样，一只星冠的梳子，星巴克。我老了——————与我握手，伙计。"

他们的手相遇；他们的眼睛紧紧地 星巴克的眼泪之以鼻。

"哦，我的上尉，我的上尉！！-高贵的心-不要-不要-瞧，这是一个勇敢的人，哭泣；那么说服的痛苦有多大！"

"降下！"-阿哈卜喊道，将同伴的胳膊从他身上甩了出去。"站在船员身边！"

瞬间，船在船尾下方拉近。

"鲨鱼！鲨鱼！" 那个低矮的小屋窗户里传来一个声音。"主人，我的主人，回来！"

但是阿哈卜什么也没听到。因为那时他的声音高昂；船跳了起来。

声音却如此。因为他是从稀缺的船上推开的，每当鲨鱼每次浸入水中时，许多鲨鱼似乎从船体下面的黑暗水域中冒出来，就恶意地咬住了桨叶。这样，船就叮咬了。在这群拥挤的海洋中的鲸鱼船上发生的事情并不罕见。鲨鱼有时似乎以一种预先确定的方式跟随它们，就像秃鹰在东部行军团的旗帜上盘旋一样。但是，这是自白鲸被首次描述以来，该动物群首次观察到的鲨鱼。以及的船员是否都是这样的虎黄色野蛮人，因此他们的肉体对鲨鱼的感觉更加麝香-有时众所周知会影响到它们，但无论如何，他们似乎遵循那条船而没有骚扰他人。

"锻钢之心！" 低吟的星巴克凝视着侧面，然后跟着他的眼睛跟着那条退去的船-"你还能大胆地向那只眼望去吗？"-将龙骨放到乌鸦鲨中，然后跟着它们，张开嘴追逐；这很尖键第三天？因为当三天在一起不断地追求时；请确保第一天是早晨，第二天是中午，第三天是晚上和那件事的结尾-那就结束了。我的天哪，这是什么使我直射，让我如此致命而又镇定却又充满期待，被固定在一个颤抖的顶端！未来的事物在我面前如空荡荡的轮廓和骨骼中游动；过去的一切都变得昏暗玛丽，女孩，你消失在我身后苍白的光荣中；男孩，我似乎看到了，但是你的眼睛变成了奇妙的蓝色，生活中最奇怪的问题似乎正在清除；但是乌云笼罩着，我的旅程结束了吗？他整天站着的人，感到你的心，打它呢？—移动，移动！大声说话！看到我男孩的手在山上了吗？——疯狂；—高高地在那儿！—使您最敏锐的目光注视着这些船：

"标记好鲸鱼！-！！！！-赶走那只鹰！看！他啄-他撕开了风向标"-指向在主卡车上飘扬的红旗-"哈！他高高扬起！"老人现在在哪里？你看到那景象，哦，阿哈卜！-颤抖，颤抖！"

当桅杆发出一个信号时，船没有走得很远。但是他打算在下一次上升时靠近他，所以他从船上向侧面稍稍偏斜。目不转睛的船员保持着最深沉的沉默，因为拍打的波浪拍打着对方的弓。

"开车，开车钉住指甲，哦，挥手！把他们的头顶开！把它们推进去！但是，要敲打没有盖子的东西；没有棺材和灵芝也不会是我的：大麻只能杀死我！哈哈！！"

突然他们周围的水慢慢地泛起了圈。然后迅速起伏，好象是从冰山中向侧面滑动，迅速上升到水面。听到低沉的隆隆声；地下的嗡嗡声 然后所有人都屏住了呼吸；像是被拖曳的绳索，鱼叉和长矛所笼罩，巨大的形状是纵向射击的，但从海底倾斜。笼罩在薄薄的垂下的薄雾中，它在彩虹的空气中盘旋了片刻。然后陷入沼泽深处。向上压碎30英尺，海水像一堆喷泉一样瞬间闪烁，然后在片状雪花中沉没，使盘旋的表面像新牛奶一样在鲸鱼的大理石树干周围凝结。

"让路！" 亚哈卜向桨手喊了声，船冲向攻击。但是，由于昨天被他腐蚀的新鲜铁杆而发疯，白比迪克似乎被所有从天上掉下来的天使所拥有。在透明的皮肤下面，宽阔的焊接筋层覆盖了宽阔的白色额头，看上去像是编织在一起的。头朝上，他在船上摇尾巴。又使他们四分五裂；从两个队友的船上喷出铁杆和长矛，在船头上部的一侧冲破，但几乎没有疤痕。

当和停止紧绷的木板时；当鲸鱼从它们身上游泳出来时，转过身，露出一整面，当他再次向它们射击时。在那一刻，一个快速的哭声响了起来。向鱼的背一圈又一圈地绑扎；在过去的一个夜晚，鲸鱼卷起了小齿轮，在鲸鱼卷起他周围的线条的内卷时，看到了半个残破的；他的黑貂服装被撕成碎片。他睁大的眼睛注视着旧的阿哈卜。

鱼叉从他手里掉了下来。

！"！愚弄，愚弄"-在一个长瘦的口气绘图"是呀，我帕西见你。-赞成，和你迈步之前；而这，这则是灵车你差了希望，但是我抱你来。您的话语的最后一个字母。第二个灵车在哪里？伙伴们，到船上！这些船现在已经无用了；如果可以的话，修好它们，然后回到我身边；如果没有，足以死-倒下，伙计们！我站在这条船上跳出来的第一件事就是鱼叉，你们不是别人，而是我的胳膊和腿；所以服从我。——鲸鱼在哪里？又掉下来了吗？"

但是他在船旁看得太近了。仿佛他一心想要与他的尸体逃跑，好像最后一次相遇的特定地点只是他背风航行的一个阶段，白鲸现在又再次稳步向前游泳；几乎已经越过了这条船，尽管到目前为止，她的前进方向已经停止，但该船一直在向他相反的方向航行。他似乎以最大的速度游泳，现在只打算在海中追寻自己的直行路线。

"哦！阿哈卜，"星巴克喊道，"即使到了第三天，也要走了，还不算太晚。瞧瞧！莫比·迪克不在找你。是你，你在疯狂地寻找他！"

扬帆起航，这只孤独的船被桨和帆布迅速带到背风处。最后，当阿哈卜（）在船上滑行时，正好能清楚地分辨出星巴克靠在铁轨上时的表情，他叫他转过船，并以一个明智的间隔迅速跟随他。他向上看了一眼，看到塔什特戈，和急切地安装在三个桅杆上。当时，桨手正摇晃着两只悬挂在船上的船，这些船只是刚刚被提升到一侧，正在忙于修理它们。在他加速的过程中，他一个接一个地穿过舷窗，还瞥见了短短的茎和烧瓶，忙于在甲板上捆着新的铁杆和长矛。当他看到这一切时；当他听到破船中的锤子时；其他的锤子似乎把钉子钉进了他的心脏。但是他集会了。现在标志着风向标或旗帜已经从主桅杆上移开了，他大喊大叫塔什特戈（），后者刚好抓住了那根鲈鱼，再次下探另一面旗帜，锤子和钉子，然后将其钉在桅杆上。

是否为三天的奔跑追逐以及他在打结的篮筐中对游泳的抵抗而感到疲倦；或者这是某种潜在的欺骗和恶意中的一种：无论是什么事实，白鲸的行径现在似乎都从如此迅速靠近他的船上消失了。尽管鲸鱼的最后一站确实没有像以前那么长。当阿哈卜在海浪上滑行时，顽强的鲨鱼陪伴着他。如此顽强地粘在船上；并不断地咬着桨桨，以至于叶片几乎在每次浸入时都变得锯齿状和嘎吱作响，并在海中留下小的碎片。

"不要听这些！那些牙齿，而是给桨划上新的锁。拉！比鲨鱼的下巴还好，比下水要好。"

"但是，每咬一口，先生，薄刀片就会越来越小！"

"它们将持续足够长的时间！拉！！但谁能说出来？"他喃喃自语道："这些鲨鱼是在鲸鱼上还是在上游？"但是拉开！赞成，现在都还活着，我们就在他附近。"掌舵！接掌！让我过去。"-如此说来，有两个划桨手帮助他前进到仍然飞翔的船头。

在将飞船抛向一侧并与白鲸的侧翼一同纵行时，他似乎奇怪地忽略了它的前进（有时鲸会如此），而恰好在烟熏的山雾中，从山雾中喷出鲸鱼的水嘴绕在他那巨大的驼峰上。他甚至离他如此近。当他的身体向后拱起时，双臂向高处纵向抬起，他猛烈地挥舞着铁杆，凶猛的诅咒冲向了仇恨的鲸鱼。当钢铁和诅咒沉入插座时，就像被吸进泥沼一样，白尾鹿向侧面扭动。痉挛地将他的近牙侧翼靠在船上，而没有在船头上留一个洞，所以突然把船倾倒了，如果不是他随后紧紧抓住的那只船舷的高架部分，阿哈卜将再次被抛弃入海。实际上，有三位划桨手被扔掉了，他们没有预见到飞镖的精确时刻，因此没有做好准备。但是跌倒了，以至于他们两个人立刻又抓住了船舷，并在梳理的波浪中升到了水平，再次向身体向内侧投掷。第三个人无奈地掉了船尾，但仍在漂浮和游泳。

几乎同时，白鲸猛烈地跳动着，迅速而迅速，白鲸飞过了波涛汹涌的大海。但是当阿哈卜（）向操舵员大声疾呼时，要用新的转弯把它保持住；并命令船员在座位上转过身，将船拖到最高处；当奸诈的线感觉到那双重的拉扯和拉扯时，它突然在空荡荡的空气中响起！

"什么在我里面破裂？一些筋骨裂缝！-再一次变得完整；桨！桨！扑向他！"

鲸鱼听到了这艘翻船的巨大浪潮，转过身来，将自己的额头放在海湾。但是在那次演变中，看到了船上即将来临的黑色船体；似乎在其中看到了他所有迫害的根源；认为它可能是一个更大，更高贵的敌人；突然，他沉迷于它前进的船首，在阵阵炽热的泡沫中打着下巴。

交错 他的手着额头。"我变得盲目；双手！在我面前伸出来，我也许仍会摸索自己。不是夜晚吗？"

"鲸！船！" 哭泣的桨手哭了。

"桨！桨！向下倾斜到您的深度，大海，这太晚了，阿哈卜可能最后滑到最后，最后一次在他的标记上滑行！我明白了：船！船！我的人冲上去！你们不会救我的船吗？"

但是当划桨手猛烈地迫使他们的船驶过陡峭的海面时，鲸鱼扑鼻的两块木板弓头突然爆裂，瞬间失灵的小船几乎与海浪齐平。它的半涉水，溅水的船员，努力地止住缝隙并把倒出的水打包。

同时，在那一刻引人注目的瞬间，塔什特戈的桅杆锤子仍然悬在手中；红旗像格子布一样将他包裹起来，然后像他自己的前倾心一样从他身上直冒出来。正当星巴克和斯塔布特站在下面的船首斜桅上时，他一眼就看见了即将来临的怪物。

"鲸鱼，鲸鱼！掌舵，掌舵！哦，你们所有的空气甜蜜的力量，现在都抱紧我！不要让星巴克死，如果死了，他一定要在一个女人的昏厥中死去。掌舵，我说-是的傻瓜，下巴！下巴！这是我所有祈祷的结局吗？我一生的忠贞吗？噢，啊哈，啊哈，你的工作，稳定！舵手，稳定，不，不，再次升起头盔！他转身遇见我们！哦，他那难以置信的额头朝着那人走去，他的职责告诉他他不能离开。我的上帝，现在就站在我身边！"

"不支持我，而是站在我下面，无论您是谁，现在都将帮助拔根；因为拔根也固守在这里。我向您咧开眼睛，咧开嘴笑鲸鱼！曾经帮助拔根或使拔根保持清醒的人，但是拔根是自己的眼不眨眼吗？现在可怜的树桩就睡在太软的草席上了；它会塞满草丛！我向你咧开眼睛，你咧着嘴笑鲸鱼！看你们，太阳，月亮和星星！我叫你们刺客那样的话，我还是会和你环上一副眼镜，是的，但是你只需要拿起杯子！哦，哦，哦，哦，你咧着嘴笑鲸鱼，但还会有很多吞咽声很快！为什么不飞，哦，呵呵！对我来说，脱掉鞋子和外套吧；让斯塔布特死在他的抽屉里！可是最发霉和盐分过高的死亡；-樱桃！樱桃！樱桃！哦，烧瓶！红樱桃就死了！"

"樱桃？我只希望我们能在那里生长。哦，，我希望我可怜的母亲为此付出我的部分薪水；如果没有的话，因为航程已经开始，现在很少有人来找她。"

从船头看，现在几乎所有海员都没有活动。机械地将锤子，木板条，长矛和鱼叉机械地固定在手中，就像他们从各种工作中冲刺一样；他们所有迷人的目光都注视着鲸鱼，鲸鱼奔跑时，从一侧到另一侧奇怪地振动着他预定的头部，在他身前散发出宽广的半圆形泡沫。报应，迅速的报仇，永恒的恶意都在他的整个方面，尽管凡人能做的一切，但额头上那坚实的白色支柱击打了船的右舷弓，直到人和木头都卷起来。有些人倒在脸上。就像被驱逐的卡车一样，高空救助者的头部摇摇晃晃，像牛一样的脖子。通过突破口，他们听到水倾泻而下，山洪倾泻而下。

"船！灵车！-第二灵车！" 从船上哭了起来 "它的木头只能是美国的！"

鲸鱼在沉降船下方潜水，沿着龙骨颤抖。但在水下转过身，又一次迅速射向水面，远离另一只船头，但在船的几码范围内，有一段时间他静止在那里。

"我把我的身体从太阳下转。什么，塔什特戈！让我听见你的锤子。哦！你们三个未屈服的尖顶；你未开裂的龙骨；只有神坚硬的船壳；坚固的甲板，傲慢的头盔和杆子。尖锐的船首，-死亡光荣的船！那么，你必须在没有我的情况下灭亡，然后灭亡吗？我是从最残酷的遭受海难的船长的最后骄傲中脱身而来的吗？在我最大的悲伤中。。！从你所有的最深处开始，倒入你，我一生的大胆巨浪，然后把我死亡的那一堆梳子顶在上面！我向你滚来滚去，你全毁而不死。鲸鱼；直到最后我与你抗衡；从地心里我刺向你；为了仇恨，我向你吐了最后一口气，将所有棺材和所有灵芝都沉入一个共同的水池中！拖着碎片，尽管仍然追着你，尽管与你绑在一起，但你该死的鲸鱼！因此，我放弃了长矛！"

鱼叉飞镖；受灾的鲸鱼飞了过去；线以点火速度穿过凹槽；—犯规了。阿哈卜弯腰清理它；他确实清除了；但是飞行的转弯抓住了他的脖子，当土耳其哑弹受害者的弦时，他无语了，他被赶出了船，当时机组人员知道他已经走了。下一瞬间，绳子末端的沉重的眼睛熔接从空荡荡的浴缸里飞了出来，撞了一个划桨手，打着海，深深地消失了。

突然之间，被割伤的船员停了下来。然后转身。"船？大神，船在哪里？"很快，他们透过朦胧而令人困惑的媒介，看到了她侧面褪色的幻影，就像气息的法塔摩根一样。只有最上面的桅杆没有水；异教徒鱼叉者虽然因痴迷，忠诚或命运而固守在曾经高尚的栖息地上，但他们仍然在海上沉没。现在，同心圆抓住了孤船本身，全体船员，每个浮桨和每个长矛杆，并在一个漩涡中回旋，有生命和无生命地旋转着，携带着最小的轮船碎片视线。

但是当最后的鲸鱼混杂地倒在主桅杆上印第安人沉没的头顶上时，留下了几英寸尚可看见的直立的翼梁，还有长长的船旗流，在那次破坏中平静地起伏，具有讽刺意味的巧合。他们几乎触碰到了巨浪；在那一瞬间，一条红色的手臂和一把锤子在空中向后盘旋着，这是为了将旗帜钉在下沉的翼梁上的速度越来越快。一只天鹰嘲讽地从主屋的自然位置向主卡车顺着星空降下，啄着国旗，在那儿摆满塔什戈。这只鸟现在有机会在锤子和木头之间截断它宽阔的翅膀。同时，他还以为他那死气沉沉的狂野刺激使他的锤子在那儿冻结了。于是天上的鸟，带着天使般的尖叫声，他的帝国喙向上推，他的全部俘虏形态折叠在的旗帜上，随他的船一起沉没，就像撒旦一样，直到她拖了船，它才下沉天堂和她在一起，成为天堂的活生生部分，并用它武装自己。

现在，小鸟飞过在尚未打哈欠的海湾上尖叫。沉闷的白色海浪拍打着它陡峭的侧面；后来一切都崩溃了，五千年前，大海的巨大裹尸布也卷起了。

结语

"我只有一个人逃脱告诉你"的工作。

话剧完了。为什么在这里为什么要采取任何措施呢？-因为有人幸免于难。

很有机会，在失踪后，我就是那个命定他代替的弓箭手的人，当时那个弓箭手接任了空缺职位；同样，在最后一天，三个人从摇船上摔下来时，又被扔下船尾。因此，在下一个场景的边缘漂浮着，并完全看到了沉船的半张吸力到达我时，我却被慢慢地吸引到了封闭的漩涡中。当我到达它的时候，它消退了一个乳脂状的游泳池。然后，绕着那个缓慢转动的圆圈的轴向着纽扣状的黑色气泡收缩，就像我旋转的另一个一样。直到获得了至关重要的中心，黑气泡向上破裂；现在，由于其狡猾的春天而被解放，由于其巨大的浮力，以极大的力量升起，棺材的救生圈从海中纵射，跌落并漂浮在我的身边。在那只棺材的帮助下，整整一天白天和黑夜，我漂浮在一条柔软，像的船上。不伤害鲨鱼的鲨鱼滑行着，好像嘴上挂着挂锁。野蛮的海鹰带着带鞘的喙航行。第二天，风帆越来越近，最后把我抱起来。正是这条弯弯曲曲的瑞秋，在她寻找失踪的孩子之后的回溯搜寻中，只发现了另一个孤儿。